À PROPOS DE L'AUTRICE

Plusieurs fois finaliste des RITA Awards, Teri Wilson excelle en matière de comédies romantiques. Elle puise son inspiration dans des activités aussi diverses qu'excitantes, d'où sa participation au jury de Miss America et à l'écriture de scénarios pour la chaîne de télévision américaine Hallmark Channel.

La magie d'une naissance

*

Troublante escapade

*

Sous le charme de son rival

TERI WILSON

La magie d'une naissance

INTÉGRALE

PASSION À MANHATTAN

Traduction française de
ÉDOUARD DIAZ

SAGAS

HARLEQUIN

Collection : SAGAS

Titre original :
HIS BALLERINA BRIDE

Ce roman a déjà été publié en 2018

HARPERCOLLINS FRANCE
83-85, boulevard Vincent-Auriol, 75646 PARIS CEDEX 13
Service Lectrices — Tél. : 01 45 82 47 47 - www.harlequin.fr
ISBN 978-2-2804-7362-0 — ISSN 2426-993X

Composé et édité par HarperCollins France.
Imprimé en avril 2022 par CPI Black Print (Barcelone)
en utilisant 100% d'électricité renouvelable.
Dépôt légal : mai 2022.

FSC www.fsc.org MIXTE Papier issu de sources responsables FSC® C159065

Pour limiter l'empreinte environnementale de ses livres, HarperCollins France s'engage à n'utiliser que du papier fabriqué à partir de bois provenant de forêts gérées durablement et de manière responsable.

1

Plaquant un sourire sur ses lèvres, Ophelia se concentra sur les joyaux scintillants dans la vitrine devant elle. On dit que les diamants sont les meilleurs amis de la femme, mais elle était d'un tout autre avis.

Elle n'avait pourtant rien contre les diamants. Bien au contraire, elle les adorait. À peine deux mois auparavant, elle avait même décroché un diplôme universitaire dans leur domaine. Ou, techniquement parlant, en gemmologie. Chacune des pièces qu'elle avait présentées pour son projet indépendant de fin d'études avait été construite autour d'un diamant. Ces pierres étaient en quelque sorte son fétiche. Et donc, naturellement, travailler chez Drake Diamonds était le job de ses rêves. Le job de ses rêves *aujourd'hui*, en tout cas. À présent que son ancienne vie n'était plus que poussière.

Et qu'elle avait été obligée de tout recommencer à zéro.

En réalité, seuls *certains* diamants lui tapaient sur les nerfs depuis quelque temps. Les diamants de fiançailles. Le niveau de stress dont ces pierres étaient responsables l'incitait à remettre sérieusement en question leur statut de « meilleurs amis ». Malheureusement, les diamants de fiançailles faisaient partie du quotidien, lorsqu'on travaillait chez Drake Diamonds.

Respire. Contente-toi de respirer.

Elle étudia l'éclat éblouissant des pierres sous les savants éclairages de la joaillerie, laissant du temps à ses clients pour faire leur choix.

— C'est celui-ci, roucoula l'homme qui se tenait en face

d'elle en glissant un solitaire de 2,3 carats au doigt de la femme assise à côté de lui. Taille princesse. Il est parfait pour toi… Ma princesse.

— Oh ! arrête ! s'exclama sa fiancée, contemplant le diamant scintillant à son annulaire. Tu vas encore me faire pleurer.

Et, bien entendu, une larme roula sur sa joue.

Quelle petite scène charmante. Sans un mot, elle fit glisser une boîte de mouchoirs en papier parfumés à la rose vers la princesse émue.

Dans le courant d'une journée ordinaire, elle utilisait au moins deux boîtes entières de mouchoirs. Et deux fois plus les week-ends, sans compter les innombrables flûtes du meilleur champagne français et des douzaines de délicats petits-fours en forme d'écrin frappé du logo bleu avec son célèbre ruban de satin blanc caractéristique de la marque.

Car, faire l'achat d'une bague de fiançailles chez Drake Diamonds était une immersion dans le monde du luxe. Et c'était ainsi depuis 1830.

Ses clients du moment n'avaient que faire de ces distractions. Leurs flûtes de champagne étaient encore presque pleines, et ils n'avaient pas touché aux petits-fours. Bien sûr, ils n'éprouvaient de gourmandise que l'un pour l'autre.

Et cette idée lui déchirait le cœur.

Six mois s'étaient écoulés depuis qu'elle avait appris le diagnostic. Elle avait eu six mois pour accepter son sort. Six mois pour appréhender sa nouvelle réalité. Elle ne serait jamais cette fiancée radieuse avec une bague à son doigt. La sclérose en plaques était une maladie chronique sérieuse, qui avait altéré chaque aspect de son existence.

Sa vie en avait été bouleversée, mais, si elle allait devoir vivre avec cet hôte non désiré, elle avait au moins le pouvoir de ne pas transmettre cette malédiction à quelqu'un d'autre.

Il y avait de nombreuses choses dans sa nouvelle vie dont elle ne décidait plus. Mais, au moins, sa décision de rester célibataire lui appartenait. Et cela, en fait, lui convenait parfaitement. Elle avait suffisamment à faire entre son travail, son activité de bénévole au refuge pour animaux et la nécessité de rester en aussi bonne santé que possible. Sans même mentionner le souvenir de tout ce qu'elle avait laissé derrière elle.

Tout de même… Elle commençait à en avoir assez qu'on lui rappelle à longueur de journée tout ce qu'elle n'aurait jamais dans sa vie.

— Elle est parfaite sur vous, assura-t-elle, souriant à l'heureuse fiancée malgré sa gorge serrée. Dois-je vous faire un paquet ?

— Oui, s'il vous plaît, répondit l'amoureux transi sans quitter sa belle des yeux. Dans un de ces jolis écrins bleus.

— Cela va sans dire.

Elle ramassa la bague et les petits-fours et traversa le vaste espace couvert de luxueuse moquette bleue en direction de la partie du magasin consacrée aux emballages cadeaux. Elle confia la bague à une employée, puis elle se dirigea vers la cuisine pour se débarrasser des mini-pâtisseries.

Elle s'arrêta un instant pour contempler les innombrables rangées de plats d'argent étincelants et de flûtes de champagne sur le comptoir. Lorsque les clients qu'elle servait en ce moment seraient partis, elle allait devoir offrir d'autres pâtisseries fines. D'autres flûtes de champagne. Et sourire. À un autre couple d'amoureux.

Elle ne pouvait pas continuer ainsi.

Ce n'était pas du tout ce qu'elle avait projeté. Son objectif, désormais, était de devenir créatrice de bijoux. De dessiner les joyaux qui seraient exposés dans ces vitrines étincelantes. *Pas* de servir des fiancés transis d'amour !

Pourtant, elle savait qu'elle devrait être reconnaissante pour ce travail. Il fallait bien commencer quelque part. Le service Fiançailles, au dixième étage, était le poste le plus convoité par tous les membres de l'équipe des ventes. Elle allait simplement devoir être patiente, en attendant l'occasion de prouver ses capacités à la direction, afin qu'on lui offre un poste au service Design.

Une chose à la fois. Elle réussirait.

Elle en était parfaitement capable, elle le savait. Mais maintenant, il fallait qu'elle retourne à ses bienheureux clients. Et si elle goûtait à un petit gâteau ? Les fiancés seraient plus faciles à supporter avec l'aide d'une savoureuse sucrerie.

Pourquoi pas ? Personne ne la regardait. Tout le monde était dans la salle d'exposition.

Elle n'avait jamais été très portée sur la transgression des règles. À bien y réfléchir, elle n'en avait jamais transgressé *aucune*. Par une ironie du sort, le fait d'avoir été une gentille fille bien sage toute sa vie n'avait pas empêché son univers de s'écrouler. La vie était injuste. N'était-elle pas bien placée pour le savoir ?

Fermant les yeux, elle croqua l'un des petits-fours, et, en le sentant fondre sur sa langue, elle s'émerveilla des pouvoirs de guérison de la pâtisserie. Les gâteaux n'étaient peut-être pas ce qu'il y avait de mieux pour la ligne, mais, à cet instant, ils avaient un effet miraculeux sur son âme meurtrie.

Elle découvrait enfin un avantage à n'être plus ballerine professionnelle. Les pâtisseries. Elle ne se souvenait même plus de la dernière fois où elle avait dégusté une bouchée de gâteau. Pas même pour ses anniversaires.

— Délicieux, n'est-ce pas ?

Une voix grave la fit sursauter.

Elle rouvrit brusquement les yeux.

Seigneur, c'était son patron. Artem Drake, play-boy notoire, vêtu d'un smoking impeccable.

— Monsieur Drake, le salua-t-elle, la gorge serrée.

Que diable faisait-il ici ? Personne chez Drake Diamonds ne l'avait vu depuis qu'il avait hérité l'entreprise de son père, sauf dans les pages mondaines du journal, bien sûr.

Et il était mille fois plus craquant en chair et en os que sur Internet. Comment était-ce possible ?

Le menton volontaire, le regard sombre, perspicace, et la fossette à peine visible sur sa joue gauche… Soudain, elle sentit que ses jambes ne la portaient plus qu'à grand-peine. Le smoking lui allait à ravir et ses chaussures brillaient comme des miroirs. Il était vraiment sexy. Mais, ce qui lui donna vraiment le vertige, ce fut l'expression de son visage. Celle d'un chat qui vient de découvrir le pot de crème.

— Ce n'est pas ce que vous croyez, balbutia-t-elle.

Elle n'avait pas le droit de manger les petits-fours de chez Drake. Ceux-ci étaient pour les clients, pas pour les employés. Sans compter qu'elle venait d'être surprise en train de gémir d'une façon suggestive en les dégustant. Elle lâcha la preuve de sa transgression comme si elle lui brûlait les doigts, et le petit-four atterrit entre eux sur le sol de la cuisine. Une miette rebondit pour aller se poser sur la chaussure vernie d'Artem.

Qu'avait-elle fait ?

Il baissa une seconde les yeux vers le bout de sa chaussure, puis il la considéra d'un regard provocateur qui la liquéfia. Génial. Non seulement elle venait de se ridiculiser, mais voilà qu'elle était aussi au bord de la pâmoison. Parce qu'il l'avait regardée. Parce que *son patron* l'avait regardée.

— Me voilà rassuré, répondit-il d'un air amusé. J'ai failli croire que je venais de surprendre l'une de mes employées en train de dévorer les snacks hors de prix que nous offrons à notre clientèle.

— Heu…, fit-elle en contemplant le gâteau sur le sol.

— Alors, qu'avez-vous à répondre ? Êtes-vous une fiancée en rupture de ban cachée dans ma cuisine ? Avez-vous pris vos jolies jambes à votre cou pour éviter le mariage ?

Vos jolies jambes…

— Une fiancée ? balbutia-t-elle. Moi ? Non. Pas du tout.

Un jour, cela avait été vrai. Mais, comme beaucoup d'autres choses, cela aussi avait changé.

— Alors, c'est vrai ? s'enquit-il, s'adossant au plan de travail avec une élégance nonchalante. Vous travaillez pour moi ?

— Oui, convint-elle en rougissant. Je travaille au service Fiançailles.

Elle le vit réprimer un sourire, ce qui eut le don de l'agacer, mais, déjà, il enchaînait :

— Et comment vous appelez-vous ?

— Ophelia. Ophelia Rose.

Au moins, elle avait eu la présence d'esprit de lui donner son vrai nom, pas le nom de scène qu'elle avait utilisé pendant huit ans. De tout ce qui avait changé dans sa vie, ne plus s'appeler Ophelia Baronova avait été la chose la plus difficile à accepter. Comme si cette personne n'existait vraiment plus.

Et c'était la stricte vérité, songea-t-elle, se mordant la lèvre pour l'empêcher de trembler.

Artem Drake croisa les bras sur son large torse, avant de déclarer, visiblement amusé :

— Dans ce cas, je suppose que cela fait de moi votre patron. N'ayez pas l'air aussi désolé, Ophelia. Je ne vais pas vous licencier pour avoir cédé à la tentation.

Cette conversation prenait un tour bizarre. À l'évidence, son patron s'y connaissait dans le domaine. Elle ne put s'empêcher de fixer une seconde sa bouche parfaite esquissant l'ombre d'un sourire. Comment cet homme pouvait-il être l'incarnation même du désir sexuel ? Et pourquoi portait-il un smoking à 10 heures du matin ? Rentrait-il tout juste de sa nuit chez l'une de ses maîtresses ?

Probablement. Elle avait vu d'innombrables photos de lui en compagnie de ravissantes jeunes femmes. Et, souvent, deux ou trois à la fois.

— Vous m'en voyez soulagée, répondit-elle en s'efforçant de sourire.

En réalité, la possibilité d'un licenciement ne lui avait pas effleuré l'esprit, mais, au fond, c'était peut-être un tort. Toutefois, il était difficile de prendre Artem au sérieux alors qu'il n'avait jamais mis les pieds dans les locaux de la société depuis qu'elle y était employée. Bon, s'il croyait qu'elle avait peur de lui, et qu'il était à l'origine de la tristesse qu'il lisait sans doute au fond de ses yeux, elle n'allait pas le détromper. Et même, cela l'arrangeait. Elle n'avait pas l'intention de dévoiler son âme meurtrie à son employeur.

Son employeur…

Quand aurait-elle une autre opportunité de parler face à

face avec Artem Drake ? Probablement jamais. Parce qu'elle n'avait certainement pas l'intention de recommencer à se faufiler dans la cuisine, à l'avenir. Et, d'ailleurs, qui pouvait dire quand il réapparaîtrait chez Drake Diamonds ? Si elle laissait passer cette opportunité, elle le regretterait. À la seconde où elle se retrouverait dans la salle d'exposition parmi tous ces couples de fiancés.

C'était tout de suite ou jamais.

Mais, tout d'abord, elle devrait peut-être ramasser les restes de petit-four sur le sol.

Artem Drake ne parvenait pas à en croire ses yeux : la déesse qui venait de s'agenouiller devant lui était-elle vraiment l'une de ses employées ? Même si, pour être tout à fait honnête, l'idée même que le personnel de cette institution de la Cinquième Avenue puisse être à ses ordres lui semblait quelque peu risible.

Bien sûr, son nom de famille figurait sur la façade de l'immeuble. Et aussi sur les sacs cadeaux. Et sur ces légendaires boîtes bleues. Mais il n'avait jamais vraiment été impliqué dans la gestion de l'entreprise. Cela avait été le travail de son père. Et maintenant que son père n'était plus, ces responsabilités auraient dû échoir à son frère aîné, Dalton. Dalton ne vivait que pour Drake Diamonds. Il passait tant de temps dans les locaux de la société qu'il disposait même d'un sofa convertible dans son bureau.

Pour revenir à ces ridicules petits-fours, dont il ignorait même le coût, à cause d'eux, à cause de lui, la déesse avait failli fondre en larmes. Au fond, il avait peut-être les capacités requises pour diriger la société. Son père aussi adorait faire pleurer les gens.

D'ailleurs, le terme « déesse » ne convenait pas tout à fait. Il y avait un côté éthéré chez elle. Délicat. Indiciblement gracieux. Elle avait un cou fait pour les diamants.

Exactement le genre de remarque que son père aurait fait.

— Relevez-vous, dit-il d'un ton plus rude que cela n'avait

été son intention, craignant, si elle ne se remettait pas debout tout de suite, d'oublier ce qui lui restait de comportement professionnel.

Elle acheva d'essuyer les miettes sur le sol avec une serviette en papier, puis elle se releva, en un mouvement si fluide que l'air autour d'elle sembla se mettre à danser.

— Oui, monsieur.

Il était plutôt agréable de s'entendre appeler « monsieur », mais il devait faire ce pour quoi il était venu, et filer d'ici au plus vite.

Il était venu pour faire la paix avec son frère.

— Tout ceci était fort intéressant, dit-il, toussotant pour s'éclaircir la voix, mais certaines affaires réclament mon attention, et je suis sûr que vous avez du travail, vous aussi.

Ce discours sonnait prétentieux et ridicule, même à ses propres oreilles. Il ne parlait jamais de cette façon. À la différence de Dalton, dont c'était le mode d'expression habituel. Dalton parlait probablement de la même manière à ses petites amies.

— Monsieur Drake ? lança-t-elle alors qu'il venait de faire le premier pas vers la porte. Attendez, s'il vous plaît.

— Oui, mademoiselle Rose ? répondit-il en se retournant face à elle.

— J'aimerais que vous m'accordiez un entretien. Lorsque vous aurez le temps, bien entendu.

Elle avait relevé le menton pour s'adresser à lui et son cou semblait plus long encore.

Ce cou... Seigneur Dieu ! Il le parcourut lentement du regard jusqu'au creux délicat à la base de sa gorge. Un diamant ferait un effet exquis à cette place, posé sur sa peau de porcelaine parfaite. Il n'avait jamais vu un teint aussi éclatant chez aucune femme. On aurait presque dit qu'elle ne mettait jamais les pieds à l'extérieur. Comme si elle était faite du marbre le plus pur, le plus pâle. Comme si sa vraie place était dans un musée, et pas ici. Que diable faisait-elle derrière le comptoir d'une joaillerie ?

— Un entretien ? Avec moi ?

— Oui, répondit-elle en rosissant d'une façon charmante. Un entretien professionnel. J'ai quelques idées de design que j'aimerais vous soumettre. Je sais que je suis actuellement employée au service des ventes, mais je suis une gemmologue diplômée.

Pourquoi cette nouvelle le surprenait-elle à ce point ? Très peu de gens le surprenaient, et il le regrettait. Ophelia Rose devenait plus intéressante de seconde en seconde.

De plus, elle était son *employée*, au moins durant les dix prochaines minutes. Il ne devrait pas penser à son cou merveilleux. Ni au doux arrondi de ses seins sous le corsage de sa robe vintage vert pâle. Il ne devrait pas imaginer la scène qui se jouait à cet instant dans son esprit : son derrière ferme contre les paumes de ses mains.

— Gemmologue ? répéta-t-il, faisant de valeureux efforts pour se concentrer sur son visage. Vraiment ?

— Oui, confirma-t-elle. Je suis diplômée de la New York School of Design, avec une spécialisation en création de bijoux et gemmologie. Et une mention spéciale.

— Dans ce cas, je me dois de vous féliciter. Et une récompense est peut-être même à l'ordre du jour. Un gâteau ?

Ses joues virèrent du rose au rouge pivoine, mais elle se ressaisit vite.

— En toute honnêteté, je préférerais que vous m'accordiez cet entretien. Une petite demi-heure de votre temps pour que je puisse vous montrer mes créations. C'est tout ce que je demande.

Elle était déterminée, il devait en convenir. Et si délicieusement… sérieuse !

À mieux y réfléchir, elle ne manquait pas non plus de toupet. Après tout, il venait de la surprendre la bouche pleine de gâteau. Un gâteau destiné aux amoureux prêts à dépenser des milliers de dollars pour un diamant Drake. Elle était une femme intrépide. Et il trouvait cela sexy. Très, très sexy.

Il se demanda à combien s'élevait son salaire.

— Je suis désolé, mais je ne peux pas, répondit-il.

Elle fit un pas vers lui, et une douce fragrance vint caresser ses narines. Vanille ? Elle avait le parfum d'un dessert, ce qui était tout à fait logique. Elle était délicieuse.

— Vous ne pouvez pas, ou vous ne *voulez* pas ?

— Un peu des deux, je suppose, répondit-il avec un haussement d'épaules nonchalant.

Elle ouvrit sa bouche adorable pour protester, mais il l'arrêta d'un geste.

— Mademoiselle Rose, avant que vous ne gaspilliez votre temps précieux, il y a quelque chose que vous devez savoir. Je démissionne de la société.

Elle demeura silencieuse un bref instant, tandis qu'il se demandait ce qui avait bien pu le pousser à révéler ses plans à une parfaite inconnue avant même d'en avoir discuté avec son frère. C'était sûrement la faute de sa gueule de bois. Ou alors, c'était l'expression de désarroi et de tristesse qu'il avait surprise dans les yeux bleus d'Ophélie. Des yeux de la couleur des saphirs du Cachemire.

Il ne lui semblait pas juste de la laisser penser qu'il pouvait l'aider en quoi que ce soit, alors qu'il ne la reverrait vraisemblablement jamais.

— Vous démissionnez ? s'étonna-t-elle. Mais c'est impossible ! Cette société s'appelle Drake Diamonds, et vous êtes un Drake.

— Je quitte l'entreprise. Pas ma famille.

Il devait toutefois reconnaître que l'idée était séduisante, attendu qu'il n'avait jamais réellement été l'un des leurs. En tout cas, pas à la façon de Dalton et de leur sœur Diana.

— Mais c'est à vous que votre père a confié la direction, observa-t-elle d'une voix douce comme un duvet d'oiseau.

Un oiseau. C'était à cela qu'elle le faisait penser — à un magnifique cygne gracile et léger. Enfin, elle ne savait rien de son père, et il n'allait certes pas tout lui expliquer. Il lui en avait déjà trop dit. D'ailleurs, très franchement, cela ne la concernait pas.

— Je vous assure que cela vaut mieux ainsi, dit-il d'un ton bref. Et j'ajouterai que tout cela doit rester confidentiel.

— Oh ! je n'en parlerai à personne, assura-t-elle.

— Je sais que vous n'en ferez rien, répondit-il, désignant les miettes du gâteau qu'elle serrait encore au creux de sa main. Vous gardez mon secret, et je garde le vôtre. Est-ce que cela vous semble honnête, princesse ?

De toute façon, raisonna-t-il, la nouvelle de son départ ne resterait pas secrète très longtemps. Le bureau de Dalton se trouvait juste au bout du couloir, et, s'il n'avait pas fait un détour en surprenant Ophelia en flagrant délit avec les petits-fours, l'affaire serait déjà bouclée.

Il avait beaucoup aimé s'amuser avec elle, mais, à présent, cette rencontre avait pris un tour épineux. Il aurait, certes, adoré passer une demi-heure derrière des portes closes avec cette femme à la silhouette svelte et gracieuse, mais l'entretien qu'elle sollicitait si désespérément n'aurait pas lieu. En tout cas, pas avec lui.

Dalton accepterait peut-être de la rencontrer. Il le lui suggérerait, peut-être. *Salut, Dalton, je démissionne. Et, à propos, l'une de tes vendeuses désire dessiner notre prochaine collection…*

Il ne dirait rien.

— Très bien, alors, conclut-elle en lui tendant sa main libre. J'ai été ravie de faire votre connaissance, monsieur Drake. Toutes mes condoléances, pour la perte de votre père.

Cette dernière phrase, prononcée presque dans un soupir, lui dit qu'Ophelia, aux yeux de saphir noyés de tristesse, avait une expérience personnelle du deuil.

— Merci, répondit-il en serrant cette main qui paraissait toute petite dans la sienne, petite et divinement douce.

Puis, elle retira sa main et redressa les épaules, et la vulnérabilité qu'il avait entrevue dans son regard fit place à l'aplomb d'une femme qui avait pratiquement jeté un gâteau sur sa chaussure avant de solliciter un entretien pour discuter d'une promotion. Elle ne manquait pas de cran.

— Une dernière chose, monsieur Drake.

— Oui ? répondit-il, réprimant un sourire.

— Ne m'appelez plus « princesse ».

2

Artem s'installa dans l'un des fauteuils des visiteurs, face à son frère.

— Vraiment, Artem ! protesta Dalton d'un air scandalisé, désignant son col ouvert et son nœud papillon défait. Ton appartement se trouve à trois pâtés de maisons d'ici. Tu aurais pu prendre le temps de rentrer te changer avant de venir travailler.

— Ça va, grogna-t-il. Je suis ici, non ?

En tout cas, il était présent physiquement. Car ses pensées étaient restées avec Ophelia.

— Il était grand temps que tu fasses acte de présence. Voilà déjà deux mois que papa est décédé. À quoi devons-nous l'honneur de cette visite ?

Dalton triturait son stylo Montblanc. Exactement semblable à celui que possédait leur père. C'était peut-être le même. Au demeurant, cela aurait été un legs approprié.

Beaucoup plus que de confier les rênes de la société à lui, qui n'avait fait que distribuer des chèques et assister à ses galas de charité depuis qu'il faisait partie des cadres.

Le seul membre de la famille Drake qui passait encore moins de temps que lui dans l'immeuble de la société était leur sœur, Diana. Elle était trop occupée à s'entraîner avec l'équipe équestre qui devait participer aux Jeux olympiques. Et son cheval, naturellement, s'appelait Diamond.

— J'ai été très occupé, Dalton, marmonna-t-il.

— Oui, je crois me souvenir d'avoir lu un récit de tes exploits dans *Page 6*, le magazine des célébrités.

— Et moi qui croyais que tu ne lisais que les journaux financiers ! Comment as-tu pu t'abaisser à lire ce torchon ?

— J'y suis bien obligé, grinça Dalton. Autrement, comment pourrais-je suivre ta trace ?

Un début de migraine commençait à battre derrière ses tempes, et il se rappela pourquoi il avait repoussé cet entretien aussi longtemps. Dalton et lui n'avaient jamais été vraiment proches, mais, au moins, ils avaient réussi à entretenir des relations cordiales du vivant de leur père. Apparemment, aujourd'hui, les masques étaient tombés.

Le problème, c'était qu'il comprenait son frère aîné. Dalton s'attendait vraisemblablement à succéder à leur père à la direction de la société. Tout le monde l'avait supposé.

Néanmoins, il ne le plaignait pas trop, car son frère était sur le point de voir ses vœux se réaliser. En outre, il n'avait *pas* l'intention de permettre à Dalton de le mettre de mauvaise humeur. Il avait passé une soirée agréable au gala de l'orchestre symphonique, suivie d'une nuit plutôt gratifiante sur le plan sexuel.

Et pourtant, curieusement, c'était sa rencontre avec Ophelia Rose qui avait mis de la joie dans son cœur.

Il la trouvait intéressante. Une fille vraiment adorable. Avec elle dans ces bureaux, il serait presque tolérable de se rendre au travail tous les matins. S'il voulait adopter ce mode de vie, bien sûr. Ce qui n'était pas le cas.

Il s'efforça de chasser l'image d'Ophelia de ses pensées.

— Ne t'est-il jamais venu à l'esprit que, lorsque le nom des Drake apparaît dans les journaux, c'est une excellente publicité pour la firme ? remarqua-t-il d'un ton léger.

Pour toute réponse, Dalton leva les yeux au ciel. Pauvre Dalton… Ce dont son frère avait réellement besoin, c'était d'une nuit de sexe débridé. Il fut tenté de le lui faire remarquer, mais il y renonça. Pour sûr, Dalton n'aurait pas apprécié son humour.

Il le regarda dans les yeux et se lança.

— En fait, je ne suis pas ici pour discuter de ma vie sociale. Cela t'étonnera sûrement, mais je suis prêt à parler affaires.

— Je suis heureux de l'entendre. Très heureux.

Eh bien, Dalton ne croyait pas si bien dire, il serait encore plus heureux lorsqu'il lui aurait annoncé sa décision. Et lui aussi, d'ailleurs. Il n'avait pas l'intention d'avoir ce type de conversation au quotidien. Il était un adulte. Il n'avait pas besoin des remarques de son frère concernant son style de vie. Sans compter que rester assis derrière un bureau toute la journée, dans un lieu où il n'avait jamais été le bienvenu du vivant de son père, ne l'enchantait guère.

D'après les avocats, son père avait modifié les dispositions de son testament moins d'une semaine avant son décès. On aurait pu supposer que ce changement était dû à la sénilité, si ce n'est que leur père était beaucoup trop entêté pour sombrer dans la démence. Rusé. Froid. Et en pleine possession de ses facultés mentales jusqu'au jour de sa mort.

Il poussa un soupir.

— Tu sais, reprit-il, j'ignore pourquoi papa m'a nommé son successeur. J'en suis aussi étonné que toi.

— Non, ne dis rien, l'interrompit Dalton. Cela ne fait rien. Ce qui est fait est fait. Tu es ici, et c'est un début. Le bureau de papa est tout à toi.

— Quoi ? fit-il en se figeant.

— Où aurais-tu pu travailler, autrement ? remarqua son frère avec un haussement d'épaules fataliste.

Il n'avait aucune réponse à cela.

— Écoute, poursuivit Dalton, il va nous falloir quelques jours pour te mettre à niveau. Nous avons toutefois un problème pressant qui ne souffre aucun retard. Si tu n'étais pas venu au bureau avant la fin de cette semaine, j'avais bien l'intention de venir frapper à ta porte, au Plaza, pour te forcer à me parler.

Quel que soit ce problème pressant, il ne voulait pas le connaître. Il n'en avait pas besoin. Ce n'était pas son problème. L'idée qu'il puisse vraiment diriger cette société était absurde.

— Avant l'infarctus... papa avait investi dans une nouvelle mine en Australie, déclara Dalton.

Sa voix s'était radoucie. Le changement était à peine notable, mais il ne manqua pas de le remarquer. Il s'était attendu à ce que son frère soit bouleversé. Après tout, Dalton avait été l'héritier de la couronne. Le fils. Quant à lui, il n'avait été qu'un étranger pour les Drake durant les cinq premières années de sa vie. Une pièce rapportée.

— Je n'en avais jamais entendu parler avant la semaine dernière, ajouta Dalton. Et toi ?

— Moi ? répondit-il en éclatant de rire. Tu ne penses tout de même pas qu'il me l'aurait dit, *à moi* ?

— Je suppose que non, convint son frère en soupirant. Mais je regrette qu'il ne l'ait pas fait. Quelqu'un aurait dû l'en dissuader. Mais c'est trop tard, à présent. Ce qui est fait est fait. Cette mine ne vaut rien, et à cause d'elle, notre société est dans une situation précaire.

— Précaire ? répéta-t-il, fronçant les sourcils. Combien avait-il investi dans cette fameuse mine ?

— Trois milliards, précisa Dalton après un très long moment de silence.

— Trois milliards de dollars ? C'est énorme. Mais la société a les reins solides. Un trou de trois milliards ne la mettra pas en faillite.

— C'est vrai, convint Dalton, mais nous avons un problème de liquidités. Avec les trois milliards de pertes de la mine, nous affichons un déficit de vingt-cinq millions de dollars. Nous devons trouver une solution.

Nous. Depuis quand les Drake considéraient-ils qu'il faisait partie de ce *nous* ?

Il aurait dû se lever et sortir de ce bureau sans se retourner. Il ne devait absolument rien aux Drake.

Mais, sans trop savoir pourquoi, il resta assis.

— As-tu pensé au diamant ? s'enquit-il.

— *Le* diamant ? répéta Dalton d'un air épouvanté. Le Diamant Drake ? Je vais prétendre que je ne t'ai pas entendu. Je sais que tu n'es pas un grand sentimental, mon frère, mais même toi, tu ne suggérerais pas que nous vendions le Diamant Drake !

— Ce n'est qu'un caillou, Dalton. Un très joli caillou, certes, mais un caillou tout de même.

— C'est un morceau d'histoire, Artem ! protesta son frère. Le nom de notre famille s'est construit sur ce caillou.

— Combien vaut-il ?

— Cela n'a aucune importance, parce que nous ne le vendrons pas.

— Combien, Dalton ? En tant que ton supérieur hiérarchique, j'exige que tu me répondes.

C'était un coup bas, il le savait. Et, même s'il avait un peu honte de la jubilation qu'il ressentait à user de ses prérogatives de P-DG avec Dalton, c'était tout de même assez agréable.

— Cinquante millions de dollars, l'informa Dalton. Mais je te répète qu'il n'est pas à vendre, et qu'il ne le sera jamais.

Jamais.

S'il avait appris quelque chose depuis qu'il avait fait la connaissance de son père — depuis qu'il avait été *accueilli* au sein de la famille Drake —, c'était que « jamais » était un mot excessivement fort.

Il sourit avant de répliquer :

— Mais c'est à moi de décider, n'est-ce pas, mon frère ?

Ophelia n'avait pas prévu de s'arrêter au refuge pour animaux en rentrant de son travail. Après tout, elle y avait déjà donné son temps comme bénévole plusieurs fois cette semaine-là.

Mais elle ne pouvait pas non plus rentrer directement chez elle. Pas après la journée qu'elle avait vécue. L'incessant défilé des fiancés heureux était une épreuve en soi, mais elle commençait à s'y faire. D'ailleurs, avait-elle le choix ? Mais cette rencontre inattendue avec Artem Drake l'avait sérieusement ébranlée.

Ce n'était pas uniquement la honte d'avoir été surprise en train de se gaver de ces friandises à quinze dollars pièce qui l'avait laissée à ce point bouleversée. C'était lui. Artem.

M. Drake, corrigea-t-elle mentalement. *Pas Artem.* Il était son patron, pas son ami. Ou quoi que ce soit d'autre.

Apparemment, il n'était même plus son patron. Et c'était très bien ainsi. Car, à l'évidence, elle n'avait pas fait une brillante première impression. Désormais, elle pouvait recommencer à zéro avec son remplaçant. Il n'y avait donc aucune raison logique pour expliquer le vif sentiment de déception qu'elle avait éprouvé lorsqu'il l'avait informée de sa décision de démissionner. Absolument aucune.

Aucune raison logique non plus pour qu'elle ait guetté tout l'après-midi l'occasion de l'apercevoir lorsqu'il ressortirait de l'immeuble.

Qu'est-ce qui n'allait pas chez elle ? Elle se comportait comme si c'était le premier homme séduisant qu'elle voyait de toute sa vie. Mais, bien sûr, Artem Drake n'était pas seulement séduisant. Il était charmant.

Trop charmant. Dangereux.

Elle s'était sentie étrangement vulnérable face à lui. Ses émotions à fleur de peau. Et douloureusement consciente de tout ce qu'elle avait perdu, tout ce qu'elle n'aurait jamais.

Elle ne pouvait pas rentrer à l'appartement qu'elle avait hérité de sa grand-mère. Elle ne pouvait pas passer une nouvelle soirée à trier ses possessions — les photos floues en noir et blanc, ses chaussons de ballerine tout usés. Sa grand-mère avait été la seule famille qu'elle ait connue depuis l'âge de deux ans, lorsqu'un accident de voiture l'avait privée de ses parents. Natalia Baronova avait été bien davantage qu'une grand-mère. Elle avait été tout son univers. Son modèle maternel, sa meilleure amie et sa professeure de ballet.

Elle était décédée une semaine avant que son diagnostic tombe. Durant ces sombres premiers jours après la confirmation de sa maladie, elle aurait eu grand besoin d'une épaule solide pour s'y appuyer, mais elle avait remercié le ciel que la grande Natalia Baronova, danseuse étoile des Ballets russes de Monte-Carlo dans les années 1950 et 1960, ait quitté ce monde en ignorant que sa petite-fille ne danserait jamais plus.

— Ophelia ? s'étonna la directrice du refuge pour animaux alors qu'elle ôtait son manteau pour l'accrocher à une patère. Vous travaillez encore ? Je n'ai pas vu votre nom sur le planning des bénévoles pour ce soir.

— Je ne m'étais pas inscrite, mais j'ai pensé que vous auriez peut-être besoin de deux bras supplémentaires.

— Vous savez mieux que personne que nous avons toujours besoin d'aide, par ici, mais je suis sûre que vous auriez mieux à faire, un vendredi soir de neige.

— J'adore passer du temps avec les animaux, répondit-elle.

Inutile de préciser qu'elle n'avait nulle part d'autre où aller.

— Je sais, ma chère. Mais faites attention. Je détesterais vous voir salir cette jolie robe que vous portez.

La robe avait appartenu à sa grand-mère. Outre les montagnes de souvenirs de sa carrière de ballerine, Natalia lui avait laissé une fabuleuse collection de vêtements d'époque. Tout comme l'appartement, ces vêtements tombaient à pic. Au temps où elle était ballerine, elle ne quittait pratiquement jamais sa tenue de danse. Mais elle ne pouvait tout de même pas se présenter au travail chez Drake Diamonds vêtue d'un justaucorps et d'un collant.

Elle n'avait pas non plus les moyens d'aller s'acheter une garde-robe complète pour le bureau. Entre le remboursement de son prêt étudiant et le prix exorbitant de ses injections bihebdomadaires pour contrôler la sclérose en plaques, elle avait déjà du mal à joindre les deux bouts. Et il y avait aussi les factures médicales résultant de cette affreuse première attaque, avant même qu'elle n'ait compris pourquoi sa vision de l'œil gauche devenait floue par intermittence, ou pourquoi elle ressentait des picotements dans les doigts. Parfois, elle ressortait tellement épuisée de ses répétitions qu'elle pouvait à peine marcher. Elle avait attribué ces symptômes au stress que lui avait causé la récente maladie de sa grand-mère, aux rigoureuses exigences physiques de son rôle solo dans *Giselle*, la production de sa compagnie. La plupart du temps, elle s'était contentée de les ignorer parce qu'elle n'osait pas envisager la possibilité d'être atteinte d'une maladie grave.

Puis, un soir, elle avait chuté sur une pirouette. Sur scène, au milieu de la représentation. Le fait qu'elle se soit retrouvée incapable de se relever n'avait fait que compliquer les choses.

Et à présent, cette vie était finie, elle ne danserait jamais plus.

Quelquefois, dans ses moments de rêverie, elle se surprenait à exécuter le mouvement d'un rond de jambe. Un mouvement qu'elle connaissait si bien. Puis, elle fermait les yeux et se souvenait de l'horrible choc sourd de sa chute sur les planches de la scène. Des expressions de pitié sur les visages des autres danseuses, des rideaux de velours grenat qui se refermaient dans un doux froissement sur ce spectacle, comme les ailes du destin. Sa vie, sa carrière, tout ce pour quoi elle avait travaillé s'était achevé dans ce murmure de velours.

Malgré tout, elle avait toutes les raisons du monde de ne pas s'apitoyer sur son sort. Elle avait un bel appartement à Manhattan, des vêtements sur son dos et un emploi. Elle avait même eu la présence d'esprit de poursuivre ses études tout en dansant. Elle savait qu'un jour viendrait où elle ne pourrait plus gagner sa vie avec la danse. Ce qu'elle ignorait, c'était que ce jour-là arriverait aussi précocement. Elle avait cru qu'elle aurait du temps devant elle. Une éternité de temps. Du temps pour danser, du temps pour aimer, du temps pour rêver.

Elle n'avait jamais projeté de passer ses vendredis soir au refuge pour animaux à nourrir des chatons, mais ce n'était pas désagréable. En fait, elle y prenait beaucoup de plaisir.

— Je serai prudente, Beth, je vous le promets, assura-t-elle, drapant une serviette sur le devant de sa robe en guise de tablier, pour commencer à distribuer les portions d'aliment.

Elle ouvrait une boîte lorsqu'elle s'aperçut que l'une des cages était vide.

— Où est le petit chat blanc ? s'enquit-elle, la gorge serrée.

— Il n'a pas été adopté, si c'est ce que vous pensez, répondit Beth en lui adressant un sourire complice. Il se fait photographier pour un gala de charité.

— Oh.

Elle s'en voulait de se sentir à ce point soulagée par cette information. C'était égoïste de sa part, après tout, la mission de ce refuge consistait justement à trouver des foyers pour tous leurs pensionnaires. Tout le monde avait besoin d'un foyer. Et d'amour. Et d'affection.

— C'est dommage, ajouta-t-elle d'une voix étranglée.

— Vraiment ? répliqua Beth avec un sourire sardonique.

Voilà qu'elle avait été démasquée. En sentant ses joues rosir, elle s'affaira à préparer un biberon pour la portée de chatons qui gigotaient dans une couveuse, évitant soigneusement le regard de Beth.

Mais il n'était pas si facile de la berner.

— Enfin, pourquoi ne l'adoptez-vous pas, tout simplement ? Ne vous méprenez pas, Ophelia, j'apprécie énormément l'aide que vous nous apportez ici, mais je soupçonne que si vous êtes venue ce soir, c'est plutôt pour rendre visite à votre ami à la douce fourrure que pour nourrir ces petits monstres affamés. Vous êtes folle de ce petit chat.

— Vous exagérez, répondit-elle en installant un chaton roux contre sa poitrine pour lui donner le biberon. De plus, comme je vous l'ai dit, les animaux domestiques sont interdits dans mon immeuble.

C'était un mensonge éhonté. Mais comment aurait-elle pu expliquer autrement son peu d'empressement à adopter un animal qu'elle adorait ?

La vérité, c'était qu'elle donnerait tout pour adopter ce petit chat blanc croisé persan. Elle adorerait entendre le son de ses petites pattes dans l'appartement. Le trouver à l'accueillir derrière la porte lorsqu'elle rentrerait le soir. Elle lui installerait un panier au pied de son lit, et il aurait droit à une nourriture de gourmet. Si…

Mais c'était impossible. Dans son état de santé, elle ne se sentait pas capable d'assumer la responsabilité d'un autre être, pas même un petit chat. Elle était une bombe à retardement, et personne ne pouvait prévoir la date de l'explosion.

Heureusement, l'arrivée de son petit chat adoré lui évita d'avoir à s'expliquer. Il fit son entrée, sa somptueuse fourrure de neige plus éclatante que jamais, dans les bras d'une femme d'une beauté sculpturale vêtue d'une longue robe de soirée couverte de sequins scintillants.

Quel tableau ! Elle fut à tel point déconcertée par l'apparition de cette gravure de mode dans le refuge pour animaux qu'elle ne remarqua pas tout de suite que la Barbie parée de sequins était aussi au bras d'un compagnon. Et que ce compagnon n'était autre qu'Artem Drake.

Lui.

Encore ? Vraiment ?

Elle n'en croyait pas ses yeux. Que diable faisait-il ici ?

Son premier réflexe fut de courir se cacher. C'était absurde, mais elle ne désirait pas le revoir. Et surtout pas ici. Pas maintenant. Au moment précis où il avait une superbe top-modèle suspendue à son bras, tandis qu'elle était assise sur une chaise en plastique, la poitrine couverte d'une serviette tachée, en train de donner le biberon à un chaton roux à moitié sauvage. Sans compter qu'il portait encore l'un de ses smokings impeccables. Cet homme était-il venu au monde en habit de soirée ?

Elle se demanda l'allure qu'il aurait dans une tenue plus simple, un jean blanchi par les lavages, par exemple. Torse nu. Et, quitte à fantasmer, pourquoi pas tout nu ?

— Oh ! oh ! s'exclama Artem, tournant son regard vers elle. Qu'avons-nous là ?

Elle avait été tellement occupée à essayer d'imaginer ce qu'il dissimulait sous ce smoking Armani qu'elle en avait négligé de se rendre invisible. Génial.

— Heu…

Elle cherchait encore ce qu'elle allait répondre lorsqu'elle remarqua qu'il avait les yeux fixés sur sa poitrine. Les pointes de ses seins durcirent instantanément sous ce regard, puis elle comprit qu'il fixait le chaton, pas elle. Naturellement.

Pourquoi n'était-elle pas rentrée directement à la maison ?

— Mademoiselle Rose, dit-il en relevant ses yeux vers les siens. Nous nous rencontrons à nouveau.

— Vous vous connaissez donc ? s'étonna Beth en les dévisageant tour à tour.

Elle s'efforça de se ressaisir, alors que le chaton roux se tortillait dans ses bras.

— Non, pas vraiment.

— Mais oui, bien sûr, nous nous connaissons, répondit Artem exactement au même instant avec un sourire suggestif.

À son grand embarras, elle ressentit une étrange chaleur dans son ventre, une bouffée de désir comme elle n'en avait plus ressenti depuis une éternité. À moins, bien sûr, de compter l'épisode du matin, dans la cuisine de Drake Diamonds. Et comment ne pas en faire mention ?

En tout cas, voilà que la cavalière d'Artem levait un sourcil inquiet. Il était grand temps d'éclaircir la situation avant que Mlle Super-modèle n'aille s'imaginer qu'elle était l'une de ses nombreuses conquêtes.

— Nous nous sommes rencontrés, expliqua-t-elle, mais nous ne nous connaissons pas vraiment.

— Mlle Rose travaille pour moi, précisa Artem, s'adressant à Beth.

Travaillait, corrigea-t-elle mentalement. N'avait-il pas démissionné de son poste de P-DG de l'entreprise familiale ?

— Drake Diamonds, dit Beth, hochant la tête. Ophelia m'a tout raconté. Je n'ai pas besoin de vous dire que vous avez trouvé un trésor dans cette jeune femme. Elle est l'une de nos bénévoles les plus efficaces. Une travailleuse infatigable.

— Une travailleuse infatigable, répéta-t-il avec, dans sa voix grave, un soupçon d'ironie à peine notable.

Puis, comme pour lui signifier qu'il n'avait pas oublié son comportement délictueux dans la cuisine, il lui adressa un clin d'œil appuyé en ajoutant :

— Vous avez tout à fait raison. Elle travaille très dur.

Ce clin d'œil faillit la renverser. Seigneur, ses hormones étaient en ébullition. Mais elle devait garder la tête froide.

Il ne flirtait pas avec elle. *Il l'asticotait.* Et ce n'était pas la même chose. N'est-ce pas ?

— Je ne sais pas ce que nous ferions sans elle, poursuivait Beth, inconsciente du sarcasme derrière les paroles d'Artem. Personne n'aime les chats autant qu'elle. Elle travaille ici quasiment chaque soir. Et les week-ends aussi.

De mieux en mieux : elle devait avoir l'air, maintenant, d'une de ces vieilles dames solitaires entourées d'animaux de compagnie. Elle aurait voulu disparaître.

En plaquant un sourire sur ses lèvres, elle se tourna vers Beth.

— Je suis certaine que M. Drake n'est pas venu pour entendre l'éloge de mon travail de bénévole.

Et d'ailleurs, pourquoi était-il venu ?

— Oui, pardonnez-moi, répondit Beth avec un sourire rayonnant. Vous avez raison, bien sûr. Monsieur Drake, je tenais à vous remercier pour la généreuse donation faite au nom de votre famille, et aussi pour avoir accepté de poser pour une photo avec l'un de nos pensionnaires. En paraissant dans les journaux, cette photo contribuera certainement à attirer l'attention du public sur notre cause.

Ainsi donc il avait fait une donation au refuge. Une *généreuse* donation… Et ce, juste au moment où elle aurait eu besoin d'un détail qui le rende moins séduisant. Dieu merci, au moins elle ne le croiserait plus sur son lieu de travail. Il était… *vraiment trop.*

— Tout le plaisir a été pour moi, assura-t-il d'un ton suave, caressant de sa grande main le chaton blanc encore niché dans les bras de sa ravissante cavalière.

Son chaton.

Techniquement, il n'était pas à elle du tout, mais cela ne l'empêchait pas de se sentir un peu jalouse de le voir dans les bras d'une autre personne. Et pas *n'importe quelle* personne. À l'évidence, c'était l'une des petites amies d'Artem Drake.

Cela aurait dû la laisser indifférente. Mais elle bouillonnait de frustration.

— Ce chaton blanc est le petit chouchou d'Ophelia, déclara Beth avec un grand sourire.

— Il est trop mignon, roucoula la petite amie d'Artem.

Elle fut prise d'une soudaine nausée. Et si cette femme l'adoptait ? *Son chaton ?* Prenant une profonde inspiration, elle refoula l'image qui avait surgi dans son esprit — cette femme et Artem, confortablement installés à l'arrière d'une luxueuse limousine, le petit chat blotti entre eux. Pourquoi fallait-il que la vie soit si injuste ?

— Vraiment ? dit-il en tournant son regard vers Ophelia. Votre petit chouchou ?

Elle acquiesça. Pourquoi le nier ? Surtout à cet instant, où elle se sentait étrangement transparente sous ce regard. Comme s'il lisait clairement jusqu'au fond de son cœur.

— Je ne cesse de répéter à Ophelia qu'elle devrait l'adopter, reprit Beth avec un sourire un peu embarrassé à l'adresse de la Barbie, qui serrait toujours fermement le chaton contre elle.

Le sous-entendu était à peine voilé. Elle était sommée de se prononcer. C'était maintenant ou jamais.

Elle devait absolument partir avant de commettre une bourde monumentale, comme arracher le chaton aux bras de l'autre femme. Elle se leva et alla replacer le chaton roux dans l'incubateur.

— J'ai été ravie de vous revoir, monsieur Drake, dit-elle d'une voix soigneusement contrôlée. Bonsoir, Beth.

Elle salua la petite amie d'Artem — dont elle ne connaissait toujours pas le nom — d'un simple hochement de tête, en évitant soigneusement de regarder le chaton qui ronronnait avec bonheur dans ses bras.

— Combien, pour ce chaton ? s'enquit Artem, l'ignorant totalement pour s'adresser à Beth. J'aimerais l'acheter pour Mlle Rose.

Quoi ?

— C'est une merveilleuse idée, monsieur Drake, répondit Beth avec un sourire rayonnant. Le tarif pour une adoption est de cinquante dollars, mais, naturellement, cela ne s'applique pas à l'un de nos plus généreux donateurs.

Il prit le chaton des bras de sa petite amie. La jeune femme ne fit aucune difficulté pour restituer l'animal, et c'était tout à son crédit, mais elle resta toutefois fermement accrochée au biceps d'Artem. Elle fut tentée de la rassurer. Elle pouvait le garder pour elle. Elle n'avait aucune intention de ramener son ancien patron à son appartement.

Et ce chaton non plus.

— Monsieur Drake, puis-je m'entretenir avec vous ? *En privé ?*

— Venez, ma chère, dit Beth en prenant le bras de la petite amie d'Artem pour la détacher délicatement de lui. Je vais vous montrer nos installations.

En entraînant la femme vers la porte donnant accès aux chenils, Beth se retourna pour lui adresser un clin d'œil discret. Elle se prit à espérer que Beth n'allait pas essayer de jouer les entremetteuses. Ce serait absurde. Mais, bien sûr, dans cette situation, tout était absurde.

Et le moment était venu de mettre les choses en ordre.

— Que croyez-vous faire ? s'enquit-elle en le fusillant du regard, sitôt qu'ils furent seuls.

— Je vous offre un petit chat, répondit-il avec un haussement d'épaules nonchalant. Considérez-le comme un bonus de Noël avec un peu d'avance. Inutile de me remercier.

— Non, dit-elle d'un ton ferme.

Était-il devenu fou ? Et pourquoi fallait-il qu'il soit planté là, si incroyablement sexy dans ce smoking, à caresser le chaton, tel le M. Décembre dans un calendrier de la série « Milliardaires et bébés du monde animal » ?

— *Non ?* répéta-t-il.

Ses yeux bleus avaient perdu toute chaleur. À l'évidence, il n'avait jamais entendu ce mot franchir les lèvres d'une femme avant cet instant.

— Non, je vous remercie. C'est un geste généreux, mais…

Elle tourna son regard vers le chaton, et comprit aussitôt

que cela avait été une grosse erreur. Son petit nez délicat tremblait. Il avait l'air tellement minuscule, vulnérable, serré contre le large torse d'Artem… Comment pouvait-elle ignorer cette détresse ? Et comment lui dire non, *à lui* ? Elle toussota pour s'éclaircir la voix, avant de conclure :

— … mais c'est non.

Il parut contrarié. Tant pis. Elle ne le reverrait jamais de toute façon. Mais, bien sûr, c'était aussi ce qu'elle avait pensé ce matin-là.

— Je devrais vraiment rentrer, déclara-t-elle. Et vous, vous devriez retourner rejoindre votre petite amie.

— Ma petite amie ? répéta-t-il en lui adressant un autre de ses regards hautement suggestifs, qui la fit littéralement fondre à l'intérieur. Seriez-vous jalouse, mademoiselle Rose ?

À sa grande honte, la réponse était oui. Elle était jalouse depuis la seconde où il était apparu sur le seuil avec une autre femme à son bras. Qu'est-ce qui n'allait pas, chez elle ?

— Absolument pas, mentit-elle.

— Je ne suis pas certain de vous croire.

— Pourquoi faites-vous cela ?

— Et, que fais-je exactement, selon vous ?

— Vous êtes gentil. Vous m'avez offert un chat.

Soudain, elle avait la gorge serrée. Elle avait envie de pleurer, mais elle n'osait pas se le permettre, de crainte de ne jamais plus pouvoir s'arrêter.

— Cet animal a besoin d'un foyer, et vous l'aimez déjà, observa-t-il en haussant les épaules. Pourquoi ne l'adopteriez-vous pas ?

— Je vous l'ai dit. Je ne peux pas.

— Vous ne pouvez pas, ou vous ne *voulez* pas ?

Il lui renvoyait la réplique qu'elle lui avait faite lors de leur première rencontre dans la cuisine de Drake Diamonds, et elle réprima un sourire. Cet homme était la damnation absolue.

— Monsieur Drake, bien que je le regrette, je ne peux pas adopter ce chat.

Il se rapprocha d'un pas, si près qu'il lui était soudain difficile de respirer, et, ce qui était pire, de formuler une raison cohérente pour ne pas adopter le chaton blanc qu'elle adorait. Puis, il prit sa main dans la sienne et la plaça sur l'échine souple du chaton.

L'animal miaula en la reconnaissant, et Artem entreprit de caresser lentement sa douce fourrure avec leurs mains jointes. Elle était à deux doigts d'éclater en sanglots. Pourquoi faisait-il cela ? Était-ce une preuve d'affection ?

— Ce chaton vous aime, remarqua-t-il. Et quelque chose me dit que vous avez besoin l'un de l'autre. Vous venez ici presque tous les jours. Vous désirez adopter ce chaton, mais vous vous refusez ce plaisir. Pourquoi ?

À cause de ce qui se produirait si elle avait une nouvelle attaque ?

Ce n'était pas une possibilité mais une certitude. Ce n'était qu'une simple question de temps. Sa maladie était caractérisée par des attaques épisodiques, chacune plus dévastatrice que la précédente. Elle ne savait jamais à quel moment la prochaine surviendrait. Dans un an ? Dans un mois ? Demain ? Que ferait-elle de son chat lorsqu'elle serait trop malade pour s'occuper de lui ?

Le chaton s'était mis à ronronner contre sa main, que recouvrait toujours celle d'Artem. Soudain embarrassée, elle se dégagea vivement.

— Monsieur Drake, je…

— Je vais adopter ce chat moi-même, l'interrompit-il avant qu'elle n'ait eu le temps de protester. Si vous le soignez pour moi, je vous accorderai l'entretien dont vous m'avez parlé.

Il n'y avait plus aucune trace d'empathie dans sa voix. Il avait l'air en colère, comme si elle l'avait acculé à prendre une telle décision.

Lui accorder un entretien ? songea-t-elle, la gorge serrée.

— Et comment ferez-vous pour m'obtenir cet entretien, à présent que vous ne travaillez plus pour Drake Diamonds ?

— Je suis un Drake, l'avez-vous oublié ? De plus, il y a eu un changement de plans. Je ne démissionne plus.

— Oh ! fit-elle, abasourdie. Je ne comprends pas.

Il ne lui offrit aucune explication, se contentant de lui tendre le chaton. Et, par pur réflexe, elle le prit dans ses bras. Que s'était-il passé ? Elle ne se souvenait pas d'avoir accepté sa proposition ridicule.

— Attendez, protesta-t-elle. Si vous n'avez pas démissionné, qu'est-ce que cela signifie, exactement ?

— Cela signifie que je suis toujours votre patron, répondit-il en tournant les talons pour s'éloigner en direction du chenil.

Quoi ? Elle le suivait du regard, lorsqu'il se retourna une dernière fois sur le seuil, une main sur la poignée de la porte.

— Ramenez ce chaton chez vous, mademoiselle Rose. Je vous verrai demain dans mon bureau, n'est-ce pas ?

Elle ne pouvait pas lui permettre de la manipuler de cette façon. C'était au mieux un manque de professionnalisme. Et, au pire… Elle n'osait même pas y songer. Elle ne pouvait pas adopter ce chaton, même si elle le désirait de tout cœur. Même de façon temporaire. Elle ne pouvait pas devenir la baby-sitter pour les chats d'Artem Drake. Il n'en était pas question.

Et lui, il était planté là à la fixer de son regard pénétrant, comme s'ils étaient engagés dans le défi de savoir qui ferait baisser les yeux à l'autre le premier.

Un défi qu'elle n'avait aucune chance de pouvoir relever.

— Très bien, capitula-t-elle.

3

Artem sortit de sa limousine noire au coin de la Cinquième Avenue et de la 57e Rue. Un début de migraine battait derrière ses tempes lorsqu'il se dirigea vers l'entrée de Drake Diamonds. La surface de verre d'une vitrine lui renvoya l'image d'un homme suprêmement élégant en costume Tom Ford anthracite agrémenté d'une cravate de la soie la plus douce, de ce bleu qui était la marque de Drake Diamonds. Il s'était habillé pour son rôle de P-DG et s'apprêtait à entrer dans l'immeuble avant même l'heure d'ouverture du magasin.

Il n'avait jamais éprouvé le désir de passer tout son temps dans ce magasin et ces bureaux, contrairement à son frère Dalton. Pour les autres membres de la famille Drake, ce lieu était un sanctuaire. Pour le reste du monde, c'était une institution historique. Drake Diamonds faisait partie du paysage de Manhattan depuis l'époque où ses rues étaient encombrées de charrettes et de fiacres tirés par des chevaux. Pour lui, quand il était plus jeune, cela avait toujours été simplement le lieu de travail de son père.

Et aujourd'hui, c'était le sien. Même immeuble, même bureau, même maudite table de travail.

Pourquoi faisait-il cela ? Dalton n'avait pas besoin de lui. Pas vraiment. Son frère n'était-il pas plus qualifié que lui pour diriger l'entreprise ? Dalton avait une parfaite connaissance des rouages de la société. Sa chambre, à Lenox Hill, était probablement tapissée de bilans financiers.

Durant toute sa vie, Dalton avait porté sa position comme

un manteau de roi, tandis qu'il la considérait davantage comme une camisole de force. Aujourd'hui, son père n'était plus de ce monde, et il était désormais libre de s'en débarrasser pour de bon, de suivre sa propre voie. Outre sa récente promotion, son père lui avait laissé une fortune considérable. Suffisante pour lui permettre de renoncer à son rôle de porte-parole de l'entreprise, et de ne jamais plus être photographié à une ennuyeuse soirée mondaine. Il n'y avait aucune raison au monde pour qu'il quitte son lit avant l'aube afin de se rendre au bureau et passer toutes ses journées derrière la table de travail de son père.

Il essayait de se dire que sa décision de rester à son poste de P-DG, au moins temporairement, n'avait aucun rapport avec Ophelia. Car ce serait tout bonnement ridicule.

Certes, elle était adorable. Plus que cela, même, avec ses yeux profonds comme des abîmes, sa chevelure de fils d'or pur, son corps souple et gracieux. Et il devait reconnaître qu'il avait perdu le sommeil plus souvent qu'il ne voulait l'admettre, dernièrement, en songeant à ce qu'il ressentirait si ces longues jambes parfaites étaient nouées autour de sa taille tandis qu'il entrerait en elle.

Elle exerçait une véritable fascination sur lui avec ses gestes les plus simples, les plus innocents : un mouvement de poignet éveillait en lui les désirs les plus fous. Il avait envie de refermer ses doigts comme des bracelets de diamants autour de ces poignets délicats, de relever ses bras au-dessus de sa tête et de tracer un chemin descendant de baisers sur son cou exquis. Il le désirait comme il n'avait rien désiré depuis très, très longtemps.

Bien sûr, il avait déjà connu la passion. Il avait désiré d'autres femmes, par le passé, mais jamais aucune comme celle-ci.

C'était très frustrant. Et infiniment déconcertant. Il se retrouvait à faire des choses extrêmement inhabituelles pour lui, comme rester assis derrière un bureau, adopter des animaux et refuser les avances d'une partenaire sexuelle potentielle tout à fait convenable. Et cela pour rentrer chez lui avant minuit. Tout seul.

— Bonjour, monsieur Drake, le salua respectueusement le portier.

Planté sur le trottoir avec son chapeau haut de forme, son long manteau et son écharpe bleu-Drake, le portier semblait tout droit sorti d'un tableau de l'époque victorienne. Probablement parce que les uniformes avaient très peu changé depuis l'inauguration de la joaillerie. Chez Drake Diamonds, la tradition était la règle.

Il lui rendit son salut et traversa la salle d'exposition plongée dans la pénombre pour gagner les ascenseurs, l'écho de ses pas résonnant sur le sol dallé. Puis, son regard fut attiré par une vitrine illuminée par un brillant projecteur sur sa droite, celle qui servait d'écrin au sacro-saint Diamant Drake.

Sur l'arrière-fond de velours noir, le magnifique joyau semblait presque flotter dans l'espace. L'étoile la plus brillante dans la nuit la plus opaque.

Il s'arrêta un instant, puis il s'approcha à pas lents de la vitrine pour examiner l'étincelant diamant jaune, monté sur un collier guirlande de diamants blancs. Lors de sa découverte dans une mine sud-africaine, vers 1890, il était le troisième plus gros diamant jaune du monde. Son arrière-arrière-grand-père l'avait acheté à crédit alors qu'il n'était encore qu'une pierre brute. Puis, il l'avait envoyé à Paris pour le faire tailler et monter sur un bijou — signe des temps, c'était une tiare — avant de le rapatrier à New York et de le mettre en exposition dans son nouveau magasin de la Cinquième Avenue. Les gens étaient accourus de tous les coins du pays pour admirer ce diamant unique. Cette pierre à elle seule avait fait de la petite joaillerie du vieux Drake une adresse incontournable à Manhattan.

Serait-ce si mal de s'en séparer ? Aujourd'hui, Drake Diamonds était célèbre dans le monde entier. Bien sûr, les touristes se pressaient encore devant la vitrine pour admirer le diamant légendaire. Mais l'image de marque de la joaillerie serait-elle compromise s'il n'était plus là ?

À la base de la vitrine, une plaque racontait l'histoire du diamant, les divers bijoux sur lesquels il avait été monté et les rares occasions où il avait été effectivement porté. La dernière phrase de l'histoire de la pierre proclamait qu'elle était l'étoile la plus brillante dans la couronne de la famille Drake.

Il soupira, puis il releva les yeux vers le diamant.

Le visage d'Ophelia se matérialisa devant lui. Des vagues de cheveux d'or, des yeux de saphir, et ce long cou souple de cygne…

Il cligna rapidement les paupières, persuadé d'être victime d'une hallucination. Un mirage, comme un homme assoiffé dans le désert qui croit voir des étendues d'eau fraîche dans le sable.

Mais ce n'était pas un mirage. C'était *elle*.

Plantée à quelques centimètres de lui, son visage exquis reflété par le verre étincelant de la vitrine. Et, à cet instant, il eut la révélation que ce diamant avait été créé tout spécialement pour elle. Formé au cœur de la terre des milliards d'années plus tôt, attendant le moment où quelqu'un le découvrirait pour le glisser autour de ce cou enchanteur.

— Quelle beauté, n'est-ce pas ?

Ses yeux bleus brillaient dans la lumière de la vitrine d'exposition, et cet éclairage destiné à faire étinceler les pierres précieuses, faisait d'elle la plus brillante entre toutes.

Oh ! oui, songea-t-il. *Quelle beauté*.

— Magnifique, c'est vrai, convint-il.

— À des moments comme celui-ci, avant l'arrivée de la foule, lorsque le magasin est plongé dans le silence, j'aime venir ici pour l'admirer, remarqua-t-elle en s'avançant pour se placer à côté de lui. J'aime essayer d'imaginer ce qu'on doit ressentir en portant un tel bijou. C'est presque dommage qu'il soit devenu une pièce de musée, n'êtes-vous pas de mon avis ?

— Pour être honnête, je pense exactement comme vous.

À cet instant précis, il lui paraissait criminel que ce diamant ne brille pas à son cou de porcelaine. Il l'imaginait déjà en train de le porter. Le diamant, et rien d'autre. Ce joyau inestimable étincelant entre ses seins superbes. L'image était aussi réelle que la neige qui tombait à gros flocons à l'extérieur.

Il fourra ses mains au fond de ses poches pour ne pas être tenté de la prendre là, tout de suite, adossée à la vitrine d'exposition, jusqu'à ce que le joyau à l'intérieur tombe de son piédestal et se fracasse en poussière de diamant. À cette seule idée, il ressentit une érection instantanée.

Et il comprit alors qu'elle n'était pas étrangère à sa décision de rester à la tête de Drake Diamonds. Elle en était peut-être même la *seule* raison.

Bon sang. Serrant les mâchoires, il la fusilla du regard. Il n'aimait pas du tout sentir qu'il perdait le contrôle. Dans aucun domaine, et tout spécialement concernant sa libido. Il était un homme meilleur que son père ne l'avait été. Il devait tout faire pour s'en convaincre.

Elle leva ses yeux mélancoliques vers lui, et son cœur palpita douloureusement dans sa poitrine, le privant de ce qui lui restait de volonté.

— Est-il vrai qu'il n'a été porté que par trois femmes ? s'enquit-elle. Ou n'est-ce qu'une légende urbaine ?

— C'est la vérité, confirma-t-il d'une voix étranglée. Une star de Hollywood, une ballerine dans les années 1940, et Diana Kincaid Drake. Seulement elles trois.

— Je vois, murmura-t-elle, fixant le diamant d'un regard rêveur, comme si elle tentait d'explorer le cœur de la pierre, son histoire.

Puis, elle parut se ressaisir et se concentra tout entière sur lui, brisant le sortilège.

— Concernant notre entrevue…

— Ah, oui. Notre entrevue.

Du coin de l'œil, il vit Dalton pousser la porte à tambour du magasin, et, sans trop savoir pourquoi, il baissa la voix.

— Ai-je votre assurance que mon chaton est confortablement installé chez vous, mademoiselle Rose ?

— Oui, assura-t-elle avec un sourire hésitant, rosissant de manière adorable.

Il avait donc vu juste. Elle désirait adopter cet animal depuis le début, même si elle avait fait mine de l'accepter par obligation.

Il avait fait ce qui était juste. Pour une fois dans sa vie.

— Au sujet de notre entretien... Dois-je prendre rendez-vous avec votre assistante pour venir vous montrer mes croquis ?

— Comment l'avez-vous appelé ?

— Pardon ? fit-elle, étonnée.

À la limite de sa vision, il surprit l'expression intriguée de son frère, mais il l'ignora.

— Le chaton. Lui avez-vous déjà donné un nom ?

— Oh ! fit-elle en rosissant davantage. Je l'ai appelée Jewel. C'est une petite chatte.

Pour une raison mystérieuse, cette information eut pour effet de dissiper la frustration qu'il ressentait. Ce qui, évidemment, n'avait aucun sens.

— Dans ce cas, mademoiselle Rose, je suppose que vous et moi avons à parler affaires. Je vous ferai communiquer tous les détails par mon assistante.

Là-dessus, il la salua d'un hochement de tête et se dirigea vers l'ascenseur. Dalton, qui n'avait pas perdu une miette de la scène, l'attendait près des portes ouvertes.

Et il avait même l'impression que leur père l'observait, lui aussi.

Ophelia s'arrêta un instant sur les dalles de marbre noir et blanc de l'entrée, fouettée par les flocons de neige portés par le vent froid, hésitant à entrer malgré la température glaciale.

— Bienvenue au Plaza, mademoiselle, la salua un portier en uniforme chamarré en lui ouvrant respectueusement la porte de ses mains gantées.

Un hôtel. Artem Drake l'avait convoquée dans *un hôtel*. Certes, l'hôtel le plus sélect de Manhattan, sinon du monde, mais, tout de même...

Un hôtel.

S'imaginait-il qu'elle allait tomber dans ses bras ? Sûrement pas. Elle s'inquiétait inutilement. Il l'attendait probablement dans le salon de thé, ou un endroit similaire. Toutefois, en dépit de son raffinement, elle l'imaginait mal en train de prendre le thé à 17 heures.

— Merci, répondit-elle, saluant poliment le portier.

Était-elle censée lui laisser un pourboire pour lui avoir ouvert la porte ? Elle n'en avait aucune idée.

Entrer dans le somptueux hall du Plaza donnait l'impression de pénétrer dans un autre univers. Une autre époque, qui faisait penser à un roman de Scott Fitzgerald. C'était un décor opulent, digne de *Gatsby le Magnifique*.

Elle se sentit éblouie par toute cette beauté. Si elle avait su qu'un tel endroit existait à deux pas de son lieu de travail, elle y serait venue tous les après-midi avec son carnet de croquis pour jeter des idées sur le papier. Elle imaginait déjà des figures géométriques traversées de zigzags de pierres précieuses rappelant les lustres de Baccarat et les incrustations d'or du sol dallé.

Elle en ferait peut-être l'inspiration de ses prochaines créations. Si cet entretien donnait les résultats qu'elle espérait, elle décrocherait peut-être un poste au département Design, et elle pourrait venir ici pour dessiner tout son content. Et elle verrait peut-être enfin certaines de ses créations se concrétiser au lieu de dormir dans ses cartons à dessin.

Elle serra plus fort la poignée de son grand porte-documents de cuir ultraplat, un modèle classique Vuitton. Un autre trésor qu'elle avait découvert dans les affaires de sa grand-mère. Elle l'avait trouvé rempli à craquer de vieilles photos datant de l'époque où Natalia Baronova dansait avec les Ballets russes de Monte-Carlo. Lorsqu'elle était rentrée de son séjour à l'hôpital, elle avait passé des jours entiers perdue dans ces photos.

Durant ces heures vides qu'elle aurait dû passer à répéter avec la troupe de danse, elle avait revécu la totalité de la carrière légendaire de sa grand-mère. Ces coupures de journaux et les photos pâlies par le temps, comportant des annotations au crayon de la main de sa grand-mère à leur dos, lui avaient donné la force de survivre. Elle avait perdu sa santé, sa famille et son travail. Sa vie. Tout ce qui lui restait, c'étaient ses études et les souvenirs de sa grand-mère.

Elle s'était accrochée à ces souvenirs, avait étudié ces images jusqu'à ce qu'elles fassent partie d'elle-même, et les avait incorporées dans ses propres créations de bijoux. Le résultat était une nouvelle collection, qui, elle en était sûre, serait un succès… À condition que quelqu'un lui accorde sa chance, et prenne la peine de les regarder.

S'il y avait une justice en ce monde, son heure était venue. Et la personne qui l'y aiderait, ce serait Artem Drake. Elle prit une profonde inspiration.

— Puis-je vous aider, mademoiselle ? s'enquit un homme en veste blanche impeccable derrière le comptoir du concierge.

— Oui, je crois. Je dois rencontrer une personne, ici. M. Artem Drake ?

Elle balaya du regard l'immense atrium, où quelques tablées de clients sirotaient du champagne ou du thé sous les frondes d'élégants palmiers. Artem n'était nulle part en vue.

Tout à coup, elle sentit la panique la gagner. Cela ne signifiait rien. Il était peut-être en retard, tout simplement.

— M. Drake occupe la suite en terrasse n° 9, dit le concierge en faisant glisser discrètement vers elle une clé magnétique noire. Cette clé vous donnera accès au dix-huitième étage.

Elle fixa la clé un instant. Elle ne s'était jamais sentie aussi amèrement déçue de toute sa vie. Elle avait cru *enfin* apercevoir la lumière au bout du tunnel qu'était devenue sa vie. Mais non, pas du tout. Il n'y avait aucune lumière, mais seulement d'autres ténèbres. Et un homme qui croyait qu'elle était prête à le rencontrer dans un hôtel à l'heure du déjeuner pour faire avancer sa carrière.

Le plus ironique, c'était que toutes les autres danseuses s'étaient fait la même idée lorsqu'elle avait commencé à sortir avec Jeremy, le directeur de leur compagnie. Elles échangeaient des regards entendus chaque fois qu'on lui confiait le premier rôle. Comme si elle ne l'avait pas mérité. Comme si elle n'avait pas dansé chaque jour jusqu'à ce que ses chaussons pointes de satin rose se tachent du sang de ses orteils blessés.

Mais elles se trompaient. Elle tenait à Jeremy, et il tenait à elle. Du moins, elle l'avait cru.

— Mademoiselle ? dit le concierge, plissant le front. Avez-vous besoin d'autre chose ?

Oui, songea-t-elle. *Un rayon d'espoir serait le bienvenu…*

— Non, je vous remercie, répondit-elle en ramassant la clé magnétique.

Elle se dirigea vers l'ascenseur, le claquement de ses petits talons se répercutant dans le somptueux hall. Elle ignorait pourquoi elle se sentait aussi contrariée. Ou même surprise. Elle avait vu toutes ces photos d'Artem dans les magazines, une femme différente à son bras chaque soir. Naturellement, il avait supposé qu'elle céderait à ses avances. Elle était probablement la seule femme à Manhattan qui n'ait pas songé à lui de cette façon.

Enfin, pas trop.

Pour être honnête avec elle-même — totalement honnête —, elle devait reconnaître que l'idée de faire l'amour avec lui n'était pas exactement répugnante. Bien au contraire.

Elle ne céderait jamais à cette attirance, bien entendu. Pas maintenant. *Surtout* pas maintenant. Ni *jamais*. Mais il était difficile de penser à Artem sans penser au sexe. Lorsqu'il la fixait de son regard pénétrant, une étrange faiblesse s'emparait d'elle. Ses yeux lui donnaient l'impression de voir à travers elle, jusqu'au centre palpitant de sa féminité. Ils lui donnaient le vertige, la faisaient trembler.

L'ascenseur s'arrêta au dernier étage, la ramenant à la réalité. Redressant les épaules, elle sortit de la cabine, et elle s'apprêta à chercher la porte de la suite n° 9.

Elle n'eut pas beaucoup à chercher. C'était l'unique porte de tout l'étage.

Avait-il vraiment loué une chambre d'hôtel occupant un étage entier ? Elle ne put s'empêcher de se demander si toutes les femmes avec qui il sortait avaient droit à un traitement aussi royal. Puis, elle se rappela qu'elle ne se rendait pas à un rendez-vous romantique, mais à un entretien d'affaires.

Si elle avait eu le moindre bon sens, elle aurait tourné les talons et serait immédiatement retournée chez Drake Diamonds. Mais, avant qu'elle n'ait eu le temps de se convaincre de repartir, la porte pivota sur ses gonds, et elle se retrouva face à face avec M. Œil-de-velours lui-même.

Son cœur se mit à cogner dans sa poitrine.

— Monsieur Drake, le salua-t-elle avec un sourire qu'elle espérait suffisamment professionnel pour ne pas trahir son état d'agitation présent.

— Excusez-moi, mademoiselle Rose, dit-il en ouvrant la porte en grand. Je suis au téléphone. Entrez.

Une chambre d'hôtel immense, qui aurait pu facilement faire tenir trois appartements comme le sien, un décor absolument superbe, tout en tons gris et bleus et élégants meubles contemporains. Elle n'avait jamais vu un tel luxe. Mais le plus spectaculaire, c'était la vue de Central Park. Quelques calèches attendaient, alignées le long du trottoir, dans un paysage de neige. Plus loin, des patineurs évoluaient en cercles gracieux sur la glace de l'étang du parc.

Elle s'approcha de la baie vitrée pour observer l'animation des rues de Manhattan à leurs pieds. Tout paraissait incroyablement distant. Les taxis jaunes avaient l'air de jouets minuscules, et elle distinguait à peine les passants emmitouflés dans des manteaux de couleur sombre qui se hâtaient sur les trottoirs. Des flocons de neige voletaient contre la vitre en une étourdissante valse blanche qui descendait lentement vers la ville et la recouvrait d'un manteau blanc. On avait l'impression de se trouver à l'intérieur d'une de ces boules à neige souvenirs. C'était à couper le souffle.

— Hum… Oui, je vois, marmonnait Artem, à quelques pas derrière elle, le téléphone contre son oreille.

Elle se retourna, surprenant son regard fixé sur elle.

À l'évidence, cette conversation le contrariait, mais il ne

la quitta pas une seconde du regard pendant qu'il parlait à son correspondant :

— Même si le moment semble... assez mal choisi pour faire cette donation, nous devons respecter notre engagement. Je sais que tu n'apprécies guère ton rôle d'attaché de presse, mon frère, mais songe seulement à ce que seraient les gros titres des journaux si nous revenions sur notre promesse. Ce ne serait pas très joli. Et permets-moi d'ajouter que ce serait *ma* photo qu'ils publieraient pour accompagner les commentaires négatifs. Alors, ma décision est sans appel.

Le destinataire de cette tirade était, à l'évidence, Dalton Drake. Se sentant coupable d'avoir surpris cette conversation entre les deux frères, elle détourna le regard. Mais, dès qu'elle l'eut fait, elle aperçut le lit pharaonique qui trônait derrière Artem.

Un lit géant.

Elle n'avait jamais vu un lit de cette taille ! Il aurait pu confortablement accueillir une douzaine de personnes.

Ses joues devinrent brûlantes, et elle détourna les yeux, mais, alors qu'il terminait sa conversation, elle ne put empêcher son regard de revenir se poser à plusieurs reprises sur le lit immense et sa somptueuse parure blanc crème.

— Encore toutes mes excuses, dit-il en jetant son téléphone sur le sofa près de lui avant de s'approcher d'elle. Laissez-moi vous débarrasser de votre manteau. Je vous en prie, mettez-vous à l'aise.

— Monsieur Drake, répondit-elle en reculant hors de sa portée, je crains que vous vous soyez fait des idées fausses à mon sujet.

— Vraiment ? s'étonna-t-il en s'arrêtant à moins d'une longueur de bras d'elle, la faisant frissonner. Et lesquelles ?

— Je veux parler de tout ceci, précisa-t-elle, désignant la luxueuse chambre d'un geste en s'efforçant — sans aucun succès — d'éviter de regarder le lit.

Il suivit la direction de son regard. Lorsqu'il se tourna à nouveau face à elle, son regard était assombri de colère.

— J'ai peur de ne pas comprendre, mademoiselle Rose. Et si vous précisiez votre pensée ?

— Cette chambre… et ce lit, répondit-elle, de plus en plus embarrassée. Quand je vous disais que je souhaitais vous montrer mes croquis, c'était exactement ce que je pensais. J'étais loin de me douter que vous alliez louer cette suite qui doit coûter à chaque heure plus que mon salaire de toute l'année. C'est absurde, et totalement inapproprié. Je n'ai aucune intention de… de coucher avec vous. Pas la moindre.

Son discours eût été plus convaincant si elle n'avait pas bafouillé sur les derniers mots. Il la fusilla du regard.

— Avez-vous terminé ?

— Oui, répondit-elle, consciente qu'elle devait fuir cette pièce le plus vite possible, mais incapable de bouger.

— J'habite ici, mademoiselle Rose, déclara-t-il d'un ton coupant. Ceci est mon foyer. Je n'ai pas loué une chambre à l'heure, comme vous avez eu l'effronterie de le suggérer, pour vous séduire pendant ma pause déjeuner.

Il vivait donc ici toute l'année ? songea-t-elle éberluée. Dans une suite en terrasse au Plaza ?

Mais oui, bien sûr. Comment avait-elle pu en douter ?

Quel désastre. Elle ne s'était jamais sentie aussi humiliée de toute sa vie. Elle aurait voulu disparaître sous terre.

Il se rapprocha encore.

— Si mon projet avait été de vous séduire, j'aurais prévu bien plus qu'une heure pour le mettre à exécution. De plus, je suis votre employeur. Vous êtes mon employée. En dépit de tout ce que vous avez pu entendre, concernant feu mon père, je ne conduis pas mes affaires en batifolant avec le personnel. Le fils n'est pas forcément l'image du père.

Elle ne comprenait pas un mot de ce discours, mais elle sentait qu'elle avait touché un nerf sensible. Pour la première fois depuis qu'elle avait posé les yeux sur Artem Drake — son *patron*, comme il aimait à le lui rappeler constamment —, il était déstabilisé. D'un geste coléreux, il avait passé la main dans ses cheveux, dérangeant sa coiffure parfaite. On aurait dit qu'il sortait tout droit du lit.

Halte-là. Que lui prenait-il ? Elle ne devait pas penser à lui dans un lit. Surtout pas. Et, néanmoins, c'était la seule pensée qui revenait en boucle dans son esprit. Artem, brun et passionné, la jetant sur l'immense lit derrière lui. Le poids de son corps sur elle tandis qu'il l'embrassait, qu'il entrait en elle...

— Parfait, déclara-t-elle, la gorge serrée. Parce que je n'ai aucune intention de coucher avec mon patron.

Elle avait déjà tenté cette expérience. Plus jamais.

— Oui, vous l'avez déjà dit, grogna-t-il.

Elle se contenta de hocher la tête. Elle n'était pas sûre de pouvoir répondre sans que sa voix la trahisse. Car, plus elle essayait de se convaincre qu'elle n'avait pas envie de faire l'amour avec lui, plus elle le désirait. Pour peu qu'il soit possible de désirer deux choses totalement contradictoires en même temps.

Mais, apparemment, il n'envisageait pas d'avoir des relations sexuelles avec elle. Elle aurait dû se sentir soulagée.

Pourquoi alors éprouvait-elle ce sentiment de désolation ?

— À présent que nous avons clairement établi à quel point nous sommes tous deux opposés à l'idée d'un rapprochement sexuel entre nous... Peut-être pourriez-vous me montrer vos croquis ?

En prononçant ces mots, son regard était venu se poser un bref instant sur sa poitrine. Aussitôt, les pointes de ses seins avaient durci, devenant presque douloureuses.

— Oui, bien sûr, répondit-elle, la gorge serrée.

Il indiqua l'élégante table de bois sombre au centre de la pièce, et, ouvrant son porte-documents, elle aligna soigneusement ses croquis sur la surface cirée, douloureusement consciente à chaque seconde de son regard rivé sur elle.

— Voyons ce que nous avons là, dit-il en ramassant la première des quatre grandes feuilles de papier bristol.

Elle prit une profonde inspiration. C'était sa chance. Elle

devait essayer de ne pas la gâcher davantage qu'elle ne l'avait déjà fait.

— Il s'agit d'une collection de bagues. Je l'ai intitulée *Ballerine*.

— *Ballerine ?* répéta-t-il, l'ombre d'un sourire dansant sur ses lèvres. Pourquoi cela ?

— Chacune des bagues comporte une grosse pierre en son centre. Voyez-vous ? Cette pierre représente la danseuse. Les baguettes entourant le diamant central sont censées rappeler le tutu d'une ballerine.

— Je vois, fit-il, hochant la tête.

Elle s'autorisa à recommencer à respirer tandis qu'il étudiait ses croquis. Elle n'avait jamais envisagé qu'elle se sentirait aussi exposée en le regardant examiner son travail. Ces bijoux étaient une affaire personnelle, pour elle. Extrêmement personnelle. Ils lui permettaient de conserver un lien avec la femme qu'elle avait été, avec son ancienne vie, de la seule manière encore possible.

Elle avait envie qu'il les adore autant qu'elle, d'autant plus que personne au département Design chez Drake Diamonds n'accepterait même de la recevoir.

— Ces créations sont adorables, mademoiselle Rose. Réellement adorables.

— Merci.

— Et qu'avons-nous là ? s'enquit-il en ramassant la dernière feuille. Une tiare ? Elle me semble étrangement familière.

— C'était intentionnel. Il s'agit d'une version contemporaine de la tiare dont le Diamant Drake était le centre.

À cette mention du célèbre bijou, elle le vit se figer.

D'un souffle, elle poursuivit :

— Comme vous le savez, Natalia Baronova a porté la tiare originale. Dans l'esprit de ma collection, la pierre serait sertie dans une nouvelle tiare qui serait un hommage à la pièce d'origine. Je pense qu'elle attirerait un grand nombre de visiteurs au magasin. N'êtes-vous pas de mon avis ?

Il replaça le croquis sur les autres et hocha la tête, mais elle ne put s'empêcher de remarquer que son sourire avait pâli.

— Monsieur Drake…

— Appelez-moi Artem, coupa-t-il. Après tout, nous avons failli finir au lit ensemble.

Ces mots, accompagnés d'un clin d'œil, lui firent une nouvelle fois souhaiter d'être avalée par le sol de sa somptueuse suite, et elle toussota pour s'éclaircir la voix.

— Je voudrais vous présenter mes excuses. Vous vous êtes montré simplement aimable avec moi, et j'en ai tiré des conclusions hâtives. Voyez-vous, j'ai vécu une relation avec une personne avec qui je travaillais, autrefois, et cela a été une erreur. Une énorme erreur. Mais je n'aurais pas dû en déduire…

Elle devait arrêter de parler. Elle ne faisait qu'empirer la situation, mais elle désirait tellement qu'on lui accorde sa chance qu'elle était prête à prendre tous les risques.

— Ophelia, coupa-t-il d'une voix douce, cessez donc de vous excuser, s'il vous plaît.

Elle acquiesça, mais elle n'avait pas fini de s'expliquer. Elle voulait qu'il comprenne. Sans trop savoir pourquoi, elle avait *besoin* qu'il comprenne.

— C'est seulement que je ne fais jamais cela.

— Quoi, exactement ? s'enquit-il, soudain attentif.

— Les relations, répondit-elle, sentant que ses joues devenaient brûlantes. Le sexe.

— Jamais ? s'étonna-t-il.

— Jamais, répéta-t-elle d'un ton ferme. Je ne suis pas vierge, si c'est ce que vous pensez. Mais ce genre de rapports ne fait plus partie de ma vie.

Depuis son diagnostic…

Elle devrait peut-être tout lui dire. Se dévoiler totalement et l'informer qu'elle était malade. Lui dire que c'était pour cette raison qu'elle avait d'abord refusé d'adopter ce chaton. C'était aussi pour cela qu'elle ne s'autoriserait jamais à faire l'amour avec lui. Ou avec qui que ce soit d'autre.

Elle devrait le lui dire. N'avait-elle pas l'obligation de se montrer honnête avec son employeur ? De lui dire la vérité ?

Oui, mais alors, il saurait. Il saurait tout, et il ne la regarderait plus comme il la regardait maintenant. Comme si elle avait été un bijou brisé qu'il fallait réparer. Brisé, mais ayant gardé toute sa beauté.

Elle avait besoin qu'un homme la regarde à nouveau de cette façon. Mais pas n'importe quel homme, comprit-elle avec un pincement au cœur. *Cet homme-là.*

Artem.

Il la contempla un long moment en silence, comme s'il pesait les mots qu'elle avait prononcés. Lorsqu'il reprit la parole, son ton était mesuré, sérieux :

— Une femme a besoin d'être aimée, Ophelia. Elle a besoin d'être chérie, adorée.

Son regard descendit vers sa bouche, et elle en oublia de respirer, tandis qu'il ajoutait dans un murmure :

— Caressée.

Et, le pire, c'était qu'il avait mille fois raison. Jamais de toute sa vie elle n'avait ressenti un tel besoin d'être caressée. Elle sentait son corps osciller vers lui, comme une orchidée dans une serre, tendue vers la lumière du soleil.

— Et tout spécialement une femme comme vous, murmura-t-il, ses pupilles s'assombrissant à nouveau.

— Une femme comme moi ? répéta-t-elle d'une voix étranglée.

Malade ? Solitaire ?

— Une femme ravissante, précisa-t-il, tendant sa main pour effleurer sa joue d'une caresse.

C'était le plus innocent des contacts, mais, à la seconde où elle sentit la peau d'Artem contre la sienne, elle sut sans le moindre doute qu'elle avait un problème.

Un très gros problème.

4

Artem lança un regard à Dalton, qui mit moins d'une minute pour confirmer ce qu'il savait déjà.

— Ces croquis sont exceptionnels, opina Dalton en se penchant par-dessus la table de travail de leur père — la sienne, désormais — pour mieux voir les créations d'Ophelia. De qui est ce travail, disais-tu ?

— Ophelia Rose.

Le simple fait de prononcer son nom réveillait ses sens. Il se sentait à la fois nerveux et excité, alors qu'il était simplement assis en face de son frère en train d'examiner les croquis d'Ophelia. Il ressentait cette réaction absurde chaque fois qu'il lui arrivait de penser à elle. Et le problème s'aggravait de jour en jour.

Il s'était efforcé d'éviter ce scénario à tout prix. Après leur entrevue électrique dans sa suite au Plaza, dix jours plus tôt, il avait à peine mis le nez hors de son bureau.

De plus, à chaque minute qu'il passait entre ces murs, il avait l'impression que le fantôme de son père lui soufflait dans le cou. C'était déplaisant au possible. Et c'était d'ailleurs pour cette raison qu'il avait choisi de recevoir Ophelia dans sa suite plutôt qu'ici. Il avait eu besoin de s'échapper. De s'éloigner du magasin, du portrait de son père accroché au mur derrière sa table de travail. Du regard indiscret de son frère et du reste de l'équipe, et tout particulièrement sa secrétaire, qui avait été l'assistante de son père durant plus de dix ans.

Il n'avait rien fait d'inapproprié. Ophelia était une employée.

Il n'y avait aucune raison pour qu'il ne la reçoive pas derrière une porte close. Ils avaient une relation professionnelle, rien de plus, c'étaient les affaires. Et il n'avait franchi aucune frontière interdite.

Pas encore.

Mais il en avait eu envie, ô combien ! Cependant, il ne l'avait pas fait, et il ne le ferait pas. Même si pour tenir cette promesse il devait rester enchaîné à sa table de travail. Il avait besoin de pouvoir se regarder dans la glace sans se dire qu'il était devenu ce qu'il méprisait plus que tout au monde.

Un homme comme son père.

Certes, il y avait eu l'affaire du chaton. L'adoption d'animaux ne faisait pas partie des activités normales de la société, mais il pouvait la justifier facilement, à ses propres yeux en tout cas. Comme il le lui avait dit, le chaton était un simple bonus de Noël avant l'heure. Un peu inhabituel, peut-être, mais pas *totalement* inapproprié.

Il aurait menti en affirmant qu'il n'éprouvait aucun désir pour Ophelia. Hélas, le terme « désir » était trop faible. Il avait *besoin* d'elle. Et son attirance n'était pas uniquement physique. Derrière sa façade d'assurance, il devinait une mélancolie dans laquelle il se reconnaissait, qui touchait une part de lui-même qu'il acceptait rarement de considérer.

S'il avait encore entretenu le moindre doute, concernant son besoin de la toucher, celui-ci s'était évaporé à l'instant où elle l'avait informé qu'elle se refusait le plaisir du sexe. Pourquoi avoir partagé avec lui un détail aussi intime ? Et, plus important encore, pourquoi ne pouvait-il pas s'empêcher d'y penser ?

Depuis leur conversation, cette révélation le hantait.

Quelque chose l'empêchait de s'accorder ce plaisir. Elle avait probablement souffert, et, à présent, elle se croyait brisée à tout jamais. Eh bien, elle se trompait. Elle dégageait quelque chose d'irrésistible sans même sans rendre compte. Mais il le savait, lui. Il le lisait dans ses yeux, il le voyait à sa peau de porcelaine. Le sentait dans sa façon de frissonner à son contact.

S'il avait réellement franchi une frontière interdite, cela

s'était produit à l'instant où il avait tendu la main pour caresser sa joue. Une sorte de courant électrique était alors passé entre eux. Et c'était très probablement pour cette raison qu'elle avait ramassé son manteau et qu'elle s'était enfuie.

D'accord, il avait commis une erreur, mais cela aurait pu être pire. Bien pire. La liste de tout ce qu'il avait eu envie de faire avec elle tandis que les flocons de neige voletaient au-delà de la vitre était interminable. Il avait dû puiser en lui des réserves de self-control dont il ignorait jusqu'à l'existence. La seule idée qu'une femme comme elle puisse être privée de caresses était quasiment criminelle.

Quoi qu'il en soit, cela ne se reproduirait plus. Il ne pouvait pas se le permettre. Et, puisqu'il n'était plus certain de pouvoir s'adresser à elle sans être tenté de glisser ses doigts dans sa chevelure luxuriante et d'embrasser sa petite bouche de cerise jusqu'à ce qu'elle fonde entre ses bras, le mieux était de l'éviter complètement. Oui, c'était la seule façon.

Son plan ne comportait qu'une faille. Les modèles de bijoux d'Ophelia étaient superbes. Trop bons pour être ignorés. Drake Diamonds avait besoin d'elle peut-être plus encore que lui-même.

La voix de Dalton le ramena à la réalité.

— Ophelia Rose ? Pourquoi ce nom me semble-t-il familier ?

— Parce qu'elle travaille ici, répondit-il. Au département Fiançailles.

— Quoi ? fit Dalton, indiquant les croquis. Elle peut faire *cela*, et nous la faisons travailler comme vendeuse ?

— C'est *toi* qui la fais travailler comme vendeuse. J'aimerais que nous l'intégrions dans l'équipe de design, dès aujourd'hui. J'ai étudié nos bilans, et, si nous pouvions lancer une nouvelle collection sans perdre de temps, nous pourrions peut-être rattraper en partie le mal que papa a fait en achetant cette fameuse mine.

En partie. Pas totalement.

Si seulement ils avaient plus de temps…

— À condition qu'elle soit un succès, naturellement, remarqua Dalton. C'est un risque.

— Oui, bien sûr, convint Artem.

Mais quel autre choix leur restait-il ? Il avait déjà réfléchi à la possibilité de vendre le Diamant Drake aux enchères. Mais, même s'il mettait ce projet à exécution, ils auraient besoin d'envisager d'autres actions. Une campagne proactive qui montrerait au monde que Drake Diamonds ne rencontrait aucune difficulté. Et surtout pas de la sorte qu'ils connaissaient actuellement.

Au cours de ces dix derniers jours, tout en faisant de son mieux pour oublier Ophelia, il avait désespérément cherché un moyen de dépasser le désastre de la mine.

Il revenait sans cesse aux créations d'Ophelia, effleurant du bout des doigts les feuilles du papier à dessin. Bien évidemment, compte tenu de l'attirance qu'il ressentait pour elle, il aurait dû s'abstenir de promouvoir son travail. Pour le moment, il était capable de déambuler dans le magasin en réussissant à garder une chaste distance entre eux. Mais devoir travailler en contact permanent avec elle n'était pas une solution idéale.

Malheureusement, il n'avait pas d'autre choix.

— Faisons-le, conclut Dalton.

Et, dans l'ombre du portrait de son père, il acquiesça.

Dix jours s'étaient écoulés depuis qu'Ophelia avait montré ses créations de bijoux à Artem. Dix jours interminables, durant lesquels elle l'avait vu aller et venir dans la salle d'exposition, passant près d'elle presque sans la voir. Dans les rares occasions où son regard se posait sur elle, elle avait l'impression d'être transparente. Et, matin après matin, il apparaissait dans les pages mondaines des journaux. Un nouveau jour, une nouvelle femme à son bras, en un rituel toujours répété.

Et, chaque fois qu'elle fermait les yeux, elle entendait sa voix. Toutes ces paroles ensorcelantes qu'il lui avait murmurées. Et sa frustration ne faisait qu'augmenter.

« Une femme a besoin d'être aimée, Ophelia. Elle a besoin d'être chérie, adorée. Caressée. »

Et s'il avait raison ? Peut-être avait-elle réellement besoin de tout cela. Le désir douloureux qu'elle ressentait chaque fois qu'elle se trouvait à proximité de lui, était réel, il n'y avait pas de doute. Un désir électrique, aussi brillant qu'un diamant bleu.

Puis, elle se rappela la réaction de Jeremy lorsqu'elle l'avait informé du diagnostic des médecins — un triste hochement de tête, une certaine façon de détourner le regard. Il n'avait pas besoin de lui dire que leur histoire était terminée. Mais il l'avait fait tout de même.

Elle le revoyait encore derrière son bureau, tendu, gêné. Et se souvenait d'être restée face à lui, à peine consciente du bourdonnement de sa voix lui murmurant que c'était un fardeau trop lourd, qu'il n'était pas prêt…

La portée de ses paroles ne s'était imprimée dans son esprit que plus tard. Car, durant tout le discours de rupture de Jeremy, son attention était restée concentrée ailleurs. Elle essayait de toutes ses forces de ne pas lever son regard vers le poster encadré sur le mur derrière lui — le poster promotionnel de la compagnie pour la production de *Giselle*, qui la représentait sur ses pointes, drapée de tulle blanc éthéré, un lys dans la main. Pour son dernier rôle de ballerine, elle avait été le fantôme d'une femme morte d'avoir eu le cœur brisé, et elle ne savait pas encore si c'était une fin poétique, ou tout simplement cruelle.

Car c'était exactement ce qu'elle avait ressenti, au cours de ces six derniers mois. Elle avait l'impression d'être un fantôme. Une femme invisible. Intouchable.

Mais lorsque Artem lui avait dit toutes ces choses, lorsqu'il avait tendu sa main pour lui caresser la joue, tout avait changé. Ce bref contact avait été pour elle comme une résurrection.

Elle avait incarné l'esprit de Giselle, revenue du royaume des morts et dansant dans la pâle lueur de la lune, et ce, sans même avoir eu besoin d'enfiler ses chaussons de danse. Son corps pétillait de vie. Un feu liquide couvait en elle, et sa délicieuse chaleur rayonnait dans tout son corps. Elle était totalement sous le charme de cet homme incroyablement sexy.

Alors, elle avait agi de la seule façon possible. Logique. Raisonnable. Elle s'était enfuie.

Elle avait simplement tourné les talons et elle était ressortie presque en courant de sa luxueuse suite du Plaza. Elle n'avait même pas pris le temps de ramasser les dessins sur lesquels elle avait travaillé durant des mois.

Elle avait besoin de les récupérer. Elle *allait* les récupérer. Sitôt qu'elle se sentirait capable d'affronter à nouveau Artem. Capable de l'oublier. Lui, à l'évidence, l'avait déjà effacée de sa mémoire.

— Mademoiselle Rose ?

La voix de la secrétaire d'Artem faillit la faire tomber à la renverse, tellement elle était perdue dans ses pensées. Elle leva les yeux des bagues de fiançailles qu'elle disposait dans l'une des vitrines et lui sourit, espérant qu'elle ne remarque pas sa nervosité.

— M. Drake aimerait vous dire un mot, l'informa l'assistante d'un air pincé.

Elle fit de son mieux pour garder une expression sereine. De toute façon, il ne souhaitait sûrement pas la revoir à son hôtel, donc pas la peine de se mettre dans tous ses états.

— Tout de suite ? s'enquit-elle.

— Oui, confirma la secrétaire. Dans son bureau.

Ah. Voilà, elle avait eu raison. Dans son bureau. Mais c'était mieux ainsi. Plus correct, plus professionnel. Et pourtant, il lui fallut déployer des efforts surhumains pour garder son sourire bien en place.

— Je vous suis, dit-elle simplement.

Elle emboîta le pas à la secrétaire d'Artem, et elles traversèrent la salle d'exposition pour monter à l'étage des bureaux de la direction.

Il la convoquait pour lui rendre son porte-documents, c'était certain, mais n'aurait-il pas été plus facile de le lui faire rapporter par quelqu'un d'autre ? De cette façon, ils n'auraient pas eu à se revoir du tout. Elle ne penserait plus jamais à lui. Sauf, bien sûr, chaque matin, lorsqu'elle reverrait son sourire dévastateur dans les pages mondaines du journal. Ou toutes les autres fois, innombrables, où son image resurgissait dans son esprit. Autrement dit, chaque jour. Seigneur, mais dans quelle situation était-elle allée se fourrer ?

— Voilà, dit la secrétaire en lui tenant la porte du bureau ouverte. Vous pouvez entrer.

La pièce était vaste et lumineuse. Artem était assis à la table de conférence, et son regard intense fixé sur elle la fit trembler.

— Bonjour, mademoiselle Rose, dit-il.

Durant le plus bref des instants, son regard était descendu se poser sur sa bouche, elle l'avait bien vu, et une étrange langueur s'était emparée d'elle. Soudain, elle avait très chaud. Et trouvait cela ridicule, car elle n'avait aucune raison légitime pour ressentir cette vague de désir.

— Monsieur Drake, le salua-t-elle, s'efforçant de se ressaisir.

Il se leva, et désigna l'homme assis en face de lui, qu'elle venait tout juste de remarquer.

— Je voudrais vous présenter mon frère, Dalton Drake.

Dalton quitta son fauteuil pour lui serrer la main. Elle n'avait jamais pensé qu'Artem et Dalton se ressemblaient beaucoup, mais de près, elle distinguait un vague air de famille. Ils avaient le même nez droit, les mêmes traits énergiques. Mais, s'ils étaient tous deux séduisants, le visage de Dalton respirait une sombre intensité, tandis que l'expression d'insouciance nonchalante d'Artem la laissait désarmée chaque fois qu'elle se trouvait en face de lui.

C'était rageant.

— Je suis ravi de faire votre connaissance, mademoiselle Rose, dit Dalton d'une voix qui rappelait celle de son frère — moins le timbre de sensualité débridée.

Ne sachant quoi répondre, elle se contenta de hocher la tête. Que se passait-il ? Que faisait Dalton ici, et pourquoi ses croquis étaient-ils étalés sur la table de conférence ?

— Je vous en prie, asseyez-vous, suggéra Dalton en désignant le fauteuil entre le sien et celui d'Artem.

Elle s'exécuta et, prenant une profonde inspiration, elle fit de son mieux pour éviter le regard d'Artem.

— Nous discutions de votre travail, déclara Dalton en désignant ses croquis. Votre travail est brillant, mademoiselle Rose. Et c'est donc avec grand plaisir que nous vous accueillons au sein de notre équipe de design.

Elle en resta muette de surprise. Artem ne l'avait pas oubliée, après tout. Il avait montré ses créations à Dalton, et à présent, ils lui offraient un vrai travail de designer, correspondant à sa formation. Le département Fiançailles, c'était fini.

Une bonne nouvelle dans sa vie, enfin ! Elle sentit les larmes lui monter aux yeux, mais s'efforça de contrôler l'émotion qui la submergeait.

— Merci, répondit-elle, tournant son regard vers Artem. Merci beaucoup.

Il lui adressa un bref sourire, et elle dut prendre sur elle pour ne pas se jeter à son cou et embrasser sa bouche parfaite.

— Nous aimerions présenter votre collection *Ballerine* au public aussitôt que possible, reprit Dalton. Mon frère et moi sommes d'avis que ces bijoux ont énormément de caractère, et vos créations constitueront donc le cœur de notre collection de l'année. Nous produirons vos quatre modèles de bagues de fiançailles, et, en outre, nous souhaiterions que vous imaginiez quelques bijoux d'accompagnement — des bagues cocktail, par exemple. Pour celles-ci, nous désirons utiliser des pierres de couleur — des émeraudes et des rubis — entourées de baguettes sur votre thème du tutu.

Seigneur, était-ce bien réel ? Elle avait autrefois dansé *Joyaux*, la chorégraphie de Balanchine, un ballet composé de trois tableaux : *Émeraudes*, *Rubis* et *Diamants*. Elle se revoyait dansant le finale dramatique de *Rubis*, lorsque Artem tourna son regard dans sa direction.

— Pouvez-vous travailler là-dessus, et nous montrer quelques esquisses demain ?

— Demain ? répéta-t-elle en se figeant.

— Est-ce trop tôt ? s'enquit Dalton.

— Non, assura-t-elle, faisant de son mieux pour ne pas remarquer le sourire moqueur d'Artem, qui l'imaginait probablement passant ses soirées avec les chats du refuge. Demain conviendra très bien. Mais il y a une question que j'aimerais vous poser.

— Oui, mademoiselle Rose ? fit Artem en se penchant plus près.

Trop près. Elle ne parvenait plus à respirer. Elle devait absolument se ressaisir.

— Ce qui m'avait inspiré cette collection, c'était la tiare, observa-t-elle. J'avais espéré que celle-ci serait le centre de la collection, plutôt que les bagues.

— Nous n'envisageons pas de revisiter ce design de tiare, l'informa-t-il.

— Pas pour le moment, l'interrompit Dalton.

— Ni jamais, déclara-t-il, fusillant son frère du regard. Le Diamant Drake ne sera pas monté sur un autre bijou, car il ne fera bientôt plus partie de l'inventaire de Drake Diamonds.

Elle tressaillit. Avait-elle bien entendu ?

— Cette décision n'a pas encore été prise, rappela Dalton d'une voix douce, tournant son regard vers le portrait de leur père accroché derrière la table de travail.

— Tu sais aussi bien que moi que c'est mieux ainsi, mon frère, répondit Artem sans accorder un regard au tableau.

— Attendez, intervint-elle. Avez-vous vraiment l'intention de mettre en vente le Diamant Drake ?

C'était impossible. Ce diamant était emblématique, il faisait partie de l'histoire de la société.

Et il faisait aussi partie de sa propre histoire. Sa grand-mère avait été l'une des trois femmes à avoir porté ce joyau inestimable.

— Nous l'envisageons, en effet, confirma Artem.

Dalton se contenta de fixer ses mains en silence.

— Mais vous ne pouvez pas faire cela, protesta-t-elle.

Le visage d'Artem s'assombrit. Visiblement, il n'appréciait pas qu'elle s'immisce dans une décision qui ne lui appartenait pas. Elle outrepassait les limites, et elle le savait. Mais il ne pouvait pas vendre le Diamant Drake ! Elle avait des projets pour ce joyau. De grands projets.

Elle remua tous les feuillets sur la table, jusqu'à ce qu'elle ait trouvé son dessin de la tiare, qu'elle brandit devant eux.

— Regardez, dit-elle d'un ton pressant. Si nous offrons une nouvelle monture à ce diamant, les gens viendront du monde entier pour l'admirer. Le magasin sera bondé.

Les affaires de Drake Diamonds pouvaient-elles être si mauvaises ? C'était impossible. À elle toute seule, elle avait vendu plus de cent mille dollars de bagues de fiançailles, seulement la veille. Pourtant, s'ils étaient prêts à vendre ce diamant, il devait y avoir une raison. Seul Artem, en réalité, songeait à le mettre en vente. Dalton ne semblait pas très emballé par cette idée.

Rien de tout ceci ne la concernait, mais, tout de même, elle ne pouvait pas rester passive face à une telle décision. Sur les centaines de coupures de presse et de photos qui illustraient la carrière légendaire de Natalia Baronova, sa grand-mère n'en avait fait encadrer qu'une seule — la photo parue dans le *New York Times* le lendemain de ses débuts dans *Le Lac des cygnes*. Le ballet où elle avait porté le Diamant Drake.

Sa grand-mère n'avait que seize ans, à l'époque, bien plus jeune que n'importe quelle autre ballerine qui ait osé aborder l'exigeant double rôle d'Odette, l'innocent cygne blanc, et d'Odile, son sosie, le séducteur cygne noir. Personne ne la croyait capable de ce tour de force. Les autres ballerines de la compagnie étaient furieuses, persuadées que leur directeur ne lui avait confié ce rôle que dans le but d'attirer l'attention médiatique sur elle. Et c'était vrai. Tout le monde le savait.

Natalia avait été mise en quarantaine par toutes les danseuses de la compagnie. Même son partenaire pour le pas de deux, Mikhail Dolin, lui adressait à peine la parole. Puis, le soir de l'ouverture, le directeur de la compagnie avait placé cette tiare sertie d'un diamant jaune d'une valeur inestimable sur la tête de Natalia. Et, dans le cœur de sa grand-mère, l'espoir avait refleuri.

Ce soir-là, elle avait dansé avec toute son âme, et, lorsque le rideau était tombé, elle avait été acclamée par une foule en délire, tandis que Mikhail Dolin s'inclinait devant elle pour lui baiser respectueusement la main. Pour sa grand-mère, ce baisemain avait été comme une consécration. Un ballet, un baisemain et une tiare de diamants avaient changé sa vie.

Elle conservait encore cette photo sur le manteau de la cheminée dans l'appartement de sa grand-mère, là où elle était exposée depuis son enfance, lorsqu'elle apprenait ses premiers pas de danse. Elle avait souvent contemplé l'image de sa grand-mère coiffée de la tiare de diamants étincelante, chaussée de ballerines à rubans blancs, avec ce beau monsieur qui lui baisait la main. Sa grand-mère lui avait raconté l'histoire de cette soirée d'innombrables fois. Et repenser à cette histoire l'avait toujours encouragée, lui redonnant de l'espoir même dans les instants les plus sombres depuis que le verdict de sa maladie était tombé.

Si les Drake vendaient ce diamant, elle serait privée de ce précieux symbole qui signifiait tant pour elle.

— Alors, nous sommes d'accord, mademoiselle Rose ? s'enquit Dalton, fronçant les sourcils.

Elle sursauta. Qu'avait-elle manqué pendant qu'elle se replongeait dans le passé ?

— Oui, bien sûr, répondit-elle précipitamment.

— Nous annoncerons l'arrivée de la nouvelle collection par un communiqué de presse vendredi après-midi. Artem et vous assisterez au ballet ensemble, et, dès le samedi matin, la nouvelle sera publiée dans tous les journaux du pays.

Dalton souriait, visiblement content de lui-même. Et pourquoi pas ? C'était un plan de communication parfait.

Seigneur… Elle ne pouvait pas apparaître en public avec Artem, même si ce n'était qu'une stratégie de marketing. Surtout pas pour l'accompagner à un ballet. Elle n'avait plus assisté à un spectacle de danse depuis le temps où elle était l'une des ballerines évoluant sur la scène.

Elle ne pouvait pas le faire. Ce serait beaucoup trop. Trop bouleversant. Trop triste. *Non. Impossible.* Elle allait simplement leur répondre qu'elle n'irait pas. Elle était reconnaissante qu'on lui ait offert cette opportunité, et elle travaillerait d'arrache-pied à la collection, mais il n'était pas question d'assister à un quelconque ballet. Point final.

Elle rassemblait tout son courage pour refuser, quand la voix d'Artem résonna dans la pièce.

— Ce sera tout, mademoiselle Rose. À vendredi.

Puis, il retourna son attention vers les documents sur sa table de travail. Il en avait fini avec elle.

Une nouvelle fois.

5

Ophelia baissa les yeux vers l'étau à bague dans lequel était serré son modèle favori de bague de fiançailles de la série *Ballerine*. Pas un croquis. Un vrai bijou, qu'elle avait conçu et fabriqué elle-même.

Ce n'était pas un rêve. Elle était maintenant créatrice de bijoux chez Drake Diamonds, avec son propre bureau avec vue sur la Cinquième Avenue, sa propre table à dessin et son propre ordinateur doté du meilleur programme de conception en 3D du marché. Elle n'avait pas utilisé un matériel aussi performant depuis l'époque de ses études, mais il ne lui avait fallu qu'une matinée pour se réapproprier cette technologie. C'était heureux, car, à l'évidence, aucun des autres membres de l'équipe ne comptait l'aider.

Elle reconnaissait les expressions de doute de ses collègues. Ils la regardaient de la même manière que les membres de son ancienne troupe de ballet, lorsque le directeur l'avait choisie pour le premier rôle dans *Giselle*. Une nouvelle fois, tout le monde supposait qu'elle devait sa promotion à sa relation avec le patron. Sauf que cette fois-ci, elle n'avait aucune relation avec son patron.

Mais elle avait une tâche à accomplir et devait faire de son mieux pour ignorer ces intrigues de bureau.

D'ailleurs, elle avait été si occupée à s'adapter à sa nouvelle réalité qu'elle avait presque réussi à oublier qu'elle devait assister à un ballet en compagnie d'Artem le vendredi soir suivant. *Presque*. En réalité, si elle ne souffrait plus de crises de panique quotidiennes à l'idée d'entrer dans le magnifique foyer du Lincoln Center au bras d'Artem, c'était tout bonnement parce qu'elle s'était réfugiée dans le déni. Elle pouvait prétendre que leur « soirée » n'était plus à l'ordre du jour, puisqu'il avait repris ses distances avec elle.

Depuis leur entrevue avec Dalton, elle ne l'avait aperçu qu'une seule fois — très tard un soir, après la fermeture du magasin. Elle s'était arrêtée pour admirer le Diamant Drake avant de rentrer chez elle. Mais, pour une raison idiote, en voyant le merveilleux joyau enfermé dans sa vitrine solitaire, protégé mais isolé de tout contact humain, elle s'était mise à pleurer.

Puis, lorsqu'elle avait relevé les yeux, elle avait remarqué Artem, qui l'observait, planté dans la pénombre. En tout cas, elle avait cru l'apercevoir. Car, dès qu'elle avait essuyé ses larmes, elle avait compris qu'il n'y avait personne d'autre qu'elle dans cette salle. Elle était toute seule.

Au bureau, elle communiquait principalement avec Dalton. Occasionnellement, si Artem avait besoin de ses services, il envoyait sa secrétaire, Mme Burns, à sa place. C'est pourquoi, lorsque celle-ci entra dans son bureau, le vendredi matin, elle n'en fut pas surprise.

Jusqu'à ce que Mme Burns l'informe du motif de sa visite.

— M. Drake souhaite savoir ce que vous portez.

— Pardon ? fit-elle en sursautant.

Quatre jours de silence total, sans le moindre contact, et maintenant, il souhaitait savoir comment elle était habillée ? S'attendait-il à ce qu'elle lui envoie un selfie ?

— Ce que vous porterez ce soir, mademoiselle Rose, précisa Mme Burns. M. Drake souhaite savoir quelle sera votre tenue pour la soirée de ballet au Lincoln Center.

— Ah, oui, bien sûr, répondit-elle, faisant de son mieux pour dissimuler son embarras.

Elle se méprenait constamment sur les intentions d'Artem, et ce fait en disait bien plus long sur elle que sur lui. C'était indéniable. Et ce que cela disait, c'était qu'elle se sentait attirée par son patron. Son patron protecteur des chatons, résident d'une suite en terrasse au Plaza, play-boy en smoking.

Quelle horreur.

Au fond, cela n'aurait pas dû l'étonner. Après tout, toutes les femmes de Manhattan auraient sauté sur l'occasion de partager le lit d'Artem Drake. Mais elles étaient libres de faire ce qui leur plaisait.

Elle, en revanche, n'avait pas cette liberté. Pas avec lui. Pas avec qui que ce soit. Le fait qu'une telle initiative risque de compromettre sérieusement son nouvel emploi n'était que la partie visible de l'iceberg.

— Mademoiselle Rose ? fit Mme Burns en la dévisageant curieusement par-dessus le bord de ses lunettes.

— Honnêtement, répondit-elle en soupirant, pourquoi se soucierait-il de savoir comment je serai habillée ?

— M. Drake ne m'a pas expliqué sa façon de raisonner, mais je suppose que, dans sa logique, vous représentez officiellement Drake Diamonds. Ce soir, tous les regards seront braqués sur vous.

Tous les regards seraient braqués sur elle.

Elle se figea. Elle n'avait même pas envisagé la possibilité d'être photographiée au bras d'Artem. Pire, à une soirée de ballet. Et si quelqu'un la reconnaissait ? Et si les journaux publiaient son nom de scène ?

Alors, tout le monde saurait. *Artem saurait.*

— Madame Burns, dit-elle, la gorge serrée, pensez-vous que ma présence à cette soirée soit indispensable ?

— Elle est un élément essentiel du plan de communication pour le lancement de la nouvelle collection. La collection que vous avez créée.

Donc, elle ne pouvait pas y échapper. Elle aurait dû *désirer* assister à cette soirée. Et le plus effrayant, c'était qu'une partie d'elle-même en avait envie. Elle désirait entendre le doux glissement des pointes sur la scène. Elle désirait respirer l'odeur des rideaux de velours, sentir la caresse de l'air climatisé des coulisses. Elle avait follement envie de porter un maquillage de scène — yeux soulignés de noir, lèvres écarlates. Une dernière fois.

Mais elle n'était pas très sûre que son cœur le supporterait. Sans oublier le fait qu'elle revisiterait ce passé en compagnie d'Artem. Elle ne voulait pas se sentir vulnérable devant lui. Rien de bon ne pouvait en résulter.

Sauf qu'elle n'avait pas vraiment le choix.

Elle avait en revanche le pouvoir de ne pas répondre à sa question ridicule.

— Dites à M. Drake qu'il saura ce que je porte lorsqu'il me verra ce soir. Et qu'il n'a pas lieu de s'inquiéter. Je suis parfaitement capable de me choisir une tenue appropriée pour assister à une soirée de ballet.

— Je lui transmettrai certainement votre message, répondit Mme Burns, réprimant un sourire.

Comme de bien entendu, Mme Burns était de retour dans son bureau une heure plus tard, porteuse d'une nouvelle question concernant ses plans vestimentaires pour la soirée. Et, une nouvelle fois, elle refusa de lui offrir la moindre information à ce sujet. Elle était certaine qu'elle trouverait une tenue adaptée dans les affaires de sa grand-mère, mais elle préférait ne pas y penser pour le moment. Car, si elle y pensait, tout ceci deviendrait tout à coup réel.

Après le déjeuner, Mme Burns réapparut une troisième fois, et cette fois-ci, c'était pour lui signifier qu'elle était attendue à 19 heures précises à la suite d'Artem au Plaza. Drake Diamonds lui enverrait une voiture une demi-heure en avance.

Pourquoi était-il nécessaire qu'ils se retrouvent dans sa suite avant le spectacle ? N'aurait-il pas été plus logique de se donner rendez-vous au Lincoln Center ? Il demeurait que ces incessants va-et-vient de Mme Burns commençaient à l'agacer.

Un jour peut-être, outre sa table à dessin et son ordinateur, elle disposerait de sa propre secrétaire. Dès lors, elle n'aurait plus aucun besoin d'adresser la parole à Artem. Ils communiqueraient par assistantes interposées. Plus de regards qui s'attardent. Plus de sensation de chaleur au centre de son corps. Plus de frissons.

Et, mieux encore, plus de tentations.

Artem jeta un coup d'œil à la montre Drake Diamonds ancienne attachée à son poignet. Elle annonçait 19 h 15. Ophelia était en retard.

C'était très contrariant.

Il se sentait tendu depuis des jours, et son retard ne faisait rien pour améliorer son humeur.

Pour une fois dans sa vie, il avait contrôlé ses élans. Il avait fait ce qui était juste. Il avait gardé ses distances avec Ophelia Rose. Mis à part un soir, où il l'avait observée en cachette alors qu'elle était plantée devant le Diamant Drake, après l'heure de fermeture, il ne s'était même pas permis de jeter un seul regard dans sa direction.

Et il ne s'était jamais senti aussi misérable.

Elle paraissait si pensive, debout dans la pénombre, son regard fixé sur le diamant, son ravissant visage baigné dans un kaléidoscope de bleus et de violets projeté par les facettes de la pierre. Qu'était ce diamant pour elle ? Si l'idée n'était pas aussi ridicule, il aurait pensé que ce joyau l'avait ensorcelée. Elle avait l'air si belle, si triste, qu'il s'était senti incapable de détacher son regard d'elle tandis que les prismes de couleur caressaient sa peau de porcelaine.

Et lorsque des larmes avaient roulé sur son visage, il avait été saisi par un besoin furieux de réparer le mal qui avait causé ce chagrin. Puis, elle l'avait vu, et son visage avait perdu toute expression, comme un livre qu'on referme.

Et maintenant ?

Maintenant, elle était en retard. L'idée lui traversa l'esprit qu'elle ne viendrait peut-être pas. Artem Drake, laissé en plan par son invitée de la soirée. Ce serait une première. L'idée était carrément risible.

Et jamais il n'avait eu moins envie de rire.

Alors qu'il se versait un verre, on frappa à la porte. Elle était là, enfin.

— Vous êtes en retard, observa-t-il en ouvrant la porte.

— Suis-je licenciée ?

Elle leva son regard vers lui pour le dévisager par-dessous ses longs cils, et il cessa de respirer. Elle avait attaché ses cheveux blonds en un chignon de ballerine, exposant son cou et ses épaules délicates drapées dans une étole de fourrure blanche fermée entre ses seins par un ruban de satin. Sa robe rose fanée était dotée d'une ample jupe de tulle qui chuchotait et bruissait tandis qu'elle venait vers lui.

À l'instant où il vit cette apparition devant lui, il sentit toute son irritation s'envoler. Il se sentit instantanément plus calme. C'était un bien et un mal à la fois.

Jetant un coup d'œil à l'agent de sécurité planté en silence dans un coin de la pièce, il remercia le hasard qui lui avait envoyé ce chaperon, car il avait déjà presque épuisé ses réserves de self-control. Il imaginait la magnifique robe qu'elle portait gisant en un petit tas vaporeux de tulle rose sur le tapis de sa chambre et sentait certaines parties de son corps réagir de manière embarrassante.

— Licenciée ? répondit-il, toussotant pour s'éclaircir la voix. Non. Cette fois-ci, je me montrerai clément. Vous êtes absolument adorable, mademoiselle Rose.

— Merci, monsieur Drake, répondit-elle d'une voix aussi douce que le soupir du tulle délicat de sa robe.

Elle était dans la pièce depuis moins d'une minute et il ressentait déjà une érection douloureuse. Cette soirée menaçait d'être très, très longue.

— Venez, dit-il en désignant la longue table où il prenait ses repas, près de la baie vitrée.

Comme ils étaient déjà en retard sur son planning, il ne perdit pas de temps en échanges de civilités.

— Artem ? murmura-t-elle, contemplant d'un regard ébahi l'assortiment de bijoux impeccablement alignés sur le tissu de velours noir qui recouvrait la table.

Il y avait là un collier birman serti de huit pierres écarlates taille coussin, de baguettes étincelantes et de diamants taille fantaisie, une broche en forme d'arc composée de diamants roses, de brillants taille européenne et de cristaux de roche taillés et sertis mille grains. Il y avait également un collier de diamants taille ancienne alternant avec des émeraudes cabochons. Et cela continuait ainsi. Chaque centimètre carré de la table scintillait de mille feux.

— Je ne comprends pas, murmura-t-elle. Je n'ai jamais vu aucune de ces pièces.

— Elles proviennent du coffre de la société. Voilà ce qui explique les mesures de sécurité.

Il indiqua l'agent en uniforme qui montait silencieusement la garde dans son coin, et elle fronça les sourcils.

— Mais vous êtes le P-DG, observa-t-elle.

— C'est vrai, je le suis.

Il commençait à s'habituer à ce titre, ce qui en soi-même était inquiétant. Car, dans son esprit, ces fonctions étaient supposées être temporaires.

— Les assureurs exigent la présence d'un garde armé dès lors que des valeurs de plus d'un million de dollars sortent du coffre. Pensez à ce monsieur comme à un garde du corps des diamants.

— Un million de dollars ? répéta-t-elle, visiblement stupéfaite.

— Naturellement, si j'avais su par avance quelle tenue vous alliez porter ce soir, j'aurais pu choisir les bijoux appropriés, au lieu de transformer ma suite en caverne d'Ali Baba.

— Oh ! fit-elle en rosissant.

S'il s'était agi de n'importe quelle autre femme, il aurait soupçonné que cette innocence n'était qu'une comédie. La manœuvre calculée d'une coquette cherchant à flirter avec lui. Mais elle n'était pas une femme ordinaire, loin de là.

Il l'avait observée au bureau. Elle était brillante dans son travail, assurée et sincère. Bien plus talentueuse qu'elle n'en était consciente. Et toujours extrêmement sérieuse. Sérieuse, avec cet air de mélancolie qui ne la quittait jamais.

Toutefois, lorsqu'ils étaient seuls en tête à tête, le contrôle qu'elle exerçait visiblement sur elle-même semblait faiblir. Et il devait avouer que c'était très excitant.

Il adorait avoir cet effet-là sur elle. Savoir que c'était lui qui avait fait monter ce joli rose à ses joues le rendait fou. Il se délectait de la voir s'épanouir comme une fleur.

— Attendez, balbutia-t-elle, ouvrant de grands yeux. Ces bijoux ne sont pas pour moi, n'est-ce pas ?

— Si, Ophelia, ils le sont pour ce soir, assura-t-il avec un haussement d'épaules nonchalant, comme s'il faisait ce genre de choses tous les jours, pour toutes les femmes qu'il rencontrait. Un petit geste de Drake Diamonds. Choisissez celui qui vous plaît. Et plus d'un, si cela vous tente.

— Vraiment ? murmura-t-elle en portant une main à sa gorge avec la grâce de mille papillons.

— Vous représentez Drake Diamonds, rappela-t-il en guise d'explication.

— Oui, je suppose que c'est vrai.

Elle inclina légèrement la tête, et, tout à coup, le sourire qu'il avait tant attendu s'épanouit sur ses lèvres. Plus éblouissant que le trésor de bijoux mis à sa disposition.

— Je suppose qu'un collier conviendrait parfaitement.

Elle défit le ruban de satin qui fermait sa petite étole de fourrure. Enfin. Il brûlait de le faire lui-même depuis qu'elle avait franchi le seuil. Il s'en était bien gardé, bien sûr. Il assumait l'idée des diamants, mais la déshabiller de quelque façon que ce soit aurait été comme franchir une ligne rouge ; ligne qu'il était bien décidé à respecter.

Il se demanda si son père avait été conscient de l'existence de cette ligne rouge. Avait-il jamais réfléchi, ne serait-ce qu'un instant, aux conséquences de ses actions ? Ou avait-il simplement pris ce qu'il désirait sans se soucier de ce qui arriverait à sa famille, à son entreprise, à son héritage ?

Il sentit la colère monter en lui. Il ne voulait pas penser à son père. Pas à cet instant. Il ne voulait pas se rappeler qu'il était lui-même la preuve vivante des errements du grand

Geoffrey Drake, en fait rien d'autre que la plus grande de toutes ses erreurs.

Et son père était toujours là, une présence plus grande que nature. Un fantôme qui hantait tous ceux qu'il avait laissés derrière lui.

C'était épuisant, il en avait assez d'être hanté. Ce soir, il avait envie de vivre.

Il lui sourit.

— Va pour un collier, alors.

Ophelia n'avait jamais eu autant l'impression d'être Cendrillon. Pas même lorsqu'elle avait incarné ce rôle dans le ballet basé sur ce conte, deux ans auparavant.

Côté bijoux, parmi la somptueuse sélection exposée dans la suite d'Artem, elle avait choisi un collier de diamants baguette montés sur platine, qui lui entourait entièrement le cou d'un seul rang scintillant, et qui se divisait en trois brins sur le devant, chacun d'eux terminé par un gros diamant taille brillant. L'effet général était à la fois éblouissant et, simultanément, plein de délicatesse. Ce n'est qu'après l'avoir attaché autour de son cou qu'il l'informa que le collier avait autrefois appartenu à la princesse Grace de Monaco. Elle déployait de tels efforts pour ne pas réagir à la caresse tiède du bout de ses doigts sur sa peau qu'elle avait à peine enregistré cette information. Et, à présent assise près de lui dans la luxueuse limousine qui les conduisait au Lincoln Center, elle portait sans cesse sa main à son cou.

Seigneur, le collier de la princesse Grace ! Comment était-ce possible ?

Elle aurait voulu que sa grand-mère soit encore de ce monde pour qu'elle la voie à cet instant. Natalia Baronova aurait eu le cœur brisé d'apprendre que la maladie avait mis fin à la carrière de ballerine de sa petite-fille. Mais ne serait-elle pas folle de joie en la voyant dans l'une de ses magnifiques robes d'autrefois, le cou entouré des diamants de la princesse Grace ?

Cette pensée la fit sourire, et, lorsqu'elle tourna son regard vers Artem, elle s'aperçut qu'il la fixait d'un regard intense.

— Puis-je ? s'enquit-il, tendant une main vers le nœud du ruban de satin de son étole de fourrure.

Elle hocha la tête, et il le dénoua avant d'écarter les pans de l'étole. Juste un peu. Suffisamment pour révéler les diamants spectaculaires qu'elle portait à son cou.

— Voilà, dit-il. C'est mieux.

Elle n'osait plus respirer. Lorsqu'il la touchait ainsi, elle sentait son cœur s'affoler. Elle avait baissé sa garde seulement un petit instant, et maintenant…

Et maintenant, il était si près d'elle qu'elle distinguait son propre reflet dans l'azur brillant de ses iris. Dans ces yeux, elle voyait couver une tempête, et elle se tenait en plein centre de cet orage imminent. Elle se sentait heureuse. Pleine de vie et d'espoir. Comme l'Ophelia d'autrefois. Celle qui traversait la vie en dansant, libre et sans peur. Tant et si bien qu'elle en avait oublié toutes les raisons qui lui interdisaient d'embrasser cet homme. Cet homme qui savait si bien lui rappeler celle qu'elle avait été.

Son cœur battait la chamade, et ses battements étaient si forts qu'elle était sûre qu'il pouvait les entendre. Ne pouvant plus résister au désir qu'elle éprouvait de se rapprocher de lui, elle posa doucement la main sur sa joue. Ses yeux bleus vinrent se river aux siens et elle sentit un incendie flamber dans son ventre. Elle ne pouvait le nier plus longtemps. Elle voulait qu'il l'embrasse. Et même plus. Beaucoup plus.

Les doigts d'Artem quittèrent l'étole pour se poser sur son cou, glissant jusqu'au creux délicat à la base de sa gorge. Il y avait comme une sorte de révérence dans cette caresse, une bénédiction. Et les paroles qui l'avaient hantée resurgirent dans sa mémoire :

« Une femme a besoin d'être aimée, Ophelia. Elle a besoin d'être chérie, adorée. »

— Monsieur, nous sommes arrivés, dit la voix du chauffeur

dans l'interphone de la limousine, la faisant sursauter et la ramenant brusquement à la raison.

Que faisait-elle ?

Elle laissait un simple collier de diamants semer la confusion dans son esprit, au point de penser que quelque chose avait changé ! Ce qui était faux. *Rien* n'avait changé. Elle était malade. Et elle le serait toujours.

— Je suis désolée, s'excusa-t-elle en retirant sa main de la joue d'Artem pour la poser sur le siège de cuir, hors de sa portée. J'aurais dû… Pardon.

— Ophelia, tout va bien, murmura-t-il.

Hélas, ce n'était pas vrai. *Elle* n'allait pas bien.

Ils étaient maintenant devant le Lincoln Center. À l'intérieur de ce bâtiment, des danseuses avec qui elle répétait encore moins d'un an auparavant s'apprêtaient à monter sur scène, nouant des rubans roses autour de leurs chevilles dans des loges remplies de bouquets de fleurs. Jeremy, l'homme qui lui avait autrefois proposé de l'épouser, était aussi quelque part à l'intérieur, en train d'observer l'une des danseuses faire ses dernières séries de pliés et de ports de bras. Mais ce n'était pas elle. Ce serait la joue d'une autre qu'il embrasserait juste avant le lever du rideau. Une danseuse qu'on n'aurait jamais besoin d'évacuer de la scène parce qu'elle ne pouvait plus garder son équilibre. Une femme qui n'avait pas besoin de se faire une injection deux fois par semaine, et de prendre ses doses quotidiennes de vitamines.

Une femme qui n'était pas brisée.

Cependant, Jeremy ne lui manquait pas. Elle avait confondu son amour de la danse et les sentiments qu'elle croyait éprouver pour lui. Son amour à elle, c'était le ballet. La danse avait nourri son âme. Et aujourd'hui, elle se sentait affamée. Son corps avait besoin d'action. Et son cœur, son âme, tout autant.

Artem fit mine de prendre sa main dans la sienne, mais elle secoua la tête et se tourna vers sa vitre alors qu'un groupe de paparazzis entourait la limousine, prêt à les mitrailler de photos.

Elle ne pouvait pas se permettre de laisser Artem la toucher à nouveau. S'il le faisait, comment réagirait-elle ? Elle se sentait trop à vif, trop tendre, trop affamée. Et Artem Drake était trop…

Trop *tout*.

Elle allait devoir jouer la comédie. Prétendre que la façon dont il la regardait, les mots qu'il lui disait, ne lui donnaient pas envie d'ôter sa belle robe et de se percher toute nue sur ses genoux, là où ils étaient, à l'arrière de la limousine de Drake Diamonds.

Il la dévisagea d'un regard intense, si longtemps que sous l'effort qu'elle devait déployer pour prétendre que tout allait bien, ses mains s'étaient mises à trembler. Puis, il tourna enfin son regard vers les photographes qui les attendaient de l'autre côté de la vitre.

— Le spectacle va commencer, murmura-t-il.

La gorge serrée, elle pria pour que tout se passe bien.

6

Artem souriait aux caméras, faisait des remarques polies, répondait aux questions des journalistes concernant le communiqué de presse que Dalton avait diffusé plus tôt ce jour-là pour annoncer l'arrivée imminente de *Ballerine*, la nouvelle collection de Drake Diamonds. Il était totalement dans son rôle de porte-parole de la société.

Une soirée ordinaire de relations publiques. À une énorme exception près — ce soir, Ophelia se tenait à ses côtés.

Il avait assisté à des événements de cette sorte durant la plus grande partie de sa vie d'adulte, et il y assistait rarement seul. Exhiber une jolie femme à son bras faisait partie, pour ainsi dire, de ses fonctions. C'était la logique même. La présence d'Ophelia n'aurait pas dû faire la moindre différence. Toutefois, il n'était question d'aucune logique dans les émotions qu'il ressentait lorsqu'il posait sa main au creux de son dos, ou qu'il la prenait par le coude tandis qu'ils faisaient leur entrée au Lincoln Center.

La logique n'avait certainement aucun rôle dans la vague de désir qui l'avait balayé lorsqu'il avait placé le collier de diamants autour de son cou gracieux. La logique était absente aussi lorsqu'ils étaient assis côte à côte à l'arrière de la voiture. C'était autre chose. Une mystérieuse alchimie interdite.

Ce qui avait failli se produire dans la limousine le tourmentait. Il se souvenait parfaitement de l'expression de son regard. Comme si elle avait posé ses lèvres sur les siennes, et peut-être même davantage.

Il sentait encore les battements affolés de son pouls alors qu'il effleurait la peau satinée de son cou. Et, surtout, il revoyait encore la lueur qui brillait dans ses yeux de saphir lorsqu'elle avait tendu sa main pour caresser sa joue. La flamme d'un désir non avoué. Une douce pensée interdite qui faisait écho au désir insatiable contre lequel il luttait lui-même depuis l'instant où il l'avait vue croquer ce ridicule gâteau.

Qu'est-ce qui n'allait pas chez lui ? Il était un homme d'expérience. Il n'aurait pas dû perdre ainsi la tête pour une femme qu'il connaissait à peine, d'autant plus qu'elle était hors limites pour lui.

Malgré lui, il se demandait si ce qu'il ressentait ressemblait de près ou de loin à ce qu'éprouvait son père lors de ses innombrables vagabondages sexuels. Mais il savait que non. Son père avait été un égoïste, sans aucun respect pour ses vœux matrimoniaux. Point final. Lui, en revanche, n'était même pas marié, et il y avait une bonne raison pour cela. Il ne tenait pas à répéter les erreurs du passé.

En outre, cette attirance qu'il ressentait pour Ophelia était en tout point différente. *Elle* était différente.

C'était peut-être sa vulnérabilité qu'il trouvait si fascinante. Ou peut-être ce côté passionné tellement inattendu. Quoi qu'il en soit, cet attrait si puissant qui les unissait était sans précédent. Cela, au moins, lui était apparu clairement à l'arrière de la limousine. Avec ce simple contact de sa main sur son visage, il avait compris qu'elle ressentait la même chose que lui. Même s'il n'était pas sûr de ce que c'était.

Et maintenant ils étaient là, dans l'imposante entrée du Lincoln Center, entourés de gens et de caméras, aveuglés par les flashs. Étrange, malgré toutes ces distractions, il était tout entier concentré sur une unique sensation — celle de sa main sur le tissu diaphane de sa robe, tandis qu'il la guidait à travers la foule. Leurs chairs uniquement séparées par une fragile barrière de tulle.

De quoi rendre un homme fou.

Sans trop savoir comment, il réussit à répondre à quelques

autres questions des reporters avant de tendre leurs billets à l'hôtesse et de laisser la foule derrière eux pour pénétrer dans le foyer.

— Soyez le bienvenu, monsieur Drake, dit l'hôte en souriant. Bonsoir, mademoiselle.

Il le remercia, et, sa main toujours au creux du dos d'Ophelia, il la conduisit jusqu'au bar. Il dut puiser tout au fond de ses réserves de volonté pour ne pas laisser descendre ses doigts jusqu'à la courbe de son derrière adorable, à la vue de tout le monde.

Il devait absolument se ressaisir.

Sa main n'avait rien à faire à cet endroit. Bon sang, sa vie était bien plus simple lorsqu'il pouvait rester tranquillement dans l'univers familier de son bureau.

— Je ne vous ai même pas demandé ce que nous étions venus voir, observa-t-elle d'un air pensif, comme si elle avait tout un catalogue de ballets dans sa jolie tête. Quel est le programme de la soirée ?

Il n'en avait pas la moindre idée. Mme Burns lui avait tendu une enveloppe contenant les billets alors qu'il quittait le bureau à 17 heures. Il les examina de plus près et faillit sursauter.

— Artem ? insista-t-elle en levant un regard interrogateur vers lui.

— On donne le ballet *Petite Mort*, répondit-il d'une voix creuse.

— *Petite Mort ?* répéta-t-elle, rosissant instantanément. Vraiment ?

— Oui, vraiment, confirma-t-il en lui montrant les talons des billets.

— Ah, oui, je vois, dit-elle en les examinant à son tour. C'est certainement… très intéressant.

Comme il la dévisageait d'un air perplexe, elle entreprit de lui expliquer ce titre avec le sérieux d'une bibliothécaire. Et, à son grand désespoir, il trouvait cette attitude formidablement érotique.

— C'est une expression française, l'informa-t-elle. Un euphémisme pour…

— L'orgasme, termina-t-il à sa place. Oui, je le sais.

Il sentait venir une monumentale érection. Devant le bar du Lincoln Center, en attendant qu'on leur serve le champagne. Qu'avait-il fait pour mériter cela ? Pourquoi la destinée lui envoyait-elle cette épreuve ? De tous les ballets du monde…

Petite mort.

Il n'avait jamais vu le spectacle en question, et il en ignorait tout. Il n'était peut-être pas aussi provocateur que son titre le suggérait.

D'ailleurs, c'était sans importance. Enfin, presque. Ses pensées s'étaient déjà égarées là où elles n'avaient pas lieu d'aller. Et désormais, il était impossible de les arrêter. Surtout à cet instant où il sentait la douceur tiède du corps d'Ophelia sous sa paume. Elle était là, tout près de lui. À portée de ses caresses. De ses baisers.

Il la contempla un instant, et son regard s'attarda sur les diamants scintillant à la base de sa gorge. C'était là qu'il avait envie de l'embrasser. Là, où il pourrait sentir les battements de son pouls sous sa bouche. Là, et ailleurs.

Partout.

Petite Mort, songea-t-il, réprimant un soupir. Comment pourrait-il rester assis dans la pénombre près d'Ophelia toute la soirée sans penser à… entrer en elle ? Comment s'empêcher de l'imaginer dans l'orgasme ? D'entendre ses gémissements ? Ses cris dans l'obscurité de la chambre ?

Comment ne pas rêver aux mille façons de la conduire vers sa propre *petite mort* ?

— Monsieur Drake ? dit une voix à la périphérie de sa vision.

Refoulant avec effort l'image d'Ophelia criant de plaisir dans ses bras, il s'obligea à se tourner vers le barman, et à plaquer un sourire sur ses lèvres.

— Je vous demande pardon, s'excusa-t-il. J'avais l'esprit ailleurs.

— Puis-je vous servir une boisson ? s'enquit le barman en

faisant glisser deux dessous-de-verre devant lui sur le comptoir, où étaient exposés des objets à vendre : chaussons de danse, posters et programmes.

Il jeta un coup d'œil au programme de la soirée et à la photo en couverture, représentant un couple de danseurs en justaucorps couleur chair, paupières closes, membres entremêlés. Un peu surpris, il tourna son regard vers Ophelia pour jauger sa réaction, mais elle regardait ailleurs, l'air rêveur, comme si elle s'était transportée quelque part très loin de cette salle.

Il ne put que se demander où cela pouvait bien être.

C'était une hallucination, songea Ophelia.

Les chaussons pointes exposés près des programmes de *Petite Mort* et des posters de collection ne pouvaient pas être les siens, c'était impossible. Ce retour dans une salle de spectacle lui avait brouillé les idées.

Elle s'obligea à détourner les yeux, et concentra son regard sur le barman.

— J'espère que vous apprécierez le ballet, ce soir, dit-il en lui souriant.

L'homme lui semblait vaguement familier. Et s'il la reconnaissait ? Elle lui rendit son sourire, retenant son souffle.

Mais le barman se retournait déjà vers Artem. Excellent. Il ne l'avait pas reconnue. Elle voulait éviter à tout prix que son passé entre en collision avec son présent. Il valait toujours mieux couper tous les ponts. Sans oublier que si quelqu'un chez Drake Diamonds apprenait qui elle était, il ou elle découvrirait en même temps la raison exacte pour laquelle elle avait arrêté de danser. Et elle ne supportait pas l'idée que ses collègues de travail la regardent avec pitié.

Ses collègues, ou une certaine personne ?

Elle refoula cette question dérangeante dans un recoin de sa conscience. Elle ne pouvait pas se permettre de penser à Artem de cette façon. Elle n'aurait pas dû caresser son visage à l'arrière d'une limousine. Elle n'aurait pas dû se trouver ici, à une soirée de ballet, sa main posée au creux de son dos. Et, surtout, elle n'aurait pas dû désirer sentir la chaleur de cette main sur sa peau nue.

Et que dire du répertoire ? *Petite Mort…*

Elle jeta un nouveau regard en coin aux chaussons, principalement pour ne pas avoir à rencontrer le regard pénétrant de son cavalier de la soirée. Et aussi parce qu'ils la fascinaient. Un chausson glissé dans l'autre, en un joli petit paquet bien ficelé avec les rubans roses.

Ces chaussons pointes auraient pu appartenir à n'importe qui. La troupe vendait couramment les chaussons qu'avaient portés les ballerines. Les chaussons pointes des danseuses étoiles étaient souvent vendus très cher, et les bénéfices contribuaient au budget des compagnies.

Elle se répéta que ces chaussons de ballet ne pouvaient pas être les siens. Au demeurant, pourquoi mettrait-on en vente ses chaussons, alors qu'elle ne faisait plus partie de la troupe ?

Tout de même. Ceux-ci lui paraissaient familiers. Et elle ne put s'empêcher de remarquer qu'ils étaient les seuls à ne pas arborer l'autographe de la ballerine sur l'orteil.

Près d'elle, Artem venait de commander deux flûtes de Veuve Clicquot rosé, et il ôta sa main de son dos pour sortir son portefeuille. Et, c'était peut-être idiot, mais elle ressentit tout à coup un étrange sentiment d'abandon.

Il tourna son regard dans sa direction, et, comme toujours, elle eut la sensation qu'il lisait jusqu'au fond de son âme. Pouvait-il voir à quel point elle se sentait brisée ? Le seul fait de se trouver ici, ce soir, lui donnait presque l'impression de redevenir l'ancienne Ophelia. Ophelia Baronova.

Sur une impulsion, elle s'adressa au barman.

— Ces pointes, murmura-t-elle, désignant d'une main tremblante les chaussons de ballet d'une tendre couleur rose pastel. Pourrais-je les examiner, s'il vous plaît ?

— Bien sûr, mademoiselle, répondit le barman en lui tendant les chaussons sous le regard d'Artem.

S'il trouvait étrange qu'elle ait envie de les tenir entre ses mains, il n'en laissa rien voir. Il arborait une expression sereine, impassible. Comme toujours, elle n'avait pas la moindre idée de ce qu'il pouvait penser.

Et, pour une fois, elle ne s'en souciait pas du tout. Car, à l'instant où elle toucha ces chaussons, elle *sut*. Ses doigts se souvinrent de la douceur du satin rose, du poids de l'orteil carré rembourré, de la poudre blanche de la boîte à résine des coulisses qui adhérait encore aux semelles.

Elle avait porté ces chaussons.

Ils avaient été fabriqués sur mesure à Londres par un prestigieux artisan qui connaissait ses pieds plus intimement qu'elle ne les connaissait elle-même. Elle se souvenait de les avoir extraits du papier de soie de leur boîte, et d'avoir cousu les rubans roses de ses propres mains. Avec eux, elle avait exécuté des pirouettes, des arabesques. Elle avait dansé. Elle avait rêvé.

Ils étaient à elle.

Elle jeta un coup d'œil en direction d'Artem, occupé à payer leurs flûtes de champagne, puis elle se concentra à nouveau sur les chaussons qu'elle serrait contre sa poitrine. Elle désirait voir. Elle avait besoin d'être sûre.

Elle se faisait peut-être des idées. Ou peut-être avait-elle si désespérément besoin d'y croire, qu'elle s'inventait toute seule des fables à partir d'un bout de satin. Le cœur battant à tout rompre, elle déroula les rubans des chaussons. Ses mains tremblaient lorsqu'elle écarta délicatement le tissu rose pour examiner l'intérieur. Sur la semelle intérieure, aussi secrète qu'un passage d'un journal intime, il y avait une inscription tracée à l'encre noire :

GISELLE, *1ER JUIN.*
DERNIÈRE REPRÉSENTATION D'OPHELIA BARONOVA.

Les pointes qu'elle tenait entre ses mains étaient les derniers chaussons de ballet qu'elle ait jamais portés.

— Qu'avez-vous là ? s'enquit Artem en se rapprochant.

— Une merveille.

Elle lui offrit un sourire rayonnant, et c'est seulement alors qu'elle remarqua à quel point il se tenait très près d'elle. Mais elle ne chercha pas à reprendre ses distances avec lui. Pour une fois, elle désirait vivre pleinement l'instant. Comme autrefois.

— Je vous demanderais bien d'élaborer votre réponse, dit-il en lui rendant son sourire, mais vous m'avez déjà convaincu. Tout ce qui peut vous faire sourire de cette façon a pour moi la valeur d'un trésor.

Sans jamais la quitter du regard, il sortit deux billets de cent dollars de son portefeuille et les tendit à l'homme derrière le comptoir.

— Nous prendrons aussi les chaussons, lui dit-il.

Elle ne chercha même pas à protester, cette fois-ci, alors qu'elle avait élevé des objections lorsqu'il lui avait offert le chaton. Et pour cause : elle était folle de joie, comme si elle avait retrouvé, avec ces chaussons, tout l'espoir de ses rêves d'autrefois.

— Merci, Artem. Merci beaucoup.

Rempochant son portefeuille, il jeta un regard curieux aux chaussons qu'elle serrait contre son cœur.

— N'allez-vous pas me déclarer que vous ne pouvez pas accepter ? remarqua-t-il d'un ton gentiment ironique. J'avoue que je suis intrigué.

— Aimeriez-vous que je me dispute avec vous, monsieur Drake ?

— Jamais de la vie ! se récria-t-il. Et, en même temps, j'adore cela.

Elle haussa les épaules avec une feinte nonchalance, mais son cœur battait la chamade. Une partie d'elle-même, celle-là même qui mourait toujours d'envie de l'embrasser passionnément, désirait lui dire la vérité. Mais comment aurait-elle pu expliquer que ce satin qu'elle serrait contre son cœur était aussi précieux que le Diamant Drake lui-même ? Et peut-être même davantage ?

Les chaussons pointes qu'avait portés sa grand-mère étaient

exposés dans une vitrine de cristal au musée de l'Ermitage à Saint-Pétersbourg près de ceux d'autres étoiles du ballet, comme Anna Pavlova et Tamara Karsavina. Au cours de leurs carrières, les ballerines usaient un nombre vertigineux de pointes. Typiquement, plus d'une centaine de paires en une seule saison de danse. Mais aucune d'elles n'était aussi spéciale que la dernière paire. La paire qui marquait la fin d'une carrière.

Jusqu'à cet instant précis, elle ignorait ce qu'il était advenu de ses chaussons pointes. Elle se souvenait d'avoir pleuré lorsqu'une infirmière les lui avait retirés à l'hôpital, le soir où elle s'était effondrée sur scène.

Ensuite, le terrible diagnostic était tombé, et durant les jours de déchirement qui avaient suivi, les chaussons avaient été perdus.

Comme tant d'autres choses.

Jeremy devait les avoir gardés. Et aujourd'hui, par une étrange ironie du sort, elle les avait retrouvés. Artem les lui avait restitués, et elle avait l'étrange sentiment qu'il lui avait rendu une partie de son cœur qui lui avait manqué. Serrant ses pointes contre elle, elle se sentait dangereusement entière à nouveau.

Les lustres monumentaux au plafond du foyer clignotèrent trois fois, signalant que le spectacle allait commencer.

— Et si nous allions prendre nos places ? suggéra-t-il, indiquant l'auditorium avec sa flûte de champagne.

Elle prit une profonde inspiration. Soudain, elle se sentait aussi légère qu'une de ces bulles qui montaient à la surface du vin pétillant.

— Je vous suis.

Ils étaient assis au premier rang de l'une des loges privées, ce qui n'aurait pas dû la surprendre. Elle ne s'était jamais approchée de ces places prestigieuses dans cette salle. Lorsqu'elle faisait partie de la troupe de ballet, elle assistait toujours aux représentations lors de ses soirées de repos. Mais, comme les autres danseuses, elle s'asseyait au quatrième balcon, tout en haut de la salle. Au « poulailler ». Ces places coûtaient vingt dollars. Elle ne voulait même pas imaginer le prix des places réservées à Drake Diamonds. Quels avantages pouvaient justifier des dizaines de milliers de dollars investis dans une loge VIP au théâtre ?

Pour commencer, l'assurance d'une intimité totale.

La loge était fermée de tous côtés, à l'exception de la vue magnifique qu'elle offrait de la scène. Elle s'installa dans son fauteuil, ses chaussons toujours serrés contre son cœur, et, s'efforçant de dominer sa nervosité, elle parcourut du regard les somptueuses moulures dorées de leur loge, l'épaisse moquette cramoisie. C'était une intimité parfaite, dans un somptueux écrin de velours rouge.

Les lumières s'éteignirent alors qu'Artem lui tendait l'une des flûtes de champagne. Ses doigts effleurèrent les siens, et elle cessa soudain de respirer.

Mais, aux premiers accords du *Concerto pour piano n° 21* de Mozart, elle se sentit transportée dans un autre monde. La musique semblait traversée par une souffrance délicate, et les danseurs étaient exquis. Magnifiquement nus dans leurs combinaisons moulantes de danse couleur chair. Il était impossible de se cacher, dans un ballet comme *Petite Mort*. Ici, point de tutus vaporeux ni de costumes élaborés. Uniquement la beauté et la grâce du corps humain.

Elle n'avait jamais dansé *Petite Mort*. Elle n'avait jamais pensé avoir les capacités pour un ballet aussi provocateur. Brut. Puissant. Dévorant. Comme devrait l'être idéalement le sexe.

Mais, que savait-elle du sexe, au juste ? Qu'en saurait-elle jamais ?

Il n'était guère étonnant qu'elle n'ait jamais osé aborder ce ballet. Comment aurait-elle pu danser *Petite Mort*, elle qui n'avait jamais ressenti un orgasme ? Sa relation avec Jeremy n'était pas très portée sur le plaisir. Il était plus intéressé par la hauteur de ses arabesques que par celles de la passion. D'ailleurs, elle n'avait jamais été à l'écoute de sa propre sensualité. Elle avait trop dansé, et pas suffisamment vécu. Et aujourd'hui, il était trop tard.

Sur la scène, le pas de deux des danseurs se transforma en une nouvelle étreinte, bras et jambes entremêlés. Elle n'avait jamais autant envié quelqu'un de toute sa vie. Si seulement elle pouvait danser encore… et vivre l'amour.

Son rapport à son corps avait changé. Elle l'appréciait davantage. C'était peut-être la nature de sa maladie qui lui avait fait comprendre combien son corps était précieux. Ou peut-être était-ce la proximité de cet homme assis près d'elle, et l'image d'elle-même qu'il lui renvoyait…

Une danseuse.

Une femme.

Une amante.

Il se tourna dans son fauteuil, et sa cuisse vint effleurer la sienne. Le simple contact du tissu de son pantalon de smoking contre sa jambe la fit se liquéfier à l'intérieur. Elle tourna son regard vers lui dans la pénombre, et surprit son regard fixé sur elle plutôt que sur les danseurs sur la scène. La regardait-il de cette façon depuis le début ? Soudain, elle ne respirait plus, et la chaleur au centre de son corps était devenue un brasier. Que lui arrivait-il ? Le sentiment qu'elle avait éprouvé dans la limousine revenait en force — le désir, le besoin. La différence, c'était que, cette fois-ci, elle n'était pas sûre d'avoir la force de résister. Ses chaussons de danse lui avaient insufflé une nouvelle intrépidité. Ophelia Baronova s'efforçait de renaître.

Oui, ces chaussons étaient un signe. Le signe que tout était possible.

Seulement cette fois-ci.

Une dernière fois.

Une autre danse. Une autre chance.

L'entracte arriva trop vite. Son esprit baignait encore dans la musique de Mozart et dans sa rêverie sensuelle lorsque les lumières se rallumèrent. Elle se tourna face à Artem, et constata qu'il la fixait à nouveau.

— Qu'en pensez-vous ? chuchota-t-il d'une voix curieusement rauque qui la fit frissonner.

Seulement cette fois-ci.

— Je pensais que, lorsque tout ceci sera terminé…

Elle s'inclina vers lui, comme une ballerine vers son partenaire de danse, avant d'ajouter :

— Je veux danser seulement pour vous.

7

Artem se sentait en proie à des émotions contrastantes.

Un homme meilleur aurait demandé au chauffeur de la limousine de raccompagner Ophelia chez elle avant qu'il ne soit trop tard.

Mais il ne l'avait pas fait. Et il lui aurait été impossible d'agir autrement, même si sa vie en avait dépendu.

À leur arrivée dans la suite, il avait choisi le *Concerto pour piano n° 21* de Mozart comme musique d'ambiance. Et maintenant il était assis dans la pénombre et il l'observait tandis qu'elle enfilait les chaussons de ballet qu'elle avait choisis au Lincoln Center, et qu'elle nouait les longs rubans roses autour de ses chevilles fines. Il sentait la musique se réverbérer au centre de sa poitrine, et l'excitation qui s'était emparée de lui depuis qu'elle s'était blottie contre son épaule, durant l'entracte, devenait presque insoutenable. Il revoyait encore cet incendie dans son regard, son ravissant visage brûlant d'une passion contenue à grand-peine.

« Je veux danser seulement pour vous. »

Il entendrait ces mots dans ses rêves les plus secrets jusqu'au jour de sa mort.

— Êtes-vous prêt, monsieur Drake ? s'enquit-elle, s'immobilisant au centre de la pièce, les talons joints, les orteils pointés vers l'extérieur et ses bras souples doucement arrondis.

Si merveilleusement prête.

— Commencez, mademoiselle Rose, je vous en prie.

Les lumières de la Cinquième Avenue filtraient à travers les immenses baies vitrées, projetant des ombres colorées entre eux. Lorsqu'elle se mit en mouvement, glissant à pas lents et amples, on eût dit qu'elle valsait à travers les facettes irisées d'un diamant scintillant. Au-delà de la vitre, la neige tourbillonnait en un assaut silencieux. Mais aucun blizzard au monde n'aurait pu éteindre la combustion lente qu'il sentait brûler dans ses veines. Sa suite dans le ciel ne lui avait jamais semblé aussi loin du monde réel. Ici et maintenant, il y avait seulement eux deux. Personne d'autre. Aucun fantôme. Aucune règle.

« Je veux danser juste pour vous. »

À l'instant où elle se dressa sur les pointes, il sut que ce qui se révélait devant lui n'était pas un ballet. C'était plus qu'une danse. Infiniment plus. C'était la passion, la chaleur, la vie. Le sexe. Et peut-être même davantage.

Sa seule certitude absolue, c'était que la danse gracieuse qu'elle exécutait devant lui était le spectacle le plus érotique auquel il ait jamais assisté de toute sa vie.

Le bruissement voluptueux de sa robe, la courbe exquise de son dos, le mouvement vertigineux de ses chaussons roses lui coupaient la respiration. Il devait lutter de toutes ses forces contre ses instincts les plus basiques pour rester assis, pour la laisser terminer, alors qu'il désirait seulement se lever, écraser sa bouche sur la sienne et lui faire l'amour sur la musique intemporelle de Mozart.

Pour s'empêcher de donner libre cours à cet élan, il serrait fermement les bras de son fauteuil de cuir. Elle évoluait près de lui, dressée sur ses pointes, ses paupières closes, ses lèvres légèrement entrouvertes, si près que lorsque l'ourlet de sa jupe effleura son genou, son érection devint presque douloureuse. Pendant un instant, il crut même voir des étoiles. Puis, il comprit que ces éclairs provenaient du collier de diamants qu'Ophelia portait à son cou.

Il ne lui vint pas à l'idée de se demander comment elle avait su que ces chaussons seraient à sa taille, ni où elle avait appris à danser de cette façon. Remettre en question cet instant aurait été comme questionner un miracle.

Un cadeau du ciel.

C'était ce qu'elle lui avait offert.

Chaque rotation de son poignet, chaque mouvement fluide de ses bras, chaque pas de ses pieds chaussés de satin était un cadeau d'une valeur inestimable. Il ne respirait plus.

Il n'aurait su dire combien de temps elle avait dansé pour lui. Il avait l'impression que cela avait été le plus long moment de toute sa vie, et, simultanément, le plus fugace. Mais, lorsque la musique se tut, lorsqu'elle s'immobilisa devant lui, essoufflée et ravissante, sa poitrine palpitante et sa peau de porcelaine toute luisante de son effort, il sut avec certitude qu'il n'avait jamais contemplé une telle beauté de toute sa vie. Et que ce bonheur ne se répéterait probablement jamais.

Sans le quitter du regard, elle exécuta une profonde révérence devant lui. Et, incapable d'attendre davantage, il se leva pour s'approcher d'elle. Aussi délicatement qu'il en fut capable, alors que chaque cellule de son corps palpitait de désir, il prit sa main dans la sienne et l'aida à se relever.

Elle se redressa sur les pointes de ses chaussons, et, dans cette position, leurs yeux étaient presque au même niveau. Lorsqu'elle lui sourit, il ne put s'empêcher de songer qu'il ne l'avait jamais vue aussi heureuse, aussi pleine de joie. Même ses yeux dansaient.

— J'ai été ballerine, murmura-t-elle en guise d'explication.

Été ? songea-t-il. Il ignorait ce qui avait bien pu se produire dans son passé pour qu'elle arrête de danser, mais, à l'évidence, cela avait été un événement dévastateur. Il importait peu de savoir lequel. Il ne permettrait jamais que ce nuage noir vienne lui voler sa joie de vivre. Ou la persuade qu'elle était diminuée d'une quelconque façon.

— Non, Ophelia, répliqua-t-il en lui relevant gentiment le menton. Vous *êtes* une ballerine.

Il vit une larme solitaire rouler sur sa joue adorable. Il l'essuya du bout de son pouce, regrettant de n'avoir pas un bouquet de roses à placer dans ses bras. Des pétales à disperser à ses pieds. Elle méritait tout cela, et infiniment davantage.

Mais, tout ce qu'il avait à lui offrir, c'était l'ovation qui montait du fond de son cœur. Alors, il dut se contenter du peu qu'il pouvait faire. Il leva sa main fine vers ses lèvres, et il y déposa un tendre baiser.

— Artem ! protesta-t-elle d'une voix tremblante en reculant hors de sa portée.

Durant une affreuse seconde, il crut qu'elle allait s'enfuir à nouveau. Danser hors de sa suite dans ces chaussons roses. Il ne la laisserait pas partir. Pas cette fois-ci.

Mais elle ne s'enfuit pas. Et elle ne dit pas un mot non plus.

Elle tendit simplement ses bras souples derrière elle, et elle détacha le corsage de sa robe sans bretelles. Il eut la sensation qu'il vivait et mourait mille *petites morts* durant le temps qu'il lui fallut pour laisser glisser la robe à ses pieds dans un bruissement de tulle.

Et soudain, elle fut glorieusement nue, exception faite des diamants autour de son cou, exactement comme il l'avait imaginée. Mais aucun fantasme n'aurait pu le préparer au spectacle exquis de ses courbes délicates, de ses seins aux pointes roses, de la perfection de ce corps de marbre blanc, merveilleusement rehaussé par les diamants scintillants et les rubans de satin rose noués autour de ses jambes.

— Ophelia, dit-il d'une voix étranglée, vous êtes… si belle…

Qui est cette femme que je suis devenue ?

En chaussant une nouvelle fois ses pointes pour danser, Ophelia avait pensé pouvoir redevenir celle qu'elle avait été pour un petit moment. Le temps d'une unique nuit. Mais cette femme audacieuse plantée face à Artem Drake et s'offrant à lui d'une manière éhontée n'était pas Ophelia Baronova, pas plus qu'elle n'était Ophelia Rose. C'était une inconnue. Une personne qu'elle n'avait jamais eu le courage d'être.

Elle se *sentait* belle. Sans autres atours que ces diamants et ces chaussons de satin rose. Belle, et vivante.

Et elle souffrait.

Elle avait besoin qu'il la touche. Qu'il la touche réellement. À tel point qu'elle était tentée de prendre sa main et de la poser exactement là où elle désirait la sentir.

Enjambant le petit tas de tulle à ses pieds, elle alla vers lui, consciente à chaque pas de son regard brûlant sur sa peau nue. Puis, se haussant sur les pointes, elle noua ses bras autour de son cou et posa délicatement ses lèvres sur les siennes.

Il exhala un long gémissement d'agonie, et pour elle, ce son était plus divin que la musique de Mozart. Elle n'avait jamais fait un tel effet à aucun homme. Elle ne s'était jamais crue détentrice de ce pouvoir. Et à présent qu'elle le savait — et qu'il concernait cet homme particulier —, cette découverte lui faisait l'effet d'une drogue. Elle avait envie de le voir perdre le contrôle, pour une fois. Elle voulait qu'il se sente aussi totalement nu, aussi passionné qu'elle.

Son vœu fut exaucé.

Il l'embrassa passionnément, presque avec violence, à lui meurtrir la bouche. Il paraissait presque incroyable que ceci puisse être leur premier baiser. Leurs lèvres avaient été faites pour ce destin. Pour s'adorer mutuellement de cette façon.

Elle en restait éblouie. Était-ce censé être toujours ainsi ? Aussi délicieusement coquin ?

Elle se blottit contre lui, se délectant de la sensation de son smoking de fine laine contre sa peau nue. Elle rouvrit les yeux lorsqu'elle sentit qu'il laissait glisser ses lèvres le long de son cou, mordillant, embrassant, jusqu'à ce que sa bouche rencontre la pointe d'un sein. Elle laissa échapper un cri lorsqu'il prit son sein dans sa bouche, et un arc de pur désir sembla l'électriser tout entière. Sur la surface brillante de la baie vitrée, elle eut une vision fugace de leur reflet, et ce qu'elle vit la laissa sans souffle — son corps nu se contorsionnant dans les bras d'Artem, qui, lui, était resté habillé de pied en cap.

Avant qu'elle n'ait eu le temps d'avoir honte, il la souleva dans ses bras et l'emporta jusqu'au lit monumental. Ne s'étaient-ils pas juré, à peine deux semaines plus tôt, qu'ils n'éprouvaient aucun désir l'un pour l'autre ?

Elle mentait déjà ce jour-là. Elle avait désiré cet instant depuis la première seconde où elle avait posé les yeux sur Artem Drake.

Il la reposa sur les draps d'une douceur exquise, et elle s'efforça de reprendre sa respiration. Puis, il se pencha sur elle et l'embrassa à nouveau, cette fois-ci avec une délicieuse lenteur, comme s'ils avaient tout le temps du monde devant eux, et qu'il comptait faire bon usage de chaque délicieuse seconde.

Alors que ses mains dénouaient son chignon de ballerine, elle ne put s'empêcher de caresser son beau visage — ses pommettes parfaites, son menton volontaire et cette fossette secrète qui apparaissait dans les rares moments où il baissait sa garde, et qu'il souriait. L'homme le plus extraordinairement séduisant sur lequel elle ait jamais posé les yeux la contemplait comme s'il avait attendu cet instant avec la même impatience qu'elle.

— Ma gracieuse, murmura-t-il avec un sourire diaboliquement coquin.

Elle éprouvait un sentiment d'irréalité. Tout allait extraordinairement vite, et pourtant pas assez. Combien de temps survivrait-elle à cette divine chaleur qui irradiait en elle ? Brûlante, insistante, elle devenait impossible à ignorer. Puis sa main descendit, descendit encore, traçant une fine ligne invisible le long de son corps, jusqu'à ce que ses doigts aient trouvé le centre de sa féminité et s'introduisent délicatement en elle.

— Oh ! gémit-elle d'une voix qu'elle ne reconnut pas.

— Ophelia, ouvre les yeux. Regarde-moi.

Elle obéit, et découvrit alors qu'il la couvait d'un regard lourd de promesses. Sa main accéléra son mouvement, précisant ses caresses jusqu'à ce qu'elle soit obligée de se mordre la lèvre pour s'empêcher de crier.

Avant qu'elle n'ait compris ses intentions, il avait commencé à tracer un chemin de baisers le long de son corps. Étaient-ce réellement ses seins qui se tendaient d'une manière obscène vers sa bouche ? Ses cuisses qui se serraient pour retenir sa main en place ?

Oui, c'étaient bien ses seins, ses cuisses. Les caresses d'Artem la rendaient folle, faisaient d'elle une esclave de ses sensations. Elle avait perdu toute capacité de contrôler son corps, ce corps qu'elle pilotait autrefois avec une précision parfaite.

Puis, sa bouche s'arrêta juste au-dessus de son sexe palpitant, et elle éprouva une telle montée de désir qu'elle ne parvenait plus à respirer.

— S'il te plaît, gémit-elle d'une voix haletante, sans trop savoir ce qu'elle le suppliait de faire, sinon qu'il la soulage de cette torture exquise.

— Chut ! murmura-t-il, son souffle tiède caressant son sexe humide, déclenchant une nouvelle montée de feu liquide entre ses jambes. Je suis là.

Il déposa un tendre baiser à l'intérieur de l'une de ses cuisses, puis de l'autre, et le contact de sa barbe naissante sur sa chair ultrasensible faillit la faire basculer instantanément dans l'abîme.

Puis, sa bouche s'empara d'elle, embrassant, suçotant, goûtant, et elle ressentit un début de panique. Tout à coup, elle se sentait trop exposée. Trop vulnérable. Elle se noyait dans le plaisir, et elle savait que si elle se permettait de lâcher prise, elle dépasserait le point de non-retour. Il ne lui serait plus jamais possible d'oublier.

Comment pourrait-elle retourner à une vie normale après ceci ? Comment pourrait-elle vivre seule durant le restant de sa vie en sachant ce qui lui était refusé ?

— Détends-toi, murmura-t-il d'une voix rauque. Laisse-toi aller.

Il introduisit à nouveau un doigt en elle, et elle se cramponna à lui comme si sa vie en dépendait, les yeux fermés. Elle ne voulait pas laisser sa peur lui gâcher cet instant. Elle désirait rester ici.

Dans ce lit.

Avec cet homme.

Alors, elle cessa de lutter. Et, à la seconde où elle lâcha

prise, et où elle permit à ce délicieux tsunami de sensations de l'emporter, ce fut l'éblouissement.

Elle sentit que tout son corps se liquéfiait. Pour la première fois, elle comprit vraiment le sens de l'expression « petite mort ». Car, c'était comme si elle était morte et qu'elle était entrée dans un autre univers. Un univers de rêve. Un univers enchanté. Elle sentait les pulsations de son corps contre la main d'Artem, comme s'il tenait sa force vitale au bout de ses doigts.

Mais sa bouche poursuivait ses assauts, doucement, prolongeant son plaisir jusqu'à ce qu'il recommence à flamber. Ce qui semblait tout bonnement incroyable. Comment y survivrait-elle dans un intervalle si court ? Était-ce même possible ?

Déposant un doux baiser sur son ventre, il se releva. Il était entièrement habillé, son smoking toujours impeccable, son nœud papillon à peine un peu de travers, comme s'il sortait tout juste d'un conseil d'administration… mis à part l'impressionnante érection qui distendait son pantalon.

Elle ne respirait plus. Elle avait besoin de le voir, de le sentir. Tout de suite.

Se relevant à son tour, elle explora de ses mains son large torse aux muscles durs. Recueillant ses seins dans ses paumes, il déposa un baiser dans ses cheveux alors qu'elle faisait glisser sa veste sur ses bras et la laissait tomber sur le sol.

L'un de ses boutons de manchette rebondit sur le sol, mais ni l'un ni l'autre n'y fit attention. Elle était à peine consciente de ce qu'elle faisait. Elle n'avait jamais déshabillé un homme de toute sa vie, mais elle ne se sentait plus ni nerveuse ni hésitante, et il n'y avait plus la moindre trace de timidité chez elle. Il avait libéré quelque chose qu'aucun autre homme n'avait su révéler. La créature sauvage et libre qui vivait en elle.

Elle tira la fermeture Éclair de son pantalon et glissa sa main à l'intérieur pour le libérer. Il était dur — plus dur qu'elle ne l'aurait jamais cru possible — et d'une taille impressionnante. Presque intimidante. Mais le poids de son érection entre ses mains déclencha un délicieux frisson le long de son dos.

Rivant son regard au sien, elle entreprit de le caresser. Il gémit, et ses yeux s'assombrirent de désir. Elle éprouvait une sorte de vertige à lui donner du plaisir. Comme après de trop nombreuses pirouettes. Elle sentait son pouls battre dans le creux à la base de sa gorge, là où reposait le diamant de la princesse Grace.

Lorsqu'elle se pencha pour le prendre dans sa bouche, il glissa ses doigts dans ses cheveux, et elle sentit le frisson qui le traversait aussi distinctement que si elle l'avait senti dans son propre corps. Après ceci, après cette nuit, ils seraient liés l'un à l'autre. À tout jamais. Quoi qu'il arrive. Dans les années à venir, lorsque sa maladie s'aggraverait, lorsqu'elle ne pourrait plus danser, ou même marcher, elle se remémorerait cette nuit. Elle se souviendrait qu'elle avait été chérie et adorée. Et lorsqu'elle fermerait les yeux pour revenir en rêve vers ce lit, le visage qu'elle verrait dans ces moments volés serait celui d'Artem.

Lui, il l'oublierait peut-être un jour. Probablement, même. Il y aurait d'autres femmes dans sa vie. D'autres amantes. Elle n'était pas naïve au point de croire que de faire l'amour avec elle changerait quoi que ce soit à ses habitudes.

Mais, pour elle, cela changerait tout. C'était déjà le cas. *Il* avait déjà tout changé.

Elle leva les yeux vers lui. Elle désirait graver pour toujours cet instant dans sa mémoire. Il la releva en position agenouillée sur le lit, et il reposa son front contre le sien avant d'ajouter dans un souffle :

— J'ai besoin de me sentir en toi.

La gorge serrée, incapable de prononcer la moindre parole, elle acquiesça en silence, mais son cœur chantait.

Puis il l'allongea sur le lit, son corps vint recouvrir le sien, l'enveloppant dans sa chaleur, dans sa puissance masculine. Ses grandes mains caressèrent son visage et ses lèvres déposèrent une pluie de baisers sur ses paupières closes, tandis que son sexe pressait délicieusement contre sa féminité.

Elle s'était attendue à ce qu'il se montre passionné, ardent, et il ne l'avait pas déçue sur ce point. Mais cette tendresse inattendue qu'il lui manifestait était plus qu'elle ne pouvait en supporter. Puis, il entra en elle avec un gémissement étouffé, et c'est seulement alors qu'elle se rendit compte qu'elle n'était pas du tout préparée pour le danger qu'elle courait en faisant l'amour avec Artem Drake.

Soudain, son pouls rugissait dans ses oreilles.

Souviens-toi.

Au même moment, d'un puissant coup de reins, il acheva d'entrer en elle, et elle sut qu'elle n'oublierait jamais.

Comment pourrait-elle oublier ce magnifique corps d'athlète à la musculature parfaite qu'elle sentait sous ses doigts ? Cette lueur de plaisir presque douloureux qu'elle voyait briller au fond de ses yeux ? La sensation à couper le souffle de son sexe en elle, qui lui donnait tant de plaisir ? Elle se sentait comblée. Complète. Enfin entière. Guérie.

Elle savait que cela n'avait aucun sens, mais c'était ainsi. Rien d'autre ne comptait. Dans ce moment d'euphorie, ni son passé, ni son avenir, ni même sa maladie, n'avaient la moindre importance. Rien ni personne d'autre n'existait. Seulement Artem et elle.

Exactement le genre de pensées qu'entretiendrait une femme amoureuse.

Mais elle n'était pas amoureuse de lui. Elle ne pouvait pas tomber amoureuse. Et surtout pas de lui.

Ce n'était que de la sensualité. Du désir. Ce n'était pas de l'amour. C'était impossible.

Elle priait de toutes ses forces pour que ce ne soit pas cela.

Elle ne l'aimait pas. Elle ne pouvait pas l'aimer.

— Oui, s'entendit-elle murmurer, ondulant les hanches sous son poids.

Elle sentait le cœur d'Artem battre très fort contre le sien. Elle tombait en chute libre, dans un éther de sensations et de plaisir liquide. Sa respiration devint haletante, et, lorsqu'elle plongea son regard au fond de ses yeux, elle y lut la réponse à toutes les questions qu'elle s'était posées.

— Meurs avec moi, Ophelia, murmura-t-il, glissant sa main entre leurs deux corps pour la caresser.

La petite mort.

« Meurs avec moi. »

Sur ces dernières paroles, elle mourut une nouvelle fois, plongeant avec lui dans un merveilleux anéantissement.

8

Artem avait dormi comme un loir.

Lorsqu'il se réveilla, des heures plus tard, il constata que les jambes parfaites d'Ophelia étaient encore entremêlées aux siennes, et qu'elle portait toujours ses chaussons roses. Dans les rayons de lune qui pénétraient à flots par les baies vitrées, sa peau de porcelaine paraissait luminescente. Il avait la sensation de tenir une perle des mers du Sud dans ses bras.

Comment était-ce arrivé ? Il avait fait exactement ce qu'il s'était juré de ne jamais faire.

Enroulant une longue mèche des cheveux d'Ophelia autour de son doigt, il observa un instant les ombres dansantes des flocons de neige sur son corps nu. Qu'elle était belle ! Il connaissait la beauté — celle des diamants scintillants et des pierres précieuses, celle des plus somptueux paysages qu'il traversait lors de ses nombreux voyages, celle des femmes qui partageaient son lit… Mais aucune de ces expériences n'était comparable à la sensation grisante de serrer Ophelia dans ses bras. Elle était infiniment plus belle que les diamants qui ornaient toujours son cou de cygne.

Le seul fait de penser à elle faisait naître au centre de sa poitrine une douleur lancinante qui l'eût inquiété s'il s'était permis d'y réfléchir.

Il aurait tout le temps d'y penser plus tard. Plus tard, lorsqu'il lui faudrait rester assis en face d'elle au bureau, en s'interdisant de l'approcher. Plus tard, lorsque tous les regards seraient sur eux, et qu'il lui faudrait prétendre qu'il n'avait pas vécu avec elle la nuit d'amour la plus enivrante de toute sa vie. Plus tard, dans son bureau, lorsqu'il poserait les yeux sur le portrait de son père.

Il n'était pas Geoffrey Drake. Il avait peut-être franchi certaines limites, mais cela ne faisait pas de lui un individu comme son père. Il refusait de le croire, surtout à cet instant où il voyait les cheveux d'or d'Ophelia étalés sur son oreiller, où il sentait son cœur battre doucement contre le sien.

Il parcourut lentement son corps du regard, se délectant de chaque détail, et il sentit son désir revenir au galop. Que lui arrivait-il ? Elle avait fait de lui un homme insatiable.

Mais il devrait la laisser se reposer encore un moment. Et lui retirer ses chaussons afin qu'elle soit encore capable de marcher le matin venu.

En veillant à ne pas la réveiller, il se glissa hors du lit et prit délicatement l'un de ses pieds entre ses mains. Il dénoua le ruban qui lui entourait la cheville, et le satin rose glissa comme de l'eau entre ses doigts. Lorsqu'il lui ôta le chausson avec mille précautions, elle exhala un soupir, mais, à peine quelques secondes plus tard, ses seins magnifiques se soulevaient à nouveau au rythme régulier de sa respiration.

Il garda le chausson entre ses mains durant un long moment, s'émerveillant qu'une chose aussi jolie et aussi délicate puisse supporter le poids d'une femme dressée sur la pointe des orteils. Il ferma les yeux et se remémora Ophelia glissant et virevoltant à travers son salon. La poésie en mouvement.

Rouvrant les yeux, il posa son chausson sur la table de nuit et entreprit de lui ôter le second. Il céda aussi facilement que l'autre.

Alors qu'il se tournait pour le poser près de son jumeau, quelque chose à l'intérieur attira son attention. Une inscription apparemment manuscrite. Il l'étudia plus attentivement, écartant le satin rose pour exposer la semelle intérieure.

Quelqu'un y avait effectivement tracé quelques mots :

GISELLE, *1ER JUIN.*
DERNIÈRE REPRÉSENTATION D'OPHELIA BARONOVA.

Il se figea.

Ophelia Baronova ?

Ophelia.

Il ne pouvait pas s'agir d'une coïncidence, il en était sûr. Ce prénom n'était pas tellement répandu. En outre, cela expliquait que les chaussons soient exactement à son pied. Et qu'elle ait su par avance qu'elle pouvait les porter pour danser. Dans un recoin de sa conscience, lui aussi l'avait su depuis le début. Ces chaussons étaient ceux d'Ophelia. Ils l'avaient toujours été.

Cela expliquait beaucoup de choses, et, en même temps, cela soulevait beaucoup de questions.

Il contempla la femme d'une beauté sublime endormie dans son lit. Qui était-elle ? Qui était-elle réellement ?

Puis, il examina à nouveau les mots soigneusement tracés à l'intérieur du chausson.

BARONOVA.

Pourquoi ce nom lui semblait-il familier ?

— Je peux tout t'expliquer.

Il la regarda : elle avait ouvert les yeux, remonté le drap sur sa poitrine. Elle posa son regard sur le chausson, avant de poursuivre :

— C'était mon nom de scène. Baronova est un vrai nom de famille, mais je m'appelle Ophelia Rose. Je n'ai pas menti sur mon CV, si c'est ce que tu penses.

Son CV ? Croyait-elle vraiment qu'il s'inquiétait de ce qu'elle avait pu écrire sur un bout de papier chez Drake Diamonds, alors qu'elle était nue dans son lit ?

— Je me moque de ton CV, Ophelia.

À voir son expression paniquée, elle devait craindre qu'il la licencie séance tenante.

— C'est… compliqué, conclut-elle d'une voix étranglée.

Il la dévisagea un long moment, puis, reposant le chausson

près de l'autre sur la table de nuit, il alla s'asseoir sur le lit à côté d'elle. Les choses compliquées ne lui faisaient pas peur. Les complications étaient ses fidèles compagnes de route depuis toujours.

Recueillant son visage entre ses mains, il l'embrassa tendrement, avec révérence, jusqu'à ce que le drap glisse, et qu'elle soit à nouveau nue dans ses bras.

C'était ainsi qu'il désirait la voir. Exposée. Offerte.

Il n'avait pas besoin de tout savoir d'elle. Ceci lui suffisait — ce moment volé, son corps lumineux, son esprit passionné. Que lui importait son nom ? Il était bien placé pour savoir qu'un nom ne signifiait pas grand-chose.

— Je t'en prie, murmura-t-elle tout contre ses lèvres, n'en parle à personne, d'accord ?

— Je ne dirai rien, promit-il en se penchant pour poser ses lèvres sur la pointe rose d'un sein.

Elle était incroyablement douce.

Tendre et vulnérable.

Puis, il nota qu'elle respirait plus vite. Elle noua ses jambes souples autour de sa taille et elle lui tendit ses bras.

— S'il te plaît, Artem, dit-elle dans un souffle. J'ai besoin que tu…

— Je te le promets, coupa-t-il en la serrant dans ses bras.

Elle s'ouvrit à lui, ondulant les hanches avec une lenteur affolante. Elle était merveilleusement délicate, blottie tout contre lui. Petite et fragile comme une danseuse de boîte à musique. Mais, ce qui lui fit l'effet d'une flèche en plein cœur, ce fut le désespoir qu'il entendait dans sa voix.

Il crut se sentir mourir.

Et cette sensation était la seule explication pour ce qu'il laissa échapper quelques instants plus tard :

— Je ne suis pas vraiment un Drake, Ophelia.

Sitôt que ces mots eurent franchi ses lèvres, il comprit la gravité de ce qu'il venait de faire. Il n'avait jamais avoué cette vérité à qui que ce soit.

Il aurait dû reprendre ses paroles. Tout de suite, avant qu'il ne soit trop tard.

Il n'en fit rien. Au lieu de cela, il se prépara à affronter sa réaction, inconscient du fait qu'il retenait sa respiration, s'attendant à ce qu'elle cesse de le toucher, de l'explorer… puis, il comprit qu'elle ne s'était pas arrêtée. Elle continua à le caresser en le fixant d'un regard implorant.

— Je ne comprends pas.

— Je suis un bâtard. Dans le vrai sens du mot.

— Ne fais pas cela, l'interrompit-elle en posant ses lèvres sur les siennes. Ne t'appelle pas ainsi.

Son père, lui, ne s'était pas gêné pour répéter ce mot très souvent. Après avoir découvert son existence, bien sûr.

— Ma mère était employée chez Drake Diamonds. Elle est décédée lorsque j'avais cinq ans. Ensuite, je suis allé vivre dans la résidence des Drake.

Dalton avait huit ans, à l'époque, et sa sœur Diana six. Du jour au lendemain, il s'était retrouvé dans une famille d'inconnus.

Les journaux à scandale adoreraient avoir cette information, il le savait. C'était le grand, l'énorme secret de la famille Drake. Un secret qu'il avait gardé durant toute sa vie, et qu'il venait de révéler à une femme qu'il connaissait depuis à peine quinze jours.

— Oh ! Artem ! murmura-t-elle, posant ses lèvres au coin de sa bouche, sans cesser de le caresser.

Et le plaisir qu'elle lui donnait était un réconfort. Un réconfort et une libération.

Il ne connaissait pas l'histoire d'Ophelia. Il n'avait pas besoin de la connaître. Elle avait une expérience personnelle du chagrin et de la perte. Sa souffrance transparaissait dans les profondeurs de saphir de ses yeux, il la voyait clairement. Elle comprenait. C'était peut-être même en partie ce qui l'avait attiré vers elle. L'imposteur en elle avait peut-être reconnu l'imposteur en lui.

Mais il ne pouvait pas s'empêcher de se sentir curieux. Pourquoi cachait-elle son passé de ballerine ?

Il devait ralentir. S'expliquer tranquillement avec elle.

Mais il n'avait pas envie de ralentir. Il ne le pouvait pas.

— Ophelia ? murmura-t-il d'une voix un peu rauque, effleurant délicatement l'arc souple de son dos.

Elle était si douce. Tellement féminine. Comme les pétales des roses. Et elle lui donnait un tel sentiment de perfection, blottie dans ses bras, qu'il ne voulait plus revisiter ce passé qui lui paraissait désormais irréel.

Elle, en revanche, était le présent, et elle était bien réelle. Il n'existait rien d'aussi authentique que sa façon de danser. La réalité, c'était l'arrondi de ses seins pressés contre son torse. C'était sa voix douce qui murmurait à son oreille. C'était sa féminité brûlante et humide.

Dès lors, il n'y eut plus de paroles, plus d'aveux. Elle le guidait en elle, le prenait tout entier dans sa merveilleuse étroitesse. Tout entier. Son corps, son besoin, ses vérités.

Son passé et son présent.

Tout ce qu'il était, et tout ce qu'il avait été.

Il n'avait aucune idée de l'heure qu'il était lorsque son téléphone sonna à l'intérieur de sa veste de smoking gisant toujours en tas sur le sol, là où il l'avait jetée. Une lumière rose opalescente entrait par les baies vitrées, et l'on entendait le bruit des taxis et des sirènes de police dans la rue en contrebas. La musique matinale de Manhattan.

Il mourait d'envie de tracer un chemin descendant de baisers sur le corps d'Ophelia, et de lui offrir le réveil qu'elle méritait, mais, avant qu'il n'ait eu le temps de mettre ce plan à exécution, son téléphone sonna à nouveau. À deux reprises.

Puis, encore et encore.

Soupirant de contrariété, il se glissa hors du lit et sortit l'appareil de la poche de sa veste pour jeter un coup d'œil à l'écran. Et il sursauta. *Vingt-neuf appels manqués.*

Tous de son frère.

Saisi d'un mauvais pressentiment, il se souvint de la dernière fois où son frère avait fait un usage aussi frénétique du téléphone. Deux mois plus tôt, la nuit où leur père avait fait son infarctus. Lorsqu'il avait enfin rappelé Dalton, leur père était décédé depuis plus de quatre heures.

Il composa le numéro de son frère et, traversant la suite, toujours nu, il alla s'enfermer dans son petit bureau afin de ne pas réveiller Ophelia.

Dalton répondit à la première sonnerie.

— Ah, Artem ! Enfin !

— Quel est le problème ? s'enquit-il, surpris par le ton guilleret de son frère.

— Il n'y a aucun problème.

Il fronça les sourcils. Il n'avait jamais vu son frère afficher une telle nonchalance. Savoir se détendre n'était pas le fort de l'aîné des Drake.

— Il n'y a aucun problème, répéta Dalton. Tout va bien. À vrai dire, tout va même très bien.

Il marqua une pause, suffisamment longue pour déclencher des sirènes d'alarme dans son subconscient. Quelque chose clochait.

— Mon frère, tu es un génie, déclara alors Dalton.

À présent, il était réellement inquiet. Son frère n'avait pas pour habitude de lui passer de la pommade.

— Que se passe-t-il, Dalton ? Cesse de tourner autour du pot, et parle clairement. Je suis assez occupé, en ce moment.

— Occupé ? À cette heure-ci ? Permets-moi d'en douter. Je te parle de la fille.

Il sentit sa gorge se serrer, et il jeta un regard en direction du lit.

La fille.

Son frère faisait allusion à Ophelia, il n'en doutait pas une seconde. Et, sans trop savoir pourquoi, il se sentit froissé par cette façon cavalière de parler d'elle.

— Puis-je savoir de qui il s'agit ?

— Je veux parler d'Ophelia, bien sûr, répondit Dalton en

riant. Ta fabuleuse découverte. Elle n'est pas celle que nous pensions, mon frère.

Ainsi, leur secret était éventé. Comment diable Dalton avait-il pu découvrir la véritable identité d'Ophelia ?

— Oui, je sais, assura-t-il, saisi tout à coup du pressentiment qu'il ne savait rien.

— Ah, tu es déjà au courant ? répondit Dalton sans manifester beaucoup de surprise. Je suppose que tout est pour le mieux, alors. Tout de même, tu aurais pu me parler de ses liens avec le Diamant Drake avant que je ne l'apprenne de la bouche d'un reporter mondain de *Page 6*.

Il se figea.

Le Diamant Drake ? *Page 6* ? De quoi diable son frère parlait-il ?

— Je n'arrive pas encore à croire que nous avons eu pour employée la petite-fille de Natalia Baronova durant tout ce temps, poursuivit Dalton. Tu as eu un coup de génie en recommandant ses créations.

Baronova, songea-t-il. Pas étonnant que ce nom lui ait semblé familier.

— Fais-tu allusion à la ballerine qui a porté le Diamant Drake dans les années 1940 ? *Cette* Natalia Baronova ?

— Oui, naturellement. Existe-t-il d'autres ballerines célèbres du nom de Natalia ?

— Natalia Baronova, répéta-t-il d'une voix sans timbre.

Il se souvint de la passion qui vibrait dans sa voix lorsqu'elle parlait de la pierre, de l'expression rêveuse de ses yeux lorsqu'il l'avait surprise en contemplation devant sa vitrine, de son ardent plaidoyer contre son projet de la mettre en vente.

Pourquoi ne lui avait-elle rien dit ?

« Je peux tout t'expliquer. »

Mais, en réalité, elle ne lui avait rien expliqué du tout. Elle avait seulement déclaré que Baronova était un nom de scène, et que c'était compliqué. Pire, il s'était contenté de cette esquive. Il pensait réellement que son nom n'avait aucune importance. Mais cela, bien sûr, c'était avant d'avoir découvert que l'histoire de la famille d'Ophelia était intimement mêlée à celle de *son* entreprise familiale.

Il n'avait jamais haï Drake Diamonds autant qu'à cet instant précis. Il ne s'était jamais beaucoup intéressé à l'entreprise, et il n'avait certes pas demandé à la diriger. Il entendait encore, comme si c'était hier, les paroles de bienvenue de son père lorsqu'il était venu vivre à la résidence Drake :

« Je vais m'occuper de toi. Tu es sous ma responsabilité, et je veillerai à ce que tu ne manques de rien, et surtout pas d'argent. Mais Drake Diamonds ne sera jamais à toi. Que cela soit clair entre nous : tu n'es pas vraiment un Drake. »

Il avait cinq ans, à l'époque. Il n'avait même pas compris ce que cet homme qu'il devait appeler Père voulait dire, lorsqu'il parlait de « Drake Diamonds ». Mais il n'avait pas tardé à l'apprendre.

Il aurait dû démissionner de son poste de P-DG comme il en avait eu l'intention. C'était une erreur depuis le début. S'il était resté, c'était pour elle. Pour Ophelia. Il avait refusé de l'admettre alors, mais, maintenant, tout était clair dans son esprit. Depuis qu'il avait goûté sa peau. Depuis qu'ils avaient fait l'amour.

Le fait qu'elle ait un lien quelconque avec l'entreprise était malheureux en soi. Mais apprendre qu'elle avait aussi un lien avec le Diamant Drake, et l'entendre par la bouche de son frère…

Il aurait dû la questionner un peu. Savoir exactement avec qui il partageait son lit. Et, au lieu de cela, il lui avait communiqué des informations qu'elle n'avait pas à connaître. Naturellement, elle n'avait rien à faire dans son lit non plus. Elle était son employée. Tout comme sa propre mère avait été une employée de Drake Diamonds, tant d'années auparavant.

Il sentait un début de migraine battre derrière ses tempes. Il n'était à la tête de Drake Diamonds que depuis trois mois, et l'histoire se répétait déjà. Parce que *lui*, l'avait répétée.

— La petite-fille de Natalia Baronova, oui, c'est ce que je te disais, confirma Dalton, d'un ton jovial. J'ai organisé une petite réunion lundi matin de bonne heure. Toi, moi et Ophelia. Nous avons beaucoup à discuter. Et, en premier lieu, de nos plans pour le Diamant Drake.

— Il n'y a rien à discuter, grogna-t-il, écartant d'emblée cette ridicule suggestion. Nous allons le vendre. Ma décision est prise.

— Depuis quand ? s'enquit Dalton, soudain moins jovial.

— Depuis tout de suite.

Il était plus que temps de commencer à penser de manière logique. L'entreprise avait besoin d'argent. Ce diamant était un caillou, rien de plus.

— Voyons, Artem, prends le temps de réfléchir, insista Dalton. Nous pourrions faire de cette histoire une mine d'or. Nous avons une collection créée par la petite-fille de Natalia Baronova, la ballerine au destin tragique qui a dû se retirer de la scène dans la fleur de l'âge. Ces bagues de la collection *Ballerine* vont faire exploser les ventes.

« Ballerine au destin tragique » ? Il tourna son regard vers la porte fermée qui donnait accès au reste de la suite. Il imagina Ophelia nue sur les draps froissés. Ravissante. Parfaite.

Puis il songea à la tristesse infinie au fond de son regard, et il se rembrunit.

— Je vais revoir les chiffres des bilans, déclarait Dalton. Il ne sera peut-être pas nécessaire de vendre le Diamant Drake. Prends le temps d'y réfléchir.

Il n'avait pas besoin de réfléchir. Ce qu'il devait faire, c'était raccrocher ce téléphone et retourner dans la chambre pour aller au fond de cette histoire.

« Ballerine au destin tragique »…

Il ne parvenait pas à évacuer ces mots de sa conscience. Ils faisaient passer au second plan le regret qu'il ressentait.

— J'espère que ce journaliste de la chronique mondaine ne compte pas publier un article sur ce sujet, observa-t-il.

En tout cas pas encore.

Il avait besoin de temps. Du temps pour évaluer la situation.

Pour s'emparer de cette histoire et dicter la façon dont elle devait être présentée. Du temps pour se protéger.

Et aussi, du temps pour protéger Ophelia, même s'il ne savait pas vraiment contre quoi. Mais, à en juger par la souffrance qu'il avait lue dans ses yeux lorsqu'elle lui avait demandé de garder le secret sur son nom de scène, elle ne désirait pas que cette information s'ébruite. Pas maintenant. Et peut-être jamais.

« Ballerine au destin tragique »…

Il lui avait fait une promesse. Et il la tiendrait.

— Pourquoi ? s'étonna Dalton. Le seul but de ta présence au ballet, hier soir, était de créer le buzz autour de la nouvelle collection.

— Oui, je sais, mais…

Pas de cette façon.

— L'article doit être publié ce matin, précisa Dalton. C'est même leur principale histoire du jour. Ils m'ont appelé hier soir pour solliciter un commentaire, et j'ai répondu à ta place, puisque tu n'étais pas joignable.

Parce qu'il faisait l'amour à Ophelia.

— Tu me remercieras plus tard, ajouta Dalton. Nous ne pourrions pas acheter ce genre de publicité même si nous le désirions. Mais j'ai été navré d'apprendre sa maladie. Sincèrement. Je n'aurais jamais deviné qu'elle était malade.

Il eut la sensation qu'une main de glace lui serrait le cœur. Son frère avait peut-être continué à parler, mais il ne l'entendait plus. Et cela lui importait peu. Il avait entendu la seule information qui comptait.

Ophelia était malade.

À son réveil, Ophelia baignait dans une délicieuse torpeur, et elle s'étira comme une chatte dans l'immense lit d'Artem.

Cela faisait des mois qu'elle n'avait pas permis à son corps de s'exprimer de cette façon. Après le diagnostic de sa maladie, elle aurait pu continuer à assister à quelques cours de ballet. Même s'il n'était plus question de poursuivre une carrière professionnelle, rien ne l'obligeait à abandonner totalement la danse. Et pourquoi pas, peut-être même donner des cours à des enfants ?

Elle savait tout cela dans sa tête, mais sa tête n'était pas le problème. Le véritable obstacle était son pauvre cœur meurtri et déçu.

Comment pourrait-elle enfiler ses chaussons en sachant qu'elle ne monterait plus jamais sur scène ? Le ballet avait été son seul amour. *Toute* sa vie. Il était impensable de cantonner cette passion à quelques séances de danse occasionnelles. Mais la danse lui avait affreusement manqué. Comme un membre amputé.

Et ce n'était que maintenant, entre ces draps froissés, baignant dans les souvenirs doux-amers, qu'elle comprenait réellement le vide immense que cette absence avait laissé dans sa vie, ces quelques derniers mois. Toutefois, un autre besoin, plus vital encore, palpitait inconsciemment en elle. Elle avait eu besoin de *ceci*.

De lui.

Elle avait eu besoin d'être caressée. D'être aimée. Elle avait eu besoin d'Artem.

Mais, maintenant…

Maintenant, cela devait se terminer.

Elle serra les paupières, s'efforçant désespérément de glisser à nouveau dans le confort velouté du sommeil. Elle n'était pas prête. Elle n'était pas prête pour la lumière crue du matin, ni pour la perte qui accompagnerait ce lever de soleil. Elle n'était pas prête à lui dire adieu.

Ce qui s'était passé entre eux ne pouvait pas se reproduire. Sous aucun prétexte. Rien n'aurait pu la préparer à la réalité de faire l'amour avec lui. Aucun rêve, aucun espoir, aucun fantasme. À présent, elle savait.

« Je ne suis pas vraiment un Drake, Ophelia. »

Cette nuit avait été plus qu'une aventure sexuelle. Bien plus. Elle avait dansé pour lui. Elle lui avait montré une facette d'elle-même qui n'appartenait désormais qu'à elle, et à elle seule. Un doux, un douloureux secret. Et, en retour, il s'était révélé à elle. Le véritable Artem Drake. Qui d'autre connaissait vraiment cet homme ?

Probablement très peu de gens, et peut-être personne, conclut-elle, la gorge serrée. La vérité lui était apparue dans la tristesse de son regard. Elle l'avait sentie dans la sincérité de ses caresses. Elle ne s'était pas attendue à une honnêteté aussi brute. Elle n'y était pas préparée. Elle n'avait pas prévu qu'elle pourrait succomber. Mais c'était exactement ce qui s'était produit, et la chute avait été exquise.

Comment pourrait-elle se convaincre de renoncer à lui alors qu'elle avait déjà tellement perdu ?

Refoulant les larmes qui montaient à ses paupières, elle prit une profonde inspiration.

Son cœur battait à tout rompre, avec une sorte d'abandon fiévreux qu'elle n'avait connu que dans la danse. Et chaque cellule de son corps, chaque rêve brisé qu'elle portait en elle criait : « Encore, encore ! » Lorsqu'elle ferma les yeux, elle aurait pu jurer qu'elle sentait des pétales de roses tomber en pluie sur ses épaules nues.

Un autre jour. Une autre nuit.

Avec lui.

Pourquoi se les refuser ? Ensuite, lorsque ce week-end toucherait à sa fin. Tout retournerait à la normale. Parce qu'il le fallait.

Elle se redressa assise dans le lit, cherchant du regard des signes de la présence d'Artem.

Ses vêtements étaient toujours éparpillés sur le sol avec les siens. Quelque part, elle entendait le son apaisant de sa voix. Comme une musique.

Une mélodie de désir résonna en elle. Au même instant, on frappa quelques coups discrets à la porte.

— Artem ? appela-t-elle, s'enveloppant dans la couverture de chinchilla gisant au pied du lit.

Aucune réponse.

— Monsieur Drake ? dit une voix à travers le vantail. Votre petit déjeuner, monsieur.

Le petit déjeuner. Il avait dû se lever pour appeler le service d'étage. Elle se glissa hors du lit et marcha pieds nus jusqu'à la porte, apercevant au passage son reflet dans l'élégant miroir au cadre d'argent suspendu dans l'entrée. Son apparence était en parfait accord avec ce qu'elle ressentait à cet instant. Elle avait la sensation d'avoir été merveilleusement ravagée.

Ses joues devinrent brûlantes lorsqu'elle ouvrit la porte et se trouva face à un employé en veste blanche impeccable, pantalon noir et nœud papillon. Elle ne s'était jamais sentie aussi nue malgré la luxueuse couverture de fourrure qui l'enveloppait.

— Bonjour, dit-elle d'une voix mal assurée.

— Bonjour, mademoiselle, répondit l'homme, impassible, en poussant le chariot du petit déjeuner à l'intérieur de la suite.

À l'évidence, la présence d'une femme dans cette chambre n'avait rien de nouveau pour lui. La seule idée d'imaginer Artem avec une autre femme dans le lit qu'ils avaient partagé lui faisait l'effet d'une flèche en plein cœur.

Il ne t'appartient pas.

Il ne t'appartient pas, et tu ne lui appartiens pas. Une autre nuit. Ensuite, ce sera fini.

Prenant une profonde inspiration, elle resserra la couverture de fourrure autour de son corps tandis que l'employé disposait les plats recouverts de cloches d'argent en un tableau parfait sur la table de la salle à manger, où trônait un vase de pivoines parfumées, près des journaux du matin étalés en éventail.

— C'est le petit déjeuner habituel de M. Drake, déclara le jeune homme en désignant la table d'un ample geste de la main. Puis-je vous apporter autre chose, mademoiselle ?

C'était *cela*, le petit déjeuner habituel d'Artem ? Comment pouvait-on vivre dans un tel luxe ?

Elle ne parvenait pas à l'imaginer, mais cela lui était égal. Elle ne survivrait jamais à de telles pressions, sans même mentionner l'attention constante de la presse... La perspective de voir sa vie étalée dans les médias, exposée aux yeux du monde entier… La soirée de la veille avait déjà été une épreuve, et heureusement qu'elle n'avait même pas été le centre d'attention. Pas vraiment. La presse, le public s'intéressaient surtout aux bijoux. Et à Artem, bien entendu. Elle n'était que la femme à son bras. L'un des journalistes lui avait semblé vaguement familier, mais il ne lui avait pas adressé une seule question. Elle s'était inquiétée pour rien, comme avec le barman.

— Mademoiselle ? insista le garçon d'étage. Désirez-vous une tasse de thé ?

— Non, je vous remercie. Tout ceci est…

Son regard balaya la table, et c'est alors qu'elle remarqua la couverture de *Page 6*, un magazine consacré aux spectacles et aux potins des célébrités.

Était-ce une photo d'elle étalée en pleine page ? Et pourquoi aurait-on laissé Artem hors du champ de la photo ? Seul son bras était visible, lui enlaçant la taille. Une vague d'effroi déferla sur elle alors qu'elle découvrait la légende de la photo, et tout devint affreusement clair dans son esprit.

— Mademoiselle ? insista le jeune homme à nouveau. Disiez-vous quelque chose ?

— Euh… Oh ! oui, merci, bredouilla-t-elle, trop dévastée pour pleurer, ou même pour penser. Tout est parfait.

Elle ne pouvait pas empêcher sa voix de trembler. Ses idées s'embrouillaient. Elle parvenait à peine à respirer.

Le garçon d'étage se retira, et elle s'affaissa sur l'une des chaises de la salle à manger. Une larme s'écrasa sur la photo avec un bruit mat. Elle ne s'était même pas rendu compte qu'elle s'était mise à pleurer.

Tout est parfait.

Hélas, rien n'était parfait. Absolument rien.

Elle ferma les yeux, mais elle revoyait encore cette horrible manchette. Elle resterait probablement pour toujours gravée dans sa mémoire, comme marquée au fer rouge.

L'ÉTOILE BRISÉE DU BALLET, OPHELIA BARONOVA, REVIENT SOUS LES PROJECTEURS.

L'étoile brisée du ballet. À croire qu'elle était morte.

Mais c'était bien le cas, l'avait-elle oublié ? Elle n'était plus Ophelia Baronova. Elle était Ophelia Rose.

Et à présent tout le monde saurait. *Tout le monde.* Artem y compris. D'ailleurs, il le savait peut-être déjà.

Il avait promis de garder le secret sur son identité. Il était donc impensable qu'il soit à l'origine de cet article. Elle ravala la bile qu'elle sentait monter dans sa gorge, voyant disparaître les derniers vestiges de la vie prudente et anonyme qu'elle était parvenue à se construire après le diagnostic de sa maladie.

Elle se sentit prise de faiblesse, et éprouva un soudain besoin de s'allonger. Mais avant tout, elle devait sortir de cette suite.

Une autre nuit.

Elle ne parvenait plus à respirer, comme si les jolis rubans roses de ses chaussons s'étaient noués autour de son cœur.

Il n'y aurait pas d'autre nuit.

Ni maintenant, ni jamais.

9

Artem serrait les poings sous la table quand Ophelia fit son entrée dans la salle de conférences, le lundi matin. Lorsqu'il avait enfin raccroché le téléphone, après sa conversation avec Dalton samedi, et qu'il était retourné dans la chambre, écumant de rage, il avait trouvé le lit vide. Ophelia avait disparu. Les chaussons de danse n'étaient plus sur sa table de nuit. La seule trace qui restait de sa présence chez lui était le collier de diamants étincelants abandonné sur l'oreiller.

Il n'était resté absent que quelques minutes, et elle était partie. Sans un mot.

Au début, tout ce qu'il avait ressenti avait été de la simple incrédulité. Aucune autre femme à Manhattan n'aurait osé faire une chose pareille. Aucune autre femme n'en avait jamais eu l'occasion. Il s'était fixé des règles très strictes. Il ne permettait jamais à ses conquêtes de rester, car il ne supportait pas de se réveiller à côté d'elles.

Jusqu'à l'autre nuit.

Mais, bien sûr, rien dans sa relation avec Ophelia n'était ordinaire. Depuis qu'il avait posé les yeux sur elle dans la cuisine de Drake Diamonds, il se surprenait à faire des choses qu'il n'avait jamais songé à faire auparavant. Rester à son poste de P-DG. Adopter des chatons. Révéler de sombres secrets. Il se reconnaissait à peine.

Il ne reconnaissait certes pas l'homme qui avait déambulé comme un furieux dans la suite à la recherche de quelque chose. Mais quoi ? Peut-être un indice. Une babiole oubliée, un bout de ruban rose qui lui confirmerait qu'il n'avait pas rêvé les événements de la nuit précédente. Une preuve que tout était réel. Cette danse ensorcelante. L'intensité de leur corps à corps amoureux. Puis, il avait vu le magazine posé sur la table, et il avait compris.

Elle avait vu l'article en couverture de *Page 6*. Et celui-ci était plus qu'indiscret. Pire, elle l'avait visiblement lu avant qu'il n'ait eu une chance de l'avertir.

Le papier de la première page était encore humide de ce qu'il supposait être ses larmes. Il avait dû manquer son départ précipité de quelques secondes à peine.

— Monsieur Drake.

La voix d'Ophelia l'arracha à ses pensées.

Elle l'avait salué d'un simple hochement de tête en entrant dans la pièce, fuyant visiblement son regard.

Alors donc, ils en revenaient aux politesses, au vouvoiement, à la distance. Il dut puiser tout au fond de ses réserves de self-control pour ne pas lui rappeler que, la dernière fois qu'ils s'étaient vus, ils étaient nus dans les bras l'un de l'autre. Et merveilleusement rassasiés.

Le seul fait d'y penser fut la cause d'une érection instantanée, ce qui ne fit rien pour calmer son irritation.

— Bonjour, mademoiselle Rose, la salua-t-il, d'un ton plus froid qu'il n'en avait eu l'intention. Ou devrais-je plutôt vous appeler Mlle *Baronova* ?

— Je préfère mademoiselle Rose, répondit-elle en pâlissant.

— Je souhaitais seulement m'en assurer.

Il haussa ses épaules, feignant l'indifférence.

Indifférent, en réalité, il ne l'était pas du tout. Et tout le problème était là. Il tenait trop à elle.

Sclérose en plaques.

Comment avait-il pu ignorer qu'elle était malade ? Comment avait-il pu plonger son regard au fond de ces yeux hantés, alors qu'il entrait en elle, et ne pas s'en apercevoir ?

À sa grande honte, il devait admettre que, même s'il faisait don de sommes généreuses à l'Association nationale de recherche contre la sclérose en plaques, et même s'il assistait à quelques-uns de leurs galas, ses connaissances concernant cette maladie étaient plutôt rudimentaires. Il avait passé une grande partie de ce week-end en ligne, à se familiariser avec ses symptômes et son pronostic.

L'article de *Page 6* ne laissait que peu d'espoir, et prédisait qu'Ophelia finirait un jour dans un fauteuil roulant. Il trouvait cette conclusion totalement incompréhensible. Il ne pouvait pas accepter l'idée qu'elle ne danserait plus jamais. Et cela rendait le cadeau qu'elle lui avait fait encore plus précieux.

L'article affirmait qu'elle n'avait jamais plus dansé depuis son diagnostic. Il n'avait pas eu besoin de le lire pour savoir que c'était vrai. Il y avait un élément de… sacré dans la danse qu'elle avait exécutée devant lui. Il la revoyait, virevoltant sur ses pointes dans ses chaussons roses. Lorsqu'il dormait, lorsqu'il rêvait… et même éveillé. C'était tout ce qu'il voyait. Le jour et la nuit.

Dalton s'était levé lorsqu'elle était entrée dans la salle de réunion, et il la salua à son tour.

— Bonjour, Ophelia.

— Bonjour, répondit-elle, souriant à son frère.

Un sourire apparemment sincère à la surface, mais il ne manqua pas de remarquer que ses lèvres tremblaient.

Il connaissait ces lèvres. Il connaissait leur goût, leur ferme douceur. Le sourire d'Ophelia pâlit lorsqu'elle tourna son regard vers lui, puis elle détourna vivement la tête. Se retrouver en face de lui la mettait mal à l'aise. Tant mieux. Lui aussi s'était senti mal à l'aise chaque fois qu'il avait essayé de l'appeler, depuis qu'elle s'était volatilisée. Et encore plus mal à l'aise lorsqu'il avait frappé à la porte de son appartement et qu'elle n'avait pas répondu.

Il pouvait l'aider. L'ignorait-elle ? Il pouvait engager les meilleurs spécialistes pour la soigner. Oui, il pouvait l'aider à retrouver la santé… si seulement elle y consentait.

— Nous avons quelques petites choses à régler, ce matin, déclara Dalton en toussotant d'un air gêné.

C'était peu dire, songea-t-il. Mais que pouvait-il faire pour Ophelia en présence de Dalton ? Rien. Absolument rien.

Elle acquiesça sans un mot. Malgré toute sa colère, il souffrait de la voir ainsi. Silencieuse. Apeurée. Il aurait tout donné pour pouvoir la serrer dans ses bras. Son corps la réclamait à grands cris, même s'il savait logiquement que cela n'arriverait jamais. Elle avait été très claire là-dessus.

Il aurait dû l'accepter. Il aurait dû se sentir soulagé. Il n'avait aucune envie de s'enfermer dans une *relation*. Il n'y avait même jamais pensé. Il ne voulait pas se marier, et moins encore élever des enfants. Sa propre enfance avait été à tel point chaotique qu'elle l'avait guéri à jamais de cette idée. Et, même s'il avait songé à se lancer dans une relation, elle était malgré tout son employée. Et il *n'était pas* comme son père, même si son comportement récent pouvait le laisser supposer.

Mais, à cet instant précis, la présence d'Ophelia à moins d'un mètre de lui était une véritable torture. Il souffrait le martyre.

— Compte tenu de certaines… informations récemment révélées… J'aimerais proposer une nouvelle campagne de marketing pour la collection *Ballerine*, déclara Dalton.

Alors, son frère comptait faire passer les affaires d'abord ? Il serra les poings davantage.

— Une nouvelle campagne de marketing ? balbutia-t-elle, ouvrant de grands yeux.

La panique qu'il lisait dans ses yeux émoussa sa colère. La transforma en autre chose, qui ressemblait davantage au chagrin. Un chagrin profond et inconsolable.

— Oui, confirma Dalton. Je pensais à une campagne d'affiches. Des photos artistiques de vous en noir et blanc, et peut-être quelques spots à la télévision, dont vous seriez la vedette, naturellement.

— Moi ?

Il la vit avaler sa salive, et il observa avec fascination le mouvement de sa gorge adorable. Il se souvenait d'avoir longé son cou délicat avec ses lèvres, croyait encore entendre ses doux gémissements, sentir le battement de son pouls sous sa langue. Il revoyait l'éclat des diamants sur sa peau de porcelaine.

Puis, il revint brusquement à la réalité de la salle de réunion, et il s'aperçut qu'elle le fixait d'un regard froid du côté opposé de la table.

Sans la présence de Dalton, il lui aurait reproché amèrement sa façon de disparaître sans la moindre explication. Ou alors, il l'aurait simplement allongée sur la surface luisante de la table de chêne, et il l'aurait embrassée à lui en faire perdre la raison.

Et il aurait peut-être fait ces deux choses à la fois.

Mais Dalton était bien là, et il avait repris la parole. Il évoquait des pages de publicité dans le *New York Times*, et un catalogue spécial pour les fêtes de fin d'année.

— Vous porterez des chaussons de ballet, naturellement. Et aussi un tutu.

Enfin, elle tourna son regard vers Artem. Tout au fond de ses yeux de saphir, il lisait une supplique. Il était temps que quelqu'un fasse cesser cette folie.

Les propositions de Dalton étaient inacceptables. Pourquoi son frère ne comprenait-il pas que s'habiller pour un rôle qui ne pourrait jamais plus être le sien la tuerait ? Il croyait entendre son cœur se briser.

— Dalton ? intervint-il.

Mais son frère n'entendait pas se laisser dissuader si facilement. À l'évidence, il avait ressassé cette stratégie de marketing durant tout le week-end.

— Vous porterez le Diamant Drake, bien entendu, poursuivait son frère. J'aimerais le faire enchâsser dans votre nouveau design de tiare aussi rapidement que possible. Vous serez le visage de Drake Diamonds. Votre image sera affichée sur tous les bus, et dans toutes les stations de métro de New York. Et peut-être même en affiche lumineuse à Times Square. Je sais que vous n'avez plus dansé depuis quelque temps, mais si vous pouviez danser quelques pas, juste le temps de tourner un clip commercial, nous serions parés pour la campagne.

Il n'en croyait pas ses oreilles. Maintenant, Dalton demandait à Ophelia de danser ? Il n'en était absolument pas question. La danse était un domaine trop spécial pour elle, trop intime pour être ainsi exploité, même si cela pouvait sauver Drake Diamonds. Dalton ne pouvait peut-être pas comprendre ce que le ballet signifiait pour elle parce qu'il ne l'avait jamais vue danser. Mais lui, il l'avait vue.

Il *savait*. Il savait qu'il avait le souffle coupé devant le spectacle de ses arabesques, et que la cambrure de son pied pouvait le faire mourir de désir. Il porterait ce souvenir en lui jusqu'à son dernier jour.

Et Dalton s'attendait à ce qu'elle danse pour des diamants ? Dans un message publicitaire à la télévision ?

Elle n'y consentirait jamais. Jamais. Et, même si elle acceptait, il saurait bien empêcher une telle folie.

Ophelia faisait de son mieux pour se concentrer sur Dalton et sur ce qu'il disait, même si ses propos étaient absurdes et terrifiants, mais sa vision devenait de plus en plus floue.

Non, pas maintenant, pria-t-elle silencieusement. *Mon Dieu, pas maintenant…*

Avant même d'être arrivée à son appartement, le samedi matin, elle avait senti revenir les symptômes de sa maladie. Elle avait pris un taxi plutôt que le métro, pour ne pas être vue en public dans la robe de soirée qu'elle portait depuis la veille. Celle-là même qu'elle portait sur la photo en première page du magazine. Alors qu'elle était assise à l'arrière du taxi, à contempler la neige qui tombait à gros flocons de l'autre côté de sa vitre, en essayant de ne pas pleurer, elle avait senti un étrange engourdissement s'emparer d'elle.

Cela avait commencé avec le bout de ses doigts. Un léger picotement, d'abord à peine sensible. Elle avait fixé ses mains, qui serraient les ballerines qu'elle avait failli oublier dans sa hâte de partir, et elle avait remarqué qu'elles tremblaient. Alors, sa crainte était devenue une certitude.

En comprenant que ses symptômes étaient réapparus, elle

avait été incapable de retenir ses larmes. Le destin ne s'était pas montré particulièrement bienveillant avec elle, mais ce dernier coup était trop cruel. Incroyablement cruel. Ses lèvres étaient encore toutes tuméfiées des baisers d'Artem, son corps encore tiède de la chaleur de son lit. Pourquoi cela lui arrivait-il maintenant ?

La réponse était logique, et elle la connaissait. Le stress.

Les médecins avaient été bien clairs — le stress ne pouvait qu'aggraver sa maladie. Même un corps en parfaite santé réagit au stress, et son corps n'était ni parfait ni en pleine santé. Son équipe médicale lui avait conseillé de se construire une vie aussi libre de tensions que possible, et c'était la raison pour laquelle elle était devenue bénévole au refuge pour animaux. Et l'une des innombrables raisons pour lesquelles elle n'avait jamais songé à entamer une relation avec un homme. Ou même à se permettre le luxe de tomber amoureuse.

Elle avait dévié de ses principes. Une seule fois.

Durant une unique nuit, elle avait oublié sa maladie. Elle s'était permis de vivre. Vraiment vivre. Et, à présent, sa vie, ses secrets, tout ce qui lui était cher, se trouvait étalé en première page des journaux. Un peu de lecture avec le café du matin de M. Tout-le-monde. Tout cela aurait suffi à la stresser sans le crève-cœur supplémentaire de savoir qu'Artem lirait ces mots, et qu'il ne la regarderait jamais plus de la même façon, avec cette flamme de désir brûlant au fond de ses yeux.

Il n'était guère étonnant que le bout de ses doigts soit devenu insensible, ou qu'elle ait glissé sur le trottoir en descendant du taxi. Il ne fallait pas s'étonner non plus que la sensation de picotement soit devenue plus intense lorsque Artem s'était présenté à son appartement, et qu'il avait martelé sa porte pour qu'elle lui ouvre, alors qu'elle était recroquevillée sur le sofa, le chaton serré contre sa poitrine.

À cet instant-là, elle avait souhaité que cette insensibilité la gagne tout entière. Qu'elle se répande du bout de ses doigts jusqu'à son cœur afin de ne plus ressentir ce qu'elle ressentait pour lui.

Il lui manquait.

Il lui manquait avec une intensité qui l'effrayait.

Elle n'aurait donc pas dû être surprise que sa vision devienne floue en se retrouvant assise en face d'Artem, dans la salle de réunion de Drake Diamonds, ce lundi matin, à écouter son frère exposer son horrible idée de campagne de promotion de sa nouvelle collection.

Dalton voulait qu'elle danse. À la télévision.

— Non, coupa Artem.

Dalton lui lança un regard étonné.

— Pardon ?

— Tu m'as très bien entendu.

— Il me semble que c'est à Ophelia de décider, répondit Dalton en se tournant vers elle avec un sourire nerveux.

Elle demeura silencieuse. Tout à coup, elle avait la sensation d'être devenue invisible. Elle aurait dû en éprouver du soulagement, mais quelque chose dans la façon qu'avait Artem d'éviter son regard, alors même qu'il venait à sa rescousse, la troublait.

Pourquoi faisait-il cela, alors qu'elle refusait de prendre ses appels, ou de le revoir ? Elle l'ignorait, et cette idée lui déchirait le cœur.

— C'est là que tu te trompes, Dalton, déclara-t-il. Ce n'est pas à Ophelia de décider parce qu'il n'y a *rien* à décider. Cette campagne n'aura pas lieu. Nous ne ferons pas monter le Diamant Drake sur une nouvelle tiare. Il sera vendu aux enchères dans trois semaines à compter d'aujourd'hui.

Elle sursauta. *Quoi ?*

— Dis-moi que le contrat n'a pas encore été signé, répondit Dalton en poussant un grand soupir. Dis-moi qu'il n'est pas trop tard pour revenir en arrière.

Il haussa les épaules avec nonchalance, comme si cette discussion concernait le menu du déjeuner, et non un joyau inestimable dont l'histoire se confondait avec celle de leur famille — et la sienne.

— Les documents sont sur mon bureau, attendant ma signature, mais je ne changerai pas d'avis. Ophelia ne portera pas ta tiare, et elle ne dansera pas pour ta campagne promotionnelle.

Un lourd silence se fit dans la pièce. Elle ne respirait presque plus.

— Non, s'il vous plaît, réussit-elle à articuler.

— Non ? répéta Artem, tournant son regard courroucé vers elle. Voulez-vous dire que vous approuvez cette stratégie de marketing ?

— Ce n'est pas du tout ce que je dis, corrigea-t-elle en se tournant vers son frère. Dalton, je suis désolée. Je ne peux pas le faire. En réalité, je ne *veux* pas le faire.

Il fallait qu'elle le dise elle-même. Elle n'avait pas besoin qu'Artem livre ses batailles à sa place. Elle était capable de se défendre toute seule.

Elle était peut-être au bord d'une rechute, mais elle pouvait encore parler en son propre nom, et prendre ses propres décisions. En outre, Artem ne serait pas toujours là pour la défendre. Elle ignorait même pourquoi il persistait à essayer de la protéger maintenant. Mis à part l'explication logique — il avait pitié d'elle. Et la pitié était la toute dernière chose qu'elle attendait de lui.

Mais qu'attendait-elle de lui, au juste ?

Une foule de choses, conclut-elle, la gorge serrée. Peut-être espérait-elle même qu'il l'aime.

Non. Elle ne pouvait pas se permettre de caresser de telles pensées. En dépit de son pouvoir et de sa fortune, il avait visiblement eu une vie sentimentale tumultueuse. Pouvait-elle réellement espérer de lui qu'il accepte de prendre une épouse qui finirait sûrement par devenir un fardeau pour lui ?

Une épouse ? *Une épouse ?* Depuis quand se permettait-elle même de rêver au mariage ? Était-elle devenue folle ?

— Je ne comprends pas, dit Dalton, fronçant les sourcils.

— Il n'y a rien à comprendre, intervint Artem. Tu as entendu Mlle Rose. Elle ne dansera pas, et le diamant sera vendu aux enchères. Fin de la discussion.

Sur ces mots, il se leva et reboutonna sa veste, indiquant que la réunion était terminée.

Comment était-il possible que tout soit allé si vite ?

— Attendez, lança-t-elle.

Elle avait perdu sa famille. Et sa santé. Et le ballet.

Et lui, Artem, le seul homme qu'elle ait jamais désiré, ne serait jamais à elle.

Mais elle *refusait* de perdre le Diamant Drake. Elle savait qu'il ne comprendrait jamais. Et comment le pourrait-il, d'ailleurs ? Mais ce diamant — ce « caillou », comme il l'appelait si fréquemment — était le seul lien qui la reliait encore à sa famille.

Elle ne se marierait jamais. Elle ne connaîtrait jamais la joie d'avoir un enfant. Lorsqu'elle ne serait plus de ce monde, le nom *Baronova* ne serait plus qu'un souvenir. Tout cela, elle pouvait l'accepter. Mais cette acceptation ne serait possible que si une preuve tangible, physique, subsistait de leur passage. Un souvenir capturé dans les facettes scintillantes d'un joyau inestimable. Un bijou que des générations successives viendraient admirer. Les gens contempleraient le diamant et se souviendraient de sa famille.

Les Baronova, Natalia et Ophelia, avaient vécu. Et elles avaient compté.

— Artem, s'il vous plaît, ne vendez pas le diamant, murmura-t-elle d'une voix brisée.

Ses yeux ne quittèrent pas un instant les siens, même si le fait qu'il soit tout proche d'elle la troublait profondément, et qu'il lui était presque impossible de s'en cacher. Leur nuit ensemble la hantait à chaque seconde, et elle n'avait jamais imaginé à quel point il serait difficile de le revoir dans le contexte professionnel. De rester assise à une chaste distance de lui alors qu'elle brûlait de sentir ses caresses. De lire l'indifférence dans son regard alors qu'elle croyait encore le sentir aller et venir en elle. C'était peut-être le moment le plus difficile de sa vie, mis à part le jour où on lui avait annoncé sa maladie.

Parce que si seulement elle avait pris ses appels, ou si elle lui avait ouvert sa porte lorsqu'il était venu la voir chez elle, il ne serait pas si furieux. Tellement furieux qu'il ne parvenait même plus à la regarder en face.

— Je suis désolé, mademoiselle Rose.

Il évitait visiblement son regard, mais il n'avait pas l'air désolé du tout.

Son cœur sombra. La pitié n'était pas le pire sentiment qu'elle aurait pu lire dans ses yeux.

— Ma décision est prise. Cette réunion est terminée.

10

Ophelia était certaine qu'à un moment quelconque, dans les semaines qui restaient avant la vente aux enchères, Artem reviendrait sur sa décision. Il ne pouvait pas sérieusement songer à vendre le diamant. Mais qu'est-ce qui avait pu l'inciter à faire un tel choix ? Elle ne comprenait pas pourquoi Dalton n'avait pas protesté davantage pour le conserver dans la famille.

Certes, la décision finale appartenait à Artem. C'était *lui*, le P-DG, et l'entreprise familiale des Drake était sous sa responsabilité. Cela ne signifiait pas, cependant, qu'il ait endossé les habits de l'autorité avec enthousiasme. Après tout, le jour où ils s'étaient rencontrés, il était bien décidé à démissionner.

Et, aujourd'hui, elle croyait savoir pourquoi.

« Je ne suis pas vraiment un Drake, Ophelia. »

Sa gorge se serrait chaque fois qu'elle pensait à l'expression qu'elle avait lue dans ses yeux lorsqu'il avait prononcé ces mots. Des yeux au fond desquels grondait un orage. Des yeux qui avaient connu le désir, et le chagrin de la perte. Des yeux semblables aux siens, lorsqu'elle se regardait dans son miroir.

Artem et elle avaient plus de points communs qu'elle ne l'aurait cru possible.

Mais, à en croire les journaux, il avait effectivement l'intention de vendre le diamant aux enchères. Et pourquoi s'en priverait-il, puisqu'il n'éprouvait aucun attachement sentimental envers cette pierre ?

Hélas, ce n'était pas son cas. Et, à présent, il savait exactement ce que ce diamant représentait pour elle. Le fait que cela paraisse le laisser indifférent n'aurait pas dû lui faire aussi mal. Et pourtant, elle souffrait.

Elle s'en voulait de souhaiter que les choses aient été différentes. Elle avait fait l'amour avec Artem. Elle s'était jetée à son cou, lui avait dévoilé son corps et son âme tout en sachant que ce n'était que pour une unique nuit. Qu'avait-elle pensé qu'il se passerait ?

Certainement pas ceci.

Pas cette douleur lancinante au centre de sa poitrine. Pas ce vertige qui s'emparait d'elle chaque fois qu'elle pensait à lui. Pas ces rappels constants de ce qui aurait pu être, partout où elle posait son regard.

Le visage d'Artem était partout. À la télévision. Dans les magazines. Dans les journaux. Les détails de la vente faisaient les premières pages. Les spécialistes se perdaient en spéculations quant au résultat des enchères, mais la plupart supposaient que la vente rapporterait au moins quarante-cinq millions. Probablement davantage.

S'il fallait chercher un côté positif à tout cela, c'était que dans l'excitation que provoquait cette vente aux enchères, le magazine *Page 6* l'avait totalement oubliée. Avant la diffusion du communiqué de presse concernant le diamant, sa photo avait été étalée dans les journaux tous les jours. Les paparazzis se rassemblaient devant son immeuble, et la suivaient jusqu'à son travail chaque matin. Ils la suivaient dans les couloirs du métro. Ils l'avaient même suivie jusqu'au refuge pour animaux. C'était insupportable. Elle avait vécu dans la peur de perdre l'équilibre et d'être prise en photo face contre terre sur le trottoir. Elle savait que c'était exactement ce qu'ils attendaient. Un faux pas désastreux. Une image qui montrerait jusqu'où elle était descendue depuis ses jours de gloire, lorsqu'elle était une ballerine promise à un brillant avenir. Une histoire qui ferait pleurer les lecteurs de pitié.

Elle était déterminée à ne pas leur offrir ce cadeau. Elle avait perdu Artem, et, à présent, elle allait perdre le diamant.

Elle refusait de perdre aussi sa dignité. C'était tout ce qu'il lui restait.

Toutefois, dès que la nouvelle de la vente aux enchères s'était répandue, la meute devant sa porte s'était dispersée. En un seul jour, elle était devenue de l'histoire ancienne.

Elle savait qu'elle aurait dû s'en réjouir, ou tout du moins s'en trouver soulagée. Mais il lui était difficile de ressentir autre chose que du regret tandis que les jours passaient sans la moindre nouvelle d'Artem. Il restait invisible.

Il n'avait pas mis les pieds chez Drake Diamonds depuis cet horrible lundi matin dans la salle de réunion. Trois semaines de silence. Vingt et un jours d'absence qui pesaient sur elle comme une chape de plomb.

Même ce vendredi matin, lorsque les agents de sécurité de Sotheby's étaient venus retirer le Diamant Drake de sa vitrine dans la salle d'exposition, il était resté douloureusement absent. Elle n'avait pas eu le courage d'assister à l'opération.

Puis le jour prévu pour la vente aux enchères arriva, et elle dut se rendre à l'évidence : non seulement Artem allait vendre le diamant, mais il ne réapparaîtrait peut-être plus dans les locaux de Drake Diamonds. Elle ne le reverrait peut-être jamais. Et c'était mieux ainsi. Beaucoup mieux.

Mais, alors, pourquoi éprouvait-elle cette sensation de vide à l'intérieur ?

Parce qu'elle était amoureuse de lui.

Non.

Non, elle n'était pas du tout amoureuse de lui. Elle était amoureuse de ce qu'il lui faisait ressentir. C'était différent, n'est-ce pas ? Oui, cela devait être ainsi. Parce qu'elle ne pouvait pas tomber amoureuse. D'aucun homme. Et moins encore d'Artem Drake.

La vente aux enchères devait commencer à midi, et le magasin avait fait installer un écran géant dans la salle d'exposition au niveau de la rue. On servait du champagne et des plateaux chargés des célèbres petits-fours de Drake Diamonds et de cristaux de sucre candi en forme de diamants taille émeraude.

C'était, dans un sens, une fête d'adieu, et la moitié des habitants de Manhattan étaient venus pour y assister.

Elle alla s'enfermer dans son bureau minuscule, et elle s'efforça de prétendre que c'était une journée de travail ordinaire. Sa table à dessin disparaissait sous les esquisses de la nouvelle collection qu'elle créait en s'inspirant de l'univers Art déco du Plaza. Mais se plonger dans son travail ne lui procurait aucun soulagement. Cela n'effaçait pas l'absence d'Artem. Le souvenir de leur nuit ensemble vivait dans le tourbillon scintillant de la broche pavée de diamants qu'elle avait enfin terminée. La spirale de diamants blancs rappelait les tourbillons des flocons de neige dans la nuit, et les améthystes serties en son centre étaient du même rose pâle que ses chaussons de ballet.

Serait-ce toujours ainsi ? Était-elle condamnée à vivre dans le passé ? Dans les photos en noir et blanc écornées de la tiare de sa grand-mère, et dans les joyaux qui racontaient l'histoire de la nuit où elle avait commis ce qui avait probablement été la plus grosse erreur de sa vie ?

Le bout de ses doigts picotait, et sa main lâcha le crayon qu'elle tenait. Elle arracha la page de son carnet de croquis et la froissa, mais, même cela, elle en était incapable. Le papier tomba sur le sol.

Elle resta un instant à le fixer, puis la dure réalité la rattrapa. Voilà ce qu'était son présent. Des choses qui lui échappaient des mains. La frustration. Le vide immense laissé par l'absence d'une personne.

C'est aussi à cela que ressemblerait son avenir. Ce ne serait pas un avenir de diamants, de danse, de corps à corps amoureux dans la suite d'Artem, tandis qu'une tempête de neige faisait rage à l'extérieur. Il n'y aurait pas de ballet ni de musique, ni la pénombre de velours d'un théâtre. Son avenir serait fait de moments comme celui-ci.

Elle n'aurait jamais dû faire l'amour avec lui.

Elle avait réussi un grand exploit : elle était créatrice de bijoux pour l'un des diamantaires les plus prestigieux d'Amérique du Nord, et peut-être du monde entier. Elle s'était réinventée.

Et pourtant, sans qu'elle sache trop pourquoi, cela n'était pas du tout suffisant.

Artem sortit de la salle des ventes de Sotheby's lorsque les enchères eurent dépassé les vingt millions de dollars, la somme totale du déficit creusé dans les comptes de Drake Diamonds par son cher père avec sa mine australienne sans valeur.

La collection *Ballerine*, créée par Ophelia, avait rapporté près de cinq millions en moins d'un mois, une réussite incroyable. Il se demandait quelquefois si cela aurait pu être suffisant. Si seulement ils avaient eu un peu plus de temps.

Si...

Il n'était pas du genre à vivre dans le passé. Mais, depuis sa nuit avec elle, il était tourmenté par les regrets. Et s'il avait eu le temps de l'avertir de la parution de cet article dans *Page 6* avant qu'elle ne le découvre elle-même ? Et s'il n'était pas son patron ? Et si elle n'était pas malade ?

Et s'il n'avait jamais décidé de vendre le diamant ?

Au fond, tout cela importait peu. Car tous ces obstacles existaient réellement. À présent, il désirait seulement tout oublier. Oublier Drake Diamonds. Oublier Ophelia. Il aurait tout donné pour effacer le souvenir du sentiment qu'il avait éprouvé en la voyant danser. Il était captivé. Envoûté. Et, depuis cette nuit-là, ce souvenir le hantait.

Il avait *besoin* d'oublier.

Et donc, sitôt que les enchères se mirent à grimper, lorsqu'il fut certain que Drake Diamonds ne connaîtrait pas la faillite cette fois-ci, il quitta la salle des ventes sans que quiconque paraisse le remarquer. Même les journalistes attroupés au fond de la salle n'avaient d'yeux que pour le commissaire-priseur, et ils ne le virent pas sortir. Pour la première fois depuis des semaines, il put monter à l'arrière de sa limousine sans être photographié.

— À la maison, monsieur ?

— Non, répondit-il. Au magasin.

— Bien, monsieur.

Il était temps de mettre un terme à cette situation. De façon définitive.

Comme il l'avait supposé, la salle d'exposition était un véritable cirque. Apparemment, les enchères se poursuivaient chez Sotheby's, et, une fois encore, personne ne remarqua sa présence. Parfait. Il allait monter à l'étage de la direction, déposer sa lettre de démission sur le bureau de Dalton et remettre sa vie en ordre. Il allait faire ce qu'il aurait dû faire des semaines plus tôt, avant de s'être laissé détourner de son projet par Ophelia Baronova.

Le dixième étage était désert. Pour une fois, il n'y avait aucun couple d'amoureux dans la section Fiançailles en train d'essayer des bagues. La salle était totalement silencieuse. Était-ce du soulagement, ou une profonde tristesse qu'il ressentait ? Il n'aurait su le dire. Peut-être un peu des deux.

Sans trop savoir pourquoi, il jeta un coup d'œil à l'intérieur de la cuisine. Probablement parce que c'était là qu'il avait vu Ophelia pour la première fois. Qu'elle avait tout changé pour lui. Avec un regard. Un mot. Une petite bouchée de pâtisserie.

Il tourna son regard vers la pièce, et, tout d'abord, il crut être victime d'une hallucination. Elle était là, entourée de flûtes de champagne et de petits-fours, telle qu'il l'avait vue des semaines plus tôt. Comme si, d'une façon mystérieuse, ses désirs l'avaient fait se matérialiser.

Il s'attendait à ce que cette vision disparaisse d'elle-même, comme toujours. Depuis la nuit où elle avait partagé son lit, il était hanté par son image. Il croyait la voir danser dans la pénombre de sa suite. Le fantôme d'un souvenir.

Il était resté à l'écart du magasin délibérément, pour éviter d'avoir à la regarder. Mais il la voyait tout de même partout. Il fut donc presque surpris lorsqu'elle s'adressa à lui, confirmant qu'elle était bien réelle, et pas l'un de ses fantasmes.

Elle ne prononça qu'un seul mot. Son nom.

— Artem ?

Sa voix tremblait un peu, tout comme le petit-four dans sa main. Il sentit son cœur se serrer.

Autrefois, il avait aimé la taquiner, jouer à la déstabiliser. Mais c'était avant de l'avoir vue, fièrement dressée devant lui, laisser glisser sa robe sur le sol avec une magnifique assurance. C'était cette Ophelia qu'il désirait retrouver. Il ne voulait pas l'effrayer. Il la désirait intrépide et sans peur. Haletante. Nue.

Il la désirait.

Et il la désirerait toujours.

Comment était-il possible qu'elle soit malade ? Il n'avait cessé de retourner cette question dans son esprit. Il avait lu tout ce que les journaux avaient publié à son sujet — et même retrouvé un article sur Internet relatant l'incident qui avait révélé sa maladie : sa soudaine chute sur la scène en plein milieu d'un ballet. Il avait relu cet article mille fois, mais il ne parvenait pas encore à le croire. Il lui semblait inconcevable qu'une femme qui dansait comme Ophelia avait dansé pour lui puisse souffrir d'une maladie chronique. Elle était si libre, si légère… Comment était-ce possible ?

Cette danse l'obsédait encore, même à cet instant. *Surtout* à cet instant, alors qu'il était planté là, dans la cuisine de Drake Diamonds, à la boire des yeux. Une nouvelle fois.

C'était ici que tout avait commencé pour eux. Il lui semblait approprié que tout se termine aussi dans ce lieu.

Il donnerait *enfin* sa démission, ne remettrait jamais plus les pieds dans cet immeuble. Il avait fait ce qu'il avait à faire. Il avait vendu le diamant. Il avait sauvé l'entreprise.

Drake Diamonds n'avait plus besoin de lui. Dalton pouvait prendre le relais comme il l'avait toujours désiré, quant à lui, il n'était que trop heureux de lui céder sa place.

— Nous devrions cesser de nous voir si souvent, Ophelia, ironisa-t-il, s'efforçant sans succès de ne pas attarder son regard sur ses lèvres. Les gens vont jaser.

— Vous êtes de retour, dit-elle d'un ton froid.

— Pas vraiment, corrigea-t-il, se réjouissant presque qu'elle soit en colère contre lui.

— Ne me dites pas que vous vous apprêtez encore à démissionner, répliqua-t-elle d'un ton sarcastique.

— À vrai dire, c'est exactement ce que je suis venu faire.

Elle replaça le petit-four qu'elle s'apprêtait à croquer sur le plateau, et leva son regard vers le sien.

— Je ne faisais que plaisanter, vous savez.

— Moi, j'ai bien peur d'être sérieux.

Une vague de tristesse lui serra la gorge. C'était leur toute dernière conversation, et cela portait sur un sujet professionnel. C'était mieux ainsi, peut-être.

— Vous démissionnez vraiment ? s'enquit-elle d'une voix qui n'était plus qu'un murmure, et qui semblait porter le poids de tout ce qu'ils ne s'étaient jamais dit. Est-ce parce que…

— Non, ne le dites pas, coupa-t-il d'une voix tendue, peu disposé à discuter avec elle du secret qu'il lui avait révélé.

— C'est vous qui devriez diriger cette société, Artem, insista-t-elle, posant doucement sa main sur son bras. C'est autant votre héritage que celui de Dalton.

Ce contact, pourtant léger comme l'aile d'un papillon, le fit frissonner de la tête aux pieds. S'il restait une minute de plus, il ne pourrait s'empêcher de l'embrasser. Cinq minutes, et il serait tenté de l'allonger sur la table de la cuisine pour lui faire l'amour.

— Je refuse d'avoir cette discussion, grogna-t-il.

— Vous devriez au moins en parler avec votre frère avant de prendre une décision aussi absurde que de démissionner.

— Vous êtes la dernière personne au monde à pouvoir me donner des leçons de persévérance, déclara-t-il, vaguement conscient qu'il allait trop loin, mais incapable de s'arrêter.

— Ce n'est pas moi qui songe à démissionner de mon poste. C'est *vous*.

— Vous avez raison sur un point, répondit-il d'un ton irrité. Je vais démissionner de mon poste. Mais vous, vous avez démissionné de la vie.

— Vous ne comprenez rien, répliqua-t-elle d'un ton indigné.

— Alors, expliquez-moi, Ophelia. J'aimerais comprendre.

Il essaya de prendre sa main, mais elle se dégagea. Puis, elle lui renvoya ses propres paroles au visage :

— Je refuse d'avoir cette discussion.

— Comme vous voudrez, répondit-il, haussant les épaules.

Il préférait cela. La colère valait mieux que la douleur. Elle n'avait pas plus envie de parler de sa maladie que lui de son histoire familiale. Ils n'avaient plus rien à se dire.

À part adieu.

Dis-le, songea-t-il, prenant une profonde inspiration. *Prononce les mots fatidiques. Adieu, Ophelia…*

— Adieu, Artem, dit-elle.

Là-dessus, elle le contourna avec une indifférence qu'il aurait enviée s'il y avait cru une seule seconde.

Il se tourna pour l'arrêter juste à temps pour la voir tituber. Puis, comme dans une scène au ralenti, il la vit basculer et s'effondrer contre le plan de travail de la cuisine. Il se précipita vers elle, mais elle s'agrippa au plan de travail au lieu de saisir son bras. Puis, elle se redressa, refusant de rencontrer son regard.

— Tout va bien ?

Il regretta cette question sitôt qu'elle eut franchi ses lèvres. Elle n'allait pas bien du tout. Elle était malade.

— Oui, ça va, assura-t-elle d'un ton sec.

Visiblement, elle mentait. Elle était pâle comme un spectre, et il avait l'étrange sensation qu'elle n'était pas totalement là. Comme si au milieu de cette conversation, elle allait s'estomper et disparaître.

— Ne faites pas cela, dit-elle d'une voix faible. Ne me demandez pas si je vais bien. Et, je vous en prie, ne me regardez pas de cette façon.

Il fronça les sourcils. Il la regardait de la seule façon qu'il connaissait. Comme si elle lui manquait affreusement. Parce que c'était la vérité. Il savait que c'était absurde, mais il n'y pouvait rien.

— De quelle façon ? s'enquit-il.

— Comme si vous aviez pitié de moi, précisa-t-elle en le regardant enfin dans les yeux. Comme si j'étais une créature fragile et brisée qui a besoin d'être réparée. Ce n'est pas ainsi que je voudrais que vous me regardiez.

— Votre maladie est la dernière chose que je vois lorsque je vous regarde, Ophelia. Sûrement, vous le savez.

Il avait besoin qu'elle l'écoute. Il avait besoin qu'elle comprenne qu'il ne voyait pas en elle une femme tragique, mais la plus ravissante des ballerines. L'incarnation même du désir. Rien ne changerait jamais cela. Pas même les mots d'adieu qu'il s'apprêtait à prononcer.

— Artem, murmura-t-elle, je crois que je…

Sa voix fut la première à s'éteindre, puis ses yeux de saphir se fermèrent, et elle s'effondra dans ses bras, évanouie.

11

Ophelia luttait pour ne pas rouvrir les yeux.

Ce n'était sûrement qu'un rêve. La douceur de la veste d'Artem contre sa joue, la délicieuse sensation de se retrouver dans ses bras… Rien de tout cela ne pouvait être réel.

Elle désirait demeurer dans cette parenthèse entre conscience et sommeil où elle avait le droit de rêver, de danser, d'aimer. Un monde où la catastrophe ne s'était pas produite.

Mais, en dépit de tous ses efforts, elle ne pouvait pas empêcher les sons du monde réel de parvenir jusqu'à elle — le tintement d'une cloche, le son apaisant de la voix d'Artem.

— Ophelia, réveillez-vous. S'il vous plaît, réveillez-vous.

Elle rouvrit lentement les yeux.

Il était si proche d'elle qu'elle aurait pu caresser sa joue en tendant la main. Mais ses bras étaient incroyablement lourds, et elle ne parvenait pas à bouger ses jambes du tout. *Elle ne rêvait pas*. Mais que lui arrivait-il donc ?

— Ah ! fit-il en lui souriant. La Belle au bois dormant est sortie de son sommeil.

Il était réellement là. Il souriait. Et il la *portait* dans ses bras vigoureux.

Elle réussit à lever une main, et à la poser contre son magnifique torse pour tenter maladroitement de le repousser.

— Reposez-moi sur le sol, murmura-t-elle.

— Non.

— Artem, je suis sérieuse, insista-t-elle d'une voix étrangement pâteuse.

— Moi aussi. Vous vous êtes évanouie, et je vous conduis à l'hôpital.

Évanouie ? *Hôpital ?*

Elle entendit un nouveau tintement et, détachant avec effort son regard d'Artem, elle reconnut les lambris sombres, les boutons bien alignés et le lustre de cristal au plafond. Ils étaient dans le luxueux ascenseur de Drake Diamonds.

— Reposez-moi sur le sol. Il n'est pas question que je vous laisse traverser la salle d'exposition en me portant dans vos bras, devant des centaines de personnes et devant les médias.

— Et prendre le risque que vous vous évanouissiez à nouveau ? rétorqua-t-il, la fusillant du regard. Pas question.

Le brouillard où flottait son esprit commençait à se dissiper. Elle se souvenait de s'être discrètement retirée dans la cuisine. C'était la première fois qu'elle retournait dans cette pièce depuis le jour où elle avait rencontré Artem. Qu'y avait-il de mal à croquer une petite bouchée de pâtisserie de temps à autre ?

Mais s'agissait-il réellement d'une coïncidence ? Ou, dans un recoin de sa conscience, avait-elle espéré qu'il viendrait ?

— Artem, s'il vous plaît, plaida-t-elle. Les photographes…

L'expression de ses yeux bleus s'adoucit un peu, et il la reposa précautionneusement sur ses jambes, en ayant soin, néanmoins, de lui enlacer la taille pour la garder bien serrée contre lui.

— Appuyez-vous sur moi tandis que nous marchons jusqu'à ma voiture. Mon chauffeur nous attend devant l'entrée.

Elle acquiesça en silence. La réalité venait de la rattraper brutalement et elle se sentait affreusement lasse.

Mon Dieu, elle s'était évanouie. Sur son lieu de travail.

Durant toute sa vie, cela ne lui était arrivé qu'en une autre occasion. C'était le jour où sa carrière de ballerine avait pris fin. Elle faisait une rechute, c'était évident. Depuis des semaines, les symptômes étaient revenus, cela n'aurait pas dû la surprendre.

Mais elle s'était évanouie, et, pire que tout, devant lui.

Un nouveau tintement annonça que l'ascenseur avait atteint

le rez-de-chaussée, et il la serra plus fort contre lui. Juste avant l'ouverture des portes, il s'empara de sa main et plaça son bras autour de sa taille, comme s'ils étaient des amoureux, et non ce qu'ils étaient réellement.

D'ailleurs, qu'étaient-ils vraiment ? Elle n'en avait pas la moindre idée.

Les portes s'ouvrirent avec un soupir. Clignant des yeux dans la lumière aveuglante de la salle d'exposition, elle résista à grand-peine à son instinct de blottir son visage contre son épaule.

— Ne me lâchez pas, Ophelia, chuchota-t-il dans ses cheveux. Si vous essayez de sortir d'ici toute seule, je vous jette sur mon épaule et je vous emporte comme un homme des cavernes pendant que tous les photographes de Manhattan immortalisent la scène. Compris ?

— Oui, parfaitement compris, répondit-elle, se sentant rougir à cette idée.

Cet homme était impossible.

Et, non, elle ne comprenait pas. Pourquoi faisait-il cela ? Pourquoi n'appelait-il pas simplement une ambulance pour laisser les urgentistes l'emporter sur une civière ? Il n'avait tout de même pas l'intention de l'accompagner jusqu'à l'hôpital, si ? Lorsqu'elle s'était évanouie sur scène en pleine représentation, personne ne s'était déplacé pour l'accompagner aux urgences. Pas même Jeremy.

Elle garda les yeux baissés tandis qu'il l'escortait à travers la salle jusqu'aux portes à tambour, puis dehors, sur le trottoir enneigé. Près d'elle, il répondait aimablement aux questions des journalistes, et les flashs crépitaient. C'était sans doute une comédie destinée à distraire leur attention. Certes, on les considérerait comme un couple, désormais, mais, au moins, elle n'aurait pas l'air malade et vulnérable devant le monde entier.

Les journalistes l'abreuvaient de questions, et elle mit un moment à comprendre ce qui s'était passé. Pendant qu'Artem et elle se disputaient dans la cuisine, la vente aux enchères avait pris fin.

— Monsieur Drake, avez-vous une déclaration à faire, concernant ces enchères ? Êtes-vous satisfait du prix d'adjudication de cinquante-six millions ?

— Quelle est votre réaction à l'annonce que le Diamant Drake partira pour Mexico ?

Mexico ? Le diamant ne serait même plus dans le pays. Elle aurait dû être dévastée par le chagrin, mais elle était incapable de ressentir autre chose qu'une immense lassitude.

Ses jambes ne la portaient presque plus, alors qu'ils approchaient de la limousine. Le chauffeur leur ouvrit la portière, et elle s'installa sur le siège de cuir avec un profond soupir. Artem prit place à côté d'elle, l'observant d'un air soucieux.

Les flocons de neige voletaient contre les vitres de la voiture, et soudain, une émotion indicible lui transperça le cœur. Artem si près d'elle, la neige, l'intimité de ce moment se combinaient pour faire resurgir en pleine lumière tous les souvenirs qu'elle s'était efforcée d'ensevelir. Elle ne pouvait pas rester là. Pas avec lui. Pas une nouvelle fois.

— Artem ?

Il devait partir. Elle allait lui demander de laisser le chauffeur la déposer à l'hôpital. Elle l'avait déjà fait toute seule par le passé. Pourquoi serait-ce différent cette fois-ci ?

— Oui, Ophelia ? murmura-t-il, levant sa main pour effleurer sa joue d'une caresse.

Malgré toutes ses bonnes résolutions, elle appuya sa joue contre la douce chaleur de ce contact. Tout son corps devint liquide comme la mer.

— Merci, murmura-t-elle.

Trop nerveux pour rester assis, Artem faisait les cent pas dans la chambre d'hôpital d'Ophelia. Au moins, il avait réussi à la faire transférer immédiatement dans une chambre privée au lieu du réduit grand comme un placard où on l'avait placée à son arrivée.

Si elle suspectait qu'il avait utilisé son influence pour lui faire attribuer des quartiers plus convenables, elle n'en dit pas un mot. Il fallait reconnaître qu'elle n'était pas d'humeur batailleuse en ce moment. Voilà pourquoi elle n'avait pas encore essayé de le chasser de sa chambre, et il n'allait pas s'en plaindre. Bien sûr, il préférait éviter une scène désagréable, mais il n'avait pas du tout l'intention de la laisser ici toute seule.

Elle était plus belle que jamais, endormie, ses boucles blondes étalées autour de sa tête comme une couronne d'or. On aurait dit, encore une fois, la Belle au bois dormant attendant le baiser qui la ramènerait à la vie.

Elle lui avait fait très peur lorsqu'elle s'était évanouie. Quand elle s'était affaissée dans ses bras, il avait eu la sensation que son propre cœur cessait de battre. Il avait besoin d'être sûr qu'elle allait bien avant de quitter l'hôpital.

Ou de sortir de sa vie.

Mais elle n'allait pas bien du tout. La sclérose en plaques ne disparaît pas du jour au lendemain. Il aurait pu jeter toute sa fortune dans la bataille pour la guérir sans que cela modifie le pronostic de quelque manière que ce soit. Il ne s'était jamais senti aussi impuissant, et il détestait cela. Il avait cru qu'il pourrait tout arranger, si elle le lui permettait. À présent, il comprenait qu'il s'était lourdement trompé.

— Mademoiselle Rose ? s'enquit une infirmière en blouse bleue en entrant dans la chambre.

— Elle dort, l'informa-t-il.

— J'ai seulement quelques questions à lui poser, assura l'infirmière en souriant.

Il ne lui rendit pas son sourire.

Ils avaient déjà écouté son cœur, pris son pouls et rempli trois flacons de son sang. Il attendait des réponses, ou, tout du moins, l'occasion de parler avec un médecin.

— Est-ce vraiment nécessaire ? répondit-il en cessant de marcher de long en large.

— J'en ai bien peur, monsieur…

Elle feuilleta le dossier qu'elle tenait dans ses mains, puis elle parut trouver un nom et releva les yeux vers lui.

— … Monsieur Davis.

— Pardon ?

— M. Jeremy Davis, précisa l'infirmière. C'est le nom que Mlle Rose nous a donné en tant que personne à contacter. Je suis désolée. J'ai cru que c'était vous. Dois-je appeler ce M. Davis ?

— Non ! répondit Ophelia en se redressant, soudain parfaitement réveillée. Absolument pas. D'ailleurs, je vous demanderai d'effacer ce nom de tous mes documents.

Il la regarda attentivement, mais elle évitait soigneusement son regard. L'infirmière griffonna quelques notes, puis elle releva les yeux, son stylo toujours à la main.

— Quel nom dois-je inscrire, à la place de celui de M. Davis ?

— Heu… Ne pourrions-nous pas laisser cet espace en blanc pour le moment ? suggéra-t-elle. S'il vous plaît ?

— Je crains que nous ne soyons obligés d'avoir une personne à contacter en cas d'urgence, objecta l'infirmière. Ce sont les règles de l'hôpital.

— Oh ! Dans ce cas…

— Permettez, intervint-il en s'emparant du dossier et du stylo.

— Artem, non ! protesta-t-elle en se levant.

— Asseyez-vous, Ophelia.

Son ton était plus brusque qu'il n'en avait eu l'intention, mais il avait eu trop peur pour prendre le risque de la voir s'effondrer à nouveau.

Elle resta assise en silence, visiblement en colère, pendant qu'il notait son nom et son numéro de téléphone avant de rendre le dossier et le stylo à l'infirmière.

— Voilà, dit-il. Et maintenant, quand pourrons-nous parler au médecin ?

Il n'avait pas envie de trop s'attarder sur les raisons qui l'avaient incité à considérer qu'il était la personne la mieux placée pour servir de contact en cas d'urgence. Ni de trop se demander qui était ce Jeremy Davis, pour l'instant. Il désirait seulement qu'elle aille mieux.

Que lui prenait-il ? Il n'avait jamais veillé sur qui que ce soit de toute sa vie. Et il n'avait jamais été la personne que l'on appelle en cas d'urgence. Pas même pour son frère et sa sœur. La vérité, c'était qu'il avait soigneusement planifié sa vie pour échapper à ce genre de situation. Il fuyait les obligations comme la peste. Depuis tout petit, il avait été une obligation pour les autres — l'enfant que les Drake avaient accueilli parce qu'ils n'avaient pas le choix. Il était bien plus facile de ne compter que sur soi-même.

Mais, étrangement, prendre soin d'elle n'était pas du tout une corvée pour lui. C'était davantage une sorte de besoin qu'il ne comprenait pas totalement lui-même.

Cela ne lui ressemblait pas du tout.

— Le médecin va passer d'une minute à l'autre, assura l'infirmière en se tournant vers Ophelia. Nous attendons seulement les résultats de quelques analyses. Pouvez-vous me décrire vos symptômes ? Aviez-vous déjà éprouvé des vertiges, avant ce matin ?

— Oui, occasionnellement, reconnut-elle.

C'était le moment où il aurait dû repartir, songea-t-il. Ou, tout du moins, ressortir dans le couloir. Il l'avait accompagnée à l'hôpital. Il avait veillé à ce qu'elle reçoive les meilleurs soins possibles, quel qu'en soit le coût. Mais, en réalité, sa santé ne le concernait en rien.

Il tourna son regard vers elle, s'attendant à ce qu'elle lui demande de se retirer. Elle n'avait certes pas mâché ses mots avec lui en d'autres occasions. Mais son silence, ses yeux immenses fixés sur lui, n'en étaient que plus poignants.

Elle avait peur.

Elle était terrorisée, et, s'il partait à cet instant, elle resterait là, dans cette chambre, en chemise de nuit en papier, à attendre des mauvaises nouvelles toute seule.

Il ressentit une étrange palpitation au creux de sa poitrine. Il s'assit près d'elle et prit sa main dans la sienne.

— D'autres symptômes associés à votre maladie ? s'enquit l'infirmière, reprenant son questionnaire. Picotements ? Perte de sensation ?

— Les deux, répondit-elle d'une voix faible. Surtout dans mes mains.

Il baissa les yeux vers leurs doigts entremêlés. Jamais il n'avait soupçonné ces symptômes. Mais, bien sûr, depuis leur nuit ensemble, et avant aujourd'hui, il ne l'avait revue qu'une seule fois — et c'était à cette réunion tendue avec Dalton dans la salle de conférences.

— Depuis quand avez-vous ces symptômes ?

— Cela fera trois semaines ce samedi.

Le lendemain de la nuit où ils avaient fait l'amour, songea-t-il, serrant les dents. Ce sombre matin d'hiver où la situation avait échappé à tout contrôle.

Il était fou de rage, principalement contre lui-même.

L'infirmière posa d'autres questions, et, après avoir rempli une avalanche de papiers, elle se retira. Avant même que la porte ait terminé de se refermer derrière elle, Ophelia toussota derrière sa main. Elle savait ce qui allait suivre avant même qu'elle n'ait dit un mot.

— Vous n'êtes pas obligé de rester. Je veux dire… Je vous remercie pour tout ce que vous avez fait. Mais, je comprends que vous ne teniez pas à rester ici. Moi non plus, d'ailleurs.

— Arrêtez, coupa-t-il.

— Quoi ?

— Arrêtez de me dire ce que je dois ressentir, dit-il en lui saisissant le menton pour l'obliger à le regarder en face. Je partirai quand je le déciderai, et pas une minute avant. Compris ?

Elle le fusilla du regard, préparant une réplique cinglante, mais il s'y était préparé. Des détails qui l'avaient laissé perplexe et frustré jusque-là commençaient à s'expliquer. Il comprenait mieux maintenant son peu d'enthousiasme à l'idée d'adopter le chaton, son abrupte déclaration selon laquelle n'avait aucun intérêt pour les relations — ou pour le sexe — le premier jour où elle avait mis les pieds dans sa suite. Quelque chose — *ou quelqu'un* — l'avait persuadée que sa maladie l'obligeait à se couper du reste du monde. C'était aussi clair que l'éclat d'un diamant.

Naturellement, cela ne diminuait en rien sa frustration.

— Je…, commença-t-elle.

— Qui est Jeremy Davis ? l'interrompit-il, pressé d'arriver au cœur du sujet.

Elle le considéra d'un air irrité. Apparemment, il avait touché un nerf sensible. Tant mieux. Il préférait la voir irritée plutôt qu'effrayée.

— Il est le directeur de mon ancienne compagnie de ballet, répondit-elle d'un ton pincé.

— Et *aussi* la personne à contacter en cas d'urgence ? s'enquit-il, se haïssant de parler comme un petit ami jaloux.

— Oui, convint-elle simplement.

Elle marqua une pause, avant d'ajouter :

— Il était également mon fiancé.

— *Fiancé ?* répéta-t-il, abasourdi.

À présent il se sentait vraiment jaloux. Ce qui était absurde, bien sûr. Il n'avait aucun droit sur elle.

— Qu'est-il arrivé ? Pourquoi ne l'avez-vous pas épousé ?

— N'est-ce pas évident ? observa-t-elle, désignant la chambre d'hôpital dans laquelle ils se trouvaient. Au demeurant, cela valait mieux ainsi. Je n'étais pas amoureuse de lui. J'avais cru l'être, mais ce n'était pas de l'amour. Aujourd'hui, je le sais.

Si l'idiot nommé Jeremy Davis avait été devant lui, il lui aurait donné une leçon qu'il n'aurait jamais oubliée. Il ignorait ce que cet ancien fiancé avait pu dire ou faire, et il n'avait pas besoin de le savoir. La vérité était évidente sur son ravissant visage, dans sa façon de s'isoler du monde.

Cet homme l'avait fait souffrir.

Le problème le plus grave d'Ophelia n'était peut-être pas sa maladie. C'était peut-être son passé.

Un nouveau point commun entre eux.

— Je suis désolé, murmura-t-il, serrant tendrement sa main.

— Pourquoi ?

— Pour tout.

Il était sincère. Il regrettait de n'avoir pas fait davantage d'efforts pour la joindre lorsque la nouvelle de sa maladie avait fait les premières pages des journaux. Il regrettait de ne pas l'avoir obligée à le voir. Il regrettait d'avoir vendu le diamant, alors qu'il savait ce qu'il signifiait pour elle.

Mais, plus que tout, il était désolé pour tout ce qu'elle avait souffert dans sa vie. Il était désolé pour le passé, celui d'Ophelia et le sien, et la façon dont il assombrissait leur présent. Jamais il n'avait autant désiré tout laisser derrière lui.

La porte s'ouvrit, et une femme en blouse blanche entra dans la pièce.

— Bonjour, mademoiselle Rose, dit-elle en tendant sa main à Ophelia. Je suis le Dr April Larson.

— Bonjour, répondit Ophelia, serrant la main offerte. Je vous présente Artem Drake, mon… Heu…

— Je suis la personne à contacter en cas d'urgence, intervint-il en souriant.

— Merveilleux, répondit le Dr Larson en s'installant sur un tabouret face à eux, un dossier ouvert sur ses genoux. Ravie de faire votre connaissance, monsieur Drake. Alors, Ophelia, il paraîtrait que vous vous êtes évanouie, ce matin ? Comment vous sentez-vous maintenant ?

— Un peu fatiguée, je l'avoue, répondit-elle en soupirant.

— C'est tout à fait compréhensible, dans votre état, assura le Dr Larson. Vous devez vous reposer, Ophelia. Et je vous suggère d'éviter le stress autant que possible. Nous ne pouvons pas faire grand-chose d'autre pour vous.

— Je vois. Alors, c'est aussi grave que cela ? Je ne suis plus en rémission, n'est-ce pas ? Je fais une rechute et cela va empirer comme la dernière fois. Je suis au bord d'une nouvelle attaque de sclérose en plaques, c'est cela ?

— Quoi ? s'étonna le Dr Larson. Voyons, pas du tout !

— Je ne comprends pas, balbutia-t-elle.

Son cœur s'était mis à battre à tout rompre. Car lui, en revanche, avait déjà compris.

L'horrible passé se répétait. Et, cette fois-ci, c'était *lui* qui en était le responsable. Il ne pouvait s'en prendre qu'à lui-même. Il ne suffisait pas d'occuper le fauteuil de son père et de diriger sa société. Comment avait-il pu laisser une telle chose se produire ? Comment avait-il pu devenir comme l'homme qu'il méprisait le plus au monde ?

— Vous ne faites pas une rechute, Ophelia, corrigea le Dr Larson en souriant. Vous êtes enceinte.

12

Enceinte ?

Ophelia ne parvenait pas à croire ce qu'elle venait d'entendre. Il devait forcément s'agir d'une erreur. Elle ne pouvait pas être enceinte.

De l'enfant d'*Artem*.

Elle n'osait même plus le regarder en face. Il était totalement silencieux, près d'elle, mais elle sentait des ondes de tension irradier de lui. Elle aurait tout donné pour qu'il soit ailleurs, à cet instant. N'importe où, mais *ailleurs*, pour pouvoir choisir la manière et l'instant de lui annoncer cette nouvelle. *Ou même*, si elle devait la lui annoncer.

Un enfant.

Mais elle ne pouvait pas avoir d'enfant !

— Je prends la pilule, répondit-elle. Je n'ai jamais cessé de la prendre depuis que ma maladie a été diagnostiquée. D'après mon médecin, certaines recherches semblent indiquer que les hormones des contraceptifs oraux aident à retarder l'apparition de certains symptômes de la sclérose en plaques.

Elle n'avait jamais imaginé qu'ils puissent lui être utiles pour éviter une grossesse, mais c'était bien leur première fonction, non ?

— Votre médecin vous a-t-il aussi informée que les médicaments que vous prenez pour votre maladie peuvent réduire l'efficacité de la pilule contraceptive ? observa le Dr Larson en la dévisageant par-dessus le bord de ses lunettes.

— Non, balbutia-t-elle.

Bien sûr que non. Elle n'aurait pas oublié un détail aussi important. Mais était-ce si sûr ? Elle avait décidé de renoncer au sexe pour toujours. Si elle s'en était tenue à sa décision, ce détail n'aurait pas eu grande importance. Et même aucune.

— Je ne sais plus, avoua-t-elle, enfouissant son visage entre ses mains. C'est possible. Je n'avais pas prévu de…

Elle ne s'était jamais sentie aussi humiliée. Pourquoi fallait-il que cette conversation ait lieu en présence d'Artem, qu'elle sentait fulminer en silence à ses côtés ?

— … de rencontrer un homme, acheva-t-elle d'un ton piteux.

— Le cœur a ses raisons, n'est-ce pas ? remarqua le Dr Larson, en souriant.

Elle adressa un clin d'œil à Artem, avant d'ajouter :

— Toutes mes félicitations à tous les deux.

À l'évidence, la praticienne n'avait pas cru un instant qu'il était simplement une personne à contacter en cas d'urgence. Elle avait senti qu'il y avait bien plus entre eux. Même si ce n'était pas vraiment le cas. Hormis le fait qu'il était *le papa de son enfant à naître.*

Elle se sentait à nouveau au bord de l'évanouissement, mais cette fois-ci, elle savait que c'était uniquement psychologique. Elle avait été certaine qu'elle faisait une rechute de sa maladie, et, à présent, elle regrettait presque que ce ne soit pas le cas. Comment pourrait-elle élever un enfant ? Et serait-elle assez forte pour affronter la grossesse ? Pouvait-elle même devenir maman ?

À en croire le Dr Larson, cela ne posait aucun problème spécial. Elle affirma même que la grossesse soulageait fréquemment les symptômes de la sclérose en plaques. Des femmes atteintes de cette maladie mettaient au monde des enfants sains tous les jours. La praticienne ajouta que mettre des enfants au monde était toujours un saut dans l'inconnu pour n'importe quelle femme, et qu'il n'y avait donc aucune raison pour qu'elle ne fonde pas une famille heureuse et en bonne santé.

Sauf que c'était impossible. Deux mois plus tôt, elle hésitait à adopter un chaton, et maintenant elle était supposée fonder une famille ? Elle était censée devenir la mère d'une autre personne, alors qu'elle était terrifiée de ne même plus être capable de s'occuper d'elle-même, un jour ?

Elle n'entendit plus un seul mot du discours du Dr Larson. C'était plus qu'elle ne pouvait accepter. Elle se sentait nauséeuse. Qu'allait-elle faire ? Pouvait-elle vraiment élever un enfant ? Toute seule ?

Un bébé changeait tout. Comment pouvait-elle avoir agi d'une façon aussi incroyablement stupide ? Tout ce qu'elle avait désiré, c'était une nuit avec Artem.

Une seule nuit.

Mais ce n'était pas tout à fait vrai, elle le savait. Elle ignorait à quel moment c'était arrivé — peut-être lorsqu'il lui avait fait un baisemain après qu'elle eut dansé pour lui, lorsqu'il lui avait murmuré les paroles qu'elle avait si désespérément besoin d'entendre. « Ophelia, vous êtes une fabuleuse danseuse. » Le moment exact n'avait plus vraiment d'importance, mais à un instant indéfini de cette nuit de neige, elle avait commencé à désirer davantage. Plus de vie. Plus de tout. Mais, surtout, plus de *lui*.

— Ophelia ?

Revenant brusquement à la réalité, elle constata qu'il était debout, à présent, son dossier médical dans une main, serrant gentiment son coude de l'autre.

— Allons-y, ma chérie, dit-il en souriant.

Mais c'était un sourire triste. Un sourire qui lui déchira le cœur.

Qu'avait-elle fait ?

— Je ne l'ai pas fait exprès, murmura-t-elle lorsqu'ils furent installés à l'arrière de la limousine. Je vous le jure.

— Je le sais, assura-t-il d'un ton serein — trop serein, trop contrôlé, démenti par sa mâchoire crispée. Je n'en suis que trop conscient.

— Très bien, alors, se contenta-t-elle de répondre.

— Au Plaza, monsieur ? s'enquit le chauffeur.

— Non, répondit-il d'un ton bref.

Elle se sentit immensément soulagée. Elle n'avait aucune intention de l'accompagner à sa suite. Ou d'aller où que ce soit avec lui. Elle avait besoin d'un peu de temps et d'espace pour assimiler l'idée de sa grossesse, et réfléchir à ce qu'elle allait faire.

— Conduisez-nous à l'Hôtel de Ville, s'il vous plaît.

L'Hôtel de Ville ?

— Avez-vous une amende de stationnement à payer, ou autre chose de ce genre ? s'étonna-t-elle, se tournant vers lui.

— Non, rien de ce genre, répondit-il du même ton étrangement placide qu'il avait adopté depuis qu'ils avaient quitté l'hôpital. Vous êtes une femme intelligente. Vous savez parfaitement pourquoi nous faisons un arrêt à l'Hôtel de Ville.

Elle le dévisagea d'un air d'incrédulité totale. Sûrement, il ne s'attendait pas à ce qu'elle accepte de l'épouser. Ici. Maintenant. Sans même qu'ils en aient discuté.

— Non, répondit-elle d'un ton ferme. Je l'ignore.

— Nous allons nous marier.

Il ne pouvait pas parler sérieusement, raisonna-t-elle. Mais elle devait admettre qu'il en avait tout l'air. Dans son regard rivé au sien, elle lisait une détermination totale.

Il avait décidé qu'ils allaient se marier, et ce qu'elle voulait, elle, ne l'intéressait pas.

— Nous allons même nous marier tout de suite.

— Il n'est pas question que je me marie avec vous, Artem, s'offusqua-t-elle, le sang aux joues.

Il le savait. Elle lui avait dit dès le début qu'elle ne voyait aucun intérêt dans les relations. Mais, bien sûr, elle lui avait aussi affirmé qu'elle ne s'intéressait pas au sexe.

Mais, tout de même…

Artem Drake aurait pu épouser n'importe quelle femme de son choix. Il était impossible qu'il décide de l'épouser, elle. C'était à cause de sa grossesse, bien sûr. Par simple devoir. Seulement, même si l'idée de mettre un enfant au monde la terrifiait, elle n'épouserait jamais un homme qui ne l'aimait pas.

Même si cet homme était Artem. Et même si l'idée de devenir sa femme faisait battre son cœur aussi fort que lorsqu'elle dansait.

— Oh ! que si, vous allez m'épouser, répliqua-t-il, comme si la chose allait de soi.

L'épouser. À cette idée, quelque chose frémit en elle. Un sentiment qui ressemblait trop à l'amour.

Non. Elle ne pouvait pas faire cela, ni même y songer.

— Si vous désirez un mariage plus officiel, ou même une cérémonie à l'église, nous nous en occuperons plus tard. Tout ce que vous voudrez, dans le lieu de votre choix. Las Vegas, Paris, la cathédrale Saint-Patrick. C'est vous qui déciderez. Nous pouvons le faire la semaine prochaine, le mois prochain, ou même après la naissance de notre bébé, si c'est votre choix. Mais nous allons d'abord nous marier civilement à l'Hôtel de Ville. Aujourd'hui. Maintenant.

Notre bébé. Elle avait la gorge si serrée qu'elle parvenait à peine à respirer. Il aurait été si facile d'accepter, même si sa demande en mariage ressemblait à un ordre, et qu'il ne lui avait pas demandé son avis. Et même si elle n'avait pas encore oublié les paroles de Jeremy. « Une charge. Un fardeau trop lourd à porter »…

Épouser Artem signifierait qu'elle aurait de l'aide pour le bébé. Elle n'aurait pas à affronter un avenir incertain toute seule. Toutefois, rien de tout cela n'avait d'importance. Ce qui comptait, c'était qu'en l'épousant, elle pourrait enfin offrir son cœur, son âme, sa vie, à l'homme qu'elle aimait.

Elle l'aimait. Il était inutile de le nier plus longtemps. Elle l'aimait depuis qu'il l'avait percée à jour malgré les murailles qu'elle avait bâties autour de son cœur pour le protéger, et qu'il l'avait obligée à adopter un chaton. Et elle l'avait peut-être aimé même avant cela.

Elle l'aimait, et c'était justement pour cette raison qu'elle ne pouvait pas l'épouser.

— Artem, non. S'il vous plaît. C'est impossible.

Incapable de le regarder en face, elle fixait le paysage indistinct des rues enneigées derrière sa vitre. Pourquoi était-ce aussi difficile ? Pourquoi fallait-il qu'elle soit tombée amoureuse ?

— Ophelia, je ne peux pas devenir le père d'un enfant hors des liens du mariage, plaida-t-il en s'emparant de sa main pour la serrer très fort entre les siennes. Pour moi, c'est inacceptable. Je vous en prie, essayez de comprendre.

Sa voix n'était plus qu'un murmure rauque. Sa façade d'assurance inébranlable se fissurait. Se détournant de la vitre embuée, elle plongea son regard au fond du sien, et elle eut la sensation de voir tout au fond de son âme. Et ce regard, suppliant, ce murmure douloureux, faillirent avoir raison de sa volonté.

« Je vous en prie, essayez de comprendre. »

Elle ne le comprenait que trop bien. Elle comprenait qu'il refusait que son bébé grandisse sans père. Son désir de l'épouser avait ses racines dans son passé plutôt que dans une quelconque attirance pour elle. Il lui offrait le monde sur un plateau. Paris. Londres. Il lui offrait tout ce qu'elle avait toujours désiré. Tout, sauf l'amour.

Pas une seule fois, il ne lui avait dit qu'il l'aimait. C'était peut-être le cas, mais comment le saurait-elle, s'il ne disait rien ? Et cette douloureuse attirance qu'elle éprouvait pour lui — ce désir qui semblait provenir du tréfonds de son âme — était si intense qu'il la mettait en danger. Elle était au désespoir. Un sentiment aussi profond que celui qu'elle portait en elle pouvait-il être réciproque ?

Parce que, dans le cas contraire, ce serait un amour à sens unique. S'il ne l'épousait que par obligation envers leur enfant, ou pour guérir les blessures de son passé, que se passerait-il lorsque sa maladie s'aggraverait ? Que se passerait-il si elle faisait partie des malheureux patients qui finissaient avec un handicap sévère ? S'il l'aimait, ils traverseraient ces épreuves ensemble. Peut-être. Mais s'il ne l'aimait pas…

S'il ne l'aimait pas, elle deviendrait un fardeau pour lui. C'était l'expression que Jeremy avait utilisée. Il commencerait à lui en vouloir, et cette perspective l'effrayait davantage que l'idée d'avoir à élever un enfant toute seule.

Cela ne fonctionnerait jamais.

— Je suis désolée, murmura-t-elle.

Elle s'efforça de continuer à le regarder dans les yeux, mais elle en était incapable. Au lieu de cela, elle concentra son regard sur le nœud impeccable de sa cravate.

Elle devait le dire. Vite. Avant de s'effondrer tout à fait.

— Je ne peux pas vous épouser, Artem. Je ne le peux pas, et je ne le ferai pas.

13

Assis en face de Dalton à sa table de travail, Artem fulminait. Il ne pouvait s'empêcher de penser constamment à Ophelia et à leur enfant à naître. La demi-bouteille de scotch qu'il avait bue n'avait pas arrangé son humeur. Au contraire. Quatorze heures plus tard, il se sentait encore plus agité que le soir précédent.

Elle avait dit non.

Il lui avait demandé de l'épouser, et elle avait refusé. De façon catégorique.

« Je ne peux pas vous épouser, Artem. Je ne le peux pas, et je ne le ferai pas. »

— Qu'est-ce que c'est ? s'enquit Dalton, fixant l'enveloppe qu'il venait de faire glisser vers lui.

Sa lettre de démission trop longtemps retardée. Sa vie était peut-être en ruine, à ce stade, mais il était déterminé à mettre un terme à cette farce qu'avait été son accession au poste de P-DG de Drake Diamonds. Tout du moins, c'était ce qu'il s'était dit en arrivant au bureau ce matin-là. De toute façon, s'il était venu dans le but de proposer à Ophelia de l'épouser — pour la seconde fois —, cela aurait été une perte de temps. La porte de son petit bureau était restée hermétiquement close pendant toute la matinée.

— Contente-toi de la lire, répondit-il en désignant la lettre.

Pourquoi lui révélerait-il son contenu, puisque Dalton comprendrait son sens sitôt qu'il l'aurait ouverte ?

S'il l'ouvrait.

— Quoi qu'il y ait là-dedans, cela peut attendre, déclara

Dalton, en écartant l'enveloppe scellée d'un revers de main avant de sortir un journal soigneusement plié d'un tiroir de son bureau. Il y a un autre sujet dont nous devons discuter.

Il poussa un soupir. Il devinait déjà ce qui allait suivre. Adossé à son fauteuil, Dalton attendait visiblement une explication. Comme s'il pouvait exister une explication valable pour les photos d'Ophelia et lui, littéralement soudés l'un à l'autre, en train de monter dans une limousine, la veille.

— Alors ? insista Dalton, indiquant l'exemplaire de *Page 6* ouvert sur sa table de travail.

Il n'y jeta qu'un coup d'œil rapide. Il lui était pénible de poser les yeux sur cette photo. Elle lui rappelait ce qu'il avait ressenti en voyant Ophelia s'effondrer dans ses bras comme une poupée de chiffon.

— Quelle était ta question, exactement ? grogna-t-il.

Il n'avait aucune envie de tourner autour du pot. Ces dernières vingt-quatre heures avaient été catastrophiques, et il avait épuisé ses réserves de patience.

« Je ne peux pas vous épouser, Artem. Je ne le peux pas, et je ne le ferai pas. »

Ces paroles l'obsédaient.

— Pour commencer, dit Dalton en toussotant derrière sa main, la légende de cette photo est-elle correcte ? A-t-elle été prise *pendant* la vente aux enchères, alors que tu étais supposé te trouver chez Sotheby's ?

À ce stade, s'il n'avait pas été le P-DG de la société, il aurait peut-être supplié son frère de le licencier. Hélas, il ne pouvait pas être mis à la porte. À son grand désespoir, il était intouchable.

— Oui, répondit-il simplement.

Il n'y avait aucune trace de contrition dans sa voix. Et même, peut-être, un défi à peine voilé. Il était suffisamment irrité pour accepter une confrontation. Au moins, si Dalton était son opposant, il aurait une chance de gagner la partie. Car Ophelia n'avait visiblement aucune intention de céder. Après avoir refusé de l'épouser, elle avait demandé au chauffeur de la déposer à son appartement, et elle s'était pratiquement ruée à l'intérieur dans sa hâte de s'éloigner de lui.

Il n'était pas question de lui permettre de disparaître de sa vie. Pas alors qu'elle portait son enfant. Elle parlerait avec lui avant la fin de cette journée. Il s'en était déjà assuré.

— Comme les enchères ont été un succès, je suppose que cela n'a pas d'importance, conclut Dalton, jetant un nouveau coup d'œil à la photo. Mais Ophelia et toi êtes amants, c'est évident. Pendant ton absence, elle a commencé à travailler sur une nouvelle collection. Son travail est excellent, brillant même. La vente aux enchères a fait sortir la société du rouge, mais nous avons toujours besoin d'elle.

Il se tortilla inconfortablement dans son fauteuil. *Nous avons besoin d'elle. J'ai besoin d'elle.*

— Ce n'est pas ce que tu crois, mon frère, répondit-il.

— Ce n'est pas ce que je crois ? répéta Dalton en riant. Alors, vous n'êtes pas amants ?

— Je n'ai pas dit cela non plus.

— As-tu pensé à ce qui arrivera lorsque tu te seras lassé d'elle et que tu devras continuer à travailler tous les jours en sa compagnie ?

Lassé d'Ophelia ? Impossible. Quelque chose en elle l'envoûtait. Il était fou d'elle. Dans son lit et partout ailleurs.

— Elle est enceinte, déclara-t-il.

Pourquoi le cacher ? S'il ne tenait qu'à lui, d'ici quelques heures, elle serait installée sous son toit. Dans quelques mois, elle donnerait le jour à son fils ou à sa fille. Il n'avait jamais imaginé qu'il éprouverait un jour le désir de devenir père, mais cela importait peu. Il était bien décidé à être le plus aimant des papas.

Mariage ou pas.

Il serra les mâchoires, comme chaque fois qu'il se rappelait son refus. « Je ne peux pas vous épouser, Artem. Je ne le peux pas, et je ne le ferai pas. »

— Enceinte ? répéta Dalton. De *ton* enfant ?

— Oui, naturellement, l'enfant est de moi.

— Désolé, accorde-moi une minute. J'essaie de comprendre la situation. Compte tenu de notre passé familial…

Dalton toussota, visiblement gêné. Il devait lui reconnaître le mérite de choisir ses mots avec délicatesse, au lieu de dire brutalement ce que l'un et l'autre pensaient : « Dans la mesure où *tu es mon frère bâtard…* »

— … J'avoue que je suis surpris que tu ne te sois pas montré plus prudent.

À vrai dire, il était aussi surpris que lui. Il n'avait jamais fait l'amour à une femme sans protection. Jamais. Jusqu'à Ophelia. Mais rien n'avait été ordinaire, cette nuit-là. La musique. Le ballet. La neige. La splendeur à couper le souffle de son corps nu devant lui.

Comment aurait-il pu penser au préservatif alors qu'il avait presque oublié son propre nom ?

— Cette fois-ci, c'est différent, assura-t-il. *Elle* est différente.

— Ah ? fit Dalton, sa curiosité visiblement éveillée. Et de quelle manière, exactement ?

Parce que je l'aime, fut-il tenté de répondre.

Et c'était vrai. Il l'aimait. C'était pour cette raison qu'il avait insisté pour se faire enregistrer comme personne à contacter en cas d'urgence, avant même d'apprendre qu'elle était enceinte. C'était aussi pour cela qu'il ne parvenait plus à travailler, à dormir ou même à réfléchir convenablement depuis le matin où elle avait quitté son lit en catimini. C'était pour cela aussi qu'il désirait désespérément veiller sur elle. Lui faire l'amour. Encore et encore.

L'épouser.

Et pas seulement pour le bébé. Pour *elle*.

Le doute n'était plus possible. Il était amoureux. De la mère de son enfant. De la femme qui lui avait déclaré sans sourciller qu'elle n'avait aucune intention de l'épouser.

— Ma parole, mais tu es amoureux d'elle ! s'exclama Dalton comme s'il avait lu dans ses pensées.

— Je n'ai pas dit cela, protesta-t-il, trop mollement pour être crédible.

— Tu n'as pas besoin de le dire. C'est évident. Pour moi, en tout cas.

Bon sang. Il venait tout juste de le comprendre lui-même. Mais il le savait peut-être déjà, et il refusait seulement de l'admettre.

— Et qu'est-ce qui te fait dire cela ? s'enquit-il.

— Si tu ne l'aimais pas, tu n'aurais jamais permis que tout ceci se produise. C'est aussi simple que cela.

— Tu m'accordes trop de crédit, mon frère. Et si tu disais tout haut ce que nous pensons tous deux tout bas ?

— Et que crois-tu que je pense ? répliqua Dalton en lui lançant un regard incisif.

— La stricte vérité. Que je suis devenu comme notre père.

Il l'avait souvent pensé, mais le fait de le dire à voix haute lui donnait la nausée. Dalton le dévisagea durant un long moment, avant de répondre enfin :

— C'est totalement faux, mon frère. C'est même la pire idiotie que j'aie jamais entendue.

S'il avait été dans les habitudes de Dalton de le flatter, il n'aurait pas pris cette réponse au sérieux. Mais Dalton, au contraire, avait toujours porté un jugement sévère sur lui, sur son somptueux train de vie et sur sa piètre éthique du travail, qu'il commentait souvent de façon sarcastique. Comme si une personne normale pouvait aimer le travail autant que son frère, pour qui c'était une véritable addiction. Dalton n'avait donc pas pour habitude de mâcher ses mots avec lui, mais ce qu'il disait maintenant n'avait aucun sens.

— Réfléchis un peu, Dalton, répliqua-t-il. Je me suis conduit exactement comme notre père. J'ai eu une aventure avec une employée, et aujourd'hui, elle est enceinte.

C'était une façon brutale d'exposer la situation, et, en vérité, il n'avait pas le sentiment que cela s'était vraiment passé ainsi. Mais les faits ne mentaient pas, non ?

Non. C'était beaucoup plus. Cela devait l'être.

— Tu sembles oublier un détail, observa Dalton d'un ton

dubitatif. Papa était un homme marié, père de deux enfants. Ce n'est certainement pas ton cas.

Ce que son frère disait était juste.

Mais…

— Le plus incroyable, c'est que tout ceci se soit produit juste après que j'ai pris sa place ici, au bureau. Comme si notre père avait toujours su quelque chose que j'ignorais.

Il enfouit son visage dans ses mains, avant d'ajouter d'un ton douloureux :

— C'est toi qui aurais dû lui succéder à ce poste.

Dalton désirait diriger la société. Lui, pas du tout. Il n'y avait même jamais songé, et il détestait l'idée d'avoir été choisi. Pire, il était certain que son père avait fait ce choix en toute connaissance de cause. Qu'il savait à quel point ils se ressemblaient.

Tel père, tel fils.

— Non, répondit Dalton en soupirant. Il était normal que ce soit toi. Il *fallait* que ce soit toi. Ne le comprends-tu pas ?

— Quoi ? Non, bien sûr que non.

— C'est pourtant vrai, Artem. Papa se savait malade. Il était aussi au courant, pour la mine.

Il regarda son frère, ébahi.

— Veux-tu dire qu'il savait qu'elle ne valait rien avant de mourir ?

— Oui, en effet, répondit Dalton. L'expert-comptable me l'a confirmé la semaine dernière. Si tu t'étais donné la peine de passer au bureau, je t'aurais mis au courant.

— Je m'efforçais de garder mes distances avec Ophelia.

Il avait cru pouvoir l'oublier, et cela n'avait servi à rien. Mais il ne comprenait toujours pas en quoi l'histoire de la mine le concernait.

— Très bien, il était au courant, pour la mine. Quel est le rapport avec moi ?

— Cela a *tout* à voir avec toi. Papa savait que la seule façon de sauver l'entreprise était de vendre le diamant, mais il savait aussi que je ne pourrais jamais m'y résoudre. Et lui non plus.

Autrement, il aurait organisé la vente dès qu'il a compris que la mine ne valait rien.

Il demeura silencieux un instant, assimilant cette information. Dalton avait raison. Leur père n'aurait jamais vendu le diamant, car pour lui, ce caillou était le vrai héritage de sa famille. Et il n'aurait jamais pu reconnaître qu'il avait échoué, qu'il avait failli à son devoir envers l'entreprise et envers la longue lignée des Drake qui l'avait précédé.

Lui, en revanche, il se fichait éperdument de la longue lignée des Drake. Et tout autant du diamant. Il n'avait aucune envie d'être le P-DG de la société. Il n'était resté aussi longtemps que pour Ophelia.

— Tu étais le seul à pouvoir le faire, poursuivit Dalton. C'est pour cette raison qu'il t'a choisi, Artem. Il ne t'a pas désigné comme son successeur parce qu'il pensait que vous vous ressembliez. Il t'a nommé à ce poste justement parce que tu n'étais pas comme lui.

Il s'efforçait désespérément d'assimiler les paroles de son frère. Il désirait croire à la théorie de Dalton. Il le désirait de tout cœur.

— Crois-moi, mon frère, conclut Dalton d'une voix douce. Ce que tu as fait a sauvé l'entreprise.

— Cela a aussi contribué à éloigner Ophelia de moi. Ce diamant comptait beaucoup pour elle.

Il entendait encore le ton désespéré de sa voix, ce jour-là, dans la salle de réunion. « Artem, je vous en prie. Ne vendez pas le diamant, s'il vous plaît »…

Il ne l'avait pas écoutée.

Il s'était convaincu qu'il avait fait ce qui s'imposait. Il essayait de mettre un terme à la ridicule campagne publicitaire de Dalton. Il essayait de la protéger.

Il y avait peut-être réussi. Mais, ce faisant, il l'avait aussi blessée. Et maintenant, il n'y aurait plus de retour en arrière.

— La vérité, c'est que tu as préservé l'entreprise familiale. Et cela fait de toi un Drake. Plus légitimement que n'importe quel autre membre de la famille. Plus que moi. Plus que papa.

Il aurait aimé puiser du réconfort dans ces paroles. À une certaine époque, entendre Dalton tenir un tel discours aurait été un baume pour son cœur. Ces mots auraient peut-être suffi à guérir sa souffrance. À une certaine époque.

Avant Ophelia. Sans elle, ils ne signifiaient rien. Sans elle, *il* n'était rien.

— En ce qui concerne cette lettre, ajouta son frère en ramassant l'enveloppe qui contenait sa lettre de démission, est-ce bien ce que je crois ?

— Oui, c'est une lettre de préavis. Je démissionne de mon poste de P-DG.

— Refusé, déclara Dalton en déchirant l'enveloppe par le milieu sans se donner la peine de l'ouvrir.

— Dalton…

— Prends un peu de temps pour y réfléchir. Pense à ce que je viens de te dire. Peut-être changeras-tu d'avis. La rémunération est plutôt coquette.

— Je n'ai pas besoin de cet argent. J'en ai déjà suffisamment.

— En es-tu si sûr ? Après tout, tu auras bientôt une nouvelle bouche à nourrir.

Un enfant. Ophelia et lui allaient avoir un *enfant*. Il avait été tellement sidéré par cette nouvelle, et révulsé par l'idée d'être au fond comme son père, qu'il ne s'était pas rendu compte à quel point il était fou de joie.

Ophelia allait mettre au monde son bébé. C'était tout ce qui comptait, désormais. Hormis qu'il devait encore la convaincre de lui adresser à nouveau la parole. Mais il s'était déjà occupé de ce dernier détail.

— Réfléchis-y, répéta Dalton. J'aime bien travailler avec toi. Il est grand temps que les Drake soient à nouveau une famille soudée.

Ophelia plissa les paupières pour se protéger de la neige tourbillonnante, et, resserrant son écharpe autour de son cou, elle salua le concierge en somptueux uniforme du Plaza. Après être restée cloîtrée dans son bureau toute la journée dans le seul but d'éviter de rencontrer Artem, elle ne parvenait pas à croire qu'elle mettait volontairement les pieds dans l'hôtel où il habitait.

Il fallait reconnaître qu'il ne lui avait pas laissé le choix. Il la rendait furieuse, quelquefois. C'était vrai depuis le premier jour. Mais, cette fois-ci… il était allé trop loin.

— Bienvenue au Plaza, la salua le concierge en souriant.

Puis, avant même qu'elle ne se soit présentée, il lui remit une clé électronique noire familière. Accompagnée d'une autre, plus mince. *Bizarre.*

— La noire vous donnera accès à l'ascenseur privé, et l'autre est celle de la suite de M. Drake. M. Drake vous attend, mademoiselle.

Elle n'en doutait pas une seconde.

— Merci, répondit-elle, s'efforçant de se composer un sourire poli, consciente que le concierge n'était pas responsable de cette affreuse situation.

Mais était-ce si sûr ? Même Artem n'aurait pas pu réussir un coup comme celui-ci sans assistance.

Et pourquoi lui avoir fait remettre une clé de sa suite ? C'était sûrement une erreur. Il n'était pas question pour elle d'entrer chez lui sans frapper. Quoique, à bien y réfléchir, elle en avait le droit, après ce qu'il avait fait.

La montée en ascenseur lui sembla durer une éternité. Depuis qu'elle était rentrée de son travail, et avait découvert ce qui s'était passé, elle n'avait pas pris une seconde pour réfléchir. Elle avait simplement réagi. Et c'était probablement là-dessus qu'il comptait.

Mais, à présent qu'elle n'était plus qu'à quelques secondes de le revoir, elle se sentait nerveuse. Ce qui était absurde, bien sûr. Elle allait mettre au monde l'enfant de cet homme. Elle devrait être capable, au moins, d'avoir une simple conversation avec lui.

C'était là tout le problème. Ses sentiments pour lui étaient tout sauf simples.

Ils étaient simplissimes. Elle l'aimait, voilà tout.

À cette idée, elle sentait sa gorge se serrer. C'était peut-être la vérité, mais cela ne signifiait nullement qu'elle doive transformer ces pensées en actions. Ou, pire, les exprimer à haute voix. Mais que pouvait-elle lui dire, après avoir refusé de l'épouser ? Et pourquoi acceptait-elle de le revoir aussi vite ? Elle avait gardé la porte de son bureau fermée toute la journée pour une bonne raison. Elle ne se sentait pas capable de se trouver dans la même pièce que lui sans éprouver le désir de le toucher, de l'embrasser, de lui dire à quel point elle avait souffert de devoir lui dire non la veille.

De prétendre qu'elle ne l'aimait pas.

Elle s'était répété qu'elle avait pris la bonne décision. Le seul fait d'avoir conçu un enfant ensemble ne signifiait pas qu'ils soient obligés de se marier. Même si l'un d'entre eux le désirait de tout son cœur.

Toutefois, elle avait commencé à se demander lequel d'eux deux désirait réellement ce mariage. Dans les moments où elle était totalement honnête avec elle-même, elle se rendait compte que c'était *elle*.

Mais elle ne savait pas ce qu'il convenait de faire de ces sentiments. Sa vie était plus simple lorsqu'elle rentrait directement chez elle après son travail. Sans chaton. Sans soirées au ballet. Sans Artem.

Sa vie était-elle meilleure, alors ? L'était-elle réellement ?

L'ascenseur atteignit enfin le dix-huitième étage et elle sortit dans le luxueux couloir. Arrivée devant la porte de la suite, elle frappa aussitôt sans se laisser le temps de changer d'avis.

Il vint ouvrir une seconde plus tard. Son sourire dévastateur disait éloquemment que cet instant avait été soigneusement planifié, comme elle l'avait soupçonné.

— Ophelia ! Bonsoir, mon chaton.

Son cœur fit un bond dans sa poitrine, et, à son grand embarras, une vague de désir déferla sur elle, la faisant trembler.

— « Chaton » ? essaya-t-elle d'ironiser. Un choix de mot intéressant, compte tenu des circonstances.

— Et quelles seraient ces circonstances, Ophelia ? s'enquit-il en s'adossant nonchalamment au montant de la porte, les bras croisés sur son torse sculptural.

— Artem, arrêtez cette comédie, voulez-vous ? gronda-t-elle en le contournant pour entrer dans la suite, cherchant Jewel du regard. Vous et moi savons parfaitement que vous avez kidnappé mon chaton.

Elle avait éprouvé un moment de panique en rentrant chez elle, lorsque la petite boule de fourrure blanche n'avait pas accouru pour l'accueillir à la porte comme chaque soir. Puis, elle avait remarqué le bouquet de roses blanches dans un vase de cristal posé sur la table basse, accompagné d'une carte de visite. Aucun mot. Juste une carte professionnelle.

Artem DRAKE,
Président-directeur général.
Drake Diamonds.

Il était entré par effraction dans son appartement. Il avait envahi son espace privé. Et il lui avait volé son petit chat.

— Pardon ? fit-il avec un sourire sardonique. *Votre* chaton ? Si mes souvenirs sont exacts, c'est moi qui l'ai adopté au refuge après que vous avez refusé de le faire. Ce chat est donc le mien, non ?

Non.

Elle jeta un coup d'œil par-dessus son épaule, et aperçut Jewel pelotonnée au centre de son immense lit sur la couverture de chinchilla. La même couverture dont elle avait enveloppé son corps nu la dernière fois qu'elle s'était trouvée dans cette chambre. C'était irréel. La mise en scène la plus machiavélique qu'Artem Drake — ou n'importe quel autre homme — ait jamais inventée.

— C'est une plaisanterie, n'est-ce pas ? balbutia-t-elle.

— Je suis sûr que vous n'avez pas oublié que vous étiez décidée à ne pas l'adopter, n'est-ce pas ? J'ai jugé qu'il valait mieux vous décharger de vos responsabilités félines.

Il tourna son regard vers le chaton sur le lit, et ajouta :

— Elle se sent plutôt bien, ici. Vous savez, Ophelia, ce lieu est plutôt agréable.

Elle se tourna vers Jewel en soupirant, et, à la vue du lit, un flot de souvenirs resurgit dans sa mémoire. Elle se revoyait au réveil, ses jambes nouées autour d'Artem, son visage niché au creux de son cou…

Stop. Songeait-elle vraiment à le laisser s'en tirer à si bon compte ? Bien sûr que non.

— Artem, vous ne pouvez pas faire cela. Je ne vous épouserai pas. Et, si vous croyez que vous allez me faire changer d'avis en me confisquant mon chaton, vous vous trompez lourdement.

— Qui a parlé de mariage ? Vous refusez de m'épouser ? Très bien. Je suis un grand garçon. Je peux très bien l'accepter.

À présent, il parlait d'une voix douce, vibrante de sincérité, et ce brusque changement de ton la surprit et la déstabilisa, la faisant se sentir étrangement vulnérable, alors qu'il concluait :

— Mais si vous pensez que je vais rester les bras ballants, et vous laisser affronter cette situation toute seule, c'est vous qui vous trompez. Laissez-moi être là pour vous. Laissez-moi veiller sur vous. Au moins, installez-vous ici.

— M'installer ici ? répéta-t-elle, ouvrant de grands yeux. Avec vous ?

— Avec moi, oui.

Il n'y avait plus la moindre trace d'irritation dans sa voix. Il avait renoncé à son attitude macho, et il la regardait avec une tendresse qui lui déchirait le cœur.

« Laissez-moi veiller sur vous. »

C'était si proche de « je t'aime » qu'elle fut à deux doigts de lui pardonner d'être entré chez elle par effraction. Sérieusement, quel genre d'homme ferait une chose pareille ?

L'homme qu'elle aimait, tout simplement.

— Je n'aurais pas dû venir ici, marmonna-t-elle en se dirigeant vers la porte.

Elle ne pouvait pas accepter sa proposition. Si elle passait ne serait-ce qu'une autre nuit ici, elle finirait à nouveau dans son lit. Et ensuite, il lui serait impossible de le quitter.

— Ophelia, attendez, s'il vous plaît, protesta-t-il en la rattrapant en deux enjambées.

— Non, répondit-elle sans se retourner. Je ne veux pas… Je ne peux pas…

Il se planta devant elle, lui barrant la route, et il lui releva gentiment le menton pour l'obliger à le regarder en face.

— Jeremy Davis se trompait, Ophelia, murmura-t-il. J'ignore ce qu'il a pu vous raconter pour vous convaincre que votre maladie vous rend moins désirable, moins digne d'être aimée, mais il avait tort. Totalement tort.

Elle recula de quelques pas, les jambes tremblantes, avec l'impression que le monde entier s'écroulait autour d'elle.

— Artem…

— Je n'ai pas l'intention de vous obliger à rester ici, Ophelia. Ni de m'imposer à vous. Je vais quitter la ville durant quelques jours, et j'adorerais vous retrouver ici à mon retour.

Sur ces mots, il la contourna pour aller ramasser un petit sac de voyage sur la table au centre de la pièce. Elle ne parvenait pas à croire ce qu'elle venait d'entendre. Il avait kidnappé son chaton et l'avait amenée ici par la ruse, et puis maintenant, il s'en allait ?

— *Vous partez ?* Où allez-vous ?

— Je préfère ne pas vous le dire. Je suis amené à faire un déplacement pour mon travail, et je serai de retour dès que possible. Le personnel de l'hôtel a des ordres pour satisfaire tous vos désirs. Vous les trouverez très accommodants, j'en suis sûr. Installez-vous, et faites comme chez vous en mon absence.

Il parcourut la suite d'un regard circulaire, s'arrêtant un instant sur la porte fermée de son bureau. La pièce où il s'était enfermé le matin où elle avait disparu sans un mot.

— Familiarisez-vous avec les lieux.

Et, là-dessus, il tourna les talons et sortit sans se retourner.

Elle le suivit des yeux jusqu'à ce qu'il ait disparu. Cette situation était complètement folle.

Elle s'approcha du lit et souleva Jewel dans ses bras, bien décidée à ne laisser que cinq minutes d'avance à Artem avant de redescendre dans le hall et de faire appeler un taxi pour rentrer chez elle.

Avait-il réellement cru qu'elle allait rester ici en son absence ? Qu'elle pourrait dormir dans son lit, reposer sa tête sur son oreiller, se réveiller chaque matin chez lui sans jamais l'imaginer dans le lit avec elle ? C'était impossible. Et même insensé.

— Viens, ma petite Jewel, murmura-t-elle, serrant le chaton contre son cœur. Rentrons chez nous.

« Chez nous. »

Elle refoula les larmes qui montaient à ses paupières. Au diable Artem Drake. Au diable ses promesses. « Laissez-moi veiller sur vous »…

Il se montrait tendre avec elle aux moments les plus inattendus, et cela la déstabilisait totalement. Elle le préférait presque lorsqu'il se montrait odieux, comme quand il entrait chez elle par effraction pour lui voler son chaton.

Elle devait absolument sortir de cette suite. Immédiatement. Elle ne pouvait pas rester plantée dans ce décor somptueux tandis que ses paroles revenaient en boucle dans son esprit. Elle se dirigea vers la porte, mais en passant devant son bureau, elle ralentit le pas.

« Familiarisez-vous avec les lieux. » Qu'avait-il voulu dire, au juste ? Probablement rien.

Elle s'arrêta, tentée de jeter un coup d'œil à l'intérieur de la pièce. Mais c'était une mauvaise idée, elle le savait. Que pourrait-elle voir dans ce bureau qui soit susceptible de la faire changer d'avis sur quoi que ce soit ?

Rien, bien sûr.

Il avait probablement acheté un berceau. Et il s'attendait à ce qu'elle se sente fondre en le découvrant. Il se trompait. S'il avait déjà acheté un berceau alors qu'elle n'était enceinte que de quelques semaines, elle en conclurait seulement qu'il proposait de l'épouser uniquement à cause du bébé. Il ne songeait qu'à offrir au bébé un cadre familial classique.

Pour se prouver qu'elle avait vu juste, elle actionna la poignée et entra dans sa mystérieuse pièce secrète.

Ce qu'elle vit faillit la faire s'évanouir à nouveau.

Il n'y avait là aucun berceau. Cette pièce n'était pas une chambre d'enfant, et moins encore un bureau. Les quatre murs étaient entièrement recouverts de grandes glaces. Sous ses pieds, elle sentait un parquet poli d'où s'exhalait une odeur de pin fraîchement coupé. Une barre de ballet occupait toute la longueur de l'un des murs.

Il lui avait construit un studio de danse, ici même, dans sa suite du Plaza.

Soudain, elle avait la gorge si serrée qu'elle parvenait à peine à respirer.

« Ophelia, vous êtes une danseuse. »

Il lui avait murmuré ces mots avant d'apprendre sa maladie, avant de savoir qu'elle était la petite-fille de Natalia Baronova. Elle ne l'avait pas cru, ce soir-là. Alors même qu'elle dansait pour lui dans son salon éclairé par les rayons de la lune, elle doutait encore. Elle jouait un rôle, celui de la ballerine qu'elle avait été autrefois. La femme qui aurait pu tout faire, tout être. Une danseuse. Une mère. Une épouse. En d'autres temps.

« Ophelia, vous êtes une danseuse. »

Il le croyait sincèrement. Et, à cet instant précis, plantée au centre de cette pièce, elle le croyait aussi.

Presque.

14

Artem était resté absent plus longtemps qu'il ne l'avait prévu. Trois jours et trois nuits. Il avait espéré que ce voyage ne lui prendrait pas plus de vingt-quatre heures, mais tout ne s'était pas passé aussi bien qu'il l'avait espéré. Il détestait être séparé d'Ophelia, mais cette affaire devait être réglée.

Il retourna à New York sur le vol de nuit, espérant ne pas trouver la suite déserte à son arrivée. D'après Dalton, Ophelia était venue à son travail au magasin de la Cinquième Avenue chaque jour, et elle semblait en parfaite santé. Elle arrivait ponctuellement chaque matin à son bureau, mais il n'avait pas osé pousser ses investigations jusqu'à demander au personnel du Plaza si elle avait occupé sa suite. À vrai dire, il ne tenait pas vraiment à le savoir. Probablement parce que quelque chose lui disait qu'elle avait détalé pour rentrer chez elle sitôt après son départ.

Et, naturellement, lorsqu'il se glissa silencieusement dans sa suite vers 2 heures du matin, il la trouva déserte. Et son lit vide.

Aïe.

Son sac de voyage glissa de son épaule et atterrit sur le sol avec un bruit mou, son précieux contenu totalement oublié, et il poussa un long soupir de lassitude. Il avait besoin de la voir. De la toucher. De la serrer dans ses bras. Ces trois jours lui avaient semblé durer une éternité.

Desserrant sa cravate, il traversa la pièce pour aller s'affaler sur le lit. Les yeux fermés dans la pénombre, il aurait pu jurer qu'il sentait la douce fragrance d'orchidées d'Ophelia sur son oreiller. Les draps étaient doux et tièdes. Il devait être plus fatigué qu'il ne l'avait pensé, parce que son lit vide ne semblait plus vide du tout. Il devait se souvenir qu'il était seulement prisonnier de ses souvenirs.

Mais, à présent, il lui semblait entendre les accords du *Concerto n° 21* de Mozart. *Petite Mort*. Que lui arrivait-il donc ? À l'évidence, il n'avait pas seulement perdu Ophelia. Il avait aussi perdu l'esprit.

Il ne l'avait pas perdue. Pas encore.

Il restait encore une lueur d'espoir. Une petite chance. Minime, certes, mais elle était là. Elle brillait dans son esprit, scintillante comme le plus beau des diamants.

Soudain, quelque chose atterrit sur sa poitrine, le faisant sursauter. C'était doux, couvert de fourrure. Un chat.

Il se redressa et alluma la lampe sur la table de chevet. Le chaton blanc d'Ophelia le fixait de ses grands yeux pleins d'innocence.

— Jewel, que fais-tu ici ? s'enquit-il en caressant la gorge de l'animal, qui se mit aussitôt à ronronner.

— Où est ta maman, dis ? murmura-t-il, n'ayant jamais été aussi heureux de voir un chat de toute sa vie. Où est mon Ophelia ?

Mon Ophelia.

Il était inconcevable qu'elle ait laissé Jewel toute seule dans la suite. C'était impossible. Elle était forcément ici, quelque part. Mais où ?

Posant le chaton sur son oreiller, il se leva. Jewel, au moins, était heureuse de le revoir. Et le fait qu'elle soit encore là était sûrement un bon signe.

— Ophelia ? l'appela-t-il.

C'est alors qu'il remarqua un mince rayon de lumière sous la porte de son bureau. Ou de ce qui avait été son bureau.

Le studio de danse. Bien sûr. Il était tellement fatigué, après ces trois jours stressants, qu'il en avait oublié le studio de danse qu'il lui avait fait aménager. Parce qu'elle avait besoin d'un espace où elle pouvait laisser rêver son corps. Avec ce geste il lui offrait sa conviction qu'elle était parfaite telle qu'elle était. Et qu'elle le resterait toujours. Elle serait toujours une danseuse. Aucune maladie, et certainement aucun homme, ne pourrait jamais lui prendre cela.

La musique n'était pas un produit de son imagination surchauffée, après tout. Elle n'était pas un tendre et douloureux souvenir. Elle était réelle, et elle devenait plus forte à mesure qu'il s'approchait de la porte fermée, jusqu'à ce que les subtils accords des violons explosent en un chœur de cordes et de notes de piano qui semblait faire écho aux battements précipités de son cœur.

Il se figea, sa main sur la poignée, se remémorant la dernière fois où il l'avait vue danser sur cette musique. Il connaissait par cœur chaque séquence, chaque mouvement. Il rêvait encore de cette danse toutes les nuits, du chuchotement de ses chaussons de ballet dans le clair de lune, de la cambrure de son corps de danseuse contre lui lorsqu'il était entré en elle. Son corps se souvenait, peut-être même mieux que son esprit. Parce que le simple fait d'entendre cette musique poignante, de savoir qu'Ophelia était juste de l'autre côté de la porte, flottant sur les pointes de ses pieds exquis, cambrant son dos souple, concentra instantanément tout son sang juste en dessous de sa ceinture, dans la plus impressionnante érection de toute sa vie. Il était aussi dur que le diamant, et il n'avait même pas encore posé les yeux sur elle.

Il tourna la poignée avec une lenteur fiévreuse, puis il poussa la porte.

Elle se tenait à la barre de ballet, dos à lui, uniquement vêtue de ses chaussons pointes à rubans roses et d'une chemise de nuit diaphane qui s'arrêtait juste au-dessus de ses genoux. Il entrevoyait l'arc élégant de son dos et la rondeur de ses hanches parfaites de ballerine à travers le tissu translucide de sa chemise de nuit. Elle se haussa sur les pointes puis s'inclina vers la barre, tout son corps tendu en un arc magnifique.

En la voyant ainsi, totalement immergée dans son art, il avait l'impression de vivre un rêve éveillé. Un merveilleux rêve interdit. Une partie de lui-même aurait été satisfaite de rester là, sur le seuil, à l'adorer en simple voyeur. L'idée qu'elle portait son enfant l'emplissait de jubilation. Il remarqua que sa silhouette s'était adoucie, exprimant une féminité et une volupté exquise qui le touchaient jusqu'au fond de l'âme.

Mais l'autre Artem — l'exigeante, sensuelle partie de lui-même — refusait de se laisser ignorer, et brûlait de lui arracher ce voile arachnéen pour se perdre dans la douceur de velours de sa féminité.

Il s'approcha sur la pointe des pieds, le bruit de ses pas avalé par la musique sublime de Mozart, et il ne s'arrêta que lorsqu'il sentit la chaleur irradiant de son corps, qu'il vit les gouttelettes de transpiration dans les cheveux à la base de son cou de cygne. Il dut serrer les poings pour réprimer sa folle envie de la toucher. De la caresser. Partout.

Elle pivota sur ses pointes, et, tout à coup, ils se retrouvèrent face à face. Il aurait renoncé à toute sa fortune, jusqu'au dernier sou, pour un signe — n'importe quel signe — indiquant qu'elle était heureuse de le voir. Qu'elle était restée éveillée chaque nuit dans son lit à rêver qu'il la caressait, qu'il la conduisait jusqu'à un orgasme cataclysmique avec sa bouche, avec tout son corps.

— Artem.

Ses yeux étaient immenses, sa voix à peine un murmure, et, durant un affreux instant, il crut qu'elle allait s'éloigner de lui en dansant. Comme elle l'avait fait si souvent.

Mais elle demeura où elle était, le souffle un peu court après ses exercices, ses seins épanouis aux pointes roses durcies palpitant sous la chemise de nuit diaphane. La grossesse avait modifié son corps de la plus merveilleuse manière, et l'idée d'avoir été l'auteur de ces divines transformations l'emplissait de fierté. Le bébé qui grandissait en elle était à lui. *Elle* était à lui, et il avait bien l'intention de lui montrer à quel point cette idée le ravissait.

Ses yeux le contemplaient comme des saphirs de feu. Et,

lorsque ce regard vint s'arrêter sur sa bouche, il n'eut pas besoin d'une autre invitation.

Ses lèvres trouvèrent immédiatement celles d'Ophelia, et le désir désespéré qui grandissait en lui depuis des semaines, depuis qu'il l'avait goûtée pour la dernière fois, se concentra tout entier dans ce baiser. Toutes les nuits sans sommeil, tous les moments de la journée où il ne pensait qu'à faire à nouveau l'amour avec elle, à l'exclusion de tout le reste. Encore et encore.

Ils avaient partagé une nuit ensemble. Il savait déjà alors que cela n'était pas suffisant, mais il comprenait à présent qu'il ne se lasserait jamais d'elle. S'il vivait mille ans, et qu'il passait chaque nuit à adorer le temple sacré de son corps, il la désirerait toujours davantage.

Lorsque ses doigts délicats vinrent se glisser dans ses cheveux, il l'embrassa avec une passion renouvelée, essayant de se rapprocher encore d'elle. Toujours plus près, jusqu'à ce qu'il l'entende pousser un petit gémissement. Il constata alors qu'il l'avait repoussée contre la barre de ballet.

Comme dans un songe, il détacha sa bouche de la sienne suffisamment longtemps pour saisir sa légère chemise de nuit entre ses mains et la faire passer par-dessus sa tête. Puis, ses lèvres retrouvèrent sa peau, cette fois-ci à la base de son cou, où les battements précipités de son pouls lui disaient qu'elle désirait cet instant autant que lui. Qu'elle en avait besoin. Qu'*il* lui avait manqué.

Recueillant ses seins dans ses paumes, il inclina la tête pour couvrir les pointes roses de baisers, l'une après l'autre, lui arrachant un gémissement de plaisir. Elle était incroyablement douce, et si belle… plus parfaite encore que dans son souvenir.

Il s'était mille fois répété que, si l'occasion lui était à nouveau donnée de faire l'amour avec elle, il prendrait tout son temps. Ferait durer chaque baiser, chaque caresse, à l'infini. Il savourerait chacune des secondes conduisant à l'union de leurs corps. Mais son sang bouillonnait de désir. Il n'aurait pas été capable de s'arrêter même si sa vie en dépendait. Et elle ressentait la même passion incandescente, tiraillait ses cheveux, empoignait sa cravate pour le retenir contre elle tandis qu'il savourait la splendeur de ses seins.

— Artem… S'il te plaît…

— Je suis là, murmura-t-il, posant ses lèvres sur le doux arrondi de son ventre, là où croissait la vie — la vie qu'ils avaient créée ensemble.

Il était là, en effet. Et, cette fois-ci, ils ne se quitteraient plus jamais. Fini les politesses, la distance… Ils allaient vivre ensemble, fonder une famille, il le savait.

Il détacha gentiment ses mains de sa cravate et les plaça l'une et l'autre sur la barre de ballet.

— Accroche-toi bien, murmura-t-il, sa bouche brûlante tout contre la sienne.

Il l'embrassa passionnément une dernière fois, puis il s'agenouilla devant elle et laissa glisser ses mains le long de ses jambes avant de lui écarter les cuisses. Elle avait des jambes de ballerine, des jambes faites pour suivre la musique et se tenir en équilibre sur les pointes. Et pour se resserrer autour de sa taille lorsqu'il entrait en elle. Mais, en premier lieu, ceci. Le plus intime des baisers.

Il la dévora comme un homme affamé. Mais sa fringale d'elle n'était jamais rassasiée, même lorsqu'elle commença à onduler les hanches contre sa bouche, que ses soupirs de délectation devinrent plus forts, plus pressants, augmentant en volume en même temps que la musique de Mozart. C'était ainsi qu'elle devait être à lui. Libre et sauvage, et libérée de toute peur. Pour toujours.

— Artem, je…

Ses mains fines se crispèrent dans ses cheveux, si fort que c'en était presque douloureux, et il gémit contre sa féminité offerte et brûlante.

Il n'aurait pas pu s'arrêter même si elle l'avait supplié. Pas avant de lui avoir ouvert les portes de l'extase. Son sang rugissait à ses oreilles, et, s'il n'avait pas été agenouillé, ses jambes se seraient dérobées sous lui. Il était à deux doigts de l'orgasme, alors qu'il n'avait pas encore ôté un seul de ses vêtements.

Pas encore.

Il la voulait à bout de forces et toute tremblante lorsqu'il entrerait enfin en elle. Il avait vécu torturé par le désir des semaines durant, depuis la dernière fois où il l'avait touchée. Ils avaient gaspillé trop de temps. Des jours. Des semaines. Du temps qu'il avait gâché à lutter contre ses sentiments pour elle, à se dire que ce qu'il avait fait était mal, alors que rien n'aurait pu être plus juste.

Se doutait-elle de la force de volonté qu'il lui avait fallu pour ne pas donner libre cours à son désir ? La voir devant lui et prétendre que chaque cellule de son corps ne lui criait pas de lui faire l'amour ?

Il avait besoin qu'elle le sache. Il avait besoin qu'elle le sente dans l'explosion de ses sens.

Il laissa remonter ses mains sur ses fesses fermes, et, à la seconde où ses doigts se crispèrent sur sa chair voluptueuse, elle se convulsa contre lui dans les spasmes du plaisir. Et, à cet instant final de sa libération, les mots qu'elle prononça étaient ceux qu'il avait attendu d'entendre durant toute sa vie.

— Je t'aime.

Ophelia se sentait défaillir.

Elle se cramponna plus fort à la barre de ballet alors qu'Artem se redressait et commençait à se déshabiller, son regard brûlant rivé au sien.

Par bonheur, cette barre était là. Elle avait besoin de quelque chose de solide, de familier, dans ses mains, parce que ce qu'elle vivait ne pouvait pas être la réalité. C'était comme un fantasme du paradis, la plus parfaite des chorégraphies — celle qui vous laissait la gorge serrée et le visage ruisselant de larmes. Trop parfaite pour être réelle.

Elle était nue, frissonnante, conquise, et elle ne s'était jamais sentie aussi vivante de toute sa vie. Qu'était-il arrivé ? Que venait-elle de *dire* ?

« Je t'aime. »

Ces mots avaient franchi ses lèvres avant qu'elle n'ait pu les arrêter, et, désormais, elle ne pourrait plus les reprendre. Il l'avait certainement entendue — Artem qui se dressait à présent devant elle, nu et dur comme le roc, son corps magnifique reflété tout autour d'eux par les miroirs qui tapissaient les murs. Il était partout. Ici. Maintenant. L'entourant de toutes parts de sa magnifique, son audacieuse masculinité.

Il lui était devenu impossible de réfléchir, elle parvenait à peine à respirer et elle ne savait plus où fixer son regard. Ses yeux émerveillés contemplaient tour à tour ses pectoraux durs, ses abdominaux parfaits et la musculature saillante de son dos puissant. Il était beau comme un dieu — l'Apollon de l'*Orpheus* de Balanchine, l'incarnation de la poésie, de la musique, de la danse et du chant. Tout ce qui était le plus cher à son cœur.

Son érection brûlante pressait contre son ventre, et, dans ce précieux moment de pure perfection, il était si fort que tout semblait possible. Il était plus grand que les peurs qui la hantaient. Plus grand que son passé. Plus grand que sa maladie.

— Je t'aime, moi aussi, répondit-il dans un souffle, l'adossant à la barre pour entrer lentement en elle. Je t'ai toujours aimée.

Le sentir à nouveau en elle, l'emplissant tout entière, était une telle extase qu'elle en aurait pleuré. Elle avait attendu cet instant depuis le matin où elle s'était enfuie de sa suite. Elle avait seulement refusé de l'admettre. Comment pouvait-elle avoir été assez naïve pour croire qu'elle pouvait vivre sans ceci, sans *lui* ? N'était-ce pas une idée ridicule ? Elle appuya ses mains contre son torse. Cet homme magnifique qui avait refusé de se laisser repousser, était tout à elle.

Elle s'agrippa à ses hanches pour le serrer très fort contre elle, pour vivre plus intensément cet instant où leurs deux corps ne faisaient plus qu'un. Elle le sentait tout entier en elle, dur et palpitant, et c'était presque trop de bonheur. Trop de plaisir. Elle était sur le point de basculer dans un nouvel orgasme, et il n'avait même pas encore bougé.

— Sais-tu seulement combien tu m'as manqué ? murmura-t-il dans ses cheveux, commençant un lent va-et-vient en elle.

— Oui, gémit-elle. Je le sais. Je le sais…

Il accéléra le mouvement de ses hanches. Plus vite. Toujours plus fort.

Et, cette fois-ci, elle ne résista pas. Elle n'aurait pas pu résister même si elle l'avait désiré. Car, à l'instant où elle était entrée dans cette pièce, tout ce qui était brisé en elle s'était miraculeusement réparé. Elle était restée dans la suite d'Artem pendant son absence. À cause de cette pièce. Chaque soir, elle chaussait ses pointes et dansait à nouveau. Elle guérissait. Grâce à cette pièce.

Elle n'avait plus l'impression d'être Ophelia Rose — cette fille triste et malade qui avait renoncé à la vie. À la danse. À l'amour. Elle n'était pas non plus Ophelia Baronova, parce que cette Ophelia n'avait jamais connu que le ballet. Elle n'avait jamais éprouvé la sensation de mourir de plaisir dans les bras d'un homme qui l'aime. Elle n'avait jamais vécu avec le secret intime de cet enfant qui croissait en elle. Avec un véritable avenir.

Une famille.

Elle se sentait différente, à présent. Pleine d'espoir. Entière. La femme qu'elle était aujourd'hui était une danseuse, une amante, une mère. Et son nom était Ophelia Drake.

— Dis-le-moi, murmura-t-il, son regard tout au fond du sien. J'ai besoin de l'entendre. Je t'aime avec tout ce que j'ai, avec tout ce que je suis. Dis-moi que tu seras ma femme.

— Oui, répondit-elle dans un souffle, incapable de refouler les larmes qui lui brouillaient la vue. Je t'épouserai.

Il l'embrassa avec une tendresse qui contrastait tellement avec l'orgasme qui montait en elle qu'elle avait l'impression de rêver.

— N'aie pas peur, mon bébé, murmura-t-il contre ses lèvres.

— Je n'ai pas peur, assura-t-elle en contractant ses muscles internes autour de lui, lui arrachant un gémissement d'extase. Plus maintenant.

Puis, il intensifia ses assauts avec une telle vigueur qu'elle ne put retarder plus longtemps l'orgasme qui explosait en elle. Alors, elle laissa échapper un cri tandis qu'il s'enfonçait en elle avec un puissant coup de reins final, frissonnant de tout son corps, la repoussant plus fort contre la barre de ballet. Et, sans trop savoir comment, elle trouva encore la force d'ouvrir les yeux pour le regarder jouir. Elle désirait se délecter de la perfection de son plaisir, dont le reflet l'entourait de toutes parts, en mille images aussi exquises, aussi brillantes que les facettes d'un diamant.

Ils demeurèrent ainsi, appuyés au mur, leurs cœurs battant follement l'un contre l'autre, jusqu'à ce que leurs respirations aient repris un rythme normal, et que la musique se soit tue. Alors, et seulement alors, il se recula pour la contempler, repoussant quelques mèches de cheveux pour couvrir son visage de tendres baisers.

Je t'aime.

Je t'aime.

Je t'aime.

Elle ne savait pas trop si ces mots étaient ceux d'Artem ou les siens. S'ils n'étaient que des pensées, ou si l'un d'eux les avait prononcés à voix haute. Ils étaient là, comme les battements d'un cœur. Naturels. Irrésistibles.

— Je pense que cette occasion exige un diamant, murmura-t-il au creux de son oreille. N'es-tu pas de mon avis ?

— Ne me dis pas que tu as gardé le collier de la princesse Grace dans un coin, répliqua-t-elle en riant.

— Non, j'ai beaucoup mieux.

— Mieux ? répéta-t-elle, la gorge serrée.

Avait-il acheté une bague de fiançailles ? Allait-il plonger sa main dans la poche de sa veste, gisant à présent sur le sol, pour en sortir un de ces écrins bleus entourés d'un ruban de satin blanc ?

— Attends-moi ici, ordonna-t-il d'un ton qui n'admettait aucune contestation. Et ne t'avise pas de te rhabiller.

— Comme tu voudras, répondit-elle en s'efforçant de sourire, son cœur battant la chamade.

Il lui souffla un baiser et, toujours nu, il se dirigea vers la porte. Elle suivit des yeux son corps magnifique tandis qu'il sortait, ne parvenant pas à croire que cet homme incroyable allait devenir son mari.

Elle laissa glisser ses mains sur l'arrondi presque imperceptible de son ventre. Ses seins aussi étaient devenus plus lourds : l'enfant d'Artem grandissait en elle. Elle avait l'impression d'assister à un miracle. La spécialiste, à l'hôpital, ne s'était pas trompée. Les symptômes de sa maladie avaient presque disparu au cours de ces quelques derniers jours. Elle se sentait beaucoup mieux, en meilleure santé. Certaines mamans faisaient une rechute de la maladie peu de temps après leur accouchement, mais il était trop tôt pour se préoccuper d'un tel détail. Elle pouvait compter sur les meilleurs médecins du pays, et elle gérerait le problème en temps voulu. Comme toutes les autres nouvelles mamans.

— Tu es très belle, le sais-tu ? déclara-t-il en réapparaissant sur le seuil du studio de danse, un imposant écrin de velours noir entre ses mains. Je serais presque tenté de te garder à la maison, rien que pour moi, exactement telle que tu es, pieds nus et enceinte.

— Tu oublies que j'ai un travail que j'adore, répliqua-t-elle en riant. De plus, je ne suis pas pieds nus. Je porte mes chaussons.

— C'est encore mieux. Je ne t'en aime que davantage, ma chérie.

— Qu'apportes-tu là ? s'enquit-elle, désignant l'écrin de velours, beaucoup trop volumineux pour contenir une simple bague de fiançailles.

— Regarde.

Là-dessus, il fit basculer le couvercle de l'écrin, révélant une tiare de diamants toute scintillante sur son coussin de satin sombre. Trois délicates volutes de minuscules diamants sertis s'élevaient de sa base, entourant une pierre centrale spectaculaire. Un diamant jaune. Exactement comme…

— Non, balbutia-t-elle, tremblant de tout son corps. Ceci ne peut pas être…

Elle ne pouvait même pas articuler ces mots. *Le Diamant Drake*. C'était un espoir insensé. Même dans ses rêves les plus fous…

— Si, ma chérie, assura-t-il, soulevant la tiare de son écrin pour la poser délicatement sur sa tête. Le Diamant Drake est rentré chez lui.

Elle vit alors son reflet dans l'un des miroirs, et elle fut à deux doigts de s'évanouir à nouveau. Le Diamant Drake était revenu. À New York. Dans sa monture d'origine. Et elle ne le contemplait pas dans une élégante vitrine de cristal, mais posé sur sa propre tête.

— Mais… Je ne comprends pas, balbutia-t-elle, luttant pour refouler ses larmes. Comment est-ce possible ? Je pensais que le vainqueur des enchères l'avait emporté au Mexique.

Et, soudain, elle comprit tout. Mexico… son voyage d'affaires urgent. Elle ouvrit de grands yeux, incapable de prononcer la moindre parole.

— Je l'ai racheté, expliqua-t-il avec un haussement d'épaules dégagé.

— Drake Diamonds l'a racheté ? s'exclama-t-elle stupéfaite. Quelques jours après l'avoir vendu aux enchères ?

— Non. *Je* l'ai racheté. Pas Drake Diamonds.

— Toi ? répéta-t-elle d'un ton incrédule. *Personnellement ?*

Elle ne parvenait pas à le croire. Disposait-il d'une telle fortune ? Qui pouvait être aussi riche ?

— Oui, moi, confirma-t-il en riant. Alors, il semblerait que ma démission ne soit plus à l'ordre du jour. Selon toute vraisemblance, je vais devoir travailler chez Drake Diamonds durant le restant de mes jours. Avec Dalton, car nous avons décidé de nous partager les responsabilités du rôle de P-DG.

— Je pense que c'est une excellente idée, dit-elle en riant entre ses larmes. Mais pourquoi ? Tu n'étais pas obligé de faire tout cela pour moi. C'est trop.

Ses larmes ruisselaient librement sur ses joues, désormais,

sans qu'elle puisse les arrêter. Elle ne s'était jamais attendue à cette péripétie. Elle s'était résignée à la perte du diamant. Cela avait été difficile, mais elle l'avait accepté. À ce stade de sa vie, elle était experte dans le sentiment de la perte.

Plus maintenant, chuchotait une petite voix dans son esprit. *Plus maintenant.*

— Chut ! fit-il en la prenant dans ses bras pour la serrer contre son torse puissant. Ne pleure pas. Ne pleure pas, s'il te plaît. Je tenais à ce que tu l'aies. Je tenais à ce que tu portes cette tiare lorsque tu me rejoindras devant l'autel, le jour où je ferai de toi mon épouse. C'est toi qui avais raison. Ce n'est pas une simple pierre. C'est une partie de notre histoire familiale. La tienne. La mienne.

Il lui souleva gentiment le menton pour plonger son regard dans le sien, et elle eut la sensation que tout l'amour du monde brillait sur elle depuis les profondeurs de ses yeux.

— Et, maintenant, la nôtre, ajouta-t-il.

Puis il sécha un à un les diamants de ses larmes avec ses baisers.

TERI WILSON

Troublante escapade

INTÉGRALE

PASSION À MANHATTAN

Traduction française de
JULIA LOPEZ-ORTEGA

SAGAS

HARLEQUIN

Titre original :
THE PRINCESS PROBLEM

Ce roman a déjà été publié en 2018

1

Ce furent les perles qui éveillèrent ses soupçons.

Dalton Drake savait reconnaître un collier de perles des mers du Sud quand il en voyait un, et ce bien qu'il soit pratiquement dissimulé derrière le col noir d'un costume Armani pour homme.

Il se tenait sur le seuil de son bureau, alors que la personne en costume lui tournait le dos. Les perles en question étaient d'un jaune doré lumineux, à peine plus brillant qu'une coupe en cristal remplie d'un grand cru de Veuve Clicquot. Il s'agissait là des gemmes les plus rares et leur perfection était à couper le souffle. Elles valaient sans doute aussi cher que près de la moitié des bijoux exposés dans les présentoirs étincelants de Drake Diamonds, la prestigieuse enseigne de joaillerie qu'il dirigeait avec Artem, son frère.

Dalton avait grandi parmi les perles et les diamants. Il les avait dans le sang. Que faisait une création d'une telle valeur autour du cou d'un simple garçon de courses ? Et pourquoi le livreur en question avait-il la taille si fine et des courbes aussi féminines ?

Dalton avait fait affréter pour une petite fortune un avion privé qui devait transporter un certain M. Oliver Martel jusqu'à New York, depuis la principauté d'Esterel sur la Riviera française. Qu'est-ce qui avait bien pu se passer ? Il ne fallait pas être grand clerc pour se rendre compte qu'il n'avait pas affaire à un homme, malgré les atours masculins.

Il détailla du regard la main fine et parfaitement manucurée qui sortait d'une manche trop large et longue. Quelques mèches de cheveux blond doré s'échappaient du chapeau fedora qu'elle arborait.

Sans lever le visage vers lui, elle se dirigea, comme il l'y avait invitée, vers le siège qui faisait face à son bureau avec une grâce toute féminine, mais aussi une certaine noblesse dans le raffinement. Il ne pouvait s'agir d'une subalterne, même travaillant pour une principauté.

Il y avait là une imposture. Et il ne s'agissait pas des perles, dont l'authenticité était évidente pour un grand joaillier comme lui.

Tout en refermant la porte, Dalton s'éclaircit la voix. Il valait sans doute mieux procéder avec précaution, afin de déterminer ce qui amenait une princesse depuis sa minuscule principauté française jusqu'à la Cinquième Avenue new-yorkaise…

— Monsieur Martel, je présume ?

— Non, je suis désolée, monsieur Drake, répondit la jeune femme avec une pointe d'accent français. Il y a eu un petit changement.

Alors, elle se tourna vers lui et Dalton tressaillit légèrement. Il n'aurait pas dû être troublé par la visiteuse, lui qui était l'anticipation incarnée. Après tout, il avait découvert la famille princière Marchand à travers les recherches méticuleuses qu'il avait menées sur la collection d'œufs impériaux. Il aurait été capable de dessiner de mémoire chacun des douze œufs incrustés de pierreries, mais aussi de nommer chacun des membres de la famille Marchand. Il aurait pu les décrire très précisément, en remontant jusqu'au début du XIXe siècle, lorsque le joaillier royal avait conçu le tout premier œuf. Bien entendu, il avait vu suffisamment de photographies de la famille royale pour reconnaître la princesse et pour savoir combien elle était belle.

Pourtant, Dalton était déstabilisé, ce qui ne lui arrivait que très rarement. Mais de fait, il ne s'était jamais préparé à rencontrer Son Altesse royale la princesse Aurélie Marchand en personne. Et encore moins, sans qu'elle se soit annoncée.

Les photographies ne rendaient pas totalement hommage à

sa beauté. Peut-être qu'une caméra aurait pu capturer ses traits si parfaits. Le nez légèrement retroussé, les yeux immenses, aussi verts que la plus pure des émeraudes colombiennes… Mais une image en deux dimensions ne pouvait saisir le feu de son regard ou la luminescence de sa peau de porcelaine, aussi délicate que le rang de perles autour de son cou.

Il avala sa salive avec difficulté. Il n'aimait guère les surprises et était encore moins adepte de l'étrange sensation de flottement qui s'empara de lui, lorsqu'elle planta son regard dans le sien.

Il était attiré par elle. Or cela n'avait pas sa place dans sa vie professionnelle. Ni dans le reste de sa vie, d'ailleurs.

Du moins plus aujourd'hui.

— Un petit changement, je vois cela, en effet, Votre Altesse, dit-il en haussant un sourcil.

Elle eut un très léger mouvement de recul.

— Alors vous savez qui je suis ?

— Je le sais, oui. Je vous en prie, asseyez-vous, princesse Aurélie.

Dalton attendit qu'elle ait pris place avant de plaquer soigneusement sa cravate pour s'asseoir à son tour. Il avait la sensation que quoi qu'il puisse arriver ensuite, être assis ne serait pas superflu.

Une large malle noire se trouvait aux pieds de la princesse. Il supposa qu'il s'agissait de sa précieuse collection d'œufs impériaux, dont l'exposition au sein des locaux de Drake Diamonds était programmée dès la semaine suivante. Cependant, rien n'expliquait pourquoi Aurélie Marchand les accompagnait en personne, en particulier après tout le soin pris pour organiser leur transport selon une charte terriblement rigoureuse.

Si l'on ajoutait à cela son déguisement sommaire, Dalton pressentait qu'il y avait là royalement matière à s'inquiéter.

— Bien, cela a le mérite d'être clair et je suppose que c'est plus simple ainsi, dit-elle en ôtant son chapeau de feutre pour libérer ses boucles blondes.

Bon sang, elle est vraiment sublime !

Il avait bien fait de s'asseoir. Car déjà le désir le parcourait, fulgurant et brûlant, d'un rouge aussi profond qu'un rubis. Et pourtant c'était totalement insensé. Certes, la princesse était très belle et il y avait quelque chose de captivant chez elle, mais elle portait un costume de garde du corps et la seule chose qu'elle aurait dû lui inspirer à cet instant était de la méfiance. D'où venait ce désir ?

Se concentrer sur les affaires, voilà ce qu'il devait faire.

Dalton inspira profondément. Il ne se rappelait pas avoir eu besoin de faire effort pour penser à son travail depuis des années.

— Pouvez-vous m'expliquer tout cela, Votre Altesse ?

— Je ne suis pas en visite officielle. Je vous en prie, appelez-moi Aurélie.

— Très bien alors, Aurélie.

— Merci, dit-elle d'une voix hésitante qui le troubla étrangement.

— Dites-moi, Aurélie, à quoi dois-je le plaisir d'une visite d'un membre de la famille princière ? demanda-t-il en essayant de ne pas avoir l'air de la regarder avec trop d'insistance.

Elle sembla frémir légèrement. Pourquoi ? Avait-elle peur ? De quoi est-ce qu'une princesse pouvait bien avoir peur ?

— Eh bien, en accord avec le contrat passé entre Drake Diamonds et la principauté d'Esterel, la collection Marchand d'œufs impériaux vous a été livrée en main propre. Vous aurez l'autorisation d'exposer les œufs pour une durée de quatorze jours.

— C'est exact, acquiesça Dalton.

— Comme je vous le disais, il y a eu un léger changement : je serai présente à New York pendant la durée de l'exposition, annonça-t-elle d'un air détaché.

Il y avait quelque chose qui clochait, là. D'ailleurs trop de détails le perturbaient. Ses vêtements, son apparition imprévue et sans garde rapprochée…

S'attendait-elle vraiment à ce qu'il trouve naturel qu'un membre de la famille royale ait pu être envoyé de l'autre côté de l'océan Atlantique avec une mallette remplie d'une collection inestimable et se présente à lui sans même un garde du corps ?

Et puis, il y avait le problème de l'attitude de la princesse... Même si elle affichait un sourire des plus imperturbables, Dalton sentait qu'il ne s'agissait que d'une façade cherchant à masquer une profonde agitation intérieure.

Pourquoi avait-il l'étrange pressentiment qu'il risquait des ennuis ?

Quels que soient les projets de Son Altesse, il ne voulait rien en savoir. Déjà, il avait des affaires bien plus importantes à gérer que les caprices d'une princesse, d'autant plus que tout cela était en totale violation des termes du contrat signé avec la principauté. Et puis, il était hors de question qu'il coure le risque de perdre les œufs, alors qu'un communiqué de presse avait déjà été émis et que les invitations au gala d'inauguration étaient envoyées. Il s'agissait de la plus importante exposition organisée par Drake Diamonds depuis que le célèbre joaillier avait ouvert sa boutique sur la Cinquième Avenue, en 1940.

— Je vois, dit-il en saisissant son téléphone. Je vais simplement appeler le Palais pour m'assurer des termes du nouvel arrangement.

— Je préférerais que vous ne le fassiez pas, répliqua-t-elle en arrêtant son geste de sa main gracile.

Il la fixa attentivement. Elle se servait de lui, c'était évident, mais il ignorait encore la raison de ce petit jeu.

— Aurélie, fit-il en se redressant dans son fauteuil. Pourquoi ne me diriez-vous pas exactement ce que vous faites ici, afin que je détermine moi-même la nécessité de cet appel ?

— C'est assez simple. J'ai besoin de... vacances. Pas en tant que princesse, mais comme Mme Tout-le-monde. Je veux manger un hot-dog dans la rue, me promener dans Central Park, m'asseoir sur une couverture dans l'herbe et lire un livre emprunté à la bibliothèque..., énuméra-t-elle d'une voix de plus en plus grave et teintée d'urgence. Je voudrais être une simple New-Yorkaise l'espace de quelques jours. Et j'ai besoin de votre aide pour cela.

— Vous voulez manger des hot-dogs ? répéta-t-il froidement. Et vous avez besoin de mon aide ?

Elle devait plaisanter… Et pourtant, elle n'en avait pas l'air.

— Oui, c'est exact, est-ce que c'est si étrange que cela pour vous ?

Oui, c'était effectivement étrange.

— Aurélie…

Il ne pouvait pas la laisser poursuivre ce qui lui apparaissait comme un délire total.

— Oui, monsieur Drake ? dit-elle avec un léger tremblement dans la voix.

— Cet arrangement que vous me suggérez ne me semble pas très… pas très orthodoxe !

C'était une façon élégante de présenter les choses. Il n'avait jamais été engagé dans une négociation qui impliquât des hot-dogs, il faut dire.

Elle eut un léger haussement d'épaules, très élégant comme tous ses gestes.

— Je vous ai apporté les œufs. Tout ce que je vous demande, c'est de prendre un peu de temps pour me faire visiter votre ville et me permettre de rester ici quelques jours sans prévenir le Palais, ni la presse, bien entendu.

Elle avait donc besoin d'un refuge, d'un guide touristique et de son silence. Et c'était *tout*…

Qui affronterait la colère du Palais lorsqu'on comprendrait qu'il était complice du plan insensé de la princesse ? Qui risquait de voir son exposition suspendue avant même qu'elle ait été inaugurée ?

Non, l'aider était impossible.

— Tout avait été arrangé avec le Palais, ce serait une folie pour moi de faire ce que vous me demandez. Vous en avez conscience, n'est-ce pas ?

— Une folie, peut-être pas, une aventure, plutôt, suggéra-t-elle avec un regard pétillant d'espoir à nouveau. Il faut parfois savoir transgresser les règles, monsieur Drake, non ? Ou juste… vivre !

Il détailla son regard d'émeraude, qui semblait dissimuler un lourd secret et des attentes démesurées. Comme elle se penchait vers lui, il perçut un entêtant parfum floral. Orchidée, pivoine et quelque chose d'autre, qu'il ne parvenait à nommer… Du lilas, peut-être.

« Vivre », disait-elle. Son frère aussi lui répétait de vivre. Et sa sœur également, d'ailleurs.

— Cela ne marchera pas avec moi, Votre Altesse, déclara-t-il.

Elle ne répondit pas et sourit en enroulant une mèche de ses cheveux blonds autour de son doigt.

La séduction non plus ne marcherait pas. Ignorant ses boucles voluptueuses, il lui adressa un regard glacial.

— Vous m'avez apporté les œufs, mais donnez-moi une seule raison pour laquelle je ne devrais pas appeler le Palais dans mon intérêt ?

Elle devait être totalement déconnectée des réalités pour s'imaginer qu'il allait jouer les baby-sitters avec elle. Il avait une entreprise à gérer, une entreprise qui se trouvait dans une mauvaise passe, de surcroît.

Il jeta un coup d'œil à sa montre Cartier et décida de lui accorder un petit délai.

Deux minutes précisément.

Aurélie commençait à redouter d'avoir commis une erreur. Une immense erreur.

Certes, elle n'avait pas tout anticipé de cette aventure. La planification n'avait jamais vraiment été son fort. Remplacer Oliver Martel n'avait pas été compliqué, de toute façon ce type était un importun méprisant, elle avait été soulagée de le licencier enfin.

Se faire passer pour un coursier n'avait pas été si compliqué non plus. Elle avait savouré le fait que personne ne lui prête attention, elle qui avait toujours eu l'impression d'être un poisson dans son bocal, observé et détaillé sous toutes les coutures. C'était d'ailleurs là l'enjeu de toute cette mascarade :

s'échapper du regard scrutateur que le monde entier portait sur sa personne depuis toujours. D'ici quelques semaines, sa vie allait basculer définitivement et si son père avait bien fait les choses, cette opportunité ne se présenterait plus jamais.

Aurélie ne regrettait pas d'avoir abandonné ses obligations princières pendant quelque temps. S'en remettre à Drake Dalton, en revanche, était peut-être une erreur.

Tout d'abord, elle ne s'était pas attendue à ce que le directeur de Drake Diamonds soit si bel homme. Et si jeune. Et si séduisant. Et si sensuel.

C'était déstabilisant, à vrai dire. Comment pourrait-elle organiser son périple de façon aussi sécurisante que possible, alors qu'elle était attirée par cet homme, presque magnétiquement ?

Bien sûr, elle ne devait pas être la seule sur qui il avait cet effet : la moitié de la population féminine de Manhattan devait déjà être à ses pieds.

Mais plus que tout, c'était son attitude qui la déstabilisait. Elle n'était pas habituée à ce qu'on lui réponde… Personne ne s'y risquait.

À une seule et notable exception.

Son père.

Elle aurait dû s'attendre, pourtant, à ce que cet homme ne courbe pas l'échine devant elle. Si son père régnait sur une principauté, Dalton Drake dirigeait une joaillerie de renom. Elle avait fait fausse route, en croyant pouvoir le convaincre facilement. Pourtant, il n'était pas question qu'elle abandonne. Elle refusait de laisser s'envoler ses derniers vingt et un jours de liberté, enfermée derrière les murs élevés du Palais.

Lui faudrait-il de nouveau tenter de convaincre son père ? Elle l'ignorait encore, mais ce n'était pas le moment de penser à cela, alors que Dalton Drake gardait son téléphone à la main.

« Donnez-moi une seule raison pour laquelle je ne devrais pas appeler le Palais. »

Aurélie sentit son cœur battre plus fort lorsqu'elle croisa le regard de Dalton.

— Eh bien, justement, monsieur Dalton, j'ai une très bonne raison pour vous inciter à accepter mon arrangement.

Il jeta un nouveau regard à sa montre et elle se retint de hausser le ton.

— Je vous écoute, Votre Altesse.

— Il vaut mieux que vous regardiez.

Elle se pencha pour ouvrir son sac à main Hermès posé à ses pieds et en sortit un gros écrin de velours bleu nuit, qu'elle plaça sur le bureau de Dalton Drake.

Il se figea. L'air entre eux sembla s'épaissir. Aurélie avait réussi à capter son attention.

Enfin !

Il fixa l'étui un certain temps, son regard parcourant la surface veloutée ornée d'un M recouvert d'une fine feuille d'argent. Il savait ce que signifiait cette lettre, évidemment. Marchand.

— Il s'agit d'un des œufs impériaux de la collection Marchand, je suppose ?

— Oui…, répondit Aurélie en affichant son sourire de princesse le plus enchanteur. Et non, à la fois.

Avant qu'il n'ait le temps de protester, elle ouvrit le boîtier de velours en deux, découvrant un œuf décoré de diamants étincelants. Il était de couleur rose poudré aux reflets nacrés et reposait sur un lit de satin blanc.

Aurélie avait déjà vu l'œuf à plusieurs reprises, mais il lui coupait encore le souffle à chaque fois. C'était là son précieux, son inestimable secret.

Elle n'avait pas imaginé à quel point ce serait étrange de le partager avec quelqu'un, combien elle se sentirait vulnérable, alors. Elle avait l'impression qu'elle venait de s'ouvrir la poitrine pour offrir son cœur à cet homme.

C'était tellement absurde.

— Je ne comprends pas, dit-il, l'air abasourdi. Je n'ai jamais vu cet œuf.

Un soupçon de sourire étira pourtant ses lèvres. Lorsqu'il

releva les yeux vers elle, Aurélie vit le reflet de l'œuf dans son regard gris et elle sut.

Elle sut aussitôt.

Dalton Drake allait accéder à tout ce qu'elle demandait.

— C'est normal. Personne ne l'a jamais vu, précisa-t-elle calmement.

Comment avait-elle réussi à rester aussi posée, aussi imperturbable, alors qu'elle était à deux doigts de goûter à son rêve ? La liberté. Même temporaire.

— Personne ? fit-il en haussant un sourcil.

— Personne en dehors de la famille Marchand.

— Il y aurait un treizième œuf ? J'ai vraiment du mal à y croire.

— Il le faudra pourtant, monsieur Drake. Mon père a offert cet œuf à ma mère, le matin même de leur mariage. Personne en dehors du joaillier royal n'était au courant de son existence.

Un pincement la saisit. C'était un souvenir mitigé pour Aurélie. Elle avait été bercée par l'idée que ses parents avaient partagé ensemble ce secret intime, alors que leur mariage avait été scruté par le monde entier. Mais la romance de conte de fées entre ses parents n'avait pas été celle qu'elle imaginait, cependant. Les contes de fées n'existent pas, de toute façon.

— J'en ai hérité lorsque ma mère est décédée, il y a trois ans de cela, expliqua-t-elle, la gorge nouée. Moi-même, je suis restée sous le choc de cette découverte, j'ignorais l'existence de ce treizième œuf.

Il y avait beaucoup de choses qu'elle ignorait, mais rien d'aussi choquant que ce qui se cachait derrière le mariage de ses parents. Sa mère n'était plus de ce monde, il lui restait un œuf, un journal intime à la reliure dorée à l'or fin et un père dont elle se rendait compte qu'elle ne l'avait jamais vraiment connu. Sans oublier des questions.

Tant de questions.

Quand les choses avaient-elles commencé à changer entre ses parents ? La plus célébrée des romances royales des cinquante dernières années n'avait-elle été qu'un vaste mensonge depuis le début ?

Elle ferma les paupières et les souvenirs valsèrent devant ses yeux clos. Ses parents dansant sous un immense lustre à pampilles scintillant, entourés par tous les photographes de la presse internationale. Les traits si gracieux de sa mère qui semblait toujours si calme et sereine. Comment Aurélie n'avait-elle jamais rien soupçonné avant ?

Alors qu'elle rouvrait les yeux, elle tomba sur le regard pénétrant de Dalton.

— Pourquoi me le montrer, Aurélie ?

Aurélie.

Pas *princesse*. Pas *Votre Altesse*. Juste son prénom, prononcé de cette voix profonde et chaude.

Saisie d'un vertige, elle s'efforça de se concentrer.

— Parce que j'aimerais qu'il fasse partie de votre exposition.

— Vous êtes sûre ?

— Absolument, répondit-elle. À une seule condition.

Dalton releva des yeux intrigués.

— Une seule ?

— Que vous me laissiez vivre selon mes désirs, monsieur Drake. À mon gré. Pas de gardes du corps, pas de journalistes. Et sans prévenir le Palais. C'est tout ce que je demande.

Elle savait qu'elle tenait le silence d'Oliver Martel, mais le Palais découvrirait forcément, un jour ou l'autre, qu'elle avait disparu. Si elle ignorait de combien de temps elle disposait, elle voulait courir le risque d'être découverte.

Elle se leva pour lui tendre la main. Aurélie n'avait jamais serré la main d'un homme jusque-là. Et certainement pas celle d'un roturier. À Esterel, il ne serait pas autorisé à l'effleurer. Les protocoles exigeraient de lui qu'il s'incline en une révérence courtoise réalisée à un mètre de distance.

— Pouvons-nous considérer que nous avons conclu un marché ?

— Je pense que oui.

Dalton Drake se leva alors et saisit la main d'Aurélie dans la sienne, chaude et ferme.

Esterel ne lui avait jamais semblé plus éloigné.

2

— Tu es en train de me dire que personne n'a connaissance de cet œuf impérial en dehors de la famille princière ? demanda Artem.

Dalton acquiesça. La stupeur de son frère cadet était bien naturelle, face à l'œuf en perles et diamants qu'il avait placé sur la table de conférence.

Il jeta un nouveau coup d'œil derrière son épaule pour s'assurer que la porte qu'il avait pourtant soigneusement fermée était toujours close. Il ne fallait surtout pas que l'existence de cet œuf soit découverte avant qu'ils aient mis en place un calendrier spécifique autour de l'exposition officielle, qui aurait lieu sous peu.

Lorsqu'il se retourna vers son frère, Dalton fut frappé par l'immense vide sur le mur derrière le bureau d'Artem. C'était là qu'avait trôné le portrait de leur père pendant les trente dernières années. Artem n'avait pas évoqué son souhait de le faire enlever, aussi Dalton était-il un peu surpris.

Drake Diamonds était une joaillerie traditionnelle, le changement n'était guère son point fort et c'était pour cela que l'enseigne avait toujours refusé de quitter son emplacement largement convoité, sur la Cinquième Avenue. Ses écrins bleus, aussi, étaient restés immuablement l'image de marque de la maison, se moquant des modes et de l'air du temps. C'était grâce à eux que le bleu de Drake Diamonds était devenu célèbre dans le monde entier. Une couleur synonyme de classe, de style et l'emblème de Drake. C'était ce même bleu qui se retrouvait sur l'épaisse moquette qui recouvrait les sols et jusque sur la cravate en soie qui ornait le col de Dalton.

Sans doute le sang qui coulait dans ses veines était-il de cette couleur. N'avait-il pas rejoint l'entreprise familiale aussitôt après la fin de ses études à Harvard ?

Même en ces lieux où régnait la tradition, les temps avaient pourtant fini par changer. Leur père n'était plus. Ce bureau n'était plus celui de Geoffrey Drake, mais celui d'Artem, bien que les deux hommes n'aient jamais fait mystère de leur hostilité réciproque.

Dalton se sentait soulagé finalement que le portrait ne soit plus là, cela lui éviterait la tentation de lui jeter son verre de scotch à la figure, les soirs où il restait seul à travailler jusqu'au milieu de la nuit. Ce qui arrivait souvent. Bien trop souvent.

Dalton détourna le regard du mur nu et se concentra sur Artem. Il était inutile de revenir sur l'injustice du testament paternel. C'était sans doute prévisible, après tout. Geoffrey Drake n'était pas réputé pour son sens de l'esprit de famille. C'était un homme froid, calculateur et brusque. Tous les hommes étaient plus ou moins faits de ce bois chez les Drake, il fallait bien l'avouer. Les empires ne se bâtissent pas par excès de gentillesse.

— En effet, reprit Dalton en fixant Artem, personne en dehors de la famille Marchand ne connaît encore l'existence de cet œuf.

Artem tendit la main vers la pièce de joaillerie.

— Tu plaisantes ? lança Dalton en arrêtant son geste. Si tu ne peux pas t'empêcher de le toucher, enfile au moins ceci !

Et il sortit une fine paire de gants en coton blanc de sa poche pour les jeter vers son frère.

Artem les saisit au vol en soupirant.

— Détends-toi un peu, tu veux bien ? Un œuf impérial secret de la famille Marchand vient de te tomber entre les mains, tu devrais sauter de joie !

— Je suis au travail et je me comporte donc professionnellement, répliqua Dalton.

C'était un coup bas, car son frère était maintenant présent de façon régulière depuis qu'ils avaient eu une longue explication qui les avait poussés à décider de partager ensemble la charge de la direction de Drake Diamonds. Il fallait dire que son jeune frère s'était aussi passablement assagi depuis qu'il était marié et que sa femme Ophelia Rose, créatrice principale des bijoux Drake Diamonds, attendait leur bébé.

Artem serait père bientôt. Dalton avait encore du mal à se le représenter. De fait, il n'avait jamais pu voir à quoi ressemblerait un mariage heureux, et il n'était pas tout à fait convaincu qu'une telle chose existât…

Artem lui adressa son sourire de play-boy désabusé, sa marque de fabrique.

— Je voulais simplement dire que c'était une bonne nouvelle, une formidable surprise, en prime. Tu pourrais sourire un peu, pour changer !

Dalton fronça encore davantage les sourcils.

— Je sourirai une fois que le vernissage aura eu lieu sans encombre. Et lorsque je serai certain de ne plus risquer d'être emprisonné à Esterel pour avoir kidnappé une princesse.

— Elle est venue ici de son propre chef, lança Artem en balayant son objection d'un revers de la main. Non, ton véritable problème, c'est que la princesse s'est adressée à toi pour passer du bon temps !

Son frère laissa échapper un rire moqueur. Dalton savait bien qu'il n'était pas exactement considéré comme la joie de vivre incarnée et Artem, par contraste, avait sans doute pris bien plus de bon temps que toute la population de Manhattan réunie. Mais tout cela, c'était avant Ophelia. Maintenant qu'Artem ne faisait plus les couvertures de la presse à sensation, Dalton le trouvait pourtant plus heureux que jamais…

— Le bon temps est largement surestimé de nos jours, plaisanta Dalton.

Ce n'était pas en passant du bon temps qu'il rembourserait son emprunt pour son appartement de Manhattan. Ce n'était pas en s'amusant qu'il avait intégré pendant cinq années consécutives le prestigieux classement des quarante hommes d'affaires de moins de quarante ans les plus influents selon le magazine Fortune. Et ce n'était certainement pas non plus sa désinvolture qui attirait les nombreux acheteurs chez Drake Diamonds. C'était à force de travail qu'on se disputait, jour après jour, les fameux écrins bleus…

— D'après ce que tu m'as dit, la princesse ne partage pas vraiment ton point de vue. Il me semble que Son Altesse royale est en quête d'un peu de bon temps, justement.

Son Altesse royale.

Il y avait une princesse dans le bureau de Dalton et pour quelque motif improbable elle attendait de lui qu'il s'embarque dans quelque grande aventure à base de hot-dogs et de transports en commun. Comment ce genre d'activités pouvaient-elles être considérées comme du bon temps ? Il n'en avait pas la moindre idée.

— Aurélie, marmonna-t-il.

Artem lui adressa un regard interrogatif.

— Pardon ?

Dalton s'éclaircit la voix.

— Elle veut qu'on l'appelle Aurélie.

— Vraiment ? répondit Artem, dont l'expression amusée commençait à taper sur les nerfs de Dalton. Elle finirait presque par me paraître intéressante, cette princesse.

— C'est une façon de la présenter, même si j'aurais sans doute eu recours à un autre terme.

— Comme quoi, par exemple ?

Inattendue. Stupéfiante. Spontanée.

— Impulsive, versatile, capricieuse.

— Il y a là trois mots, corrigea Artem. La princesse, je veux dire Aurélie, a dû te faire forte impression durant les vingt minutes que vous avez passées ensemble.

Vingt minutes ? Impossible. Il était très précisément 10 heures lorsque ses yeux s'étaient posés sur son rang de perles dorées. Puis sur son dos si droit et élancé. Sur sa nuque élégante au port régalien. À en juger par la tension qu'il ressentait entre les omoplates, il avait eu la sensation que leur entrevue avait duré deux à trois heures et pas les fugaces vingt minutes dont parlait Artem.

Dalton jeta un coup d'œil à sa montre Cartier. *10 h 21.* Il allait devoir envisager les services à demeure d'un chiropracteur, s'il voulait survivre aux prochaines semaines. À moins qu'il ne soit victime d'ici là d'une rupture subite d'anévrisme, avec ces niveaux de stress.

— Je dois avouer que je te trouve passablement intrigué par cette jeune personne, souligna Artem. Je serais même tenté de dire que tu es sous le charme, mais le Dalton que je connais ne mélangerait jamais le plaisir et les affaires.

Exactement.

Dalton préférait les plaisirs libérés de toutes contraintes et engagement. Le sexe était réservé à la sphère privée et il ne mélangeait en effet jamais les genres. Contrairement à son frère… Lui était capable de garder sa libido sous contrôle, lorsque la situation le préconisait.

— Je peux t'assurer que je ne suis pas charmé. Je n'ai pas d'autres sentiments envers la princesse que ceux que m'inspirent l'obligation et le devoir.

— Revenons-en à ton marché, dit Artem en retournant l'œuf entre ses doigts gantés pour l'observer sous tous les angles.

Dalton n'avait jamais vu pareille pièce. Elle semblait vibrante, vivante, comme un cœur palpitant et brillant de mille feux. Les autres œufs impériaux de la collection Marchand paraissaient presque ternes, par comparaison. Une fois qu'il serait mis en valeur dans la salle d'exposition de Drake Diamonds, les foules se presseraient pour venir l'admirer. Tous seraient enthousiastes à l'idée de repartir chez eux avec au bras un sac bleu Drake…

Si et seulement si l'œuf était bel et bien exposé.

Il le fallait. Le vernissage de l'exposition et la soirée de gala auraient lieu comme prévu. Cet œuf secret était la touche finale dont Drake Diamonds avait besoin. Lorsque leur père était décédé, il avait laissé une entreprise au bord de la banqueroute. Dalton et son frère avaient réussi à retrouver le chemin de la solvabilité, mais Drake Diamonds n'était toujours pas revenu à des niveaux de rentabilité comparables à ceux de sa grande époque.

Dalton voulait y parvenir. Et avec cet œuf, il y parviendrait peut-être. Il veillerait personnellement à ce que personne au Palais n'ait à se préoccuper de quoi que ce soit. Il maintiendrait Aurélie sous bonne garde et, d'ici trois semaines tout au plus, elle et ses œufs impériaux reprendraient le premier vol pour Esterel. Il était prêt à attacher lui-même sa ceinture de sécurité dans l'avion, s'il le fallait.

Artem replaça l'œuf dans son écrin de satin avant d'ôter ses gants de manipulation, puis il croisa les bras.

— Et sais-tu à quel genre de divertissement la princesse est en train de se livrer en ce moment ? demanda-t-il, l'air interrogateur.

Dalton haussa les épaules.

— Elle est dans mon bureau pour l'instant.

— Ton bureau ? Mais où avais-je la tête ? C'est vrai que c'est un haut lieu de divertissement, répliqua Artem en riant.

Dalton avait peut-être accepté d'escorter la princesse dans ses délires d'aventures urbaines, mais il ne laisserait pas son frère se moquer de lui sans fin.

— J'ai demandé à Mme Barnes de lui faire monter une coupe de champagne et un assortiment de petits-fours, si tu veux tout savoir.

— Pour quelqu'un qui ne prête aucune attention à cette princesse, tu l'as tout de même installée dans ton bureau avec quelques douceurs réservées aux futurs mariés.

Avant que Dalton n'ait eu le temps de réagir, deux petits coups étaient frappés à la porte. Les deux frères échangèrent un regard, et Dalton replaça aussitôt l'œuf et son écrin dans leur mallette tapissée de velours indigo.

— Entrez ! fit Artem, une fois leur trésor à l'abri.

La porte s'ouvrit et la secrétaire de Dalton, un plateau de

petits-fours et une coupe de champagne à la main, leur adressa un regard alarmé.

— Je suis désolée de vous interrompre…

Dalton sentit sa gorge se nouer. Il se passait quelque chose. Qu'avait-il bien pu arriver en si peu de temps ?

— Oui, madame Barnes ?

— Votre invitée est partie, monsieur Drake.

Elle devait faire erreur. Aurélie ne pouvait pas disparaître en laissant derrière elle sa collection d'œufs. Elle n'aurait pas l'idée de partir seule par les rues dans une ville inconnue et étrangère, sans avoir envisagé un seul instant la question de sa sécurité.

À moins que… si ?

Dalton jura entre ses dents. Pourquoi avait-il l'intuition qu'Aurélie était parfaitement capable de cela, sans même réfléchir à deux fois aux conséquences potentiellement désastreuses de ses actes ?

— Est-ce que vous voulez que j'aille inspecter les toilettes des dames ? demanda Mme Barnes.

Dalton secoua la tête. S'il avait pensé un seul instant qu'Aurélie Marchand pouvait se trouver dans les toilettes des femmes, il s'y serait rendu de ce pas pour l'en dénicher.

— Je vous remercie, madame Barnes, nous n'avons plus besoin de vous.

— Bien, monsieur, dit-elle en baissant la tête avant de sortir.

— Calme-toi, je suis certain qu'elle n'a pas pu aller bien loin. Elle ne va pas disparaître sans les bijoux de la famille Marchand. Elle n'a pas dû aller beaucoup plus loin que le Plaza. Viens, je vais t'aider à la retrouver, dit Artem en saisissant sa veste sur le dossier du fauteuil.

— Non, répliqua Dalton en pointant la mallette. Toi, tu restes ici et tu t'assures que les œufs restent en sécurité. Fais-les placer au coffre. Moi, je vais chercher Mlle Marchand.

Et une fois qu'il l'aurait retrouvée, il lui expliquerait deux ou trois petites choses, afin de lui permettre de saisir en quoi son comportement était proprement inacceptable. Princesse ou pas.

— Comme tu veux, dit Artem. Mais est-ce que je peux te donner un petit conseil ?

Dalton lui adressa un regard glaçant.

— Est-ce que j'ai le choix ?

— Non. Quoi que tu fasses avec elle, débrouille-toi pour que ça ne se termine pas au lit… Enfin, si tu la retrouves, bien entendu…

Pour qui Dalton Drake se prenait-il donc ?

Aurélie n'avait pas traversé la moitié de la planète et bravé l'autorité de son père, pour se retrouver confinée au dixième étage de Drake Diamonds ! Non pas que les lieux ne soient pas à la hauteur, bien au contraire. Tout n'était qu'opulence, luxe et élégance, depuis les épais tapis de laine bleue, jusqu'aux moulures du plafond. Elle avait l'impression de se trouver dans un palais plus que dans une joaillerie.

C'était bien là le problème !

Elle refusait d'être retenue où que ce soit — ce n'était pas ce pour quoi elle avait signé. Dalton Drake ne prenait-il pas la mesure des risques qu'elle avait encourus pour arriver jusqu'ici ? Elle avait déjà trois appels en absence en provenance d'Esterel. Heureusement, aucun encore ne provenait de son père. Il lui faudrait sans doute plusieurs jours, voire des semaines, pour se rendre compte de son absence. Le prince régnant avait des sujets bien plus importants à traiter que la disparition de sa fille unique…

Quelle ironie !

Mais il en allait autrement du personnel du Palais. Rien de ce qu'elle faisait ne passait longtemps inaperçu. Et puis, il y avait la presse… Il lui était suffisamment compliqué de changer de coiffure ou d'essayer une nouvelle tenue sans que tout le monde ait un avis sur le sujet.

Sans même parler de sa vie sentimentale.

Comment allait-elle bien pouvoir se tirer de cette situation ? Et si son père venait en personne la chercher ?

Elle poussa un soupir. Inutile de commencer à se torturer dès maintenant. D'autant qu'elle était perdue dans un labyrinthe bleu, parmi les vitrines de diamants… Comment trouver son chemin dans New York, alors qu'elle ne parvenait pas à se repérer chez Drake Diamonds ?

Les salles d'exposition se ressemblaient toutes, avec leurs vitrines qui étincelaient sous des lustres imposants. Quant à tous ces bijoux… Des solitaires en diamant, des boucles d'oreilles, des pendentifs au bout de chaînes en platine, des bracelets en argent avec des motifs, des petits cœurs entrelacés…

Des bagues de fiançailles…

Jetant un œil autour d'elle, Aurélie prit soudain conscience du nombre de couples enlacés, se tenant par la main ou trinquant avec leurs flûtes de champagne en échangeant des regards énamourés. Partout où elle regardait, elle tombait sur des fiancées aux yeux humides, s'extasiant sur un solitaire qu'elles passaient à leur doigt.

Elle se sentit particulièrement troublée, tout à coup. Comme figée. Vide.

Seule.

Pour une raison étrange, elle se remémora la sensation de la main de Dalton contre la sienne, lorsqu'ils avaient conclu leur pacte. Il avait des mains solides. Les mains d'un homme qui avait l'habitude d'obtenir ce qu'il souhaitait. Et ce qu'il souhaitait alors, c'était cet œuf dont il ignorait l'existence quelques instants auparavant. Elle le lui avait apporté sur un plateau d'argent.

Et voilà qu'il l'avait plantée dans son bureau.

Son téléphone vibra dans sa poche. Une fois encore. Aurélie décida de l'éteindre et d'en retirer la carte SIM. Ainsi, elle ne serait pas localisable, si l'on essayait de repérer sa position au moyen de son portable. C'était en tout cas ce qu'elle croyait avoir lu quelque part.

Elle aurait dû planifier un peu mieux son escapade.

Son regard s'arrêta sur une inscription argentée devant l'entrée de la salle.

VEUX-TU M'ÉPOUSER ?

DÉCOUVREZ NOTRE COLLECTION DE BAGUES DE FIANÇAILLES DRAKE DIAMONDS.

Levant les yeux au ciel, elle fit quelques pas vers l'ascenseur et pressa le bouton « descente » avec force.

Tandis qu'elle attendait, pourtant, elle ne put s'empêcher de se retourner. Était-ce une forme de masochisme ou le besoin de se rappeler les raisons qui l'avaient poussée à fuir Esterel ? Peut-être avait-elle besoin de s'assurer qu'elle était capable de résister à une telle débauche de romantisme sans s'effondrer ?

Elle regarda les couples heureux, incapables de se quitter des yeux, et eut l'impression qu'elle devenait transparente. Elle se fondait dans le papier peint.

Rien de tout cela n'est réel, songea-t-elle, la gorge nouée.

Pourtant, elle en rêvait. Elle aurait tellement aimé pouvoir y croire, se dire que tout se terminerait bien, que l'amour gagne toujours, que le mariage est autre chose qu'une simple transaction.

Qu'un contrat.

Mais elle n'osait pas, car croire aux contes de fées était trop risqué, pour elle. Elle souffrirait trop. Y croire serait admettre qu'elle allait passer à côté de tout cela, qu'elle n'y aurait pas droit.

Elle n'aurait pas droit à un bonheur qui valait bien plus que toute la collection d'œufs impériaux de la famille royale…

Pourquoi cet ascenseur mettait-il autant de temps ? Elle pressa à plusieurs reprises le bouton, avant de sursauter lorsque un tintement annonça l'ouverture des portes. Elle s'engouffra à l'intérieur, manquant de s'y effondrer.

Une main la rattrapa par le coude.

— Est-ce que tout va bien, mademoiselle ?

Elle fixa le liftier, vêtu d'un élégant costume noir avec une chemise blanche immaculée et un nœud papillon de la même teinte que la cravate de Dalton Drake. Une cravate en soie qui soulignait le cou de Dalton et sa mâchoire décidée.

— Tout va bien, merci.

Déjà, les portes se refermaient et l'ascenseur entamait sa descente, s'éloignant de l'étage des fiançailles et de la solitude du bureau de Dalton.

— Est-ce que vous avez besoin d'aide pour trouver quelque chose ? demanda le liftier avec un sourire. Vous semblez un peu perdue.

Aurélie secoua la tête, même si elle n'avait pas la moindre idée d'où elle allait se rendre.

Elle ne savait pas comment on prenait un taxi à New York, et n'avait aucune idée du fonctionnement du métro. D'ailleurs, elle n'avait pas même un dollar américain en poche. Quel pouvait être le taux de change avec les euros qu'elle avait emportés avec elle ?

Rien de tout cela n'importait, après tout.

Elle voulait sortir de là.

Simplement sortir de là.

3

Alors qu'il était sur le point de perdre son calme, Dalton repéra Aurélie aux abords de Central Park et de la 59e Rue. Elle se trouvait près d'un stand mobile et tenait un chien dans ses bras. Pour une raison étrange, cette vision ne fit qu'accentuer le stress de Dalton. Cette femme était vraiment impossible.

Qu'avait-elle donc dans la tête ? Elle voulait passer incognito et voilà qu'elle sortait dans les rues de New York sans être accompagnée ou protégée. Si cela continuait ainsi, il courait à l'infarctus !

Au moins, l'avait-il retrouvée assez rapidement, puisqu'elle n'avait disparu qu'un quart d'heure. Mais ces quinze minutes avaient sans doute été les plus longues de la vie de Dalton.

Pour couronner le tout, un musicien de rue n'avait rien trouvé de mieux que de s'installer à l'entrée de Drake Diamonds avec son violon, en déposant son chapeau à ses pieds pour récolter les aumônes. C'était la troisième fois en moins d'un mois que Dalton lui ordonnait de quitter les lieux. La prochaine fois, il appellerait la police.

Il plissa les paupières en sentant le froid cinglant du vent d'hiver et enfouit les mains dans les poches de son pantalon. Paniqué, il était sorti sans réfléchir et se retrouvait sur les trottoirs enneigés sans manteau. Il avait suffi de cinq minutes de marche pour qu'il se sente transi.

Transi et fou de rage.

Il s'engagea pour traverser la rue sans prendre la peine d'attendre le signal pour les piétons, faisant enrager quelques conducteurs de taxi. Cela lui importait bien peu ! Il ne laisserait certainement pas la princesse quitter son champ de vision avant de l'avoir ramenée saine et sauve à son bureau. Et ensuite…

Ensuite, quoi ?

Il ne savait pas vraiment ce qu'il pourrait faire, ensuite. Il serait bien temps de l'envisager le moment venu. Pour l'instant, il projetait simplement de la raccompagner jusqu'à sa boutique à l'angle de la Cinquième Avenue et de la 57e Rue, tout en lui dispensant une leçon de morale sur les dangers de sa conduite irresponsable.

— Aurélie ! s'écria-t-il en la rejoignant en petites foulées.

Elle ne l'avait pas entendu. Elle avait toujours son chien dans les bras et semblait absorbée dans sa discussion, à moins qu'elle ne l'ignorât à dessein. Difficile à dire.

— Aurélie, répéta-t-il, les mâchoires crispées, alors qu'il arrivait à sa hauteur.

Une femme d'un certain âge, revêtue d'une parka à capuche et de mitaines, se tenait face à elle. Elle avait un porte-documents à la main et, à ses pieds, un grand panier où frétillait une nichée de chiots. Elle leva un regard suspicieux vers Dalton avant de froncer les sourcils.

— Oh ! te voilà, lança Aurélie, en brandissant vers lui un chiot tremblotant aux yeux de batracien.

Comme l'animal le fixait, Dalton lui rendit son regard torve. C'était probablement l'animal le plus laid qu'il ait jamais vu. Ses oreilles pointues étaient bien trop grandes pour sa tête, rendue difforme par ses deux énormes yeux globuleux qui semblaient fixer dans des directions opposées. Et puis, il avait un large museau écrasé, duquel sortaient des ronflements et des râles insupportables.

— Bonjour, dit la dame au porte-documents. C'est vous le fiancé ?

« Le fiancé » ?

Certainement pas.

Il ouvrait la bouche pour répondre, mais avant qu'il ait eu le temps de prononcer un seul mot, Aurélie acquiesça.

— Oui, c'est lui, le voilà enfin !

Dalton n'avait pas idée du petit jeu auquel elle se livrait et à vrai dire cela lui importait peu. Si elle avait préféré prétendre qu'elle était en couple à la représentante de cette association de protection des animaux, alors très bien. Même si cela lui semblait totalement ridicule.

— Voilà, c'est moi, dit-il en jetant un regard noir à Aurélie. *Enfin !* Mais tu as bien conscience que j'étais en train de te chercher, *ma chérie* ?

Elle soutint son regard avec douceur. Les joues rosies par le froid et quelques flocons dans les cheveux, elle ressemblait plus à la Reine des Neiges qu'à une princesse officielle.

Mais elle était plus belle que jamais.

Ce naturel lui allait bien. À moins que ce ne soit l'hiver lui-même, la façon dont les arbres sans feuilles et le ciel gris tourterelle semblaient faire écho à la mélancolie de son regard ? En la voyant ainsi, seule sous la neige, tenant son chien comme un enfant agripperait son ours en peluche, Dalton eut soudain la sensation de sa solitude absolue.

Elle fuyait quelque chose, c'était pour cela qu'elle était partie d'Esterel. Pour cela qu'elle était apparue revêtue d'habits masculins en lui demandant de ne pas prévenir le Palais. Elle n'était pas là en vacances, elle venait se perdre parmi la foule.

Rien de tout cela ne changeait quoi que ce soit pour lui. Après tout, il n'était qu'un maillon dont elle se servait pour parvenir à ses fins.

— Est-ce que tu peux noter notre nouvelle adresse ? demanda-elle en tournant vers lui un regard implorant. Je n'arrive pas à la mémoriser, c'est un comble !

Dalton dut faire un effort pour garder une expression neutre. Elle n'avait certainement pas prévu qu'il faudrait donner une adresse. Avait-elle seulement pensé à réserver un hôtel ?

Il commençait à se demander si elle avait la moindre idée de ce à quoi elle s'exposait et son mal de tête redoubla.

— *Notre adresse ?*

— Oui, chéri, l'adresse de notre appartement ! répéta-t-elle en fixant le formulaire que remplissait la bénévole en face d'eux.

Se faire appeler *chéri* par Aurélie lui faisait un drôle d'effet. Il dicta donc à mi-voix l'adresse de son appartement dans l'Upper East Side, que la dame s'empressa de noter.

Mais au fait, qui était donc cette dame et pourquoi est-ce qu'Aurélie s'était mis en tête de lui dire où ils vivaient ? Enfin, où *il* vivait, car Aurélie n'avait rien à faire chez lui !

Il plissa les paupières et entreprit de déchiffrer ce qui était inscrit sur le document. Il lut les caractères gras :

Formulaire d'adoption.

— Attendez un peu, dit Dalton alors qu'un contact humide et tiède sur sa joue le faisait sursauter.

Il se rendit alors compte, non sans horreur, que l'animal aux yeux de batracien venait de lui lécher la joue.

Merveilleux. Il essuya son visage de la manche et se tourna vers Aurélie, en contenant sa colère du mieux qu'il pouvait.

— Mais qu'est-ce que c'est que cette histoire ?

— Nous adoptons un chien, mon chéri !

Encore une fois ce *mon chéri* et encore une fois ce *nous* ridicule !

— Il me semble pourtant que c'est le genre de décision qu'on prend à deux, après en avoir débattu.

Il avait parlé d'une voix étrangement calme, alors que s'imposait à son esprit l'image de ce chien ronflant comme une locomotive dans son appartement.

Ou pire, Dieu l'en préserve, dans son lit !

Car si adopter un animal abandonné était le genre de coup de tête auquel s'adonnait la princesse dès qu'il ne la surveillait plus, il faudrait qu'elle reste auprès de lui en permanence. Que serait-elle bien capable de faire, seule, dans un hôtel, par exemple ?

Il s'était fourvoyé en la décrivant à Artem comme impulsive. Aurélie était folle à lier. Ou bien c'était une manipulatrice talentueuse.

— Mais nous en avons déjà parlé, ce matin même ! répondit-elle en lui adressant un sourire qui le troubla, malgré tout ce que sa raison lui dictait.

Elle était dangereuse et insupportable et bien trop capricieuse pour lui plaire. Il était inenvisageable qu'il soit attiré par elle de quelque façon que ce soit. Dans la forme ou dans le fond. Il ne devrait même pas repenser à ses lèvres sensuelles et à la façon qu'elle avait de lui sourire.

Plaçant la main sur son bras, elle pressa son biceps.

— Tu te souviens pourtant de ce que nous avions convenu, chéri ?

Incroyable.

Elle se servait de l'œuf secret pour le faire chanter, afin d'adopter un chien… Elle était complètement folle. Et très rusée, à n'en pas douter.

Or Dalton Drake n'aimait pas qu'on lui force la main, ni qu'on tente de le manipuler d'une façon ou d'une autre. Aurélie devrait le comprendre, même s'il avait l'impression qu'elle avait joué ce coup-ci avec suffisamment de finesse pour qu'il soit contraint de céder…

— Alors ? demanda la dame. Qu'est-ce que vous faites, finalement, vous l'adoptez ou pas ?

Aurélie hocha la tête.

— Absolument. Nous l'adoptons, n'est-ce pas ? dit-elle en tournant vers lui un regard empli d'espoir.

Elle avait pourtant la certitude qu'il acquiescerait, quelle que soit sa demande… Il eut la tentation de refuser et de la faire embarquer dans le prochain avion en partance pour la Riviera française, avec son chien et tous les bijoux de la famille Marchand. Certes, ils avaient convenu d'un accord, mais cela n'impliquait pas de partir à la chasse aux fugueuses, ni de partager son appartement, que ce soit avec elle ou son chien ridicule.

Il n'avait pas ramené de femme chez lui depuis Clarissa. C'était il y a si longtemps. Il était un homme différent à l'époque.

Quoi qu'il en soit, il devait penser à l'œuf et à ce qu'il pourrait lui apporter professionnellement.

Pensif, il leva les yeux vers Aurélie et resta un instant à la fixer. Pour une raison inconnue, l'avertissement d'Artem lui revint à l'esprit. « Quoi que tu fasses avec elle, débrouille-toi pour que ça ne se termine pas au lit. »

Non, ce ne serait pas le cas.

Bien sûr que ce ne serait pas le cas.

Le simple fait qu'Artem ait eu cela en tête était pourtant troublant. Dalton n'était pas celui qui avait couché avec la moitié de la population féminine de Manhattan… Son self-control était au contraire légendaire, à la différence de son frère…

Mais il devait reconnaître que lorsqu'il plongeait dans les yeux émeraude d'Aurélie, il se passait quelque chose. Il y avait cette vulnérabilité qu'elle cachait suffisamment pour qu'on ne la devine qu'à peine et qui pourtant faisait partie d'elle. L'espace d'un instant, il eut la vision d'elle, nue, sous un clair de lune. Avec ses perles autour du cou.

Artem, va au diable ! songea-t-il.

— C'est d'accord, nous prenons le chien.

Comment peut-on ne pas aimer les animaux ?

L'attitude de Dalton en disait long, et pourtant Aurélie ne savait comment réagir. Il était resté totalement silencieux depuis qu'il avait réglé les frais d'adoption. Il avait empoché le reçu en lui adressant un regard noir, avant de lui prendre le bras pour la raccompagner vers Drake Diamonds. Alors qu'ils avaient parcouru la moitié du chemin, voilà qu'il marchait tellement vite qu'elle avait peine à le suivre. Elle songea un instant à lui fausser compagnie pour aller boire un thé au Plaza, mais vu la tête que faisait Dalton, et la crispation perceptible de ses larges épaules, elle sentit que ce ne serait pas une bonne idée.

Sans compter qu'elle n'avait pas d'argent. Ni de carte de crédit. Ce qui faisait qu'elle dépendait complètement d'un Dalton Drake de mauvaise humeur, qui se retournait en prime tous les trois ou quatre pas, pour lui jeter un regard désapprobateur par-dessus l'épaule. Sans doute voulait-il s'assurer qu'elle le suivait docilement… Cela faisait enrager Aurélie, d'autant plus que cela lui rappelait les archaïques coutumes d'Esterel, qui préconisaient que les femmes de la famille royale marchent deux pas en retrait de leurs maris en public.

Aurélie maintenait le chiot tremblotant contre sa poitrine tout en pressant le pas. Elle n'était pourtant pas une quelconque subordonnée de Dalton. Elle n'avait aucune raison de lui obéir, simplement parce qu'il avait pris la mouche ou était de mauvaise humeur…

Agacée, elle lui saisit la manche.

— Stop ! s'exclama-t-elle en le retenant par le bras.

Il fut arrêté net et ses chaussures de cuir fin glissèrent sur le trottoir enneigé, mais il se rétablit de justesse plutôt que de se retrouver par terre. Ouf !

Replaçant ses cheveux d'un geste excédé, il tourna vers elle un regard glacial.

— Oui, Aurélie, que se passe-t-il ?

Elle le fixa sans un mot, regrettant une nouvelle fois qu'il fût aussi séduisant, car elle aurait eu beaucoup moins de mal à lui résister s'il n'avait été aussi beau.

Comme son regard d'acier étincelait, Aurélie sentit un frisson la parcourir. Elle aurait pu prétendre que c'était en raison du froid mordant, mais ce frisson-là n'avait rien à voir avec la température. Dalton Drake lui faisait de l'effet…

Et encore plus lorsqu'il la regardait ainsi.

— Qu'est-ce que vous voulez ? insista-t-il.

Qu'est-ce qu'elle voulait ?

Elle ne voulait plus de la vie soigneusement contrôlée qu'elle avait menée jusqu'à ce jour. Et elle ne voulait pas de l'avenir qui se dessinait pour elle.

Mais ce qu'elle voulait, vraiment, elle n'en était pas sûre. Elle ressentait bien quelque chose au fond d'elle, comme un besoin étrange, indéfini. Une tension qu'elle n'avait plus pu ignorer lorsque son père lui avait présenté ses projets pour elle.

Elle n'avait jamais été faite pour la vie de château. Même enfant, elle était toujours trop bruyante, trop vive, trop désordonnée. Et puis la petite fille sauvage était devenue une jeune femme hypersensible. Elle avait toujours désiré autre chose que ce qu'elle avait eu. Ces choses qu'elle ne pouvait avoir.

Comme sa mère.

Aurélie avait appris à se discipliner avec le temps. Il lui avait fallu des années, mais cela faisait maintenant une éternité qu'elle était devenue une princesse modèle, polie, adaptée. Sage.

Pourtant, lors de l'horrible réunion avec le prince et ses conseillers le mois dernier, sa façade si soigneusement érigée avait commencé à se fissurer. Elle n'arrivait plus à faire semblant. Malgré toute sa bonne volonté.

Qu'est-ce que je veux ?

Elle ne savait que répondre, mais elle avait la certitude que l'évidence finirait par s'imposer à elle.

Sous le regard scrutateur de Dalton, elle inspira une bouffée d'air frais.

— Est-ce que vous vous comportez toujours de façon aussi irresponsable ? demanda-t-il, l'air accusateur.

— Irresponsable ? C'est vraiment ce que vous venez de dire ?

Il ne manquait pas de culot. Il ne savait rien d'elle, de sa vie !

Les passants les évitaient tant bien que mal sur le trottoir bordé par les mêmes imposants gratte-ciel que de l'autre côté de la rue. Les bourrasques redoublaient et elle eut la sensation d'être à l'intérieur d'une boule de neige qu'on aurait secouée un grand coup.

— Oui, c'est exactement ce que je viens de dire : irresponsable.

Il était vraiment désagréable. En particulier pour un homme à qui elle avait apporté un trésor si précieux…

— J'espère que vous savez à qui vous vous adressez, monsieur Drake ?

Il baissa les yeux vers le chiot dans ses bras. L'animal se mit à gémir et elle le caressa.

Si elle se mettait quelques instants à sa place, pourtant, elle devait reconnaître qu'adopter un chien sur un coup de tête pouvait sembler un brin irresponsable. Mais ce n'était pas un coup de tête. Pas exactement, du moins. Et en tout cas, elle n'avait aucune raison de se justifier devant lui. Ils avaient un accord, après tout.

Il croisa les bras. Aurélie essaya de ne pas s'arrêter à l'image de ses biceps serrés dans le tissu de sa veste. Comment un homme qui passait ses journées dans un bureau pouvait-il obtenir ce genre de musculature ?

— Vous vouliez un hot-dog, il me semble, pas un bouledogue, même français !

Elle leva les yeux au ciel.

— Le hot-dog était une métaphore, monsieur Drake. Et qu'est-ce que vous avez contre les chiens, de toute façon ?

— Je n'ai rien contre les chiens, dit-il en fronçant les sourcils, mais j'ai en revanche un problème avec le fait que vous disparaissiez sans prévenir.

— Pour ma part, c'est avec votre attitude paternaliste que j'ai un problème, figurez-vous. Je pourrais très bien reprendre mon œuf et retourner chez moi, si c'est ce que vous voulez.

— Parfait ! lança-t-il en poussant un soupir soulagé, avant de reprendre son chemin.

— Pardon ? s'écria-t-elle.

Il se retourna à moitié.

— Parfait. Retournez à votre château et n'oubliez pas votre cabot !

Une gifle n'aurait pas été plus violente. Elle redressa le menton et fit de son mieux pour ne pas paniquer.

— Il a un nom, je vous signale.

— Ah oui ? Vous venez de le choisir ?

— Il s'appelle Jacques, dit-elle en caressant la tête du chiot. Au cas où cela vous intéresserait.

Il eut un léger sourire.

— C'est parfait, très français. Je suis certain que le Palais adorera.

Elle ne parvenait pas à démêler la part de sarcasme dans ses remarques… Et tout cela la déstabilisait encore davantage.

Pourquoi se préoccuperait-elle de ce qu'il pensait, après tout ? Il la regardait comme une enfant gâtée, une irresponsable et capricieuse princesse. Il le lui avait dit, les yeux dans les yeux… Il n'arrivait pas à faire abstraction de son statut royal…

Elle se demanda ce que cela ferait, d'être regardée vraiment. Pour elle-même. Chez elle, à Esterel, ses moindres faits et gestes étaient scrutés et détaillés dans les journaux ou sur Internet. Pas un jour ne passait sans que son visage n'apparaisse dans la presse.

— Soyons sérieux, monsieur Drake, nous savons tous les deux que je ne vais pas repartir avec mon œuf. Vous le voulez, n'est-ce pas ?

Il fit un pas vers elle, jusqu'à ce qu'elle ressente la chaleur qui se dégageait de son corps.

Proche.

Beaucoup trop proche.

— Oui, je le veux, mais pas autant que vous rêvez de vous échapper de chez vous. Vous ne voulez aller nulle part ailleurs, mais pour ma part, je n'hésiterai pas à appeler le Palais si j'en ressens la nécessité. Dites-moi, princesse, qu'est-ce qui vous terrifie à ce point ?

Comme si elle allait partager avec lui ce genre de confidence… Elle n'avait pas traversé l'Atlantique et échappé à l'emprise d'un homme pour subir la tyrannie d'un autre homme ici !

Elle le fixa droit dans les yeux.

— Rien ne me terrifie, monsieur Drake. Et encore moins vos menaces en l'air. Si vous n'êtes pas prêt à tenir votre part du contrat, eh bien, je partirai, en effet. Mais je ne ramènerai pas mon œuf à Esterel — j'irai le proposer juste un peu plus bas dans la rue, à Harry Winston.

Elle afficha un sourire assuré. Dalton la détailla longuement et le silence se fit. Intérieurement, elle tremblait qu'il ne devine sa tentative de bluff.

Finalement, il plaça la main au creux de son dos avec douceur.

— Venez, rentrons.

4

En se réveillant le matin suivant, Dalton sentit la chaleur d'un corps contre le sien. Pendant un instant, un court, délicieux et insoutenable instant, il se laissa imaginer qu'il avait fait un voyage dans le temps. Jusqu'à une époque où toute sa vie ne se résumait pas à son travail.

Puis un reniflement désagréable en provenance du corps en question, suivi par un éternuement qui lui couvrit le bras de postillons gluants, lui fit ouvrir brusquement les yeux. Évidemment, le regard qu'il rencontra n'était pas celui d'une femme. C'était ce satané chien.

— Qu'est-ce que tu fais là ? grommela-t-il. J'ai dit que tu n'entrais pas dans ma chambre !

Le chiot inclina la tête au son de sa voix, avec une mimique qui aurait pu être adorable si l'animal n'avait pas une apparence aussi risible. Et s'il n'était pas sur son lit, en train de reposer la tête sur l'oreiller de Dalton. Un oreiller en duvet de canard importé directement de Genève.

Son regard s'arrêta sur une marque de bave au milieu de l'oreiller... Duvet de canard ou pas, le chien avait choisi son lit.

Poussant un soupir excédé, il se leva et marcha, nu, jusqu'à la salle de bains attenante. Il entra dans la douche aux parois de marbre. Peut-être que cet oreiller détrempé de bave était un châtiment pour avoir laissé la princesse dormir sur son canapé, au lieu de lui céder son lit. Il avait pourtant insisté, mais lorsqu'à 1 heure du matin elle restait impassiblement assise sur son sofa, occupée à passer en revue les centaines de chaînes du satellite, comme une enfant découvrant ses cadeaux le matin de Noël, Dalton avait fini par abdiquer. Il ignorait même qu'il avait autant de chaînes. De toute façon, il ne se souvenait pas quand il avait bien pu allumer la télévision pour la dernière fois.

Dormir au bureau était devenu une habitude au fil du temps. Mais c'était difficile avec Aurélie. Il était impossible de laisser le personnel de Drake Diamonds la voir rester dans les bureaux le soir avec lui ou surgir le matin en pyjama dans les locaux ! Devoir expliquer sa présence auprès de lui et demander au gardien un double de clé lui avait paru déjà suffisamment gênant. D'autant qu'elle avait fini par le prendre par le bras en l'appelant *chéri*, encore une fois…

Voilà qu'ils rejouaient la mascarade du couple…

Il n'arrivait pas à savoir ce qui lui paraissait aussi vexant, en fait. Impossible de la présenter comme une princesse : dire qu'elle était sa petite amie était bien le plus simple.

Il se plaça sous les jets d'eau chaude et attendit que ses épaules se détendent sous la pression de l'eau. Il avait l'impression que tout son corps n'était que tension. Était-ce dû à la présence d'Aurélie chez lui ? Le gardien avait eu l'air effaré, lorsqu'elle lui avait pris le bras. Est-ce qu'il était aussi improbable qu'il puisse avoir une femme dans sa vie ?

Oui, sans doute, après tout. D'ailleurs il ne ramenait jamais de conquêtes ici. Jamais. Trop de fantômes hantaient son duplex.

Tout cela n'était pas réel, il ne devait pas l'oublier. Tout cela n'était qu'une nécessaire illusion. Temporaire, en tout cas.

D'ici treize jours tout au plus, Dalton retrouverait le cours de sa vie, prévisible et ordonnée. Il aurait en prime le plaisir de voir les vitrines de la salle d'exposition du premier étage étinceler de mille feux, grâce à l'incroyable collection d'œufs impériaux dont Aurélie lui faisait bénéficier.

Il savait d'ores et déjà où il placerait le nouvel œuf. Il utiliserait la même vitrine qui avait autrefois accueilli le Diamant Drake. Cette merveille de 130 carats avait été le porte-drapeau de l'enseigne familiale depuis le jour de l'ouverture. Des touristes venaient jusqu'à New York spécialement pour voir cette pierre. Seules deux femmes avaient eu l'honneur de la porter au cours des cent cinquante années qui les séparaient du jour où l'arrière-arrière-arrière-arrière-arrière-grand-père de Dalton l'avait découvert dans une mine reculée d'Afrique du Sud, avant qu'elle soit taillée pour devenir l'une des pierres précieuses les plus célèbres au monde.

La perte de ce diamant trois mois tout juste après la mort du père de Dalton avait été terrible. Il avait eu l'impression d'être amputé d'un membre. Heureusement, Artem avait réussi à le racheter pour sa femme, Ophelia, mais il lui appartenait dorénavant personnellement et plus à la maison Drake Diamonds. Et la vitrine sur-mesure restait vide.

Dalton n'était pourtant pas un sentimental. Personne chez les Drake n'avait ce trait de caractère et c'était là la dernière de ses préoccupations, depuis qu'il avait appris qu'il était devancé par Artem pour obtenir la direction du groupe. Sa fierté était en jeu. Sa fierté et sa place au sein de l'entreprise familiale.

Il n'avait pas pour ambition de restituer à Drake Diamonds sa gloire d'autrefois. Il voulait davantage. Il voulait que cette institution devienne un tel monument que son père lui-même, s'il devait revenir d'entre les morts, n'en croirait pas ses yeux.

Vendre ce diamant avait été une nécessité. Geoffrey Drake avait plongé l'entreprise dans des dettes telles qu'il n'y avait pas d'autre option envisageable. Le patriarche n'avait jamais rien dit. Il avait passé ses journées enfermé dans un bureau à quelques pas de celui de Dalton, sans jamais dire un seul mot au sujet des mines qui coûtaient tant à leur entreprise familiale.

Dalton n'aurait pas dû être surpris. La franchise et l'honnêteté n'étaient pas les points forts de Geoffrey Drake. L'existence même d'Artem était un testament en soi laissé par leur père, témoignage de son inconséquence. Dalton avait en effet ignoré l'existence de son cadet jusqu'à ce que son père ramène un garçonnet de cinq ans chez eux. À en juger par la pâleur et la confusion sur le visage de sa propre mère, il s'était agi d'une surprise pour elle aussi. Moins d'un an plus tard, elle décédait.

À ce jour, la sœur de Dalton continuait de rendre le cœur brisé de leur mère responsable de sa mort prématurée.

S'il devait y avoir un élément positif à toute cette histoire douloureuse, jusqu'à la mort récente du patriarche, c'était qu'ils avaient réussi à faire la paix en tant que frères. Au terme d'un long chemin. Et quand Artem avait pris la décision de vendre le Diamant Drake, il avait sauvé l'entreprise, Dalton devait le reconnaître.

Même s'il avait toujours du mal à s'y faire.

Dalton se devait maintenant d'être celui qui transformerait Drake Diamonds en quelque chose de plus spectaculaire encore. C'était là la seule façon de justifier ses années de dévouement absolu à l'entreprise familiale. Il avait besoin de donner du sens à toutes ces années. Il avait besoin que sa vie se teinte d'autre chose que de la perte ou l'échec.

Il referma l'eau bien plus fortement que nécessaire et saisit une serviette. Dans n'importe quel autre contexte, il aurait déjà passé de nombreuses heures derrière son bureau. Il s'habilla aussi vite que possible, ajusta le nœud de sa cravate bleue et dut se résoudre à l'idée qu'il n'avait plus d'autre choix que de se rendre dans le séjour qui servait de chambre à Aurélie.

Avant cela, il voulait chasser la bête ronflante de son lit. Dalton prit l'animal dans ses bras. Comment un animal aussi petit pouvait-il faire autant de bruit ? Puis son regard s'arrêta sur une tache mouillée au milieu de sa couette. Le petit monstre avait uriné sur son lit. C'était le pompon !

Le regard globuleux de l'animal se leva alors vers Dalton, qui soupira bruyamment.

— Aurélie ! s'écria-t-il en poussant la porte du séjour. Vous vous étiez engagée à prendre soin de cet animal, il me semble ?

La télévision était allumée, le volume bien trop fort, et le canapé était une montagne de couvertures et de coussins. Mais Aurélie n'était pas là. Dalton sentit son pouls résonner entre ses tempes. Était-elle repartie ? Elle allait le rendre fou !

Le chiot se mit à gémir dans ses bras et poussa un petit

aboiement. Dalton le déposa sur le sol et se dirigea vers la cuisine en quelques grandes enjambées.

— Oh ! mon petit chou !

La voix d'Aurélie fit sursauter Dalton. Il ne savait pas s'il devait se sentir soulagé ou furieux. Furieux au sujet du chien. Et de l'arrêt cardiaque qu'il avait risqué en s'imaginant que la princesse avait une nouvelle fois filé à l'anglaise. Et pour toutes les idées invraisemblables qu'elle avait eues depuis qu'elle avait déboulé dans sa vie, moins de vingt-quatre heures plus tôt.

Mais il décida d'en rester au soulagement, jusqu'à ce qu'il pénètre dans la cuisine à la suite du chiot et qu'il n'entrevoie Aurélie.

Elle se tenait près de l'îlot central, vêtue de son collier de perles et d'une chemise blanche, ses longs cheveux blonds relevés en un chignon sommaire. *Sa* chemise blanche. Pourtant, ce n'était pas l'idée qu'elle ait dormi dans sa chemise fraîchement revenue du pressing qui le mettait dans tous ses états, mais plutôt la vision de ses longues jambes, la façon dont sa poitrine était soulignée par le tissu blanc du vêtement ou encore la ligne délicieuse de sa lèvre inférieure. Ou tout cela ensemble.

Le désir l'envahit tout entier, avec violence. Preuve qu'il avait vécu comme un fantôme, ces dernières années.

« Quoi que tu fasses avec elle, débrouille-toi pour que ça ne se termine pas au lit. »

— Bonjour, déjà habillé pour aller au bureau ? lança Aurélie dans un sourire. Remarquez, je ne suis pas franchement surprise.

Dalton haussa les épaules. Il avait envie d'elle. C'était tout ce qui l'habitait à cet instant.

— Nous n'allons pas au bureau.

— Ah non ?

Non. Certainement pas. Il y avait maintenant une priorité absolue : vêtir décemment la princesse qui dormait sous son toit, avant qu'il ne commette une royale erreur.

— Préparez-vous, nous allons faire du shopping, dit-il avant de pointer du doigt le chiot entre ses bras. Aussitôt que vous aurez nettoyé les bêtises de votre chien…

Après avoir usé de tous les arguments possibles, Aurélie parvint à convaincre Dalton de prendre le métro, plutôt que de faire appel à son chauffeur. Il n'avait pourtant pas l'air très à l'aise avec cette idée.

Depuis combien de temps cet homme n'avait-il pas mis un pied dans les transports en commun ? Certes, il était riche, jusque-là, ce n'était pas une grande découverte. Et si cela n'avait pas été évident au premier regard, quelques recherches sur Internet le lui avaient confirmé.

D'après le magazine Forbes, leur boutique qui faisait l'angle de la Cinquième Avenue et de la 57e Rue était le bien immobilier commercial le plus coté de tout le pays ! L'évaluation de l'immeuble et son précieux contenu devançaient même Fort Knox, la base militaire qui conservait les réserves d'or du pays.

Ainsi, oui, Dalton Drake était un homme fortuné. Et comme il se plaisait à le répéter en permanence, il était aussi un homme pressé. C'était assez commun dans cette ville. Dans l'esprit d'Aurélie, cependant, tout le monde à New York prenait le métro. Même les riches hommes d'affaires débordés !

Elle faillit lui demander depuis combien de temps il n'avait pas mis un pied dans un bâtiment qui ne portât pas son nom. Elle avait remarqué que l'immeuble dans lequel il habitait s'appelait Le Drake.

Mais elle garda le silence, préférant s'imprégner de chaque détail de son trajet souterrain, depuis les tourniquets métalliques, jusqu'aux sièges orange, et l'étrange sensation de ballottement entre deux stations. La rame accélérait jusqu'à l'arrêt suivant, laissant monter et descendre son flot de passagers, tous à des moments différents de leur vie. Des étudiants avec des sacs à dos. Des mamans et leurs enfants. Des hommes d'affaires à attaché-case.

Aucun des hommes qu'elle regardait n'avait autant de charisme que celui qui l'accompagnait. Elle faisait de son mieux pour l'ignorer, mais Aurélie ne pouvait nier le magnétisme de sa présence à ses côtés.

Aussi fascinée fût-elle par les hordes de New-Yorkais, par

le bouillonnement à l'intérieur du métro, rien ne parvenait à la détourner de son voisin. Son regard finissait immanquablement sur les larges épaules de Dalton, sa mâchoire solide, rasée de près, sa bouche pleine, si sensuelle.

Si seulement elle parvenait à l'ignorer. C'était pourtant mission impossible. Lors d'un arrêt à une station particulièrement chargée, les passagers pressèrent Aurélie qui se retrouva tout contre le torse de Dalton, les lèvres à quelques centimètres à peine des siennes. Elle se raidit, incapable du moindre mouvement et parvenant tout juste à respirer. Pouvait-il sentir les battements redoublés de son cœur au travers de son manteau en cachemire ?

Elle était tellement troublée par sa proximité qu'elle ne parvenait à élaborer deux pensées cohérentes. Puis il baissa vers elle son regard acier désapprobateur.

Une fois encore.

Bon. C'était un homme d'affaires sérieux et elle n'était qu'une princesse gâtée et irresponsable. Elle avait compris le message.

— Nous y sommes, dit-il tandis que les portes du wagon s'ouvraient d'un seul coup.

Aurélie leva les yeux vers le nom de la station. Lexington Avenue.

— Mais attendez, ce n'est pas…

Déjà, la main de Dalton sur le bas de son dos la guidait vers la sortie, sans lui laisser le loisir de terminer sa phrase. Il devait avoir une destination en tête et Aurélie faisait partie du voyage, parce qu'elle ne lui avait pas laissé le choix.

Une fois dehors, cependant, il finit par ralentir le pas. Sans doute avait-il remarqué à quel point elle était fascinée par les vitrines opulentes. Alors qu'elle s'arrêtait pour observer une robe entièrement réalisée en fleurs de papier, elle vit le reflet de Dalton dans la vitrine et eut l'impression qu'il lui souriait.

Leurs yeux se croisèrent alors et toute trace de sourire disparut de son beau visage.

— Est-ce que nous pouvons y aller ? fit-il après s'être éclairci la voix.

Et quelle voix ! Une voix profonde, grave, qui la faisait frissonner. Elle ne pouvait cependant être attirée par Dalton Drake. C'était impossible. Et puis de toute façon, il y avait déjà trop d'hommes dans sa vie.

— Oui, répondit-elle dans un souffle, allons-y !

Mais où ? Elle n'en avait pas la moindre idée.

— Aurélie, dit-il avec une pointe de moquerie dans la voix. C'est de ce côté-ci.

Très bien.

Il était beaucoup plus facile à ignorer lorsqu'il se montrait méprisant, songea-t-elle. Ce qui était le cas, la plupart du temps.

Ils parcoururent quelques rues en silence et rejoignirent un immense immeuble à la façade noire élancée. Comme pour les autres immeubles où elle avait été avec Dalton, il y avait un portier et des poignées rutilantes. Sans oublier un immense lustre à pampilles qui brillait dans le hall. Elle fronça les sourcils en découvrant le nom de l'enseigne.

Bergdorf Goodman. Le grand magasin de luxe new-yorkais.

Sans même y avoir mis un pied, elle savait déjà ce qu'elle y trouverait. Des pièces élégantes, raffinées. Coûteuses. Tout ce qu'elle ne voulait pas.

— Non, dit-elle en secouant la tête.

À côté d'elle, Dalton soupira.

— Pardon ?

Aurélie passa outre le ton exaspéré de sa voix.

— Non, je vous remercie, mais je préférerais trouver autre chose.

— Mais nous ne sommes pas même entrés !

Qu'il se mette en colère après tout, Aurélie s'en moquait bien. Elle avait tout le reste de sa vie pour aller s'habiller dans ce genre de boutiques. Là, c'était sa parenthèse à elle. Selon ses règles. Elle n'avait aucunement l'intention de se retrouver habillée comme à Esterel.

— Je n'ai pas besoin d'entrer, je vois déjà que ce n'est pas le genre d'endroit que je recherche.

Le portier leur adressa un regard interrogateur. Lui qui avait l'air de s'ennuyer passablement tandis qu'ils s'approchaient, semblait retrouver une pointe d'intérêt. Elle comprit qu'il les imaginait sans doute prêts à lui offrir le spectacle d'une scène de ménage divertissante.

Dalton baissa la voix.

— Aurélie, vous avez besoin de vêtements et ici, il n'y a que ça. Des robes, des chemisiers, des pantalons. Des pyjamas !

Des pyjamas ?

Elle comprit alors d'où venait l'urgence de cette séance de shopping inattendue… Dalton avait été tellement choqué de la retrouver dans sa chemise ce matin qu'il avait déplacé ses rendez-vous et bouleversé son emploi du temps du jour pour la traîner jusqu'à cette boutique prétentieuse et impersonnelle… Pour qu'elle s'achète un pyjama !

Tant pis pour la politesse, après tout.

— Je n'irai pas ici, monsieur Drake.

Aurélie n'était peut-être pas américaine, mais elle avait déjà vu *Pretty Woman*. Plusieurs fois, même. Elle savait très précisément comment tout cela allait se passer, si elle le suivait dans ce magasin. Elle sortirait de là dans une heure habillée comme une princesse.

Croisant les bras, il la fixa longuement.

— Est-ce que je peux vous demander pourquoi ?

Elle baissa les yeux tout à coup, le souffle court.

— Si vous vous prenez pour Richard Gere, sachez que je ne compte pas jouer les Julia Roberts…

Il haussa les épaules, l'air incrédule.

— Je n'ai pas la moindre idée de ce que vous me racontez !

Bien sûr qu'il ne comprenait rien… Cet homme était capable de n'avoir jamais regardé le moindre film de toute sa vie. Ni quoi que ce soit d'autre qui relève du divertissement, d'ailleurs.

— Je préférerais aller ailleurs, peut-être dans une friperie ?

— Une friperie ? répéta-t-il en riant, sans que cela parût

l'amuser le moins du monde. Une princesse royale qui voudrait s'habiller avec les vêtements que d'autres ont fini par mettre au rebut ?

— Oui, et cela malgré tous vos efforts pour m'en dégoûter !

Aurélie aimait assez l'idée d'aller chiner dans une friperie. Jamais elle n'avait fait cela par le passé. C'était certainement plaisant. Enfin, cela pourrait l'être, si elle n'était pas escortée par le plus morose des guides…

— Bon, si vous y tenez, mais cette fois, nous irons en voiture, dit-il en faisant un pas vers la chaussée.

Comme il levait le bras, une luxueuse voiture noire se matérialisa devant eux. On aurait cru que le trafic new-yorkais était à ses ordres !

— Après vous, dit-il en ouvrant la portière.

— Merci, répondit-elle en s'installant. Où allons-nous ?

— À Williamsburg, Brooklyn, précisa-t-il de sa voix monocorde.

Le chauffeur n'avait pas besoin d'en savoir plus, visiblement, car il se mit aussitôt en route. Aurélie observait Manhattan, impressionnée. Elle n'avait jamais vu autant de monde dans les rues de toute sa vie. À Esterel, les dimensions étaient tout autres et les habitudes aussi. Les gens se déplaçaient souvent en scooter, la proximité de la mer se sentait partout à la brise salée qui soufflait des falaises. Ici, tout ce qu'elle découvrait était fascinant, depuis les livreurs à vélo qui slalomaient entre les voitures, les musiciens au coin des rues, les vendeurs sur les trottoirs avec leurs journaux, leurs bonnets et gants contre le froid…

Elle avait l'impression tout à coup d'être au centre du monde, là où tout se passe. Tout ce qui l'entourait, la neige, les gens, les voitures, les bruits des rues, semblait être attiré par cette orbite.

Il y avait tant de vie, tant de mouvement, qu'elle se sentait euphorique. Comment pouvait-on garder son calme dans un tel endroit ? Aurélie avait été contrainte au calme depuis si longtemps… Depuis toujours, lui semblait-il.

— N'est-ce pas merveilleux ? murmura-t-elle, émue.

Dalton se tourna vers elle, l'air dubitatif.

— Qu'est-ce qui est merveilleux ?

— Tout ça, dit-elle en englobant ce qu'elle voyait d'un geste.

Il la fixa longuement, assez pour qu'elle se sente rougir jusqu'aux oreilles, puis, sans la quitter du regard, il s'adressa au chauffeur :

— Arrêtez-vous ici, s'il vous plaît.

Le conducteur de leur voiture leva les yeux vers le rétroviseur.

— Ici, monsieur ? Nous ne sommes qu'à mi-chemin pour Brooklyn.

— Oui, oui, je sais, dit Dalton avant de se tourner vers Aurélie.

— Restez ici, je reviens tout de suite.

— Attendez, où allez-vous ? demanda-t-elle, en posant la main sur son bras, sidérée de le voir improviser quelque chose.

Il baissa les yeux vers ses doigts sur la manche de son manteau avant de chercher son regard.

— Je reviens, Aurélie, et je vous demande pour une fois, s'il vous plaît, de rester ici et de m'attendre !

Elle retira sa main et croisa les bras. Qu'est-ce qui lui avait pris d'essayer de le retenir ainsi, de toute façon ?

— D'accord.

Il sortit de la voiture et claqua la portière derrière lui, laissant pourtant entrer un tourbillon de flocons dans la voiture, telles de fines plumes voletant dans l'habitacle. Aurélie les regarda se poser sur le siège en cuir noir et fondre instantanément, laissant une gouttelette à leur place. L'espace d'un étrange moment, elle se sentit intensément seule.

Elle eut alors envie de pleurer, sans même savoir pourquoi. Expirant lentement, elle pria pour que les larmes qui lui montaient aux paupières ne roulent pas sur ses joues. Qu'est-ce qui lui arrivait ? Elle se trouvait à l'endroit qu'elle avait choisi. Aventure. Indépendance. Liberté. Tout ce que sa mère n'avait pu connaître.

Elle saisit son sac à main Hermès et en sortit son téléphone, dans lequel elle replaça la carte SIM. Autant profiter de ces quelques minutes pour écouter ses messages et vérifier si on avait constaté sa disparition.

Son téléphone mit une éternité à se rallumer. Elle attendit encore quelques secondes, mais rien, ni appel de sa messagerie ni texto ne le fit biper.

Cela ne lui semblait pas un très bon présage.

Alors qu'elle fixait l'écran, l'appareil se mit finalement à sonner, crevant le silence à l'intérieur de la voiture. Elle fut tellement surprise qu'elle faillit le laisser tomber.

Elle ferma les yeux un court instant.

Dalton ? Non, impossible. Les seules personnes qui avaient quelque chose à lui dire se trouvaient de l'autre côté de l'océan.

Elle rouvrit les yeux. Un coup d'œil à l'écran lui confirma ses craintes. Le Bureau des Affaires royales. C'était son secrétariat privé. Le Palais la cherchait.

Aurélie sentit son cœur se mettre à cogner contre ses côtes, comme un oiseau dans une cage. Elle chercha Dalton du regard, mais il semblait avoir été absorbé par la foule.

Elle s'éclaircit la voix et prit l'appel.

— Oui, bonjour !

— Bonsoir, Votre Altesse, auriez-vous un moment à m'accorder pour faire le point sur votre agenda de la semaine ?

Oui, *bonsoir*, c'était le soir à Esterel, bien sûr.

— Mon agenda ? répéta Aurélie, stupéfaite. Oui, oui, bien sûr.

Était-il possible que le Palais n'ait pas encore découvert sa disparition ?

— Comme nous l'avions établi la semaine dernière, Lord Clement devrait venir au Palais après-demain, pour la séance photo en vue du portrait officiel. Le prince attend le cliché pour établir le communiqué de presse.

Sa gorge se noua. Lord Clement était le photographe officiel de la cour et l'un des très proches amis de son père.

— J'aimerais reporter ce rendez-vous, justement.

— Je suis au regret de vous dire que c'est impossible,

l'annonce à la presse est déjà programmée pour vendredi prochain.

Les larmes se pressaient maintenant à ses paupières. Comment avait-elle pu croire un seul instant que, si elle quittait Esterel, le monde allait s'arrêter ? Cela ne faisait qu'un jour et demi qu'elle était partie et pourtant, elle avait l'impression d'être si loin de tout cela… Tellement différente.

Hélas, rien n'avait changé. Ils ne s'étaient pas même rendu compte qu'elle était partie. Elle était en Amérique et pourtant, la vie à Esterel se poursuivait comme si de rien n'était. Avec ou sans elle.

— Votre séance est prévue à 16 heures précises dans la salle de bal. Le prince souhaiterait vous voir porter la robe en brocart doré ainsi que votre tiare royale.

Elle avait beau être en âge de se marier, Aurélie n'était toujours pas autorisée à choisir ses vêtements, apparemment…

— Très bien, c'est noté, répondit-elle, bouleversée.

— Parfait, princesse, je vous souhaite une très bonne soirée.

Aurélie n'eut pas le temps de répondre que la communication était coupée. Elle fixa le téléphone redevenu noir, tandis que l'angoisse l'assaillait, lui serrant lentement le cou en une étreinte suffocante.

Qu'avait-elle fait ?

Même si son escapade était passée inaperçue au Palais jusqu'à maintenant, ne pas se présenter à une séance photo était inimaginable. Tout le monde à Esterel serait aussitôt alerté, son père en premier lieu. On ne parlerait que de cela. Elle imaginait déjà les gros titres : *La princesse disparue* !

Son cœur se serra. Mais il n'était peut-être pas trop tard ? Si elle prenait un avion le lendemain, elle pourrait arriver à temps pour la séance. Les gros titres à suivre seraient d'un autre genre…

Elle éteignit son téléphone et en retira la carte SIM à nouveau. Elle se demandait pourquoi elle faisait cela, car elle savait que le seul choix raisonnable consistait à rentrer. Partir n'avait rien changé. Rester à New York ne lui permettrait pas d'échapper à son destin. Elle avait été naïve et bien imprudente de le croire. Sa mère avant elle n'avait pas été capable de s'échapper. Aurélie ne le serait pas davantage.

La portière s'ouvrit et Dalton entra, avec une bourrasque d'air froid et de neige. Il s'assit à côté d'elle, avec un petit paquet blanc entre les mains. Elle ne pouvait le regarder en face. Pas après cet appel, qui l'avait perturbée.

Que pourrait-elle lui dire en repartant, alors qu'il s'était donné du mal pour elle, malgré toute sa mauvaise volonté ? Elle ne l'avait pas ménagé, il fallait dire, entre sa disparition sans prévenir, l'adoption du chien et ses idées farfelues. Serait-il furieux contre elle ? Ou bien soulagé ? Aurélie ne savait pas très bien ce qu'elle préférait.

— Aurélie, regardez-moi, dit-il en cherchant son regard. Est-ce que tout va bien ?

Non. Tout va mal.

— Oui, dit-elle en affichant son sourire de princesse, si souvent répété au cours des années.

Elle sentait pourtant son regard pénétrant sur elle et avait du mal à le soutenir. Si elle le laissait faire, elle finirait par lui dire toute la vérité, les projets de son père, l'annonce prochaine par le Palais. Mais si elle disait cela à voix haute, cela deviendrait réel, non ? Elle avait tellement besoin que ce ne soit pas le cas…

Encore un peu de temps.

— Où étiez-vous ? demanda-t-elle en baissant les yeux vers son nœud de cravate.

— Parti vous chercher ceci, dit-il en déposant entre ses mains quelque chose de chaud, emballé dans des serviettes en papier blanches.

Prise au dépourvu, Aurélie le fixa, incrédule.

— Vous me faites un cadeau ?

Il plissa les paupières, ce qui ne diminua en rien la séduction qui émanait de lui.

— Non.

Elle baissa les yeux vers ses mains.

— Eh bien si, pourtant, on dirait bien.

Il leva les yeux au ciel, l'air amusé et impatient.

— Ne vous emballez pas, ce n'est vraiment rien.

Elle n'avait pas la moindre idée de ce que ça pouvait être, mais quelque chose lui disait que cela représentait plus que ce qu'il voulait bien laisser paraître. Avec soin, elle souleva les coins de la serviette en papier et lorsqu'elle comprit enfin ce qu'il avait fait, elle en eut le souffle coupé.

Il n'était pas le genre d'homme à perdre du temps avec des frivolités. Elle cligna des yeux pour s'assurer qu'elle ne faisait pas erreur.

Un hot-dog. Il lui avait acheté un hot-dog.

— Disons que c'est une métaphore, précisa-t-il en haussant les épaules comme pour minimiser son attention. Avec de la moutarde.

Elle ne comprit pas exactement ce qui se passa ensuite. Peut-être n'avait-elle pas toute sa tête, après cet appel du Palais. Peut-être l'idée de rentrer avait-elle brisé quelque chose en elle. Peut-être se moquait-elle de ce qui arriverait ensuite.

Quoi qu'il en soit, et alors que c'était sans le moindre doute possible la plus grosse bêtise de toute sa vie, Son Altesse royale Aurélie Marchand déposa le hot-dog à côté d'elle sur la banquette, saisit Dalton Drake par le col de sa veste et l'embrassa comme si elle n'avait jamais été fiancée à un autre homme.

5

Les fiançailles n'avaient pas encore été officialisées, mais le mariage était déjà prévu et se déroulerait d'ici trois mois dans la grande cathédrale d'Esterel. Tout cela se faisait dans le plus grand secret, bien entendu, le Palais ayant prévu de faire une annonce solennelle dans vingt jours.

Non pas qu'Aurélie soit impatiente au point de compter les jours. C'était plutôt l'inverse, car elle faisait de son mieux pour ne pas y penser. Mais à vrai dire, épouser un homme de trente ans son aîné, un homme qu'elle n'avait pas encore rencontré en personne, était un élément qu'il était difficile de chasser de son esprit.

Pourtant, elle avait trouvé une diversion efficace en la personne de Dalton Drake. Terriblement efficace, même. À l'instant où elle avait posé les lèvres sur celles de Dalton, elle avait eu la sensation que la douleur qui emplissait son cœur s'était soudain envolée. C'était une sensation délicieuse et terrible. Une sensation si forte qu'elle avait chassé toutes les pensées qui occupaient perpétuellement son esprit. Comment était-il possible de se sentir à ce point déchirée entre deux émotions opposées ?

La bouche de Dalton était encore glacée par sa course à l'extérieur. Elle sentit sa langue, fraîche, se glisser entre ses lèvres. La sensation était exquise, dévorante. Était-ce là ce que l'on ressentait lors d'un baiser ? Car Aurélie n'avait jamais rien éprouvé d'approchant. Elle n'arrivait pas à reprendre son souffle et avait l'impression que les battements de son cœur résonnaient dans la voiture.

Elle aurait dû se sentir embarrassée, mais elle ne ressentait que du désir. Elle avait besoin d'être embrassée ainsi. Tellement besoin.

Non. Ce n'était pas d'un baiser qu'elle avait eu besoin. C'était de lui. De Dalton Drake.

— Aurélie…, murmura-t-il, sa bouche devenue chaude contre la sienne.

Il glissa la main le long de son cou, ses doigts caressant tour à tour sa peau et son collier, et l'attira tout contre lui. Si près que leurs cœurs se mirent à battre l'un contre l'autre, jusqu'à ce qu'elle ne sache dire quel cœur produisait quel battement.

Elle l'avait sans doute pris au dépourvu, mais cela ne se remarquait pas. Au contraire, sa façon de répondre à son baiser donna la sensation à Aurélie qu'il avait attendu un tel baiser peut-être depuis aussi longtemps qu'elle.

C'était pourtant impossible. Dalton lui avait fait comprendre clairement qu'il tolérait sa présence en attendant l'exposition des œufs impériaux, mais rien de plus. Et c'était très bien ainsi, car elle ne serait jamais qu'une étoile filante dans sa vie, et réciproquement. Rien de ces instants à New York n'appartenait à sa vraie vie.

Pourtant, ce baiser avait un goût de réalité. Plus que la couronne sur sa tête ou la robe blanche qu'elle devrait vêtir dans moins d'un mois. Voici ce à quoi la vie était censée ressembler… C'était la passion, nue, vive, brûlante.

Impossible, aussi… Profondément impossible.

Son mari l'embrasserait-il ainsi ? Frémirait-elle de la même façon, lorsqu'il l'attirerait tout contre lui ? Perdrait-elle la tête en sentant la virulence de son désir ? Devrait-elle avec lui se retenir de le supplier de lui faire l'amour, alors même qu'ils seraient dans une voiture avec chauffeur au beau milieu de New York ?

Non.

Malgré sa grande inexpérience, Aurélie pressentait que

la connexion entre Dalton et elle était une chose rare. Elle devinait que jamais d'autres lèvres ne la caresseraient ainsi. Aucun autre homme ne la toucherait comme si elle était une pierre précieuse. Elle se sentait comme une gemme enfouie dans des profondeurs obscures, dans l'attente d'un baiser qui permettrait à sa nature volcanique de faire surgir son cœur. Il n'y avait que cet homme-là, à cet instant-là, qui soit capable de ce miracle.

Dalton redoubla d'ardeur dans un gémissement et Aurélie ressentit comme une ivresse à l'idée qu'il la désirait. Elle saisit sa cravate en soie bleue, s'y accrochant un instant avant qu'elle ne lui glisse entre les doigts.

Que dirait-il, s'il savait ? Que penserait-il, lorsqu'il découvrirait dans les journaux qu'elle se mariait avec un homme bien plus âgé qu'elle ? Que ressentirait-il en la regardant à la télévision le jour de son mariage ? Peut-être serait-il furieux ? Cela confirmerait ce qu'il avait pensé d'elle dès le départ : qu'elle était une irresponsable enfant gâtée…

C'était du moins ce qu'elle espérait qu'il ressentirait. Car la colère, elle était en mesure d'y faire face. Ce qu'elle ne pouvait accepter, c'était la pitié. Elle commençait à s'habituer à la façon qu'il avait de la regarder, comme si elle était quelque oiseau exotique et non comme une femme restée bien trop longtemps sous la coupe de son père. Bien sûr, ses regards étaient fréquemment interrompus par d'autres, de pure exaspération. Mais parfois, il lui arrivait de tourner vers elle ses yeux gris, et cela lui donnait la sensation de s'ouvrir à la vie, comme une pivoine qui déploierait ses pétales sous la chaleur d'un rayon de soleil, offrant ainsi au monde le spectacle de sa fragile éclosion.

Il la regardait. Elle, Aurélie. C'était là la différence. Elle n'avait pas à se dissimuler derrière une étiquette quand elle était avec Dalton Drake. Malgré tout ce qu'il ignorait ou qu'elle lui cachait, il était la seule personne à découvrir sa véritable nature.

Comment n'avait-elle pas vu venir ce mariage ? Elle était

restée si naïve et optimiste qu'elle avait refusé de voir les nombreux signes avant-coureurs. Elle n'avait pas imaginé que des pratiques aussi archaïques puissent encore avoir cours pour anéantir sa vie et ses rêves de jeune fille.

Si Aurélie n'était tombée par hasard sur le journal intime de sa mère, le lendemain de ses funérailles, elle n'aurait jamais connu la vérité. Parfois elle regrettait d'avoir ouvert ce carnet aux pages dorées à l'or fin. Ses illusions ne se seraient pas évanouies aussi subitement… Elle aurait toujours l'espoir que ses parents avaient pu s'aimer véritablement, alors qu'elle avait découvert que leur union n'était rien d'autre qu'un mariage arrangé.

Et voilà que sa vie allait se plier aux mêmes usages et enjeux. Son père et sa mère ne s'étaient jamais aimés, il avait eu des maîtresses pendant pratiquement toute la durée de leur mariage, tandis que sa mère avait vécu une existence de totale solitude.

Les paupières fermées, elle goûta chaque caresse de ses lèvres, chacune de ses respirations, tout en espérant que Dalton parviendrait à arrêter la lourde machinerie de sa vie. Qu'il changerait d'une façon ou d'une autre le cours des choses en lui permettant de rester cette jeune femme audacieuse, capable d'écrire elle-même le scénario de sa vie.

Par pitié.

— Oh ! je t'en prie…

Bon sang, l'avait-elle vraiment supplié à voix haute ?

— Nous ne pouvons pas, pas ici, murmura Dalton dans un souffle.

Sa réaction lui fit l'effet d'une douche froide. Elle rouvrit les yeux et son regard sur elle était si intense qu'elle se sentit totalement vulnérable, tout à coup. Et honteuse.

Pas ici.

Elle baissa les yeux et constata avec effroi qu'elle avait grimpé sur ses genoux et avait glissé les mains sous sa veste, contre son torse. Mais que lui arrivait-il ?

Elle ne l'avait pas supplié de lui faire l'amour ici et maintenant, mais tout plaidait dans ce sens… Et au fond d'elle, elle devait bien reconnaître que ce désir l'avait certainement habitée, quelques instants plus tôt.

— Oh, mon Dieu ! dit-elle en se rasseyant sur la banquette, horrifiée.

Elle entendit alors un petit craquement et sentit quelque chose tomber de son cou. Ses perles ! Un des rangs laissait échapper ses perles qui, une à une, roulaient sur les genoux de Dalton.

Poussant un cri, Aurélie porta la main à son cou. À son côté, Dalton jura, s'écarta et se mit en quête des perles qui roulaient sur le sol de la voiture, comme si elles se refusaient à être capturées.

Aurélie se rappela avoir lu quelque part que les perles étaient les pierres de la tristesse, chacune des gemmes d'un rang de perles représentant une larme. Elle n'avait jamais vraiment prêté attention à cette histoire, mais tout à coup, l'image des larmes de sa mère se répandant sur le sol de cette voiture s'imposait à elle.

Dans quel pétrin s'était-elle fourrée ?

À vue de nez, il n'y avait pas loin de cinquante mille dollars de perles des mers du Sud roulant à ses pieds sur le sol de la voiture.

Pourtant, le fait que le collier hors de prix d'Aurélie soit cassé et se déverse par terre était le cadet de ses soucis… Ce qui révélait en soi l'ampleur de l'erreur qu'il venait de commettre.

Que lui arrivait-il ? Venait-il vraiment d'échanger un baiser torride avec une princesse à l'arrière d'une voiture avec chauffeur en route pour Brooklyn ? Oui, apparemment, c'était bel et bien le cas. Et à en juger par l'état dans lequel il était, il avait apprécié cet intermède.

Mais là n'était pas la question.

Voilà qu'Aurélie le fixait avec une expression horrifiée, les yeux pleins de larmes qu'elle s'appliquait à contenir.

Pendant ce temps, le chauffeur jetait des regards interloqués dans son rétroviseur et Dalton essayait de réunir les perles. Qui aurait dit qu'un simple baiser était capable de déclencher une telle tourmente ?

Un simple baiser ? Rien n'est simple lorsqu'on embrasse une princesse !

Tout en se redressant, il fit glisser une poignée de perles dans sa poche.

— Je suis désolé, Aurélie.

Il venait de faire ce qu'il s'était juré de ne pas faire. Certes, ils n'avaient pas fait l'amour, mais ils avaient été vus, ne serait-ce que par le chauffeur… Et si cet homme les avait reconnus, l'un ou l'autre ? Et puis, son collier si précieux qui se répandait dans la voiture, pour couronner le tout…

— Non, c'était ma faute, je n'aurais pas dû, commença-t-elle avant de se mordre les lèvres.

Dalton préféra détourner le regard, tant la vision de sa bouche éveillait de désirs inconvenants chez lui.

— Non, c'est moi qui suis désolé, dit Dalton dans un long soupir.

Il se concentra sur les perles pour éviter d'avoir à croiser son regard. Il avait fallu qu'il fasse preuve d'une telle volonté pour mettre un terme à leur baiser qu'il savait qu'il risquait de rechuter à tout instant.

« Je t'en prie. »

Il y avait une telle promesse dans ce murmure implorant. Une promesse qui le hantait maintenant. Comme un parfum de jacinthe qui flotterait dans l'air après une rêverie. Il avait l'impression que chacun des battements de son cœur était comme un coup de couteau entre les côtes. Ses mains tremblaient et ne lui permettaient pas de retenir les perles qui ne cessaient de glisser entre ses doigts.

« Je t'en prie. »

Ces quelques mots continueraient de le hanter toutes les nuits. D'une certaine façon, cela le changerait du regret qui était devenu son seul compagnon, lors des nuits sans sommeil qui étaient son quotidien depuis cette nuit où Clarissa était morte.

Il n'était pas amoureux de Clarissa. Il s'en était rendu compte au fil du temps depuis son décès. Peut-être qu'il l'avait su dès le départ. Il tenait à elle, bien sûr, sinon il ne lui aurait jamais demandé de l'épouser, malgré l'insistance de leurs familles. Mais ses sentiments pour elle étaient sans doute plus proches de l'affection fraternelle qu'il éprouvait pour Diana que d'un sentiment amoureux.

S'il en avait été autrement, il aurait sans doute décroché son téléphone cette nuit-là. Il aurait été chez lui et pas à son travail. Et Clarissa serait encore vivante. Il ne serait sans doute pas assis à l'arrière de cette voiture, sa jambe touchant celle d'Aurélie qu'il désirait à en avoir le souffle coupé.

Il avait tant de choses à se reprocher. Non seulement au sujet de Clarissa, comment ne pas s'en vouloir ? Mais aussi pour ce baiser avec Aurélie dont il endossait la responsabilité. Il la désirait. Il l'avait désirée depuis l'instant où elle avait levé vers lui son regard d'émeraude, teinté de tant d'espoir.

Dès ce premier jour dans son bureau, elle avait tourné ce regard bouleversant vers lui, tout en lui présentant l'une des plus précieuses pièces de joaillerie qui soient. La force de ses attentes, des désirs qu'elle portait, l'avait terrassé.

Le désir avait été présent entre eux, dans l'air, impalpable et si présent, comme de la poussière de diamant en suspension. Il n'avait pas déterminé ce qu'elle désirait avec tant de force, il ne le savait toujours pas. Mais cette brûlure, ce besoin ardent, avait réveillé quelque chose en lui. Il était en dormance depuis trop longtemps… Il ne savait plus ce que c'était que désirer, avoir envie, besoin de quelqu'un.

Un regard à Aurélie avait suffi à conjurer un souvenir. Sa vie n'avait pas toujours été ainsi. À une époque il avait ressenti des choses. Qu'est-ce que cela ferait, d'éprouver à nouveau tous ces sentiments ?

Dalton n'en avait pas la moindre idée. Tout ce qu'il savait, c'était qu'il brûlait de goûter Aurélie, sa peau, ses lèvres. Il avait eu envie, l'espace d'un instant, de ressentir à nouveau tout cela : ces troubles, ces sensations, ces désirs, ces sentiments.

De l'amour.

Non. Non, pas de l'amour. Tout sauf de l'amour.

Il n'était pas fait, pas équipé pour l'amour. Incapable d'aimer. L'histoire ne le lui avait-elle pas prouvé ? Il avait encore moins à offrir aujourd'hui, après Clarissa. Elle aurait mérité tellement mieux… Et il en allait de même pour Aurélie. Dalton refusait de devenir un double de son propre père, il ne serait pas ce genre d'homme qui ne fait que prendre et ne donne jamais en retour.

Son regard se perdit dans le lointain. Il ne pouvait toujours pas la regarder. Il ne supporterait pas de voir la flamme dans ses yeux, qui irradiait. Pas maintenant. Pas tant que le goût de ses lèvres était encore présent sur sa langue.

S'il recommençait à l'embrasser, il ne pourrait plus s'arrêter avant de connaître la volupté de se glisser dans son corps et de s'y abandonner.

Autour d'eux, la ville frémissait sous les bourrasques de neige, avec ses teintes gris acier et mélancolie. Dalton inspira profondément, serrant les poings de façon réflexe. Il s'était laissé aller, il ne le referait plus. Aurélie n'était pas pour lui et il commençait seulement à accepter sa vie comme elle était, aujourd'hui. Une vie ordinaire, prévisible.

Et malgré tous ses efforts, pourtant, une drôle de ritournelle semblait battre la cadence dans sa tête, au rythme de son cœur.

Je t'en prie, je t'en prie, je t'en prie…

6

Le lendemain matin, avant même le lever du soleil, Dalton se retrouvait à son bureau. Il s'était arrangé avec le portier pour qu'une voiture conduise Aurélie à Drake Diamonds quand elle serait prête. Certes, il courait un risque en la laissant seule, étant donné son penchant pour les fugues, mais rien n'était plus risqué que de rester avec elle dans son appartement toute la matinée.

Aurélie avait rapporté des sacs de vêtements en tout genre de leur virée à Williamsburg, mais toujours pas l'ombre d'un pyjama. Après le désastre de leur trajet en voiture, Dalton ne se sentait pas en capacité de la voir vaquer dans son appartement en petite tenue ou dans une de ses chemises. C'était trop lui demander.

Aurélie et lui s'étaient soigneusement évités le reste de la journée. Dans la friperie, elle s'était éclipsée dans la cabine pour faire ses essayages sans rien dévoiler.

Il s'était dit que c'était mieux ainsi, même s'il ne demandait pas mieux, au fond, que de la voir tournoyer devant les miroirs immenses de la boutique, plutôt que de se retrouver relégué dans un coin, assis dans un fauteuil laissé à disposition des clients. Et dans un état de frustration physique qu'il n'avait jamais connu à un tel degré.

Comment était-il possible que sa vie se soit compliquée à ce point en l'espace de quelques jours à peine ?

Il fallait que cela cesse. Il ne pouvait continuer ainsi. Il s'y refusait. Il avait du travail, beaucoup de travail, avec une exposition, un gala et une campagne de publicité à préparer… Au lieu de cela, il se retrouvait à feuilleter les tabloïds du jour pour s'assurer qu'aucune photo volée ne le présentait en train d'embrasser fougueusement la princesse d'Esterel à l'arrière d'une voiture.

On frappa et avant qu'il n'ait le temps de cacher la pile de journaux, Artem passait la tête dans l'entrebâillement de la porte.

— Bonjour, frangin ! dit son frère en baissant un regard surpris vers la revue entre ses mains. Des lectures intéressantes ?

Dalton n'osait imaginer la réaction d'Artem, si jamais Aurélie et lui avaient été vus…

— Tu voulais quelque chose ? demanda-t-il en repliant son journal le plus calmement possible.

Artem entra et referma la porte derrière lui.

— Je me demandais si tu allais venir ce matin. En ne te voyant pas arriver hier, j'ai imaginé que tu étais au moins sur ton lit de mort ou quelque chose de cet ordre. Je ne me rappelle pas t'avoir jamais vu manquer un jour de travail. Tu te souviens que Diana a son concours équestre demain, dans les Hamptons ?

— Oui, bien entendu, dit Dalton dans un soupir.

Il avait évidemment complètement oublié le concours de leur sœur. Cela impliquait encore plus de temps de travail perdu, alors que la présence d'Aurélie lui avait déjà coûté plus d'une journée.

Jamais par le passé il n'avait raté deux jours consécutifs. Même le jour des funérailles de Clarissa, il avait réussi à enchaîner huit heures consécutives. À l'époque, cela avait eu du sens à ses yeux, maintenant, il n'en était plus aussi sûr.

Plus grand-chose n'avait de sens, à cet instant.

— Assieds-toi, il y a quelque chose dont j'ai besoin de te parler.

Il glissa les journaux dans un tiroir, espérant qu'Artem ne reviendrait pas dessus.

— Ça tombe bien, moi aussi j'ai quelque chose à te demander, commença Artem avant de s'interrompre tout à coup.

Son frère fixait maintenant avec stupéfaction Jacques, roulé en boule dans un coin de la banquette.

— Je rêve ou il y a un chien dans ton bureau ?

Dalton leva les yeux au ciel.

— Ne me demande même pas pourquoi…

— Oh que si, je vais te demander, dit Artem en riant. Je te connais assez pour savoir que tu n'as jamais aimé les animaux au point d'adopter un chien ! Quand as-tu récupéré celui-ci ?

Dalton adressa un regard exaspéré en direction du chiot, qui se mit à remuer la queue, visiblement content d'entendre parler de lui. Ce stupide chien était fou de lui.

Quelle chance était la sienne !

— Je ne l'ai pas adopté, dit Dalton avant de s'éclaircir la voix. Il appartient à Aurélie.

— Et tu l'as amené ici pour une raison particulière ? demanda Artem en caressant l'animal qui se roula aussitôt sur le dos.

— Parce qu'il me suit partout, va comprendre ! Pourtant, l'affection qu'il me porte est loin d'être réciproque, crois-moi… Cette petite chose a investi mon lit et c'est un vrai carnage !

— Ton lit ? Tu veux dire qu'Aurélie et son chien vivent chez toi ?

— Oui, dit Dalton dans un haussement d'épaules.

Malgré ses efforts, il peinait à manifester une réelle nonchalance.

— J'ai besoin de m'assurer que j'ai bien saisi ce que tu es en train de me dire, reprit Artem, les yeux plissés. Tu as raté le travail pratiquement deux jours de suite, Aurélie s'est installée chez toi et tu laisses son chien baver sur ton lit ?

— Je comprends que ce soit surprenant.

— Vraiment ? Parce que j'en suis à penser que tu as une aventure avec une princesse en fugue, et que tu envisages d'organiser une exposition à partir de bijoux volés, pour ton bénéfice personnel.

Dalton ouvrit de grands yeux incrédules. Il ne s'était jamais retrouvé dans la situation où son jeune frère lui faisait la leçon.

Les rôles étaient historiquement inversés entre eux et ce changement ne lui convenait pas. Pas le moins du monde, même.

— Tu tires des conclusions caricaturales, cela n'a rien à voir avec tout ça. D'abord, elle n'a pas volé cet œuf, elle en a hérité.

Artem se mit à arpenter son bureau, délaissant Jacques qui grogna pour manifester son déplaisir.

— Tu penses sincèrement que le Palais verra les choses ainsi ?

Peut-être. Peut-être pas.

Il avait pensé à cela, bien entendu. Mais si tout se passait comme prévu, Esterel n'apprendrait la disparition de l'œuf qu'au moment de l'exposition elle-même. D'ici là, Drake Diamonds aurait déjà fait tous les gros titres et sa mission serait accomplie. Aurélie devrait répondre de ses actes, à ce moment-là, mais cela ne le regarderait plus, si ?

Tout à coup, son attitude le surprenait. Quand était-il devenu aussi intraitable ? Il ressemblait à son père.

— Même si cela ne te regarde pas le moins du monde, je tiens à ce que tu saches que je ne couche pas avec elle.

Artem le fixa longuement, intensément.

Dalton n'avait pas couché avec Aurélie. C'était vrai. Aussi vrai qu'il passait une bonne partie de son temps à imaginer coucher avec elle. C'était au-delà du désir, même. De l'ordre du besoin, plutôt. Il avait besoin de sentir la douceur de son corps sous ses paumes, de ressentir les battements de son cœur sous ses mains, de goûter la peau de son cou dans un baiser et de l'entendre encore murmurer dans un souffle… « Je t'en prie. »

Est-ce que cela se voyait ? À en juger par le regard que lui adressait Artem, oui. Apparemment.

— Écoute, tu peux bien faire ce que tu veux avec Aurélie. Que tu couches avec elle ou pas, cela ne me regarde pas, en effet. Mais si j'hébergeais une princesse chez moi, alors que les plus précieuses des pièces de joaillerie officielles de sa principauté se trouvaient dans les coffres de Drake Diamonds, je pense que tu ne m'aurais pas épargné un laïus bien senti et moralisateur !

Son frère n'avait pas tort. Et même si Dalton n'avait aucune intention de le reconnaître devant lui, il avait franchi une ligne rouge.

De la façon dont les choses se présentaient, les deux frères semblaient tout à coup avoir inversé leurs rôles. On aurait cru le mauvais scénario d'un film de troisième zone. Sauf qu'aujourd'hui Artem était un homme marié et allait avoir un bébé. Il n'était plus le mouton noir de la famille comme autrefois. Est-ce que Dalton envisageait de lui ravir ce titre ?

— Il faut que tu saches que pendant ton absence quelqu'un a essayé de te joindre, annonça Artem en prenant place dans le fauteuil en face de lui. Quelqu'un du palais d'Esterel.

Bon sang.

Alors ils savaient déjà. Les officiels avaient remarqué l'absence d'Aurélie… Ils devaient sans doute savoir pour l'œuf. Son ambition, à laquelle s'ajoutait la naïveté d'Aurélie, avait sans doute généré un désastre plus terrible encore que ce qu'il avait imaginé.

Il avait vraiment été stupide de songer qu'il pourrait s'en tirer…

— C'est la catastrophe ?

Artem haussa les épaules.

— Pas exactement. Mme Barnes, n'ayant pas réussi à te joindre sur ton portable, m'a transmis l'appel.

« Mme Barnes n'ayant pas réussi à te joindre sur ton portable ». Dalton ferma les paupières un instant. En un flash-back, les souvenirs affluèrent.

Clarissa Davies, 19 appels en absence.

Ce n'était pas comme s'il n'avait pas su qu'elle essayait de le joindre. Il n'avait tout bonnement pas pris ses appels. Il les avait ignorés.

La voix d'Artem le ramena à leur conversation.

— C'est bon, frangin, calme-toi, j'ai géré la situation. Je sais que c'est compliqué pour toi, ces histoires d'appels manqués, mais ce n'est pas un crime non plus.

— Ne t'engage pas dans cette voie, s'il te plaît, dit-il le plus calmement possible. Ne me fais pas ça maintenant.

Artem leva les mains en signe de reddition.

— Pardon, je sais que c'est un sujet délicat, mais cela fait six ans, maintenant. Tu n'as pas à rester le regard rivé sur ton téléphone vingt-quatre heures sur vingt-quatre. Honnêtement, lorsque Mme Barnes m'a dit que tu ne répondais pas, je suis resté stupéfait. J'ai même imaginé un instant que tu avais finalement une vie !

Dalton laissa échapper un rire amer. Il ne méritait pas cette vie que son frère évoquait. Il ne la méritait plus. Peut-être ne l'avait-il jamais méritée, d'ailleurs… Il était bien un Drake, finalement…

Comme tous les Drake, il n'était bon qu'à une seule chose : gagner de l'argent. Cela ne laissait pas beaucoup de place pour s'engager dans des relations, ni pour avoir une vie, comme le disait Artem.

Dalton s'y était essayé une fois. On ne l'y reprendrait plus. Sa fiancée avait perdu la vie, c'était assez violent pour que cela ne se reproduise plus.

— Ce n'était pas ta faute, tu le sais. Elle voulait vraiment en finir et elle y serait arrivée de toute façon.

Ils avaient déjà eu cette discussion par le passé. Et elle était close en ce qui concernait Dalton. À quoi bon refaire l'histoire ? Cela ne servait à rien. Cela ne changerait pas cette horrible tragédie.

— Est-ce qu'on pourrait s'en tenir aux faits ? Parle-moi de cet appel.

Artem soupira.

— Ils appelaient pour savoir si les œufs impériaux étaient arrivés sans encombre, car il semblerait que la personne dépêchée par le Palais, un certain M. Martel, n'est pas rentré. Ils ont même craint qu'il ait eu projet de les voler.

Dalton n'avait pas pensé à ce détail. Il aurait dû demander à Aurélie comment elle s'était organisée pour couvrir son escapade avant d'accepter son plan fumeux. Comment avait-il pu se montrer aussi imprudent ? Depuis quand était-il imprudent, d'ailleurs ?

Depuis qu'elle avait passé le pas de la porte de son bureau… Il était plus que temps qu'il retrouve des idées claires.

— Qu'est-ce que tu leur as dit ?

— Je les ai assurés que les œufs pour l'exposition étaient bien arrivés et qu'ils étaient en sécurité dans nos coffres, dit Artem avant de toussoter. J'ai omis d'évoquer la partie du trésor qui se trouve tranquillement dans ton appartement.

Dalton le foudroya du regard.

— Plus sérieusement, est-ce que tu as réfléchi à ce que tu allais faire, une fois que sa disparition serait remarquée ? Parce que cela ne saurait tarder.

— Avec un peu de chance, ils ne s'en rendront pas compte avant demain. Je remets Aurélie dans un avion pour Esterel demain à minuit.

Il avait lancé cela sans même prendre le temps de réfléchir, mais cette idée lui avait trotté dans la tête toute la matinée. Il savait depuis le départ qu'il fallait la renvoyer chez elle. Il n'aurait jamais dû accepter sa folle proposition…

Maintenant, il devait attendre. Attendre qu'elle arrive pour lui annoncer qu'il la renvoyait chez elle.

Le regard de Dalton se posa sur Jacques, qui dormait sur la banquette, ronflant à en faire trembler les murs bleus. Qu'allait-il advenir du chien ? Elle ne le laisserait pas, de toute façon… Quoi qu'il en soit, l'animal était en dehors de l'équation, pas question que Dalton s'en soucie.

Tout cela était professionnel, et rien d'autre. C'était ce qu'il s'était dit en réservant les billets ce matin.

— Et l'œuf secret ? demanda Artem en posant un regard circonspect sur lui.

— Elle peut bien le remporter, le risque est trop grand. Je ne peux pas le prendre. Je ne peux plus.

Dalton sentit qu'il s'était endurci, tout à coup.

— Qu'est-ce qui a changé ?

Il se raidit alors que les souvenirs affluaient, éveillant au passage un flot irrépressible de désir, tandis qu'il revoyait ses doigts enfouis dans les cheveux soyeux d'Aurélie…

Il revoyait ses yeux, brillant dans la semi-obscurité comme deux diamants, ses lèvres l'implorant encore.

Il revit les perles tombant comme des larmes se répandant, et roulant entre ses doigts trop vite pour qu'il les rattrape.

Qu'est-ce qui avait changé ?

Tout.

Tout avait changé.

— Je suis simplement revenu à la raison, fit-il en haussant les épaules.

Artem le fixa attentivement.

— Tu es vraiment sûr ? Je suis prêt à te soutenir, quoi que tu fasses : nous formons une équipe, tu te souviens ?

Toute sa vie, depuis l'époque lointaine où il avait foulé pour la première fois les tapis bleu Drake de cette boutique de la Cinquième Avenue, jusqu'au matin où il s'était retrouvé devant un notaire lisant les dernières volontés de leur père, Dalton s'était projeté à la tête de Drake Diamonds. Il s'y était vu seul, et pas associé à son frère. Lui, simplement lui. Dalton Drake, directeur.

Il n'avait jamais imaginé qu'ils formeraient une équipe. Il ne l'avait pas souhaité. En vérité, cela n'était pas si mal. Un jour, il finirait peut-être par s'y habituer.

— Absolument, dit-il en souriant à son frère. J'ai pris ma décision : la princesse rentre chez elle.

Aurélie aurait dû se sentir soulagée en se réveillant seule dans le superbe appartement de Dalton. Depuis leur intermède de la voiture, elle ne savait plus comment se comporter face à lui.

Que lui était-il arrivé ? C'était un peu comme si ce rôle qu'elle avait eu envie de jouer, cette jeune femme libre et libérée découvrant New York et décidée à en profiter, avait tout à coup pris le pas sur la personne qu'elle était réellement.

Car elle n'était pas cette femme-là, il s'agissait simplement d'une parenthèse, cela ne pouvait pas être la réalité.

Pourtant, cette parenthèse commençait à lui monter à la tête.

Elle aurait préféré qu'il ait été le coupable. Celui qui aurait tout mis en œuvre pour la séduire… Jusqu'à lui offrir un hot-dog !

Mais elle s'était habituée à la façon toute professionnelle avec laquelle Dalton se comportait face à elle. Et soudain, ce simple geste attentionné à son égard l'avait prise totalement par surprise. Il avait su se montrer si prévenant, alors même qu'il semblait l'ignorer parfaitement depuis le début…

Elle avait eu l'impression de découvrir tout à coup le vrai Dalton. L'homme qui se cachait derrière ce regard gris acier et sa cravate bleue. Un homme terriblement beau dans sa complexité… Mais en même temps, quel genre de femme désespérée était-elle pour se jeter à son cou, parce qu'il lui offrait un simple hot-dog ?

Le sommeil lui fournit une trêve relative, mettant ses questionnements culpabilisateurs en arrêt, jusqu'à ce qu'elle rouvre les paupières et que tout lui revienne brutalement à l'esprit. La force tranquille des lèvres de Dalton, ses mains intrépides et la façon dont il avait réussi à lui faire oublier qu'elle n'était qu'une princesse inexpérimentée, dont le premier amant serait ce vieux mari qu'elle ne connaissait pas et à qui elle était promise…

L'espace d'un instant, elle avait été quelqu'un d'autre. Elle avait rayonné, son regard s'était mis à briller, elle avait ressenti la fusion en elle d'un désir irrépressible.

Et puis tout s'était arrêté.

Pas ici.

Elle eut à nouveau l'impression de disparaître, d'être engloutie par la honte. Peut-être que rien de tout cela ne s'était passé. Peut-être s'était-il agi d'un rêve. Un mauvais rêve. Aurélie porta la main à sa gorge, espérant poser les doigts sur son collier, toujours sagement accroché autour de son cou. Mais ce n'était pas le cas. Il n'y avait rien d'autre que sa gorge, nue, sous l'encolure de la chemise de Dalton.

Et pourquoi dormait-elle encore dans cette chemise ? La nuit dernière, elle avait pris le premier vêtement qu'elle avait trouvé, c'était une simple nécessité, mais ce n'était plus le cas.

La vérité, c'est qu'elle aimait porter le vêtement de Dalton. Elle aimait la façon dont son parfum masculin était resté imprégné dans le tissu propre. Elle aimait que les revers de manche soient assez longs pour lui couvrir les mains jusqu'au bout des doigts. Elle se plaisait à imaginer qu'il la porterait à son tour prochainement et penserait un peu à la lointaine princesse rentrée chez elle…

Pourquoi avait-elle ce genre de pensées ridicules ? C'était absolument inconvenant. Elle allait se marier…

Elle parcourut la pièce du regard, à la recherche de Jacques, mais le petit bouledogue n'était nulle part. Aurélie soupira. Il avait peut-être réussi à se faufiler dans la chambre de Dalton encore une fois. Ce chien semblait s'attacher de plus en plus à lui, même si le sentiment ne semblait guère réciproque.

Mais la chambre était vide. Pas de chien. Pas de Dalton.

Elle s'en était doutée, car l'ambiance de l'appartement était calme, solitaire. Sans le magnétisme qu'il semblait dégager naturellement, cette forme d'électricité qu'elle ressentait lorsqu'elle s'approchait de lui. Dans la cuisine, elle trouva un mot qu'il lui avait laissé avec le numéro à appeler une fois qu'elle serait prête pour qu'un chauffeur vienne la chercher. Il ne précisait pas où le chauffeur la déposerait, mais ce n'était pas nécessaire.

Est-ce que cet homme faisait autre chose que travailler dans la vie ?

À en juger par l'apparence de son appartement, non. Avec ses lignes épurées et son mobilier contemporain, sa blancheur élégante, c'était le comble du bon goût, raffiné et luxueux sans être ostentatoire. Mais tellement aseptisé. Au bout de quelques jours, Aurélie était toujours aussi surprise de l'absence de photographies personnelles. Pas un souvenir, pas un portrait, ni une photo de famille. Tout lui semblait sans âme, sans substance. Et triste. Elle était triste pour Dalton dans le fond, même si c'était totalement ridicule, encore une fois.

Il n'avait jamais laissé entendre que sa vie ne lui convenait pas telle qu'elle était. Il dégageait au contraire une telle confiance en soi…

Elle avait envie de sortir de là, de cet appartement qui semblait si étrange sans la présence de Dalton. Même si c'était une présence ombrageuse la plupart du temps. Tant pis si le chauffeur la déposait directement sur la Cinquième Avenue, au moins sur son lieu de travail, elle serait moins tentée de se pendre au cou de Dalton… Mais avant d'aller où que ce soit, il fallait qu'elle s'assure qu'elle ne faisait pas déjà les gros titres.

L'ordinateur de Dalton était posé sur la table du séjour, c'était parfait, elle pourrait consulter les titres des journaux américains et des éditions d'Esterel. Elle se prépara un café et s'installa sur une des chaises avant de soulever l'écran du portable. Lorsque l'écran d'accueil apparut, elle faillit s'étouffer.

Il s'agissait d'un visage. La photo d'une femme sur un cheval. Elle était très belle.

Aurélie fixa l'image jusqu'à sentir un étrange sentiment. Un sentiment qui ressemblait à s'y méprendre à de la jalousie.

Oh ! non.

Elle referma l'ordinateur.

Ce n'est pas possible.

Mais c'était pourtant le cas. Elle était bien jalouse du fond d'écran de Dalton. Jalouse pour Dalton Drake.

Elle pouvait bien faire ce qu'elle voulait, ce qui s'était passé entre eux avait totalement changé la donne. Mais la vérité était qu'elle ne pouvait pas rester ici. Plus maintenant. Il était temps de récupérer son œuf secret et de rentrer chez elle.

Elle rouvrit l'ordinateur, s'interdisant de regarder la jeune cavalière souriante et, en l'espace de cinq minutes, elle avait réservé un vol de New York à Esterel qui lui permettrait d'être rentrée pour la session de photographies officielles avec Lord Clement, le lendemain.

Avec un peu de chance, à cette heure le lendemain, elle

serait chez elle et ce serait comme si elle n'était jamais venue à New York, comme si elle n'avait jamais mis un pied sur la neige qui recouvrait Central Park, jamais fait des achats dans une friperie de Brooklyn, jamais embrassé Dalton Drake sur la banquette arrière d'une voiture.

Son vol partait à minuit. Il ne lui restait plus qu'à récupérer son œuf.

Et annoncer la nouvelle à Dalton à un moment ou à un autre.

7

Aurélie eut la sensation de traîner les pieds un bon moment avant de quitter l'appartement. Elle se prépara une seconde tasse de café, qu'elle savoura en regardant la foule new-yorkaise qui défilait dans les rues en contrebas. La neige recouvrait toujours la ville, des nuages de vapeur s'élevaient des bouches d'aération du métro et les lignes verticales et précises des gratte-ciel semblaient rayer l'horizon. Vue d'en haut, la ville lui faisait penser à un vieux film en noir et blanc, du genre de ceux qu'elle avait l'habitude de regarder enfant, lorsque son père était absent pour des déplacements officiels. Enfin, du moins c'était ce qu'il prétextait…

Elle s'était montrée si naïve. Naïve et insouciante. Heureuse, après tout, car l'ignorance est une bénédiction dans ce cas…

Les choses seraient-elles différentes, si elle n'avait jamais lu le journal de sa mère ? Redouterait-elle à ce point ce mariage arrangé ? Au point de quitter le pays… Se trouverait-elle ici, à cet instant, dans l'appartement de Dalton Drake ?

Peut-être.

Peut-être pas.

Elle regrettait presque d'avoir fait cela. Presque.

Tournant le dos à la fenêtre, elle reprit le fil de ses préparatifs pour le départ. Elle rinça sa tasse de café et la mit dans le lave-vaisselle. Elle enleva les draps du canapé-lit, et replia les couvertures qu'elle avait utilisées pour les ranger dans l'immense placard mural de la chambre de Dalton. Elle fit de son mieux pour éviter de regarder l'écran d'accueil de l'ordinateur de Dalton pendant tout ce temps.

Le placard de sa chambre était méticuleusement rangé, comme elle s'en était doutée. Dalton, contrairement à elle, était plutôt unicolore. Le spectre de couleur s'étendait du gris pâle au noir d'encre en passant par l'anthracite. La seule touche de couleur résidait dans quelques cravates. Toutes étaient en soie d'une grande finesse, et toutes dans les tons de bleu.

Ce fameux bleu Drake…

C'était incroyable de noter à quel point son identité était liée à son activité professionnelle et familiale. Il n'avait pas même une seule cravate d'une autre couleur.

Elle trouva une petite valise dans un coin de sa penderie et la prit pour transporter ses nouveaux achats. Si Dalton lui faisait une remarque, elle pourrait toujours la lui renvoyer une fois rentrée. Mais en aurait-il seulement besoin ? Elle songea qu'il ne s'en rendrait sans doute pas même compte… Quand avait-il bien pu prendre des vacances pour la dernière fois ?

De toute façon, les vacances de Dalton Drake ne la regardaient nullement.

Je ne le reverrai plus. Jamais.

La gorge sèche, elle s'obligea à inspirer profondément. Bien sûr qu'elle ne le reverrait plus. C'était là le sens de sa démarche. Et c'était mieux ainsi. Plus elle resterait, plus il lui serait difficile de passer cette porte. Elle avait déjà éprouvé un sursaut de jalousie ridicule en découvrant son fond d'écran. La situation pouvait-elle s'aggraver si elle restait ici encore ?

C'était une certitude, pourtant. Et si elle ne montait pas dans cet avion à minuit, elle raterait la séance de photographies officielles. Elle prenait la bonne décision. La seule décision possible. Elle n'avait pas d'autres options à cette heure.

Elle plia avec soin ses nouvelles robes, qu'elle risquait de ne jamais plus remettre. Elles étaient absolument inadaptées à sa vie de princesse. Mais inutile de s'attarder là-dessus, maintenant. Elle se faisait du mal pour rien. Après tout, peut-être trouverait-elle une occasion de les remettre un jour ou l'autre.

L'essentiel était de s'occuper jusqu'à son départ. Ne pas réfléchir et s'occuper autant que possible.

Une fois qu'elle eut nettoyé toutes les traces de sa présence dans l'appartement, elle fit appeler le chauffeur. Il ne lui restait finalement que quelques heures avant son départ, il n'était plus possible de reporter l'inévitable… Elle devait l'annoncer à Dalton et lui demander de lui rendre son œuf.

L'idée de retourner à Drake Diamonds, et de devoir traverser une fois encore l'étage des fiançailles la déprimait encore plus… Mais au moins, dans ce lieu si en vue, n'aurait-elle pas la tentation de se jeter au cou de Dalton !

Une fois descendue de voiture devant l'entrée du célèbre joaillier, elle traversa le hall pour rejoindre les ascenseurs et reconnut le liftier. C'était le même que le premier jour… Il ne manquait plus que cela.

— Bonjour, mademoiselle.

— Bonjour, répondit-elle le plus naturellement possible.

L'étage des fiançailles accueillait encore plus de monde que la première fois qu'elle l'avait traversé. Un homme avec un nœud papillon aux couleurs de Drake Diamonds passa devant elle avec un plateau portant des coupes de champagne. De nombreux couples étaient présents.

Aurélie les regarda, assis deux par deux devant les stands où un vendeur s'occupait d'eux. Elle vacilla légèrement sur ses talons. Combien de couples sur le point de se fiancer pouvaient bien abriter Manhattan ?

— C'est impressionnant, n'est-ce pas ? lança une voix derrière elle.

— Pardon ? demanda Aurélie en se retournant pour découvrir une femme, blonde, élégante et visiblement enceinte de quelques mois, à en juger par son ventre déjà bien arrondi.

— Vous devez être Aurélie ? ajouta cette dernière en lui adressant un clin d'œil complice. Je suis Ophelia Drake, et je crois avoir une vague idée de ce que vous ressentez ici !

Ophelia Drake, la femme d'Artem et belle-sœur de Dalton. Elle était aussi créatrice de bijoux pour Drake Diamonds. Aurélie la reconnaissait d'après une photographie qu'elle avait vue sur une brochure dans le bureau de Dalton, lors de son arrivée.

Ce que la brochure ne disait pas était combien le sourire d'Ophelia était chaleureux et sa présence avenante. Pourtant, aussi sympathique soit-elle, elle ne pouvait se mettre à la place d'Aurélie. Personne ne le pouvait.

— Venez avec moi, j'ai ce qu'il vous faut, dit Ophelia en lui prenant le bras pour la guider dans le labyrinthe des vitrines et des stands.

Le temps de traverser la salle et Aurélie avait déjà la sensation de connaître Ophelia. Et de l'apprécier.

— Et voilà, prenez un siège, dit Ophelia en entrant dans une petite pièce.

Là se trouvaient des plateaux remplis de coupes de champagne et au moins une dizaine d'assiettes de petits-fours.

— Nous sommes dans la cuisine ? demanda Aurélie en s'emparant d'un petit-four absolument ravissant, au point que l'on hésitait à croquer dedans.

— En quelque sorte, dit Ophelia avec un signe de tête en direction de la bouchée restée dans la main d'Aurélie. Vous ne le mangez pas ? Parce que je dévore pour deux, et que si vous ne vous décidez pas, je risque de vous l'arracher des mains !

Aurélie se mit à rire. C'était si bon de rire. Tout devenait simple. Elle n'avait plus ri depuis un moment. Certainement plus ri depuis qu'elle avait embrassé Dalton. Les dernières vingt-quatre heures avaient été teintées de regret.

Souriant à Ophelia, elle goûta la bouchée.

— Oh, mon Dieu, c'est vraiment délicieux !

Ophelia acquiesça.

— Je vous l'avais dit, c'est assez stupéfiant ce qu'une si petite chose peut provoquer comme effet !

Aurélie en reprit aussitôt un deuxième, sans le moindre scrupule.

— Je peux vous poser une question ?

— Bien sûr, répondit Ophelia.

Et elle prit place dans un fauteuil, plaçant les mains de

part et d'autre de son ventre comme le font souvent les futures mamans.

Quelle jolie jeune femme. Aurélie avait gardé le souvenir de la brochure qui indiquait que sa première collection créée pour Drake Diamonds avait été inspirée par la danse, car elle avait été ballerine. Cela se voyait, d'ailleurs : même enceinte, elle avait un port de tête et une prestance remarquables.

Mais ce n'était pas sa finesse qui la rendait si belle, ni même la grâce de ses mouvements. C'était cette façon qu'elle avait de rayonner. Ophelia était heureuse, cela se voyait. Profondément heureuse.

Aurélie ne put s'empêcher de ressentir de la jalousie.

— Je me demandais comment vous aviez rencontré Artem. Il dirigeait déjà l'entreprise, et vous étiez une employée, est-ce que ça n'a pas compliqué les choses ?

Ophelia sourit.

— Disons qu'Artem n'a pas toujours pris son rôle autant au sérieux qu'aujourd'hui. Je suis d'ailleurs étonnée que Dalton ne vous en ait pas parlé, parce que je crois que cela avait été un sujet de crispation entre les deux frères. Vous logez chez lui, n'est-ce pas ?

— Oui, mais il n'est pas du genre à beaucoup parler ou se livrer…

Nous avons préféré nous disputer, puis nous embrasser avant de nous disputer de plus belle…

— Oui, je comprends, dit Ophelia. Mais j'ai trouvé qu'il était vraiment différent ces derniers jours, je pense que vous avez tout de même eu une certaine influence sur lui.

Aurélie soupira.

— S'il vous a semblé tendu ou irritable, je pense en effet que c'est ma faute. Nous avons pas mal de divergences de vues…

Ophelia fronça les sourcils.

— Eh bien, pour tout vous dire, j'ai plutôt eu l'impression du contraire !

Aurélie resta sans voix quelques secondes. *Le contraire ?* Quel genre d'effet pouvait-elle avoir eu sur lui ? C'était impossible ! Et pourtant, elle sentit son cœur s'emballer à l'idée de ce minuscule présage.

Elle s'éclaircit la voix et se rappela que d'ici quelques heures elle embarquerait dans son avion à destination d'Esterel.

— Je ne vois pas du tout ce que vous voulez dire.

Ophelia sourit.

— Je parle du chien dans son bureau, par exemple.

Ah oui, le chien.

— Et ses absences répétées ces derniers jours. Dalton ne prend jamais de jours de repos. Jamais. La seule chose qui peut l'obliger à s'absenter, c'est lorsque Diana a un concours hippique, comme ce sera le cas demain, par exemple.

Aurélie sentit son cœur s'arrêter, cette fois. La cavalière avait maintenant un nom.

Diana.

Eh bien, quel que soit le rôle de Diana dans la vie de Dalton, Aurélie la plaignait bien. Elle ne parvenait pas à imaginer une relation avec un homme à ce point dépendant de son travail, incapable de se détendre ou de profiter de la vie.

— Diana est la plus jeune de la famille Drake, la petite sœur de Dalton et Artem, expliqua Ophelia.

— Oh ! je vois ! s'exclama Aurélie, ridiculement ravie d'apprendre cela.

À en juger par l'expression d'Ophelia, cependant, cette dernière avait bien noté son soulagement. Heureusement, Artem fit diversion en entrant dans la pièce à cet instant. Il sourit en posant le regard sur l'assiette vide entre les deux jeunes femmes.

— Tu es repérée ! lança-t-il, amusé.

— Je mange pour deux, ne l'oublie pas !

En les regardant s'embrasser tendrement, Aurélie fut frappée par la différence d'allure entre Artem et Dalton, malgré une ressemblance physique incontestable. Les mêmes cheveux bruns, les mêmes traits aigus… Mais Aurélie s'était habituée à la tourmente dans le regard de Dalton et à ses attitudes décidées, tandis que la nonchalance qui se dégageait d'Artem tranchait aussitôt. Elle avait l'impression de voir deux faces d'un même homme.

— Mon chéri, dit Ophelia, as-tu déjà rencontré Aurélie ?

Artem lui tendit une main qu'elle serra.

— Non, pas officiellement, même si j'ai déjà entendu parler de vous. Je suis ravi de faire votre connaissance.

— Enchantée.

Elle trouvait étrange de rencontrer la famille de Dalton. Elle savait que cette famille était une institution, mais lui semblait tellement individualiste…

Malgré la photographie de son ordinateur.

Sa sœur ?

Cela ne changeait rien au fait que Dalton avait été très clair : il avait mis un terme à leur étreinte dans la voiture et n'avait jamais tenté de se rapprocher d'elle ensuite. Et cela ne changeait pas le fait qu'elle avait une vie et des responsabilités qui allaient très vite la rattraper aussi.

Où pouvait-elle bien être ?

Dalton vérifia sans doute pour la centième fois sa montre Cartier. Il allait être 21 heures, la nuit était tombée depuis longtemps par la fenêtre de son bureau. La boutique allait fermer et le vol d'Aurélie allait procéder à l'embarquement dans moins de trois heures et il n'avait toujours pas réussi à le lui annoncer !

Il poussa un long soupir. D'après le chauffeur, elle avait quitté son appartement depuis une heure. Elle devrait déjà être dans son bureau. Pourquoi était-il surpris, d'ailleurs, qu'elle ne soit pas là ? Aurélie s'était montrée tout sauf prévisible jusque-là. Une vague de désir rebelle l'envahit brusquement et il dut reconnaître que son caractère imprévisible avait sans doute fortement contribué à sa séduction.

Et cela lui tapait sacrément sur les nerfs.

Demain, à cette heure, elle sera sortie de ma vie.

Il ne lui restait plus qu'à tenir bon encore quelques heures, d'ici à ce qu'elle embarque dans son avion. Évidemment, ce serait plus facile s'il savait où elle se trouvait.

— Quoi encore ? lança-t-il en sentant un frôlement sur son tibia.

Baissant les yeux, il croisa le regard implorant du chien aux yeux de batracien. Dalton avait dû le faire sortir par Mme Barnes à deux reprises depuis le déjeuner. Il y avait d'ailleurs eu un accident sur le tapis de son bureau, ce qui incitait Dalton à prendre au sérieux les messages que le chien tentait de lui faire passer.

Il appela sa secrétaire, mais la ligne sonna dans le vide. Ce n'était guère étonnant, vu qu'elle finissait son travail à 18 heures… Il ne pouvait décemment pas la mobiliser pour s'occuper du chien, cela ne figurait pas du tout dans sa fiche de poste.

— Allez, viens, dit-il au chien en le prenant dans ses bras. Allons-y.

Le chien frotta son museau contre son torse en produisant les étranges grognements qu'Aurélie trouvait attachants par on ne sait quel mystère, avant de laisser une traînée de bave sur sa cravate.

Splendide.

— Merci beaucoup !

Jacques éternua en guise de réponse et Dalton leva les yeux au ciel avant de descendre le couloir pour aller le promener. Tandis qu'il approchait des cuisines, il nota que Jacques tendait ses larges oreilles et son petit corps se mit à trembler d'excitation en fixant la porte.

Aurélie.

Dalton s'arrêta net.

Elle était là, tranquillement installée à table à déguster des petits-fours, alors que son infâme chien le couvrait de bave et réclamait de sortir toutes les deux heures ! Pourquoi ne l'avait-elle pas fait prévenir de son arrivée ? Et que faisait-elle à discuter avec Artem et Ophelia, comme s'ils étaient trois vieux amis ?

— Vous êtes en retard ! déclara-t-il en se plantant dans l'entrée.

Artem toussota.

— Je ne vois pas comment c'est possible, étant donné que je ne travaille pas ici, répliqua Aurélie en terminant sa bouchée.

La vision de ses lèvres roses se refermant délicatement autour du petit-four lui provoqua une nouvelle vague de désir irrépressible.

Elle ne fit pas mine de se lever et resta tranquillement assise dans son fauteuil. Elle portait une de ses robes achetées la veille, un modèle bleu ciel cintré à la taille avec une jupe froufroutante et de gros pois blancs. Une tenue parfaitement inadaptée pour l'hiver à New York, mais indéniablement charmante. Dalton se surprit à regretter qu'elle ne soit pas plus foncée. Il aurait aimé la voir porter ce bleu Drake auquel il tenait tant.

Son bleu.

L'idée de la faire sienne se diffusa dans son sang comme un venin.

Il fallait vraiment qu'elle quitte son entreprise, sa vie, et qu'elle regagne Esterel. Il ne pourrait gérer très longtemps encore ces flashs de désir et la frustration qui en découlait.

Elle l'avait contrarié un nombre incalculable de fois, c'était peut-être son tour de lui rendre la pareille.

— Excusez-moi, Votre Altesse. J'avais oublié que le concept même de travail ou de responsabilité devait vous être totalement inconnu.

Enfin, elle se décida à rencontrer son regard. La colère luisait dans ses yeux émeraude.

— Bien, lança Artem avec une jovialité feinte, il commence à se faire tard, je vais ramener ma chère et tendre à la maison et vous laisser régler vos différends en privé. Il me semble que tu avais quelque chose à voir avec Aurélie, n'est-ce pas Dalton ?

Artem adressa un regard chargé de sous-entendus à Dalton.

— Est-ce que c'est vrai ? demanda Aurélie en se levant, faisant se mouvoir son jupon autour de ses longues jambes. Parce que j'ai aussi quelque chose d'important à vous dire.

— Très bien, dit Dalton. Avant toute chose, votre chien a besoin qu'on s'occupe de lui, allons-y !

Comme elle prenait Jacques, le chien poussa un petit jappement joyeux.

Dalton lissa sa cravate humide et attendit qu'Aurélie sorte avec le chiot pour lui emboîter le pas. Il adressa alors un regard à son frère et sa belle-sœur, toujours assis à table, l'air vaguement amusés.

— Bonne nuit, Ophelia. Artem.

Son frère lui répondit par un regard intrigué, mais ne dit pas un mot. Ce n'était pas nécessaire, à vrai dire. Dalton reçut le message de façon absolument claire et transparente…

Il était temps de dire à Aurélie qu'elle devait rentrer et qu'il avait prévu son retour.

C'était maintenant ou jamais.

8

Les mains d'Aurélie tremblaient. Heureusement, la présence frétillante de Jacques lui permettait de le dissimuler aux yeux de Dalton. Plutôt mourir que lui laisser deviner l'effet qu'il lui faisait… Surtout après ses sarcasmes sur son oisiveté ou son irresponsabilité.

Elle détestait son regard suffisant, mais le plus dur à supporter était qu'il n'avait pas franchement tort. Jusqu'ici, elle avait toujours considéré qu'être membre de la famille royale était plus qu'une mission, un vrai travail. Mais en se retrouvant ici, à New York, elle prenait conscience des trésors d'énergie que les employés de Drake Diamonds devaient déployer pour faire tourner une telle maison. En comparaison, elle menait sans doute la belle vie.

Si ce n'était son mariage arrangé…

Elle était venue à New York pour découvrir la vraie vie, mais finalement, se retrouver enfermée dans le luxueux appartement d'un héritier d'une joaillerie aussi célèbre que Drake Diamonds n'était pas si différent de sa vie princière à Esterel.

Et pourtant, il y avait quelque chose qui était bien réel dans tout cela… Comme la chaleur qui se dégageait de la main de Dalton au bas de ses reins, tandis qu'il l'escortait jusque dans l'entrée. Elle frémit et les larmes lui montèrent aux yeux, de la même façon qu'elle s'était sentie ridiculement bouleversée en entrant à l'étage des fiançailles.

— Est-ce que tout va bien ? demanda-t-il.

Ressaisis-toi, Aurélie.

Il était hors de question de fondre en larmes devant Dalton Drake. Elle aurait bientôt neuf longues heures d'avion pour laisser libre cours à ses sanglots…

— Oui, tout va pour le mieux, répondit-elle tandis que Jacques léchait une larme qui roulait sur sa joue.

Dalton la fixa quelques secondes et elle crut noter une crispation dans ses mâchoires. Ses larmes le mettaient en colère ? Pourquoi pas, après tout, il était le genre d'homme à ne pas supporter les manifestations d'émotion.

— Pour le mieux, à n'en pas douter, marmonna-t-il en pressant le bouton de l'ascenseur.

Le liftier dont elle avait apprécié les regards complices n'était nulle part en vue. Il devait être absent aujourd'hui. Les portes se refermèrent, les coupant des vitrines de bijoux scintillants qui l'avaient assaillie quelques instants plus tôt. Elle n'osait pas regarder Dalton, alors qu'ils étaient enfermés dans un si petit espace.

— Est-il exact que Gaston Drake a inventé le concept de bague de fiançailles ? demanda-t-elle dans le simple but de briser le silence.

Elle ne se souvenait même pas où elle avait lu cette anecdote à propos de l'arrière-arrière-arrière-arrière-arrière-grand-père de Dalton. Sans doute dans l'une des brochures qu'elle avait feuilletées en l'absence de Dalton.

— Vous vous êtes documentée sur la compagnie, à ce que je vois, dit-il, l'air surpris.

— Il se trouve que je sais lire, vous savez ? J'ai même obtenu un Master à la Sorbonne… C'est une surprise, j'imagine, monsieur Drake ?

Certes, elle avait obtenu son diplôme par correspondance, mais après tout, cela ne changeait rien, et il n'avait pas besoin de le savoir.

Elle ne résista pas, cette fois, à lever les yeux vers lui. Ce fut une grosse, une royale erreur. Il n'y avait rien de condescendant dans son regard, mais il la contemplait intensément. Comme s'il arrivait à voir en elle, au travers d'elle, et comme s'il aimait ce qu'il voyait… Malgré son penchant pour les piques et les moqueries.

— Vous avez décidément pris l'habitude de me surprendre, princesse.

Malgré tous ses efforts pour garder ses distances, Aurélie laissa son regard se poser sur ses lèvres. À nouveau, l'envie de l'embrasser l'envahit. Déjà, elle imaginait les mains de Dalton dans ses cheveux et la brûlure de sa bouche. Il suffisait de cinq minutes avec lui pour qu'il prenne possession de ses sens…

Et pourtant, ils ne s'appréciaient même pas. Qu'est-ce qui ne tournait pas rond, chez elle ? Dieu merci, la présence du chiot dans ses bras l'empêchait de faire n'importe quoi.

Malgré les sensations brumeuses dans lesquelles le désir la plongeait, elle nota un tintement et le bruit des portes. Puis son prénom. Dalton l'appelait.

— Oui ? s'entendit-elle murmurer.

— Nous y sommes. Rez-de-chaussée…, dit-il en maintenant la porte ouverte. Vous êtes sûre que ça va ? ajouta-t-il, l'air préoccupé.

Perdue dans ses pensées illicites, elle n'avait même pas pris conscience de l'arrêt de l'ascenseur. Bien sûr que ça n'allait pas. Pas le moins du monde…

— Oui, tout va bien !

Passant devant lui, elle sortit dans le vaste hall lumineux. Aussitôt, elle fut saisie par l'ambiance des lieux. De façon inattendue, c'était calme et totalement désert. Pas âme qui vive, pas même un vendeur. Alors qu'elle foulait le sol de marbre, les lumières au-dessus d'elle se mirent à clignoter avant de baisser en intensité.

Drake Diamonds fermait ? Déjà ?

Elle n'avait toujours rien dit à Dalton sur le fait qu'elle allait repartir et n'avait pas revu son œuf impérial depuis le jour de son arrivée…

— Vous avez oublié votre manteau.

Dalton s'arrêta devant les portes tournantes en fronçant les sourcils face à ses bras nus.

Elle soupira. Le temps filait et elle n'allait pas refaire le chemin en sens inverse. D'autant que cela signifierait de se retrouver de nouveau en tête à tête avec Dalton dans l'ascenseur, avec toute la tension sexuelle entre eux.

Elle déposa Jacques sur le sol, glissant la poignée de sa laisse à son poignet.

— Je survivrai, nous ferons vite ! fit-elle en croisant les bras sur sa poitrine.

Heureusement, Dalton ne semblait pas plus décidé qu'elle à remonter dans l'ascenseur. Il jeta un coup d'œil à sa montre et le pli de contrariété sur son front s'accentua encore.

— Ne soyez pas ridicule, dit-il en ôtant son pardessus pour le lui glisser sur les épaules. Voilà.

Malgré toute la désapprobation dans son regard d'acier, ou peut-être justement à cause de cela, un frisson la parcourut immédiatement. Ce geste avait quelque chose de si intime… Elle glissa les bras dans les manches, troublée par cette proximité soudaine. Son manteau était si doux. Du cachemire sans doute, et encore chaud d'avoir été porté quelques instants auparavant. Le visage de Dalton était juste là, à quelques centimètres, tandis qu'il boutonnait pour elle le pardessus. Tout à coup elle était comme enveloppée par lui. Son odeur de savon boisé. La chaleur qu'il dégageait. Tout lui.

Le cœur d'Aurélie se mit à tambouriner dans sa poitrine et elle pria pour qu'il ne s'en rende pas compte, craignant presque qu'il puisse l'entendre. Elle n'osait pas le regarder, alors elle se concentra sur les vitrines derrière lui, qui brillaient encore de mille feux. Des trésors dans la pénombre.

— Voilà, dit Dalton, la voix légèrement rauque tout à coup.

Il fallait qu'elle lui parle maintenant, avant de n'en être plus capable.

Les portes tournantes étaient flanquées de deux larges bannières, qui annonçaient la prochaine exposition des œufs impériaux. Le premier et plus ancien des œufs était photographié sur un arrière-plan blanc virginal. Il tranchait par la simplicité de ses motifs. Sur le dessus, on aurait dit un véritable œuf, alors qu'il avait été sculpté dans de l'or solide et recouvert d'un émail blanc ivoire. D'ailleurs, on l'appelait sobrement *l'œuf à la poule*. Si on l'observait avec attention, une ligne d'or était visible au milieu, là où les deux moitiés avaient été réunies. Une fois activé le mécanisme dissimulé, l'œuf s'ouvrait pour révéler un cœur d'or rond. Et dans cette sphère d'or jaune se trouvait une couronne en platine incrustée de diamants. Un secret plus que précieux.

Aurélie fixa cette image de son héritage familial. *Tant de secrets…* Elle n'en pouvait plus de ces secrets.

— Il y a quelque chose que je dois vous dire, s'entendit-elle déclarer.

— Oui ? fit Dalton, l'air intrigué.

Elle déglutit avec difficulté. Les mots semblaient retenus dans sa gorge.

Vous aviez raison à mon sujet, je suis certainement aussi irresponsable que vous le dites.

Je suis fiancée et je vais me marier.

Je vais partir.

— Je…

Un aboiement aigu l'interrompit. Puis un autre, suivi par un grognement impatient.

Aurélie baissa le regard vers Jacques, qui se mit aussitôt à japper en remuant la queue frénétiquement.

— Il n'est plus temps de traîner, dit Dalton, j'ai déjà eu besoin de nettoyer après ce petit monstre suffisamment de fois aujourd'hui.

Il fit un pas vers les portes tournantes, tandis que Jacques sautait sur ses jambes et Aurélie n'eut d'autre choix que de le suivre. Ils marchèrent jusqu'à Central Park et revinrent sans plus échanger un mot. Il y avait quelque chose dans l'air, entre la neige qui tombait et le calme des rues qui interdisait la conversation.

Un frisson la parcourut et elle glissa les mains dans les poches de Dalton. Du bout de sa main droite, elle sentit quelque chose tout au fond de la doublure de soie. C'était petit. Rond. Familier.

Elle savait sans avoir besoin d'y jeter un coup d'œil qu'il s'agissait d'une des perles de sa mère. Un souvenir de leur baiser.

Chaque seconde passait presque douloureusement. Le temps semblait s'écouler bien plus rapidement qu'en temps normal, dans ce crépuscule pourpre. Dalton le ressentait-il, lui aussi ?

Aussi lentement qu'ils marchent, le temps continuerait de s'écouler. Minuit approchait irrémédiablement et il serait bientôt trop tard. Elle ne pouvait rester, qu'elle le veuille ou non.

Elle leva les yeux vers le ciel d'améthyste et la neige tourbillonnante — un décor de conte de fées. Jamais elle n'oublierait cette ville vibrante. Ni les sensations à être enveloppée dans un manteau de cachemire bien chaud, alors que le givre se posait sur ses cheveux.

Une douce musique descendait maintenant des étoiles.

Une musique ?

— Vous entendez ça ? demanda-t-elle en clignant des yeux.

— Quoi donc ? demanda Dalton en s'arrêtant à sa hauteur.

— La musique. Écoutez.

Aurélie s'était arrêtée, elle ne parvenait pas à l'entendre de nouveau. L'espace d'un bref instant, elle se demanda si elle n'avait pas imaginé tout ça, ce son plaintif qui ressemblait à du violon et qui s'élevait au-dessus de la rumeur de la ville et des échos du trafic et des klaxons. Puis elle la retrouva.

— Vivaldi ! dit-elle en tournant les yeux vers lui.

Le regard de Dalton la cueillit, il la fixait intensément, et elle se sentit rougir. Il ne bougea pas, continuant de la regarder un long moment avant de lui prendre la main.

— Je vais vous montrer.

Elle s'apprêtait à protester avant de reconnaître le chemin vers Drake Diamonds. Ils passèrent devant l'entrée de l'hôtel Plaza, avec ses grandes colonnes blanches et l'escalier tapissé de rouge. Petit à petit, les notes de musique se firent plus distinctes, montant en crescendo jusqu'à ce qu'elle aperçoive un violoniste.

Il se trouvait juste devant l'entrée de Drake Diamonds, un chapeau à ses pieds pour recevoir des pièces. Les yeux clos, les mains couvertes par des mitaines, il hochait vigoureusement la tête au-dessus de son instrument. C'était un simple musicien de rue, mais Aurélie n'avait jamais vu un violoniste jouer avec une telle passion, même dans les orchestres symphoniques d'Esterel. Il semblait tellement absorbé dans sa musique qu'elle en eut la gorge nouée. Un sourire se dessina sur ses lèvres, tandis qu'elle l'écoutait.

L'espace d'un instant précieux, parfait, elle oublia tout. Elle oublia qu'elle devait dire au revoir à Dalton. Elle oublia qu'elle n'aurait pas dû se trouver là, dans la nuit, à lui tenir la main. Elle oublia que ses traits et son regard lui coupaient le souffle dès qu'elle posait les yeux sur lui. Il la fixait. Les diamants brillaient depuis leurs vitrines éteintes, dans la pénombre. Durs, précieux. Irrésistibles. Et hors d'atteinte.

— C'est beau, n'est-ce pas ? murmura-t-elle.

Au son de sa voix, la musique s'interrompit brutalement.

— Je suis désolé, monsieur Drake, dit le violoniste en remettant son instrument dans son étui.

Visiblement, il avait été prévenu que sa présence n'était pas souhaitée devant Drake Diamonds. À croire que Dalton possédait jusqu'au trottoir devant sa bijouterie.

— Je vous en prie, continuez, s'il vous plaît, dit Dalton sans quitter Aurélie du regard, tout en cherchant son portefeuille dans sa poche. Y a-t-il un morceau qui vous ferait plaisir en particulier, princesse ?

Princesse.

Sa voix était différente, elle n'était pas mordante cette fois, mais teintée de tendresse.

Dis-lui. Maintenant, dis-lui. Je pars.

Elle en aurait peut-être été capable, s'il ne l'avait pas regardée ainsi…

— Du Gershwin ? s'entendit-elle répondre.

Son visage si dur parfois s'éclaira d'un immense sourire.

— Du Gershwin ? C'est si new-yorkais ! dit-il en déposant une liasse de billets dans l'étui du violoniste. Vous avez entendu mademoiselle, est-ce que vous pouvez nous jouer du Gershwin ?

Les notes familières de la *Rhapsody in Blue* s'élevèrent. Aurélie ne pouvait soutenir le regard de Dalton. Encore moins lui dire qu'elle devait partir. Elle se concentra de toutes ses forces sur le musicien.

— Il est doué, n'est-ce pas ? fit Dalton.

Elle acquiesça, tout en essayant de ne pas se laisser emporter par la magie du moment.

— Quelle perfection…

Ce morceau avait toujours été parmi ses préférés, mais jamais elle ne l'avait entendu ainsi. Tout à coup, les notes s'élevaient et flottaient au-dessus de la ville comme les flocons qui dansent et tournoient dans les lueurs de la ville. C'était si beau et si désespérant à la fois.

Elle se tourna vers Dalton. Il avait encore ce drôle de regard, quelque chose de si mélancolique qu'elle porta machinalement la main à sa gorge pour y chercher les perles de sa mère, alors qu'elle savait qu'elle ne les y trouverait pas.

— À propos de tout à l'heure, lorsque nous étions au dixième étage…, dit-il en cherchant son regard.

Le dixième étage. Celui des fiançailles. Avait-il noté son trouble à se retrouver dans cet environnement ? Sans doute, oui…

Il sourit, mais ses yeux restaient durs.

— Cela vaut ce que cela vaut, mais je dois admettre que ce n'est pas franchement mon étage préféré non plus.

Quelle réaction attendait-il d'elle ?

— Ah non ?

Il secoua la tête.

— Je ne le supporte pas.

Après tout, ils avaient donc quelque chose en commun… Comment pouvait-il avoir un rejet si fort pour tout ce décorum qu'il orchestrait, malgré tout ? Intriguée, elle n'osa pourtant l'interroger à ce sujet, craignant qu'il ne lui retourne la question.

— Le mariage, ce n'est pas dans vos projets ? demanda-t-elle, un sourire contrit aux lèvres.

Il ne répondit pas, regardant droit devant lui. La tendresse qu'elle avait cru déceler juste avant semblait s'être totalement évaporée, remplacée par l'indifférence glaçante dont elle était coutumière depuis quelques jours.

Elle leva les yeux au ciel.

— Je ne sais pas pourquoi je demande, alors qu'il est évident que c'est à votre travail que vous êtes marié.

— Oui, vous avez sans doute raison, répliqua-t-il froidement, le regard fixé sur le musicien. Et si l'on dansait ?

Elle éclata de rire. À croire que tout cet échange déplaisant n'avait pas eu lieu. C'était une blague, à n'en pas douter.

— Vous voulez rire, j'imagine ?

Ses yeux gris acier se mirent à luire dans la pénombre.

— Je n'ai jamais été aussi sérieux, Aurélie. Dansez avec moi.

Glissant un bras autour de sa taille, il lui prit la main pour l'attirer contre lui. Si près qu'elle pouvait sentir tout son corps contre le sien. Un corps musclé et solide comme un roc. Elle n'était pas préparée à une telle proximité tout à coup. L'assurance avec laquelle il la maintenait, la chaleur de ses mains la perturbaient et avant de comprendre ce qu'il lui arrivait, voilà qu'elle flottait dans ses bras sur un trottoir enneigé.

Le monde sembla s'arrêter. Dans cette ville de plusieurs millions d'habitants, c'était comme s'ils étaient les deux seules personnes sur Terre. Aurélie en oubliait la présence du violoniste, ou de Jacques à leurs pieds dont la laisse s'emmêlait autour de leurs jambes. Des larmes lui montèrent aux yeux. Il lui fallait faire un véritable effort pour ne pas enfouir son visage contre sa poitrine, ou embrasser la peau de son cou.

Elle avait envie de pleurer. Comment pouvait-elle s'en aller maintenant, alors qu'elle était en train de vivre le moment le plus romantique de toute sa vie ?

— Vous voilà bien silencieuse, tout à coup, murmura-t-il, sa voix semblant un grondement orageux dans le lointain.

Elle était arrivée au bout de l'impasse qu'elle avait pourtant anticipée. Aurélie aurait dû être concentrée sur son œuf impérial, qui se trouvait dans le coffre de Drake Diamonds. Elle aurait dû être en train de s'organiser pour son voyage de retour. Et au lieu de cela, c'étaient les mots d'Artem, prononcés un peu plus tôt dans la cuisine, qui lui revenaient à l'esprit.

« Il me semble que tu avais quelque chose à voir avec Aurélie, n'est-ce pas Dalton ? »

Elle avait été si préoccupée par son départ qu'elle avait oublié la façon dont Dalton s'était rembruni en entendant l'allusion de son frère.

— Il n'y avait pas quelque chose que vous deviez me dire ? demanda-t-elle, timidement.

Dalton baissa les yeux vers elle et elle crut y voir une hésitation fugace. Au-dessus d'eux, le ciel nocturne semblait si lourd, comme rempli de tous les non-dits qui restaient entre eux. Tout ce qu'ils n'avaient pas pu, pas su se dire.

— Ce n'est pas si important… Cela peut attendre.

Elle hocha la tête et tout à coup, elle sut. Elle sut qu'il n'y aurait pas d'adieux. Pas maintenant. Pas cette nuit.

Leurs jambes finirent par être trop emmêlées à la laisse de Jacques pour qu'ils puissent continuer à danser, et ils se retrouvèrent alors immobiles, dans les bras l'un de l'autre. La musique s'était peut-être arrêtée ? Elle avait glissé dans un état brumeux, onirique, comme soûlée de musique et de sensations.

Dalton tendit la main vers la sienne et entremêla leurs doigts avant de les effleurer du bout des lèvres.

— Rentrons, murmura-t-il.

Aurélie inspira. Si elle ne partait pas pour l'aéroport dès maintenant, elle raterait son vol et son rendez-vous à Esterel avec Lord Clement.

Le Palais saurait qu'elle avait fugué, sans l'ombre d'un doute. Il n'y aurait plus d'échappatoire.

Juste un jour encore. Un jour de plus.

Dalton lui lâcha la main pour récupérer la laisse de Jacques, puis se mit en marche, quelques pas, avant de s'arrêter et de se tourner vers elle.

— Vous venez, princesse ?

— Oui, une seconde ! dit-elle en enfouissant la main dans la poche du manteau de Dalton pour y retrouver la perle solitaire échappée de son collier.

Elle avança jusqu'au violoniste et la déposa doucement dans son étui, où elle roula avant de s'arrêter, projetant un reflet de la lune iridescente.

Plus d'échappatoire.

9

Tu es en train de faire n'importe quoi !

Dalton était parfaitement conscient de l'erreur qu'il commettait en emmenant Aurélie chez lui, plutôt qu'à l'aéroport. C'était peut-être même plus qu'une erreur. Il se mettait en danger.

Il s'était préparé à lui annoncer qu'il était bien plus sage pour elle de rentrer à Esterel. Il avait attendu toute la journée qu'elle arrive pour pouvoir le lui dire. Ses petites vacances arrivaient à leur terme. Il était un homme occupé, il n'avait pas le temps de jouer les baby-sitters de princesse.

Elle était tellement différente de toutes les femmes qu'il avait eues dans sa vie, et en particulier celles avec qui il avait eu des aventures dernièrement. S'il ne s'était agi que de sexe, il n'aurait pas résisté très longtemps avant de succomber à la tentation.

Mais Dalton avait la sensation très nette que le sexe pour le sexe n'était pas envisageable avec Aurélie. Elle était tellement émotive, que ce soit devant un musicien de rue, un chiot ou un hot-dog, elle avait aussitôt les larmes aux yeux…

À son corps défendant, il trouvait cela charmant. Très sensuel. Totalement irrésistible, même, pour être honnête.

C'était bien là le problème. Aurélie n'était pas le genre de femme avec qui il pourrait coucher avant de passer à autre chose. Elle n'était entrée dans son univers que depuis quelques jours et avait déjà mis sa vie sens dessus dessous. C'était une sentimentale pure. Et surtout une princesse fugitive.

Pourtant, il n'avait pas pu résister à la tentation de la

prendre par la main pour la ramener chez lui. Il avait dû se retenir de l'embrasser, lorsqu'ils s'étaient retrouvés entre les deux lions sculptés devant la bibliothèque publique sur la Cinquième Avenue. Patience et Fortitude, les deux félins de marbre bien nommés n'auraient pas pu tomber plus à point. Il n'avait ni l'une ni l'autre de ces qualités à cet instant. Mais il avait senti que s'il l'embrassait, sous le ciel étoilé, la lune d'argent et dans le rayonnement éthéré des lampadaires, il serait incapable de s'arrêter.

Arrivé dans son hall d'immeuble, le portier lui adressa un salut de la tête. Dalton dut prononcer quelque chose en retour, mais il oublia aussitôt ce dont il s'agissait. Il n'entendait plus rien, tant les battements de son cœur résonnaient dans ses tempes. À moins qu'il ne s'agisse du raffut que tentait vainement de faire sa conscience pour se rappeler à lui.

Tu es en train de faire n'importe quoi !

Dalton ne croyait plus aux erreurs. Plus maintenant. Pas ce soir, quand Aurélie le regardait avec des yeux si pleins d'un ardent désir.

Il n'attendit pas que l'ascenseur les dépose à son dernier étage. Il en était incapable. Les portes coulissèrent pour se refermer dans un souffle et il scruta le regard brillant d'Aurélie, jusqu'à avoir la certitude qu'elle en avait envie autant que lui.

Puis il se pencha vers elle dans un soupir, un soupir grave, presque rauque, et s'empara de ses lèvres.

Aurélie répondit à son baiser dans un soupir lent, chaud, languide. Elle glissa les mains sur son torse, tandis qu'il fermait les yeux et s'abandonnait à la douceur enivrante de sa bouche, alors que leurs cœurs à l'unisson se mettaient à battre la chamade.

Leur baiser se fit plus profond, leurs souffles plus courts. Leurs désirs plus ardents.

Le sol frémit tandis qu'ils montaient de plus en plus haut, vers les étoiles, s'éloignant en même temps des réalités terrestres. Le corps délicat d'Aurélie entre ses bras semblait léger comme une plume, et l'espace d'un instant, il craignit qu'elle ne s'échappe, qu'elle ne disparaisse et s'envole.

Il la serra contre lui, avançant jusqu'à l'adosser à la paroi de l'ascenseur. Ses mains glissèrent le long de ses bras, à ses poignets délicats, qu'il enserra à peine, comme un bracelet. Le corps d'Aurélie sembla se détendre et la poignée de la laisse du chien glissa à terre. Elle murmura son nom, et il y avait tant de désir contenu dans sa voix, une voix si vulnérable et féminine à la fois qu'il en eut les jambes coupées.

Il se consumait purement et simplement. Il avait l'impression d'être un diamant dans un brasier, prêt à partir en fumée.

Il n'avait jamais éprouvé une telle fièvre dans sa chair. Il perdait tout contrôle sur ses sensations et ses pensées, ne pouvant plus qu'attendre le moment où il pourrait enfin se glisser dans son corps.

Il voulait sentir son plaisir. Il voulait la voir découvrir le plaisir avec lui. Découvrir ces sensations sans doute inconnues d'elle.

Car il était presque sûr qu'elle était toujours vierge, ce qui ne faisait qu'ajouter à la gravité de l'erreur qu'il s'apprêtait à commettre. C'était une princesse, elle semblait avoir mené jusqu'alors une vie plutôt préservée, et elle avait cet air d'innocence absolue… Il parvenait encore à penser suffisamment clairement pour avoir conscience de cela. Mais il n'arrivait plus à se préoccuper de ce qu'il fallait faire ou pas, selon ce que dictait la morale… Selon qui ils étaient l'un et l'autre.

Pourtant si elle était bien vierge, il devait calmer un peu son ardeur. Il devait se montrer attentif, délicat. Et lui offrir une première fois digne d'elle.

— Oh ! Aurélie, souffla-t-il en reposant son front contre le sien.

Dans son cou, il percevait les pulsations accélérées de son cœur. Il eut envie de l'embrasser juste là, au creux de sa gorge, de presser ses lèvres humides et brûlantes contre sa peau de porcelaine.

— Je t'en prie…, implora-t-elle, comme elle l'avait déjà

fait dans la voiture quelques jours plus tôt, lorsqu'elle l'avait embrassé.

Qu'il s'agisse d'une erreur ou pas, il ne pouvait renoncer. Sans doute qu'un autre homme en aurait été capable, un homme honorable, ou du moins plus honorable qu'il ne l'était à cet instant.

Depuis trente-trois ans, il avait toujours fait précisément ce que l'on attendait de lui. Et où cela l'avait-il mené ? À cette impasse qu'était devenue sa vie. Rien n'avait pris le tour attendu…

Il en avait assez. Assez du poids des responsabilités. Assez de renoncer toujours. Assez de s'interdire ce qu'il désirait. Cela faisait bien longtemps qu'il n'avait pas désiré quoi que ce soit. Longtemps qu'il n'avait pas eu envie de quelqu'un à ce point. Tant d'années perdues…

Et là, il désirait Aurélie.

Au moins se rappelait-il ce que sont le désir et le besoin ou l'envie. Mais la façon qu'il avait de les ressentir lorsqu'il la regardait, lorsqu'il la touchait, c'était totalement nouveau. Tellement plus fort que tout ce qu'il avait connu. C'était enivrant.

L'ascenseur s'était arrêté. Dalton prit Aurélie par la main et l'emmena vers son appartement. Il parvint à garder suffisamment de sens pratique pour mettre le chien dans sa spacieuse buanderie où se trouvaient ses croquettes, son panier et son jouet préféré.

Il retrouva Aurélie qui l'attendait dans le séjour éteint. La vision de la princesse debout dans la pénombre, les lèvres rougies par leur baiser, le regard brillant, lui donna envie de lui ouvrir son cœur. Il dut serrer les mâchoires pour s'empêcher de dire n'importe quoi.

Elle tournait le dos à la fenêtre, par laquelle on voyait la neige tomber à gros flocons. La nuit était baignée de blancheur hivernale, mais Dalton se consumait.

— Laisse-moi te regarder, dit-il en s'approchant. Je veux te voir.

Sans la moindre hésitation, elle saisit le jupon de sa robe et le fit glisser par-dessus sa tête. Si elle était nerveuse, en tout cas, cela ne se distinguait pas, car elle ne cessa pas de sourire. Il avait même l'impression qu'elle savait l'effet qu'elle allait produire sur lui.

Qu'elle le savait et qu'elle aimait ça.

Sa robe atterrit sur le sol dans un froufroutement d'étoffe à pois. Les longues boucles de ses cheveux blonds se répandirent sur ses épaules de pierre de lune. Elle redressa alors la tête et planta son regard dans celui de Dalton.

Il dut s'immobiliser un instant pour recouvrer ses esprits. Avaler sa salive était douloureux. Respirer était douloureux. Chaque cellule de son corps semblait appeler à l'aide, ne demandant qu'une seule chose : pouvoir enfin la toucher.

Il la fixa en retour, détaillant ses longs cheveux ondulés, le creux captivant de son cou, les courbes voluptueuses de ses seins, enserrés dans des dentelles rose pâle, comme un prélude à sa douceur.

L'espace entre eux semblait vibrer de promesses de plaisir.

Tout en elle était divin. Dalton aurait aimé draper son corps nu de rangs de perles, pour parer ses formes des précieux trésors des mers du Sud. Aurélie méritait l'adoration.

Comment était-il possible que cette femme, presque une étrangère, puisse faire naître ce genre de pensées en lui et balayer aussi puissamment ses réserves ?

Ce n'est pas simplement une femme. C'est aussi une princesse.

Une princesse et pourtant, pour ce soir, elle serait sienne.

Aurélie avait attendu cet instant depuis une éternité lui semblait-il.

Quelques jours plus tôt, si elle avait su qu'elle se retrouverait nue devant Dalton Drake, elle n'y aurait jamais cru. La simple idée l'aurait fait rougir comme une pivoine.

Mais là, elle n'avait pas rougi. Cela lui semblait naturel, juste, comme prédestiné. Comme s'il était normal qu'elle se retrouve dans son séjour à demi nue.

Le regard de Dalton était sérieux. Grave, même, lorsque ses yeux gris brillaient d'envie. Il faisait plus que la regarder. Il la détaillait, et elle ressentait chacun de ses regards sur sa peau comme une caresse.

Pourquoi ne l'avait-il pas encore touchée ? Combien de temps allait-il rester ainsi à la regarder se consumer ? Le léger frémissement du premier jour avait pris possession de son corps et s'était étendu, s'emplifiant incroyablement au point de déborder de toute part. Elle brûlait de désir pour lui sur toute la surface de son corps.

Elle avait besoin de sentir ses mains sur elle. Sa bouche. Partout. Besoin de le sentir en elle. Elle avait l'impression que s'il la faisait attendre encore elle risquait de mourir, et elle ne pouvait se résoudre à la patience. Elle n'avait plus de retenue, plus de complexes. Tout cela était parti avec sa robe pour tomber sur le sol. Elle était trop désirante pour se sentir embarrassée.

Les yeux dans les siens, elle fit un pas vers lui. Un pas décidé, c'était tout ce dont elle se souvenait, car il avait avancé à sa rencontre au même moment et tout à coup ses mains étaient sur elle, partout, dans ses cheveux, autour de ses hanches, sous les dentelles de son soutien-gorge, sur les pointes tendues de ses seins. Son corps accueillit ses caresses comme la promesse d'un apaisement de la brûlure du désir.

Il l'embrassa et l'embrassa encore, et cette fois la bouche de Dalton savait ce qu'elle venait chercher et trouver. Elle comprit que les autres baisers n'avaient été qu'un prélude à celui-ci. Il prenait sa bouche, la possédait comme s'il était déjà en elle. Elle l'embrassa en retour, se cambrant tout contre son corps sans même avoir conscience de son mouvement.

L'envie qui l'avait saisie la surprit elle-même. Elle ne s'y attendait pas. Aurélie Marchand, la sage princesse, avait disparu pour être remplacée par une femme inconnue. Une inconnue dont le corps réclamait, exigeait un soulagement. Une inconnue capable de défaire son soutien-gorge avant de prendre les mains de Dalton pour les placer sur ses seins nus.

— Tu es si belle, murmura-t-il.

Elle aimait la façon qu'il avait de la toucher, la façon dont ses mains si fortes, si expérimentées, la caressaient, la saisissaient, comme si elle était une tasse de porcelaine de Chine.

Il pencha la tête vers ses seins et embrassa un de ses tétons. À peine eut-elle senti la caresse chaude et humide de sa langue, qu'elle crut perdre connaissance. Elle se retint à lui, tandis qu'il enserrait sa taille pour la maintenir fermement et l'embrasser fougueusement.

Les mains de Dalton se glissèrent sous les dentelles de sa culotte, la faisant tomber au sol. Alors, Aurélie se retrouva totalement nue face à lui. Elle voulait le voir nu, lui aussi. Le toucher, sentir ses muscles sous ses mains. Au moment où elle s'apprêtait à saisir le revers de sa veste, une main de Dalton se glissa entre ses cuisses.

Elle le laissa faire, écartant insensiblement les jambes tandis qu'il la fixait sans bouger, le souffle court. Lentement, comme au ralenti, il introduisit un doigt en elle.

Oh, mon Dieu !

— Aurélie, princesse, est-ce que tu as déjà fait l'amour ? demanda-t-il gravement.

Elle se mordit les lèvres pour ne pas répondre. Elle était incapable de lui mentir, pas lorsque ses yeux au regard dévastateur pouvaient lire en elle. Mais elle avait peur de lui dire la vérité. De reconnaître qu'il n'y avait jamais eu personne.

Elle voulait qu'il soit le premier. Elle avait besoin de cela plus que tout ce qu'elle avait pu désirer au cours de sa vie. À cet instant précis, un avion en partance pour Esterel allait décoller et son siège était vide. Le Palais attendait, mais il n'attendrait pas éternellement. Jamais cette occasion ne se représenterait.

Et pourtant, elle était terrifiée de ce qui l'attendait. Parce que quelque part en elle, cachée sous la passion fébrile, se trouvait la vérité. Un feu de conscience impossible à éteindre.

Tout cela était au-delà de l'attraction physique. Elle tenait à Dalton. N'était-elle pas en train de tomber amoureuse ?

Non. Non, impossible. Je ne peux pas tomber amoureuse de lui !

Elle ferma les paupières de toutes ses forces, mais il était trop tard. La vérité s'était diffusée en elle, dans ses veines. Elle n'offrait pas seulement son corps à Dalton, mais bien son âme, son cœur. Tout. Et elle n'avait pas la moindre idée de comment elle pourrait les refaire siens ensuite pour s'en aller.

Dalton cessa alors ses caresses, et elle sentit qu'il attendait sa réponse.

— Dis-moi la vérité, princesse, j'ai besoin de savoir, insista-t-il.

Il n'y a jamais eu personne d'autre. Il n'y a que toi. Personne d'autre.

— Non, dit-elle en saisissant sa main pour qu'il poursuive, alors qu'elle plaquait ses seins contre son torse. Jamais, mais…

Je t'en prie, ne t'arrête pas…

Je t'en prie…

— Chut, je sais, ne t'inquiète pas, murmura-t-il dans son cou. J'irai doucement.

Elle hocha la tête, incapable de prononcer un mot. Incapable de faire quoi que ce soit qui ne soit pas de l'ordre du ressenti. Ressentir et soupirer.

Elle était vierge, c'est vrai. Mais pas totalement naïve, pour autant.

Enfin, c'était du moins ce qu'elle pensait. Car elle se rendait compte à présent qu'elle ne connaissait pas grand-chose… Comment aurait-elle pu savoir la puissance de ce qu'elle allait éprouver ? Comme deviner l'intensité de cet instant, sans l'avoir jamais vécu ?

Ce qu'elle était en train de vivre était unique. Sublime. C'était de l'amour.

— Non !

Dalton fronça les sourcils.

— Non ?

Avait-elle formulé cela à voix haute ? En retenant son souffle, elle défit la cravate de Dalton.

— Non, je ne veux pas aller doucement. Je te veux et je te veux maintenant.

D'un geste rapide et sans plus d'hésitation, il finit de dénouer sa cravate et enleva sa veste, qu'il laissa tomber au sol. Le désir dans ses yeux brillait, il était ardent, irrépressible. Aurélie ne parvenait pas à retrouver son souffle, elle sentait les pulsations de son cœur dans tout son corps.

Les derniers instants précédant le moment fatidique s'écoulaient. Ils se dirigeaient tous deux vers autre chose. Il n'y aurait pas de marche arrière.

Soudain, il glissa une main sous sa cuisse et la souleva, la plaquant contre lui avant de l'emporter vers sa chambre. Sous une légère couche de neige, le clair de lune filtrait par les fenêtres. Dalton la déposa en douceur sur son lit et avant que sa vue se soit accommodée à la pénombre et aux ombres bleutées de la nuit, il avait enlevé sa chemise et détaché sa ceinture.

Elle se redressa, pour l'aider à se déshabiller. Elle avait peur. Non pas de ce qui allait se passer, mais de la façon dont cela se terminerait.

Il était si beau. Si masculin et fascinant. Elle n'en pouvait plus d'attendre de partager cette intimité avec lui, et l'impatience surpassait les appréhensions et la crainte des conséquences futures. Elle chercha sa bouche, attendant désespérément un baiser pour étancher le désir qu'elle avait de lui. Ses mains défirent le bouton du pantalon de Dalton et il soupira lorsqu'elle saisit son sexe érigé.

Elle frémit en découvrant la taille de son membre et la vigueur de son érection. Puis elle nota que sa respiration s'était faite plus courte, lorsqu'elle le caressait. Il avait les yeux mi-clos et la simple idée qu'elle était capable de provoquer ce genre de sensations chez lui, par ses caresses, provoquait en elle un émoi indescriptible. Elle arrivait à faire perdre un peu de son contrôle à Dalton Drake.

— Oh ! ma beauté, murmura-t-il en s'allongeant sur elle.

Enfin, ils se retrouvaient peau contre peau, enlacés, leurs mains s'explorant mutuellement. La sensation du poids de son corps sur le sien était délicieuse et elle sentait son sexe tendu entre ses jambes, tout prêt à entrer en elle. Il s'avança doucement, et passé un éclair de douleur vive, elle l'attira contre elle pour qu'il avance encore.

Il s'immobilisa, lui laissant quelques secondes avant de se mettre en mouvement, avec délicatesse et retenue.

— Encore, s'entendit-elle dire, tandis qu'elle l'entourait de ses jambes pour le plaquer contre elle.

Elle en voulait plus, encore et encore, elle voulait le sentir tout entier, qu'il lui donne tout, tout ce qu'il avait à lui donner.

Il gémit et son va-et-vient se fit plus rapide. Aurélie sentait une boule de chaleur s'épanouir en elle. Elle s'agrippa aux épaules de Dalton, comme on cherche un repère dans la nuit. Il était là, solide, fort.

Mais elle était partie trop loin dans les sensations. Elle ne pouvait que s'abandonner au plaisir qui déferlait en elle en vagues irrépressibles. Sous ses mains, elle sentait les battements du cœur de Dalton qui ressemblaient à une incantation.

Encore.

Encore.

Encore.

Une larme s'échappa de ses paupières et roula sur sa joue.

Dehors, la neige dansait délicatement et le regard de Dalton se posa sur elle avec une telle tendresse qu'elle eut la sensation que son cœur s'ouvrait en deux, au moment où le plaisir culminait dans un éblouissement de sensations inconnues.

10

Cela n'arriverait plus.

Aurélie en eut la certitude, lorsqu'elle se réveilla au beau milieu de la nuit pour enlacer Dalton, tous deux emmêlés entre les draps. Il l'embrassa, puis se mit à descendre le long de son corps pour s'arrêter entre ses cuisses.

Elle eut la même certitude, lorsqu'elle cria son nom, la tête renversée sur les oreillers.

Et la certitude était encore là, lorsqu'elle se réveilla au matin pour le chercher, les yeux emplis de larmes.

Il n'était pas là. Le lit était encore tiède à sa place. Son odeur était toujours présente sur son oreiller. Aurélie ferma les yeux, s'étirant longuement, tandis que la réalité s'insinuait en elle.

Elle rouvrit les yeux et s'assit, paniquée. Elle tremblait de tous ses membres, elle tremblait comme si son corps prenait conscience de son erreur.

Qu'avait-elle fait ?

Elle s'était offerte à Dalton. Elle avait eu envie de lui offrir son corps, mais en chemin elle avait aussi fait don de son cœur, sans même s'en rendre compte. Et voilà qu'elle se réveillait dans son lit, comme si elle était à sa place, alors que ce n'était pas le cas.

Depuis la salle de bains, elle entendait le bruit de la douche qui s'écoulait. L'odeur savoureuse du café expresso flottait dans l'air. Elle se leva, pour éviter que Dalton la retrouve dans son lit en sortant.

Avait-il prévu de passer la voir avant de partir travailler ?

Allait-il l'embrasser, la serrer contre lui comme il l'avait fait durant la nuit ? Jusqu'à ce qu'elle ne sente plus ses lèvres.

Son désir s'éveilla aussitôt alors qu'elle songeait à la bouche de Dalton, à ses mains expertes. Et puis il y avait ses muscles déliés, la façon dont elle pouvait nicher sa tête entre son épaule et son cou, là où semblait être sa place.

Son corps était comme courbatu de leurs ébats, délicieusement endolori. Elle avait l'impression de pouvoir le ressentir en elle. Et cette sensation attisait son envie de recommencer. Cette simple idée la faisait frissonner des pieds à la tête.

Son cœur se serra, pourtant.

Qu'allait-elle faire ?

Elle ne pouvait se résoudre à partir. Pas maintenant. Mais plus elle attendrait, plus ce serait dur. Elle n'aurait pas dû danser avec lui, il était encore temps à ce moment-là. Elle n'aurait jamais dû faire l'amour avec lui. Parce que c'était ce qu'ils avaient fait. Il ne s'agissait pas uniquement de sexe, mais bien d'amour. En tout cas, c'était ainsi qu'elle l'avait vécu, même si elle doutait que Dalton ait éprouvé le même genre d'émoi.

Et même si c'était le cas, cela ne faisait guère de différence…

Elle baissa les yeux vers sa main nue et essaya de se représenter son annulaire serti d'une bague de fiançailles. Sa vue se troubla aussitôt, alors que ses yeux s'emplissaient de larmes.

Respire.

Ses poumons la brûlaient, sa gorge était nouée. Elle chercha ses vêtements sur le sol, récupérant ses dessous sur le chemin du séjour, comme des indices d'un jeu de cache-cache décadent. Sa robe à pois, petit tas sur le sol près de la fenêtre. Des chaussures, un manteau, la cravate de Dalton comme une tache de couleur vive dans le tableau de ce qui s'était déroulé la nuit précédente… Elle avait mal à la gorge, tant les sanglots y restaient bloqués.

Elle ramassa tous les vêtements. Elle pouvait bien ranger tout ce qu'elle voulait, cacher les traces de leur nuit d'amour, voire tout jeter à la poubelle, cela ne changerait rien. Il n'y avait rien qui permettait de défaire ce qu'elle avait fait. Elle ne pouvait pas l'empêcher.

Et même si elle avait eu ce pouvoir, elle ne le ferait pas. Non, jamais au grand jamais.

Et c'était précisément la raison pour laquelle il fallait que cela n'arrive plus. Plus jamais. C'était une certitude.

À peine sorti de sa douche froide, et déjà incroyablement excité à l'idée de retrouver Aurélie, Dalton se dirigea, nu, vers la chambre.

Son appétit d'elle semblait insatiable. Il avait du mal à le comprendre, et ne cherchait d'ailleurs pas vraiment d'explication. Il serait bien temps d'y songer plus tard. Bien plus tard, après qu'il lui aurait refait l'amour encore une fois.

Juste une fois.

Ensuite, il mettrait un terme à tout cela. Avant que cela ne devienne trop compliqué.

Bon. Les complications étaient déjà là depuis longtemps. Il pensa à l'œuf impérial, à leur arrangement. À l'avertissement d'Artem. Son frère avait évoqué les conséquences de la disparition de la princesse. Qu'arriverait-il, quand le Palais découvrirait son absence ?

Comment avait-il fait pour que les choses glissent à ce point hors de son contrôle ?

Il devait y mettre un terme. Maintenant. Pour Aurélie autant que pour Drake Diamonds. Car la princesse ne savait pas ce que lui ne savait que trop bien. Quitter New York et rentrer dans sa principauté d'Esterel était la meilleure chose à faire. C'était leur sauvegarde. Car si elle restait, il finirait par la faire souffrir. Contre sa propre volonté, mais il le ferait.

Il l'avait déjà fait par le passé. Il ne pouvait s'y risquer encore. Pas avec Aurélie.

Cette simple pensée le plongeait dans de profondes ténèbres qu'il ne connaissait que trop bien. Comme un terrible brouillard dans son âme qui menaçait de l'engloutir tout entier.

À chaque pas qui le rapprochait d'elle, pourtant, ce brouillard se levait. Car lorsqu'il était avec Aurélie, lorsqu'il s'abandonnait entre ses bras, il parvenait presque à oublier tout ce qu'il avait fait. Ses erreurs.

Il parvenait à respirer enfin.

Ou presque.

Les ténèbres revinrent pourtant lorsqu'il trouva son lit vide. Et pas seulement vide, mais parfaitement refait.

Il fixa la couette blanche, étendue si nettement sur son matelas qu'il ne percevait pas un seul pli. Son regard remonta vers la tête du lit et il eut du mal à en croire ses yeux. Où Aurélie avait-elle appris à faire des lits au carré ? Il aurait pu parier qu'elle n'avait jamais eu à faire son lit par le passé…

Il aurait peut-être trouvé cette surprise amusante, s'il n'en avait pas aussitôt conçu un étrange mauvais pressentiment.

Cela le contrariait et le simple fait qu'il se sente ainsi le contrariait encore davantage. Car cela l'obligeait à reconnaître ce qu'il faisait tant d'efforts pour ignorer : il commençait à perdre le contrôle.

Sa douche froide, le café… Rien n'avait permis d'éluder cette réalité-là. Le soleil entrait par les fenêtres de la chambre. À ses pieds, la ville s'éveillait sous une fine couverture de neige, semblable à du sucre en poudre immaculé. Le matin étincelait.

Mais Dalton n'était pas prêt. Loin de là. Il était encore plongé dans l'opulence obscure de leur nuit.

Ce n'était pas ainsi qu'il avait imaginé les choses. Il s'était autorisé une nuit et juste une nuit. Une nuit pour arriver ensuite à se sortir Aurélie de la tête et reprendre ses affaires.

Bien entendu, le fait qu'elle ait été vierge compliquait tout cela. Il aurait dû mettre le holà dès qu'elle le lui avait confirmé. Et pourtant, il n'aurait pas pu. Pas même si sa vie en dépendait.

Qu'avait-il fait ?

Sa poitrine se serra. Il inspira profondément, mais cette sensation perdurait. Un peu comme le souvenir des caresses d'Aurélie, du goût de sa peau qui restait, qui flottait partout. La douceur de sa voix à son oreille.

« Non, je ne veux pas aller doucement. Je te veux et je te veux maintenant. »

Il baissa le regard vers le lit soigneusement refait. Que signifiait tout cela ? Sans doute rien. Il ruminait trop, sans doute. Comme toujours.

Et puis de toute façon, il commençait à se faire tard. Le chauffeur était attendu d'ici moins d'une demi-heure. Dalton s'habilla rapidement puis entra dans le séjour, cherchant Aurélie du regard. Il la trouva perchée sur un de ses tabourets, plongée dans le *New York Times* avec Jacques sur les genoux.

Il nota aussitôt qu'elle était habillée et en fut déçu. Il aurait aimé la retrouver comme au premier jour, à demi vêtue, ou dans une de ses chemises. La revoir ainsi, après lui avoir fait l'amour toute la nuit, c'était comme recevoir un coup de poing dans le ventre. Il hésita un instant avant de saisir le coin de la table. Mieux valait s'empêcher d'écouter son premier réflexe qui le poussait à l'embrasser.

Il repensa au lit impeccablement refait et pourtant ses yeux ne purent s'empêcher de redescendre vers sa bouche. Ses lèvres étaient d'un rouge incarnat qui lui faisait penser à un rubis. Ses lèvres encore gonflées de leurs baisers.

Le désir s'empara de lui à nouveau.

— Bonjour, dit-il sobrement.

— Bonjour, répondit-elle en levant à peine les yeux de son journal.

Le chien, quant à lui, braqua aussitôt les yeux sur Dalton. Était-ce une trace de moquerie, dans les yeux de Jacques ?

Dalton retint un soupir. Hors de question de rester ici à prétendre que rien ne s'était passé entre eux.

— Est-ce que nous allons parler de ce qui s'est passé cette nuit ? demanda-t-il en croisant les bras.

Aurélie posa une de ses fines mains entre les oreilles du chien. Ses doigts tremblaient légèrement. Elle replia son journal avec trop de soin, évitant son regard pendant tout ce temps.

— Si tu le souhaites.

Elle bluffait.

Dalton ne savait pas trop pourquoi, mais il avait la certitude qu'elle essayait de prétendre que rien ne s'était passé, du moins rien d'important. Alors que tout avait changé.

— C'était bien, dit-il en enfouissant les mains dans ses poches pour résister à la tentation de la toucher. C'était très bien.

Il entendit qu'elle retenait son souffle, il nota la nuance rosée de ses lèvres.

— Oui, j'ai trouvé aussi, mais…

Il la fixa, un sourcil relevé.

— Mais ? répéta-t-il d'une voix plus sèche qu'il ne l'avait prémédité.

Aurélie redressa le menton.

— Mais je ne pense pas que nous devrions renouveler l'expérience.

Il la regarda, longuement, et sentit les ténèbres l'envahir à nouveau. Épaisses et étouffantes. Pour la première fois, il comprit qu'elles avaient un nom.

Le regret.

— Je comprends, dit-il.

Mais il ne comprenait pas. Il n'y comprenait rien. Mettre fin à cette folie était la meilleure chose à faire, en effet. C'était exactement ce qu'il avait espéré, même.

Pourtant, il était loin d'être soulagé. Il se sentait furieux.

— Je suppose qu'il est l'heure de travailler pour toi ? fit Aurélie en regardant l'horloge du four.

Il secoua la tête.

— Pas vraiment, en fait.

— Ah non ? répondit-elle avec surprise.

Son téléphone vibra.

— Non. D'ailleurs, c'est notre chauffeur qui nous attend…

— Nous ? répéta-t-elle d'une voix troublée.

Il hocha la tête, passa à côté d'elle pour aller récupérer sa veste dans l'armoire. Il eut la tentation de laisser Aurélie là, mais quelque chose lui dit que s'il faisait cela, elle ne serait plus là à son retour.

Alors qu'il sortait son manteau Burberry en laine, il repéra une valise dans le bas de l'armoire. *Sa* valise à lui, d'ailleurs.

Il la fixa avant de se tourner vers Aurélie, attendant de voir si elle dirait quelque chose. Si elle désirait s'en aller, il n'allait pas l'en empêcher.

C'est ça, fuis, Aurélie. Fuis-moi, comme tu as fui Esterel.

N'était-ce pas la veille qu'il avait envisagé de la renvoyer chez elle ?

Tendu, Dalton serra les poings. Il devrait prendre la valise et la lui tendre. Avec un billet d'avion.

Pourquoi ne le faisait-il pas ?

Si elle partait, il devrait envisager de revoir son exposition… Ou bien s'organiser pour lui renvoyer la totalité des œufs Marchand par la suite, comme initialement prévu.

Et l'œuf secret ? Et leur accord ?

La veille, il était prêt à tirer un trait dessus, à oublier qu'il avait posé un jour les yeux sur Aurélie et son précieux trésor. Mais maintenant, il avait du mal à envisager une telle concession. Ce n'était plus son choix. Ses conditions. Il gardait le contrôle sur ce qui se passait à Drake Diamonds, mais pas sur une impulsive princesse qui n'avait jamais travaillé de sa vie.

Le regard d'Aurélie papillonnait absolument partout, sauf sur la valise. Elle porta la main à son cou.

Dalton fit de son mieux pour ignorer la vague de chaleur qui l'envahit au souvenir de ses lèvres dans ce cou, les battements fous de son pouls contre sa bouche.

— Où allons-nous, alors ? demanda-t-elle comme s'ils étaient un couple prêt à partir en vacances.

Comme si cette valise ne signifiait rien, comme si elle n'était pas même réelle.

Dalton referma la porte du placard. Une fois hors de sa vue, peut-être parviendrait-il à la chasser de ses pensées.

— Nous partons dans les Hamptons.

11

Aurélie nota la réaction étonnée d'Artem, lorsqu'il la vit arriver au bras de Dalton pour le concours hippique d'hiver des Hamptons.

— Aurélie, quelle bonne surprise ! dit-il, semblant sincèrement content de la voir. C'est tellement gentil de vous joindre à nous pour cet événement familial. Dalton n'avait pas pris la peine de nous prévenir de votre venue…

— Merci de me recevoir, répondit-elle, un peu gênée.

Elle se sentait vide. Sans doute parce que, avec Dalton, ils n'avaient pas échangé plus de quelques mots pendant tout le voyage depuis New York. Alors qu'ils étaient tous deux assis à l'arrière de sa voiture, Dalton avait sorti son ordinateur dès le départ. Ces trois heures de voyage avaient été les plus longues de toute sa vie.

Elle s'était sentie soulagée en arrivant. Elle avait du mal à respirer avec Dalton si proche. Son corps semblait réclamer son contact. Elle avait besoin d'air. Elle avait besoin d'espace.

Ce dont elle n'avait vraiment pas besoin, en revanche, c'était d'être traitée comme un membre de l'escorte Drake.

Ophelia vint à sa rencontre pour la serrer dans ses bras affectueusement.

— Je suis si contente que vous soyez venue ! Attendez un peu de voir Diana monter, elle est impressionnante.

Des larmes montèrent aux yeux d'Aurélie. Elle n'avait pas compris qu'Ophelia et Artem seraient présents. Elle se retrouvait au cœur d'une réunion familiale.

Que faisait-elle là ?

— Je suis impatiente, dit-elle en se reculant d'un pas.

Elle sentait le regard de Dalton sur elle, si présent. C'était pire que pendant le voyage.

À l'intérieur du vaste manège couvert qui accueillait les spectateurs, il faisait chaud, et c'était un monde à part entière. Sans les quelques flocons de neige sur les épaules de Dalton pour témoigner du froid qui régnait à l'extérieur, on aurait pu l'oublier. De la terre battue recouvrait le sol du parcours, et la couleur rouge sombre tranchait avec la blancheur des sols enneigés à l'extérieur. De luxuriantes compositions florales embaumaient l'air ambiant de leur parfum.

Des cavaliers en tenue complète et bottes brillantes allaient et venaient autour du parcours situé en contrebas des gradins. Au milieu de tout ce monde, des serveurs allaient et venaient avec leurs plateaux argentés couverts de flûtes de champagne. Un imposant cheval gris entra avec sa cavalière et fit le tour du parcours au petit trot. Sa crinière était tressée et ses sabots vernis de noir semblaient briller au point qu'Aurélie se demanda si on ne pouvait pas se voir dedans.

Alors ce sont les Hamptons…

Elle n'avait jamais rien vu de semblable, même à Esterel. Tant de luxe et de beau monde réuni autour d'un concours équestre…

— C'est quelque chose, n'est-ce pas ? dit Artem en lançant un regard à Dalton qu'elle ne sut interpréter. Diana est un espoir olympique, mais je suppose que mon frère vous en a déjà parlé ?

En fait, non. Nous ne nous parlons pas vraiment…

— Je serais ravie que vous m'en disiez un peu plus, répondit-elle en plaquant un sourire sur ses lèvres.

Aurélie n'était pas prête à reconnaître que l'homme avec qui elle avait passé la nuit, celui dont elle craignait même d'être amoureuse, ne lui avait rien dévoilé de sa vie personnelle, de sa famille ou de son passé, pendant tout le temps qu'ils avaient passé ensemble.

Heureusement, en tant que princesse, elle avait passé sa vie à prétendre, à faire semblant et à sourire sur commande. C'était même les seules compétences professionnelles dont elle pouvait se prévaloir.

Elle se tourna vers Dalton. C'était douloureux de voir la colère dans son regard. Encore plus douloureux de se rendre compte que ses yeux étaient aussi chargés de déception.

Elle ne pouvait pas lui en vouloir. Pas cette fois, du moins. Il avait remarqué la valise, chez lui, et s'ils n'avaient pas évoqué le bagage, tous deux savaient qu'elle avait été sur le point de partir.

— La voilà ! dit Artem en signalant une jeune femme qui avançait à leur rencontre.

La cavalière était vêtue d'un pantalon d'équitation blanc immaculé, d'une veste cintrée en velours bleu nuit et de gants blancs. Un beau cheval noir marchait à côté d'elle, au bout d'une longe bleue. Bleu Drake.

C'était bien la femme qu'elle avait vue sur le fond d'écran de Dalton. Les mêmes cheveux d'un roux profond, le même visage aux traits réguliers, le même sourire assuré. La sœur de Dalton.

Aurélie chercha Dalton du regard.

— Oui ? fit-il.

— Est-ce que tu vas dire à ta sœur qui je suis ? demanda-t-elle à voix basse.

Dalton fronça les sourcils.

— Non, mieux vaut rester le plus discret possible. Artem et Ophelia sont impliqués avec Drake Diamonds, il est normal qu'ils sachent, mais laissons Diana en dehors de tout cela.

— Je suis d'accord, mais comment comptes-tu justifier ma présence ?

— Je dirais que tu es une amie. Mon amie.

Son *amie*. Elle sonda son regard et y trouva beaucoup de choses, depuis le désir de la veille à la colère de ce matin. Une alchimie explosive.

— Elle ne te connaît sans doute pas, je ne crois pas que

Diana lise beaucoup les journaux où l'on parle d'Esterel. Elle vit immergée dans le monde des chevaux et s'entraîne sept jours sur sept.

— Je vois. Et tu viens souvent à ses concours équestres, accompagné de tes flirts du moment ?

Il lui fallut faire un gros effort pour ne pas laisser paraître sa jalousie au grand jour. Le regard de Dalton passa sur ses lèvres et s'y attarda assez longtemps pour qu'Aurélie retienne son souffle. Sans répondre à sa question, il finit par détourner le regard.

Diana salua Artem en l'embrassant tendrement, posa une main affectueuse sur le ventre arrondi d'Ophelia et se tourna enfin vers Dalton.

— Salut, grand frère, merci d'avoir fait l'effort de t'extraire de ton boulot quelques heures pour venir m'encourager, dit-elle en le serrant dans ses bras.

Comme Diana adressait un regard curieux à Aurélie, Dalton lui passa un bras autour de la taille.

— Diana, voici Aurélie, dit-il simplement.

La sensation de sa paume sur sa hanche la fit tressaillir. Elle dut lutter contre l'envie de se blottir contre lui.

Pathétique.

Dalton, de son côté semblait totalement à son aise. Impassible. Lorsqu'il la regarda, pourtant, elle vit une lueur de triomphe dans son regard. Il savait très bien ce qu'elle éprouvait. Il n'était que trop conscient du pouvoir qu'il avait sur elle, et qu'un simple contact pouvait réveiller son trouble aussitôt.

— Aurélie, voici ma sœur, Diana Drake, dit-il, et sa main descendit un peu sur le bas de ses reins.

— Je suis ravie de faire votre connaissance, Diana, dit-elle en lui tendant la main.

Pourvu que son émoi ne soit pas trop visible… Elle aurait eu envie d'étrangler Dalton ! Juste après l'avoir embrassé une dernière fois…

— Tout le plaisir est pour moi, répondit Diana qui ignora la main tendue d'Aurélie pour venir l'embrasser.

Derrière elle, son cheval se tenait parfaitement immobile, mis à part quelques mouvements de sa queue d'un noir de jais.

— Diana ? dit Dalton, comme s'il s'impatientait de ces amabilités.

— Ignorez-le, murmura-t-elle à l'oreille d'Aurélie. Si vous ne l'avez pas encore remarqué, il aboie beaucoup, mais ne mord pas souvent. Et puis, j'attends ce moment depuis tellement longtemps… Je n'ai plus eu l'honneur de rencontrer une petite amie de Dalton depuis…

— Bon, ça suffit, les interrompit Dalton.

Artem et Ophelia, juste à côté, semblaient regarder la scène avec curiosité.

Depuis quand ?

Ou depuis qui ?

Aurélie nota les mâchoires crispées de Dalton et son sourire froid. Il refusait tout bonnement de la regarder.

— Nous devrions aller prendre nos places, Diane doit certainement se préparer.

Sa voix était tellement froide qu'il n'était pas possible qu'elle s'imagine des choses.

— Diamond et moi sommes prêts, rectifia Diane en caressant l'encolure robuste de son cheval.

Diamond sembla frissonner de plaisir sous sa caresse. Aurélie nota le tressage sophistiqué de sa crinière, et sa robe brillante, tellement lustrée qu'elle en paraissait laquée.

— Votre cheval s'appelle Diamond, pourquoi ne suis-je pas surprise ? dit Aurélie dans un sourire.

— C'est un excellent cheval de jumping, dit Diana. Heureusement, d'ailleurs, car c'est lui qui fait tout le travail ! C'est Dalton qui me l'a offert. Diamond a été élevé en France et a traversé l'Atlantique en bateau.

— Vraiment ?

Décidément, Dalton était un homme plein de surprises…

— Et si nous parlions d'autre chose ? lança-t-il.

L'homme et ses mystères…

Diana adressa un clin d'œil à Aurélie.

— Mais bien entendu ! Aurélie, pourquoi ne nous racontez-vous pas comment vous avez rencontré notre frère ?

Artem éclata de rire.

— Ce n'était pas le genre de discussion que j'avais en tête, répliqua Dalton.

— Parfait, dans ce cas, je vais aller échauffer Diamond, dit Diana en saluant Aurélie. Merci encore d'être venue, c'était un vrai plaisir de vous rencontrer.

Aurélie n'était pas habituée à ces manifestations chaleureuses. Diana l'avait embrassée très affectueusement et elle se rendit compte que depuis la mort de sa mère plus personne ne l'embrassait ainsi. Elle ne s'était pas attendue à ce que cela éveille autant d'émotions en elle.

Et puis par-dessus tout, elle prenait conscience de tout ce qu'elle laisserait derrière elle en quittant New York. Non seulement Dalton, mais tout une famille. Sa famille à lui.

Ces moments lui manqueraient.

Il allait lui manquer.

— Bonne chance, Diana, dit-elle.

Et Diana s'en fut. Artem se mit à parler de quelque chose, mais elle n'écoutait pas. Elle était trop absorbée dans ses pensées.

Qu'avait-elle fait ?

Elle regarda Dalton, les traits de son beau visage, et l'ombre de sa barbe d'un jour sur les joues. Elle avait tant envie de le toucher, sans pourtant espérer ses caresses en retour. Néanmoins, elle avait été très claire sur le fait qu'elle ne souhaitait plus renouveler l'expérience avec lui.

Voilà qu'il ne levait plus même les yeux sur elle.

C'est ce que tu as choisi.

Elle avala sa salive péniblement tant sa gorge était nouée. Comment avait-elle réussi à tout gâcher à ce point ? Elle avait voulu se protéger et maintenant, elle n'avait plus qu'une envie : tout dire à Dalton. Toute la vérité.

Lui dire qu'elle avait fait sa valise la veille, et pas le matin même. Lui expliquer pourquoi elle avait quitté Esterel. Lui raconter ce qu'elle avait appris au sujet de ses parents, de leur mariage et de la destinée qui l'attendait une fois revenue au Palais.

Elle eut envie de lui dire ce qu'elle ressentait pour lui.

Elle ne le ferait pas, bien entendu. Ce n'était pas possible. Pas ici. Pas maintenant.

— Je ne peux pas.

Dalton tourna les yeux vers elle. Enfin.

— Pardon ? demanda Artem en fronçant les sourcils.

Oh, mon Dieu ! Avait-elle parlé à voix haute ?

Dalton glissa la main autour de sa taille à nouveau et la tendresse qu'il y avait dans son geste faillit la faire pleurer.

— Et si nous allions nous asseoir ? dit-il.

— Attendez, fit Artem en levant la main. Dalton, je peux te parler un instant ?

Dalton haussa les épaules.

— Nous n'aurons pas le temps, le concours va commencer sans tarder.

— Diana ne passera pas avant une demi-heure. Pourquoi est-ce que nous n'irions pas chercher quelque chose à boire pour ces dames et parler affaires pendant ce temps ? dit Artem, dont les lèvres se courbèrent en un charmant sourire, tandis que son regard se faisait noir.

Dalton soupira.

— Très bien. Si cela ne peut absolument pas attendre, alors…

— C'est le cas, répliqua Artem en serrant les mains d'Ophelia. Ma chérie, tu peux t'occuper d'Aurélie quelques instants ?

Ophelia glissa un bras sous celui d'Aurélie.

— J'en serais ravie. Artem a raison. Diana ne passera pas avant une demi-heure, il n'est que 9 h 30.

9 h 30.

S'il était 9 h 30 à New York, cela signifiait qu'il était 15 h 30 à Esterel. Sa séance photo avec Lord Clement aurait dû débuter dans moins d'une heure.

De l'autre côté du monde, la robe en brocart l'attendait dans son dressing, avec des escarpins Jimmy Choo argentés… La tiare de la famille Marchand avait dû être remontée du coffre. Sa vie, sa vie d'avant devait l'attendre.

Comme une vieille robe plus à sa taille.

Une fois hors de portée, Dalton n'attendit pas qu'Artem se décide à lui parler. Il savait où il voulait en venir.

— Encore une fois, ce n'est pas ce que tu crois, marmonna-t-il tandis qu'ils attendaient devant le bar.

— C'est ce que tu as dit, en effet, répliqua Artem.

Clairement, Artem ne le croyait pas. Peut-être parce que cette fois-ci les choses étaient exactement ce qu'elles semblaient être.

Dalton serra les dents. Il sentait la migraine poindre. Il n'aurait pas dû amener Aurélie ici. C'était une erreur.

Il ne commettait pas d'erreurs. Pas lorsqu'il s'agissait des affaires. Ou plutôt, il n'en avait jamais commis jusqu'à la veille. Et maintenant, il ne semblait plus capable de s'arrêter.

Pourtant, il avait essayé. Bon sang, combien il avait essayé de retrouver le contrôle !

Il avait intentionnellement ouvert son ordinateur et était resté absorbé dans ses comptes pendant tout le temps du voyage. Il avait limité autant que possible les échanges avec Aurélie. Il s'était consacré à l'organisation du gala de Drake Diamonds. Certes, restait un point à régler, et pas des moindres : les œufs Marchand.

Il avait eu beau se dire qu'il ne faisait que son travail, il savait bien que c'était plus compliqué que cela. Il avait eu besoin de s'occuper l'esprit, car la présence d'Aurélie juste à côté de lui à l'arrière de cette voiture était une torture sans fin.

D'autant qu'elle avait choisi d'enfiler une de ces robes achetées à Brooklyn, avec des détails de dentelle qui dépassaient du jupon. Elle avait mis des collants qui galbaient ses jambes délicieusement. À moins qu'il ne s'agisse de bas… Il avait passé tellement de temps à imaginer ce genre de détails… Aucune diversion au monde ne le sortirait de ce genre de rêverie délicieuse, il fallait bien l'avouer.

Et puis, il y avait le problème des mails.

À peine une heure après leur départ de Manhattan, Dalton avait reçu un message dont l'intitulé lui avait noué l'estomac sérieusement.

De : Bureau de Sa Majesté le prince régnant, Principauté d'Esterel.

Objet : Son Altesse royale la princesse Aurélie Marchand.

Il avait refermé son ordinateur avant qu'Aurélie ne risque de le voir. Inutile de l'inquiéter tant qu'il ne savait pas précisément de quoi il retournait.

Cependant, il craignait que ce ne soit pas franchement bon signe. Il aurait dû la renvoyer hier soir, tant qu'il était encore temps. Avant qu'il se laisse emporter…

Avant qu'il danse avec elle dans la rue.

Avant qu'elle se déshabille pour lui au clair de lune.

Il se rappellerait toujours ce qu'il avait ressenti en découvrant son corps. C'était comme si tout à coup il avait remonté le temps. Il s'était senti jeune. Vivant. Entier à nouveau.

Artem le scrutait. Il tournait le dos au parcours où les chevaux et leurs cavaliers s'échauffaient, se préparant pour la compétition.

— Quand vas-tu enfin admettre ce qui est en train de se passer, frangin ? fit Artem avec un soupir.

Dalton haussa les épaules.

— Il n'y a rien à admettre.

C'était au mieux une demi-vérité. Au pire un mensonge éhonté. Dalton avait tant de choses à admettre au sujet d'Aurélie, qu'il ne savait pas même par où commencer. En particulier avec Artem, à qui il avait si souvent reproché ses aventures sentimentales débridées. Le jour où son frère avait passé un diamant au doigt d'Ophelia, pourtant, il s'était transformé en une personne totalement différente.

Peut-être que tu pourrais toi aussi devenir un homme différent ?

— Qui essayes-tu de tromper ? répondit Artem. Moi ou bien toi-même ?

— L'exposition aura lieu comme prévu, les préparatifs avancent normalement et tout est sous contrôle.

Ce n'était pas tout à fait la vérité, étant donné qu'il n'avait pas la moindre idée du contenu du mail du Palais reçu un peu plus tôt… D'ailleurs, dans la poche de sa veste, il sentait son téléphone vibrer depuis un moment.

Il sortit son portable et vérifia l'écran. Appels en absence. Drake Diamonds. Quoi qu'il arrive à la bijouterie, cela pouvait encore attendre un peu.

Il éteignit le téléphone et le glissa dans sa poche. Il avait déjà suffisamment de mal à se concentrer sans en rajouter.

Il inspira profondément et se concentra à nouveau sur Artem, qui restait devant lui à le fixer. Il ne semblait pas décidé à le laisser s'en tirer ainsi.

— Écoute, j'apprécie que tu te préoccupes de moi ainsi, mais je ne crois pas avoir besoin d'une conversation entre hommes au sujet de ma vie sexuelle.

Il ne coucherait plus avec Aurélie, quoi qu'il en soit. Ses sentiments sur le sujet n'importaient donc plus le moins du monde.

Sauf qu'ils comptaient. Le simple fait qu'il ne soit pas capable de cesser de penser à elle, à cette maudite valise dans son placard, semblait bien être le signe que cela lui importait encore…

Aurélie devrait déjà être rentrée chez elle à l'heure qu'il était. Il était resté éveillé une bonne partie de la nuit à essayer de comprendre pourquoi il ne l'avait pas remise dans son avion, alors qu'il avait l'intention de le faire. Il fallait bien admettre que la vision d'Aurélie dévêtue avait sans doute quelque chose à voir avec la défaillance de sa volonté.

Il lui avait fallu toute la force dont il était capable pour éviter de l'embrasser, de la toucher — là, au milieu de tout le monde —, alors que dès qu'il fermait les yeux il pouvait la visualiser nue, à califourchon sur son corps, les yeux mi-clos.

— Je ne parle pas de sexe, dit Artem. Tu éprouves des sentiments pour Aurélie.

Dalton n'arrivait pas à en croire ses oreilles.

— Ne sois pas ridicule.

Artem leva les yeux au ciel.

— Ce n'est pas moi qui suis ridicule. Tu es amoureux, ça ne fait aucun doute. Même Ophelia l'a vu. Pourquoi ne t'en rendrais-tu pas compte ?

— Écoute, je suis heureux pour vous deux, heureux pour le bébé. Enchanté. Mais que tu te sois transformé en futur père de famille ne change rien pour moi, je ne suis pas fait du même bois.

— Tu l'es. Tu l'as toujours été, s'exclama Artem en levant les mains au ciel. Regarde autour de toi, bon sang ! Tu es venu jusqu'ici pour voir ta sœur à un concours équestre. Si la famille n'était pas importante pour toi, cela se saurait.

Était-il prêt à s'établir, à fonder une famille ? Il ne savait même pas ce que cela signifiait.

Avant la mort de Clarissa, Dalton n'avait jamais été voir Diana à un concours. Pourquoi avait-il seulement commencé ? Peut-être cherchait-il une façon de s'échapper ? Un endroit où se réfugier les dimanches, quand la bijouterie était fermée et qu'il ne supportait plus la solitude immaculée de son appartement.

Il n'était pas bien sûr. Tout ce qu'il savait, c'était qu'il s'était senti soulagé d'apprendre que l'un d'entre eux avait réussi à se construire une vie en dehors du négoce familial.

L'espace d'un instant, il eut la tentation de s'enfuir très loin. Mais il était trop tard… N'avait-il pas déjà dévoué toute sa vie à Drake Diamonds ?

— Tu mérites d'être heureux, Dalton. Quoi qu'il se passe avec Aurélie, cela n'a rien à voir avec ce qui s'est passé autrefois. Cela n'a rien à voir avec Clarissa.

Dalton fixa son frère.

— Tu dis n'importe quoi.

Tu es amoureux d'elle.

Amoureux ?

Impossible.

Il désirait Aurélie. Il ne l’aimait pas. C’était très différent. Cela n’avait rien à voir.

Tomber amoureux d’Aurélie Marchand ferait de lui le plus grand idiot de tout Manhattan. Peut-être même de tout le continent américain.

Certes, s’il devait être honnête, il s’était comporté largement comme un idiot, dernièrement.

— J’ai tort, vraiment ? demanda Artem en regardant en direction d’Ophelia et Aurélie qui se parlaient comme si elles étaient deux amies de toujours, ou deux sœurs. Dans ce cas, pourquoi n’as-tu pas renvoyé la princesse chez elle comme tu disais l’avoir prévu ?

Dalton aurait aimé avoir cette réponse. Il aurait aimé comprendre cela.

Ô combien.

12

Aurélie faisait son possible pour converser amicalement avec Ophelia et écoutait attentivement ses explications sur le déroulé du concours de jumping.

Diana faisait partie des favorites pour le Grand Prix d'hiver des Hamptons. La sœur de Dalton affichait une confiance en elle à toute épreuve, très impressionnante. On aurait cru que la cavalière et sa monture ne formaient plus qu'un. Mais tandis qu'Aurélie la suivait des yeux lors de l'échauffement, ses pensées se tournaient vers ce qui se passait à six mille kilomètres de là.

Elle avait consumé tout le temps qui lui était imparti.

Des officiels du Palais avaient sans doute découvert son absence dans la matinée, ou peut-être même dès la veille. Mais tant qu'Aurélie ne le savait pas avec certitude, elle pouvait profiter du mince espoir qu'elle était encore un peu libre. Elle pouvait choisir de croire que personne ne la cherchait. Une fois que Lord Clement arriverait au Palais, il ne serait plus possible de nier l'évidence. En quelques secondes, tout s'écroulerait et il ne servirait plus à rien de se mentir.

Elle n'arrivait pas à détacher les yeux de l'horloge numérique qui indiquait l'heure près de la table du jury, décomptant chaque précieuse seconde de son temps libre. Et pourtant, elle se sentait étonnamment calme. Pas de tremblement nerveux, de tics ni de tachycardie. Les minutes s'écoulaient, les unes après les autres, et son pouls semblait rester stable. Une sorte de sérénité étrange l'envahissait.

Elle était dangereusement calme. Comme anesthésiée. À tel point que ça en devenait inquiétant.

— Je me demande ce qui prend tant de temps à Artem et Dalton. Le concours va commencer et Diana fait partie du premier tirage au sort, dit Ophelia en jetant un coup d'œil vers le bar. Est-ce que tu les vois ?

Aurélie passa l'assistance en revue et les repéra, qui venaient vers elles. Chacun avec deux coupes de champagne et un sourire aux lèvres. Même si à mieux y regarder Dalton semblait plutôt sombre sous un masque affable.

— Les voilà.

Plus ils approchaient, et plus la mine préoccupée de Dalton lui apparaissait. Elle en vint à se demander s'il n'avait pas reçu une mauvaise nouvelle.

Et si…

Non !

Impossible que le Palais l'ait déjà averti de sa disparition. Non, ils avaient tout intérêt à rester discrets dans un premier temps pour éviter les scandales…

Elle devait encore avoir un peu de temps, quelques minutes, d'après ses calculs.

Artem tendit une coupe à Ophelia en lui adressant un clin d'œil.

— C'est de l'eau gazeuse, ne t'inquiète pas, mais j'ai demandé un beau verre.

— Merci !

Ils échangèrent un baiser qui dura juste assez pour qu'Aurélie sente sa gorge se nouer et détourne le regard.

Dalton lui tendit un verre et s'assit juste derrière elle.

— Ton champagne.

Des bulles s'élevaient du verre couleur d'or. Elle nota la finesse et la forme arrondie du verre. Une coupe Marie-Antoinette comme ils avaient l'habitude de les appeler à Esterel.

Elle aurait aimé cesser de penser à Esterel et à ce qui se passait en ce moment même au palais.

— Merci beaucoup.

Dalton la regarda à peine. Son regard restait fixe, vers la piste en contrebas. Pourtant, il ne semblait pas suivre la progression de Diamond qui galopait autour du parcours. Ses mâchoires étaient crispées.

Quelque chose n'allait pas.

Elle jeta un regard vers l'horloge à nouveau.

9 h 58.

Deux minutes encore.

— Est-ce que tout va bien ? lui demanda-t-elle après avoir pris une gorgée de champagne.

— Très bien, répondit-il dans un souffle.

— Évidemment, dit-elle en reprenant une gorgée de champagne.

Elle observa Diana et Diamond qui, sur la piste, semblaient attendre le signal de départ en trottant autour du parcours.

Une cloche sonna, et Diamond prit aussitôt le galop, envoyant un nuage de sable derrière lui. Le cheval et sa cavalière réalisèrent le premier saut, passant les barres les plus hautes avec une telle facilité qu'ils semblaient voler. Diana était en suspension au-dessus de sa selle, penchée sur l'encolure de son cheval et Aurélie nota le sourire qui ne quittait pas son visage, malgré les enjeux du concours.

Quelle sensation extraordinaire cela devait être que de ne pas ressentir la peur. Elle aurait aimé le vivre ne serait-ce que quelques instants.

— Waouh !

Son cœur bondit en voyant le deuxième obstacle : une rivière. Diamond s'élança et sembla flotter au-dessus de la retenue d'eau. De façon réflexe, Aurélie saisit le bras de Dalton et retint son souffle jusqu'à ce que le cheval retrouve la terre ferme sans encombre.

Elle poussa un soupir de soulagement, toujours agrippée à la manche de Dalton.

— Pardon, dit-elle en rougissant. Ça ne te rend pas nerveux ?

— Non, elle est très douée.

Aurélie lâcha sa manche et se retourna au moment où

Diana repassait devant eux. Tous en chœur encouragèrent spontanément la cavalière, tandis que Dalton restait silencieux.

— Tu es sûr que ça va ? demanda-t-elle. Tu sembles vraiment très sombre.

Son attitude était-elle liée à la nuit qu'ils avaient passée ensemble et à l'embarras qui en découlait aujourd'hui ?

— Il est possible qu'Artem ait un talent particulier pour me mettre de mauvaise humeur, rien d'autre.

Il la regardait vraiment pour la première fois depuis qu'ils étaient arrivés, peut-être même la première fois depuis ce matin.

Son regard s'adoucit et un sourire se dessina. Un sourire triste. Enfin, doux-amer. Et tout à coup, les souvenirs de la veille affluaient. L'expression sur son visage lorsque sa robe avait glissé sur le sol, la tendresse de ses baisers, la sensation exquise de plénitude lorsqu'il lui avait fait l'amour. Des larmes montèrent aux yeux d'Aurélie.

— Il se trouve cependant que mon frère a parfois raison.

Elle retint ses larmes de toutes ses forces, clignant des yeux et respirant profondément, mais le regard de Dalton était comme un aimant.

— Dalton, murmura-t-elle, la voix cassée.

Il posa la main sur sa joue.

— Princesse ?

L'espace d'un instant, elle la sentit encore, cette connexion entre eux qu'elle avait ressentie la nuit dernière, comme un rêve diaphane.

C'était réel. C'est réel.

Un soupir se posa sur sa poitrine, et dans l'intervalle entre deux battements de cœur, tout se mit parfaitement en place. Plus de palais lointain, plus de mariage royal... Juste lui et elle.

Un craquement s'éleva alors dans le silence et annonça l'effondrement à suivre. Comme lorsque son collier de perles s'était rompu et que les perles s'étaient mises à rouler les unes après les autres.

Dalton sembla se rendre compte que quelque chose n'allait pas avant même de le voir. Son sourire s'effaça et il serra les lèvres. Il regardait toujours Aurélie, et elle vit la peur dans son regard, une peur primale qui lui glaça le sang.

La bouche sèche, elle prit conscience que le bruit qu'elle avait entendu était celui des sabots de Diamond heurtant une barre.

Diana.

Tout sembla se passer au ralenti, tout à coup. Aurélie tourna la tête vers la piste. Dalton s'était déjà levé et descendait vers le bas des gradins, tandis que le cheval qui avait heurté les barres supérieures de l'obstacle s'effondrait au sol dans un bruit sourd terrifiant. L'impact fut tellement brutal qu'Aurélie dut s'agripper de toutes ses forces à la barrière devant elle pour ne pas s'évanouir.

Le cheval si gracieux quelques instants auparavant poussa un cri déchirant, alors que sa jambe semblait tordue selon un angle improbable. Ce cri hanterait les nuits d'Aurélie les semaines prochaines. Elle eut envie de fermer les yeux, de chasser ces images, mais elle ne le pouvait pas. Elle cherchait Diana des yeux.

Le cheval tenta de se relever, et c'est à ce moment que la silhouette de Diana apparut, derrière lui.

Elle va bien. Elle va bien.

Diamonds ne pouvait se relever avec sa patte brisée et il retomba lourdement sur le sol, sa tête si lourde et si belle venant s'écraser sur le casque de Diana.

Aurélie se raidit alors qu'un cri s'élevait de l'assemblée. Le temps sembla s'accélérer à nouveau. Aurélie dut regarder l'horloge. 10 h 00.

— Mon Dieu ! s'exclama Ophelia, blanche comme un linge, la main sur la gorge.

— Allons-y ! dit Artem en lui prenant la main.

Aurélie ne savait pas si elle devait les suivre ou rester dans la loge, mais Ophelia lui prit la main au passage pour l'entraîner derrière elle. Ils rejoignirent Dalton à l'entrée de la piste.

— Oh, Dalton ! ça va aller, elle va s'en tirer, tout ira bien, assura-t-elle en sachant déjà que c'était un mensonge.

Parfois, on a besoin de mensonges dans la vie. Besoin d'y

croire, car c'est la seule façon de continuer à avancer. En tout cas, c'était ce qu'Aurélie avait compris dans le journal intime de sa mère.

Diana était déjà prise en charge par les secouristes et une cloche d'alarme retentissait. Artem parlait, la mine grave, avec un des officiels en costume sombre sur le bord de la piste. Elle entendit parler d'ambulance, d'accès au manège, des difficultés de circulation liées à la neige.

Dans le chaos, Dalton semblait rester stoïque. Il ne bougeait pas, ne parlait pas. Il semblait à peine respirer.

Lorsque Diana fut finalement emportée dans un brancard jusqu'à l'ambulance, Aurélie nota qu'elle portait toujours son casque. Dalton tourna la tête et eut l'air surpris de trouver Aurélie près de lui. Il semblait sortir d'un véritable état de transe.

— Viens avec moi, dit-il.

Plaçant la main sur son dos, il la guida à l'extérieur, dans le parking où deux voitures noires étaient garées à proximité de l'ambulance.

Le ciel était bas et sombre, chargé de neige, et la fraîcheur frappa Aurélie en plein visage. Elle releva les épaules pour se protéger du vent glacial.

— Nous nous retrouverons là-bas ! lança Artem d'une voix grave, en montant dans l'un des véhicules noirs avec Ophelia.

Dalton hocha la tête et tint la porte ouverte à Aurélie. Elle se glissa aussitôt sur la banquette et l'entendit murmurer quelques mots au chauffeur.

— Bien, monsieur, répondit celui-ci en mettant le contact. C'est compris.

Dès que Dalton eut refermé la portière de l'extérieur, la voiture démarra. Que se passait-il ?

— Attendez ! s'exclama Aurélie en s'empressant d'ouvrir sa portière.

— Mademoiselle ! lança le chauffeur d'un ton sec. M. Drake m'a donné des instructions…

Elle n'attendit pas qu'il ait terminé et sortit de voiture, courant à la suite de Dalton, qui déjà s'éloignait.

— Où est-ce que tu vas ? lança-t-elle d'une voix teintée de panique.

Elle se moquait bien de sembler désespérée à cet instant, lui courant après en glissant sur le sol couvert de neige.

— Aurélie, dit-il en lui saisissant les épaules. Monte dans cette voiture !

Elle secoua la tête et s'apprêtait à lui objecter quelque chose, mais aucun mot ne se forma dans sa gorge. Aucun son ne sortit de sa bouche.

L'expression de Dalton se fit plus dure encore et elle comprit que peu importait ce qu'elle lui dirait, rien ne pourrait le faire changer d'avis.

— Je veux que tu t'en ailles, Aurélie. Il est temps de rentrer chez toi !

Les mots flottèrent dans l'air entre eux un long moment, si remplis de sens. Il n'était plus question de retourner chez lui, à Manhattan. Il la renvoyait à Esterel.

— Je ne peux pas, Dalton, pas maintenant.

Comment pouvait-il lui demander de partir à un tel moment ?

— Ce n'était pas une question, Aurélie, dit-il, et il n'avait plus l'air stoïque, ni en colère, mais fatigué, éreinté. Je veux que tu t'en ailles, il est temps.

13

Dalton n'avait pas remis le pied dans un hôpital depuis le jour de la mort de Clarissa.

Il s'était arrangé pour éviter les moniteurs et leurs bips, les rideaux entre les lits, les souvenirs enlisés dans les odeurs d'antiseptiques pendant six longues années. Même lors de la crise cardiaque de son père, il était resté à distance. Il avait été facile à l'époque de justifier ses absences. Tandis que Diana veillait leur père et qu'Artem avait disparu des écrans radars sans la moindre explication, personne ne s'était attendu à ce que Dalton soit à l'hôpital.

On avait besoin qu'il soit présent à Drake Diamonds. On attendait de lui qu'il fasse ce qu'il faisait toujours : être fidèle au poste. C'est du moins ce que son père aurait souhaité. Mais s'il avait répondu aux attentes de sa famille, il en avait déçu d'autres. Les conséquences avaient été dramatiques et lui avaient fait ensuite redouter les hôpitaux.

Quelle ironie…

Dalton était resté au bureau jusqu'à 2 heures, la nuit où Clarissa s'était tailladé les poignets. Ce que personne n'avait su, et ne savait d'ailleurs encore à l'heure actuelle, c'était qu'il avait terminé son travail aux alentours de 22 heures ce soir-là et qu'en découvrant tous les appels en absence de Clarissa sur son portable il avait décidé de rester dormir sur le canapé de son bureau plutôt que de rentrer chez lui.

Il ne s'était pas senti l'énergie d'affronter une autre dispute au sujet de ses horaires de travail. Ou de son manque de considération. Les sentiments qu'il avait pu éprouver à son égard s'étaient enfuis de longue date. Depuis plusieurs mois, déjà, il faisait semblant. Un an, peut-être… S'il n'avait pas été jusqu'à officialiser leur séparation, c'était en partie parce qu'il était surmené de travail et aussi et surtout parce que Geoffrey Drake aurait été fou de rage d'apprendre que Dalton revenait sur ses engagements. C'était depuis le départ un projet de son père que d'intégrer Clarissa dans la dynastie Drake, en raison de l'activité de diamantaire de son grand-père.

En bon fils obéissant, Dalton s'était laissé convaincre.

Jusqu'à ce que ça devienne insupportable.

Il n'était pas amoureux d'elle et il avait la certitude que c'était réciproque. On les avait jetés dans les bras l'un de l'autre et très rapidement chacun de son côté avait commencé à chercher une échappatoire.

A posteriori, il y avait vu plus clair. Il comprenait mieux leurs disputes, les crises de colère, et même le suicide. Clarissa voulait se sauver. Et c'était très précisément ce qu'elle avait fait.

Cependant, le fait de comprendre les raisons de son geste ne soulageait pas sa culpabilité ou ses regrets. Dalton aurait dû le voir venir. Il avait toujours dit qu'il était attentif à Clarissa, quels que soient leurs sentiments l'un pour l'autre. Elle était sa fiancée, il en était responsable. Il aurait dû s'entourer de l'aide nécessaire.

Il aurait dû décrocher son maudit téléphone.

Au lieu de cela, il s'était réveillé dans la nuit et avait décidé de rentrer une fois qu'il s'était assuré que les appels avaient cessé. Il avait pensé que Clarissa avait fini par aller se coucher. Il aurait tant aimé que ce soit le cas… Il avait tant de regrets…

— Monsieur Drake ? La chambre de votre sœur se trouve de ce côté.

Une infirmière en tenue vert menthe le guida vers un couloir du troisième étage de l'hôpital de Southampton.

Ils entraient dans l'unité des traumatismes crâniens. Juste devant lui, Dalton vit un jeune homme dans un fauteuil roulant corseté des hanches jusqu'au sommet de la tête, et qui arborait un terrifiant regard fixe. Il ne devait pas avoir plus de seize ou dix-sept ans.

Détournant le regard, Dalton fixa les pieds de l'infirmière qui marchait devant lui avec ses sabots de plastique, parfaitement silencieux sur les revêtements de l'hôpital.

— Nous y sommes, dit-elle en s'arrêtant devant une porte close.

Chambre 367.

Comme elle ouvrait la porte, Dalton retint son geste.

— Attendez, avant d'entrer…

— Oui ?

Elle lui adressa un sourire poli, son regard était empli d'une grande empathie. Voire d'une certaine compassion. Elle était très gentille. Tout le monde l'avait été. Les infirmiers d'urgence, le conducteur de l'ambulance et même le chauffeur de taxi qu'il avait fait venir pour le conduire ici.

Cette gentillesse lui donnait envie de hurler.

— C'est grave ? demanda-t-il, se détestant de laisser tant transparaître son inquiétude.

La mort de Clarissa aurait dû le préparer à cela. À quoi bon élever un mur de pierre avec tant de soin tout autour de lui et de sa vie, si cela ne lui permettait pas de faire face à la tragédie ?

— Nous attendons toujours les résultats du scanner et je ne peux donc pas vous en dire beaucoup plus, sauf qu'elle est consciente et que c'est bon signe. Elle souffre de la tête en revanche, et a des phases de somnolence. Les médecins vont venir vous parler bientôt, mais en attendant, elle doit se reposer, monsieur Drake.

Elle lui sourit encore. Un grand sourire. Trop grand, trop chaleureux.

— Très bien. Je comprends, dit-il en poussant la porte pour entrer.

L'infirmière vérifia les constantes de Diana et les nota sur une feuille. Dalton restait, vaguement nauséeux, à côté du lit. La chambre était grande. Ils avaient demandé une chambre individuelle. À quoi bon passer toutes ces heures à travailler si l'argent de Drake Diamonds ne servait pas à ce genre de choses ? Au centre de sa grande chambre, ouverte par une immense fenêtre vers l'extérieur, son lit médicalisé semblait ridiculement petit. Dans sa chemise de nuit hospitalière, sous des draps blancs, les yeux clos, Diana paraissait si pâle et si frêle.

Frêle n'était pas un mot qui aurait pu définir sa sœur jusque-là. Jamais. Elle était forte. Elle n'avait peur de rien. Même à cet instant, cela semblait hors de propos. Il fronça les sourcils, cherchant de toutes ses forces le bon terme. C'était plus simple de se concentrer sur quelque chose de concret. De concret et de logique. Jusqu'à ce qu'il se rende compte que le mot qu'il recherchait était *brisée.*

La poitrine serrée, il toussa fortement.

L'infirmière plaça une main douce et réconfortante sur son épaule.

— Appelez-nous si vous avez besoin de quoi que ce soit, monsieur Drake.

Sa voix était comme un murmure apaisant. Dalton acquiesça d'un signe de tête, se demandant quand il s'était assis sur le grand fauteuil noir qui se trouvait à côté du lit de Diana. Il n'avait pas le souvenir de s'y être installé. Était-il en état de choc, médicalement parlant ? Cela importait peu, car une seule chose comptait maintenant, et ce n'était pas lui.

Réveille-toi.

Il avait l'impression qu'il se sentirait bien plus rassuré si elle ouvrait les yeux. Mais il ne put prononcer les mots à voix haute. Il n'osa pas, de peur qu'ils ne sortent aussi violemment qu'ils résonnaient dans sa tête.

Allez, réveille-toi !

Dalton ne voulait pas faire cela : se retrouver à adresser des injonctions à une femme inconsciente, même si au fond de lui il savait que son besoin de contrôle pouvait l'y pousser. À l'instant précis où le cheval de Diana était tombé et même dès que ses sabots avaient cogné la barre, quelque chose s'était libéré en lui. Quelque chose de sombre et de laid.

La colère.

Six années d'une infernale et aveuglante colère qu'il avait enfouie dans le travail. Mais à l'image d'un diamant au fond de la mine, la fureur ne s'était pas réduite malgré le temps passé, enfermée dans la pénombre.

Elle avait même grandi, de façon exponentielle. Elle était plus grande et plus puissante. Éblouissante d'intensité.

Diana n'était pas dans le coma. Elle était consciente lorsqu'ils l'avaient montée dans l'ambulance. Elle avait besoin de repos. Il savait cela.

Mais une fois les yeux fermés, il craignait qu'elle ne les rouvre pas. Après tout, c'était là ce qui s'était passé lorsqu'il avait veillé quelqu'un la dernière fois.

Il serra les poings. Il était furieux. Furieux contre le cheval. Furieux contre Diana et cette tendance folle à se mettre en danger, encore et toujours. Il était même furieux envers la pauvre Clarissa.

Et contre son père. Toujours.

Y avait-il une seule personne contre qui il ne soit pas furieux ?

Aussitôt, le visage d'Aurélie lui vint à l'esprit. Il ne parvenait pas à empêcher sa mémoire de faire surgir des souvenirs. Il ferma les yeux et se laissa porter un instant. Juste un instant, le temps de voir ses lèvres et la courbe de son cou. Une nuque fine et régalienne. Faite pour porter des rangs de perles.

Mais lorsqu'il se remémora son expression en descendant de la voiture pour venir lui courir après, il sut aussi combien il l'avait blessée.

Il rouvrit les yeux et chassa le souvenir d'Aurélie.

Je veux que tu t'en ailles, Aurélie. Il est temps de rentrer chez toi.

Il était plus que temps pour elle de repartir à Esterel, vernissage ou pas. Il avait pris la bonne décision. Pour eux deux. Mais alors, pourquoi se sentait-il si mal ?

— Dalton ?

Son cœur s'arrêta de battre un instant. Il fixa sa sœur qui le regardait, les deux yeux bien ouverts. Le soulagement l'envahit.

— Tu es réveillée !

Il s'efforça de sourire.

— Oui, répondit-elle en hochant la tête légèrement, ce qui la fit grimacer de douleur. Mais j'ai mal à la tête, ça me rend somnolente.

— C'est bon, ça va aller, je suis là, dit-il en lui prenant la main.

Il restait une trace de terre battue sur l'une des joues de Diana. Du bout du pouce, il l'essuya, songeant que si les infirmières ne l'avaient pas lavée, c'était parce qu'elle n'avait pas saigné, ce qui était un miracle, étant donné la gravité de sa chute. Elle ne semblait pas même avoir un simple hématome.

Il se raccrochait à ces éléments pour se rassurer. La dernière fois qu'il avait été au chevet d'un lit d'hôpital, il y avait eu du sang. Beaucoup de sang. Il pouvait encore en sentir le goût de rouille sur ses lèvres.

Après le décès de Clarissa, il n'avait plus supporté la couleur rouge. Il avait fait repeindre tout son appartement en blanc. Du blanc, rien que du blanc.

Encore une fois, ses pensées dérivèrent vers Aurélie. Aurélie et sa peau de porcelaine. Aurélie et ses longs cheveux ondulés. Aurélie dansant dans ses bras sur un air de Gershwin. Aurélie adoptant un chiot. Le plus laid de la portée…

Il ne pouvait pas continuer à penser à elle ainsi. Elle ne faisait pas vraiment partie de sa vie. Elle allait repartir. Elle était princesse, bon sang !

Et pourtant, lorsque les sabots de Diamonds avaient cogné la barre si violemment, lorsqu'il avait vu sa sœur rouler au sol, Aurélie était celle qu'il avait eu envie d'avoir auprès de lui. Celle dont il avait eu besoin. Avec une force qui le terrifiait.

Il ne voulait pas avoir besoin de qui que ce soit.

Encore moins d'une princesse.

« Tu es amoureux d'elle », avait affirmé Artem. Dalton avait pensé que son frère exagérait. Qu'il plaisantait. Ce qui était peut-être le cas, ou pas. Ces mots en tout cas l'avaient troublé.

Il ne pouvait pas éprouver quoi que ce soit pour Aurélie.

C'était absolument impossible. Ça l'était avant l'accident de Diana et encore plus après, alors que la vie se chargeait chaque jour de lui rappeler combien il était mieux sans personne auprès de lui.

Il n'était pas fait pour cela. Il ne l'avait jamais été.

La porte s'ouvrit alors et il se retourna, espérant de tout son cœur qu'un médecin serait derrière lui. Il ressentit le fugace espoir d'une bonne nouvelle un quart de seconde. Mais au lieu de cela, il trouva le visage baigné de larmes de sa belle-sœur, suivie de près par son frère.

Posant la main de Diana, il se leva.

— Artem, Ophelia.

— Dalton, mais comment es-tu arrivé ici aussi vite ? demanda Ophelia.

— J'ai proposé une prime au chauffeur pour me déposer ici en un temps record.

— Bravo, dit Artem en levant les yeux au ciel. Comme si nous n'avions pas eu assez d'accidents aujourd'hui.

— Je n'ai pas eu d'accident, je te signale.

— Arrêtez, tous les deux, répondit Ophelia d'une voix tremblante. Ce n'est pas le moment de se disputer. Diana a besoin de nous. De nous tous.

Diana a besoin de nous.

Dalton se laissa retomber dans le fauteuil et enfouit son visage dans ses mains. Il aurait pu s'arracher les cheveux. La porte se rouvrit encore et il lui fallut un effort surhumain pour redresser la tête.

Un homme en vert entra et leur tendit la main.

— Bonjour, je suis le Dr Chris Larson.

Dalton se leva aussitôt.

— Docteur.

— J'ai les résultats des premiers examens qu'a subis votre sœur. Elle a fait une mauvaise chute, mais heureusement, elle portait son casque, et il a bien joué son rôle, semble-t-il.

Dalton fronça les sourcils.

— Vous êtes sûr ? Parce qu'elle a du mal à garder les yeux ouverts et elle semble vraiment souffrir !

— Diana souffre d'une commotion, ce qui est assez normal après sa chute, mais elle devrait se remettre. Je veux bien croire qu'elle ait très mal à la tête, mais au moins, maintenant que nous savons qu'il n'y a pas d'hémorragie ni d'hématome interne, nous allons pouvoir soulager la douleur plus efficacement. Il faut cependant qu'elle reste en observation cette nuit, pour que nous gardions un œil sur ses constantes et nous assurions que tout évolue comme nous l'attendons.

— Oh, Dieu merci, dit Ophelia en se blottissant dans les bras d'Artem.

— Peut-on espérer qu'elle récupère totalement ? Sans séquelles ? demanda Dalton.

Le médecin hocha la tête.

— Oui, le scanner ne montre pas de lésion cérébrale. Elle aura besoin de se reposer quelque temps, mais bientôt, elle pourra reprendre une vie normale et même des concours équestres.

— Ce sera difficile, répondit Artem à mi-voix. Son cheval a dû être euthanasié aujourd'hui.

Dalton sentit son estomac se nouer. Il ignorait que le cheval avait été abattu. Il était tellement inquiet pour Diana qu'il n'avait pas pensé à Diamond.

L'étalon était mort. Bon sang !

Sa sœur serait tellement déchirée. Avec un soupir, il se demanda si un seul jour il pourrait recevoir la bénédiction de ne plus souffrir à cause d'une perte… Et pourtant, cela lui était arrivé l'espace de quelques heures. Pendant qu'il était avec Aurélie. Il avait été capable de s'abandonner, juste un peu.

Et il avait vécu. Il avait été vivant.

Et maintenant, elle aussi est partie.

— Bien, et que se passe-t-il maintenant ?

Diana s'éveilla brièvement, juste assez pour noter la présence d'Artem et d'Ophelia et de répondre à quelques questions du Dr Larson.

— Vous savez que vous avez de la chance, mademoiselle Drake ? dit le médecin.

Dalton savait qu'il avait raison. Diana avait bel et bien eu de la chance, mais il craignait qu'elle ne voie pas les choses ainsi en apprenant que Diamond était mort. Il se demanda même si elle n'évitait pas de poser la question parce que, au fond d'elle, elle savait.

Ils savaient tous.

Malgré les apparences, les Drake avaient souvent joué de malchance…

Aurélie essayait toujours d'encaisser les paroles de Dalton. Par les vitres de la voiture, elle regardait défiler les grandes étendues neigeuses de Long Island, qui teintaient son voyage d'un voile de mélancolie.

« Je veux que tu t'en ailles. Il est temps de rentrer chez toi. »

Comment avait-il pu exiger qu'elle s'en aille, avant même de savoir comment allait Diana ? Et qu'adviendrait-il de Diamond ?

Ce n'était pas ce qu'il voulait dire. Il était sous le choc de l'accident.

Pourtant, il semblait particulièrement sûr de lui lorsqu'il avait répété son désir de la voir partir. Elle n'avait pas d'autre choix, évidemment. Comment rester dans ces conditions ?

Et même si elle restait, comment pourrait-elle se rendre utile ? Non, elle causerait plus de tracas qu'autre chose.

Elle ne s'était jamais sentie aussi impuissante. Elle qui avait été une princesse toute sa vie aurait dû être consciente de sa profonde inutilité… Preuve en était que le Palais ne s'était même pas rendu compte de sa disparition, au début.

Maintenant, ils doivent savoir.

Il était près de 18 heures à Esterel. Lord Clement avait dû alerter tout le monde. Son père devait déjà être à sa recherche.

Elle n'arrivait même pas à rallumer son téléphone. Elle ne se sentait pas capable d'affronter le Palais, maintenant, ni de prendre ses responsabilités… Tout cela lui semblait tellement inconséquent, à côté de ce qu'il venait d'arriver à Diana.

Elle ne pouvait songer à autre chose.

Fermant les paupières, Aurélie reposa la tête contre le dossier de la banquette arrière. Les images de la chute se rejouaient sans cesse dans sa tête. Les bruits, surtout, revenaient la hanter. Le roulement sourd des sabots sur le sol. Le fracas des longs membres de Diamond contre les lourdes barres supérieures. Sa chute de tout son poids sur le sol. Le casque de Diana frappant la piste, puis l'impact avec le crâne de Diamond.

Pourtant, pire que la chute, lui revenait à l'esprit le regard de Dalton, lorsque sa sœur ne s'était pas relevée. L'espace d'un instant, elle avait cru voir la douleur d'une vie tout entière se dessiner dans ses yeux. Des souvenirs qu'il ne lui avait pas racontés. Et qu'il ne lui raconterait sans doute jamais. Il était arrivé quelque chose à Dalton Drake. Quelque chose de terrible.

Il fallait que Diana s'en sorte. Ce n'était pas possible autrement.

Aurélie aurait donné n'importe quoi pour pouvoir les rejoindre à l'hôpital, mais Dalton avait été catégorique… Il ne voulait pas d'elle là-bas.

Il ne voulait pas d'elle.

Tout court.

C'était violent. Aurélie savait qu'elle ne devrait pas y penser, que Dalton et elle n'étaient pas un couple, qu'ils étaient deux personnes qui avaient vécu une parenthèse de quelques jours. Rien de plus.

Et maintenant, elle se retrouvait seule et sans la moindre nouvelle. Ne pas savoir comment allait Diana était une torture. Elle pensa à emprunter son téléphone au chauffeur, mais finit par renoncer.

Aurélie passa tout le voyage dans un silence infernal. Finalement, les premiers gratte-ciel de Manhattan apparurent.

— Pourriez-vous faire une halte à Drake Diamonds, avant de passer à l'appartement ?

Elle ne voulait plus récupérer l'œuf secret. Dalton pouvait bien le garder. Il représentait tout ce qu'elle détestait… Les mensonges, les tromperies. Cet œuf avait permis qu'elle goûte à quelques jours de liberté, il avait été sa monnaie d'échange et le deal était rempli.

Mais les perles de sa mère étaient toujours à la bijouterie. Dalton les avait confiées à Ophelia pour les remonter sur un fil. Elle espérait qu'elle parviendrait à les récupérer.

— Très bien, madame, répondit le chauffeur en s'engageant dans la Cinquième Avenue, le long de Central Park.

— Merci.

Lorsqu'elle descendit devant l'entrée de Drake Diamonds, Aurélie cligna des yeux pour affronter les bourrasques de neige qui se déchaînaient dans un ciel gris souris.

Entre, va récupérer tes perles. Elle n'aurait plus alors qu'à regagner le palais d'Esterel et essayer de laisser tout cela derrière elle. Hélas, ses pieds refusaient de la porter. C'était si étrange d'être ici sans Dalton.

Elle faisait fausse route. Il lui suffirait de téléphoner à Mme Barnes une fois rentrée à Esterel pour lui demander de les lui faire envoyer par colis sécurisé.

Elle fit demi-tour, décidée à regagner la voiture, mais ne la vit nulle part. Elle semblait avoir été avalée par le flot des taxis jaunes. Bien sûr, même le chauffeur de Dalton ne pouvait rester garé ici bien longtemps.

Elle hésita à attendre qu'il ait le temps de faire le tour du pâté de maisons et de revenir. Il y en aurait pour quelques minutes, tout de même. D'ailleurs, vu le trafic new-yorkais, il était même possible qu'elle se retrouve ici pour une bonne demi-heure…

Elle inspira et se décida à pousser les fameuses portes tournantes.

— Oh, Dieu merci ! s'exclama Mme Barnes en l'apercevant. Où est M. Drake ?

Aurélie ouvrit de grands yeux.

— Dalton ?

— Oui, répondit Mme Barnes, visiblement au bord de la crise de nerfs. Ou Artem ou Ophelia. N'importe quel Drake ferait l'affaire, cela fait des heures que je les appelle et je n'arrive à joindre personne.

Aurélie ne savait dans quelle mesure elle avait le droit de révéler la vérité au sujet de l'accident de Diana, même à l'assistante de Dalton.

— Oui, je sais qu'ils ne sont pas… joignables à l'heure qu'il est.

— Je crois qu'ils devaient se rendre dans les Hamptons, mais il faut pourtant que je leur parle de toute urgence… Je pensais que M. Drake serait avec vous.

— Non, répondit Aurélie, désolée. Il y a un problème ?

— Je pense qu'on peut dire cela ainsi. De nombreux problèmes, même, pour être précise. C'est une journée extrêmement chargée et nous avions prévu une restauration pour les vendeurs, mais il y a eu un problème en cuisine et la moitié des équipes a dû être hospitalisée pour intoxication alimentaire. Nous sommes sur le point de fermer boutique, il n'y a jamais eu si peu de personnel.

— Oh ! ce n'est pas possible !

— Tout le monde est sur le pont pour remplacer les vendeurs…

— Est-ce que je peux vous aider ? demanda Aurélie.

Elle n'avait pas la moindre expérience en matière de vente de bijoux, ni en quoi que ce soit relatif au travail, d'ailleurs. Pourtant, elle aurait aimé se rendre utile.

Mme Barnes lui adressa un regard incrédule.

— Non, vous êtes l'hôte de M. Drake, je ne peux pas vous demander cela. Ce ne sera pas nécessaire.

— Écoutez, vous êtes dans une situation d'urgence et je suis prête à faire ce que vous me demanderez. Ne faites pas de manières.

— Eh bien, dans ce cas… J'espère que je ne vais pas risquer ma place en faisant cela, mais la situation est tellement catastrophique ! On a besoin de monde à l'étage, désespérément…

— À l'étage ?

— Oui, aux fiançailles.

Pas ça. Pas les fiançailles.

Elle aurait presque préféré nettoyer les sanitaires que passer la journée au milieu de jeunes couples énamourés.

— Très bien, alors.

— On croirait que tous les couples de la ville s'y sont donné rendez-vous aujourd'hui. Il faut leur offrir du champagne, des petits-fours. Il y a aussi des paquets-cadeaux à faire. Trouvez le chef d'équipe, il vous guidera.

— C'est d'accord, dit Aurélie qui redressa les épaules et se dirigea vers l'ascenseur.

Terrorisée.

— Au dixième étage, s'il vous plaît, demanda-t-elle au liftier.

— Bien, madame.

Les portes se refermèrent et quelques secondes plus tard, elle était arrivée à destination. Elle inspira et sortit sans réfléchir, espérant laisser la panique qui menaçait derrière elle.

Les images se précipitaient dans son esprit : Elle en robe blanche au bras de son père, dans la cathédrale d'Esterel. Diamond qui chutait sur la piste en emportant Diana avec lui. La tête de Diana cognant le sol.

Tout ceci était absurde. Diana était dans un lit d'hôpital, peut-être même entre la vie et la mort. Aurélie pouvait bien affronter quelques couples fébriles, insupportables de bonheur, pendant quelques heures.

Sous les indications du chef d'équipe, elle se mit à servir des boissons et des amuse-bouches, leur proposa des douceurs et emballa des coffrets, des écrins et des pochettes tout l'après-midi.

Rien de si terrible, finalement, même si la cadence était plus que soutenue et que l'émotion l'étreignait plus souvent que prévu, lorsqu'elle était témoin des regards énamourés ou des déclarations éternelles.

Quand les lumières baissèrent, Aurélie se tourna vers le chef d'équipe.

— Que se passe-t-il ?

— Nous fermons, enfin ! dit-il dans un soupir. Quelle

journée, n'est-ce pas ? Merci de votre renfort, au fait. Comment vous appelez-vous, déjà ?

Son Altesse Royale la princesse Aurélie Marchand.

— Aurélie.

Il hocha la tête tout en lui serrant la main.

— Merci encore, Aurélie, beau travail.

Beau travail.

Personne ne lui avait jamais dit cela, jusque-là. Elle était fière.

— Aucun problème. Est-ce qu'il y a encore quelque chose que je puisse faire ?

Il haussa les épaules.

— Je vais fermer les caisses et superviser le nettoyage et chacun pourra rentrer chez soi.

Chez soi.

Aurélie sentit sa gorge se nouer. Elle avait réussi à s'occuper suffisamment ces dernières heures pour oublier complètement qu'elle devrait être en train de voler vers Esterel.

— Je vais vous aider, alors. Je ne suis pas pressée.

— Comme vous voulez, dit-il en lui tendant un spray nettoyant et un rouleau d'essuie-tout.

Les derniers clients sortirent petit à petit. C'était étrange de se trouver dans Drake Diamonds presque seule, une fois l'enseigne fermée. Après toute cette activité, un peu de silence était un vrai plaisir. Les pierres et les bijoux semblaient des reliques brillantes dans la pénombre. Les saphirs, les rubis, les émeraudes réunis évoquaient de précieux vitraux colorés.

C'était apaisant, presque hypnotique, pour Aurélie. Elle était tellement absorbée dans sa mission de nettoyage des vitrines qu'elle ne pensait plus à rien, au point qu'elle sursauta vivement lorsque son chef d'équipe arriva derrière elle.

— Oh, pardon ! Vous m'avez surprise !

— Moi aussi, je suis surpris.

Elle se figea, incapable de bouger ou de respirer.

Cette voix.

Elle connaissait ce timbre et ce n'était pas celui du chef

d'équipe. C'était la voix de la personne qui hantait ses pensées en permanence.

Son cœur battant la chamade, elle se retourna lentement.

— Dalton.

14

Dalton s'était d'abord demandé s'il n'était pas victime d'hallucinations.

Il était éreinté. L'accident de Diana et la suite des événements l'avaient épuisé à tous les niveaux : physiquement, mentalement et émotionnellement. Lorsqu'il avait poussé la porte de l'étage des fiançailles de Drake Diamonds à la nuit tombée, pas un seul instant il n'avait imaginé ce qu'il allait découvrir.

Aurélie était censée être dans son avion. Que faisait-elle ici, après la fermeture ? Et surtout que faisait-elle avec un produit nettoyant à la main ? Il n'en croyait pas ses yeux.

Et le plus compliqué dans tout cela, au-delà de la présence d'Aurélie, était sa propre réaction spontanée en la découvrant là… Un immense soulagement l'avait envahi quand elle s'était tournée vers lui et avait prononcé son prénom.

Il n'avait jamais ressenti le besoin d'une présence particulière jusqu'à ce jour et ce n'était pas par hasard. Il s'était arrangé pour être autonome en toutes choses et n'avoir jamais besoin de personne.

Et pourtant, à cet instant, il avait besoin d'elle. Il avait besoin d'elle à un tel point qu'il en était terrifié.

Il ne savait pas ce qu'elle faisait ici, ni comment elle s'y était retrouvée. Tout ce qu'il savait, c'était qu'il avait eu envie de tomber à genoux devant elle pour la remercier de ne pas l'avoir écouté.

Il enfouit les mains dans ses poches pour éviter de la prendre dans ses bras. Il ne se faisait pas confiance. Pas dans l'état dans lequel il se trouvait. S'il l'effleurait maintenant, il ne serait plus capable de résister à rien.

— Qu'est-ce que tu fais ici ?

— Je pourrais te poser la même question, répondit-elle en roulant en boule le chiffon qu'elle avait à la main.

Mais que se passait-il donc ? On aurait dit qu'il venait d'être propulsé dans un étrange scénario façon Cendrillon.

— Je suis le propriétaire. Je crois que cela me donne tous les droits d'être ici.

— En effet, je suppose, répondit-elle. Où sont les autres employés ?

— Il n'y a presque plus personne, j'ai renvoyé tout le monde chez soi.

— Oh ! fit-elle à voix basse. Et comment va Diana ?

Il ferma les paupières un court instant.

— Elle devrait s'en tirer sans séquelles, heureusement. Elle est toujours consciente et selon le médecin il n'y a pas de lésion majeure.

Posant les yeux sur la vitrine voisine, il fixa les diamants qui luisaient dans leurs écrins, comme des braises sur de la glace.

— On a dû euthanasier son cheval, en revanche. Elle ne l'a pas su tout de suite. Je le lui ai annoncé il y a une heure et c'est très dur pour elle.

Quelque chose se brisa dans sa voix et il eut l'impression que cela faisait écho à une autre rupture en lui. Annoncer à Diana que Diamond n'était plus avait été un des moments les plus douloureux de toute sa vie. Cela l'avait replongé dans le souvenir de l'annonce du suicide de Clarissa à ses parents.

La mort, la perte, le manque, le deuil. Il en était tellement épuisé. Il ne pouvait plus porter cela. Chaque minute lui semblait une éternité, avec ce poids sur les épaules.

Son regard glissa vers Aurélie, debout devant lui, si belle. Si vivante. Si réelle.

Assez pour perdre la tête.

— J'ai été fiancé, à une époque, dit-il en désignant de la tête des rangées de solitaires en diamant.

Qu'est-ce qui lui prenait ? Il n'avait pas prévu de raconter cette histoire à Aurélie. Il n'avait même jamais imaginé que ce soit envisageable, mais à peine avait-il commencé qu'il se sentit soudain libéré.

— Elle est décédée, poursuivit-il. Elle s'est donné la mort, par ma faute.

Il inspira profondément, puis souffla. Peut-être s'attendait-il à ce qu'elle ait une réaction horrifiée. Peut-être avait-il retenu ses mots si longtemps qu'ils ne pouvaient plus sortir à présent ? Pourtant, il était décidé à faire cet effort. S'il ne parlait pas maintenant, il ne le ferait jamais. Avec personne. Il porterait seul ses horribles secrets jusqu'à sa tombe, alors qu'il se sentait déjà totalement submergé par leur poids.

— Elle m'a appelé ce soir-là pour me demander de l'aide, mais je n'ai pas répondu. Peut-être que si je l'avais fait, elle serait encore en vie à l'heure qu'il est, dit-il avant de se couvrir le visage de ses mains.

C'était tellement dur de se montrer aussi vulnérable, tout à coup.

— J'aurais dû être présent pour elle, mais ce n'était pas le cas. J'étais ici, précisément dans ces locaux, ajouta-t-il avant de relever les yeux vers Aurélie.

Il redoutait de découvrir un regard de déception, ou pire, de pitié, mais il devait l'affronter.

Ce qu'il trouva dans son regard d'émeraude, ce fut de la bienveillance. Une empathie qui l'incitait à poursuivre. Et une fois qu'il se fut lancé, il ne put plus s'arrêter. Les mots sortaient de sa bouche en un long flot, parfois hésitant, mais il lui raconta toute l'histoire. Jusque dans des détails qu'il pensait avoir oubliés, comme cette étoile filante aperçue dans le ciel, lorsqu'il était rentré chez lui ce soir-là, ou bien l'immense sensation d'imposture, alors que tout le monde défilait au cimetière pour lui présenter ses condoléances. Il parla sans s'arrêter jusqu'à ce qu'il n'y ait plus rien à dire.

Lorsqu'il eut terminé, le souffle court, il attendit qu'elle parle en retour. Il pria pour qu'elle ne lui dise pas que ce n'était pas sa faute. On lui avait répété cela pendant six ans et il ne voulait pas l'entendre une fois encore. Pas de sa bouche.

Mais elle ne lui dit pas cela. Elle n'essaya pas de le faire se sentir mieux, elle ne le regarda pas comme s'il était devenu une sorte de monstre à ses yeux. Elle dit la seule chose qu'il espérait entendre. La seule chose que l'on peut dire.

— Dalton, je suis tellement désolée..., murmura-t-elle en plaçant la main sur son avant-bras.

Son nom dans sa bouche était comme une prière. Sa main sur sa peau, comme un baume. La tendresse de cet instant l'envahit, anéantissant ce qu'il restait de ses défenses. Sans ses secrets à abriter, il ne savait plus dissimuler les véritables sentiments qu'il nourrissait.

Il avait besoin d'elle.

Garder ses distances avait été une torture. La seule chose qui l'avait retenu de l'embrasser était les mots qu'elle avait prononcés ce matin chez lui.

« Je pense que nous ne devrions pas renouveler l'expérience. »

Il n'avait jamais imaginé insister auprès d'une femme qui ne souhaitait pas le revoir. Dalton jugeait les hommes insistants comme méprisables et il était surtout hors de question pour lui de l'embrasser sans son consentement. Mais s'il restait encore longtemps avec elle à cet étage des fiançailles, parmi les bagues les plus somptueuses, il risquait de faire quelque chose de définitif, qu'il regretterait à coup sûr par la suite.

Il avait d'ailleurs peut-être déjà commis l'irréparable.

— Princesse, murmura-t-il en posant la main sur sa joue qu'il effleura du pouce.

Elle ne dit rien, elle ne semblait plus respirer tellement elle était immobile. Elle le fixait, droit dans les yeux, de son regard brillant comme une pierre précieuse.

Dalton se remémora une histoire que son grand-père lui avait racontée quand il était enfant. Il lui avait dit que dans la Rome Antique l'empereur Néron avait regardé des gladiateurs s'affronter au travers d'une grosse émeraude, au prétexte qu'il trouvait cette couleur apaisante. On disait que cette pierre pouvait guérir les maladies incurables, peut-être parce que sa couleur verte évoquait la médecine. On l'appelait même la pierre des rois.

Étrange de penser à cela en compagnie d'un membre de la famille royale.

Dalton se sentait un peu comme Néron à cet instant. Apaisé et guéri. Tout ce qu'il désirait, tout ce dont il avait besoin était juste là dans ces yeux. L'acceptation. La vie. La passion.

Il la désirait. Il ne voulait qu'elle. Encore et toujours.

Fuis.

Fuis tant qu'il est temps.

— Embrasse-moi, dit-elle en tournant la tête légèrement, juste assez pour que son pouce effleure ses lèvres. Je t'en prie.

« Je t'en prie. »

Dalton sentit le désir prendre possession de lui, alors que ses lèvres allaient chercher celles d'Aurélie. Comment était-il possible qu'une seule journée se soit écoulée depuis qu'ils avaient fait l'amour pour la dernière fois ? Une seule journée depuis que leurs corps s'étaient unis, qu'il avait ressenti cette complétude totale et unique. Cela lui semblait loin.

Si loin…

Il l'enlaça, l'attirant contre lui tandis qu'elle entrouvrait la bouche pour lui. Il glissa la langue entre ses lèvres, goûtant chaque instant de ce merveilleux baiser auquel elle répondait avec la même passion. Il l'embrassa avec toute la pulsion vitale qui l'habitait à ce moment précis, cette contradiction interne qui faisait qui il était. Une décharge de plaisir pur et primal l'envahit, lorsqu'elle gémit entre ses bras.

C'est ça.

C'était très exactement ce dont il avait besoin. Ce qui lui avait tant manqué.

Elle lui offrait promesses et espoir, étanchement de la soif et apaisement des souffrances à la fois. Tant de choses sur lesquelles Dalton avait pensé tirer un trait il y a bien longtemps. Et la façon dont elle répondait à son étreinte suffisait à le ramener vers la vie.

Il l'adossa à l'une des vitrines sans cesser de l'embrasser. Elle frémissait entre ses bras, tremblait de plaisir sous ses baisers et il aimait ça. Il aimait ça au-delà de toute mesure.

Il ne voulait pourtant pas précipiter les choses, même si elle lui demandait de continuer, encore, de lui faire l'amour, ici et maintenant. Il voulait l'entendre, il voulait la sentir prête et pantelante de désir pour lui, avant de se glisser en elle. Il voulait que cette étreinte signifie quelque chose. Il voulait qu'au petit matin elle ne puisse pas lui dire en le regardant dans les yeux que c'était une erreur.

— Dalton, murmura-t-elle contre sa bouche alors que sa main descendait le long de son torse jusqu'à son sexe.

Elle le saisit, le caressant par-dessus ses vêtements, effleurant d'abord, avant de se faire plus pressante.

Les yeux clos, il poussa un soupir. La tête lui tournait.

— Je te veux, murmura-t-elle en défaisant sa braguette.

Il sentit sa main se glisser sous son boxer et saisir son sexe tendu. Il ne pouvait que s'abandonner à ces sensations incroyables, au plaisir total et incendiaire de ses caresses.

Puis il se ressaisit.

— Pas maintenant, princesse. Pas tout de suite.

Il embrassa son cou et descendit le long de sa gorge, déboutonnant sa robe en même temps.

— Tourne-toi, murmura-t-il.

Elle retira la main de son caleçon et se retourna lentement, lui jetant un regard par-dessus l'épaule.

Il y lut le désir, mais aussi la timidité et la curiosité mêlées.

— Lève les bras, maintenant, demanda-t-il.

Elle s'exécuta une nouvelle fois, visiblement sans la moindre hésitation, et cela suffisait à le rendre fou de désir. Il vit ses doigts trembler, alors qu'il saisissait l'étoffe de la robe pour la lui faire glisser par-dessus la tête. Il laissa tomber le vêtement au sol tandis que les longues mèches blondes de ses cheveux s'étalaient glorieusement sur ses épaules nues.

Elle est si belle.

Il se laissa absorber par la vision délicieuse de ses courbes.

Trésors parmi les trésors enfermés dans les vitrines qui entouraient Aurélie d'une lueur précieuse. Il n'avait jamais vu une aussi belle femme. L'évidence le frappa : il n'y aurait jamais une autre femme comme Aurélie dans sa vie. Ce qu'il y avait entre eux était unique. C'était le genre d'émotion qui n'arrive qu'une seule fois dans la vie.

— Ne bouge pas, chuchota-t-il.

Il glissa une main dans ses cheveux et de l'autre effleura son dos, suivant la ligne de sa colonne délicatement. Sa peau semblait réagir à ses caresses, elle frissonnait, frémissait.

Il déposa un baiser entre ses omoplates et sentit le corps d'Aurélie se cambrer pour se plaquer à lui.

Elle le désirait autant que lui.

Qu'était-il en train de lui faire ?

C'était si intense, si nouveau. Ce soir, il était aux commandes, pleinement, et il avait suffi de quelques effleurements de ses doigts et d'un seul baiser pour qu'elle perde totalement pied et se sente consumée par un désir irrépressible.

Aurélie ne parvenait plus à penser, plus à parler lorsqu'il la caressait ainsi. Elle sentit les mains de Dalton se poser sur ses hanches et la faire doucement tourner pour lui faire face à nouveau. Elle osait à peine le regarder entre ses yeux mi-clos.

Elle sentait ses joues rouges de désir. Elle entrouvrit les paupières et la simple vision de son sourire lui fit perdre pied. Il savait ce qu'il faisait naître en elle et il aimait cela. Il aimait visiblement sa respiration saccadée, le feu de ses joues, ses soupirs. Tant de choses sur lesquelles elle n'avait plus aucun contrôle. Ses seins étaient tendus, trop serrés dans les dentelles de son soutien-gorge.

Elle le voulait en elle. Et cette envie brûlante l'empêchait de réfléchir. C'était si fort. Si ardent. Trop de sensations se mêlaient en elle. Elle ne pouvait parler, mais son corps manifestait seul le désir qui l'habitait. Il semblait implorer qu'il la touche, la caresse, qu'il la prenne.

Elle se serait sentie mortifiée de ressentir cela, si elle n'avait été à ce point emportée par l'envie de lui.

Il écarta doucement les mèches de cheveux qui tombaient sur son visage. Elle sentait son cœur battre à tout rompre. Il avait conscience de son émoi. Il voyait ce qu'il provoquait en elle. Dalton Drake savait parfaitement ce qu'il lui faisait.

Elle passa la langue sur ses lèvres. Elle ne devait pas l'implorer.

Je t'en prie, Dalton, touche-moi.

Aime-moi.

Aime-moi.

Enfin, il s'approcha, défit délicatement son soutien-gorge pour faire glisser les bretelles de satin le long de ses bras. Avant même que le vêtement ait touché le sol, ses lèvres se posaient sur son sein. Sa langue la caressait, sa bouche la goûtait, ses dents la mordillaient délicieusement. Puis il descendit et embrassa son ventre, son nombril. Elle sentit vaguement glisser sa culotte le long de ses jambes. Tout était nimbé de brouillard. Elle rouvrit pourtant les yeux et découvrit le reflet de Dalton dans une vitrine. Partout, autour d'eux, les diamants brillaient comme des étoiles dans un ciel d'hiver.

Les jambes d'Aurélie se mirent à trembler lorsqu'il lui fit écarter les cuisses, tandis que sa bouche continuait sa descente le long de son corps.

Le simple contact de son menton légèrement ombré par sa barbe du jour suffisait à lui provoquer des ondes de plaisir indescriptibles. Que lui arrivait-il ? Tout cela était si intime, si intense. Pourrait-elle s'en remettre ? Elle ne serait jamais capable de prétendre que tout cela n'était pas arrivé. Ni à lui. Ni à elle-même.

Il lui avait livré son plus profond secret. Et maintenant, elle lui divulguait les siens. Lui exposant son désir, son envie de lui totale et irrépressible. Comment pouvait-elle s'offrir, se montrer de façon aussi vulnérable, alors qu'elle n'aurait d'autre choix au bout du compte que de partir ? De repartir vers Esterel.

Elle avait gagné un jour de plus. Mais cela ne durerait pas toujours. Impossible. Elle aurait déjà de la chance, si les alertes n'avaient pas toutes été lancées à l'heure qu'il était.

Alors que Dalton glissait la langue entre ses cuisses, lui prodiguant les plus irrésistibles des caresses, elle se sentit envahie en même temps par le caractère désespéré de la situation. Elle avait envie de pleurer, mais s'entendit gémir de plaisir. Au lieu de larmes, elle prononça son prénom encore et encore. Comme si elle avait le droit de vivre cela. Comme s'il lui appartenait.

Il n'est pas pour toi.

Il n'est pas à toi.

Il ne le sera jamais.

— Dalton.

Elle devait lui dire la vérité. Il avait été honnête envers elle, alors qu'elle ne lui avait pas dévoilé les raisons de sa fugue.

— Laisse-toi aller, murmura-t-il. Laisse-toi aller, princesse !

L'abandon était la seule option. Il était trop tard pour le reste. Elle s'agrippa à lui et fit ce qu'il lui demandait. Elle se laissa aller aux sensations qu'il lui offrait.

« Laisse-toi aller, princesse ! »

Renversant la tête, elle s'offrit enfin totalement et sans réserve. Elle ne pouvait plus lutter. Cela ne servait à rien. Il glissa un doigt en elle, allant et venant au rythme des caresses de sa bouche. Elle gémit de plaisir, le souffle court. Le plaisir la saisit avec une force insoupçonnée. Elle ne voyait que des lueurs diffuses autour d'elle, tandis que la vague l'emportait.

Dalton la maintint, alors qu'elle était sur le point de tomber à la renverse. Il la prit dans les bras et, la soulevant de terre, l'emporta vers son bureau.

Elle se blottit au creux de son cou et le laissa faire. Elle se sentait encore engourdie de plaisir, le corps et les membres lourds.

Il l'allongea sur la banquette de son bureau et se déshabilla devant elle. Son corps sculptural semblait taillé dans le plus précieux des marbres, avec le clair de lune pour seule lumière.

Il s'allongea près d'elle et elle se redressa, s'agenouillant pour s'asseoir sur lui. Elle regardait cet homme qui l'avait trouvée, alors qu'elle-même ignorait à quel point elle était perdue. Dalton redressa la tête pour l'embrasser avec une douceur infinie. C'était un baiser respectueux. Adorateur, même. Et dont la tendresse la bouleversa. Son cœur se serra aussitôt.

Elle saisit son sexe et le guida entre ses jambes. Elle avait besoin de le sentir en elle. Maintenant, avant que tout ce qui était en train de se passer ne s'échappe et ne leur glisse entre les doigts, comme les perles dorées du collier de sa mère lors de leur première étreinte.

Avec une extrême douceur, il s'inséra en elle. Il entrait dans son corps doucement, et le plaisir était à couper le souffle. Elle se cambra au-dessus de lui pour l'accueillir. Elle sentit alors ses mains, fortes et rassurantes, qui saisissaient ses hanches et l'attiraient encore tout contre lui. Plus fort, plus loin.

Jusqu'à ce que la chaleur devienne brûlure puis éruption de plaisir.

Un plaisir ultime, pur et brillant comme les diamants qui les entouraient.

Une promesse aussi éternelle que les plus précieuses des pierres.

15

Dalton s'endormit comme une masse.

La tête d'Aurélie sur son torse, les mains enfouies dans ses cheveux, il dormit du sommeil du juste, une nuit sans rêve. Celle d'un homme qui a surpassé ses démons. Il n'ouvrit pas les yeux tout de suite. Des sons lui parvenaient, lointains. Étouffés. Puis il entendit les voix. Des voix familières.

— *Bonjour.*

— *Je comprends. Il y a eu une urgence familiale, mais aussitôt que je pourrai joindre M. Drake, je lui ferai savoir que vous êtes ici.*

Était-ce la voix de Mme Barnes ? Que faisait sa secrétaire chez lui ?

Il pressa les paupières fortement, déterminé à ne pas chercher de réponse. Il ne voulait pas se réveiller. Pas encore. Il voulait rester précisément là où il était, à enlacer Aurélie aussi longtemps qu'il le pourrait. Il se retourna, se rapprocha de son corps et aspira son parfum qui lui évoquait les orchidées. Des souvenirs de la nuit précédente lui revinrent. Son goût. Les bruits. La vision incroyable d'Aurélie, à califourchon sur lui, ses cheveux cascadant sur ses épaules et la lueur de la lune semblant lui effleurer les seins. Il caressa sa hanche, l'attira contre lui pour se plaquer contre son corps. Elle réagit aussitôt en poussant un soupir langoureux.

— Bonjour, mon amour, murmura-t-il comme le désir envahissait déjà son corps.

Bon sang, que lui arrivait-il donc ? Il se sentait insatiable.

— *Je comprends l'urgence de la situation, mais il n'est réellement pas souhaitable que vous veniez jusqu'ici, Votre Altesse.*

Quelque part dans la brume de son désir, un frisson d'inquiétude vint le titiller. Il ouvrit les yeux et regarda autour de lui. Son bureau. Sa chaise. Les murs bleus.

Bon sang ! Ils n'étaient pas chez lui, dans son appartement, mais dans son bureau à Drake Diamonds !

— Aurélie, réveille-toi !

La lumière du jour entrait par la fenêtre, blanche et vive du fait de la neige.

Quelle heure pouvait-il être ? Il ne dormait jamais au-delà de 6 heures, mais d'après la lumière, il était déjà beaucoup plus tard. D'ailleurs, si Mme Barnes était là…

Jurant entre ses dents, il se redressa vivement. La bijouterie allait ouvrir. Les couloirs étaient déjà arpentés par les employés qui prenaient leur service. Et il était nu dans son bureau.

Avec Aurélie.

Elle cligna des yeux, puis sembla réaliser comme lui où elle se trouvait, l'horaire peu matinal.

— Dalton ! Oh, mon Dieu ! fit-elle, l'air paniqué.

— Ne t'inquiète pas, dit-il en jetant un coup d'œil en direction de la porte entrouverte de son bureau. Tout ira bien.

Il traversa la pièce en trois enjambées et referma la porte.

— Mais… mes vêtements…, reprit-elle en parcourant la pièce du regard.

Non... Non... Non…

Sa robe était toujours dans la salle des fiançailles, avec ses sous-vêtements. Et les caméras avaient probablement filmé tout ce qui s'était passé durant la nuit. Il devrait mettre la main sur les vidéos avant que quelqu'un ne les visionne. Mais avant toute chose, il fallait qu'elle se rhabille. Posant les mains sur ses épaules, il lui déposa un baiser sur le front.

Pas de panique…

— Tout ira bien. Je te le promets, je vais récupérer tes vêtements.

Elle semblait aussi perdue que lui.

Comment était-il possible qu'une telle chose lui arrive ? Il lui avait fait l'amour dans la bijouterie… Même Artem n'avait jamais fait quelque chose d'aussi fou. De ce qu'il savait, du moins…

Il ramassa son pantalon et l'enfila. Tout le monde allait deviner ce qu'il avait fait, à son allure ou à ses vêtements fripés ! Au moins avait-il des chemises d'avance rangées dans son placard. Il en sortit une, l'enfila et entreprit de la boutonner nerveusement.

— Laisse-moi t'aider, dit Aurélie en avançant vers lui.

Il s'autorisa un regard sur son corps nu. Sa peau de porcelaine, ses seins ronds aux pointes rosées. Déjà, il commençait à oublier ce qui se passait de l'autre côté de la porte.

— Ne me regarde pas comme ça ou nous ne sortirons jamais d'ici, dit-elle en levant les yeux au ciel.

Il sourit.

— Serait-ce si mal ?

— C'est à vous de me le dire, monsieur le directeur…

— Probablement un brin inapproprié…, dit-il en enlaçant sa taille. Même si je dois reconnaître que cela m'importe peu, à l'heure qu'il est.

Elle sourit à son tour.

— Mais bientôt, cela t'importera à nouveau. Te voilà boutonné.

— De quoi j'ai l'air ?

— De quelqu'un qui a fait l'amour à une femme sur le sol des fiançailles.

— Je n'avais jamais fait cela avant, tu sais. Il n'y a que toi. Tu es la seule…

La seule.

— C'est agréable à entendre, monsieur Drake, dit-elle en se hissant sur la pointe des pieds pour lui déposer un baiser sur le coin des lèvres.

La sonnerie de la porte de son bureau vint briser le silence.

— Dalton, c'est Artem. Si tu es là, il faut que je te parle. C'est urgent.

Il lâcha Aurélie.

— Ne bouge pas, ça va aller.

Il entrouvrit la porte et trouva Artem avec les vêtements d'Aurélie à la main, la mine grave.

Il ne manquait que cela.

— Quoi que tu aies à dire, je ne veux vraiment pas l'entendre maintenant. Est-ce que nous pouvons parler plus tard ?

Artem lui tendit les vêtements.

— Non.

— Bon, dans ce cas, fais-moi toutes les leçons de morale que tu veux.

— Frangin, je ne suis pas là pour te faire la morale, crois-moi. Nous avons un problème à gérer.

— Diana ?

— Non, les nouvelles sont bonnes, mais il s'agit du Palais royal. Ils ont appelé et appelé. Mme Barnes est paniquée, le prince est à New York. As-tu écouté tes messages ?

Dalton se remémora le mail qu'il avait reçu la veille et n'avait pas consulté. Il n'avait pas rallumé son téléphone depuis.

— Non. C'est si grave que cela ?

— C'est grave, dit Artem en glissant la main dans ses cheveux. Mais si tu t'habilles, nous ferons face ensemble.

— Artem, est-ce qu'il y a quelque chose que tu me caches ? demanda-t-il.

Tout en hochant la tête, Artem fixa le sol. Et Dalton regretta d'avoir posé la question.

— Elle est fiancée, déclara-t-il dans un souffle. Aurélie… Elle doit se marier, c'est à la une de tous les journaux du monde.

Dalton secoua la tête. Il devait y avoir une erreur. Une autre princesse, peut-être ? Pas elle, pas Aurélie, son Aurélie.

— Non.

Non. Rien d'autre ne sortait de sa gorge que ce « non ».

Elle aurait dit quelque chose. Elle le lui aurait dit.

La rage l'envahissait, comme un orage grondait avant

d'éclater. Il repensait à son arrivée à New York, comment elle l'avait repoussé après la première fois qu'ils avaient fait l'amour. Il se remémora combien elle avait du mal à entrer dans la salle des fiançailles au départ. Ne lui avait-elle pas dit, en fait ? Pas de façon claire, mais tout concordait. Elle avait essayé de le lui dire depuis le départ.

Artem sortit un journal de la poche intérieure de sa veste et le lui tendit.

— Regarde.

Il ne voulait pas regarder. Pourtant, il s'exécuta. Il avait été aveugle si longtemps, c'était sans doute le moment de s'éveiller à la réalité.

SON ALTESSE ROYALE LA PRINCESSE AURÉLIE MARCHAND D'ESTEREL ÉPOUSERA LE DUC LAWRENCE BOUVIER, LE 20 AVRIL, EN LA CATHÉDRALE D'ESTEREL.

Aurélie sentit qu'il se passait quelque chose de grave aussitôt que Dalton se tourna vers elle.

Il avait l'air si sombre, la mâchoire crispée et le regard figé. Comme il lui tendait ses vêtements, elle prit soudain conscience de sa nudité de façon aiguë. Elle voulait disparaître, se cacher, au moins de son regard glaçant.

— Merci, dit-elle en se glissant aussitôt dans sa robe.

Il ne dit rien. Il resta là, à attendre qu'elle termine de s'habiller. Que se passait-il ? Que lui avait dit Artem en quelques secondes ?

— Dalton, qu'est-ce qui ne va pas ?

— Tout va bien, dit-il en haussant les épaules avec une nonchalance feinte. Je crois simplement que j'ai oublié de te présenter les félicitations de rigueur.

Elle resta face à lui, déconcertée, ne sachant où il voulait en venir. Puis elle comprit.

Il savait.

— De quoi parles-tu ? parvint-elle à dire.

Pourquoi fallait-il qu'elle se prête à cette comédie ?

— Inutile de jouer les ingénues, princesse, répondit-il sèchement en dépliant un journal qu'il lui tendit.

Son estomac se noua en lisant le gros titre. Le Palais avait maintenu l'annonce. Sans même qu'elle ait posé pour la photographie officielle. Ils avaient utilisé une photo plus ancienne.

Elle regarda son portrait et détesta de se voir ainsi souriante et ridicule, sous ce titre détestable. Elle était prise au piège, le Palais avait gagné. Elle n'avait plus qu'à rentrer, maintenant, car elle devenait reconnaissable du grand public dans le monde entier.

Repliant le journal, elle le jeta sur le bureau de Dalton. Prise de nausée, elle ne pouvait regarder cette photo un instant de plus.

— Dalton, je t'en prie, laisse-moi t'expliquer. Je n'étais pas fiancée en arrivant…

Et pourtant, elle allait se marier.

On frappa à la porte et Aurélie pria pour que Dalton ne réponde pas. Elle voulait lui parler, elle avait des choses à régler. Elle ne savait pas comment, mais elle devait essayer. Elle ne serait plus capable de vivre, si elle ne le faisait pas.

— Entrez, dit-il.

La porte s'ouvrit et Mme Barnes entra, suivie par un homme plus âgé avec un costume et une mine sombres.

Son père.

Le prince.

Ses jambes fléchirent et elle s'effondra sur la banquette derrière elle. Son père était venu jusqu'ici pour la ramener à Esterel.

C'était la fin.

— Je suis navré, monsieur Drake, dit Mme Barnes. M. Marchand a insisté pour vous voir, bien qu'il n'ait pas rendez-vous.

Dalton l'interrompit d'un geste.

— C'est bon, madame Barnes, Son Altesse n'a pas besoin de rendez-vous.

— Père, lança Aurélie.

— Aurélie, répondit-il en la regardant de la tête aux pieds, lui signifiant ainsi toute sa désapprobation. Monsieur Drake, je présume ? ajouta-t-il en se tournant vers Dalton.

Dalton hocha la tête.

— Le Palais a essayé de vous joindre à de nombreuses reprises, monsieur Drake. Aurélie ne s'est pas présentée à un important rendez-vous hier et nous avons dû faire localiser son téléphone. Vous imaginez ma surprise, lorsque nous avons constaté qu'elle se trouvait à New York et ce depuis plusieurs jours.

L'ambiance était tout à coup si pesante qu'Aurélie semblait sur le point de s'asphyxier.

Dalton haussa les épaules.

— Pardonnez-moi, Votre Altesse, mais votre fille est adulte. Il me semble qu'elle peut prendre ses propres décisions, non ?

Il tourna la tête vers elle, sans la regarder toutefois. Qu'avait-elle fait ?

— Aurélie ? dit son père.

S'il y avait un moment où elle pouvait s'élever contre le prince, c'était bien celui-là. Prenant une profonde inspiration, elle soutint le regard de celui-ci. Elle vit un souverain, et non un père. Elle songea à tout ce que sa mère avait écrit sur la tragédie de sa vie.

— Je ne veux pas rentrer. Je ne peux pas épouser le duc, père.

— C'est ridicule. Tu peux et tu vas épouser le duc. Je ne te laisserai pas me mettre dans l'embarras, Aurélie, déclara son père en jetant un regard à sa montre. Viens avec moi, nous parlerons une fois rentrés, nous avons un avion à prendre dans une heure.

Elle secoua la tête.

— Je ne peux pas, mes affaires…

Son chien, les perles de sa mère.

Son cœur.

Si Dalton n'avait pas été aussi glacial, elle aurait peut-être trouvé la force d'affronter son père, de refuser le destin qui lui était promis et de réclamer ce à quoi elle croyait. L'amour. La vie. La liberté. Mais lorsqu'elle regardait Dalton, elle perdait toute volonté.

Il lui tendit un sac, avec un écrin noir à l'intérieur, aux armes de la famille Marchand. Elle savait ce qu'il contenait sans avoir à l'ouvrir. L'œuf secret. Il lui rendait son œuf. Il voulait qu'elle reparte.

— Je vais demander que Jacques et tes affaires te soient apportés à l'aéroport, dit-il en lui tendant le sac avec insistance.

Elle ravala sa fierté. S'il ne voulait pas d'elle, elle ne resterait pas. Il lui avait offert une deuxième chance, c'était plus que suffisant.

Redressant le menton, elle saisit le sac. Elle y découvrit alors un deuxième écrin transparent. Dedans, le collier de perles de sa mère, parfaitement remonté.

Comme prêt pour sa deuxième vie de princesse qui allait commencer.

16

Dalton navigua en pilote automatique jusqu'à la soirée de gala. Les sept jours qui s'écoulèrent furent sans doute les plus longs de toute sa vie. Il passait ses journées au bureau à préparer l'événement et le vernissage. Il organisa la venue des traiteurs, des fleuristes, des décorateurs, de la sécurité. Il donna des interviews à la presse, plus qu'il n'en avait jamais donné. Il dut parler de la famille princière encore et encore, ce qui était particulièrement étrange dans le contexte qui était le sien, mais il resta déterminé à ne rien laisser paraître.

Il passait ensuite ses soirées à l'hôpital auprès de Diana, pour lui tenir compagnie. Une fois qu'elle fut autorisée à sortir, Dalton insista pour qu'elle vienne s'installer chez lui, afin qu'il puisse veiller sur elle pendant sa convalescence. Il s'inquiétait et craignait qu'elle ne vive mal la perte de Diamond.

La vérité était sans doute plus complexe… Il redoutait aussi la solitude. Il ne voulait pas se retrouver seul dans son appartement. Partout où il posait le regard, quelque chose lui évoquait Aurélie.

Comme elle lui manquait.

Ses vêtements fantaisie lui manquaient. La façon dont elle refusait qu'on lui dise quoi faire lui manquait. Même son chien ronflant lui manquait. La violence du manque s'imposait à lui chaque instant un peu plus.

Un jour qu'il allait faire quelques pas dans Central Park avec Diana, il s'arrêta tout à coup en découvrant le stand d'adoption des chiots, placé au même endroit que lorsque Aurélie avait adopté Jacques.

— Qu'est-ce qu'il y a ? demanda Diana, en le fixant d'un regard incrédule, alors qu'il allait caresser un minuscule chihuahua dans l'une des panières.

— Je vous reconnais, déclara la bénévole du refuge en le fixant du regard. C'est vous qui aviez adopté notre petit bouledogue français.

— Adopté quoi ? demanda Diana, stupéfaite. Tu as un chien ? Mais où est-il ?

— Ne vous inquiétez pas, dit Dalton devant la mine interloquée de la bénévole, il est avec mon amie !

Ne manquerait plus qu'on l'accuse de trafic de chien ! Ils reprirent leur promenade en silence un long moment.

— Est-ce que tu vas finir par me dire la vérité ? Qu'est-ce que c'est que cette histoire de chien ?

Il soupira en s'arrêtant au pied d'une statue de William Shakespeare.

— Il n'y a rien à raconter. Aurélie a adopté le chien et l'a remporté en partant. Point final. Est-ce qu'on peut rentrer, maintenant ? Le gala est ce soir et j'ai encore des choses à terminer.

— Non, on ne peut pas continuer à faire comme si de rien n'était ! répliqua-t-elle, décidée.

Diana semblait pleine d'énergie et avait véritablement retrouvé ses forces et son tempérament.

— De quoi veux-tu parler ? demanda-t-il en croisant les bras.

— Tu es tombé amoureux d'elle, n'est-ce pas ? Tu l'aimes et elle te manque. C'est pour ça que tu as voulu que je vienne m'installer dans ton appartement.

Oui. Oui, elle a raison. C'est exactement cela.

— Non, c'est vraiment ridicule. Nous avons tous eu très peur pour toi et je suis ton frère. Je veux veiller sur toi, cela n'a rien à voir avec Aurélie.

Elle leva les yeux au ciel.

— Tu arrives peut-être à croire à ton baratin, mais moi, je ne marche pas.

— Laisse tomber, Diana, il n'y a rien à discuter. Aurélie est rentrée chez elle, de l'autre côté de l'océan, et elle va se marier.

— Elle ne se marie pas, répliqua Diana aussitôt.

— Bien sûr que si ! Le 20 avril. Avec un duc ou un roi de je ne sais quoi. Elle portera une couronne et arrivera peut-être même dans un carrosse !

— Inutile de crier.

— Je ne suis pas en train de crier ! lança-t-il, faisant tourner la tête à plusieurs passants à proximité.

Peut-être avait-il un peu haussé le ton, après tout.

— Calme-toi et écoute-moi deux minutes, s'il te plaît. Elle ne se marie plus. Je l'ai lu dans le journal ce matin.

— Je t'ai déjà dit qu'il ne fallait pas croire tout ce que disent les tabloïds.

— Je vois que tu me fais confiance… Eh bien, figure-toi que je n'ai pas lu un tabloïd, mais le supplément littéraire du *New York Times*.

Il encaissa la nouvelle en silence, levant les yeux vers la statue en essayant de prendre la mesure de ce que sa sœur venait de lui annoncer. Il songea à ces histoires éternelles d'amants séparés, puis réunis par le destin… Puis il se rappela que ces histoires d'amour finissaient généralement tragiquement.

— Tu auras mal compris, dit-il. Pourquoi est-ce qu'une histoire comme ça paraîtrait dans le supplément littéraire du *New York Times* ?

Elle afficha une mine narquoise.

— Tu sais quoi ? Je ne vais pas te le dire, et tu devras le lire par toi-même.

— Diana…

Il avait voulu se montrer fort, mais une nuance d'espoir s'était insinuée en lui.

Stop. C'est fini. Elle est rentrée chez elle.

— Si nous y allions ? reprit Diana. J'ai froid et comme tu l'as dit, il y a un gala à préparer pour ce soir.

Tout à coup, le gala lui semblait tellement loin de ses préoccupations…

— Allons-y, répondit-il.

— Il y a un kiosque à journaux au coin de Central Park et de la 50e Rue, si jamais ça t'intéresse.

— Oui, je sais.

Il avait déjà pensé à ce kiosque où il achetait son journal tous les matins, pour ne lire que les pages économiques et financières.

Il acheta un exemplaire du *New York Times* qu'il glissa sous son bras sans y jeter un regard pendant tout le chemin du retour à son appartement. Il voulait le lire seul, même si Diana avait visiblement pris la mesure de ce qu'il éprouvait pour Aurélie.

Il ne savait pas comment il était possible d'annuler un tel mariage, mais l'espoir qui s'était insinué en lui prenait de plus en plus de place. Une fois chez lui, il gagna sa chambre pour lire son journal.

Il n'y arrivait pourtant pas. Il le posa sur son lit, se disant que Diana avait sûrement fait fausse route et essayant de se convaincre que rien n'allait changer, qu'il n'avait pas besoin d'Aurélie dans sa vie. Qu'il allait se relever de son départ et que c'était mieux ainsi.

Menteur.

Il se servit un verre de scotch, en prit une généreuse gorgée et finit par s'asseoir sur le bord de son lit. Ses mains tremblaient et le journal aussi du même coup, tandis qu'il tournait les pages en quête du supplément littéraire.

SON ALTESSE ROYALE AURÉLIE MARCHAND D'ESTEREL ANNULE SON MARIAGE ET ANNONCE LA SIGNATURE D'UN CONTRAT ÉDITORIAL MAJEUR.

Oh, mon Dieu !

Diana disait vrai.

Il relut le titre trois fois pour s'assurer qu'il n'était pas victime d'une hallucination. Puis il se plongea dans l'article, qui expliquait qu'Aurélie avait vendu les droits du journal intime de sa mère à une maison d'édition qui avait d'ores et déjà annoncé la parution de ce livre événement pour le… 20 avril ! Le jour précis où devait avoir lieu le mariage.

Dalton resta assis très calmement le temps d'assimiler les implications de ce qu'il venait de lire. L'article laissait de nombreuses zones d'ombre. Pourquoi Aurélie restait-elle à Esterel ? Comment réagissait son père à un tel acte de défiance envers lui et la couronne ? Allait-elle être destituée ?

L'aimait-elle ?

L'avait-elle aimé ?

Non, tout cela n'avait rien à voir avec ce qui s'était passé entre eux. Aurélie avait simplement repris le contrôle sur sa vie.

Et pourtant, tout cela avait comme un goût de deuxième chance.

Repliant le journal, Dalton reprit une gorgée de son verre de scotch. Il s'habilla pour le gala avec le plus grand soin, choisissant son plus beau smoking pour l'occasion. Il s'arrêta devant son miroir pour ajuster son nœud papillon bleu Drake et fut surpris de noter combien il semblait calme et impassible de l'extérieur, alors qu'une tempête se déchaînait en lui.

Il regarda le nœud papillon et se rendit compte que c'était fini. Il ne pouvait pas le mettre. Ses mains s'y refusaient. C'était la fin de la partie.

Si Aurélie avait eu le courage de choisir sa vie, il en était capable, lui aussi.

Trente minutes plus tard, il faisait irruption dans le bureau d'Artem.

— Il faut que je te parle.

Il n'avait pas même été jeter un coup d'œil aux œufs exposés au premier étage.

— Tant mieux, car je dois aussi te dire quelque chose avant le début du gala, répondit Artem en regardant sa montre. Gala qui commence dans quinze minutes, donc je vais te le dire tout de suite.

Dalton secoua la tête. S'il ne se lançait pas maintenant, il ne se lancerait peut-être jamais.

— Je préfère commencer, répondit-il.

Artem secoua la tête à son tour.

— Non.

— Je démissionne, lança Dalton.

— Tu es viré, dit Artem en même temps.

Les deux frères se fixèrent un moment, sidérés à la fois de ce qu'ils venaient de dire et d'entendre l'un et l'autre.

Artem finit par s'éclaircir la voix.

— Eh bien, il semblerait que nous soyons plutôt d'accord, non ?

— Attends un instant, dit Dalton en s'asseyant dans le fauteuil en cuir en face d'Artem. Mais tu ne peux pas me licencier, je suis codirecteur !

Il ne savait même pas pourquoi il entrait dans ce genre de considérations, alors qu'il était d'accord sur le principe. Il en avait fini avec Drake Diamonds. Il voulait une autre vie.

Mais il avait du mal à imaginer que son frère le licencie de leur entreprise familiale.

— Oui et non, répondit Artem. Nous n'avions pas réglé les détails administratifs de cette codirection, ce qui fait que légalement je suis le seul gérant de Drake Diamonds. Ce qui signifie que…

— Que tu peux me virer, répliqua Dalton, un sourire aux lèvres.

— Oui, et je dois dire que tu le prends affreusement bien, ajouta Artem en enfonçant les mains dans ses poches.

— Parce que j'avais prévu de démissionner aussitôt le gala fini.

— Il n'empêche que tu es licencié, malgré le très bon travail que tu as pu faire ici, tu as fait preuve de légèreté et il est temps que tu aies une vie à toi, en dehors de Drake Diamonds. Avec tout le respect que je te dois.

Comment Dalton avait-il pu perdre autant de temps ? Il avait consacré toute sa vie à Drake Diamonds depuis six ans et les seules journées heureuses étaient celles auprès d'Aurélie. Sans même qu'il les ait appréciées à leur juste mesure, d'ailleurs, car il avait essayé de la maintenir à distance tout le temps. Sauf lorsqu'ils avaient fait l'amour.

Il était plus que temps de la serrer contre lui. Maintenant et pour toujours.

Si seulement elle acceptait qu'il s'approche d'elle à nouveau…

— Oui, tu as raison, dit-il. C'est d'ailleurs pour cela que je pars pour Esterel dès demain matin. Ou ce soir, si je trouve un vol.

Il n'avait pas la moindre idée de la façon d'obtenir une audience avec une princesse, mais il se sentait prêt à monter à l'assaut du palais, si besoin.

— Je suis heureux d'être le premier à te présenter mes félicitations, dans ce cas.

Dalton haussa les épaules.

— Pas si vite. Je ne sais même pas si elle acceptera de me parler.

À deux reprises, il l'avait chassée de sa vie. C'était sans doute difficile à pardonner.

— Je comprends, dit Artem avant de regarder sa montre à nouveau. Malgré toute la solennité de ce moment, je suis au regret de te dire que nous n'avons plus le temps de discuter. Tu ferais bien d'aller jeter un coup d'œil à l'exposition et t'assurer que tout est en ordre ?

— Tout est en ordre, j'en suis sûr, dit Dalton en boutonnant son smoking Armani avant de tourner les talons.

Il passait la porte lorsque Artem lança :

— Joli nœud papillon, au fait !

Dans un éclat de rire, Dalton se dirigea vers l'ascenseur.

Le gala s'annonçait sous les meilleurs auspices. Les journalistes étaient nombreux, les convives semblaient enchantés et tout le monde le félicitait.

Il était heureux que son dernier fait d'armes pour Drake Diamonds soit une réussite, après les erreurs des dernières semaines.

Lorsqu'il entra dans la salle d'exposition du premier étage, cependant, il nota immédiatement que quelque chose n'allait pas. L'ordre de présentation des œufs n'avait pas été respecté. En l'absence de l'œuf secret, c'était l'œuf à la poule qui devait être présenté comme la pièce maîtresse, mais ce n'était pas le cas.

— Qui a changé la présentation ? demanda-t-il au chef d'équipe en place.

— C'est votre frère, monsieur. Nous avions organisé selon vos consignes, mais M. Drake est passé une demi-heure avant l'ouverture pour nous faire changer cela.

Dalton serra les poings. Mais à quoi jouait son frère, bon sang ?

— Votre frère nous a prévenus que vous seriez irrité et nous a indiqué qu'il vous attendrait à l'étage des fiançailles.

— Des fiançailles ?

— Oui, monsieur, mais il a aussi précisé que vous devriez d'abord jeter un coup d'œil à la pièce maîtresse de l'exposition.

Qu'est-ce qu'Artem avait bien pu placer au centre de l'exposition, si ce n'était pas l'œuf à la poule ?

Il s'avança vers le piédestal au cœur de la salle et lorsqu'il leva les yeux vers l'écrin transparent, il resta absolument sans voix.

L'œuf nacré en émail rose orné de diamants et de perles était là.

L'œuf secret d'Aurélie était revenu à New York.

Est-ce une erreur ?

Aurélie s'était demandé cela durant tout le vol au-dessus de l'Atlantique et se l'était répété lorsqu'elle était passée à Drake Diamonds, un peu plus tôt. Elle revenait, Jacques avec elle, alors que le vernissage avait débuté.

Dalton serait-il heureux de la voir ? Avait-il seulement pensé à elle, cette dernière semaine ?

Elle l'espérait…

Elle n'avait guère pensé à autre chose qu'à lui. Le soir,

lorsqu'elle fermait les yeux. La nuit dans ses rêves. Le matin en se réveillant.

Elle avait prié pour que cela s'arrête. Mais les souvenirs ne pouvaient s'effacer. Sa rencontre avec Dalton l'avait changée à tout jamais. Et en profondeur. Si elle ne l'avait pas rencontré, elle n'aurait pas su ce que c'était que tomber amoureuse.

Si elle avait eu le courage de s'élever contre son père, c'était grâce à lui.

Ou à cause de lui.

Alors, même si son retour à New York s'avérait une erreur finalement, même s'il lui demandait une nouvelle fois de rentrer chez elle, elle n'aurait pas le moindre regret d'avoir vécu cette histoire.

Elle espérait simplement que ce n'était pas une erreur et qu'il avait encore un peu de sentiments pour elle.

Arrivée dans l'ascenseur, son cœur battait la chamade et ses jambes menaçaient de ne pas la porter très longtemps. Lorsque la sonnerie annonça l'étage, elle dut se mordre les lèvres pour ne pas fondre en larmes.

Et il était juste là. Il était si beau. Encore plus que dans son souvenir, avec son smoking sur mesure qui le mettait si bien en valeur.

Son regard lui sembla plus perçant que jamais, ses yeux, deux diamants luisants.

Elle retint son souffle. Jacques se mit à glapir avec enthousiasme en découvrant Dalton.

Pourquoi était-ce si difficile ? Elle avait trouvé plus simple d'affronter son père en lui annonçant qu'elle ferait publier le journal intime de sa mère. Elle avait été triste, mais pas nerveuse comme elle l'était maintenant. Elle regrettait de faire souffrir son père, bien sûr, mais elle savait aussi que c'était là sa seule issue pour reprendre sa liberté.

C'était ce que sa mère aurait voulu.

Elle vit Dalton se tourner vers Jacques et lâcha la laisse de son chiot qui courut à sa rencontre. Dalton le prit dans les bras et avança vers elle. Elle remarqua quelque chose alors qui lui donna une bouffée d'oxygène.

Est-ce...

Non, ce n'est pas possible !

Son regard s'était arrêté sur le nœud papillon de Dalton. Elle avait du mal à croire ce qu'elle voyait.

Il était rouge. Pas bleu. Encore moins bleu Drake, mais rouge. Un rouge vif, éclatant.

— Est-ce bien la princesse d'Esterel, qui se tient devant moi ? demanda-t-il en arrivant à sa hauteur.

Aurélie sourit.

— Est-ce que c'est bien du rouge à ton col, ou je me trompe ? répliqua-t-elle aussitôt.

— Touché ! dit-il. Tu as rapporté l'œuf ?

— Tu as remarqué ?

— Oui. Évidemment.

Il déposa Jacques sur le sol et fit un pas vers elle.

— Tu n'étais pas obligée, ajouta-t-il.

— Je le sais, mais nous avions un marché, tu te rappelles ? répondit-elle, le souffle court.

Elle avait envie de le toucher, sentir sa peau, son odeur. Elle avait l'impression qu'une éternité s'était écoulée depuis leur étreinte dans ces mêmes locaux.

Son corps s'en rappelait parfaitement, pourtant. Chaque détail, chaque frisson. Il l'avait aimée, ici. Il avait partagé ses secrets les plus intimes.

— Tu ne me dois rien. Notre marché avait été rompu... Et c'était ma faute, Aurélie. Je suis désolé.

— Non, s'il te plaît ! lança-t-elle avant de se rendre compte que des larmes lui roulaient sur les joues.

Elle ne voulait pas pleurer, pas maintenant. Elle voulait se jeter dans ses bras et mettre un terme à cette torture du manque. Elle voulait l'embrasser encore. Et encore.

— Je...

Mais il ne la laissa pas finir. Avant qu'elle ne puisse dire un mot de plus, il lui posa la main sur la joue.

— Ma parfaite, ma précieuse perle, murmura-t-il. Ne pleure pas.

Enfin, il l'embrassait. Doucement d'abord, puis le tumulte qui les habitait s'empara d'eux et leur baiser se fit plus intense.

Je t'en prie.

Je t'en prie !

Il soupira en réponse à son implication silencieuse et l'attira contre lui. Elle sentait son corps enfin, au travers de sa robe de soirée couleur lilas.

— Dis-moi que c'est vrai, demanda-t-il en la fixant de son regard d'acier. Dis-moi que tu ne l'épouses pas.

— C'est vrai.

Elle avait la tête qui tournait de désir et de bonheur mêlés. Elle en avait fini d'essayer de se protéger, elle voulait vivre maintenant. Sans peur. Sans regrets.

— La simple pensée d'un autre homme auprès de toi me tuait, princesse, dit-il, la voix rauque. Es-tu revenue pour rester ?

Le temps des réponses était venu.

Son cœur tapait dans sa poitrine.

Maintenant. Dis-lui ce que tu es venue lui dire.

— Je ne peux pas rester. Je ne suis là que pour le gala.

Dalton hocha la tête et la lumière dans son regard se fana.

— Je comprends.

Le silence se fit.

— Mon père va abdiquer, annonça-t-elle alors sans autre préambule.

— Comment ça ?

— Il ne voulait rien entendre, j'ai essayé de dialoguer avec lui, mais tu l'as vu, il n'est pas quelqu'un qu'on peut raisonner.

— Oui, il m'a fait penser à mon père…

— Publier le journal de ma mère était ma seule option. Il sait que, une fois ses faits et gestes rendus publics, son peuple se détournera de lui et il veut partir avant que cela n'arrive.

Elle avait fait la seule chose qu'elle pouvait faire. La seule chose qui était susceptible de lui rendre sa liberté. Et au bout du compte, son père avait pris sa décision : sauver les apparences avant tout. Ces apparences qui avaient tué sa mère et failli lui coûter sa liberté.

— Qu'est-ce que cela signifie ? demanda-t-il, les sourcils froncés.

— Que je vais être couronnée. Je suis l'héritière du trône, déclara Aurélie.

Elle inspira profondément, fit de son mieux pour ignorer les battements redoublés de son cœur et finit par formuler ce pourquoi elle avait parcouru six mille kilomètres.

— Et je voudrais que tu sois à mes côtés pour cela. Avec Jacques, bien sûr.

Dalton baissa les yeux vers le chien et sentit le plus grand des sourires se dessiner sur son visage. Avait-il jamais souri ainsi ?

— Quelle chance, j'avais justement prévu de venir visiter ta principauté !

Avait-il bien entendu ce qu'elle avait dit ?

— Si tu venais… Enfin si tu voulais rester à Esterel… il faudrait que tu quittes Drake Diamonds.

— Une fois encore, c'est une chance, car il se trouve que je suis sans emploi à l'heure qu'il est.

Il la prit dans ses bras et posa les lèvres sur les siennes en un baiser impétueux.

Aurélie avait attendu toute une vie pour un baiser comme ça et elle n'en aurait pas voulu un autre. Pas pour tout un royaume !

— C'est en effet une chance, murmura-t-elle contre ses lèvres, parce qu'il me semble que tu ferais un très bon prince consort.

— Seriez-vous en train de me demander de vous épouser, Votre Altesse ? Juste là, dans la salle des fiançailles de Drake Diamonds ?

— Eh bien, il se trouve que, par chance, la cathédrale d'Esterel vient de se libérer pour dans trois mois.

Il avança jusqu'à la faire reculer d'un pas, puis d'un autre, et elle se retrouva contre une vitrine. Il plaisantait, il n'allait tout de même pas… La moitié de la ville était au gala en bas, et pourtant, Aurélie s'en moquait.

— Non, princesse, dit-il en trouvant la fermeture de sa robe bustier. Trois mois, ce serait bien trop long pour épouser la femme que j'aime. Je veux que tu deviennes ma femme le plus tôt possible.

Sa robe glissa au sol dans un frémissement de mousseline et elle se retrouva une nouvelle fois nue, contre une vitrine de diamants.

— Je dois sans doute pouvoir faire jouer mes réseaux, dans ce cas-là…

— J'aime cette idée, ma princesse.

« Ma princesse. »

Elle était sa princesse.

Sienne, elle était sienne.

Dalton saisit son collier de perles du bout des doigts, et comme dans la voiture pour leur premier baiser, tira doucement dessus pour l'attirer à lui. Cette fois-ci, le collier résista, les unissant pour toujours.

TERI WILSON

Sous le charme de son rival

INTÉGRALE

PASSION À MANHATTAN

Traduction française de
MARIEKE MERAND-SURTEL

SAGAS

HARLEQUIN

Titre original :
IT STARTED WITH A DIAMOND

Ce roman a déjà été publié en 2018

1

Il est difficile d'être un diamant dans un monde de strass.

Dolly PARTON

Si Diana Drake manquait de certitudes en ce moment, elle était au moins sûre d'une chose : elle avait envie d'étrangler son frère.

Pas Dalton, l'aîné. Elle ne pouvait pas réellement se fâcher contre lui, même si elle était convaincue qu'il était en partie responsable de son sort actuel. En fait, il bénéficiait d'un passe-droit. Pour l'instant, et parce qu'elle lui devait beaucoup.

Pour commencer, elle habitait gracieusement depuis plusieurs mois son appartement ultra-chic de Lenox Hill. Ensuite, il était désormais prince. Un *vrai* prince charmant. Comment aurait-elle pu lui en vouloir, alors qu'il ne vivait même plus à New York ? À l'heure qu'il est, il se trouvait quelque part sur la Côte d'Azur. Sans doute polissait-il sa couronne, assis sur un trône, ou s'adonnait-il à l'une des activités frivoles qui occupent les princes à longueur de journée.

L'absence de Dalton signifiait qu'Artem, le plus jeune frère de Diana, était le seul Drake dans les parages à pouvoir encaisser sa frustration. Ce qui posait toutefois un petit problème, vu qu'il était maintenant son patron.

Techniquement parlant, disons.

Mais Diana passerait outre ce détail mineur. Elle avait tenu sa langue aussi longtemps qu'il était humainement possible.

— Je ne peux plus faire ça, grommela-t-elle.

D'un pas martial, elle entra dans le bureau imposant de son frère, au dixième étage de Drake Diamonds, la légendaire joaillerie située à l'angle de la Cinquième Avenue et de la 57e Rue, au cœur même de Manhattan. L'entreprise familiale.

Contrairement à Dalton, Diana n'avait pas passé toute son existence entourée de diamants et de luxueux écrins bleus ornés de nœuds en satin blanc. Et contrairement à Artem, elle n'était pas le P-DG de la société. Mais jusqu'à preuve du contraire elle était toujours un membre de la famille. Une Drake, au même titre que ses frères.

Alors, était-il vraiment nécessaire qu'elle subisse l'humiliation de travailler comme vendeuse au rayon le plus cauchemardesque de la boutique ?

— Le rayon Sélection Mariage ? Vraiment ?

Bras croisés sur la poitrine, elle fusilla Artem du regard. Cela lui faisait encore une drôle d'impression, de le voir assis derrière le bureau qui était auparavant celui de leur père. Gaston Drake était mort depuis presque un an, mais sa présence planait toujours dans l'air.

Beaucoup trop. Elle était quasi suffocante.

— Bonjour à toi aussi, Diana.

Artem lissa sa cravate, exactement du même bleu que celui des coffrets à bijoux caractéristiques du magasin. Le bleu Drake. Pouvait-il avoir la décence de paraître au moins un tout petit peu perturbé par son accès de colère ?

Apparemment, non.

— Je ne peux pas faire ça, Artem, fit-elle avec un gros soupir. Je peux travailler n'importe où dans cet immeuble, mais pas là.

D'un geste, elle désigna le salon d'exposition des collections Mariage et Fiançailles, au fond du couloir.

Il la fixa d'un air insouciant, puis consulta ostensiblement sa montre.

— Je comprends ton point de vue. Ça fait déjà trois heures. Comment as-tu tenu si longtemps ?

— Trois heures de torture ! Tu as déjà mis un pied dans cet endroit, dis-moi ?

— Je suis le P-DG, alors oui, je me risque de temps à autre jusque-là.

Forcément.

N'empêche, elle doutait fort qu'il ait réellement aidé des couples fiancés à choisir leurs alliances. En tout cas, elle espérait que non, car elle n'aurait pas souhaité pareille malédiction à son pire ennemi.

Ce matin, elle avait entendu un homme et une femme — des adultes — babiller entre eux en langage bébé. Rien que d'y penser, elle avait la nausée. Les grandes personnes n'ont pas le droit de parler comme des bébés, même aux bébés.

Son regard dériva fugacement vers le couffin, posé dans un coin du bureau de son frère. Elle n'arrivait toujours pas à croire qu'Artem était à présent un papa. Et un mari. C'était plutôt stupéfiant, surtout si l'on considérait quel épouvantable mauvais exemple avait été leur père dans le domaine de la famille.

Mais elle s'écartait du sujet ; du moins, elle lui donnait un tour personnel et non professionnel. Or, elle n'arriverait à rien en abordant Artem en tant que sœur. Cette discussion concernait le travail, purement et simplement. Abandonner le rayon Sélection Mariage était la meilleure chose que Diana puisse faire, non seulement pour elle-même, mais aussi pour Drake Diamonds.

À peine une demi-heure plus tôt, comme un homme lui demandait conseil pour choisir une bague de fiançailles, elle avait été à deux doigts de lui dire de dépenser son argent dans quelque chose de plus raisonnable qu'un énorme diamant, alors que les chances que sa petite amie et lui connaissent un bonheur sans nuage étaient quasi nulles. Si ladite petite amie acceptait sa demande en mariage, ils n'avaient que quatre-vingts pour cent de chances de passer devant M. le maire. Après ça, la probabilité de rester mariés était d'environ une sur deux. Et, même s'ils demeuraient mari et femme jusqu'à ce que la mort les sépare, pouvaient-ils espérer être heureux ? Qui est heureux en ménage ?

La mère de Diana était restée fidèlement aux côtés de son époux, même après avoir découvert qu'il avait eu un enfant avec leur femme de ménage. Si sa mère avait élevé ce garçon comme son fils, elle n'avait certainement pas vécu dans la félicité.

Devenu un homme, le garçon en question était actuellement assis devant Diana, de l'autre côté du bureau. Elle avait grandi avec lui et l'aimait de tout son cœur. Artem était son frère. Affaire classée.

Le problème de Diana n'était donc pas Artem, mais plutôt leur père et le concept du mariage dans sa globalité. Elle détestait ce que les relations sentimentales font aux gens…

Surtout, elle détestait ce que sa mère avait vécu.

Eut-elle grandi dans une famille modèle, il était peu probable que Diana ait considéré que dépenser trois mois de salaire pour une bague de fiançailles soit autre chose qu'une parfaite idiotie. C'était une question de logique, tout simplement. De statistiques. Or, les statistiques disent que mettre quarante mille dollars dans un solitaire Drake Diamonds de deux carats revient à jeter un énorme paquet d'argent dans l'Hudson River.

Seulement voilà, elle n'avait pas le droit d'exprimer son point de vue sur le sujet, vu qu'elle travaillait maintenant au rayon Sélection Mariage. Et puis, Drake Diamonds avait subvenu à ses besoins durant toute sa vie.

— Je dis simplement que mes talents seraient plus utiles ailleurs, plaida-t-elle.

N'importe où ailleurs.

— Vraiment ?

Alors qu'un vague sourire étirait la bouche d'Artem, elle sut quelle serait la suite.

— Et quels talents, précisément ?

Bingo.

— Ah, ne commence pas, tu veux.

Elle n'avait aucune envie de reparler de son accident. Plus jamais, d'ailleurs. Elle avait tourné la page.

— Je n'ai pas évoqué ta formation, dit-il en levant les mains en un geste de reddition. Seulement, tu n'as pas d'expérience professionnelle. Et tu n'as pas fait d'études supérieures. Désolé de te dire ça, sœurette, mais tes options sont limitées.

Elle avait envisagé de s'inscrire à l'université de New York, mais ne prit pas la peine de le mentionner. Son diplôme n'allait pas se matérialiser au cours de la nuit. Hélas. Elle avait toujours songé à la fac mais, entre l'entraînement et les compétitions, elle n'avait pas trouvé le temps. À présent, elle avait vingt-six ans et zéro diplôme à son actif.

Si seulement elle avait passé un peu moins de temps sur le dos d'un cheval durant ces dix dernières années et quelques heures de plus en cours…

— Dois-je te rappeler qu'un tiers de cette entreprise m'appartient ? fit-elle d'une voix déterminée. Tout comme Dalton et toi, je suis une Drake, tu sais.

— C'est vrai mais, contrairement à nous, tu n'avais jamais travaillé ici avant aujourd'hui.

Il regarda de nouveau sa montre et boutonna sa veste.

— Écoute, accroche-toi encore un peu. Quand tu auras appris les ficelles du métier, on essayera de te trouver un autre boulot, d'accord ?

« Un peu », ça représentait combien de temps, au juste ? Une semaine ? Un mois ? Diana brûlait de poser la question, mais n'osait pas. Elle détestait donner l'impression de geindre, mais détestait plus encore dépendre de l'horrible nom de Drake. Malheureusement, ce nom s'avérait le seul atout qui lui restait dans l'immédiat.

— Viens avec moi, reprit Artem en se levant. On a une séance photo cet après-midi au rayon Sélection Mariage. À mon avis, tu pourrais trouver ça intéressant.

Heureusement que son frère marchait devant elle. Ainsi, il ne pouvait pas la voir lever les yeux au ciel.

— S'il te plaît, dis-moi que ça n'implique pas une robe de mariée.

— Détends-toi, ma sœur chérie. On photographie des boutons de manchette. Si la photographe veut se servir de la salle d'exposition de ton rayon, c'est uniquement parce qu'elle a la plus belle vue de l'immeuble sur Manhattan.

La vue était en effet superbe, surtout maintenant que le printemps était arrivé à New York, dans toute sa splendeur parfumée. L'air était empli de fleurs de cerisiers, qui dansaient et virevoltaient, pareilles à des flocons de neige rose. Diana s'était une ou deux fois perdue dans la contemplation du paysage verdoyant de Central Park.

Mais ces moments de béatitude avaient brutalement pris fin quand elle s'était détournée des immenses baies vitrées de la salle d'exposition pour se rendre compte qu'elle était entourée de diamants. De diamants de mariage.

De retour dans la vaste pièce, elle cligna des yeux contre l'assaut étourdissant d'innombrables bagues de fiançailles étincelant sous les spots violents, et suivit Artem dans l'angle où la photographe disposait de grands projecteurs sur pied. Toute une rangée d'objectifs de tailles différentes s'alignaient sur l'une des vitrines.

Diana glissa un plateau en velours sous les objectifs afin de protéger le verre, puis se mit à réarranger des objets ici ou là. Peut-être que, si elle s'immisçait d'une manière ou d'une autre dans cette histoire de séance photo, elle pourrait échapper une heure ou deux aux épousailles d'un couple mielleux.

On peut toujours rêver…

— Notre modèle est là ? demanda la photographe. Parce que je suis prête, et on n'a plus qu'une heure avant le coucher du soleil. J'aimerais profiter de cette lumière et de cette vue spectaculaire.

Diana regarda par la fenêtre. Le ciel se teintait déjà de violet, et le vent du soir s'était levé, parsemant la Cinquième Avenue de pétales roses. Le soleil commençait tout juste à plonger derrière les gratte-ciel. Ce serait une somptueuse toile de fond… Si le modèle arrivait.

Artem consulta une fois de plus sa montre et fixa la porte, sourcils froncés. Diana prit son temps pour polir la douzaine de boutons de manchette qu'il avait sortis pour la séance. Elle était prête à faire n'importe quoi, pourvu que les minutes s'étirent.

Au moment où elle s'emparait de la dernière paire, Artem poussa un soupir de soulagement.

— Ah, le voilà.

Diana leva les yeux vers l'homme qui s'approchait à grands pas et se figea, incrédule. Le choc qu'elle avait reçu sur la tête des mois plus tôt avait-il laissé plus de séquelles que ne l'avaient pensé les médecins ?

« Vous vous en tirez sans dommages. Tout va bien. »

Tout ne semblait pas aller si bien, pourtant. L'univers entier de Diana avait volé en éclats et, des mois plus tard, elle n'avait toujours pas réussi à en rassembler les morceaux. Elle commençait même à penser qu'elle n'y arriverait jamais.

Car, au fond d'elle-même, elle savait qu'elle aurait beau essayer, c'était impossible. Personne n'en serait capable.

Raison pour laquelle elle avait décidé d'arrêter les frais et de repartir de zéro. Elle allait tout simplement se bâtir une nouvelle vie. Une vie normale, tranquille. Sûre. Il lui faudrait un peu de temps pour s'y habituer, mais elle pouvait le faire.

Les gens repartent de zéro en permanence, non ?

Au moins, elle avait un boulot. Un appartement. Une famille. Il y avait pire au monde que d'être une Drake.

Le passé appartient au passé, et elle était désormais joaillière. Hélas, un élément troublant venait de refaire surface dans sa nouvelle vie.

Franco Andrade.

Pas lui. Non… Pas lui.

Il fallait qu'elle parte. Elle pourrait tenter de s'éclipser derrière un comptoir de vente et retourner à ses futurs mariés buveurs de champagne. Vendre des bagues de fiançailles ne lui avait jamais semblé plus attirant qu'à cet instant.

Elle posa le chiffon à polir sur le comptoir, mais avant qu'elle puisse replacer les boutons de manchette dans leur petit écrin bleu, l'un d'eux lui échappa des doigts. Horrifiée, elle le regarda rebondir sur la chaussure d'Artem, puis rouler sur l'épaisse moquette bleu Drake, pile en direction de la silhouette de Franco qui s'approchait.

Diana soupira. Voilà ce qu'elle gagnait pour s'être plainte à Artem. Ce n'était pas parce qu'elle était une riche héritière qu'elle devait se comporter comme une enfant gâtée. Parce qu'elle s'était montrée présomptueuse, son karma se déchaînait contre elle…

Elle s'agenouilla, à la recherche du bouton de manchette fugueur, souhaitant que le sol s'ouvre en deux pour l'engloutir. Manifestement, il existait des sorts plus funestes que celui d'aider des hommes à choisir des bagues de fiançailles.

— Monsieur Andrade, on se rencontre enfin !

Contournant habilement sa sœur, Artem tendit la main à Franco.

« M. Andrade. »

Donc, c'était bien lui. Elle avait vaguement espéré être victime d'une hallucination. Ou avoir affaire à un sosie. Mais c'était parfaitement absurde. Des hommes aussi beaux que Franco Andrade n'existent pas en deux exemplaires. Son visage ciselé était une rareté, une merveille qui ne se produit qu'une fois par millénaire, et encore. Comme l'apparition d'une licorne. Ou un astéroïde fonçant vers la Terre, prometteur de destruction massive à l'impact.

Cette dernière image lui semblait la plus appropriée pour décrire cet homme. En matière de conquêtes féminines, sa réputation n'était plus à faire. Mais peu importait les rumeurs. Diana savait personnellement qui était Franco Andrade. La vérité était gravée dans sa mémoire avec une clarté atroce. Ce qu'elle ne savait pas, en revanche, c'est ce qu'il faisait ici.

Modèle pour la prochaine campagne ? Impossible.

Il devait s'agir d'une plaisanterie. Ou d'une tentative de

manipulation complètement inappropriée de la part d'Artem pour la renvoyer à son ancienne vie.

Quoi qu'il en soit, pour la deuxième fois en quelques heures, elle avait envie d'étrangler son frère. Après tout, c'est lui qui avait convié Franco ici.

Jamais elle n'aurait dû rejoindre l'entreprise familiale. Mais hélas elle n'avait guère eu d'autres options.

Elle chassa de son esprit les remarques d'Artem sur son inexpérience pour se concentrer sur son problème en cours. Où était donc passé ce satané bouton de manchette ?

— Je te tiens, chuchota-t-elle entre ses dents, apercevant un éclat argenté.

Mais alors qu'elle tendait la main vers le bijou, le corps viril de Franco Andrade se dessina dans sa ligne de mire.

— Vous permettez ?, demanda-t-il en s'accroupissant pour l'aider.

Ses paroles la firent vibrer tout entière. Est-ce qu'il avait toujours eu cette voix aussi délicieusement grave ? Il devait être capable de mettre les femmes à genoux rien qu'en récitant l'alphabet. Ce qui aurait rendu la posture actuelle de Diana assez appropriée, si elle n'avait pas été horriblement humiliante.

— Voilà.

Au creux de sa paume, il avait cueilli le bouton de manchette. Il avait de grandes mains calleuses qui contrastaient avec l'élégance de son smoking ajusté.

Il manquait toutefois une cravate à sa tenue, et les poignets de sa chemise n'étaient même pas attachés. On aurait dit qu'il sortait tout juste du lit d'une femme et qu'il avait enfilé son Armani de la veille. Ce qui était sans doute le cas.

— Merci, marmonna-t-elle, veillant à ne pas croiser son regard.

— Attendez.

Refermant les doigts sur le bouton de manchette, il se pencha davantage pour mieux la dévisager.

— On se connaît ?

Elle secoua la tête bien trop fort.

— Non, non, fit-elle. Non, pas du tout.

— Je pense que si, objecta-t-il, s'entêtant à ne pas lui rendre le bouton de manchette.

Eh bien, qu'il le garde. Elle avait mieux à faire, comme aider des tourtereaux à se prendre en photo, tout en essayant des bagues. Elle ferait n'importe quoi, pourvu qu'elle puisse s'extirper de cette situation embarrassante.

— Bon, tout semble en ordre, dit-elle en se relevant d'un bond. Je vais…

— Diana, attends.

Artem avait employé son ton de P-DG. Formidable.

Obéissante, elle ne bougea plus, de peur que son frère revienne sur sa promesse et l'exile pour une éternité de travail au rayon Sélection Mariage.

Franco prit son temps pour se redresser, comme si tout le monde était ravi de l'attendre, y compris le coucher du soleil sur Manhattan.

— Monsieur Andrade, je suis Artem Drake, P-DG de Drake Diamonds. Et voici ma sœur, Diana Drake.

— Enchantée, dit-elle d'une voix crispée, en croisant les bras.

Artem lui décocha un regard sévère. À contrecœur, elle plaqua un sourire sur ses lèvres et tendit la main.

Franco baissa les yeux dessus, patienta jusqu'à ce qu'elle sente ses joues s'empourprer, puis déposa le bouton de manchette dans sa paume, sans la toucher.

— *El placer es mio*, répliqua-t-il avec une pointe d'accent argentin.

Tout le plaisir est pour moi.

Un frisson rebelle parcourut l'échine de Diana.

Ce frisson ne signifiait rien, bien sûr. C'était un très bel homme, voilà tout. Il était tout à fait normal que le corps de Diana réagisse à ce type de perfection physique, même si sa tête savait qu'il valait mieux n'accorder aucune attention à ses larges épaules et à ses yeux sombres étincelants.

Elle déglutit. À part les défauts insurmontables du personnage, Franco Andrade avait toujours eu un charme fou. Dévastateur.

C'était injuste. Mais la vie est injuste, pas vrai ? Dernièrement, elle avait même été franchement cruelle.

La gorge de Diana se serra. Puis, au milieu du brouillard qui obscurcissait soudain son esprit, elle se rendit compte qu'Artem s'éclaircissait la voix.

— On commence ? Il faut profiter de cette lumière.

Il présenta Franco à la photographe qui faillit tomber en pâmoison lorsqu'il posa les yeux sur elle.

Diana réprima un haut-le-cœur et fit de son mieux pour se fondre dans les murs bleu Drake.

En vain. Alors qu'elle tentait de s'échapper, Artem lui fit signe.

— Diana, rejoins-nous, s'il te plaît.

Elle afficha un semblant de sourire et s'approcha de la fenêtre, où la photographe positionnait Franco en le touchant bien plus que nécessaire. Manifestement, elle lui avait pardonné son retard. Rien d'étonnant.

Tournant le dos à cette scène horripilante, Diana leva un sourcil à l'attention d'Artem qui tapait sur son iPhone.

— Tu as besoin de moi ?

— Oui. Tu peux aider M. Andrade à mettre les différents boutons de manchette ?

Elle fixa son frère d'un air ahuri.

— Euh… Moi ?

— Oui, toi. C'est quoi, cette attitude ? Je pensais que tu serais contente. Je parle bien à la personne qui vient de faire irruption dans mon bureau en exigeant un autre poste que celui de vendeuse au rayon Sélection Mariage ?

— Eh bien, oui. Oui, bien sûr.

Elle mourait d'envie de le retrouver, ce poste honni, mais si elle le faisait, Artem ne la prendrait jamais plus au sérieux. Pas après tout ce qu'elle avait dit un peu plus tôt.

— Boutons de manchette. Je m'en occupe.

Elle pouvait faire ça. Absolument. Elle était Diana Drake, bon sang ! Dans le monde entier, elle était réputée pour n'avoir peur de rien.

En tout cas, c'est ce qu'on disait d'elle à l'époque. Moins maintenant.

Fais-le ! Finis-en une bonne fois pour toutes. Après, tu ne le reverras plus jamais.

Elle redressa les épaules, saisit une paire de boutons de manchette et s'avança vers le lieu de la séance photo, tout en fantasmant sur le jour où elle tiendrait les rênes de cet endroit. Ou du moins, où elle ne serait plus tout en bas de l'échelle.

Franco s'appuyait nonchalamment à la vitre, pendant que la photographe ébouriffait ses cheveux noirs, visiblement à des fins esthétiques.

Diana brandit les boutons de manchette — or blanc 18 carats pavé de diamants noirs, valant plus que la moitié de toutes les bagues de fiançailles réunies dans la pièce.

— Excusez-moi. J'ai les bijoux.

— Parfait, gloussa la photographe. Je prends mon appareil, et on pourra y aller.

Elle passa une dernière fois la main dans les cheveux de Franco, avant de s'éloigner. Si celui-ci remarqua le soudain balancement exagéré de ses hanches, il n'en montra rien.

— Vous êtes venue m'habiller ? dit-il en rivant son regard sur Diana.

— Non, répondit-elle, le visage en feu. Enfin, si. En quelque sorte.

Sa bouche étirée en un sourire provocateur, il lui offrit ses poignets. Elle tendit la main vers l'un d'eux et, de plus en plus mortifiée, se rendit compte que ses doigts tremblaient.

Cette journée ne s'arrêterait-elle donc jamais ?

— Du calme, *mi cielo*, murmura-t-il à son oreille.

Mi cielo.

Elle connaissait le sens de ces paroles, car il les lui avait déjà murmurées. À l'époque, elle s'y était accrochée comme si elles signifiaient quelque chose.

Mi cielo. Mon ange du paradis.

Évidemment, cela ne signifiait rien. Pour lui.

Elle non plus ne signifiait rien pour lui.

— Je ne suis pas à vous, monsieur Andrade. Je ne l'ai jamais été et ne le serai jamais.

Elle le fusilla du regard, accrocha le second bouton de manchette à sa chemise avec un peu trop de brutalité, puis laissa retomber son poignet.

— On en a terminé.

Pourquoi avait-elle le sentiment désagréable qu'elle se trompait ?

2

Apparemment, Diana Drake ne se souvenait pas de lui. Ou si c'était le cas elle le méprisait. Franco ne savait pas très bien laquelle des deux hypothèses était la plus supportable.

L'idée d'être si facilement oublié ne l'enchantait pas. Cela dit, être un homme inoubliable ne lui avait pas particulièrement réussi, ces derniers temps.

Il ne pouvait nier qu'il s'était amusé, follement même, le temps que ça avait duré. Mais cette époque-là était révolue. Il prenait un nouveau départ, commençait une page blanche, écrivait un nouveau chapitre, peu importe la métaphore qui s'appliquait.

Il n'avait pas le choix.

Il avait été renvoyé. Viré de la Kingsmen Polo Team. Jack Ellis, propriétaire des Kingsmen, avait fini par le mettre à la porte, après lui avoir posé bien des ultimatums au fil des années.

Cela n'aurait pas dû être une surprise. Franco savait qu'il avait poussé à bout la tolérance d'Ellis. Plus souvent qu'à son tour, pour être honnête. Jamais pourtant il n'avait laissé ses activités extra-professionnelles affecter ses performances sur le terrain. Franco avait détenu le record des buts marqués par les Kingsmen pendant quatre ans d'affilée.

Ce qui rendait son renvoi encore plus frustrant, d'autant plus qu'il n'avait en réalité enfreint aucune règle. Cette fois, Franco était innocent. Probablement pour la première fois de sa vie d'adulte, il n'avait rien fait de fâcheux.

L'ironie de cette situation n'en était que plus amère.

— Monsieur Andrade, pourriez-vous lever un peu plus votre bras droit ? demanda la photographe. Comme ça.

Elle joignit le geste à la parole, et Franco détourna son regard de Diana avec une curieuse réticence. Il ne l'avait pas observée intentionnellement. Son attention restait juste focalisée sur elle pour une raison qui lui échappait.

Elle n'était pas la plus belle femme qu'il ait jamais vue. Il faut dire que les belles femmes étaient légion dans son monde. Mais Diana Drake avait quelque chose de bien plus fascinant que sa simple apparence.

Encore que la regarder n'avait rien de désagréable. Bien au contraire. Franco y prenait un réel plaisir.

Elle se tenait devant un des présentoirs, arrangeant et réarrangeant ses boutons de manchette. Se rendait-elle compte que sa position donnait à Franco une vue assez spectaculaire sur ses fesses ? À en juger par la manière dont elle paraissait déterminée à l'ignorer, il en doutait. Elle ne posait pas pour son bénéfice à lui, comme la photographe donnait l'impression de le faire. Franco savait quand une femme tentait d'attirer son attention, et celle-là ne cherchait pas du tout à y parvenir.

Il n'arrivait pas à définir ce qui le captivait en elle, jusqu'à ce qu'elle lui lance un coup d'œil depuis le fond de la salle.

Le souvenir le frappa de plein fouet.

Ces yeux…

Avant de rencontrer Diana, Franco n'avait encore jamais vu des yeux de cette couleur — violet profond. Ils scintillaient, pareils à des améthystes. Encadrés par une épaisse frange de sourcils noir ébène, ils contrastaient de façon si saisissante avec son teint d'albâtre qu'il ne pouvait se résoudre à en détacher le regard. Même maintenant.

Et cela posait un sérieux problème.

— Monsieur Andrade, répéta la photographe. Votre poignet.

Ajustant sa posture, il lui décocha un clin d'œil d'excuse. Les joues de la photographe rosirent, et il se sut pardonné. Franco tourna à nouveau la tête vers Diana, juste à temps pour la voir lever les yeux au ciel en signe de dégoût.

Oui, il avait un gros problème.

Car il n'avait le droit de prêter attention à aucune femme dans l'immédiat, et surtout pas à une Drake. Il était sur le chemin de la rédemption, et les membres de cette puissante famille étaient des personnages clés sur ce chemin. Diana Drake était pour lui une femme strictement interdite.

Donc, qu'elle refuse de lui accorder le moindre intérêt était une bonne chose. Un réel soulagement !

Résolu à ignorer lui aussi la jeune femme, Franco se tourna vers l'objectif de la photographe.

— Parfait, roucoula celle-ci. Tout simplement parfait.

À côté d'elle, Artem hochait la tête.

— Oui, c'est excellent. Mais on devrait peut-être varier la mise en scène.

La photographe baissa son appareil et examina la salle pleine de bagues de fiançailles et de solitaires.

— Vous pensez à quoi ? Quelque chose de romantique ?

Artem haussa les épaules.

— On a déjà fait dans le romantique. À maintes reprises. J'espérais quelque chose d'un peu plus accrocheur.

La femme fronça les sourcils.

— Laissez-moi réfléchir une minute.

S'ensuivit une longue discussion à voix basse, qui arracha un soupir à Franco. Il s'était douté que faire le mannequin ne serait pas aussi excitant que jouer au polo. Il exerçait ce métier depuis moins d'une heure et s'ennuyait déjà à mourir.

Il soupira à nouveau, les yeux fermés. Ainsi, il put s'évader quelques instants, vers un endroit qui sentait la paille, les chevaux et la terre fraîchement piétinée. Un endroit où le sol tremblait sous le martèlement des sabots. Un endroit où jamais il ne se sentait fébrile ni en insécurité.

Une vague migraine montait à ses tempes. Quand il ouvrit les yeux, Diana Drake se trouvait à quelques centimètres de lui.

— Comme on se retrouve, dit-il en souriant.

Pour toute réponse, Diana se raidit, alors que la photographe la poussait plus près de lui.

— Bon, maintenant, tournez-vous. Vite, avant que le soleil se couche, insista-t-elle. Monsieur Andrade, mettez vos bras autour d'elle. Rapprochez-la de vous, tout contre votre corps. Oui, comme ça. Parfait !

Diana s'exécuta, collant son dos à lui. Enfin, les choses devenaient intéressantes !

— Eh bien, c'est un peu embarrassant, non ? souffla-t-il à l'oreille de Diana, faisant onduler son épaisse chevelure.

Il fit son possible pour ne pas penser à la douceur de ces cheveux contre sa joue, ni à ce parfum floral qui lui rappelait les orchidées sauvages dans la vigne, en Argentine.

— Embarrassant ? répondit Diana en lui décochant un regard noir par-dessus son épaule. D'après ce que je sais, vous êtes habitué à ce genre de choses.

— Je croyais que vous ne vous souveniez pas de moi.

— Vous êtes impossible, grommela-t-elle tout en gigotant, mal à l'aise, dans ses bras.

— Ce n'est pas ce que vous disiez, la dernière fois qu'on s'est trouvé dans cette position.

— Oh Seigneur, je n'ai rien entendu !

Voilà la Diana Drake qu'il se rappelait. Fougueuse. Audacieuse.

— Très joli ! s'exclama Artem d'un ton approbateur en s'avançant vers eux. Vous êtes sublimes contre ce ciel. Branchés. Intimes. Provocants.

— Artem ! protesta Diana, tu n'es pas sérieux.

— Mais si. Tiens. Mets ça autour de ton cou, Diana.

Il lui tendit un somptueux collier en diamants, orné d'un saphir central presque aussi gros qu'une balle de polo.

Diana croisa les bras.

— Franchement, je ne suis pas certaine de devoir participer à tout ça.

— Ce n'est qu'une photo parmi cent autres. On ne l'utilisera probablement même pas. La campagne de pub concerne les boutons de manchette, souviens-toi. Fais-moi plaisir, petite sœur. Mets-le.

Il haussa un sourcil narquois.

— Et puis, je croyais que tu voulais explorer d'autres possibilités de carrière, ici, acheva-t-il.

Elle s'empara brutalement du bijou.

— D'accord.

Intrigué, Franco fronça les sourcils. De quoi parlait Artem, au juste ?

— Vous ne travaillez pas dans cet endroit, n'est-ce pas ? chuchota Franco tout bas.

Certes, elle s'appelait Drake. Mais pourquoi diable renoncerait-elle à une carrière de grands prix d'équitation pour vendre des diamants ?

— Il se trouve que si, répondit-elle avec raideur.

— Pourquoi ? Si ma mémoire est bonne, votre place est sur un podium, avec une médaille autour du cou. Pas ici.

— Qu'est-ce que ça peut vous faire ? grogna-t-elle, tandis que la photographe les mitraillait avec son appareil.

Bonne question.

— Rien.

Si. Ça lui faisait quelque chose, bon sang.

Lui-même aurait tout donné pour se trouver à cet instant sur le dos d'un cheval, et Diana Drake travaillait comme vendeuse, alors qu'elle avait un avenir de championne olympique ?

— C'est juste que ça me semble être un énorme gâchis, vu votre talent. Soyez honnête : ça vous manque, pas vrai ?

Les doigts de Diana tremblaient, et elle faillit faire tomber le collier dans son chemisier.

— Laissez-moi vous aider, suggéra Franco.

— Je peux me débrouiller, riposta-t-elle.

— Écoutez, plus vite cette photo sera prise, plus vite ce sera terminé.

Comme il penchait la tête pour mieux voir l'attache du collier, ses lèvres s'approchèrent dangereusement de la courbe élégante de sa nuque. Elle lui jeta un coup d'œil par-dessus son épaule, et l'espace d'un instant fugace, elle fixa sa bouche. Puis elle lâcha un infime petit son, qui ressemblait fort à un gémissement.

Réaction qui l'excita bien plus que cela n'aurait dû, sans doute en raison de son tout récent célibat.

Si ce nouveau mode de vie s'annonçait plus ardu que prévu, Franco aimait les défis. Il avait toujours été meilleur au polo quand il affrontait ses opposants les plus redoutables. L'adversité faisait ressortir le meilleur de lui. Il l'avait appris à ses dépens, il y a très longtemps de cela.

— Vous êtes époustouflants, tous les deux, dit la photographe. Diana, ouvrez un peu plus le col de votre chemisier, pour qu'on voie mieux le saphir.

Elle obéit, et Franco fut un instant ensorcelé par son cou gracieux. Sa peau était ravissante. Lumineuse et pâle sous le bleu étincelant de la pierre.

— Je pense que c'est bon, déclara la photographe en baissant son appareil.

— On a fini ? demanda Diana.

— Oui. C'est terminé.

— Parfait, fit-elle tout en s'éloignant déjà, sans un regard en arrière.

— Vous n'oubliez pas quelque chose, *mi cielo ?*

Elle fit volte-face, le visage empourpré.

— Quoi ?

Il tendit ses poignets.

— Vos boutons de manchette.

— Ah oui. Merci.

Elle les détacha puis referma le poing dessus.

— Au revoir, monsieur Andrade.

Les épaules bien droites, elle tourna les talons. Professionnelle avant tout.

Mais Franco n'était pas dupe. Il avait senti sa nervosité, quand elle avait ôté les boutons de manchette. Elle tremblait comme une feuille, ce qu'il avait trouvé très étrange.

Diana pouvait prétendre ne pas se souvenir de lui, lui se souvenait parfaitement d'elle. Elle n'avait rien de timide, ce qui d'ailleurs l'avait rendue inoubliable. Elle incarnait l'assurance, la confiance en soi. C'était une des qualités qui faisaient d'elle une cavalière aussi excellente.

Si Diana Drake devait se résumer en un mot, ce serait « courageuse ». Elle possédait le genre de ténacité qui ne s'apprend pas. Un cran naturel. Inné. Comme la taille ou le son de la voix. Ou la couleur violette de ses yeux.

Mais les gens changent. Était-ce le cas de Diana ?

3

Diana allait être en retard au travail.

Depuis cette humiliante séance photo, elle redoutait davantage encore le dixième étage. À chaque fois qu'elle levait les yeux d'une vitrine de bijoux, elle s'attendait presque à voir débarquer Franco, un sourire suffisant sur son visage séduisant. C'était une inquiétude ridicule, bien entendu. Il n'avait aucune raison de revenir au magasin. La séance photo était finie. Terminée.

Dieu merci.

Et puis Franco n'était pas porté sur les relations suivies.

N'empêche, elle avait du mal à chasser le souvenir de la sensation qu'elle avait éprouvée, lorsqu'il avait accroché le pendentif autour de son cou… Le frôlement de ses doigts, la chaleur suggestive de son souffle sur sa peau.

Cela faisait longtemps que Diana n'avait pas été touchée de manière aussi intime. Très longtemps. Elle savait que cette photo avec Franco n'était pas réelle. Ils posaient, voilà tout. Faisaient semblant. Elle ne se berçait pas d'illusions.

Hélas, son corps n'était pas sur la même longueur d'onde que sa tête. Physiquement, elle avait été prête à croire à ce beau mensonge.

Exactement comme la nuit où elle avait couché avec lui.

C'était humiliant de penser à sa réaction, quand elle l'avait revu, si longtemps après. Elle s'était pratiquement liquéfiée aux pieds de cet homme. Un homme qui collectionnait les aventures sans lendemain !

Sans doute avait-il remarqué sa respiration hachée, son cœur palpitant, la façon dont elle brûlait de désir pour lui. Il l'avait remarqué et il avait savouré chaque seconde de son trouble.

Elle soupira, résolue à ne plus y penser. Tout cela était fini et n'avait guère d'importance.

Alors pourquoi ne parvenait-elle pas à oublier Franco ? Elle avait pourtant des préoccupations plus importantes que de se couvrir de ridicule devant ce don Juan joueur de polo. Ce n'était pas la première fois, après tout. Elle était déjà passée pour une idiote en sa présence et pouvait donc en témoigner. Au moins cette fois avait-elle réussi à garder ses vêtements…

Elle serra plus fort la barre du métro au-dessus de sa tête, tandis que la rame s'arrêtait brutalement. À cette heure, c'était bondé et, lorsque les portes s'ouvrirent, elle se fraya un passage vers la sortie, à travers une foule de banlieusards.

Elle se rendit compte trop tard qu'elle était descendue au mauvais arrêt. Génial. Tout simplement génial. Non seulement elle était déjà en retard, mais à force de ruminer sur Franco Andrade, elle avait quitté le métro à l'endroit le plus peuplé de New York : Times Square.

Glissant sa besace sur son épaule, elle grimpa les escaliers jusqu'à la surface. Les trains roulaient lentement ce matin et, maintenant, elle ne serait jamais à l'heure. Autant faire le reste du trajet à pied. Une petite marche lui ferait du bien. Peut-être que l'air printanier lui éclaircirait l'esprit et chasserait une bonne fois pour toutes les images de Franco.

Ça valait le coup d'essayer, en tout cas.

Diana prit une grande inspiration et se permit de songer combien elle avait toujours adoré monter en cette période de l'année. Plus de vent mordant dans la figure. Plus de sol gelé. Au printemps, le soleil faisait étinceler la robe noir de jais de son cheval qui brillait autant qu'un diamant noir.

La poitrine de Diana se comprima. Luttant contre les souvenirs, elle les repoussa là où ils devaient rester, dans un recoin de sa mémoire. *Ne pleure pas. Surtout pas.* Si elle se laissait aller aux larmes, elle risquait de ne jamais s'arrêter.

Après tout ce qui était arrivé, elle refusait d'apparaître comme une femme pitoyable en pleurs sur le trottoir.

Au lieu de quoi, elle se focalisa sur les gens autour d'elle. Dès que le souvenir de l'accident la taraudait, elle faisait de son mieux pour se concentrer sur son environnement, plutôt que sur ce qui se passait en elle. Un jour, chez Drake Diamonds, elle avait fixé une bague de fiançailles d'inspiration vintage pendant une bonne dizaine de minutes, jusqu'à ce que sa panique s'apaise. Elle avait compté chaque minuscule diamant formant le pavé de la monture art déco, suivi chaque ligne délicate de platine entourant la pierre centrale.

Durant son séjour à l'hôpital, son médecin lui avait dit qu'elle ne se souviendrait pas forcément de tout ce qui avait précédé sa chute. La plupart du temps, les victimes de blessures à la tête souffrent de pertes de mémoire. Ils oublient ce qui s'est passé juste avant l'accident.

Ceux-là sont chanceux.

Diana se rappelait tout. Or, elle aurait donné n'importe quoi pour oublier.

Respire. À fond. Regarde autour de toi.

Les rues étaient bondées de piétons, et alors que Diana zigzaguait entre eux, elle crut en surprendre quelques-uns qui la dévisageaient. Ils hochaient la tête et souriaient, comme s'ils la reconnaissaient.

Que se passait-il ?

Elle avait l'habitude d'être reconnue lors de concours hippiques. Elle avait été une cavalière redoutable, célèbre dans le circuit. Mais ici ce n'était pas les Hamptons ou le Connecticut. C'était Manhattan. Elle était censée se fondre dans la masse. C'était une des choses qu'elle appréciait le plus dans cette ville — elle pouvait tout simplement disparaître au milieu de la foule. Pas de performance à accomplir. Elle pouvait être n'importe qui.

Du moins, c'est ce qu'elle avait ressenti jusqu'à ce que Franco Andrade surgisse chez Drake Diamonds. Dès qu'elle avait posé les yeux sur lui, la frontière entre son ancienne vie et la nouvelle avait commencé à s'effacer.

Cela ne lui plaisait pas. Pas du tout. Avant qu'il vienne, elle se débrouillait plutôt bien pour compartimenter les choses. Elle avait débuté un nouveau boulot. Elle passait ses soirées à regarder la télévision dans l'appartement de Dalton, jusqu'à ce qu'elle s'endorme. Elle avait réussi à vivre chaque journée sans trop penser à ce qu'elle avait perdu.

Mais à l'instant où Franco l'avait touchée, la vérité l'avait frappée. Elle n'allait pas bien. L'accident l'avait plus affectée qu'elle ne voulait l'admettre, y compris en elle-même.

Le frôlement de ses doigts l'avait bouleversée, il l'avait regardée avec une étrange intimité. Comme si lui seul connaissait un secret qu'elle aurait gardé. Elle s'était sentie exposée. Vulnérable. Vue.

Elle avait toujours éprouvé ça auprès de Franco, et c'est pourquoi elle avait été assez stupide pour finir dans son lit. Ce qu'elle avait ressenti quand il avait posé les yeux sur elle avait été grisant, à l'époque. Impossible à ignorer.

Mais elle ne voulait plus être vue désormais. Elle voulait rester invisible pendant un certain temps.

Peut-être qu'elle n'aurait pas été aussi ébranlée, s'il s'était agi d'un autre homme. Mais il s'était agi de lui.

Quoi qu'il en soit, il fallait qu'elle se reprenne et vite. Car toute cette histoire prenait trop d'ampleur. Elle avait posé pour des photos avec un bel homme qu'elle avait connu. Point final. Affaire classée. Fin de l'histoire.

Redressant les épaules, elle remonta la rue avec un regain de détermination. Ça devenait ridicule. Elle refusait de laisser quelques minutes avec Franco ruiner son nouveau départ dans la vie. Cet homme ne signifiait rien pour elle. De toute façon, elle se faisait des idées. Il regardait probablement toutes les femmes avec la même lueur complice dans les yeux. Voilà pourquoi toutes tombaient à ses pieds.

C'était écœurant.

Pas question de perdre une seconde supplémentaire à

penser à ce type. Elle soupira, puis se rendit compte qu'elle se trouvait devant le Starbucks de Times Square. Un café était exactement ce dont elle avait besoin.

Dès qu'elle prit place dans la file d'attente, un homme à l'autre bout de la salle marqua un temps d'arrêt en regardant dans sa direction. Puis il sourit de toutes ses dents. Diana jeta un coup d'œil par-dessus son épaule, convaincue qu'il fixait quelqu'un derrière elle. Sa femme, sans doute. Ou un ami.

Il n'y avait personne.

Elle se retourna. Tout en lui faisant un clin d'œil, l'homme leva son gobelet en carton, comme s'il lui portait un toast. Ensuite, il quitta l'établissement.

Diana fronça les sourcils. Les gens sont bizarres. Il s'agissait probablement d'une simple coïncidence. Ou le gars était dérangé, voilà tout.

Sauf qu'il n'avait pas l'air dérangé. Il avait l'air parfaitement amical et sain d'esprit.

— Vous désirez ? demanda le serveur, un jeune homme portant des lunettes à monture métallique et une courte barbe.

— Je voudrais…, commença Diana.

— Hé, vous êtes la fille, là ! l'interrompit-il avec un grand sourire.

— La fille ?

Les yeux plissés, Diana secoua la tête.

— Eh bien, non, je ne crois pas.

Elle n'avait pas la moindre idée de ce dont le serveur parlait. En revanche, elle était sûre qu'il ne s'agissait pas d'elle.

À moins que son accident ait fini sur YouTube ?

Pas ça. Pitié, pas ça.

— Si, c'est vous, insista le serveur, avant de s'adresser à la personne derrière elle dans la file. Vous aussi, vous savez qui c'est, pas vrai ?

Diana hasarda un regard vers la femme en question, qu'elle n'avait absolument jamais vue avant.

— Bien sûr, répondit l'inconnue, examinant Diana de la tête aux pieds. C'est vous. Pas de doute.

L'espace d'un bref instant, elle fut soulagée. Elle n'était pas en train de devenir folle, en fin de compte. Les gens qu'elle avait croisés un peu plus tôt la dévisageaient vraiment. Un triomphe de courte durée, car elle se rendit compte dans la foulée qu'elle n'avait toujours aucune explication à ce phénomène.

— Est-ce que l'un de vous aurait la bonté de me dire ce qui se passe ? De quelle fille parlez-vous ?

La femme et le serveur échangèrent un regard entendu.

— La fille sur le panneau publicitaire, dit la femme.

Diana battit des cils, perplexe.

« La fille sur le panneau publicitaire. »

Il ne pouvait pas s'agir des photos prises avec Franco. Impossible. Artem était son frère. Il ne collerait pas une photo d'elle sur une affiche Drake Diamonds sans sa permission. Bien sûr que non.

N'est-ce pas ?

— Quel panneau publicitaire ? demanda-t-elle, la gorge nouée.

Elle détesta le chevrotement de sa voix, alors elle répéta la question. Cette fois, en hurlant presque.

— Quel panneau publicitaire ?

La femme flancha, et Diana se sentit aussitôt monstrueuse. Sa nouvelle vie incluait apparemment d'avoir sa tête sur un panneau publicitaire et de crier sur des gens au hasard dans des *coffee-shops*. Ce n'était pas précisément le nouveau départ qu'elle avait imaginé.

— Juste dehors, répondit le serveur. Faites deux pas et levez les yeux. Vous ne pouvez pas le manquer. Sinon, vous allez commander quelque chose ou non ? Vous bloquez la file.

— Non, merci.

Son estomac ne supporterait pas un *cafe latte* pour l'instant. Le simple fait de poser un pied devant l'autre ressemblait à un travail d'Hercule.

Elle tourna les talons et se dirigea vers la sortie. Attendit une seconde avant d'ouvrir la porte, dans un dernier espoir naïf que tout cela ne serait qu'une terrible méprise. Peut-être Artem n'avait-il pas utilisé la photo d'elle et Franco pour sa nouvelle campagne. Peut-être le fameux panneau publicitaire n'était-il même pas celui de Drake Diamonds. Peut-être s'agissait-il d'une affiche avec un modèle qui lui ressemblait simplement.

C'était tout à fait possible. Et pourtant, au fond d'elle-même, elle savait que non et ne pouvait s'en prendre qu'à elle-même.

Elle avait fait irruption dans le bureau d'Artem et exigé qu'il lui trouve un autre rôle dans l'entreprise que vendeuse au rayon Sélection Mariage. Elle l'avait pratiquement supplié à genoux. Il lui avait donné exactement ce qu'elle voulait. Elle n'avait juste pas compris que se retrouver sur un panneau publicitaire en compagnie de Franco Andrade au milieu de Times Square faisait partie de l'équation.

Elle inspira profondément.

Ce n'était qu'une photo. Franco et elle n'étaient pas en couple. Ils étaient juste ensemble sur une affiche. Un million de personnes marcheraient sans doute devant sans jamais les remarquer. Demain, ce serait de l'histoire ancienne. Elle se faisait du souci pour rien.

C'était grave à quel point ?

Sortant du Starbucks, elle leva les yeux et eut sa réponse.

Extrêmement grave.

Étalée sur tout le sommet de la Times Tower, une photo d'elle enlacée de dos par Franco. Le collier au saphir dansait au bout de ses doigts, mais au lieu qu'il semble l'aider à l'attacher, la photo donnait la nette impression qu'il le lui enlevait.

La cravate manquante et le col déboutonné de la chemise de Franco n'arrangeaient pas les choses. Ni ses propres joues rosies et ses lèvres entrouvertes.

Ceci n'était pas une publicité pour des boutons de manchette. On aurait plutôt dit une campagne pour vanter le sexe. Si elle n'avait pas su à quoi s'en tenir, Diana aurait pensé que le couple sur la photo était à deux doigts d'aller au lit ensemble.

Or, c'était Franco et elle qui formaient ce couple.

Qu'avait-elle fait ?

Franco rongeait son frein. La colère lui donnait envie de frapper Artem Drake, assis en face de lui dans son bureau bleu Drake.

— Je n'ai pas signé pour ça, s'exclama-t-il, brandissant le tabloïd *Page Six* avant de le jeter à Artem. Vendre des boutons de manchettes, oui. Vendre du sexe, non !

Artem eut la décence de grimacer à la mention du sexe, mais Franco soupçonnait que son malaise était davantage lié à un sentiment fraternel. Après tout, c'était sa sœur qui paraissait succomber au charme de Franco sur la couverture de tous les journaux à sensation de l'hémisphère nord.

D'après ce que Franco avait entendu dire, il y avait même un immense panneau d'affichage publicitaire en plein Times Square. Son téléphone avait été saturé de textos et de messages toute la matinée. Hélas, pas un seul de ces appels ne comprenait une offre à regagner l'équipe des Kingsmen.

— Monsieur Andrade, je vous en prie, calmez-vous.

Artem désigna l'épais tas de journaux sur son bureau.

— La nouvelle campagne est dévoilée depuis à peine quelques heures, et c'est déjà un succès phénoménal. Je vous ai rendu célèbre. Des personnes qui n'ont jamais vu de match de polo de leur vie savent désormais qui vous êtes. C'est ce que vous vouliez, non ?

Oui…

Et non.

Il voulait attirer l'attention de Jack Ellis. Lui forcer la main. Mais pas de cette manière…

Pourtant, il ne pouvait pas expliquer à Artem Drake ses motivations inavouées ni les raisons pour lesquelles il s'était tenu à l'écart des femmes depuis un bon moment. Son nouvel employeur ne savait même pas qu'il avait été évincé de l'équipe. Ni personne, d'ailleurs, pour autant que Franco le sache. Et s'il n'en tenait qu'à lui, cela resterait secret. Car il aurait réenfilé son maillot avant le premier match de la saison à Bridgehampton.

En tout cas, c'était son plan.

Il fixa sombrement la pile de tabloïds sur le bureau d'Artem. Des semaines de vie rangée et de célibat volatilisées. Pis encore, il en allait de même pour son unique tentative de retrouver sa vie.

Il fusilla Artem du regard.

— Le fait que tout le monde en ville pense que je couche avec votre sœur ne vous ravit tout de même pas.

Une subtile crispation de la mâchoire d'Artem fut la seule fêlure dans son flegme.

— C'est une adulte, pas une enfant.

— J'avais remarqué.

Lorsqu'elle avait partagé son lit, trois ans plus tôt, elle était jeune. Naïve. Délicieusement naïve. S'il s'était rendu compte à quel point elle était innocente, jamais il ne l'aurait touchée.

Mais tout cela était de l'histoire ancienne. Tout comme sa propre carrière.

— En outre, ceci n'est pas réel, reprit Artem avec un geste vers la pile de journaux. C'est une illusion. Une illusion avantageuse pour nous deux.

Ce type était incroyable. Et à l'évidence pas au courant que Franco et Diana avaient eu une aventure. Ce qui valait sans doute mieux, vu les circonstances.

Ses propos intriguaient néanmoins Franco. *Avantageux pour nous deux ?*

— Expliquez-vous.

Artem haussa les épaules avec désinvolture.

— Je connais bien les tabloïds. Croyez-moi, je comprends d'où vous venez. Mais il existe un moyen d'utiliser ce genre d'exposition et d'en tirer parti. On a réussi à attirer l'attention du monde. Notre prochaine étape : la garder.

Voilà qui ne plaisait guère à Franco.

— Qu'est-ce que vous proposez, au juste ?

— Une tournée médiatique. Promener les boutons de manchettes un peu partout. Vous faites le tour de la scène philanthropique locale — soirées mondaines, événements caritatifs, ce genre de trucs — et vous souriez aux caméras.

En compagnie de ma sœur, bien entendu, ajouta Artem, dont le regard voleta sur la photo incriminée.

— Arrêtez-moi si je me trompe. Vous voulez me payer pour sortir publiquement avec Diana.

Hors de question. Il était un athlète, pas un gigolo.

— Pas du tout. Je veux vous payer pour faire des apparitions publiques en portant les gemmes de Drake. Si les gens en déduisent que Diana et vous êtes en couple, tant pis.

— Vous savez très bien qu'ils le feront, répliqua Franco.

— Eh bien, qu'il en soit ainsi, que voulez-vous ? Écoutez, je n'avais rien prévu de tout ça. Mais on serait idiots de ne pas tirer profit de ce buzz. Si j'ai bien compris, donner l'apparence d'une relation monogame ne pourrait qu'aider votre réputation.

Ah, il crachait le morceau, en fin de compte… Franco jura entre ses dents.

— Combien de temps comptez-vous que je joue cette mascarade ?

Il ne savait même pas pourquoi il posait la question. C'était une proposition tellement absurde !

Même s'il existait sans doute des sorts plus terribles que passer du temps avec Diana Drake.

— Vingt et un jours, répondit Artem.

Franco connaissait déjà la date par cœur.

— La veille du début de la saison américaine de polo à Bridgehampton. Les Kingsmen partent en tournée juste après le match de lancement.

— Exact. Et vous partirez avec eux. Si vous êtes de retour dans l'équipe à ce moment-là, évidemment. C'est ce que vous voulez, n'est-ce pas ?

Comment Artem était-il au courant de sa situation actuelle ? Franco ignorait que la nouvelle de son licenciement s'était propagée en dehors de la communauté du polo. Le fait que ce soit le cas la rendait plus réelle. Définitive.

Et ça, c'était inacceptable.

— C'est ce que je veux, oui.

— Parfait. Restaurons donc votre réputation.

Et Artem haussa les épaules, comme si c'était aussi simple que ça.

Peut-être l'était-ce, après tout.

— Je ne comprends pas. Qu'est-ce que cet arrangement vous apporte ? Ne me dites pas que vous avez à ce point besoin de vendre vos boutons de manchette !

— Non. Il ne s'agit pas des boutons de manchette, mais d'un sujet beaucoup plus important.

Artem fouilla la pile de journaux sur son bureau avant de dénicher un exemplaire bien plié du *New York Times*. Il l'étala, et Franco repéra aussitôt le gros titre présentant un intérêt :

« Choix du joaillier pour le plus gros diamant brut du monde. »

— Laissez-moi deviner, dit-il en relevant les yeux vers Artem. Drake Diamonds veut tailler ce diamant.

— Évidemment. Cette pierre fait plus de 1 000 carats. La taille d'une balle de base-ball. Tous les joailliers de Manhattan veulent mettre la main dessus. Une fois taillé et monté en bijou, le diamant sera dévoilé lors d'une soirée de gala au Metropolitan Museum of Art. Suivie d'une exposition ouverte au public, bien entendu.

— Et la date de ce gala tombe dans vingt et un jours, naturellement ?

— Bien vu ! fit Artem, se penchant en avant. C'est un arrangement idéal. Diana et vous maintiendrez Drake Diamonds à la une de tous les journaux new-yorkais. Les propriétaires du diamant verront le nom de Drake déployé partout où ils iront, et n'auront plus d'autre choix que de nous élire comme partenaires.

— Je vois.

Ça tenait la route. Le raisonnement était tordu, mais assez logique.

— Lorsque Diana et vous assisterez ensemble au gala du Met, votre relation aura été médiatisée durant presque un mois. Une relation monogame. Respectable. Avec ça, vous êtes assuré de rentrer dans les bonnes grâces de votre équipe.

Peut-être. Ou peut-être pas.

— En outre, vous favoriserez la vente de billets au bénéfice de votre équipe. Plus vous serez célèbre, plus le public voudra vous voir jouer. Les Kingsmen seront obligés de vous pardonner et d'oublier l'infraction pour laquelle ils vous ont viré.

Artem marqua une pause, l'air dubitatif.

— D'ailleurs, qu'est-ce que vous avez fait, au juste ? Vous êtes le meilleur joueur du circuit, donc votre éviction n'est pas due à votre performance sur le terrain.

Franco haussa les épaules.

— Je n'ai rien fait, en réalité.

Il avait été évincé pour une faute qu'il n'avait pas commise. Et, il n'avait même pas été en mesure de se défendre. Mentir avait pourtant été son choix. Sa décision. Il avait fait ce qu'il estimait nécessaire.

C'était une question d'honneur. Même s'il avait été capable de revenir en arrière et d'effacer les trente derniers jours, il aurait agi de la même manière, sans hésiter.

— Parfait, répondit Artem. Vous n'avez pas besoin de me le dire. À partir de maintenant, vous êtes un homme rangé, de toute manière. Rien d'autre ne compte.

Franco acquiesça. Pourtant, il ne considérait pas sérieusement cet arrangement. C'était limite avilissant, non ? Autant pour lui que pour Diana.

Diana Drake.

Il entendait encore la critique qu'elle avait chuchotée à son oreille. *D'après ce que je sais, vous êtes habitué à ce genre de choses.*

Elle ne se prêterait jamais à cette comédie. Elle était trop fière. Cela dit, qu'est-ce qu'il savait de Diana Drake aujourd'hui ?

— Et ensuite que se passera-t-il ? demanda-t-il, intrigué.

— Ensuite ? répéta Artem.

— Oui. Après le gala.

Artem sourit avant de répondre.

— Je suppose que vous partirez à cheval dans le soleil couchant avec votre équipe et marquerez un nombre considérable de buts. Vous continuerez à vous comporter en professionnel et, au bout du compte, Diana et vous annoncerez discrètement votre rupture.

Ils n'allaient jamais s'en sortir. Diana n'avait même pas posé les yeux sur Franco ni daigné lui adresser la parole durant les trois dernières années, jusqu'à ce qu'elle y soit contrainte quelques jours plus tôt. Personne ne croirait sérieusement qu'ils étaient en couple.

Son regard tomba sur le tas de journaux étalés devant eux.

Les gens le croyaient déjà.

— Vous serez rémunéré pour chaque apparition au tarif dont nous sommes convenus lors de votre contrat de modèle. Vous pouvez commencer ce soir.

— Ce soir ?

Artem hocha la tête.

— Le refuge animalier Manhattan Pet Rescue donne son Bal du bien-être animal annuel au Waldorf Astoria. Diana et vous allez pouvoir câliner d'adorables bébés chiens et chats. Mettez-vous sur votre trente et un, tous les photographes de la ville seront là.

Le Bal du bien-être animal. Déprimant et sans danger.

Artem se leva et tendit la main.

— Marché conclu, alors ?

Franco se leva également, mais ignora la main tendue. Rien n'était conclu. Pas encore.

— Vous oubliez quelque chose.

— Quoi donc ?

Pas quoi. Qui.

— Diana. Elle n'acceptera jamais.

Le regard d'Artem se durcit.

— Qu'est-ce qui vous fait dire ça ?

Franco se souvint brusquement de ses exquis yeux violets, brillant de larmes, tandis qu'elle le giflait avec violence.

— Faites-moi confiance. Elle refusera.

— Contentez-vous d'être prêt quand le chauffeur passera vous prendre à 20 heures. Je me charge de Diana.

Artem tendit à nouveau la main. Cette fois, Franco la prit.

Mais il savait que ça n'arriverait pas. Diana n'était pas le genre de personne à se laisser manipuler. Par quiconque. Artem Drake ignorait complètement qui il affrontait. Franco avait presque pitié de lui. Presque, seulement.

Certaines choses ne s'apprennent qu'à la dure.

Comme à cause d'une gifle en pleine figure.

4

Diana appela Artem à maintes reprises tout en marchant vers Drake Diamonds, mais sa secrétaire refusa de le lui passer. Elle objectait sans cesse qu'il se trouvait en réunion, une réunion importante, et qu'il avait donné pour instruction de ne pas le déranger, ce qui accentuait encore la colère de Diana. Si tant est que cela soit possible.

Un panneau publicitaire. En plein Times Square…

Elle avait envie de mourir.

Calme-toi. Respire à fond.

Les gens oublieraient ça d'ici un jour ou deux. Ce n'était pas si grave, en fin de compte.

Si, c'était grave. La chose faisait quand même 2 300 mètres carrés de surface en Technicolor. Un truc monstrueux, littéralement.

Artem devrait se débrouiller pour l'enlever. Point final. Elle n'avait signé aucun contrat. Elle avait beau s'appeler Drake, cela ne signifiait pas que l'entreprise familiale possédait les droits de son image.

Ou bien, si ? Elle n'en avait pas la moindre idée. Drake Diamonds avait été son sponsor sur le circuit hippique. Peut-être la société disposait-elle de son image, en fait.

Seigneur, pourquoi n'avait-elle pas fait d'études ? Elle n'était absolument pas préparée à tout ça.

Elle franchit la porte à tambour de Drake Diamonds avec une force un brin exagérée. Réunion importante ou pas, Artem allait lui parler.

— Hey !

La porte tourna trop vite et la précipita sur un pauvre client peu méfiant, lequel la saisit par les épaules avant qu'elle ne s'écrase contre lui.

— Doucement, Wildfire.

— Pardon, je…

Elle se figea, battit des cils et se retrouva devant le type de l'affiche en personne. Franco.

— Ah, c'est vous.

Qu'est-ce qu'il fichait là ? Encore ? Et pourquoi avait-il les mains sur ses épaules ? Et pourquoi l'appelait-il par ce nom ridicule ?

Wildfire. C'était le titre d'une chanson qu'elle avait follement adorée, quand elle était petite.

Eh bien ce n'était plus le cas maintenant. En réalité, Franco venait de l'en dégoûter à vie.

— Bonjour à vous aussi, Diana.

Il lui adressa un clin d'œil. Il devait être le seul homme sur Terre capable de rendre charmant un geste aussi ringard.

— Pourquoi vous êtes là ? dit-elle en se dégageant. Non, ne dites rien, je sais. Vous faites des selfies pour l'Instagram de Drake Diamonds.

Il portait un costume. De grande marque. C'était étrange de le voir habillé comme ça. Il n'était pas censé être en tenue d'équitation ?

— Ça vous ennuie que je sois le nouveau visage de Drake Diamonds ? demanda-t-il en ajustant ses poignets de chemise.

— Pas du tout. C'est le cadet de mes soucis. Ce qui m'ennuie, c'est que je sois le nouveau visage de Drake Diamonds.

Quelques clients avec des petits sacs bleus suspendus au bout des doigts se retournèrent sur eux.

— Vous feriez bien de parler moins fort, suggéra Franco à voix basse, penché vers elle.

— Je me moque qu'on m'entende, riposta-t-elle.

Elle se comportait comme une imbécile, mais ne pouvait

s'en empêcher. Elle n'allait tout de même pas laisser Franco lui dicter sa conduite !

— Votre frère, lui, risque de ne pas s'en moquer, dit-il.

— Comment ça ?

Puis elle fit enfin le rapprochement.

— Attendez… Vous étiez avec Artem, là-haut ?

Il acquiesça. Diana devait se faire des idées, car il semblait presque désolé.

— C'est donc la raison pour laquelle sa secrétaire refusait de me le passer ? Incroyable.

— Je suppose, oui.

Encore une fois, il avait l'air contrit. Elle lui jeta toutefois un regard noir. Il pouvait se montrer aussi gentil qu'il le voulait, c'était trop tard.

— Et quel était le sujet de ce tête-à-tête urgent ?

Pourquoi l'interrogeait-elle, en fait ? Ce qu'Artem et lui avaient à se dire ne l'intéressait pas.

Sauf que quelque chose dans l'expression de Franco lui indiquait qu'elle devrait s'en préoccuper.

Il haussa un sourcil — sexy en diable, force était de l'admettre.

— À mon avis, vous devriez parler à Artem.

Bon sang ! Il se passait quelque chose. Quelque chose d'important. Et elle pressentait que ça n'allait pas lui plaire.

— C'est ce que j'ai l'intention de faire. Mais soyons clairs. Je vais lui parler parce que je le souhaite. Et parce qu'il est mon frère. Et mon patron, d'une certaine manière. Pas parce que vous me le conseillez.

— C'est noté, lui assura-t-il, luttant visiblement pour ne pas sourire.

Bravache, elle leva le menton.

— Au revoir, Franco.

Pourtant, pour une raison inconnue, elle resta plantée là, les yeux fixés sur son visage épouvantablement séduisant.

— À ce soir, Wildfire.

Il lui adressa un petit sourire entendu, avant de tourner les talons en direction de la porte.

Ce soir ?

Il fallait vraiment qu'elle parle à Artem. Tout de suite.

Sans prendre la peine d'attendre l'ascenseur, elle grimpa les escaliers quatre à quatre jusqu'au dixième étage, où elle trouva son frère assis à son bureau, comme s'il s'agissait d'un jour ordinaire. Un jour où Franco Andrade ne se promenait pas dans les rues de Manhattan en costume griffé avec l'intention de la voir le soir même.

— Salut frangine, dit Artem en levant les yeux. Hé, tu as couru un marathon ?

— Je viens de marcher des kilomètres et de monter les escaliers à pied.

Elle était hors d'haleine, ce qui n'était pas une bonne nouvelle. En tant qu'athlète de haut niveau, elle n'était pas censée être essoufflée par un petit exercice.

Ex-athlète de haut niveau.

— Assieds-toi, je t'en prie. Il faut que je te parle, de toute façon.

— C'est ce que j'ai cru comprendre, en effet.

Elle ne voulait pas s'asseoir. Elle voulait rester debout et lui crier dessus, mais ça ne servirait à rien. D'ailleurs, elle se sentait soudain épuisée. Se retrouver près de Franco, même pour quelques instants seulement, s'était avéré éreintant.

— À ce propos, que faisait Franco Andrade ici ?

— Justement…

Artem croisa calmement les mains devant lui, attirant l'attention de Diana sur l'étrange pile de journaux étalée sur son bureau.

— C'est ma photo en première page du *New York Daily News* ? demanda-t-elle, incrédule.

Jamais elle n'aurait cru possible que cette journée puisse empirer et, pourtant, c'était le cas…

Car à mesure qu'elle passait en revue les unes des tabloïds — qui assuraient toutes qu'elle avait une liaison torride avec « le sublissime *bad boy* du polo » —, Artem lui exposait son idée grotesque de campagne de relations publiques. Bien que cela ressemble davantage à un épisode de *The Bachelor* que n'importe quelle sorte de business plan valable.

— Non merci, déclara Diana, retournant l'exemplaire de *Page Six* afin de ne plus voir la photo de Franco et elle en couverture.

Artem fronça les sourcils.

— Non merci ? Qu'est-ce que ça veut dire ?

— Ça veut dire non, merci, sans façon. N.O.N. Non.

— J'ai peur que tu ne comprennes pas, Diana. On parle du plus gros diamant brut du monde. Tu as une idée de ce que ça pourrait signifier pour Drake Diamonds ?

Artem utilisait à nouveau sa voix de P-DG. Mais elle ne se laisserait pas intimider, cette fois.

— Si, je me rends bien compte que c'est très important, mais on va devoir concevoir un autre plan.

Et de préférence qui n'implique pas Franco Andrade, de quelque manière que ce soit.

— Eh bien je t'écoute, lança son frère en s'adossant à son siège. Quelles sont tes suggestions ?

Il voulait qu'elle trouve un plan maintenant ?

— Hum, fit Diana, il faut que j'y réfléchisse, évidemment. Mais je suis certaine de trouver quelque chose.

— Vas-y. J'attendrai.

— Artem, allez ! On peut inviter les propriétaires du diamant à dîner, par exemple. Leur offrir un grand resto.

— Tu es consciente que tous les autres joailliers de Manhattan feront exactement la même chose ?

Il avait sans doute raison.

— Il y a forcément un meilleur moyen de capter leur attention que de laisser le monde entier croire que j'ai une histoire scandaleuse avec Franco.

Par pitié…

— Pas scandaleuse. Juste très médiatisée. Glamour. Romantique.

L'air pensif, Artem se pencha en avant.

— C'est curieux, mais Franco m'a assuré que tu refuserais. C'est quoi le problème entre vous, au juste ?

Mince. Peut-être serait-il plus simple de raconter à son frère ce qui s'était passé, trois ans plus tôt. Il cesserait sûrement alors d'envisager de la faire parader au bras de Franco sur Park Avenue dans le seul but d'obtenir un diamant. Même le plus gros diamant de l'univers.

Non, impossible. Elle ne pouvait ni ne voulait penser à cet épisode humiliant. Encore moins en parler.

Surtout à son frère. Surtout pas à son frère.

— C'est un séducteur invétéré, tu le sais ?

C'était une raison suffisante pour décliner l'opportunité de prétendre sortir avec lui pendant vingt et un jours, non ?

— Tu ne te soucies pas du tout de ma vertu ? ajouta-t-elle, manière d'enfoncer le clou.

— Pour autant que je sache, Diana, tu es parfaitement capable de te défendre. À vrai dire, tu es la femme la plus forte que je connaisse. Mais si tu le souhaites, je peux jouer le grand frère et menacer Franco de le frapper s'il pose un seul doigt sur toi. Tu te sentirais plus tranquille ?

— Seigneur, non !

Ce serait trop mortifiant…

— Comme tu voudras, dit-il en haussant les épaules. De toute façon, Franco Andrade tente de réhabiliter son image. Son passé de séducteur est derrière lui.

Diana éclata de rire.

— Il t'a dit ça ? Et tu l'as cru ?

— Depuis quand es-tu aussi cynique, petite sœur ?

Depuis trois ans. Depuis l'époque où j'ai perdu ma virginité.

— Je suis juste réaliste. Pourquoi changerait-il après tout ce temps ? Enfin, peut-être a-t-il déjà séduit toutes les femmes de la Côte Est ?

Ce qui était fort probable.

— Les gens changent, Diana. J'en suis la preuve.

L'expression d'Artem s'adoucit, et il jeta un regard au couffin posé dans un coin de la pièce. Au-dessus se balançait un mobile rose, orné de petits ours portant des chaussons de danse.

Diana sourit à l'évocation de son adorable nièce.

Son frère n'avait pas tort. Moins d'un an auparavant, c'est Artem qui figurait à la une de *Page Six*. Photographié en compagnie d'une femme différente chaque soir. À présent, il postulait pour le titre de papa de l'année.

En outre, Diana n'avait jamais vu un couple plus amoureux qu'Artem et Ophelia. Presque au point de restaurer sa foi dans le mariage.

Mais pas complètement.

Le fait que ses deux frères aient trouvé la félicité conjugale ne suffirait pas à effacer de sa mémoire les nombreuses inconduites de leur père — tant s'en fallait.

Ce n'était pas seulement ses liaisons qui étaient en cause. Mais sa manière de ne faire aucun effort pour les cacher à leur mère. Il s'attendait à ce qu'elle les accepte. Qu'elle sourie et regarde ailleurs. Ce qu'elle avait fait.

Jusqu'au jour où elle était morte.

Elle venait d'avoir quarante ans quand Diana avait découvert son corps sans vie par terre, dans le salon. Encore jeune, encore belle. Les médecins en avaient perdu leur latin, incapables de trouver une raison à sa brutale crise cardiaque. Mais pour Diana la raison était évidente.

Sa mère était morte à cause de son cœur brisé.

Rien d'étonnant à ce qu'elle-même considère le mariage comme une vaste plaisanterie. Les relations amoureuses la perturbaient au plus haut point. Elle devait être drôlement traumatisée pour se jeter volontairement dans les bras d'un homme réputé pour collectionner les conquêtes sans lendemain.

Diana ferma les yeux.

Pourquoi fallait-il que Franco revienne se pavaner dans sa vie maintenant, alors qu'elle était aussi vulnérable ? Avant son accident, elle l'aurait géré. Elle aurait géré n'importe quoi. Elle rouvrit les yeux.

— Je t'en prie, Artem. Je ne veux vraiment pas faire ça.

Il hocha la tête.

— Je vois. Tu préfères passer tes journées, toutes tes journées, à trimer au rayon Sélection Mariage, plutôt que participer à quelques soirées avec Franco Andrade. Compris. Pardon d'avoir mis cette idée sur le tapis.

Il fit un geste vers la salle honnie au bout du couloir.

— Allez, va travailler.

Diana ne bougea pas.

— Attends une seconde. Tu es en train de me dire que si je joue le rôle de la petite amie de Franco le soir, je n'aurai pas à fourguer des bagues de fiançailles le jour ?

Elle était partie du principe que son poste actuel restait au programme. Voilà qui changeait tout.

Sa gorge se serra. Non, elle ne pouvait toujours pas le faire. Elle ne tiendrait jamais le coup une soirée entière en compagnie de Franco. Et encore moins vingt et une soirées.

— Évidemment que tu n'aurais pas à faire les deux, répondit Artem. Ce serait une fonction, comme n'importe quelle autre dans l'entreprise.

Il désigna le tas de journaux, mais elle refusa de regarder de nouveau cette maudite photo.

— Quelle sorte de fonction implique d'aller à des réceptions mondaines tous les soirs ?

— Celle de vice-présidente des relations publiques. Je l'ai fait pendant des années. Le poste est pour toi, si tu le veux. Tu m'as réclamé autre chose, tu te souviens ? ajouta-t-il avec un sourire. Passer de vendeuse à vice-présidente est une ascension fulgurante.

Présenté ainsi, ça ne paraissait pas si mal. Vice-présidente des relations publiques sonnait même carrément bien, en fait.

Enfin ! C'était le genre d'opportunité qu'elle attendait. Sauf qu'elle n'avait jamais rêvé que Franco Andrade en fasse partie.

— Je veux une augmentation de salaire, lâcha-t-elle.

Que lui arrivait-il ?

— D'accord, fit Artem, dont le sourire s'élargit.

Elle n'envisageait tout de même pas sérieusement d'accepter

le job, si ? Non. Elle n'en était pas capable. À aucun prix. Sa dignité ne valait aucune somme d'argent.

Mais un détail pouvait rendre cette comédie valable… Elle afficha son sourire le plus enjôleur.

— Et si ça marche, je veux être encore promue.

Artem haussa les sourcils.

— Tu vas devoir être plus précise. Un poste de vice-présidente, c'est déjà haut placé au sein de l'entreprise.

— J'en suis consciente. Mais ce gala du diamant est vraiment très important. Tu l'as dit toi-même.

Le sourire d'Artem s'estompa un peu.

— En effet.

— Si je remplis mon rôle et que Drake Diamonds est choisi pour tailler cette énorme gemme, et si tout se déroule sans encombre durant le gala au Met, je pense mériter de prendre la place de Dalton. Je veux être nommée co-P-DG.

Au début, Artem resta coi. Il la dévisagea en silence, comme s'il lui avait poussé une nouvelle tête.

Formidable. Elle avait dépassé les limites.

Devenir vice-présidente était un sacré avancement. Elle aurait dû sauter sur l'occasion de tourner le dos aux fiancés énamourés et s'en tenir là. Quelle imbécile elle était !

— Voilà une requête bien téméraire pour quelqu'un sans expérience professionnelle, dit enfin Artem.

— Corrige-moi si je me trompe, mais est-ce que vice-président des relations publiques n'a pas été ta seule fonction chez Drake Diamonds avant que notre père meure après t'avoir désigné comme son successeur au poste de P-DG ?

Il croyait vraiment qu'elle avait été trop occupée par ses compétitions d'équitation pour ne pas avoir la moindre idée de ce qui se passait entre ces murs, ces dernières années ?

De toute façon, elle divaguait. Jamais il n'accepterait.

Soudain, il éclata d'un rire admiratif.

— En tout cas, tu es assurément assez maligne pour le poste.

Elle eut un sourire crispé.

— Je prends ça pour un compliment.

— Tu peux. Bon, écoute…

Il soupira, la contempla pensivement.

— D'accord. Ça marche.

Elle attendit une quelconque indication qu'il plaisantait, mais celle-ci ne vint jamais.

Son cœur battait à tout rompre.

— Ne te moque pas de moi, Artem. La journée a été rude.

Et ça ne risquait pas de s'arranger.

Car si son frère et elle venaient réellement d'arriver à un accord, cela signifiait qu'elle sortirait avec Franco ce soir. Par choix. Son propre choix.

Elle avait vraiment besoin de consulter un psy.

— Je ne me moque pas de toi. Ton argument est valable. Je ne connaissais rien à la fonction de P-DG quand je l'ai endossée. J'ai appris. Tu en feras autant.

Ensuite, il leva un doigt, en signe d'avertissement.

— Mais seulement si tu réussis ce que j'attends de toi. Drake Diamonds doit être choisi pour tailler le diamant et co-sponsoriser le gala du diamant au Met.

Elle lui adressa un grand sourire ravi.

— Pas de problème.

Pour la première fois depuis qu'elle était tombée de son cheval, elle se sentait entière. Heureuse. Elle était en train de se bâtir un nouvel avenir.

Dans moins d'un mois, elle serait coprésidente. Fini, les petits fours de bienvenue. Les bagues de fiançailles. Elle n'aurait plus jamais à feuilleter le magazine *Mariages* de toute sa vie !

Mieux encore, elle n'aurait plus à répondre lorsqu'on lui demanderait quand elle recommencerait à monter. À chaque instant, elle avait l'impression que quelqu'un l'interrogeait sur sa carrière. Est-ce qu'elle avait un nouveau cheval ? Quand participerait-elle à un nouveau concours hippique ?

Diana n'était pas prête. Ni sûre d'être prête un jour.

Co-P-DG était un super boulot. Une énorme responsabilité. Assez énorme pour que les gens oublient qu'elle avait rêvé autrefois de participer aux Jeux olympiques. Si elle dirigeait l'entreprise avec Artem, personne ne s'attendrait à ce qu'elle reprenne la compétition. C'était la solution idéale.

Il fallait juste qu'elle surmonte les vingt et un prochains jours.

— Rentre chez toi, ordonna Artem. Repose-toi avant de te préparer pour ce soir.

Ce soir. Réception chic au Waldorf Astoria. Avec Franco.

— Compte sur moi, fit-elle. Tout ira bien.

Artem fronça les sourcils.

— Bien sûr que tout ira bien, parce que ton travail est de faire en sorte que ce soit le cas. Et pour info, je ne doute pas un instant que ta vertu soit sauve. Tu sais te défendre, Diana. Tu as tiré ton épingle du jeu pour le poste de co-P-DG. De mon point de vue, la seule personne qui ait une raison d'avoir peur, c'est M. Andrade.

Il avait raison. Elle était déjà passée par là, n'est-ce pas ?

Elle pouvait très bien gérer quelques heures en compagnie de Franco.

— Je crois que tu as raison.

Elle l'espérait, en tout cas.

5

Alors qu'il pénétrait dans la limousine frappée du logo Drake Diamonds, Franco marqua un temps d'arrêt. Diana le fixait d'un air impassible, installée sur la banquette.

— *Buenas noches.*

Il avait pensé que le chauffeur le prendrait en premier, puis l'emmènerait chercher Diana chez elle. Comme un rendez-vous galant normal. Même si malgré les apparences cette soirée n'en était pas un.

Quand avait-il enfilé pour la dernière fois un smoking et escorté une femme à une réception ? Il ne s'en souvenait pas. En dépit de ses nombreux exploits, Franco ne sortait guère accompagné. Il se rendait seul aux événements, et la soirée finie, il repartait avec une femme à son bras. Parfois plusieurs. Des heures plus tard, il rentrait toujours seul chez lui. Il partageait rarement un lit plus d'une fois avec la même femme, et n'y passait jamais la nuit tout entière. Jamais.

En fait, la dernière femme auprès de qui il s'était réveillé, c'était Diana Drake.

— Bonsoir, dit-elle en lui jetant à peine un bref regard.

Il faudrait que son attitude change, une fois qu'ils seraient à la réception. Les amants se regardent. Se touchent. Bon sang, si Diana était sa maîtresse, Franco serait incapable de ne pas la toucher.

Mais il ne s'agissait que d'une comédie.

Il se glissa à côté d'elle sur la banquette en cuir. Ce n'était pas réel, mais ça le semblait.

Diana portait un fourreau en mousseline de soie bleu foncé au décolleté vertigineux. Une pierre étincelait entre ses seins. Un saphir. Le collier de saphir de la séance photo.

— Cessez de m'observer, s'il vous plaît.

Elle se tourna vers lui et croisa enfin son regard.

Le corps de Franco se tendit dès que ses yeux se posèrent sur les siens. Aussi sublime que soit le saphir à son cou, il ne pouvait rivaliser avec le violet intense de ces prunelles.

— Vous êtes ravissante.

Elle le considéra froidement.

— Gardez ça pour les photographes, d'accord ? Il n'y en a aucun ici. Inutile de jouer les amoureux transis.

— Je ne joue pas les amoureux transis. Vous êtes très belle. Et cette robe est époustouflante.

Il avait l'habitude de la voir en tenue d'équitation, pas en tenue de soirée. Impossible d'en détacher les yeux.

— Sérieusement, arrêtez.

La voiture fonça dans un tunnel, les plongeant dans l'obscurité. Mais les ombres ne parvenaient pas à masquer le léger tremblement de sa voix.

— Arrêtez, vous voulez bien ? Je sais qu'on est censés être follement amoureux l'un de l'autre en public. Mais en privé restons-en au plan professionnel. Par pitié.

Quelque chose dans sa manière de dire par pitié serra la gorge de Franco, et la laissa nouée. Trois ans plus tôt, s'était-il montré odieux avec elle, pour qu'elle le tienne ainsi à distance ?

Oui. Sans conteste.

N'empêche qu'il avait mieux valu pour elle qu'il la repousse, qu'elle l'ait compris ou non. C'était une héritière. Une authentique. Et pas des moindres. Et Franco n'était pas le type d'homme qu'elle ramènerait à la maison.

Il ne l'avait jamais été et ne le serait jamais.

— Professionnel. Compris, répliqua-t-il en direction de sa nuque.

Elle s'était de nouveau détournée, fixant le décor à travers la vitre. Les lumières de la ville défilaient à toute vitesse, enchâssant sa silhouette dans un halo étourdissant de diverses nuances d'or.

Ils suivirent Park Avenue dans un silence de pierre. L'air à l'intérieur de la limousine était étouffant. Refuser de le regarder n'était guère professionnel de la part de Diana, mais il se retint de le lui faire remarquer.

Pourquoi diable avait-elle accepté de jouer cette comédie absurde ? Ni l'un ni l'autre ne devrait être assis sur cette banquette, en route pour un gala ennuyeux à périr. Ils devraient tous deux se trouver sur le dos d'un cheval. Franco savait pourquoi il n'était pas à l'entraînement, mais il ignorait les raisons pour lesquelles Diana travaillait pour la joaillerie familiale.

Son téléphone vibra soudain, annonçant l'arrivée d'un texto. Enfin, il pouvait se concentrer sur quelque chose. Ne pas contempler Diana devenait plus difficile à chaque seconde. Elle était éblouissante, même dans sa fureur.

Il sortit son portable. Un message de Luc. Encore.

Ellis ne cède toujours pas.

Franco serra les mâchoires. Cette information n'était pas un scoop. S'il avait espéré que le propriétaire de l'équipe change d'avis avant la fin de la journée, il ne serait pas assis en ce moment même à côté de la princesse diamant de glace.

N'empêche que s'appesantir sur l'état déprimant de sa carrière ne le réjouissait pas beaucoup.

Il allait rempocher le téléphone quand ce dernier vibra de nouveau.

Ça a duré assez longtemps.

Et encore une fois :

Je ne peux pas te laisser faire ça. Je lui dis la vérité.

Bon sang… Franco tapa fébrilement une réponse.

Laisse tomber. Ce qui est fait est fait. Je gère.

Près de lui, Diana s'éclaircit la gorge.

— Vous discutez avec votre rencard du soir ?

Franco releva la tête. Elle le fixait, l'air courroucé.

Ainsi, elle n'aimait pas l'idée qu'il envoie des messages à d'autres femmes. Intéressant.

— C'est vous, mon rencard du soir, je vous signale.

Elle émit un petit son sceptique.

— Ne me faites pas croire que vous rentrerez seul chez vous, après cette réception.

Il éteignit son téléphone et la fixa à son tour.

— Il se trouve que si. Artem ne vous l'a pas dit ? Vous et moi sommes monogames.

— Il vous a expliqué le sens de ce mot ou vous avez dû chercher dans le dictionnaire ?

— Vous êtes adorable quand vous êtes jalouse. Ça me plaît.

Il la provoquait, certes. Mais au moins ils parlaient.

— Si vous me croyez jalouse, vous êtes encore plus imbu de vous-même que je ne le pensais. Vous délirez complètement.

Dans l'habitacle assombri de la limousine, il apercevait deux taches roses sur ses joues.

— Pourtant, rien de cette conversation que vous avez commencée n'est de nature professionnelle.

Il posa délibérément les yeux sur le saphir étincelant contre sa peau d'albâtre, puis considéra la courbe de ses seins d'un long regard élogieux.

— Vous êtes insatiable, dit-elle d'un ton dégoûté.

Il sourit.

— La plupart des femmes apprécient cela chez moi.

— Je ne suis pas la plupart des femmes.

— C'est ce qu'on verra, répondit-il avec un sourire.

La voiture ralentit devant l'entrée dorée du Waldorf Astoria. Un tapis rouge recouvrait le trottoir jusqu'aux portes élégantes, flanqué de chaque côté par une meute d'innombrables journalistes.

— Mademoiselle Drake, monsieur Andrade, nous sommes arrivés, annonça le chauffeur.

— Dieu soit loué. Il faut que je sorte de cette voiture, déclara

Diana, avant que ses yeux violets s'élargissent soudain. Oh ! une seconde. J'ai failli oublier.

Elle ouvrit sa minuscule pochette brodée de perles, en sortit un écrin bleu Drake, l'ouvrit. Les boutons de manchette pavés de diamants noirs utilisés lors de la photo brillaient dans l'obscurité veloutée.

Elle les tendit à Franco pendant que le chauffeur descendait de la voiture.

— Mettez-les. Vite.

Il en glissa un en place, mais garda l'autre au creux de sa main.

— Qu'est-ce que vous faites ? Dépêchez-vous.

Diana était au bord de la panique. La portière arrière s'ouvrit, et le chauffeur l'invita à sortir.

Dénouant sa cravate, Franco lui adressa un clin d'œil.

— Que le spectacle commence ! Faites-moi confiance, Wildfire.

Elle sortit un pied de la voiture, lança un sourire éblouissant aux photographes.

— Vous me demandez l'impossible, grommela-t-elle entre ses dents.

Franco rassembla le bas soyeux de sa robe et l'aida à quitter la limousine. Ils passèrent du cocon calme de l'habitacle à une frénésie d'appareils cliquetants et de lumière aveuglante.

Il embrassa l'épaule nue de Diana, puis prit le temps d'attacher ostensiblement le second bouton de manchette. Une clameur collective s'éleva de la foule de spectateurs.

Puis il baissa la bouche à l'oreille de Diana.

— Tout est sous contrôle.

Peut-être que s'il le répétait assez souvent, ce serait vrai.

Cet homme était le diable incarné. Et un génie, elle devait le reconnaître.

Diana n'avait pas saisi ce que manigançait Franco, jusqu'à ce qu'elle sente ses lèvres sur son épaule.

Ce baiser l'avait prise au dépourvu et, tournant la tête, elle l'avait vu fixer le bouton de manchette. Il avait enlacé sa taille, murmuré à son oreille, et enfin elle avait compris. Il avait intentionnellement repoussé le moment de mettre le bijou à son poignet de chemise, afin de donner l'impression qu'il venait tout juste de s'habiller, après une étreinte torride dans la limousine.

La presse goba la chose avec ravissement.

— Diana, depuis quand Franco et vous sortez ensemble ?

— Diana, qui est le créateur de la robe que vous portez ?

— Par ici, Diana ! Souriez à l'objectif.

Les photographes criaient de partout. Elle ne savait pas dans quelle direction regarder, aussi baissa-t-elle la tête, tandis que Franco la guidait avec dextérité à travers la foule hystérique, une main protectrice plantée au creux de ses reins.

— Que donne l'héritière des diamants Drake au lit, Franco ? lança un paparazzi.

Choquée, Diana releva brusquement la tête.

— Ne les laissez pas vous impressionner, chuchota Franco.

— Tout va bien, répliqua-t-elle, alors qu'elle se sentait affreusement mal. Mais si vous répondez à cette question, je vous tue.

— Un gentleman ne fait pas de révélations intimes.

Leurs regards se croisèrent brièvement au milieu de cette folie absolue, et si elle n'avait su à quoi s'en tenir, Diana aurait cru qu'il était sérieux.

Soudain, l'idée de jouer ce jeu vingt et un jours de suite lui parut absurde. Absurde et totalement impossible.

— Bonsoir, mademoiselle Drake, monsieur Andrade, les salua le portier. Bienvenue au Waldorf Astoria.

— *Gracias*, répondit Franco — *merci*, avant de presser la taille de Diana. On y va, mon ange ?

Sa voix ronronna en elle, délicieusement grave.

Il ne s'agissait que d'un simulacre, elle ne devait pas l'oublier. Ni tomber dans le piège.

Elle s'était répété la même chose, trois ans plus tôt. Pour le bien que ça lui avait fait !

Tout allait trop vite. Même quand ils furent enfin entrés

dans le majestueux hall en marbre noir et blanc, Diana eut l'impression d'être prise dans un tourbillon. Une nébuleuse étincelante où tout était trop grand, trop brillant, du sol en mosaïque à l'immense lustre suspendu au plafond, en passant par le bel homme debout à côté d'elle.

— Mademoiselle Drake, monsieur Andrade, je suis Beth Rose, directrice du Manhattan Pet Rescue. Nous sommes ravis de vous recevoir ce soir.

— Nous n'aurions raté cela pour rien au monde, Beth, répondit Franco avec aisance.

Comme il l'embrassait sur la joue, Beth tomba presque en pâmoison.

Il était si bon dans ce rôle que ça en devenait limite effrayant. Si Artem avait réellement su ce qu'il faisait, il aurait nommé Franco nouveau vice-président des relations publiques au lieu d'elle.

Dis quelque chose. Elle n'était pas le faire-valoir. C'est lui qui l'était.

— Merci de nous avoir invités, nous sommes enchantés d'être là, déclara Diana avec un grand sourire.

Du coin de l'œil, elle repéra une personne qui braquait son téléphone portable sur Franco et elle. Lui aussi dut l'avoir vu, car il la prit aussitôt par la taille, posant une paume languide sur sa hanche. Sans même s'en rendre compte, elle se blottit dans son étreinte.

Beth soupira.

— Vous êtes tous les deux aussi beaux que sur l'affiche de votre campagne. Tout le monde ne parle que de ça.

— Il parait, oui, dit Diana avec un sourire forcé.

— Notre réception se passe à l'étage, dans la Starlight Ballroom. Je vais vous y escorter et, si ça ne vous ennuie pas, on aimerait faire quelques photos de vous avec certains des animaux qu'on donnera à adopter plus tard dans la soirée.

Diana se raidit brusquement.

— Eh bien…

Franco lui pressa discrètement la hanche.

— Avec plaisir. Nous adorons les animaux, bien sûr.

« Nous adorons les animaux. » Diana battit des cils. Franco la fixait, comme s'il attendait qu'elle dise quelque chose.

— Oh oui. Nous en sommes fous.

Ils quittèrent le hall clinquant pour un couloir plus intime et sombre, aux murs tapissés de velours bordeaux. Beth appela l'ascenseur.

— Cela ne me surprend pas du tout, dit-elle. Je savais que vous adoriez forcément les animaux. Drake Diamonds est un de nos plus gros mécènes depuis toujours. Et bien entendu, vous êtes tous deux des légendes du monde équestre.

Les portes de l'ascenseur s'ouvrirent, et le trio y pénétra.

— Diana possède un magnifique hanovrien noir. Parle de Diamond à Beth, mon amour.

Ces mots firent à Diana l'effet d'une gifle. Elle ouvrit la bouche pour dire quelque chose, n'importe quoi, mais aucun son ne sortait.

— Ça va, ma chère ? Vous êtes toute pâle, brusquement.

Beth la dévisageait avec inquiétude.

— Je… C'est juste que…

Elle ne pouvait pas parler de Diamond. Pas maintenant.

Pendant six mois, elle avait réussi à éviter de discuter de son cheval bien-aimé avec quiconque. Même ses frères. Elle aurait probablement dû mais en était incapable. Cela faisait trop mal. Et après un tel silence, les mots ne venaient pas.

— Elle est un peu claustrophobe, déclara Franco.

Encore un mensonge. Diana commençait à s'y perdre.

— Oh ! je suis navrée ! s'exclama Beth. Je l'ignorais. On aurait dû prendre l'escalier.

— Tout va bien. On est presque arrivés, mon cœur.

La voix de Franco était aussi douce, apaisante, que du miel.

L'ascenseur arriva à destination, s'ouvrit.

Enfouie contre le torse puissant de Franco, Diana se laissa pour ainsi dire porter jusqu'à l'entrée de la salle de bal. Elle ne se souvenait même pas s'être appuyée ainsi sur lui.

Inspire. Expire. Ça va aller.

Elle prit une grande inspiration, se redressa, sourit.

— Excusez-moi. Ça va. Je vous assure.

Son cœur battait à tout rompre contre ses côtes. Elle aurait donné n'importe quoi pour être dans l'appartement de Dalton, devant une mauvaise émission de télé, roulée en boule dans un plaid sur le canapé.

Ne pense pas à Diamond. Ne fiche pas tout ça en l'air. Dis quelque chose.

Elle leva les yeux vers le plafond orné de lampes scintillantes.

— Comme c'est beau ici !

Beth hocha la tête et partit dans une description de tout le travail qu'avait nécessité l'organisation du gala, dont une large part avait été financée par Drake Diamonds. Diana sourit également, ainsi que Franco, bien qu'elle l'ait surpris à maintes reprises en train de l'observer avec beaucoup trop d'intérêt à son goût.

Elle mourait d'envie de lui dire qu'il en rajoutait. Ils étaient supposés sortir ensemble, non être fiancés, bon sang. En outre, elle avait globalement combattu sa panique.

Elle allait bien. Simplement, elle ne s'était pas attendue à ce qu'il mentionne Diamond. Voilà tout. Elle croyait que Franco était au courant de l'accident. Apparemment, non. Sinon, jamais il n'aurait évoqué son cheval.

Elle avait été surprise, et sans doute un peu bouleversée. Mais c'était passé, maintenant.

Il n'avait pas besoin de s'inquiéter pour elle, et encore moins de la dévisager comme ça.

Une heure plus tard, ils continuaient de serrer des mains et de bavarder avec les autres donneurs du refuge. Ils n'avaient pas eu une minute seuls ensemble.

Non que Diana s'en plaigne, d'ailleurs. Le trajet en limousine leur avait fourni suffisamment de temps en tête à tête, merci bien.

— Une dernière chose…

Beth les conduisit au fond de la salle de bal, où les invités avaient tour à tour posé pour des photos.

— … Pouvons-nous prendre ces photos dont je vous ai parlé tout à l'heure ?

— Mais bien sûr, répondit Diana.

La main de Franco avait retrouvé sa place au creux de ses reins. Elle commençait à s'y habituer et n'arrivait pas à déterminer si c'était une bonne ou une mauvaise chose.

C'est presque terminé. Encore quelques minutes.

Une soirée de passée. Plus que vingt…

Elle s'autorisa un soupir de soulagement. Puis remarqua à côté du trépied du photographe un petit parc empli d'adorables chiots qui gigotaient, et tout sentiment triomphal sur sa performance s'évapora. Elle n'était pas en mesure de se retrouver au milieu d'animaux. Pas encore.

— Eh, regarde-moi ça ! fit Franco en prenant dans ses bras un minuscule bébé chien noir, doté d'une queue entortillée.

Le chiot tendit le cou, sortit une toute petite langue rose et lécha le visage de Franco. Ce dernier rejeta la tête en arrière et éclata de rire, ce qui parut encourager le mignon cabot. Il grimpa sur le torse de l'homme et lui bécota l'oreille.

Beth indiqua d'un geste au photographe d'immortaliser cet instant d'idolâtrie.

— On dirait qu'elle vous adore, monsieur Andrade.

Le chiot était une femelle. Bien entendu.

Le charme de Franco s'exerçait sur le sexe faible de toutes les espèces, manifestement.

— Viens, mon ange, dit Franco en lui prenant la main. Je vais te présenter à ma nouvelle amie. Elle est vraiment chou.

— Non, c'est bon. Garde-la.

Diana tenta de le repousser, mais peine perdue. Elle se retrouva avec un bébé chien dans les bras, alors que les flashs se déclenchaient une fois de plus.

— Voici Lulu. Une Carlin croisée.

— Franco a raison. Elle est adorable, concéda Diana, observant le petit chien.

Avant que son frère Dalton se marie et déménage à Delamotte, il avait à plusieurs reprises essayé de la convaincre de prendre un chien. Au début, elle pensait qu'il plaisantait. Dalton n'aimait même pas les chiens. Du moins le croyait-elle. Ensuite, il avait insisté, l'encourageant à adopter tous ceux qu'il lui présentait.

Qu'est-ce qui était arrivé à ses frères ? Tous deux étaient devenus des personnes différentes durant cette année. Parfois, elle avait le sentiment que le monde avançait à toute vitesse, tandis qu'elle restait sur place. Complètement immobile.

Tout changeait. Tout, et tout le monde.

Ce n'était pas comme ça avant. Dès la première fois où elle était montée sur le dos d'un cheval, Diana avait galopé, foncé aussi vite qu'elle le pouvait. Elle avait toujours pensé que si elle allait assez vite, assez fort, elle échapperait à l'héritage de Gaston Drake. Elle échapperait à tout ce qui signifiait faire partie de sa famille. Les mensonges, les tromperies. Elle avait cru qu'elle pourrait le fuir.

À présent, elle était revenue dans le bercail familial et comprenait qu'elle n'avait rien fui du tout.

Elle déglutit péniblement. Comment envisager de sauver un chien, quand elle n'était même pas convaincue de pouvoir se sauver elle-même ?

— Tiens. Prends-la.

Elle tenta de rendre le chiot à Franco, mais il croisa les bras et continua de poser pour la photo.

— Vous formez une jolie famille, tous les trois, roucoula Beth.

Ce fut le point de rupture pour Diana.

Le toucher… Les termes affectueux… Le bébé chien. Ça encore, elle pouvait le gérer. À peu près. Mais l'idée de former une famille ? Plutôt mourir.

— Il se fait tard. On devrait y aller.

Mais personne ne sembla entendre un mot de ce qu'elle disait, car pile au moment où elle s'apprêtait à s'échapper, Franco fit une déclaration.

— On la prend.

Beth poussa un petit cri de joie. Des gens applaudirent. Diana se figea sur place, essayant d'assimiler cette annonce.

Elle étudia le visage de Franco, mais il affichait toujours cette expression de l'amoureux de l'année, qui la troublait alors même qu'elle savait que tout cela était faux.

— Qu'est-ce que tu racontes ? On prend qui ?

— Le bébé chien.

Il gratouilla la minuscule bestiole derrière les oreilles.

— Franco, on ne peut pas adopter un chien ensemble, marmonna-t-elle à travers son sourire, lequel commençait sérieusement à s'effacer.

— Bien sûr que si, ma chérie.

Il plissa très légèrement les yeux. Personne d'autre que Diana ne le remarqua, occupés qu'ils étaient tous à se pâmer devant lui. Elle le foudroya du regard.

— Franco, mon cœur…

Cela ne faisait pas partie du contrat. Elle avait accepté de faire semblant de sortir avec lui, pas d'être coparents d'un animal.

De plus, elle ne voulait pas adopter un chien. Ou plutôt, elle ne pouvait pas adopter un chien.

La durée de vie d'un chien était encore plus courte que celle d'un cheval. Elle ne survivrait pas à un chagrin pareil. Pas une fois de plus. Plus jamais.

Franco se pencha pour chatouiller le chiot avec son nez et en profita pour lui murmurer quelques mots à l'oreille.

— Ils boivent du petit-lait. C'est quoi, ton problème ?

Le moment n'aurait pas pu être plus malvenu pour que Diana craque, mais ce fut le cas. Tous les sentiments qu'elle s'était efforcée de repousser au cours des derniers mois — colère, angoisse, peine — explosèrent en même temps. Elle regarda Franco à travers un voile de larmes, sous les yeux du monde entier.

— Diamond est mort. C'est ça, mon problème.

6

Un reportage en exclusivité de Page Six

Les rumeurs sont vraies ! L'héritière des diamants Diana Drake et le prince charmant du polo Franco Andrade sont réellement en couple. Ça jase dans tout New York depuis que leur torride panneau publicitaire s'est affiché à Times Square. Le feu entre ces deux-là brûle trop fort pour ne pas être authentique !

Drake et Andrade ont assisté hier soir au Bal annuel du bien-être animal à Manhattan où, selon des témoins, ils sont arrivés dans la foulée de ce qui était à l'évidence une incartade romantique dans la limousine Drake Diamonds. Durant la réception, on a entendu Andrade appeler Drake du surnom affectueux de Wildfire, et notre play-boy préféré ne pouvait manifestement pas s'empêcher d'être au plus près de la magnifique cavalière.

7

Franco coupa le moteur de sa Jaguar, puis se tourna vers le siège passager.

— J'imagine que je ne peux pas te faire confiance pour rester là bien sagement et me laisser parler en paix ?

Lulu émit un jappement perçant, avant de recommencer à mâchouiller le revêtement en cuir du siège.

— Bon, d'accord. Puisque tu ne fais aucun effort pour cacher ta perfidie, tu viens avec moi.

Il cala le minuscule chiot au creux de son coude et descendit de voiture.

— Abstiens-toi de te faire les dents sur mon costume, si tu le peux.

Lulu leva ses grands yeux brillants vers lui, les dents fermement fixées autour d'un des boutons de sa manche.

Franco ne se donna pas la peine de la gronder. S'il avait appris quelque chose au cours de cette semaine, c'était que Lulu n'en faisait qu'à sa tête. À l'instar de l'autre femme qui partageait sa vie…

Diana ne plaisantait pas quand elle avait affirmé ne rien vouloir savoir du chiot. Franco se retrouvait donc père célibataire. Ce qui ne lui aurait pas posé problème, s'il n'avait su à quel point elle avait besoin de ce petit chien.

La mort de son cheval l'avait traumatisée. Et si quelqu'un pouvait comprendre ce type de chagrin, c'était bien lui.

Franco n'avait pas été au courant de la disparition de Diamond. Mais à présent qu'il savait les choses devenaient plus claires. Diana n'avait pas arrêté l'équitation en raison d'un désir soudain de vendre des diamants. Elle se terrait plutôt dans la boutique familiale. Dévastée et terrorisée.

Mais elle ne pouvait renoncer éternellement à monter…

— Franco. Qu'est-ce que tu fiches là ?

Ben Santos, coach des Kingsmen, sortait de l'écurie.

Pas exactement l'accueil que Franco espérait.

Redressant les épaules, il continua d'avancer. Ça commençait à bien faire. Il devait cesser de se préoccuper autant de sa fausse petite amie et se focaliser davantage sur la résurrection de sa carrière.

— Moi aussi, je suis content de te voir, coach.

Il s'immobilisa à côté de l'écurie et attendit qu'on l'invite à aller sur le terrain d'entraînement. Invitation qui ne vint pas.

Avec un soupir, Ben plissa des yeux sous le soleil.

— Tu sais que tu n'es pas censé venir ici, fils.

Les mâchoires de Franco se crispèrent. Il avait toujours détesté cette manie de Ben d'appeler ses joueurs « fils ». Probablement parce que le dernier homme à l'avoir appelé ainsi avait été un véritable salaud.

Mais il avait toléré ce surnom par respect pour Ben. Néanmoins, il n'était pas d'humeur à supporter cela maintenant.

Sept soirées en compagnie de Diana Drake à toutes les réceptions caritatives de Manhattan ne l'avaient amené nulle part. Ses efforts ne lui avaient rien rapporté, hormis un chiot désobéissant et la sensation tenace que Diana était sur le point de se désintégrer.

Pas ton problème.

— J'espérais pouvoir discuter. D'homme à homme, dit-il.

Lulu s'agita sous son bras, et le pli entre les sourcils de Ben s'effaça.

— Quel adorable chiot. Ça doit être celui dont on parle dans tous les journaux.

Jusqu'ici, la vie de Lulu avait fait l'objet d'une chronique méticuleuse dans toutes les feuilles de chou et tous les sites à ragots dont Franco avait entendu parler, ainsi que d'autres dont l'existence lui était inconnue. Pas plus tard que ce matin, il avait été photographié en train de sortir la petite bête en bas de son appartement de Tribeca. Cette image adorable figurerait sans doute dans la presse du lendemain. Ô joie.

— Ah. Tu te tiens au courant de mon sort, alors.

Parfait. Peut-être la mascarade amoureuse fonctionnait-elle, en fait.

— Difficile d'y échapper, répliqua Ben, la main tendue vers Lulu qui entreprit aussitôt de lui lécher les doigts.

— Cette publicité pourrait s'avérer utile quand la saison commencera, tu ne crois pas ?

Le regard de Franco dériva vers un lad en train d'étriller un des chevaux de polo. La robe de l'animal brillait, pareille à un sou en cuivre étincelant, dans les ombres de l'écurie.

« Diamond est mort. C'est ça, mon problème. »

— Sauf que tu n'es plus dans l'équipe, donc non, fit Ben.

— Ça a assez duré, tu ne penses pas ? Tu as besoin de moi. L'équipe a besoin de moi. Ellis envisage de me laisser ronger mon frein encore combien de temps ?

— Tu as été viré. Je ne crois pas qu'Ellis va changer d'avis. Il est furieux. Franchement, je ne peux pas le blâmer.

Ben se gratta le crâne. Puis il poussa un soupir.

— Tu es allé trop loin cette fois, fils. Tu as couché avec sa femme, quand même.

Franco feignit de ne pas avoir entendu. Il risquait d'être tenté de dire la vérité, or, il ne pouvait pas faire ça. Luc avait ses défauts — avoir couché avec la femme du patron étant le principal —, mais il était l'ami de Franco. Luc avait été présent pour lui quand il avait eu le plus besoin de quelqu'un.

Franco avait une dette envers lui, et l'heure était venue de la rembourser.

— C'est fini, tout ça, déclara-t-il. Je suis amoureux, conclut-il, mal à l'aise.

Il attendit qu'un éclair fende le ciel et le foudroie sur place. Rien ne se produisit. Franco resta planté là, vivant, un bébé chien gigotant dans les bras, à regarder les chevaux être conduits vers le terrain d'entraînement.

Ça lui manquait. Passer du temps avec ses chevaux lui manquait. Il les entraînait aussi souvent que possible, mais ce n'était pas comparable à l'exercice quotidien en équipe.

Ça devait manquer à Diana, aussi. Il le savait.

« Diamond est mort. C'est ça, mon problème. »

Franco avait la nausée à chaque fois qu'il se remémorait le regard perdu de Diana quand elle avait prononcé ces mots.

Sa vulnérabilité l'avait pris de court. Elle l'affectait bien plus que ne le ferait jamais le dédain qu'elle lui manifestait. Ça lui était égal d'être détesté. Il le méritait. Mais ça ne lui était vraiment pas égal de voir Diana dans la peine.

Encore une fois, ce n'était pas son problème. Il se trouvait ici pour se remettre en selle, lui. Pas Diana.

— Amoureux, répéta Ben. Je suis heureux de l'entendre. Franchement. Mais je crains qu'il faille plus que quelques photos dans le journal pour convaincre Ellis.

Franco se raidit.

— Qu'est-ce que tu racontes ?

Le coach n'eut pas besoin de développer, parce que le terrain s'emplissait des équipiers de Franco. Ils se préparaient manifestement à disputer un match d'entraînement, car au lieu de porter des vêtements d'équitation habituels, ils étaient en tenue officielle. Franco repéra Luc, qui grimpait sur une somptueuse monture noir ébène. Mais c'est la vue d'un autre joueur qui l'arrêta. Un joueur qu'il n'avait jamais vu avant, vêtu d'un polo frappé d'un numéro juste sous l'épaule droite. Le numéro 1.

Le sien.

— Peut-être qu'Ellis penserait autrement si tu étais marié. Ou même juste fiancé. Un truc permanent, tu vois. Mais pour l'instant ça ressemble à une passade. À ses yeux, en tout cas.

Ben haussa les épaules, avant de poursuivre.

— Tu comprends sûrement. Essaye de te mettre à sa place. Imagine ce que tu éprouverais, si un autre homme, un homme que tu connaissais et en qui tu avais confiance, couchait avec Mlle Drake.

Le regard de Franco s'éloigna enfin du joueur portant son numéro. Il fixa l'entraîneur, tandis qu'une rage incompréhensible lui gonflait la poitrine. Une rage noire, qu'il ne pouvait, bien sûr, qu'attribuer au fait qu'il avait été remplacé.

— Ne parle pas d'elle de cette manière.

Ben leva les mains en signe d'apaisement.

— Je ne suggère pas que ça arrivera. Je t'incite juste à comprendre ce que ressent Ellis.

Franco inspira à fond. S'énerver de la sorte ne lui rendrait pas service.

— Il ne s'agit pas de Diana. Ni même d'Ellis ou de sa femme. Il s'agit de l'équipe.

Le coach désigna la grande surface d'herbe au vert éclatant.

— Il faut que j'y aille, fils. On enchaîne les matchs d'entraînement, cet après-midi.

Franco indiqua le terrain du menton.

— Qui est ton numéro 1 ?

— Arrête, Franco, répondit Ben en soupirant.

— Dis-moi juste qui porte mon maillot, et je m'en vais.

— Gustavo Anca.

— Tu n'es pas sérieux.

Franco connaissait Gustavo. Un gars sympa mais, au mieux, un joueur moyen. Ellis jouait la sécurité. Trop.

— Tu sais bien qu'il ne fera gagner aucune victoire.

— Oui, mais il ne couchera pas non plus avec la femme du propriétaire, répliqua le coach avec un sourire crispé.

Les yeux de Franco se posèrent brièvement sur Luc, assis sur son cheval, qui faisait une série d'étirements en torsion du torse. Il pivota vers Franco, et leurs regards se croisèrent. Franco détourna le sien.

— Écoute. Je peux te donner un conseil ? lança Ben.

Quoi qu'il ait à dire, Franco ne voulait pas l'entendre.

— Tourne la page. Fais savoir aux autres équipes que tu

es disponible. Quelqu'un va forcément sauter sur l'occasion de t'embaucher.

— Hors de question, riposta Franco, secouant la tête.

Les Kingsmen étaient les meilleurs. Et quand il avait porté leur maillot, il avait été le meilleur des meilleurs. Il avait gagné sa place parmi eux et il voulait la retrouver. Ses chevaux étaient ici. Ses coéquipiers. Son cœur.

En outre, si les Kingsmen entamaient déjà les matchs d'entraînement, cela signifiait que le tableau des rencontres pour la prochaine saison à Bridgehampton avait été établi. Si Franco voulait jouer n'importe où avant l'automne, il devrait aller à Santa Barbara. Voire à Sotogrande, en Espagne.

Or, il ne pouvait pas partir. Il s'était engagé auprès des Drake. Et dans l'immédiat, son job chez Drake Diamonds était le seul qui lui permettait de payer ses factures.

Son hésitation n'avait rien à voir avec Diana. Du moins, c'est ce qu'il voulait croire.

— Réfléchis-y, reprit Ben. Passe quelques coups de fil. Si une autre équipe te réclame des références, qu'elle me contacte. Mais je ne peux me porter garant que de ton jeu, ajouta-t-il, mal à l'aise. Rien de plus.

— Bien sûr.

La fureur de Franco se mua en une noirceur terrible. Il ne dit plus rien.

— C'était chouette de te voir, mais je t'en prie, comprends que cette situation n'est pas temporaire. Elle est définitive.

Sur ces mots, son entraîneur lui adressa un sourire triste.

— Mademoiselle Drake, vous avez de la visite, annonça le portier dans l'Interphone. M. Andrade est en train de monter.

— Attendez. Quoi ? Pour quelle raison ? bredouilla Diana.

Franco était ici ? Maintenant ?

Il devait s'agir d'une erreur. Leur programme ne prévoyait pas qu'ils arrivent à la réception Harry Winston avant une bonne heure et demie. Elle n'était même pas encore habillée.

De plus, elle avait donné comme stricte instruction au chauffeur de passer la prendre en premier. Elle n'avait nullement besoin que Franco approche son appartement. Leurs vies étaient déjà bien trop entremêlées à son goût.

Elle lui avait même parlé de Diamond. Brièvement, mais quand même. C'était la première fois qu'elle avouait presque à quelqu'un sa difficulté à surmonter son accident. Et aussi la première fois qu'elle avait prononcé le nom de Diamond à voix haute depuis sa chute.

Elle avait passé les jours suivant le Bal du bien-être animal à consolider avec soin la muraille autour de son cœur. Elle interagissait machinalement avec Franco, lui parlant le moins possible. Il était la dernière personne à qui elle aurait dû se confier. Son évocation fortuite de Diamond l'avait prise au dépourvu, suscitant chez elle un moment de faiblesse.

Cela ne se reproduirait plus.

Même si le voir avec cet adorable chiot dans les bras lui mettait les jambes en coton… Elle était humaine, après tout.

La voix du portier grésilla à nouveau dans l'Interphone.

— J'ai supposé convenable, vu la nature de votre relation, de laisser entrer M. Andrade.

La nature de leur relation. Un rire hystérique monta en elle. Elle parvint heureusement à le contenir.

— Pas de problème. Merci.

Prenant une grande inspiration, elle se somma de se ressaisir. Elle ne pouvait pas réprimander le portier pour avoir envoyé le supposé amour de sa vie chez elle, si ?

L'immeuble où se trouvait l'appartement de Dalton était une des adresses les plus prestigieuses de Lennox Hill. Elle doutait sincèrement que le portier fasse des indiscrétions. Mais la presse est toujours en quête d'un scoop. Franco et elle n'avaient pas besoin qu'un gros titre proclame qu'elle lui avait refusé sa porte.

Non. Pas Franco et elle. Artem et elle. Les Drake faisaient partie de la même équipe. Franco n'était qu'un accessoire.

Un magnifique et dangereux accessoire.

Trois coups vigoureux résonnèrent sur la porte et à travers tout l'appartement. Diana serra la ceinture de son peignoir et ouvrit.

— Franco, quelle agréable surprise ! dit-elle avec un enthousiasme forcé.

— Diana, fit-il en retour.

Rien d'autre. Pas d'enjolivure amoureuse. Pas de boutade sulfureuse sur sa quasi-nudité. Juste son prénom.

Elle lui fit signe d'entrer et referma la porte.

Son sourire s'effaça lorsqu'elle se retourna face à lui. Inutile de feindre quand ils étaient seuls. Bien que, maintenant qu'elle y songeait, ce soit la première fois depuis qu'ils s'étaient embarqués dans cette comédie qu'ils se trouvaient seuls. Vraiment seuls. Où qu'ils aillent, ils étaient entourés d'un chauffeur, de photographes, de portiers.

Un absurde frisson la traversa, tandis qu'elle le dévisageait. Ses yeux paraissaient plus sombres que d'ordinaire, son expression était sinistre.

— Qu'est-ce que tu fabriques ici ?

Il s'était passé quelque chose ? Le bruit courait-il que leur histoire d'amour était fausse ? Impossible. Artem le lui aurait dit. Ils s'étaient parlé au téléphone à peine quelques minutes plus tôt, et tout avait l'air d'aller.

— On a une soirée ensemble, non ? répondit-il.

Son ton était sec. Plat.

Jamais Diana n'aurait pensé que son sourire plein de sous-entendus sexuels et sa suffisance lui manqueraient, et pourtant. Au moins, cette version-là de Franco était-elle prévisible. Ce nouveau personnage paraissait son opposé.

— En effet.

Elle attendit qu'il la reluque avec lubricité. Elle portait un peignoir de bain en satin blanc, qui lui arrivait au ras des fesses, bon sang !

Mais il resta planté là, dans son smoking à la coupe impeccable, les bras croisés sur la poitrine.

— On va où, à propos ? demanda-t-il.

— À une réception chez Harry Wilson.

Il fronça les sourcils.

— La joaillerie ? Harry Wilson n'est pas un concurrent direct de Drake Diamonds ?

— Si, mais les Lamberti seront présents.

— Qui ça ?

Sérieusement ? Ils en avaient discuté un milliard de fois.

— Carla et Don Lamberti. Les propriétaires du diamant, tu te rappelles ? Le diamant !

— Ah, c'est vrai.

Son regard vagabonda enfin sur son minipeignoir crémeux. Pas trop tôt.

— Tu ne devrais pas être en train de t'habiller ?

Décidément, il n'était pas d'humeur canaille ce soir, c'était le moins que l'on puisse dire.

— J'étais en train de le faire. Jusqu'à ce que tu frappes à ma porte. Qu'est-ce que tu as ? Quelque chose ne va pas ? Pourquoi tu es ici, d'ailleurs ?

Les yeux de Franco étincelèrent. Quelque chose clochait, pas de doute.

— Tu es ma petite amie, riposta-t-il, dessinant des gros guillemets autour des mots petite amie. Pourquoi je ne serais pas ici ?

— Parce que la voiture était supposée me prendre d'abord, et ensuite te récupérer à Tribeca. Voilà pourquoi.

Il la fixa avec une intensité qui l'emplit d'une chaleur exquise, comme si elle sirotait du vin rouge.

— Je suis fatigué d'obéir aux ordres, Diana. Je ne crois pas trop demander en décidant moi-même comment me rendre à une réception.

— Je vois…

— On ne passerait pas prendre un vrai couple à deux endroits différents. De vrais amants seraient au lit jusqu'au moment du départ. De vrais amants seraient, au pire, dans le même fichu appartement.

La colère crispait un muscle sur sa mâchoire.

— On doit avoir l'air réel. Je dois avoir l'air réel.

Elle n'avait jamais vu Franco aussi sérieux. Ça n'aurait pas dû être aussi émoustillant. Surtout un soir aussi important que celui-ci.

Diana hocha la tête et s'humecta les lèvres de la langue.

— Bien sûr. Je comprends.

Elle n'avait pas réalisé qu'il se souciait autant de Drake Diamonds. Est-ce que cette parodie sentimentale ne représentait pas un simple revenu financier pour lui ? Une manière de faire un peu de pub aux Kingsmen ?

Pourquoi se souciait-il de tout ça à ce point ?

Elle se rendit compte qu'elle ignorait en fait pour quelle raison il avait accepté de participer à leur mascarade. Artem avait dit quelque chose à propos de Franco désireux de changer son image, mais elle n'avait pas demandé de détails. Elle voulait juste franchir ces vingt et une soirées ensemble aussi rapidement et sans souffrance que possible.

Franco rôdait maintenant dans son salon avec la grâce dangereuse d'une panthère.

— Où est ton bar ? J'ai besoin d'un verre pour tuer le temps, pendant que tu te prépares.

Ce n'était pas le moment pour une discussion à cœur ouvert, de toute évidence.

Elle traversa la pièce, gagna la cuisine et sortit d'un placard une bouteille du scotch préféré de Dalton. Elle la posa sur le plan de travail, ainsi qu'un verre en cristal.

— Ça ira ?

— Parfait, répondit Franco.

— Bien. Sers-toi.

Elle l'observa se verser une dose fort généreuse puis l'avaler d'un trait. Il la fixa tout en reprenant la bouteille.

— Il y a un problème ou tu vas finir de t'habiller ?

Quelque chose bouleversait Franco, c'était indéniable. Elle ferait mieux d'appeler Artem et d'annuler la soirée avant que Franco ait sifflé tout le scotch de Dalton.

Mais cette option n'était pas envisageable. Pas ce soir, alors qu'ils allaient enfin rencontrer les Lamberti. Leur diamant de 1 100 carats était l'unique raison pour laquelle elle jouait cette farce de relation amoureuse.

Elle afficha un grand sourire.

— Non, aucun problème.

Pas encore, en tout cas.

8

Diana retint son souffle, tandis qu'ils montaient dans la limousine des Drake. Pourvu que l'humeur sombre de Franco passe inaperçue au gala…

Elle persistait à attendre qu'il réincarne son personnage ordinaire de désinvolte absolu, mais cela n'arriva pas. Ils firent le bref trajet vers la boutique Harry Winston dans un silence tendu et, pour la première fois, cette atmosphère crispée parut relever du choix de Franco plutôt que du sien.

Elle tenta de mener une conversation et de le détendre, mais en fut pour ses frais. Elle commençait à comprendre combien elle avait été odieuse avec lui au cours de la semaine passée. *Voilà ce qu'il avait dû ressentir chaque soir.*

Elle n'avait pas à se sentir aussi coupable. Absolument pas. Ce n'était pas un rendez-vous galant réel. Aucun des sept soirs précédents n'avait été réel non plus. Il ne s'agissait que de travail. De relations publiques pour l'entreprise.

« Il faut que ça ait l'air réel. Je dois avoir l'air réel. »

Alors que la voiture s'arrêtait devant la somptueuse vitrine de Harry Winston, au coin de la Cinquième Avenue et de la 57e Rue — à un jet de pierre de Drake Diamonds —, elle se tourna vers Franco.

— Tu es sûr d'être prêt ? demanda-t-elle.

Il croisa son regard. Seul le léger obscurcissement de ses iris indiquait les nombreux verres de scotch qu'il avait avalés chez elle. Une semaine auparavant, elle ne l'aurait pas assez bien connu pour remarquer un changement aussi subtil.

— Oui. Et toi ?

Elle sentit sa voix résonner en elle.

— Oui.

Il était encore temps de faire machine arrière. Après tout, Artem serait là en personne pour séduire les Lamberti.

Mais s'assurer que les propriétaires du diamant choisissent de travailler avec Drake Diamonds relevait de sa responsabilité à elle. Pas de celle de son frère. Et vu qu'il s'agissait en gros de son unique responsabilité, il serait mal venu qu'elle s'en décharge sur Artem.

Elle avait déjà survécu une semaine à jouer l'amoureuse factice de Franco. Ils pouvaient sûrement tenir encore quatorze jours. Franco se ressaisirait une fois en public. Il serait comme d'habitude, charmeur en diable.

Il le fallait.

Cependant, même avancer devant la meute des paparazzis rassemblés autour de l'entrée voûtée de Harry Winston paraissait différent. Franco semblait raide, tendu, à son côté.

La chaleur de sa main posée sur ses reins lui manquait. Ses allusions taquines lui manquaient. Seigneur, que lui arrivait-il ? Elle n'avait pourtant pas du tout apprécié de passer du temps en sa compagnie, tant s'en fallait !

Dès qu'ils franchirent le seuil de la luxueuse boutique, Artem et Ophelia s'approchèrent d'eux. Lorsque son frère lui avait appris qu'ils seraient présents, Diana avait été soulagée. Cette soirée était très importante. Le moindre renfort serait bienvenu. Maintenant, elle aurait préféré qu'il ne soit pas témoin de ce qui s'annonçait brusquement comme une terrible catastrophe en puissance.

— Diana.

Artem l'embrassa sur la joue, puis serra la main de Franco.

— Franco, quel plaisir de vous voir.

Les deux hommes échangèrent des civilités, tandis que Diana saluait Ophelia. Vêtue d'une robe en voile fluide qui tombait jusqu'au sol, sa belle-sœur avait l'allure parfaite de la danseuse qu'elle était avant de prendre la tête du département création de Drake Diamonds. La tiare en diamants que lui avait offerte Artem en cadeau de fiançailles était finement enchâssée dans ses cheveux relevés.

— Tu es superbe, chuchota Diana en l'embrassant.

— Merci mais, mon Dieu, regarde-toi. Tu es éblouissante. Ce saphir te va à merveille.

Diana effleura la pierre d'un bleu profond suspendue au collier en platine et diamants autour de son cou. Elle l'avait portée chaque soir où elle était sortie avec Franco, en hommage à leur panneau publicitaire.

— Ma foi, ne t'y habitue pas. Je doute que mon frère me permette de le garder, quand tout ça sera terminé.

— Il n'aura pas à le décider lui-même. Souviens-toi qu'il ne sera plus ton patron. Les filles au pouvoir ! s'exclama Ophelia à mi-voix avec un clin d'œil.

La nervosité nouait la gorge de Diana. Elle n'éprouvait aucun sentiment de pouvoir actuellement…

— Je vais nous chercher du champagne, murmura Franco à son oreille. Je reviens.

Il avait tourné les talons avant qu'elle puisse dire un mot.

— Qu'est-ce qui ne va pas chez ton petit ami ? lui demanda Artem, sourcils froncés.

Diana lui jeta un regard éloquent. Ce n'était pas son petit ami.

— Sœurette, je suis sérieux, insista Artem. Qu'est-ce qui arrive à Franco ?

Raté pour que l'humeur maussade de ce dernier passe inaperçue.

— Tout va bien, Artem. Il fait du super boulot, comme d'habitude.

Depuis quand prenait-elle la défense de Franco Andrade ?

— Vraiment ? Parce qu'il a l'air un peu tendu.

Ophelia glissa un bras sous celui de son mari.

— Artem, laisse Diana tranquille. Elle est parfaitement capable de se débrouiller.

Dieu bénisse les belles-sœurs !

— Je n'ai jamais insinué le contraire, rétorqua Artem avec

un coup d'épaule affectueux. C'est Andrade qui m'inquiète. Il laisse ce pétrin avec les Kingsmen lui taper sur les nerfs.

Diana sursauta.

— De quoi parles-tu ?

— Son éviction de l'équipe. D'après son humeur, je devine qu'il n'a pas encore été réintégré. Mais je suis certain que tu en sais plus que moi à ce sujet, conclut Artem.

Franco avait été viré ?

Alors voilà pourquoi il avait signé avec Drake Diamonds. Il avait autant à gagner qu'elle à leur prétendue liaison.

Pourtant, il était l'un des meilleurs joueurs de polo au monde. Pourquoi les Kingsmen le lâcheraient-ils ? Cela n'avait aucun sens. Elle l'observa à l'autre bout de la salle, et se demanda quels autres secrets il gardait.

Quoi qu'il en soit, pas question d'avouer à Artem qu'elle ignorait tout du licenciement de Franco. C'était le genre de chose qu'une petite amie était censée savoir. Même une fausse petite amie.

Elle se força à sourire. Ce qui devenait anormalement facile. Elle ne devrait pas être aussi douée pour mentir.

— Ça va. Il encaisse très bien.

— Pourquoi on est ici, d'ailleurs ? chuchota Ophelia. J'ai le sentiment de fouler un territoire ennemi.

Diana étudia le décor cossu, sophistiqué — murs gris perle, sol en carrelage art déco noir et blanc, vases en cristal taillé débordant d'hortensias blancs — et tenta de ne pas trop se laisser impressionner. Elle n'avait jamais mis les pieds chez Harry Winston auparavant. Et pour autant qu'elle sache, aucun Drake non plus. Leur père devait se retourner dans sa tombe.

— On a été invités, répondit Artem. Tous les joailliers de luxe de la ville sont là. Un geste de pouvoir de la part de Harry Winston. À mon avis, c'est leur stratégie afin de montrer aux Lamberti qu'ils constituent le choix évident pour tailler le diamant. C'est osé d'inviter tous ses concurrents. Audacieux et confiant. On ne peut qu'admirer.

— Eh bien, pas moi, décréta Diana. Expliquée comme

ça, je trouve l'invitation offensante. Comment peuvent-ils insinuer que Drake Diamonds n'est pas assez bon ? On est les meilleurs du monde.

Artem lui adressa un clin d'œil.

— Ma sœur, P-DG en herbe.

Franco revint avec deux flûtes de champagne, qu'il offrit aux femmes.

— Mesdames.

— Merci, dit Ophelia.

Diana prit la sienne et but une gorgée de bulles réconfortante. Il était temps qu'elle entre en scène.

Il n'était pas question de laisser les Lamberti se faire influencer par Harry Winston. Si les gros bonnets égotistes à l'origine de cette soirée pensaient qu'elle était intimidée, ils se trompaient gravement. Drake Diamonds allait leur voler la vedette.

« On doit avoir l'air réels. »

Elle regarda Franco à la dérobée et avala une nouvelle dose de courage liquide. L'un d'eux devait faire en sorte que ça semble réel, et il était évident que pour une fois, ce ne serait pas lui.

Diana se rapprocha de Franco, glissa une main langoureuse autour de sa taille et laissa ses doigts sur sa hanche.

La flûte de Franco s'arrêta à mi-chemin de ses lèvres. Comme il la dévisageait, elle baissa lentement la main jusqu'à caresser ses fesses, devant toute l'élite diamantaire de New York, au cœur de la célèbre boutique Harry Winston.

Franco s'éclaircit la gorge et prit une bonne gorgée de champagne.

Un autre couple rejoignit leur petit groupe. Artem les présenta, mais Diana ne retint pas leurs noms. Son cœur tambourinait dans sa poitrine. Toute sa concentration était focalisée sur la sensation du corps musclé de Franco sous la paume de sa main.

— Qu'est-ce que tu fais ? murmura-t-il.

— Exactement ce que tu souhaitais. Je fais en sorte que ça ait l'air réel.

Elle posa les yeux sur sa bouche. Il la fixa intensément, et son regard orageux la désarçonna.

— Tu joues un jeu dangereux, Diana. Et au cas où tu ne l'aurais pas remarqué, je ne suis pas d'humeur à jouer.

Elle tendit sa flûte à un serveur qui passait avec un plateau.

— Viens avec moi.

— On est en peine conversation, objecta-t-il, indiquant du menton Artem, Ophelia et les autres.

— On ne leur manquera pas, mon loup.

Elle glissa le bras sous le sien et l'entraîna plus loin.

— Mon loup ? fit-il en haussant un sourcil. Vraiment ? Pourquoi pas carrément mon lapin ? Ou mon chou ?

Il pouvait se moquer d'elle tant qu'il voulait. Au moins, elle faisait des efforts.

— Tu es en train de tout bousiller, là. Tu en es conscient, non ?

Un muscle se contracta sur sa mâchoire. Il semblait plus redoutable que jamais.

— Tu exagères. Ce n'est rien. Tout va bien.

— Bien, ce n'est pas assez. Pas ce soir. Tu l'as dit toi-même.

Il ne fallait pas que son attitude glacée la paralyse.

— Parle-moi, Franco. Qu'est-ce qui te prend ? Tu as eu une mauvaise journée sur le terrain de polo ou quoi ? Ton cheval a trébuché sur ton ego colossal ?

Elle croisa les bras, attendant qu'il admette la vérité.

Il se passa la main dans les cheveux, et quand il rencontra son regard, elle vit soudain une intense émotion dans ses yeux sombres. S'il s'était agi de quelqu'un d'autre, Diana aurait dit qu'il était brisé. Mais ce mot était tellement incompatible avec tout ce qu'elle savait de Franco qu'elle ne savait plus que penser.

— Je n'ai pas monté aujourd'hui, répliqua-t-il calmement. Ni aucun jour depuis un mois. Donc non, mon cheval n'a pas trébuché sur mon ego colossal, en fait.

— Je sais. Artem vient de me l'apprendre.

Sa voix était plus froide qu'elle ne l'aurait voulu.

Elle ne savait pas très bien pourquoi elle était brusquement aussi en colère. C'est elle qui avait insisté pour qu'ils s'en tiennent au plan professionnel. Et le moment comme le lieu étaient très mal choisis pour discuter du fait qu'il ne jouait plus au polo.

Mais elle ne pouvait pas s'en empêcher. Depuis qu'Artem avait mentionné si fortuitement que Franco ne faisait plus partie des Kingsmen, elle luttait contre ce qui ressemblait fort à un sentiment de trahison. Ce qui n'avait pas de sens. Et guère d'importance, d'ailleurs, dans la mesure où les mots sortaient tous seuls, plus vite que sa pensée.

— Pourquoi tu ne m'as rien dit ? Hein ?

Elle n'avait aucune envie qu'il sache qu'elle se sentait concernée, mais le tremblement de sa voix la trahissait.

Il la dévisagea, longuement, avec intensité, au point que le souffle finit par lui manquer. Il était si beau. L'incarnation d'un mystère sombre et élégant.

Parfois, quand elle baissait la garde et le regardait furtivement à côté d'elle, elle comprenait pourquoi elle l'avait choisi, tant d'années plus tôt. Et malgré l'humiliation qui avait suivi, elle l'aurait choisi encore et encore.

— Tu n'as pas posé la question, finit-il par répondre.

— Mais…

— Mais quoi ?

Il allait l'obliger à le dire, n'est-ce pas ? Il la forçait à revenir là-dessus. Son estomac se noua.

— Mais moi, je t'ai parlé de Diamond.

Leurs yeux restèrent rivés l'un à l'autre. Les larmes vinrent voiler la vision de Diana, jusqu'à ce que les diamants qui les entouraient chatoient, pareils à de la pluie. Un mouvement apparut dans la périphérie. Elle essuya une trace humide sous son œil, comprenant que des gens s'approchaient.

Son souffle se bloqua dans sa gorge.

Carla et Don Lamberti avançaient droit vers eux. Elle les voyait par-dessus l'épaule de Franco. La panique l'envahit.

Les Lamberti ne pouvaient pas les trouver dans cette

situation. Et encore moins la voir pleurer. Elle était censée être amoureuse.

Amoureuse.

— Embrasse-moi, chuchota-t-elle.

Les yeux de Franco étincelèrent dans la pénombre, l'attirant, la poussant vers quelque chose qu'elle n'identifiait pas. Quelque chose de sombre, de familier.

— Diana…

Il prononça son nom d'une manière étonnamment douloureuse. Ça la prit de court, l'égratigna en dedans.

Une étrange convoitise se fraya un chemin en elle, tandis qu'elle empoignait à deux mains les revers de son smoking.

Qu'est-ce qui lui prenait ?

— J'ai dit, embrasse-moi.

Le regard de Franco se fixa sur ses lèvres et soudain, son visage ciselé se trouva bien trop près du sien. Son cœur battait follement la chamade, et elle se rendit compte qu'elle le touchait, les doigts fourrageant sa chevelure noire.

Elle perçut un son qui devait forcément sortir de sa propre gorge. Un gémissement tremblant d'anticipation.

Tu vas le regretter. Comme la dernière fois.

Franco lui saisit le menton et, du pouce, suivit le contour de sa lèvre inférieure, tandis que ses yeux la fixaient avec une intensité inouïe. Son autre main remonta le long de son dos nu, jusqu'à sa nuque, ses cheveux. Il agrippa délicatement la base de son chignon, de manière à tirer sa tête en arrière et placer sa bouche juste au-dessus de la sienne.

Elle était comme prise de vertige. Désorientée. L'air était soudain trop épais, les diamants autour d'eux, trop brillants. Fermant les yeux, elle tenta de se rappeler pourquoi ceci se produisait. Il ne s'agissait pas de fatalité ou de destin ou de quelque malencontreuse notion romantique.

Elle l'avait choisi. Décidé. Elle était aux commandes.

Cela ne signifie rien. Rien du tout.

La bouche de Franco se posa sur la sienne, brûlante, avide. Une exquise chaleur la traversa, et avec elle, le souvenir.

Fini, la réflexion. Fini, le déni. Fini, le mensonge.

Même à elle-même.

Ce baiser était différent du dernier qu'ils avaient échangé.

Franco croyait y être préparé. Après tout, ce n'était pas la première fois que ses lèvres touchaient celles de Diana Drake. Elles en connaissaient déjà le chemin. Il se rappelait sa saveur, la sensation d'elle, le petit son adorable qui lui échappait quand elle se trouvait sur le point de capituler. Tels étaient les souvenirs qui l'avaient torturé, dans son lit, en quête de sommeil, chaque nuit cette semaine, avant d'enfin s'endormir et de rêver à cette lointaine nuit torride d'été.

Mais maintenant que le passé ressuscitait, il comprenait combien il s'était trompé. Une vie entière ne l'aurait pas préparé à un baiser pareil.

Là où autrefois, il y avait eu l'innocence d'une jeune fille, Franco découvrit le désir d'une femme. Embrasser Diana, c'était comme essayer d'attraper la lumière entre ses mains. Il était émerveillé, et au lieu d'éprouver de la satisfaction dans la chaleur mouillée de sa bouche, il ressentit un besoin de plus en plus aigu. Et intense.

Le mot encore monta de sa gorge et se heurta à l'incroyable douceur des lèvres de Diana, et sans même s'en rendre compte, il la pressa contre le verre glacé d'une vitrine toute proche, tandis que ses doigts encerclaient ses poignets comme des bracelets.

Que lui arrivait-il, bon sang ?

Ce n'était pas seulement un baiser différent du dernier échangé avec Diana. Ce baiser n'avait rien de commun avec tous les baisers qu'il avait connus dans sa vie entière.

Il s'écarta, l'espace d'une seconde grisante, pour la regarder. Il fouilla son visage, cherchant quelque chose qui lui indiquerait qu'il n'était pas seul à ressentir cela. Il voulait qu'elle le ressente aussi — ce lien, cette connexion folle, déconcertante, inimaginable, qui le prenait à la gorge et refusait de le lâcher. Il avait besoin qu'elle le ressente aussi.

Elle lui rendit son regard, les yeux assombris de désir. Ses iris couleur d'améthyste russe, au violet vibrant. Riche. Rare. Ce moment n'était pas le fruit de son imagination.

— Franco, je...

Elle avait murmuré son nom d'une voix qu'il ne lui avait jamais entendue. Une voix qui faillit le mettre à genoux.

Quelque part derrière lui, il perçut un toussotement, suivi d'une excuse.

— Pardon. On ne s'était pas rendu compte qu'il y avait quelqu'un ici.

Pas maintenant...

Franco ferma les yeux, désespéré à l'idée de briser l'étrange charme qui les avait engloutis. Mais alors que son pouls rugissait dans ses oreilles, il prit conscience avec déchirement que les poignets de Diana échappaient à son étreinte. Et l'instant d'après ne subsista qu'un profond silence désolant.

Il rouvrit les yeux, se concentra sur le saphir étincelant au cou de Diana, plutôt que se retourner. Il lui fallait un moment pour rassembler ses esprits et que la réalité s'impose à lui.

Diana s'écarta dans un bruissement de tulle et de chiqué.

— Monsieur et madame Lamberti. Excusez-nous. Restez, je vous en prie.

Tout cela avait été une comédie. Les caresses. Les larmes.

Le baiser.

Il inspira à fond et, rajustant son nœud papillon, pivota lentement sur ses talons.

— Monsieur Andrade, on vous reconnaîtrait entre mille.

La femme — Mme Lamberti, sûrement — lui tendit la main. Il la serra poliment, mais fut incapable de la regarder en face. Il n'arrivait pas à détacher les yeux de Diana, qui parlait et agissait comme si elle avait orchestré toute la scène.

Car c'était probablement le cas.

— Franco, mon chéri. Les Lamberti sont les propriétaires du diamant dont je t'ai parlé.

Diana se tourna vers lui, mais ses yeux le fuyaient.

Regarde-moi, bon sang.

— Ravi de faire votre connaissance, dit-il.

— Tout le plaisir est pour nous. Où que l'on aille, on voit des photos de vous deux. Et vous voilà, aussi réels que possible, déclara M. Lamberti, éclatant de rire.

— Réels. Nous le sommes. N'est-ce pas, mon ange ?

Franco s'empara de la main de Diana, la retourna et embrassa tendrement l'intérieur de son poignet.

Son pouls était rapide contre ses lèvres, mais cela ne lui procura guère de satisfaction. Il ne savait plus que croire.

Comment avait-il été assez stupide pour se prêter à cette mascarade ?

— C'est beau, un couple amoureux, s'exclama Mme Lamberti d'un air ému. Les histoires d'amour sont rares de nos jours, hélas.

— Je suis tout à fait d'accord, répliqua Franco, pressant légèrement le poignet de Diana.

Cette dernière lâcha un petit rire. Il la connaissait désormais assez pour savoir qu'il était forcé, mais les Lamberti ne parurent pas s'en apercevoir.

Ils continuèrent à bavarder à propos de leur diamant, tandis que le regard de Diana papillonnait vers le sien. Enfin. Franco vit une indiscutable convoitise dans les profondeurs violettes de ses yeux. Il avait beau savoir qu'il ne devait pas y croire, sa poitrine se serra néanmoins en retour.

— Attendez de le voir, dit M. Lamberti, hochant la tête. Ça vaut vraiment le coup. Il est exceptionnel.

— J'y compte bien, répliqua Diana. Tôt ou tard. Et le plus tôt sera le mieux.

Elle portait l'estocade, comme l'exigeait son rôle. Ce caillou de la taille d'une balle de base-ball était la raison de leur présence ici, après tout. Un autre joueur de polo arborait le maillot de Franco, et la perspective de poursuivre cette comédie aux côtés de Diana lui paraissait soudain atroce.

Mais plutôt mourir que cela ne servit à rien.

— Nous annoncerons notre décision pour le diamant demain, et je pense que vous serez contents, déclara Mme Lamberti. Ceci reste confidentiel, bien entendu, ajouta-t-elle à l'attention de Diana.

Diana fit un immense sourire.

— Je serai muette comme une tombe.

M. Lamberti leur adressa un clin d'œil.

— En attendant, on devrait regagner la réception.

— Nous sommes enchantés de vous avoir rencontrés, déclara Diana.

Franco acquiesça d'un murmure et salua le couple.

Dès qu'ils furent partis, il s'éloigna de Diana. Il avait besoin de distance entre eux. D'espace pour tous les mensonges qu'ils avaient racontés, joués tous les deux.

— Tu as entendu ? chuchota-t-elle, les yeux brillant d'excitation. Ils feront l'annonce demain. C'est nous qu'ils vont choisir, pas vrai ?

Nous.

— Je crois bien, oui.

— On a réussi, Franco. On a réussi !

Elle se jeta vers lui et lança ses bras autour de son cou.

Franco s'accorda un instant doux-amer pour savourer la sensation de son corps pressé contre le sien, le renflement exquis de ses seins contre sa poitrine, la senteur d'orchidée de ses cheveux qui lui caressaient le nez.

Il ferma les yeux, inspira profondément.

Si grisante, enivrante. Si trompeusement adorable.

Il saisit ses poignets pour la repousser avec délicatesse.

— Franco ? fit-elle en le dévisageant, interdite.

Il fourra les mains dans ses poches afin de s'empêcher de la toucher.

— Tu n'oublies pas quelque chose ? On est seuls maintenant. Tu n'as plus de raison de te coller à moi. Il n'y a personne pour le voir.

Elle tressaillit, et alors qu'elle le fixait, la lueur de triomphe dans ses yeux se mua lentement en douleur. Sa lèvre inférieure se mit à trembler imperceptiblement.

Bien joué.

— Mais je…

Il l'arrêta d'une main levée. Il n'y avait rien à dire. Il ne voulait pas d'excuses. Tous deux étaient adultes. Dès le début, ils savaient dans quoi ils s'engageaient.

Franco l'avait simplement oublié un instant. Il s'était laissé prendre au mensonge.

Une erreur qu'il ne commettrait plus.

— C'est bon. Plus que bon, Diana.

Il haussa une épaule, et laissa son regard la balayer de la tête aux pieds une dernière fois, avant de tourner les talons.

— Souris, chérie. Tu es sur le point d'obtenir tout ce que tu voulais.

9

UN REPORTAGE EXCLUSIF DE PAGE SIX

Drake Diamonds, joaillier emblématique de New York, a été choisi par la société minière Lamberti pour tailler le plus gros diamant du monde. L'énorme gemme a été récemment extraite d'une mine au Botswana, et pèse 1 100 carats. Le bruit court qu'Ophelia Drake en personne dessinera la monture de ce diamant de taille record, lequel sera exposé plus tard ce mois-ci au Metropolitan Museum of Art.

Aucune rumeur encore sur la destinée prévue pour la pierre, mais on peut se demander si une bague de fiançailles ne serait pas en préparation... L'héritière Diana Drake a de nouveau été vue hier soir en compagnie du terriblement sexy joueur de polo Franco Andrade à une réception privée chez Harry Winston. Des photos prises au téléphone portable par des invités montrent le couple s'adonnant à de torrides effusions amoureuses en public. Attention : regarder ces images risque de vous scandaliser.

10

Pop !

Le magasin n'était pas encore ouvert, et le personnel de Drake Diamonds en était déjà à sa troisième bouteille de champagne. La table au centre de la cuisine bleu Drake était jonchée de verres et d'innombrables piles de journaux.

Drake Diamonds et le diamant Lamberti faisaient la une.

— Félicitations, Diana, dit Ophelia, trinquant avec elle avant de boire une gorgée. Bravo, beau boulot.

— Merci !

Diana sourit. Ça faisait du bien de réussir quelque chose à nouveau. Même si cela aurait dû paraître meilleur que ça ne l'était.

Stop. Tu l'as mérité. Elle n'avait à se sentir coupable de rien.

La gorge serrée, elle ramena son attention sur Ophelia.

— Félicitations à toi aussi. Tu as commencé à faire des croquis pour la pierre ?

Ophelia éclata de rire.

— Notre participation n'est officielle que depuis une heure, je te signale.

Diana fit une moue dubitative.

— Donc jusqu'à maintenant tu n'as pas accordé la moindre réflexion au diamant des Lamberti ?

— Allez, d'accord. J'ai bien dû réaliser quelques dessins préliminaires… Juste au cas où.

— Ah, s'esclaffa Diana. J'en étais sûre.

La voix d'Artem domina soudain le brouhaha dans la pièce bondée.

— Bon, tout le monde. Les portes ouvrent dans cinq minutes. La fête est finie. Chacun à son poste !

Ophelia posa son verre sur la table.

— Alors je m'en vais. Le devoir m'appelle.

— Quelque chose me dit que tu ne mettras pas ton job en péril si tu restes encore un petit moment, chuchota Diana d'un ton moqueur.

— Je sais, mais j'ai franchement hâte de me mettre au travail, maintenant que je vais avoir ce diamant entre les mains. J'ai presque du mal à y croire. Je n'ai pas encore tout à fait assimilé la chose. C'est réel, n'est-ce pas ? ajouta-t-elle, les yeux brillant d'excitation.

Diana inspira à fond, alors que le souvenir de Franco revenait en force. La danse de ses doigts le long de son dos, la façon dont ses mains avaient encerclé ses poignets, la maintenant en place tandis qu'il l'embrassait…

Elle commençait à ne plus discerner ce qui était authentique de ce qui ne l'était pas.

— Crois-moi. C'est réel, Ophelia.

Elle sourit une dernière fois à sa belle-sœur, puis se retrouva seule avec Artem dans la cuisine.

Diana saisit un des minuscules gâteaux qu'ils avaient toujours d'avance, décorés pour ressembler à un écrin bleu Drake, et mordit dedans. Une bonne dose de sucre se révélait tout à coup indispensable, bien qu'elle ne sache pas vraiment pourquoi elle avait besoin de réconfort.

« Tu es sur le point d'obtenir tout ce que tu voulais. »

Pourquoi ces paroles lâchées par Franco la veille lui avaient-elles donné envie de pleurer ?

— On peut discuter un moment, sœurette ?

Artem s'assit sur une chaise de cuisine.

— Évidemment.

Elle s'installa à côté de lui, peu pressée de regagner

l'appartement vide de Dalton. Elle préférait encore être là, où l'ambiance était plus festive.

Lorsqu'elle avait lu la nouvelle qu'en effet les Lamberti avaient choisi Drake Diamonds, elle buvait son café du matin au lit, l'iPad sous les yeux. Voir l'annonce officielle dans la presse ne lui avait pas procuré l'excitation à laquelle elle s'attendait.

Pour être honnête, ça lui avait plutôt fait l'effet d'une douche froide. Elle n'avait pas envie d'en examiner les raisons, et encore moins de se retrouver seule avec ses pensées.

Le baiser de Franco. Sa bouche sur la sienne, chaude, avide. Son expression quand il avait vu les Lamberti.

— Tu vas bien ?

Artem la dévisageait, et le sourire qu'il avait affiché toute la matinée commençait à s'effacer.

Diana lui donna une bourrade affectueuse.

— Bien sûr. Plus que bien.

Mais comme elle n'arrivait pas à croiser son regard, elle se focalisa sur l'immense tas de journaux tapissant la table. Le coin de *Page Six* dépassait sous le *New York Times*, et elle eut un aperçu de l'image granuleuse et désormais familière montrant Franco et elle en train de s'embrasser.

Sa gorge se serra de nouveau. Elle ferma les yeux.

— J'espère que c'est vrai, petite sœur. Sincèrement. Parce que j'ai quelques inquiétudes, déclara Artem.

Les yeux de Diana se rouvrirent brutalement.

— Des inquiétudes ? À quel sujet ?

Il prit le temps de choisir ses mots avec soin.

— Franco et toi.

— Franco et moi ?

Artem décocha un coup d'œil à *Page Six*.

— Je commence à me demander si cette mascarade n'est pas allée trop loin.

— Tu plaisantes, j'espère. Ce plan était ton idée. Et il a fonctionné, ajouta-t-elle, désignant les bouteilles de champagne vides. On a réussi, Artem.

— Oui. Jusqu'ici, c'est un succès remarquable. Pour l'entreprise familiale. Mais certaines choses sont plus importantes que les affaires, poursuivit-il d'un ton pensif.

Pourquoi son frère lui disait-il cela ? Tout ce qu'ils avaient fait durant ces dernières semaines, c'était pour Drake Diamonds, dans l'intérêt de la joaillerie.

— Où est-ce que tu veux en venir, Artem ?

Mais la question était inutile. Elle connaissait la réponse.

— À ça.

Il sortit l'exemplaire de *Page Six* de sous le *Times* et le jeta au sommet de la pile.

Elle ne voulait pas le regarder. Se voir ainsi dans les bras de Franco la faisait trop souffrir.

— C'était juste un baiser, Artem.

Son frère l'étudiait avec attention, attendant qu'elle craque, aussi se força-t-elle à jeter un coup d'œil à la photo.

C'était pire que l'immense panneau d'affichage à Times Square. Mille fois pire. Sans doute parce que cette fois ils ne jouaient pas la comédie. Cette fois, elle avait eu envie que Franco l'emmène au lit.

Son sang-froid s'évaporait peu à peu. Ainsi que son bon sens. Ce baiser l'avait bouleversée Il lui avait fait oublier les raisons pour lesquelles elle méprisait Franco. Même là, elle avait du mal à se rappeler ses nombreux défauts. Comme si elle souffrait d'une forme d'amnésie induite par les hormones.

Artem haussa un sourcil. Heureusement qu'il ne pouvait lire en elle.

— Ça semble plus que juste un baiser à mes yeux.

— C'était le but, non ? riposta-t-elle en lui jetant un regard noir.

Il jouait au frère surprotecteur, maintenant ? Un comble…

— La finalité de ce jeu de séduction était de faire croire au public que c'était réel, souviens-toi, insista-t-elle.

— Bien sûr que je me souviens. Et oui, je suis tout à fait conscient que l'idée venait de moi. Mais je n'ai jamais parlé de baiser torride. Ou de pelotage intense dans des coins sombres.

Cette photo ressemble quand même plus à un moment d'intimité qu'à un coup de relations publiques.

Diana dut faire appel à toute sa volonté pour ne pas lui lancer le journal à la figure.

— Je n'y crois pas ! Sache que la seule raison pour laquelle je l'ai embrassé, c'est que les Lamberti venaient dans notre direction. Je ne voulais pas qu'ils pensent que Franco et moi étions en train de nous disputer.

— C'était le cas ? Vous vous disputiez ?

Elle poussa un soupir.

— Non. Oui. Enfin, en quelque sorte.

— S'il n'y a rien entre Franco et toi, pourquoi auriez-vous matière à vous disputer ?

Diana se passa une main dans les cheveux. Peut-être qu'Artem lisait en elle, en fin de compte.

Non, bien sûr que non. N'empêche qu'elle aurait dû avoir une dizaine de réponses toutes prêtes. Les gens se disputent tout le temps même sans être amants, non ?

Hélas, aucune excuse valable ne lui venait à l'esprit. Elle resta donc plantée là, coite, priant le ciel pour que son frère cesse de lui poser des questions.

Finalement, Artem la tira de son long calvaire silencieux.

— Tu as quelque chose à me dire, Diana ?

— Il n'y a rien entre Franco et moi, je le jure.

Pourquoi cette phrase sonnait-elle comme un mensonge, alors que c'était la vérité ?

Pire, pourquoi la vérité faisait-elle si mal ?

Tu n'éprouves aucun sentiment pour Franco Andrade. Plus aucun sentiment.

— Tu es une adulte, ça, j'ai compris. Sauf que tu es ma sœur. Et comme tu l'as souligné avec véhémence il y a à peine quinze jours, Franco est un séducteur invétéré. Je commence à penser que toute cette comédie était une très mauvaise idée, conclut Artem en fixant la photo étalée en pleine couverture de *Page Six*.

— Écoute, je suis touchée que tu t'inquiètes. Mais je suis

capable de me débrouiller avec Franco. Ce baiser était mon idée, et il ne signifiait rien. Point final.

Tout en se répétant qu'il *devait* ne rien signifier, Diana se leva et entreprit de débarrasser la table des verres sales et des bouteilles vides. Il fallait qu'elle bouge, qu'elle s'agite.

— Compris, fit Artem, avant de se lever à son tour et de se diriger vers la porte, à son grand soulagement.

Mais il s'arrêta sur le seuil pour un dernier mot.

— Tu sais, on peut tout arrêter immédiatement. Tu as prouvé de quoi tu étais capable. Tu as énormément à apporter à Drake Diamonds. J'ai eu tort de te mettre dans cette situation.

— Quoi ?

Elle devait avoir mal entendu.

Artem hocha la tête avec un sourire doux-amer.

— J'ai eu tort. Et je suis désolé. Tu n'as qu'un mot à dire, et ta fausse relation avec Franco peut se terminer par une fausse rupture spectaculaire, ou sans tambour ni trompette. À toi de choisir.

À elle de choisir.

Mais elle n'avait pas le choix. Pas vraiment.

Une semaine plus tôt, elle aurait donné n'importe quoi pour sortir Franco de sa vie. À présent, cela ne paraissait pas juste. Pas alors qu'elle avait obtenu le bénéfice qu'elle souhaitait de cet accord et Franco apparemment non.

Il avait joué son rôle, et elle lui devait de jouer le sien. Que cela leur plaise ou non, ils étaient coincés ensemble jusqu'au gala.

— Tu sais bien que ce n'est pas possible, Artem. Les choses ne sont même pas finalisées avec les Lamberti. Ils pourraient reprendre le diamant et le passer à Harry Winston.

— Je sais. Je commence à me demander si ce serait si catastrophique qu'ils le fassent.

Artem soupira, et elle voyait bien, à son expression, qu'il repensait à la photo parue dans *Page Six*. Au baiser.

— Est-ce que ça vaut vraiment la peine qu'on en arrive là ?

— Absolument, répondit-elle. Tu fais une montagne d'un rien. Je t'assure.

Mais une partie d'elle s'interrogeait néanmoins sur la possibilité qu'il ait raison.

Il était toutefois trop tard pour les doutes. À elle d'assumer les conséquences de ses propos…

Artem hocha la tête, l'air soulagé. Il l'était en tout cas sans doute davantage qu'elle ne l'était elle-même.

— Je suppose que j'ai donc tout intérêt à ne pas croire un mot de ce que je lis dans les journaux ?

Diana saisit l'exemplaire de *Page Six* dans l'intention de le fourrer tout au fond de la poubelle. Le journal tremblait dans sa main. Elle le reposa sur la table, avant de croiser les bras.

— Exact.

Comment allait-elle survivre jusqu'au gala ? L'idée de revoir Franco la terrifiait. Maintenant qu'il semblait déterminé à ne plus l'embrasser, elle ne pensait plus qu'à ça.

Et comment pourrait-elle se regarder dans la glace, si elle était incapable de regarder son frère en face ?

Franco frappa la balle blanche d'un grand coup de maillet et la regarda s'envoler à travers le gazon pour filer juste entre les poteaux de but, à l'extrémité du terrain d'entraînement de sa propriété des Hamptons.

Encore un score vide de sens.

Ses efforts ne comptaient pas quand il était le seul joueur sur le terrain. Mais il avait besoin d'y être, autant pour ses chevaux que pour lui. Ils devaient rester en forme. Être prêts, même si leur retour chez les Kingsmen commençait à devenir de moins en moins probable.

La veille avait constitué une confrontation avec la réalité sur bien des plans. Il ignorait ce qui l'avait rendu le plus furieux — voir son numéro sur la poitrine d'un autre joueur ou comprendre que Diana lui avait demandé de l'embrasser uniquement pour la galerie.

Il savait que sa colère n'avait rien de rationnel, surtout concernant Diana. Leur arrangement était fondé sur la duperie.

Il ne s'était tout simplement pas rendu compte que c'était lui qui serait dupé.

D'ailleurs même ça — que Diana veuille réellement ou non sa bouche sur la sienne — n'aurait dû avoir aucune importance. Pourtant, ça en avait une, considérable. Trop.

« Je ne suis pas à vous, monsieur Andrade. Je ne l'ai jamais été et ne le serai jamais. »

Franco essuya la sueur sur son front, cala son maillet sur son épaule et ralentit sa monture à un petit galop. Tout en observant les muscles puissants de la jument jouer sous la surface veloutée de sa robe, il songea à Diamond.

Il pensait désormais au cheval décédé de Diana dès qu'il montait. Il pensait au fait qu'elle soit presque incapable de prononcer le nom de Diamond. Il pensait à sa réticence à tenir Lulu dans ses bras. Elle avait peur de s'attacher à un autre animal. C'était évident. Or, une seule chose pourrait arranger ça.

Elle devait remonter sur un cheval.

Évidemment, réussir à remettre Diana en selle devrait être le cadet de ses soucis, alors que lui-même n'arrivait pas à réintégrer les Kingsmen.

Cela ne l'avait pas empêché de déposer Lulu chez Drake Diamonds avant de partir pour les Hamptons. La secrétaire d'Artem, Mme Barnes, l'avait regardé comme s'il était cinglé, quand il lui avait tendu le chiot et demandé de le remettre à Diana. Mais s'il avait donné lui-même le chien à la jeune femme, elle l'aurait tout simplement refusé.

Elle avait besoin de Lulu. Jamais dans sa vie, Franco n'avait connu quelqu'un qui ait autant besoin d'un autre être vivant. Hormis lui, quand il était petit garçon…

C'était sans doute pour ça qu'il se souciait tant d'aider Diana. Malgré leurs éducations radicalement différentes, il la comprenait. Qu'elle veuille l'admettre ou non.

Laisse tomber. N'avait-il pas assez de ses propres problèmes pour y ajouter ceux de Diana Drake ?

De toute façon, elle ne voulait pas de son aide, et tant mieux.

Il en avait fini avec elle. Dès que le gala serait passé et qu'il aurait retrouvé son boulot, ils ne se reverraient plus jamais. Il comptait pratiquement les minutes.

— Andrade.

Quelqu'un l'appelait depuis les écuries, où les autres chevaux de Franco se reposaient tout en mâchonnant du foin.

Franco plissa les yeux dans le soleil couchant. Alors qu'il quittait le terrain, il repéra une silhouette familière.

Luc.

Franco descendit de cheval, passa les rênes de sa monture à un de ses lads.

— *Gracias.*

C'est seulement lorsqu'il se rapprocha de son ami qu'il reconnut la vague tension qui vibrait dans sa poitrine. L'espoir. Qui ne fit que souligner le pathétique de sa situation actuelle. Si les Kingsmen souhaitaient son retour, le patron n'aurait pas envoyé Luc. Santos serait venu. Voire Ellis en personne.

Ôtant son casque, il fourragea dans ses cheveux humides.

— Luc.

— *Hola, mano.*

Luc indiqua les buts du menton, où la balle blanche brillait toujours dans l'herbe.

— Pas mal, là-bas.

— Merci, mon pote.

Un silence gênant tomba entre eux. Franco s'éclaircit la gorge.

— Comment s'est passé le match d'entraînement, hier ?

Le regard de Luc se riva au sien.

— Une foirade totale. Du grand n'importe quoi.

— J'aurais aimé te dire que j'en suis surpris. Gustavo Anca. Sérieusement ? C'est un joueur de handicap six.

Non que ce soit mauvais. Beaucoup de joueurs d'envergure internationale étaient classés à ce niveau. Mais le handicap de Franco était de huit. Un jour normal, Gustavo Anca ne serait même pas capable de lui donner du fil à retordre. Un bon jour, Franco l'écraserait carrément.

Luc acquiesça.

— Eh bien, on en a eu la preuve.

Franco ne dit rien. Si Luc espérait qu'il compatisse, il allait être déçu.

— Écoute, Franco. Je suis venu te dire que je ne peux pas laisser toute cette histoire continuer.

Franco secoua la tête, mais Luc arrêta ses protestations d'un geste.

— Je ne veux rien entendre. On a attendu assez longtemps. Les Kingsmen vont perdre tous les tournois de la saison si on ne te réintègre pas. Je vais aller voir Jack Ellis dès demain matin, et lui dire la vérité.

— Non, pas question, objecta Franco, les dents serrées.

Il avait fait une promesse, et avait l'intention de la tenir. Même si cette promesse avait plongé sa carrière dans un marasme absolu.

— Ce n'est pas négociable, Franco. Je ne sais même pas pourquoi je me suis laissé convaincre, pour commencer.

Luc baissa les yeux. Lui, savait. Ils le savaient tous deux.

— Trop tard pour cracher le morceau.

D'ailleurs, Ellis les croirait-il seulement, s'ils lui disaient la vérité à ce stade ? Ou n'importe qui d'autre ? Franco en doutait fort, surtout dans le cas de Diana. Elle s'était fait son opinion sur lui depuis très longtemps.

Mais pourquoi son opinion compterait-elle ? Elle n'avait rien à voir avec tout ça. Leurs vies étaient juste devenues si entrecroisées que Franco ne savait plus où terminait la sienne et où commençait celle de Diana.

— Je ne crois pas. Il n'est pas trop tard. Je t'aime comme un frère, tu le sais. Tu ne me dois rien, Franco. Et certainement pas ça.

Luc le dévisagea, les yeux rougis. Pourquoi rendait-il les choses si difficiles ?

— Ce qui est fait est fait. De plus, quel intérêt ? Si tu dis la vérité, tu sais ce qui arrivera.

— Ouais. Tu seras réintégré, et moi, viré, et c'est précisément ce qui aurait dû se passer. Tout ceci nous dépasse, Franco. Il s'agit de l'équipe, maintenant.

Il frappait là où ça faisait mal et le savait. L'équipe avait toujours compté plus que tout pour Franco. Elle passait avant les femmes, avant les fêtes, avant tout.

Jusqu'à aujourd'hui.

Certaines choses étaient plus importantes. Luc était sa famille. Sans lui, Franco n'aurait jamais joué avec les Kingsmen, déjà. Il n'aurait jamais quitté Buenos Aires. Il continuerait sans doute à dormir dans une écurie la nuit, ou pire. Il serait retourné là d'où il venait. Le Barrio de la Boca.

Il aimait penser que les chevaux l'avaient sauvé. Mais en réalité c'est Luc qui l'avait sauvé.

— À quoi ça servirait, en fin de compte ? fit-il avec un soupir las. Les Kingsmen ne peuvent pas te perdre non plus. Si tu fais ça, l'équipe souffrira tout autant que maintenant.

Un cheval hennit au loin. Luc sourit.

— Non. Tu es meilleur que moi. Tu l'as toujours été.

La poitrine de Franco se comprima, et il eut le sentiment très clair qu'ils ne parlaient plus de polo.

— Je suis venu par courtoisie, pour que tu sois préparé quand Ellis t'appellera demain. C'est parti, Franco. Tiens-toi prêt.

Sur ces mots, Luc tourna les talons.

— Et si des choses changent entre maintenant et demain ? lança Franco.

— Qu'est-ce qui pourrait changer ? demanda son ami.

Tout. Tout pouvait changer.

Et Franco savait très bien comment s'assurer que ce soit le cas.

11

Diana se trouvait à court de robes de soirée, mais ce n'était pas son problème le plus urgent dans l'immédiat. Ce qualificatif s'appliquait plutôt au problème doté de quatre pattes et d'une queue, qui avait fait trois fois pipi sur sa moquette au cours des deux dernières heures.

Comme si Franco ne lui avait pas déjà assez pourri l'existence, voilà qu'il lui imposait le chiot. Après sa discussion embarrassante avec Artem dans la cuisine de Drake Diamonds, Mme Barnes était entrée et lui avait collé le carlin noir dans les bras. Elle n'avait eu d'autre choix que de ramener Lulu chez elle. Et maintenant elles attendaient l'arrivée d'Ophelia avec une flopée de nouvelles tenues.

Diana n'avait jamais eu besoin d'autant de robes habillées, étant donné que jusqu'à présent elle avait passé la plus grande partie de sa vie en vêtements d'équitation. Mais elle avait épuisé son stock depuis le début de sa fausse histoire d'amour avec Franco. Or, elle voulait faire impression ce soir. Plus que jamais.

Le gala annuel du Manhattan Ballet au Lincoln Center était un des événements mondains les plus importants du calendrier Drake Diamonds. Ophelia avait autrefois été danseuse étoile dans la compagnie. Depuis qu'elle avait intégré l'entreprise, elle avait dessiné toute une collection de bijoux sur le thème du ballet. Bien entendu, Drake Diamonds et le Manhattan Ballet travaillaient en étroite collaboration.

Cela signifiait qu'Artem et Ophelia seraient au gala. Ainsi

que la presse, évidemment. Juste dans la foulée de l'annonce faite par les Lamberti au sujet du diamant, cette soirée serait d'une ampleur considérable.

Ce serait aussi la première fois que Diana reverrait Franco depuis le baiser.

Mais bien sûr cela n'avait aucun rapport avec le fait qu'elle voulait apparaître particulièrement spectaculaire. Enfin, peut-être que si. Un peu.

Bon, d'accord. Beaucoup.

Elle voulait le torturer. D'abord, il avait eu le culot de se fâcher quand elle lui avait demandé de l'embrasser, et ensuite il lui collait un chiot sur les bras. Qui se comportait ainsi ?

Lulu poussa un petit jappement et se mit à tourner en rond à la poursuite de sa queue en tire-bouchon. La chienne était craquante, pas de doute. Et Diana ne détestait pas vraiment ses minuscules oreilles veloutées et son petit ventre rond. Si elle avait eu l'intention d'adopter un chiot, celui-ci aurait été un candidat avec toutes ses chances.

Mais elle n'était pas prête à signer pour une autre peine de cœur en puissance. Son cœur était déjà bien assez en danger.

Maudit Franco.

— Ne prends pas trop tes aises, dit-elle.

Lulu inclina la tête en la regardant, multipliant au moins par dix son quotient adorable.

— Je suis sérieuse. Tu ne resteras pas ici.

Une nuit. Pas plus. Deux, grand maximum.

La sonnette retentit, et Lulu se rua vers la porte dans une frénésie d'aboiements aigus et de grognements. Quoique toute cette agitation ne la rende pas moins mignonne.

— Du calme, espèce de foldingue.

Diana la souleva, et le bébé chien lui lécha le menton.

Trois nuits… Peut-être. Ensuite elle réintégrerait, coûte que coûte, la garçonnière de Franco.

— Un chiot ! s'exclama Ophelia lorsque Diana ouvrit la porte. Ça doit être celui dont parlent les journaux.

Diana soupira. Elle avait presque oublié que chaque détail de sa vie s'étalait désormais dans *Page Six*. Chien compris.

— Le seul et l'unique.

— Elle est franchement adorable. Franco a bon goût en matière de chiens. Il ne peut pas être tout à fait mauvais.

Ophelia franchit le seuil de son pas gracieux de ballerine, une housse à vêtements sur l'épaule. Elle avait beau ne plus être danseuse professionnelle, elle continuait à se mouvoir comme telle, même avec un bébé sanglé contre sa poitrine.

Diana reposa Lulu par terre, où elle se remit à mâchouiller un os en cuir trois fois plus gros que sa propre tête.

— Je suis certaine que le diable lui-même sait apprécier un joli bébé chiot.

— À ma connaissance, sauver des animaux abandonnés n'intéresse pas le diable.

Très juste.

Ophelia jeta la housse à vêtements sur le canapé.

— Assez parlé de ton charmant petit chien et de ton tout aussi charmant faux petit ami. J'ai apporté du renfort vestimentaire, comme tu me l'as demandé.

— Et ma nièce, ajouta Diana, louchant sur le bébé.

Nul ne pouvait nier qu'elle était ravissante. Elle avait les yeux d'Artem et les traits délicats d'Ophelia. La perfection incarnée.

Sauf que Diana n'était pas de ces femmes à se pâmer dès qu'elle voyait un nourrisson. Sans doute parce qu'elle ne s'était jamais imaginée mère. Pas après le mariage cauchemardesque enduré par la sienne.

— Tiens, prends-la.

Ophelia hissa la petite Emma hors du porte-bébé et la tendit à Diana.

— Euh, d'accord.

Elle n'avait jamais vraiment tenu Emma dans ses bras auparavant. Elle s'était extasiée sur elle. Plus souvent qu'à son tour. Mais hormis à l'occasion une tape affectueuse sur la tête, elle ne l'avait pas réellement touchée.

Elle était plus légère que Diana s'y attendait. Douce. Chaude.

— Waouh, lâcha-t-elle, comme Emma saisissait sa main dans sa minuscule menotte.

— Elle pousse comme une mauvaise herbe, hein ?

Ophelia sourit à sa fille. Diana étudia la tendre expression de son visage. Laquelle n'était guère différente de celle qu'elle affichait quand elle regardait Artem.

— Tu es totalement amoureuse de ce bébé, pas vrai ?

— Ça se voit ?

— Tu aurais beau essayer, tu ne pourrais pas le cacher.

Diana berça doucement Emma jusqu'à ce que les yeux du bébé se ferment.

— C'est fou. Jamais je ne m'étais imaginé être mère, avoua Ophelia, haussant une de ses élégantes épaules.

— Tu plaisantes, répliqua Diana, estomaquée.

— Non. Je ne m'attendais pas à me marier non plus. Ton frère a dû me convaincre, en réalité. Il sait être très persuasif, ajouta Ophelia avec un grand sourire.

— Je n'en reviens pas. Artem et toi formez un couple de rêve.

— Les choses ne sont pas toujours comme elles le semblent de l'extérieur. Mais je n'ai pas besoin de te dire ça.

Et Ophelia lui adressa un regard entendu.

— Mmm. Je devrais probablement être une experte en la matière, à présent.

— J'aime ton frère. Et j'adore Emma. Jamais je n'ai été aussi heureuse.

Ça crevait les yeux. Sa belle-sœur irradiait de félicité.

— Simplement, jamais je n'aurais imaginé cette vie-là pour moi-même.

Peut-être que c'était toujours ainsi que cela se passait. Peut-être qu'un jour Diana se rendrait compte qu'elle était, comme par magie, prête à enfiler un de ces légendaires diamants Drake à son annulaire.

Douteux, considérant que l'idée de garder le chiot actuellement si à l'aise chez elle la terrifiait.

— Je peux te poser une question ?

— Bien sûr. Les sœurs servent à ça, répondit Ophelia.

— Qu'est-ce qui a changé ? Enfin, c'est une question plutôt difficile, je suppose…

— Non, pas difficile du tout. Au contraire, c'est très simple. L'amour m'a changée.

— L'amour, répéta Diana.

La photo s'imposa immédiatement à son esprit, celle où Franco et elle s'embrassaient avec une passion époustouflante.

Pitié. Ce n'était pas de l'amour. Ni même du désir. C'était factice.

C'est du moins ce dont elle essayait de se convaincre…

— Je suis tombée amoureuse, et ça a tout changé, reprit Ophelia, avant de la dévisager un instant. Je me fais peut-être des idées, mais est-ce que ces questions ont un rapport avec Franco ?

— Pas du tout ! répondit Diana en s'esclaffant — trop fort.

Elle ne pouvait plus ignorer la réalité : elle avait une furieuse attirance sexuelle pour cet homme. Tout New York le savait. Ça faisait la une de la presse, au propre et au figuré.

Mais elle devrait être folle pour tomber amoureuse de lui. Elle ne l'appréciait même pas. Lors de son accident, sa tête n'avait pas cogné fort au point qu'elle perde la mémoire.

Le lendemain du jour où Franco lui avait pris sa virginité avait été le moment le plus humiliant de sa vie. Elle savait pourtant à quoi s'attendre en couchant avec lui. Du moins le croyait-elle.

Elle connaissait parfaitement sa réputation de joueur. Pas seulement de joueur de polo. De joueur avec les femmes. Un tombeur. À dire vrai, c'était la raison pour laquelle elle l'avait choisi. Certes, sa prodigieuse beauté et son charme ravageur ajoutaient de l'intérêt à la chose. Mais surtout elle voulait une expérience sexuelle sans risquer la moindre attente de relation derrière.

Elle avait vingt-deux ans, ce qui était plus que l'âge de coucher avec un homme. Ce n'était pas le sexe qui l'effrayait. Mais l'idée d'appartenir à quelqu'un. Quelqu'un qui serait infidèle ensuite, comme son père l'avait été, aussi loin qu'elle s'en souvienne.

Franco s'était avéré le candidat parfait.

Elle avait souhaité du sexe pur et dur. Torride. Et elle l'avait eu. Mais Franco s'était également montré tendre. D'une douceur inattendue. Pourtant, c'était parce qu'elle avait été stupide qu'elle était tombée dans le panneau du fantasme.

Plutôt mourir que de refaire cette erreur.

— Pas du tout ? Bon, si tu le dis, répliqua Ophelia. Mais il y a quelque chose d'électrique entre vous. Je suis sûre que ça se voit depuis la lune.

Diana rendit le bébé à sa belle-sœur.

— Franchement, je croirais entendre Artem. C'est lui qui t'a mis cette idée dans la tête ?

— Non. Je le répète, on ressent un truc spécial quand vous êtes ensemble. Un truc magique, ajouta-t-elle en souriant.

Le genre de magie qui faisait croire aux relations amoureuses ? Au mariage ? À la famille ?

— Tu imagines des choses. Vraiment, Ophelia. Tu vois le monde à travers les lunettes de l'amour.

Sa belle-sœur éclata de rire. Puis avec un grand sourire, gazouilla avec son bébé. Ce qui confirmait largement ses propos.

— Voyons voir ce que tu m'as apporté, fit Diana en étalant sur ses genoux la housse à vêtements.

— Au fait, indiqua Ophelia. Il n'y a qu'une robe là-dedans. Elle est parfaite pour ce soir. Tu seras sublime avec. Je craignais que si j'en apportais d'autres, tu n'aies pas le cran de porter celle-ci. Or, il le faut absolument.

— Pourquoi est-ce que j'ai peur de la regarder ?

Diana ouvrit la housse et poussa un petit cri en apercevant un tissu lamé argent si somptueux qu'on aurait dit du platine liquide.

— Magnifique, hein ? Elle appartenait à ma grand-mère qui l'a portée à un gala de danse dans les années 1940.

— Non, Ophelia, je ne peux pas l'emprunter. Cette robe est trop exceptionnelle.

— Ne sois pas ridicule. Bien sûr que tu peux. C'est pour ça que je l'ai apportée. Franco va tomber raide en te voyant dedans, conclut Ophelia avec enthousiasme.

D'abord Artem. Puis Ophelia. Quand est-ce que tout le monde s'était mis à croire à ce matraquage publicitaire ?

— Pas si je le tue avant, rétorqua-t-elle.

Plus elle songeait à la réaction de Franco la veille, plus sa colère augmentait. Il osait la critiquer pour avoir fait la même chose que lui chaque soir durant une semaine ?

Il pensait que les petits surnoms, les regards insistants, et la façon dont il la touchait en permanence la laissaient de marbre ? Eh bien, scoop du jour : non.

Parfois, elle rentrait de leurs soirées ensemble le corps si émoustillé, si excité, qu'elle avait du mal à dormir. Cette nuit, il était même apparu dans ses rêves. Grisant…

— Il ne m'intéresse en aucune manière, décréta-t-elle.

— Oui, tu l'as déjà dit, assura Ophelia d'un ton narquois.

— Je suis sérieuse. Le mariage et les bébés ne m'intéressent pas non plus. Et encore moins avec lui.

— Je te crois, dit Ophelia d'un ton faussement solennel.

Lulu elle-même cessa de mâcher son os pour fixer Diana de ses petits yeux globuleux. Elle se sentit rougir.

— Arrêtez de me regarder comme ça, toutes les deux. Je vous jure que ce n'est pas demain que vous me verrez avec une bague de fiançailles. Et si jamais ça devait arriver, la bague ne viendrait pas de Franco Andrade.

Il avait autant l'étoffe d'un mari qu'elle d'une épouse.

Diana y avait mûrement et longuement réfléchi.

Dios mío.

Vingt-quatre heures n'avaient pas suffi à débarrasser Franco du souvenir de ce baiser avec Diana. Et dès qu'il posa les yeux sur elle, dans sa robe d'argent liquide, tous les souvenirs affluèrent à son esprit. La saveur de sa bouche. La sensation de son corps. Les sons — relâchement de son souffle lorsque leurs lèvres s'étaient jointes, tremblement de sa voix quand elle lui avait demandé de l'embrasser.

Aucun effort pour oublier, si tenace soit-il, n'effacerait ces moments-là. Et ce d'autant moins que Diana se tenait maintenant à côté de lui dans le hall du Lincoln Center, donnant l'impression d'avoir été plongée dans un bain de diamants.

Une rangée de brillants en taille émeraude était entrelacée au décolleté de sa robe, puis formait un nœud étincelant décentré par rapport à l'énorme saphir suspendu à son cou. Elle semblait trop parfaite pour qu'on la touche.

Ce qui donnait à Franco encore plus envie de la toucher.

— Tu me fixes, dit-elle d'une voix dépourvue d'émotion, contredite par le sourire satisfait sur sa bouche sexy.

Il mourait d'envie de l'embrasser, là, tout de suite. Au lieu de quoi, il lui retourna un sourire crispé.

Elle n'avait pas encore dit un mot sur le coup du chiot, ce qu'il trouvait très intéressant. Mais elle était en colère contre lui. Pour quoi précisément, il ne savait pas bien. Il commençait à perdre le fil de toutes les fautes qu'il avait commises, et demain, ce serait pire. Elle l'ignorait encore.

— J'ai du mal à regarder ailleurs. Pardonne-moi.

Elle haussa une épaule élégante. Les diamants soulignant le corsage de sa robe étincelèrent sous la lumière du lustre.

— Tu es pardonné.

Pardonné.

Le mot et sa myriade d'implications flotta entre eux.

— Vraiment ?

Il savait qu'il valait mieux ne pas le croire.

— C'est une figure de style. Ne le prends pas trop au pied de la lettre.

Elle détourna les yeux, les dirigea vers la foule assemblée dans le hall de l'imposant opéra.

Franco glissa un bras sous le sien et la guida au bas des marches recouvertes d'un tapis rouge, vers la réception. Il appréhendait le gala du Manhattan Ballet depuis l'instant de son réveil ce matin. Il avait perdu la tête chez Harry Winston.

Il ne pouvait pas refaire une erreur pareille. Trop de choses dépendaient de sa fausse liaison avec Diana. Les Drake avaient obtenu ce qu'ils souhaitaient mais, lui, non.

Mais ça allait venir. Demain matin, tout aurait changé.

— Diana, tu es superbe !

Artem accueillit sa sœur avec un sourire et une bise sur la joue. Lorsqu'il se tourna vers Franco, son sourire s'évanouit.

— Franco, dit-il sobrement.

Pas de poignée de main. Ni d'échange de banalités. Juste un regard pénétrant qui ressemblait étrangement à une mise en garde.

Quelque chose clochait, mais Franco n'arrivait pas à comprendre quoi. Artem Drake aurait dû être l'homme le plus heureux de Manhattan, à cet instant. Son entreprise familiale faisait la une des journaux. Tout le monde ne parlait que du diamant Lamberti. Quelques médias l'avaient même rebaptisé le diamant Lamberti-Drake.

Les Lamberti auraient-ils choisi Drake Diamonds sans cette prétendue histoire d'amour ? Franco en doutait sincèrement. Les Lamberti avaient paru terriblement à l'aise, sûrs d'eux, chez Harry Winston. Jusqu'au baiser.

Le baiser avait été le facteur décisif. Semblait-il, en tout cas. Telles que Franco voyait les choses, Artem Drake devrait lui serrer les deux mains en guise de reconnaissance.

Mais peut-être qu'il se faisait des idées. Après tout, la nuit passée avait été frustrante à tous les niveaux. Sexuel, notamment. Il peinait encore à avoir les pensées claires. Surtout avec l'image argentée de Diana reflétée sur tous les murs en miroir de la salle. Pas moyen d'y échapper.

— Ravie de vous revoir, Franco, dit chaleureusement Ophelia.

— Merci. C'est un plaisir d'être ici.

Il s'avança vers Ophelia pour la saluer. Le regard d'Artem durcit, et il vida d'un trait le reste de champagne.

— Je n'en doute pas, marmonna-t-il.

Franco lança un coup d'œil interrogateur à Diana. Non, il ne se faisait pas des idées.

— On va chercher à boire, chéri ? suggéra-t-elle.

— Oui, bonne idée.

Un verre s'imposait. Voire plusieurs.

Une fois au bar, Franco se pencha à l'oreille de Diana, faisant son possible pour ne pas contempler son décolleté, à peine recouvert d'un léger voile gris pâle. Ce qui aurait constitué un défi de taille pour n'importe quel homme.

— Tu as l'intention de me dire ce qui ennuie ton frère ? murmura-t-il. Ou je dois rester dans l'ignorance, vu que je ne suis que ton faux petit ami ?

Diana mordilla sa lèvre inférieure, un tic nerveux auquel il avait bien trop songé ces derniers temps.

— Je ne sais pas de quoi tu parles, dit-elle en haussant les épaules.

— Tu me crois vraiment incapable de voir quand tu mens ?

Il s'inclina davantage, effleura des lèvres le tendre coin de peau, juste sous son oreille.

— Parce que je le vois. Je te connais mieux que tu ne le penses, Diana. Ton corps te trahit.

Elle s'empourpra.

— Je vais faire comme si tu n'avais pas dit ça.

— Bien entendu. On sait tous les deux à quel point tu es douée pour faire semblant, rétorqua-t-il, fixant sa bouche.

— Vous désirez ? intervint le barman.

— Deux coupes de champagne, s'il vous plaît, répondit Franco sans détacher les yeux de Diana.

— Tu es impossible, grommela-t-elle entre ses dents.

Il lui tendit un des verres que lui avait remis le barman.

— Tu me l'as déjà dit. À maintes reprises.

Les yeux de Diana étincelèrent, pareils à des améthystes.

— Tu n'as pas cessé de me toucher pendant des semaines, et je n'ai pas le droit d'en être affectée. Mais je t'embrasse une fois, et tu t'agaces. Tu agis comme le plus grand hypocrite du monde.

Cette accusation aurait dû le rendre furieux. Au minimum, le fait qu'elle avait raison à cent pour cent aurait dû l'agacer.

En effet, il agissait comme un hypocrite, mais visiblement, il était incapable d'arrêter.

Il avait cru que ce baiser était réel. Il avait voulu qu'il soit réel ; plus que n'importe quoi depuis très, très longtemps.

Mais l'aveu surprenant de Diana lui procurait un tel choc qu'il ne pouvait s'empêcher d'être satisfait, sur le coup. Satisfait et, force était de l'admettre, un peu excité.

— Tu aimes quand je te touche, déclara-t-il.

C'était un fait. Elle venait de le dire elle-même.

— Ah, pas vraiment, non, riposta-t-elle avec un rire forcé.

Si. Sans l'ombre d'un doute.

— Il n'y a pas de quoi avoir honte, dit-il, posant sa main libre sur sa joue. Tu aimerais que je te touche maintenant ?

Il étudia sa gorge, où il voyait palpiter son pouls juste au-dessus du collier de saphir. Dans les profondeurs de la pierre, il aperçut un soupçon de son propre reflet. C'était comme regarder dans un miroir obscur et dangereux.

— Et toi, tu aimerais que je t'embrasse ? répliqua-t-elle, haussant un sourcil insolent.

Franco sourit en réponse. Si elle voulait le décontenancer, il faudrait qu'elle essaye plus fort.

— J'aimerais beaucoup. Inutile de prétendre le contraire. Je préférerais juste que le baiser soit authentique.

Sur ce, il sirota son champagne.

— Sache que ce baiser était bien plus authentique que tu ne pourras jamais l'imaginer. C'est précisément pour ça qu'Artem est en colère.

Son regard dériva vers son frère, à l'autre extrémité de la salle. Franco observa Artem Drake à son tour.

— Donc, si je comprends bien, ton frère voulait qu'on fasse croire à tout le monde qu'on est en couple, et maintenant, il est furieux parce qu'on a réussi ?

— Pas furieux. Simplement inquiet.

— Inquiet de quoi, au juste ?

Elle fixa sa coupe de champagne.

— Eh bien, il trouve qu'on est allés trop loin.

Trop loin.

Franco avait beau trouver son jugement agaçant, le frère de Diana n'avait sans doute pas tout à fait tort.

Diana et lui avaient franchi une ligne. Quelque part en cours de route, ils étaient devenus davantage que des associés avec un objectif professionnel commun.

Peut-être étaient-ils plus que ça depuis le début. À chaque fois que Franco voyait l'immense panneau d'affichage à Times Square, il se demandait si par hasard ils terminaient en quelque sorte ce qu'ils avaient commencé trois ans plus tôt. Comme si le temps avait retenu son souffle en attendant qu'ils se retrouvent.

C'était idiot, il le savait. Il n'avait jamais cru au destin. C'était le destin, qu'il soit né dans le pire quartier pauvre de Buenos Aires ? Non, le destin ne serait pas aussi cruel. C'est lui qui contrôlait sa vie. Personne d'autre.

Cependant, embrasser Diana avait presque suffi à faire de lui un croyant.

Ils n'en avaient pas fini tous les deux. Pas encore.

— Et toi, Diana ? Tu penses qu'on est allés trop loin ?

Les yeux plongés dans les siens, il la mettait au défi de dire la vérité.

Pas assez loin. Tant s'en faut.

12

À quel moment les choses s'étaient-elles embrouillées à ce point ?

Un mois plus tôt, Diana s'ennuyait à mourir en vendant des bagues de fiançailles, et maintenant, elle se trouvait au cœur du plus important gala mondain de l'année, en train de subir un interrogatoire de la part de Franco.

Il n'aurait pas dû être capable de la déboussoler comme cela. Les questions qu'il lui posait auraient dû susciter des réponses faciles.

Étaient-ils allés trop loin ?

Oui, sans conteste. C'était arrivé lorsqu'il avait attaché le saphir autour de son cou. Jamais elle n'aurait dû accepter de poser avec lui. Cette photo avait déclenché un énorme tourbillon désormais incontrôlable.

Ensuite, elle avait aggravé les choses en acceptant de jouer sa fausse petite amie. Et depuis qu'elle lui avait demandé de l'embrasser, elle doutait de ses propres motivations.

Voulait-elle réellement être coprésidente de Drake Diamonds ? L'avait-elle ne serait-ce que souhaité ? Ou bien cette promotion n'avait-elle été qu'une excuse commode pour passer plus de temps avec Franco ?

Sûrement pas. Elle le détestait. Elle détestait tout de lui.

« Tu aimes quand je te touche. »

Qu'il soit maudit, et son assurance suffisante avec lui. Elle aurait adoré lui prouver qu'il se trompait, mais hélas, c'était impossible. Elle aimait quand il la touchait. Le moindre effleurement de ses doigts sur elle la chamboulait. Et voilà qu'elle l'avait admis yeux dans les yeux.

Elle leva le menton, croisa son regard.

— Évidemment qu'on n'a pas poussé les choses trop loin. On fait notre job. Rien de plus.

— Je vois. Et hier soir, ton job incluait de m'embrasser.

Sa bouche dessina un demi-sourire, et la sensation de cette bouche écrasant la sienne occupa soudain tout son esprit.

— Tu devrais vraiment oublier ça, répliqua-t-elle.

Comment elle, parviendrait-elle à l'oublier, s'il continuait à évoquer ce moment ?

— D'ailleurs, reprit-elle, c'est toi qui m'as embrassée.

— À ta demande, je te le rappelle.

Elle fixa son nœud papillon. Le regarder en face et prétendre qu'elle ne voulait pas qu'il l'embrasse encore, s'avérait au-dessus de ses forces.

— Ça revient au même.

— Pas du tout. Quand je déciderai de t'embrasser, tu le sauras. Mes intentions seront on ne peut plus claires.

Il y avait une soudaine tension dans sa voix, qui lui rappela la proposition d'Artem de mettre un terme à cette mascarade une bonne fois pour toutes.

« À toi de choisir. »

Elle avait eu le choix depuis le début, qu'elle veuille bien l'admettre ou non. Et elle avait choisi Franco. Encore.

Elle commençait à avoir le sentiment désagréable qu'elle le choisirait toujours.

Pourtant, elle avait vraiment fait de son mieux pour entretenir sa résistance. L'assaut permanent de sa beauté ravageuse couplé aux allusions continuelles avait pesé lourd sur sa détermination. Mais l'implication qu'il avait montrée avait porté un coup fatal à ses défenses.

Il se sentait concerné. Pour Diamond. Par ses réticences à remonter à cheval. Voilà pourquoi il lui avait forcé la main avec Lulu. Elle l'avait compris dès que Mme Barnes avait déposé le chiot entre ses bras.

Malgré sa réputation de play-boy et son charme ravageur, Franco Andrade se souciait d'elle. Il se souciait même de ce fichu baiser.

La résistance d'une fille a ses limites.

— Qu'est-ce que tu attends, alors ? demanda-t-elle, avec une assurance largement feinte. Décide.

Un muscle se crispa sur la joue de Franco.

Puis, en un seul geste rapide, il rassembla leurs coupes de champagne et les déposa sur un plateau à proximité. Il lui prit la main et lui fit traverser le vestibule bondé, en direction d'un corridor obscur. Pour une fois, Diana ignora les regards qui les suivaient au passage. Elle se fichait qu'on les voie. Elle se fichait des Lamberti. Elle se fichait des autres Drake. Elle se fichait même de la presse.

Seul l'intéressait l'endroit où la menait Franco et ce qui se passerait ensuite.

« Décide », avait-elle supplié. Et il avait décidé.

— Viens ici, gronda-t-il, et le timbre de sa voix fit courir un long frisson sur toute la surface exposée de sa peau.

Il lui fit franchir une porte, et soudain, ils furent entourés de somptueux velours rouge. Diana battit des cils dans la pénombre, jusqu'à ce que la lueur vaguement dorée d'une scène peu éclairée apparaisse devant ses yeux.

Franco l'avait amenée dans le théâtre, et ils étaient enfin seuls. Dans une salle vouée à contenir des milliers de personnes. Se trouver entourés d'innombrables rangées de sièges vides, de la fosse d'orchestre silencieuse et de tout ce cramoisi, procurait une étrange impression d'intimité. Davantage encore lorsque la main de Franco enveloppa l'arrière de sa tête et que ses yeux la contemplèrent avec intensité.

— Ceci est pour nous, et nous seuls. Personne d'autre, dit-il, tandis que son regard se posait sur sa bouche.

Le cœur de Diana battait à tout rompre.

Tu peux encore tout arrêter. Il n'est pas trop tard.

Si, il était trop tard. Elle l'avait mis au défi de l'embrasser et elle n'allait pas faire machine arrière maintenant.

Elle leva le menton, la bouche de Franco était maintenant à un souffle de la sienne.

— Personne d'autre, acquiesça-t-elle.

Du pouce, il caressa sa lèvre inférieure, puis se pencha pour l'embrasser. Elle s'attendait à de la fougue. De la voracité. Elle s'attendait à ce qu'il écrase sa bouche sur la sienne, s'en empare frénétiquement. À la place, le premier contact des lèvres de Franco fut délicat, délibérément doux. Tendre. Si respectueux, quasi solennel, qu'elle sut aussitôt qu'elle venait de commettre une erreur.

Elle s'était acharnée à rester apathique après sa chute. Moins elle ressentait, mieux c'était. Tant qu'elle maintenait le monde à distance, elle n'aurait jamais à revivre le cauchemar qu'elle avait traversé. Mais la tendresse — surtout venant de Franco — avait la capacité de la ramener à la vie, qu'elle y soit prête ou non.

— Diana, murmura-t-il, et sa voix résonna dans la salle avec une grâce fantomatique qui lui tourna la tête.

Elle avait eu envie qu'il l'embrasse à nouveau dès l'instant où leurs lèvres s'étaient séparées, le soir précédent. Envie à en mourir. Mais alors que la langue de Franco glissait dans sa bouche, brûlante, avide, elle se rendit compte qu'elle avait envie de plus. Tellement plus.

Était-il possible de revivre juste une partie du passé ? Pouvait-elle faire l'amour avec lui, éprouver l'exquise sensation de Franco en elle, sans la peine de cœur consécutive ?

Peut-être que oui. Elle n'était plus une jeune fille naïve. Mais une femme adulte désormais. Elle pouvait l'emmener dans son lit avec les yeux grands ouverts, cette fois, sachant que c'était purement physique et rien de plus.

Mon choix.

Franco la poussa contre un mur recouvert de velours, et lorsque ses mains se promenèrent sur ses hanches, elle prit conscience qu'elle se cambrait, se pressait contre le renflement de son érection. Elle aurait beau passer tout le temps du monde à soupeser les conséquences, son corps savait manifestement ce qu'il voulait. Et avait fait son choix depuis très longtemps.

« Ton corps te trahit. »

Franco avait aussi eu raison là-dessus, maudit soit-il.

— Franco, chuchota-t-elle tout près de sa bouche.

Était-ce réellement sa voix ? Elle se reconnaissait à peine.

Mais cela ne fit qu'ajouter à l'excitation. Elle était fatiguée d'être Diana Drake. L'athlète disciplinée. L'héritière et future P-DG des diamants Drake. La sempiternelle bonne fille. Elle voulait écouter ses désirs, pour changer.

— Oui, mon amour ?

Il avait la bouche dans son cou, et ses mains remontaient le long du satin argent de sa robe pour empoigner ses seins.

Elle était en feu, au bord de lui demander de lui faire l'amour là, sur place, dans le théâtre.

Non. Tant qu'à faire, elle voulait que ça dure. Elle voulait être aux commandes. Pas question de souffrir cette fois.

Mais comme ses mains glissaient sous le smoking de Franco et palpaient son dos solide, musclé, elle décida qu'elle se fichait de ce qui arriverait demain. De toute façon, à quel point les choses pouvaient-elles empirer ?

— Viens chez moi, Franco.

Franco s'attendait presque à ce que Diana change d'avis, le temps qu'ils atteignent son appartement. Cela le tuerait. Mais bien entendu il respecterait sa décision.

Pourtant il avait envie d'elle. Si fort que ça en était douloureux.

Lorsqu'ils franchirent le seuil de sa porte, son sexe était plus dur qu'il ne l'avait été de sa vie. Diana ne manifesta aucun changement d'avis. Au contraire, elle noua ses doigts aux siens et l'entraîna à l'intérieur. Le battant ne s'était pas refermé derrière eux qu'elle enroulait les bras autour de son cou et l'embrassait passionnément.

Un baiser chargé d'intention. Un prélude. Qui faillit le mettre à genoux.

— Diana…, grogna-t-il dans sa bouche.

Tout arrivait si vite. Trop vite. Il avait longtemps attendu ce moment. Trois atroces, insupportables années d'attente.

— Doucement, mon amour.

Il avait besoin de savourer. Et elle avait besoin d'être adorée, qu'elle en soit consciente ou pas.

Elle s'écarta pour le dévisager, le regard embrasé.

— Il ne s'agit pas d'amour, mais de haine.

Il soutint son regard. Jusqu'à ce que ses joues virent au rose, et la trahissent.

Il tira sur une des fines bretelles de sa robe, et l'observa glisser lentement de son épaule, dénudant un de ses seins. Il ne la toucha pas, se contenta de la boire des yeux. Le souffle court, elle était prête. Son mamelon rose pâle, aussi délicat qu'un pétale de la même fleur, se dressa sous la caresse de son regard. Alors il lui fit enfin face, un sourire aux lèvres.

— De la haine, c'est évident. Qu'est-ce que ça pourrait être d'autre ?

— Je suis sérieuse. Je te déteste.

Mais tout en disant cela, elle abaissa l'autre bretelle de sa robe, qu'elle laissa tomber au sol en une flaque argentée.

Je ne te crois pas. Il s'arrêta juste avant de l'exprimer à voix haute. Qu'elle pense être aux commandes si ça l'arrangeait. Lui-même n'était pas dupe.

— Je m'en fiche.

Le passé virevolta dans l'air, pareil à un parfum persistant, tandis qu'elle se tenait devant lui, dans l'attente. Nue, hormis le sombre saphir chatoyant sur sa peau d'albâtre.

Elle était sublime. Parfaite. Plus parfaite que dans son souvenir. Elle avait changé depuis la dernière fois qu'il l'avait vue ainsi. Ses hanches avaient pris une courbe délicieuse qui n'existait pas avant, ses seins, un poids différent. Il n'aurait pas cru possible qu'elle devienne encore plus belle avec le temps. Et pourtant c'était le cas.

Ou alors ceci signifiait davantage qu'il ne voulait l'admettre.

Elle rassembla ses cheveux sur une épaule, puis passa les mains derrière sa nuque afin de détacher le collier de saphir.

— Garde-le. Tu me plais comme ça.

Il posa les mains sur le mur de chaque côté d'elle, l'enfermant dans cet espace entre leurs corps.

— Ah oui ? fit-elle, baissant la fermeture Éclair de son pantalon de smoking pour glisser les doigts à l'intérieur.

Les yeux fermés, Franco lâcha un gémissement rauque. Il était sur le point de jouir dans sa main. Et inutile de mettre ce manque de maîtrise sur le compte de son récent célibat. C'était à cause d'elle. Diana.

Que lui arrivait-il ? Que leur arrivait-il à tous les deux ?

— Diana, chuchota-t-il, écartant les mèches devant ses yeux.

Il chercha son regard, n'y vit aucune haine. Juste du désir, et peut-être une pointe de peur. Mais c'était normal, non ? Ils auraient dû avoir peur tous les deux. D'une manière ou d'une autre, faire l'amour allait tout changer.

Il avait la poitrine comprimée. Gonflée. Comme si un saphir flamboyant semblable à celui au cou de Diana avait pris la place de son cœur et tentait de briller au dehors.

— J'ai besoin de toi, Franco.

Pas envie. Besoin.

— Je sais, chérie.

Il caressa sa lèvre pulpeuse de son pouce qu'elle attira dans sa bouche et suça délicatement. Il se sentit défaillir.

— La chambre. Maintenant.

Chaque cellule de son corps lui hurlait de la prendre là, contre le mur, mais il voulait que ça dure, il voulait prendre son temps. Tant qu'à s'engager — à nouveau — ensemble sur ce chemin, il voulait le faire correctement, cette fois. Diana le méritait bien.

Elle le lâcha. Puis se dirigea d'un pas nonchalant vers l'autre bout de l'appartement, sans un regard en arrière.

Franco la suivit, dénouant son nœud papillon pendant que ses yeux se promenaient le long de son dos. Elle se déplaçait avec la même grâce féline qui hantait sa mémoire. Il avait pensé que le temps avait peut-être modifié la manière dont il se rappelait les choses, comme c'est souvent le cas. Le souvenir de leur nuit ensemble brillait forcément plus fort que la réalité vécue.

Mais il se rendait compte à présent qu'il s'était trompé. Diana était tout aussi spéciale qu'il se le rappelait. Voire plus.

Il posa les mains sur sa taille et la retourna afin qu'elle lui fasse face. Elle prit une profonde inspiration. Comme un frisson intérieur. Le saphir s'éleva au rythme de son pouls.

Elle était davantage intimidée maintenant, avec le lit en vue. Ce qui rendit plus excitant encore le moment où ses mains cherchèrent sa ceinture. Mais ses doigts s'étaient mis à trembler si fort qu'elle n'arrivait pas à défaire la boucle.

— Laisse-moi faire, dit-il.

Il prit son temps pour se déshabiller. Il voulait qu'elle soit sûre d'elle. Plus que sûre.

Mais une fois qu'il fut nu devant elle, sa timidité s'évanouit. Elle considéra son érection avec une avidité telle que Franco ne pouvait attendre plus longtemps. Il avait besoin de la toucher, de la goûter. De l'aimer.

Il hésita soudain.

Ce n'est pas de l'amour. Ça ne peut pas en être.

Jamais la ligne entre haine et amour n'avait paru aussi ténue. Alors que ses mains trouvaient le doux arrondi de ses seins, il eut le sentiment très net qu'ils étaient en train de franchir cette ligne. Il ignorait de quel côté ils avaient été, dans quelle direction ils allaient.

Il baissa la tête pour prendre un de ses parfaits mamelons dans la bouche. Elle lâcha un petit hoquet. Ce son lui procura un élan de joie sans précédent. Elle s'abandonnait. Enfin.

Voilà, Wildfire. Laisse-moi t'embarquer.

Il joua avec ses seins, tandis qu'elle enfouissait les mains dans ses cheveux, frémissante contre lui. Il écarta ses cuisses, lui arrachant un exquis gémissement. Puis il glissa un doigt en elle en la fixant, dans l'intention de la prévenir qu'ils ne faisaient que commencer. Mais quand elle ouvrit les yeux, il dit tout autre chose.

— Tu as les plus beaux yeux que j'aie jamais vus. On dirait des améthystes.

Les mots sortirent tous seuls. Il adorait ses yeux. Il les avait toujours adorés. Mais ce n'est pas le genre de chose qu'on dit pendant une séance de sexe guidée par la haine. S'agissait-il vraiment de haine ?

Quoi qu'il en soit, ce n'était pas le moment de virer romantique. Si elle avait besoin de prétendre qu'il ne s'agissait là que d'un défoulement vide de sens, très bien. Il lui donnerait tout ce qu'elle voulait.

— Tu sais, il existe une légende sur les améthystes, chuchota-t-elle, dansant contre lui tandis qu'il la fouillait avec son doigt.

— Raconte.

Il la fit reculer jusqu'à ce que ses jambes heurtent le lit et qu'elle tombe, éclatant de rire, dans la couette de plumes. Il s'allongea à côté d'elle et fit courir ses doigts sur la douce porcelaine de son ventre admirable.

Puis il se retrouva au-dessus d'elle, son pénis rigide pressé contre sa cuisse, et le rire de Diana s'évanouit. Ses yeux s'assombrirent, son regard devint sérieux.

— D'après la légende, ces pierres sont magiques. Les Romains croyaient les améthystes capables de prévenir l'ivresse. Certains continuent à le penser.

Lui n'y croyait pas. Pas une seconde. Il se sentait ivre rien qu'en regardant les profondeurs violettes de ces yeux-là.

— N'importe quoi. Tu es enivrante.

— Franco.

Il fallait vraiment qu'il arrête de dire des choses pareilles. Mais apparemment il ne pouvait pas s'en empêcher.

Si les circonstances avaient été différentes, il aurait parlé davantage. Il lui aurait dit qu'il s'était comporté comme un idiot, toutes ces années auparavant. Il aurait avoué que cette parodie qu'ils avaient tous deux tant redoutée avait été le truc le plus amusant qu'il ait vécu depuis des siècles. Il aurait même pu lui dire ce qu'il pensait précisément de son corps époustouflant… Dans des termes qui l'auraient fait rougir.

Mais les circonstances n'étaient pas différentes. Ils avaient fait semblant pendant des semaines. Il devait faire semblant que les mots n'errent pas dans sa conscience, cherchant une porte de sortie.

Il y avait une chose, cependant, qu'il devait absolument dire. Maintenant, car demain, il serait trop tard.

— Diana, il faut que je te dise quelque chose.

Elle secoua la tête, tandis que ses mains le trouvaient et le guidaient en elle.

— Chut. Plus de mots, s'il te plaît. Juste ça.

Alors il plongea au cœur de son paradis brûlant et n'aurait pu articuler la moindre parole, même s'il avait essayé.

Qu'est-ce que je suis en train de faire ?

Le subconscient de Diana lui hurlait d'arrêter. Mais pour une fois dans sa vie, elle n'avait pas envie d'écouter. Elle n'avait pas envie de se soucier du lendemain. Elle avait passé toute son existence à planifier, s'entraîner, se préparer. Or, toute cette prudence lui avait apporté quoi ?

Rien ne s'était déroulé comme prévu.

Elle était censée être en route pour les Jeux olympiques. Et voilà qu'elle se trouvait au lit avec Franco Andrade. De nouveau. Et par son propre choix.

Quelque part, elle avait su que cela arriverait. Elle l'avait même peut-être su à l'instant où il était entré dans les locaux de Drake Diamonds. Et elle l'avait su avec certitude quand il l'avait embrassée chez Harry Winston.

Mais ce baiser avait été son idée à elle, non ?

Oh ! non.

— Oh ! oui, s'entendit-elle murmurer, alors qu'il s'introduisait en elle. Oui, je t'en prie.

Ça ne veut rien dire. C'est juste du sexe. De la haine.

— Regarde-moi, Wildfire. Laisse-moi voir tes yeux magnifiques.

La voix de Franco était tendre. Tellement tendre qu'elle avait l'impression que son cœur éclatait.

Elle ouvrit les yeux, découvrit qu'il la fixait avec un sérieux déconcertant. Il ne la lâcha pas du regard lorsqu'il commença à aller et venir en elle, et Diana dut se mordre les lèvres pour ne pas crier son nom.

Après des mois et des mois à s'interdire de ressentir quoi que ce soit, elle était soudain submergée par les sensations. Celle du corps chaud et dur de Franco. Le goût salé de son pouce dans sa bouche. Ce qu'il disait — ces choses douces. Adorables. Des choses dont elle se souviendrait très, très longtemps. Longtemps après que leur fausse liaison serait terminée.

C'était trop. Bien plus qu'elle n'était capable de gérer. Les murs qu'elle s'était tant appliquée à bâtir ne résistaient pas quand il la regardait ainsi. Quand il l'étudiait. Se réjouissait du plaisir qu'il lui donnait.

— Voilà, ma chérie. Montre-moi.

Franco lui sourit. Un sourire malicieux. Entendu.

Il ne la voulait pas seulement nue. Il la voulait exposée de toutes les manières possibles. Elle le voyait dans l'intensité sombre de son regard, le sentait dans chaque poussée délibérée en elle, dans chaque caresse.

Ça ne ressemblait pas à de la haine. Loin de là. Ça semblait autre chose. De plus fort.

Ça semblait… réel.

— Franco.

Son nom était doux dans la bouche. Pareil à du miel. Mais alors qu'il s'échappait de ses lèvres dans un soupir brisé, quelque chose en elle se brisa également.

Elle secoua la tête, chassa l'impression. Elle ne pouvait pas retomber amoureuse de lui.

Ce n'était pas réel.

Pourtant, il n'y avait rien de faux, dans les lèvres de Franco sur ses seins. Ni dans la lave brûlante qui la traversait, qui l'emportait, corps et âme.

Elle se cambra vers lui avec un besoin désespéré. Il la maintint en place en l'agrippant par les hanches, tandis qu'il la torturait avec sa bouche et son sexe, avec la conscience pénétrante de son regard.

C'était elle la responsable de tout cela. Il le savait, et elle aussi.

Ils n'étaient pas destinés à coucher ensemble. Ni à l'époque, ni maintenant. Elle avait désiré Franco. Pour une raison incompréhensible, elle le désirait encore. À chaque fois qu'il la touchait, à chaque fois qu'il la regardait, elle se consumait pour lui.

C'est elle qui avait provoqué cela. Qui l'avait séduit, lui. Et non le contraire.

Ce n'était pas censé se passer de cette manière. C'était censé être rapide, fugace. Simple. Mais dès qu'elle atteignait l'orgasme, il ralentissait ses mouvements, faisait durer les choses exprès. La laissant chuter.

Et chuter, chuter encore.

Jusqu'à ce que tout se mette à étinceler comme de la poussière de diamant, et qu'elle ne puisse plus chuter plus loin.

Elle commença à trembler à mesure que ses hanches allaient à la rencontre des siennes, cherchant la jouissance. Franco lui prit les mains, les immobilisa au-dessus de sa tête, leurs doigts entrelacés, tout en poussant en elle. Fort. Sans relâche.

— Ma chérie, grogna-t-il, le front collé au sien.

Je ne t'appartiens pas.

Elle ne parvenait pas à le dire. Parce que si elle le faisait, ça ressemblerait davantage à un mensonge que tous ceux qu'elle avait proférés depuis des jours, des semaines. Que cela lui plaise ou non, Franco tenait son cœur entre ses mains. Depuis toujours et pour toujours.

Cette prise de conscience la frappa de plein fouet, et la combattre s'avérait vain. Pas maintenant, alors que tout semblait si juste, si parfait. Si évident. Pour la première fois depuis une éternité, elle se sentait à nouveau elle-même.

Grâce à lui.

Il s'arrêta pour l'embrasser, pour qu'elle le sente palpiter, pulser au fond d'elle. C'était exquis, suffisant pour la faire craquer, chavirer, basculer.

— Voilà ce que tu me fais, Diana. Personne d'autre. Tu es la seule.

Il avait la voix cassée, empreinte de vérité. Elle la ressentit comme une flèche transperçant son cœur.

Lors de l'instant chatoyant qui précéda son orgasme, leurs regards se nouèrent. Et pour la première fois, elle n'eut pas l'impression de contempler son passé.

Dans les profondeurs bienheureuses, comblées, des yeux de Franco, elle vit des milliers de lendemains.

13

Un bourdonnement familier réveilla Diana. Désorientée, elle battit des cils. Puis tourna la tête et vit Franco endormi près d'elle — nu. Tout ce qui s'était passé durant la nuit refit alors surface.

Ils avaient fait l'amour. Du sexe torride. Du sexe tendre. Toutes sortes de sexes imaginables.

Elle referma les yeux. Peut-être que tout ça n'avait été qu'un rêve… Un rêve très réaliste, très érotique.

Le bourdonnement reprit, et elle s'assit. Un objet luisait sur la table de chevet. Son téléphone portable. Elle vit le nom d'Artem s'afficher sur le petit écran illuminé.

Pourquoi Artem l'appelait-il à cette heure ?

Elle ne pouvait évidemment pas décrocher ! Mais quand elle saisit l'appareil pour le mettre en mode silencieux, elle constata que c'était sa troisième tentative de la joindre.

Mince, il se passait quelque chose.

— Allô ?

— Diana ? Pourquoi tu chuchotes ?

La voix de P-DG d'Artem… À 6 heures du matin. Génial.

— Je ne chuchote pas, chuchota-t-elle, tout en admirant le torse de Franco.

Seigneur, qu'il était beau. Trop beau.

Avait-elle déjà exploré de la langue chacun de ces muscles excitants ? Avait-elle léché jusqu'au bout la ligne sombre de poils qui menait à son membre viril ?

Oh Seigneur, oui. Elle l'avait fait.

Elle tira un des draps et s'en enveloppa. Elle ne pouvait pas parler à son frère en étant nue. Surtout pas alors que celui qui prêtait son visage à Drake Diamonds dormait dans son lit, rassasié de sexe.

— Diana, qu'est-ce qui se passe, bon sang ?

Jamais elle n'avait entendu Artem aussi furieux.

Il était au courant. Oh ! non…

Elle se glissa hors du lit, quitta la chambre sur la pointe des pieds et referma la porte. Son désarroi centupla d'un coup quand elle découvrit des monceaux de plumes éparpillées dans tout le salon. Elles volaient, comme si elle se trouvait soudain sous une tempête de neige.

Une minuscule boule noire bondit d'un des tas.

Lulu.

Le chiot avait éventré absolument tous les coussins, pendant que Diana était au lit avec Franco. À présent, sa vie était une pagaille absolue, au sens propre comme au figuré.

Formidable. Elle prit le vilain cabot sous un bras.

— Écoute, je peux t'expliquer, lui assura-t-elle.

Elle pouvait expliquer ? Vraiment ?

D'accord, je t'ai dit qu'il ne se passait rien entre Franco et moi mais, en réalité, on couche ensemble.

On a couché ensemble. Passé composé. Simple accès de folie temporaire. Cela ne se reproduirait plus, bien entendu.

Du sexe. De la haine. Voilà ce que c'était et rien d'autre. Elle avait été très claire sur ce point et n'en démordrait pas jusqu'à sa mort. Admettre le contraire serait une humiliation trop insupportable pour elle.

— Tu peux m'expliquer ? Tant mieux. Parce que j'aimerais réellement entendre ton raisonnement, dit Artem.

— Très bien. Alors…

Elle déglutit. Comment parler de son faible pour le charme sexuel de Franco à son frère ?

— En fait, c'est un peu gênant…

Lulu enfouit le nez dans le cou de Diana et se mit à ronfler. Détruire l'appartement de Dalton l'avait épuisée.

— Aussi gênant que d'apprendre les fiançailles de ma sœur dans le journal ? Je ne crois pas.

Fiançailles ?

Le cœur de Diana s'arrêta une fraction de seconde.

Ses fiançailles ?

— Que… Qu'est-ce que tu racontes ?

Diana gagna le canapé et s'effondra au milieu des coussins jonchés de duvet blanc.

Pourvu que Franco dorme aussi profondément qu'il en avait l'air. Elle n'avait aucune envie qu'il surgisse dans cette conversation.

— Franco et toi êtes fiancés. Vous allez vous marier. C'est dans tous les quotidiens de la ville. Et partout à la télévision. D'accord, je t'ai laissé carte blanche pour gérer les relations publiques de l'entreprise, mais tu ne crois que ça va un peu trop loin, là ?

— Si, tout à fait, mais…

— Mais quoi ? Tu aurais pu au moins me faire part de tes projets. On a parlé hier matin de ta relation avec Franco et, à aucun moment, tu n'as évoqué des fiançailles.

Artem semblait au bord de la crise cardiaque. Diana se sentait sur le point d'y succomber elle-même.

— Calme-toi, Artem. Ce n'est pas réel.

— Je sais. Évidemment. Mais tu comptes en informer le reste du monde à quel moment ? Quand tu marcheras vers l'autel ?

Un marteau-piqueur semblait sévir dans la tête de Diana. Elle ferma les yeux. Soudain, elle se vit remonter un sentier parsemé de pétales de roses, vêtue d'une longue robe en tulle blanc et coiffée d'une tiare de diamants étincelante.

Mais qu'est-ce qui lui prenait ?

Elle rouvrit les yeux.

— Ce n'est pas ce que je veux dire. L'annonce elle-même n'est pas réelle. Il y a eu une erreur. Une monstrueuse erreur.

— Tu en es certaine ? demanda Artem, sans la moindre trace de soulagement dans la voix. Parce que l'article du *Times* publie une déclaration commune de Franco et toi.

— Sûre et certaine. Une déclaration ? Impossible. Ils ont tout inventé. Tu sais comment sont les médias, parfois.

Mais il avait cité le *Times*, pas *Page Six* ou *Daily News*. Le *New York Times* vérifiait ses sources. C'était une institution vénérable qui avait gagné plus d'une centaine de prix Pulitzer. Un journal de cette envergure ne fabrique pas de faire-part de fiançailles.

Maintenant qu'elle y réfléchissait, le carnet mondain du *Times* était célèbre en soi. Les couples de la haute société étaient prêts à toutes sortes de folies pour obtenir que leurs fiançailles soient annoncées dans ces pages légendaires.

Son regard dériva vers la porte close de la chambre. Un frisson glacé la parcourut.

Il n'aurait pas fait ça ?

Non, impossible. Franco serait aussi horrifié qu'elle de la tournure des événements. Il ne voudrait pas que le tout New York ne le croie plus sur le marché des célibataires.

« Toi et moi sommes monogames. »

Elle avait éclaté de rire lorsqu'il avait asséné ça, quinze jours plus tôt. Mais sans pour autant exiger d'explication.

Tout cela n'était qu'un malentendu. Elle ne pouvait pas être fiancée à Franco Andrade.

Coucher avec lui était une chose. Qu'il lui passe la bague au doigt en était une autre. Très différente.

Et puis au diable Franco, Artem, Drake Diamonds. Elle ne devrait pas découvrir sa vie dans les journaux.

Diana inspira à fond. Il n'y avait aucune raison de s'inquiéter. Il devait y avoir une explication sensée. Elle ignorait laquelle, mais c'était forcément le cas.

Puis elle se souvint de quelque chose qu'avait dit Franco, la nuit précédente. Juste avant qu'il ne la pénètre. Elle se remémora son regard particulièrement sincère, son ton grave.

« Il faut que je te dise quelque chose. »

Ces fiançailles étaient donc réelles ? La déclaration dans le *Times* venait de Franco en personne. Il avait même tenté de la prévenir, et elle avait refusé d'écouter.

Elle n'avait pas voulu de mots. Elle avait tellement eu envie de le sentir en elle que rien d'autre n'importait alors.

Et maintenant elle allait le tuer de ses propres mains.

— Artem, je dois te laisser. Je te rappelle.

Elle coupa la communication et lança le téléphone à travers la pièce. Puis elle fixa la porte de la chambre d'un œil noir.

Franco avait perdu la tête, ou quoi ? Ils ne pouvaient pas être fiancés. Tout simplement pas. Même de fausses fiançailles étaient hors de question.

Bien sûr qu'elles étaient fausses. Il ne souhaitait pas plus qu'elle l'épouser !

Et c'était une bonne chose. Une très bonne chose. Alors pourquoi se sentait-elle obligée de se la répéter en boucle ?

Oppressée, elle se concentra sur sa respiration. Une grosse crise de panique pointait. Tout ça pour des fiançailles même pas réelles ! Ça en disait long sur sa perception du mariage…

Respire. Respire à fond.

Peut-être qu'elle se faisait du mauvais sang pour rien. Peut-être que ce que Franco avait voulu lui dire n'avait aucun rapport avec la presse. Peut-être que le carnet mondain du *Times* avait malgré tout commis une erreur sans précédent.

Elle considéra la petite chienne, car elle avait sombré si bas qu'elle recherchait l'assentiment d'un chiot.

— Tout le monde fait des erreurs. Ça peut arriver, non ?

Lulu ouvrit grand la bouche pour bâiller.

— Tu ne m'es d'aucune aide, grommela Diana, fixant de nouveau la porte fermée.

Une seule personne était en mesure de l'aider à faire la lumière sur cet ultime désastre, et cette dernière se trouvait dans son lit.

Franco dormait à poings fermés.

Il entrouvrit les yeux, puis les referma. Des mois qu'il n'avait eu un sommeil aussi paisible. Il avait oublié les Kingsmen, l'ultimatum de Luc et le chaos total qu'était devenue sa vie personnelle. Il était remarquable de constater le bénéfice que peut apporter du sexe formidable à un homme. Pas juste du sexe formidable. Du sexe phénoménal. Le meilleur de toute son existence.

Le sexe avec Diana Drake.

— Franco !

Il plissa les yeux, luttant contre la lumière matinale qui se déversait par les baies vitrées de la chambre de Diana.

Quelqu'un hurlait son nom.

— Franco, réveille-toi. Tout de suite.

Un oreiller le frappa en pleine figure. Il ouvrit les yeux.

— Il est un peu tôt pour une bataille de polochons, Wildfire. Mais si tu veux jouer, je suis partant.

— Évidemment, pour toi, tout ça n'est qu'un jeu. Eh bien, tu as tort.

Elle se tenait au pied du lit, et le foudroyait du regard. Pour une quelconque et stupide raison, elle avait arraché un des draps et s'en était enveloppée. Comme s'il n'avait pas vu, caressé, embrassé, adoré, chaque centimètre carré de son corps sublime.

— Et arrête de m'appeler comme ça, ajouta-t-elle froidement.

— Ce surnom ne te dérangeait pas cette nuit, répliqua-t-il avant de l'examiner avec attention.

Il avait manqué quelque chose ? Parce que cette Diana-là n'était pas celle qu'il avait emmenée au lit la veille, la Diana qui criait son nom tandis qu'il plongeait en elle. Et sûrement pas la Diana qui lui avait dit combien elle avait besoin de lui tout en fouillant dans sa braguette.

Elle resserra le drap autour de ses seins.

— Je suis sérieuse.

Franco s'adossa à la tête de lit, et bâilla. Puis il surprit Diana les yeux posés sur son sexe en érection.

C'est bien, ma chérie. Délecte-toi.

— Tu vois quelque chose qui te plaît ?

Le regard de Diana s'éleva jusqu'au sien. Franco fut une fois de plus frappé par son extrême beauté, même échevelée après une nuit d'ébats amoureux. Il la préférait ainsi, en réalité. Fougueuse et les traits tirés. Il aurait simplement aimé qu'elle laisse tomber ce satané drap et grimpe le rejoindre dans le lit.

— Couvre-toi, s'il te plaît, dit-elle avec raideur.

— Pas de problème. Prête-moi ta tente, répliqua-t-il, fixant ostensiblement son drap transformé en fourreau.

— Ha, bien tenté. Très drôle.

Elle lâcha un rire. Qu'elle rie était bon signe, non ?

— Mais je la garde, merci, reprit-elle.

— Bon. Alors je reste comme ça.

Les yeux de Diana papillonnèrent de nouveau jusqu'à son pénis tendu. Si elle continuait à le regarder ainsi, il risquait d'avoir un orgasme sans même la toucher.

— Comme tu voudras. Nu ou pas, tu as quelques explications à me fournir.

— Qu'est-ce que j'ai fait, cette fois ?

Elle lui adressa un sourire plutôt meurtrier.

— Je pense que tu le sais. Mon fiancé chéri.

Fiancé. Mince.

L'annonce des fiançailles. Il avait eu l'intention de lui en parler avant que ça paraisse dans les journaux. Il avait même essayé de le lui dire la nuit précédente, pas vrai ?

— Donc tu as vu le *Times*, je suppose ?

— Pas encore. Mais Artem, oui. Il a aussi vu l'*Observer*, *Page Six* et le *Daily News*. Et ça fait probablement la couverture de *USA Today*.

Comme elle levait les mains au plafond, le drap dégringola. Mais elle était si furieuse qu'elle ne s'en aperçut même pas.

— Explique-toi, Franco.

— M'expliquer ?

Il sortit du lit, s'approcha d'elle et ramassa le drap à ses pieds. Prenant un très bref instant pour admirer ses seins magnifiques, il l'enroula ensuite autour de ses épaules et l'en recouvrit à nouveau.

— Merci, fit-elle, le rose aux joues.

L'espace d'une seconde, il décela une pointe de tendresse dans ses yeux. Qui disparut aussi vite qu'elle était apparue.

— Tu m'entends ? Je n'arrive pas à croire que je doive seulement te poser la question, mais pourquoi tout le monde sur la planète Terre pense tout à coup que je vais t'épouser ?

Il soupira, laissant les mains sur ses épaules, soulagé qu'elle ne le repousse pas. Il se rappela que ces fiançailles étaient une imposture. Leur relation tout entière était une imposture. Rien de cela ne devrait avoir d'importance.

— Parce que je leur ai dit qu'on était fiancés.

— Oh ! Seigneur. Je le savais.

Elle se mit à trembler de la tête aux pieds. Franco fit glisser ses mains le long de ses bras, avant de l'attirer contre lui.

— Pas la peine de paniquer, Wildfire. Ce n'est rien. La conséquence logique de notre comédie.

Quelque chose se noua au fond de lui. Quelque chose qui ressemblait un peu trop à de la déception. Il n'aurait jamais imaginé devoir consoler un jour une femme proprement horrifiée à l'idée d'être sa promise. Que cette femme soit Diana Drake rendait ça encore plus déconcertant.

Se dégageant de son étreinte, elle se mit à arpenter la chambre. Le drap blanc lui faisait comme une traîne de mariée.

— Qu'est-ce qui t'a pris ? Je ne peux pas le croire.

Elle s'interrompit pour le fixer entre ses paupières plissées. Franco pensa un instant qu'elle allait le gifler. Encore une fois.

— En fait, si. Je ne sais pas pourquoi j'ai cru pouvoir te faire confiance. Pour quoi que ce soit.

Il tressaillit. Mais il n'avait pas le droit de se rebiffer.

Ce n'était pas le lendemain d'une nuit amoureuse, aussi féerique avait-elle été. Il ignorait ce à quoi il s'était attendu. La ligne entre vérité et mensonges s'était tellement brouillée que ses idées l'étaient aussi, et encore plus concernant sa relation avec Diana. Mais il était certain d'une chose : il avait déjà vu la même fureur dans ses yeux auparavant.

Et bien sûr, il se souvenait aussi de ce qu'il avait dit, alors. Il avait regretté ses paroles aussitôt prononcées.

Il avait su dès qu'il s'était réveillé auprès d'elle, toutes ces années plus tôt, qu'il devait absolument, en urgence, faire quelque chose. Elle était trop innocente, trop belle avec ses cheveux bruns étalés sur son torse. Trop, trop heureuse.

Bizarrement, lui aussi s'était senti presque heureux. Pas sur le plan sexuel mais, plus profondément, au niveau de son âme. Une expérience jusqu'alors inconnue. Qui l'avait terrorisé. Littéralement.

Il n'entretenait pas de relations sentimentales. Il ne l'avait jamais fait et ne le ferait jamais. Ce n'était pas dans ses gènes. Franco n'avait jamais connu son père, bon sang ! Gamin, il avait observé un défilé incalculable d'hommes entrer et sortir de la vie de sa mère. Entrer et sortir de son lit. Quand ces hommes étaient là, sa mère n'était que sourires et rires. Quand ils partaient — et ils partaient toujours, au bout du compte — venaient les larmes. Les jours passaient, les semaines, parfois, durant lesquels sa mère oubliait de le nourrir. Franco avait saisi la première opportunité de s'en aller. Il s'était débrouillé seul depuis l'âge de onze ans. Pour autant qu'il sache, sa mère ne l'avait jamais recherché.

Il ne saurait jamais aimer une femme, quand bien même il le voudrait. Ce qui n'était pas le cas. Si son éducation lui avait appris quelque chose, c'est qu'il ne devait compter que sur lui-même. Il ne voulait avoir besoin de personne. Et encore moins qu'on ait besoin de lui. Surtout pas l'héritière des diamants Drake, qui avait ouvert les yeux trois ans plus tôt et l'avait regardé comme s'il lui avait décroché la lune.

Il avait agi comme il devait faire. Il avait fait en sorte qu'elle ne le regarde plus jamais de cette manière.

« Allez, Diana. On sait tous les deux que cette nuit ne signifie rien. C'était sympa, mais je préfère les femmes plus expérimentées dont j'ai l'habitude. »

Elle avait amplement eu le droit de le gifler. Il méritait pire que ça.

— Sois tranquille, dit-il, revenant au présent. Je n'ai aucune intention de t'épouser réellement.

— Ouf.

Elle rit à nouveau. Un rire trop gai. Trop fort.

— Ouf, répéta-t-il, plus sèchement qu'il ne le souhaitait.

Que se passait-il, au juste ?

Il ne voulait pas lui faire de mal. Pas cette fois.

— Ce que tu n'arrives pas à comprendre, c'est que je ne veux pas non plus être fiancée à toi.

Elle leva une main pour l'empêcher de parler, et le drap glissa de nouveau, assez pour lui offrir un aperçu de téton rose nacré. Il se sentit durcir une fois de plus. Formidable…

Diana baissa les yeux sur son sexe, puis les remonta. Il n'y avait pas la moindre trace de désir dans son regard.

— Je ne peux pas discuter avec toi si tu es nu. Habille-toi et rejoins-moi dans la cuisine.

Elle quitta la chambre, drapée de blanc, laissant Franco seul au milieu de souvenirs torrides.

Il enfila son pantalon de smoking et alla s'éclabousser le visage d'eau froide dans la salle de bains. Quand il entra dans la cuisine, elle se tenait devant la cafetière électrique, toujours revêtue de sa toge. Lulu s'agitait à ses pieds, engagée dans une lutte féroce avec un coin du drap. La chienne ne remarqua même pas sa présence. Visiblement, toutes deux avaient créé un lien, comme il l'espérait. Il aurait dû s'en réjouir. Au lieu de quoi, il se sentait en minorité.

Diana remplit une tasse, sur laquelle Franco lorgna avec envie. Mais elle ne lui proposa pas de café. Rien d'étonnant.

— Je suis désolé, dit-il à voix basse.

Elle haussa un sourcil.

— Pour quoi, précisément ?

Pour tout.

— J'aurais dû te prévenir.

L'expression de Diana s'adoucit un brin.

— Tu as essayé.

— J'aurais pu essayer plus fort.

Il avança d'un pas et aperçut son propre reflet — morose, sombre — dans le saphir qui pendait toujours à son cou.

Elle recula jusqu'au plan de travail, maintenant de l'espace entre eux.

— Dis-moi juste pourquoi. J'ai besoin de savoir.

Franco serra les mâchoires. Ce n'était pas la discussion qu'il avait envie d'avoir le matin suivant leur nuit ensemble. Ni jamais, pour être honnête.

— Mes chances de réintégrer les Kingsmen seront bien plus grandes si je suis fiancé.

— La logique de ce raisonnement m'échappe.

Ne me force pas à te l'expliquer.

— C'est important. Fais-moi confiance.

— Te faire confiance ? riposta-t-elle. Tu te fiches de moi.

Elle posa sa tasse et croisa les bras, défiante.

— Sache d'ailleurs que ce serait encore mieux si on était mariés, poursuivit-il.

Qu'est-ce qu'il racontait ? Certes, il était prêt à beaucoup pour récupérer son job, mais pas à ce point-là.

Diana en resta bouche bée.

— Je n'y crois pas. Tu es un joueur de polo, pas un curé. Qu'est-ce que ton statut marital vient faire là-dedans… À moins que… Oh ! mon Dieu, fit-elle, les yeux ronds.

— Je peux t'expliquer, répliqua aussitôt Franco.

Mais non, il ne le pouvait pas. D'aucune manière que Diana trouverait acceptable. Même s'il rompait sa promesse à Luc et lui disait la vérité, jamais elle ne le croirait. Jamais.

— Tu as fait quelque chose de mal, c'est ça ? Une conduite sexuelle extrêmement inconvenante ?

Elle triturait la pierre à son cou, et Franco remarqua que ses doigts tremblaient. Il se détestait à cet instant.

— Vas-y, reprit-elle. Dis-moi. C'était quoi ? Tu as couché avec la femme de quelqu'un, cette fois ?

Il la regarda longuement, gravement, sans parler.

— Oui, tu l'as fait, conclut-elle.

Les ultimes étincelles de la magie déployée entre eux durant cette nuit s'éteignirent dans ses yeux. Franco ne voyait désormais que de la douleur au fond de ses prunelles violettes. Et de la haine à peine voilée.

— Comment ai-je pu être aussi idiote ? Une fois de plus ? De qui s'agissait-il ?

Moins d'une heure plus tôt, elle dormait, la tête contre son torse et leurs cœurs à l'unisson. Comment tout avait-il foiré de façon aussi spectaculaire depuis ?

Envahi par une sinistre inertie, Franco savait précisément ce qui avait mal tourné. Le passé avait réussi à s'immiscer dans leur présent.

Comme c'était toujours le cas. Lui-même n'avait-il pas écrit le script de cette discussion, des années auparavant ?

Il voulait écarter les cheveux de son visage, la forcer à le regarder dans les yeux afin qu'elle voie le vrai Franco. Il voulait la ramener au lit et lui murmurer des choses qu'il n'avait jamais dites à personne, tout en lui refaisant l'amour.

Il voulait lui dire la vérité.

— C'était Natalie Ellis, lâcha-t-il à mi-voix.

— Ellis ? Comme dans Jack Ellis ?

Au grand dam de Franco, elle resserra encore le drap autour de ses courbes.

— Tu as couché avec la femme de ton patron ? C'est abject, Franco. Même venant de toi. Tu dois me prendre pour la plus grande imbécile que tu aies rencontrée.

— C'est moi, l'imbécile.

— Arrête, d'accord ? Ne te montre pas gentil avec moi. Pas maintenant. S'il te plaît.

— Diana…

Avant qu'il puisse poursuivre, le téléphone dans sa poche de pantalon annonça l'arrivée d'un message.

Bon sang…

Diana leva les yeux au plafond. Lulu aboya contre le téléphone par solidarité.

— Allez, regarde qui c'est. Probablement une de tes maîtresses mariées. Je ne voudrais pas être un obstacle dans ta vie.

Franco ne fit pas un geste. Quelle que soit la personne qui le contactait, elle attendrait.

Son téléphone bipa de nouveau, alors que Diana le foudroyait du regard.

— Tu me dégoûtes, Franco. Et je te jure que si tu ne réponds pas à ce texto illico, je sors moi-même ce téléphone de ta poche pour le faire à ta place.

Avec un soupir, Franco consulta l'écran.

Te retrouve sur le terrain d'entraînement à 10 heures aujourd'hui. Sois prêt à jouer.

L'annonce des fiançailles avait fonctionné. Il réintégrait l'équipe.

Mais de nouveau Diana le haïssait.

14

Diana ne prit pas la peine de rappeler Artem. À la place, elle décida de s'habiller et de se rendre directement à Drake Diamonds pour s'expliquer en personne.

Encore qu'il n'y ait pas d'explication à proprement parler. Elle était fiancée. Faussement fiancée, mais fiancée quand même.

Qu'allait-elle dire à son frère ? Elle n'en avait pas la moindre idée. Si elle avouait n'avoir rien su des fiançailles, elle donnerait l'impression d'avoir perdu tout contrôle de sa propre image. Or, en tant que vice-présidente des relations publiques, l'image des Drake était en gros la seule chose dont elle était responsable. D'un autre côté, si elle prétendait avoir été au courant des fausses fiançailles, Artem serait furieux qu'elle l'ait laissé dans l'ignorance. C'était un cercle vicieux. Dans les deux cas, elle était coincée.

Elle devrait pourtant l'affronter tôt ou tard. Et régler cette situation catastrophique au plus vite. Peut-être qu'elle devrait lui dire franchement qu'il avait raison. Que la mascarade était allée trop loin. Qu'elle devait y mettre un terme. Les Lamberti changeraient d'avis, bien entendu. Et elle ne serait jamais co-PDG. Elle risquait même de perdre son poste actuel. Artem lui avait assuré qu'elle s'était montrée à la hauteur, mais c'était avant ces fiançailles désastreuses. Qui sait ce qui arriverait, si elle rompait avec son prétendu petit ami maintenant ? Elle pourrait se retrouver illico au rayon Sélection Mariage.

Mais ce serait mieux que prétendre qu'elle allait épouser Franco Andrade, non ?

Si.

Non.

Peut-être.

Une chose était certaine, jamais elle n'aurait dû coucher avec lui. Quelle stupidité monumentale ! Elle méritait d'être licenciée. Se licencierait elle-même, si elle le pouvait.

Il avait eu une liaison avec une femme mariée. C'était tomber bien bas, même pour un play-boy comme Franco. Et ça ne le rendait pas différent de son propre père.

Et donc, forcément, elle s'était précipitée au lit avec lui. Seigneur, elle se détestait.

— Il est là ? demanda-t-elle à Mme Barnes quand elle fut devant le bureau d'Artem.

La porte était close. Qu'est-ce que fichait son frère, enfermé là-dedans ? Il fermait rarement sa porte. Il devait lancer des fléchettes à la page Carnet mondain du *Times*. Ou recevoir de nouveaux candidats au poste de vice-président des relations publiques.

— Peu importe, reprit-elle. Je sais qu'il souhaite me voir. Je vais entrer.

— Attendez ! s'écria Mme Barnes.

Trop tard. Diana avait déjà ouvert la porte à la volée et entrait en trombe. Comme elle s'y attendait, Artem était assis à son bureau. Carla et Don Lamberti occupaient les deux sièges en face de lui. Ophelia était également présente, tenant ce qui ressemblait à une balle de base-ball en cristal.

Le diamant.

Il était encore plus gros que ne l'avait imaginé Diana. Elle s'arrêta, le temps d'assimiler sa taille impressionnante, de noter la manière dont il réfléchissait la lumière, même à l'état brut. Il étincelait entre les mains d'Ophelia.

Quatre têtes se tournèrent dans sa direction.

Tout espoir de filer en douce s'évanouit officiellement.

— Excusez-moi. Je ne voulais pas vous interrompre.

Elle fit volte-face, mais ne fut pas assez rapide.

— Diana, quelle surprise !

Le sourire de Carla Lamberti était aussi rayonnant que le diamant.

Diana s'efforça de sourire en retour, maudissant les douze centimètres de talons qui avaient empêché sa fuite. Pourquoi diable s'entêtait-elle à porter des escarpins pareils ?

Parce qu'une bonne dizaine de paparazzis la suivaient à chaque déplacement, grâce à la petite annonce faite par Franco de leurs fiançailles. Le portier l'avait prévenue qu'une foule de photographes l'attendait au pied de l'immeuble, quand elle avait quitté l'appartement. Si sa photo devait s'étaler à la une de tous les journaux de la ville, autant qu'elle soit décente. D'autant plus que le départ prétendument discret de Franco plus tôt dans la matinée tournait déjà en boucle sur quatre sites Internet.

Non seulement elle avait commis une terrible erreur en couchant avec lui mais, à présent, quiconque doté d'une connexion Wi-fi était au courant.

— Vous semblez occupés. Je voulais juste parler à Artem, mais ça peut attendre, dit-elle, pivotant de nouveau sur ses talons.

— Ne soyez pas ridicule. Joignez-vous à nous. On insiste. N'est-ce pas, monsieur Drake ?

Carla interrogea du regard Artem qui acquiesça.

— Je veux tout savoir de vos fiançailles avec M. Andrade, reprit-elle. Impossible de tirer les vers du nez à votre frère.

Artem fit signe à Diana d'approcher et de prendre place sur le canapé.

Bon. Diana inspira à fond, traversa la pièce et s'assit.

— Alors, dites-nous tout. Artem refuse d'assouvir notre curiosité au sujet de votre mariage.

« Votre mariage ».

Diana sentit sa gorge se nouer.

Toujours diplomate, Ophelia intervint heureusement dans la discussion.

— Je suis certaine que Diana et Franco souhaitent garder le secret sur quelques détails. Ça rend les choses plus exceptionnelles, vous ne trouvez pas ?

Soulagée, Diana adressa un sourire reconnaissant à sa belle-sœur. Elle lui devait une fière chandelle.

M. Lamberti posa la main sur le genou de sa femme.

— Bonté divine, chérie. Laisse Diana tranquille. Elle est ici afin de participer à notre réunion sur le diamant, pas pour décortiquer sa vie privée.

Carla éclata de rire.

— C'est vrai. Pardonnez mes manières indiscrètes, ma chère. J'étais si excitée d'apprendre vos fiançailles dans le journal ce matin ! J'ai su dès que je vous ai vus ensemble, Franco et vous, chez Harry Winston, que vous étiez faits l'un pour l'autre. La façon dont cet homme vous regarde…

Sa voix se brisa, et elle poussa un soupir rêveur.

Artem s'éclaircit la gorge.

— On attaque la réunion ? Ophelia a réalisé quelques superbes dessins pour la pierre.

— Encore une question, je promets que c'est la dernière.

Le regard de Mme Lamberti revint sur Diana, qui pria pour que le canapé s'ouvre en deux et l'engloutisse. Mais bien entendu, rien ne se produisit.

— C'est vrai, n'est-ce pas, Diana ? Vous et M. Andrade allez réellement vous marier ?

C'était l'opportunité qu'elle attendait. Elle pouvait mettre fin à cette parodie absurde sur-le-champ, et n'aurait plus jamais à poser les yeux sur Franco. Il lui suffisait de dire non. Les journaux s'étaient trompés. Franco et elle n'étaient pas fiancés. En fait, ils ne se voyaient même plus. Évidemment, les Lamberti seraient déçus, mais ils n'allaient sûrement pas embarquer leur diamant et partir. N'est-ce pas ?

Diana déglutit. *Allez, fais-le.*

Pourquoi hésitait-elle ? C'était sa chance de retrouver sa vie. Maintenant ou jamais. Si elle ne démentait pas, elle se retrouverait coincée indéfiniment comme la fiancée de Franco.

Parle maintenant ou tais-toi à jamais.

Elle pensait déjà en termes de langage nuptial. Parfait. Autant enfiler immédiatement une robe de mariée.

Son regard passa des Lamberti à Artem puis à Ophelia. Ça aurait été tellement plus facile sans public. Et sans ce diamant gigantesque qui la fixait dans les yeux. Il était aveuglant. Ce qui était la seule explication rationnelle aux mots qui sortirent de sa bouche.

— Bien sûr que c'est vrai, déclara-t-elle avec son sourire le plus radieux. Nous sommes véritablement fiancés.

Tout le long de la route jusqu'à Bridgehampton, Franco redouta la tuile suivante. Il s'attendait vraiment à arriver sur le terrain uniquement pour en être de nouveau viré. Aussitôt qu'il avait quitté l'appartement de Diana, celle-ci avait sans aucun doute pris le téléphone pour appeler tous les journaux de la ville et exiger la publication d'un désaveu.

Il ne savait comment interpréter le fait qu'il n'en soit rien. Son portable restait silencieux sur le siège passager de sa Jaguar.

Conformément aux instructions, il atteignit le lieu d'entraînement des Kingsmen à 10 heures tapantes, malgré quelques entorses au Code de la route pour y parvenir à temps. Il n'avait toujours aucune nouvelle de Diana quand il descendit de voiture, fourrant son téléphone dans le sac en toile contenant son matériel.

Il fallait qu'il cesse de se soucier d'elle. De se soucier d'eux deux. D'autant qu'ils ne formaient pas un couple réel.

Il ne s'était agi que de sexe, entre eux.

Il claqua la portière de la Jaguar avec assez de violence pour que la voiture fasse un soubresaut.

— Moi qui te pensais hyper heureux de revenir, lança quelqu'un dans son dos.

Franco se retourna pour saluer le coach Santos.

— Bonjour.

— Eh bien, tu as l'air salement en rogne, dis-moi.

Son regard balaya Franco de la tête aux pieds.

— Un smoking ? À 10 heures du matin ? Voilà qui ne présage rien de bon, fils.

Par chance, Franco gardait toujours un sac avec une tenue d'entraînement dans le coffre de sa voiture. Il n'avait pas eu le temps de passer chez lui.

— T'inquiète. Je n'arrive pas d'une bringue. Ton message m'a surpris à l'appartement de ma fiancée, ce matin. Je suis un autre homme désormais, souviens-toi.

— Espérons-le. Ellis n'en est pas si sûr, mais il est disposé à tenter le coup. Pour le moment. Essaye quand même de ne pas te pointer sur le terrain comme si tu sortais tout juste du lit d'une femme, ajouta Santos, fixant la chemise de smoking froissée de Franco. Ça n'aidera pas ta cause. OK ?

— OK.

Franco s'efforça de ne penser ni au lit ni à la femme en question.

Il devait garder la tête froide pour le jeu, aujourd'hui plus que jamais. Mais la manière dont Diana et lui s'étaient quittés lui faisait horreur. Il avait cru que cette fois, ce serait différent.

Pour être tout à fait honnête avec lui-même, ça valait pourtant mieux. Diana Drake avait toujours été trop bien pour lui. Il n'avait rien à lui offrir.

Le temps n'avait pas changé qui il était. Le temps n'avait rien changé du tout. Diana et lui en étaient revenus au point de départ.

— On a un match d'entraînement dans une heure. Et n'oublie pas la soirée Argentine Night au Polo Club, ce soir. Ellis compte sur toi pour être présent avec ta fiancée adorée à ton bras.

Le cœur de Franco se serra. Amener Diana au Polo Club frisait l'impossible. Manifestement, elle n'avait pas approché un cheval depuis son accident.

Sans compter la petite complication que constituait le fait qu'elle le haïssait. Plus que jamais.

— Qu'est-ce que tu attends ? Va te mettre en tenue.

Le coach tourna la tête vers le terrain, où les lads sellaient et équipaient déjà les chevaux.

Avant de venir en Amérique — avant tous les trophées

de championnats et les fêtes tardives qui avaient suivi —, Franco avait été lad. C'est lui qui brossait les chevaux, les étrillait jusqu'à ce que le soleil d'Argentine se reflète sur leur robe comme un miroir. Il les avait baignés le soir, heureux lorsqu'ils rejetaient la tête en arrière et hennissaient sous le jet du tuyau d'arrosage. À l'époque, Franco ne vivait que pour les chevaux. Quand il ne nettoyait pas les boxes, il montait, exerçait son swing, apprenait le polo.

Parfois, il regrettait cette époque-là.

Mais les lads ne deviennent pas champions, du moins pas dans le monde d'où venait Franco. Il avait été chanceux. Enfin, pas chanceux. Choisi, en réalité. Il devait tout à Luc Piero.

— Tu as réussi, mon vieux. Tu es de retour.

Luc l'accueillit d'une étreinte qui manqua lui broyer les os dès qu'il posa le pied sur le terrain.

— Je t'avais dit qu'il n'y avait pas lieu de s'inquiéter, répliqua Franco en ajustant son casque.

— Fiancé, en revanche ? Dis-moi que ce n'est pas vrai ?

— C'est important ?

Franco planta un pied dans un étrier, agrippa la selle et se hissa d'un mouvement souple sur sa monture. Ses lads avaient amené ses chevaux sur place juste à temps.

— Oui, ça l'est. Et sacrément, même. Tu n'as jamais été du genre à te marier, mon pote.

— Il paraît.

Il se comportait comme un imbécile, et le savait. Mais il n'était pas d'humeur à discuter de ses capacités au mariage. Surtout alors qu'il n'arrivait pas à chasser le souvenir de la douleur dans les yeux de Diana, ce matin.

— Excuse-moi, ajouta Franco avec un soupir. Mais aujourd'hui, je n'ai aucune envie de parler de Diana Drake. Ni d'aucun Drake, d'ailleurs.

Ils n'avaient été que le moyen d'atteindre son objectif. Rien de plus. Pourquoi devait-il se le rappeler sans cesse ?

Luc haussa les épaules.

— Pas de problème. Tu es de retour. Il n'y a que ça qui compte. Rien d'autre. Pas vrai ?

Franco lui adressa un sourire sinistre.

— Absolument.

Durant le match d'entraînement, il chevaucha à bride abattue. Joua de manière dure, agressive.

Au terme de la quatrième chukka, à mi-parcours du jeu, le score était de 11 à 0. Franco avait marqué tous les buts. Il en réussit quatre de plus avant la fin du match. Oui, il était de retour.

Ses coéquipiers l'entourèrent pour le féliciter. Ellis applaudit depuis sa loge, mais n'approcha pas de Franco. Et tant mieux. Franco n'avait pas envie de parler. Ni à Ellis ni à personne. Il éprouvait un besoin urgent de vérifier s'il avait des messages sur son téléphone. Lorsque enfin il put le faire, plus de quarante encombraient sa boîte vocale, tous issus de différents acteurs des médias.

Pas un seul mot de Diana.

Il fourra son téléphone dans sa poche arrière et ferma son casier d'un coup sec. Qu'est-ce qu'il était supposé faire, à présent ? Diana et lui étaient-ils fiancés ? Ou était-ce fini entre eux ?

Il n'en avait pas la moindre idée.

Il fit un saut à son appartement de Tribeca et prépara un sac, au cas où. Pas de nouvelles, bonnes nouvelles ? Il ne pouvait s'empêcher de penser que si Diana Drake avait décidé de le plaquer, il l'aurait appris par la presse, pour commencer…

Car voilà à quel point leur fausse relation s'était dégradée.

Mais la meute de photographes devant l'immeuble de Diana n'évoqua pas la moindre rupture, lorsque Franco arriva sur place. Ils lui crièrent les questions habituelles, ainsi que de nouvelles. Au sujet du mariage, bien entendu. Gardant la tête baissée, il fit de son mieux pour les ignorer.

Le portier lui fit signe de monter, comme avant. Cela ne signifiait pas nécessairement grand-chose. Diana n'avait peut-être pas prévenu l'homme de leur rupture. Pourtant,

Franco commençait à se sentir plus confiant dans le fait qu'en effet sa fiancée l'attendait au dernier étage.

Lorsque Diana ouvrit la porte, elle arborait un énorme solitaire à l'annulaire.

— Ah, c'est toi.

Pour une raison absurde, la vue de la bague agaça Franco. Si leurs fiançailles avaient été réelles, il aurait choisi un diamant lui-même. Et pas une pierre classique comme celle qu'elle portait. Il aurait opté pour un bijou spécial. Unique.

Mais qu'est-ce qui lui passait par la tête ? Rien de ceci n'était réel. La bague n'aurait pas dû avoir la moindre importance.

— Jolie bague, grinça-il entre ses dents.

— Je l'ai prise à Drake Diamonds tout à l'heure, vu que mon fiancé a oublié de m'en offrir une. D'ailleurs, qu'est-ce que tu fiches ici ? demanda-t-elle d'un ton accusateur.

Affichant un sourire sombre, il passa devant elle avec son sac de toile et une housse à vêtements.

— Je suis rentré, chérie.

— Pardon ?

Lulu se précipita vers lui, tout en aboiements joyeux et queue frétillante. Quelqu'un au moins était content de le voir. Il jeta ses sacs sur le canapé et prit le chiot entre ses bras.

Diana fronça les sourcils, d'abord à l'intention de Lulu, puis de Franco. Elle semblait jalouse…

— Que se passe-t-il ? Tu n'envisages tout de même pas d'emménager ici avec moi ?

— On est fiancés, tu te souviens ?

Elle secoua la tête.

— Rassure-moi, tu n'es pas sérieux. J'ai déjà recueilli un chien abandonné, ça devrait suffire, non ?

Ce n'était pas la bonne chose à dire.

— Tu me compares à un chien abandonné, maintenant ? gronda-t-il, les poings serrés.

Elle ouvrit la bouche pour répondre, mais Franco ne lui en laissa pas l'opportunité. Il en avait assez entendu.

— J'ai encaissé beaucoup de choses de ta part et de celle

de ta famille durant les semaines passées, Diana. Mais tu ne me parleras pas comme ça. C'est compris, la bourgeoise ?

Elle battit des cils, abasourdie.

— Je…

Il l'interrompit d'un geste.

— C'est bon, épargne-moi ton baratin. On discutera plus tard. De toute façon, on a une soirée. Tu devrais t'habiller.

— Une soirée ?

— On va à la réception Argentina Night au Polo Club. Si ça te pose un problème, je ne veux pas le savoir. Je t'ai accompagnée à tous les galas de la ville ces dernières semaines. Tu peux faire une chose pour moi.

Il gratouilla Lulu derrière les oreilles avant d'ajouter :

— À moins que tu veuilles expulser les deux chiens abandonnés de ta vie, une bonne fois pour toutes ?

Elle n'oserait pas. Si elle avait voulu se débarrasser de lui, elle ne porterait pas ce caillou à l'annulaire. Il ignorait pourquoi elle jouait le jeu des fiançailles, mais il s'en moquait.

Tu ne t'en moques pas. Et tu le sais.

S'il s'en moquait vraiment, le commentaire sur le chien abandonné ne l'aurait pas hérissé à ce point.

— Alors ? demanda-t-il.

— Je serai prête dans une demi-heure, répondit-elle, lui arrachant le chiot des bras. Et Lulu ne va nulle part.

Comme elle passait devant lui, le petit carlin au nez retroussé le regarda par-dessus son épaule. Puis Diana claqua la porte de sa chambre.

Franco voulait rester en colère. La colère était bonne. Confortable. Il savait bien mieux gérer la colère que les sentiments qui avaient tournoyé entre eux la nuit précédente.

Mais la voir avec le bébé chien avait refroidi sa rage. Il avait eu raison de lui imposer Lulu. Il avait fait quelque chose de bien.

Pour une fois dans sa vie.

15

Diana avait beau avoir passé l'essentiel de sa vie dans l'univers des chevaux, elle n'était jamais allée au Polo Club de Bridgehampton. Le saut d'obstacles et le polo étaient manifestement deux sports bien distincts. Évidemment, elle avait rencontré des joueurs de polo auparavant. Et croisé Franco lors de son lot de manifestations hippiques. Mais elle n'avait jamais fréquenté les mêmes cercles que la bande de Franco.

Même avant la nuit où elle avait donné sa virginité à Franco, elle avait remarqué chez ces athlètes une intensité troublante qui la fascinait et l'effrayait à la fois. Leur manière de monter à cheval, de jouer, était puissante, rude. Au fond d'elle-même, elle avait su que c'était une des qualités de Franco qui l'avait attirée. Il se moquait de ce qu'on pensait de lui. Il se comportait comme il l'entendait, selon ses propres choix. Sur le terrain et en dehors.

Diana n'avait pas la moindre idée de l'effet que ça faisait. Elle était une Drake, et ce nom s'accompagnait d'une myriade d'attentes.

Si elle avait été un garçon, les choses auraient été différentes. Les Drake mâles étaient immunisés contre les règles et les attentes. Du moins, cela avait été le cas pour son père. Il avait dépensé tout l'argent qu'il voulait et couché avec qui il voulait, et chacun dans la famille avait dû faire avec. Y compris la mère de Diana.

— Tu as l'air drôlement sérieux, d'un coup, dit Franco

alors qu'elle sortait de la limousine devant le voiturier du Polo Club. À quoi tu penses ?

— À rien.

Au mariage. Pourquoi ruminait-elle des choses pareilles, d'ailleurs ? Ah oui, parce qu'elle était désormais fiancée.

— Tout va bien. Entrons, d'accord ?

— Parfait, répliqua-t-il, prenant sa main pour y déposer un baiser, avant de la glisser au creux de son bras.

Diana regarda autour d'elle, s'attendant à voir une meute de photographes massés dans l'entrée du club. Mais elle ne vit pas le moindre objectif.

— Bonsoir, mademoiselle Drake, monsieur Andrade.

Un laquais leur tint la porte ouverte, et Franco la guida dans le hall.

— Waouh, murmura-t-elle. C'est impressionnant.

L'imposant bâtiment blanc avait été transformé en un merveilleux décor sud-américain de lumières scintillantes et de rouge somptueux. La musique langoureuse du tango emplissait l'air. Diana fut soudain très contente d'avoir choisi pour l'occasion une robe en dentelle écarlate.

Elle et Franco furent installés à une table ronde au centre de la salle, en compagnie de son coach, de plusieurs autres joueurs et de leurs épouses. Lorsqu'elle prit place, l'homme assis à côté d'elle se présenta comme Luc Piero.

— Ravie de faire votre connaissance, dit-elle.

— Tout le plaisir est pour moi, je vous assure, répliqua Luc avec un large sourire. Je connais Franco depuis longtemps et je ne l'avais jamais vu captivé par qui que ce soit avant vous. Je lui ai répété maintes fois que je voulais vous rencontrer, mais il vous cachait.

— Absolument pas, riposta Franco.

— C'est vrai. Vos photos s'étalent chaque jour dans les journaux depuis des semaines. Comment ai-je pu l'oublier ?

Luc sourit de nouveau.

Diana le trouvait sympathique. Et l'aurait sans doute apprécié davantage encore, si elle n'avait été si occupée à tenter de repérer Natalie Ellis. Elle éprouvait une curiosité morbide envers la femme pour laquelle Franco avait apparemment estimé pouvoir risquer toute sa carrière. Diana l'avait vue à quelques occasions, mais souhaitait l'examiner de plus près. Elle n'était pas jalouse. Non. Juste curieuse.

C'est ça. Tu es jalouse comme une tigresse, oui.

— Je vais aller nous chercher un verre, chérie, annonça Franco. Je reviens tout de suite.

Il se pencha pour lui embrasser la joue, ce qui la combla plus que ça n'aurait dû.

Elle se rappela pour la millième fois qu'elle le haïssait, puis se tourna vers Luc.

— Alors comme ça, vous connaissez Franco depuis longtemps ?

— Depuis toujours. On a grandi ensemble en Argentine.

— Ah oui ? Dites-m'en plus.

Franco ne lui avait jamais soufflé mot de son enfance. Et elle ne pouvait s'empêcher d'être intéressée par la manière dont il avait grandi.

— Il adorait les chevaux avant même de savoir marcher. Vous le savez, bien entendu ?

Elle l'ignorait. Mais le comprenait fort bien.

— C'est quelque chose qu'on a en commun.

— Mon père était propriétaire d'un club de polo à Buenos Aires. J'y traînais beaucoup quand j'étais gamin, et c'est là que j'ai connu Franco.

— Oh ! il y prenait des cours d'équitation ?

Luc lui jeta un regard étrange.

— Non, Franco est cent pour cent autodidacte. Un cavalier né. Il était palefrenier dans l'écurie de mon père. Puis lad.

— Je vois.

Elle hocha la tête comme si cette révélation ne la stupéfiait pas. Après tout, elle était censée avoir une vague idée de l'enfance de Franco, puisqu'il était son fiancé.

Mais palefrenier ? Lad ?

Dans le monde hippique, lads et cavaliers appartenaient à

deux classes sociales très différentes. Non que Diana apprécie ou cautionne pareille division des gens en groupes. Mais c'était une réalité désagréable — elle n'avait jamais connu de palefrenier qui soit passé au stade de concourir en saut d'obstacles. Il en allait peut-être autrement dans le polo.

— C'est inhabituel, je le sais. Mais Franco était différent. Dès le départ.

En effet. La gorge de Diana se noua.

Elle aurait dû lui en vouloir à mort après son coup de publicité. Il l'avait tout simplement forcée à ces fiançailles. Des fiançailles qu'elle ne souhaitait pas.

Or elle l'avait laissé faire. Et ne savait plus très bien contre qui elle était le plus furieuse — Franco ou elle-même.

— Différent. Comment ça ?

Elle décocha un coup d'œil à Franco, qui se tenait à l'autre bout de la salle, près d'un homme qu'elle reconnut comme étant Jack Ellis, propriétaire des Kingsmen.

Le souffle lui manqua. Quel que soit le nombre de fois où elle regardait Franco — de l'extrémité d'une pièce bondée ou à côté de lui au lit —, sa perfection physique la prenait systématiquement de court. Il était le plus bel homme qu'elle ait jamais vu. Ellis, en revanche, semblait insensible au charme de Franco. L'expression sur son visage était maussade. Même la femme à son bras ne paraissait pas remarquer le sourire séducteur de Franco, ou sa sombre beauté aux traits ciselés. Natalie Ellis, l'air presque ennuyé, balayait la salle des yeux. Quand son regard tomba sur Luc, ses lèvres esquissèrent un sourire.

Étrange.

— Eh bien…, poursuivit Luc, la ramenant à leur conversation. Comme je vous le disais, c'était un cavalier très doué. Intrépide. Instinctif. Même gosse, je savais que j'assistais à quelque chose de spécial. Il avait un lien avec les chevaux comme je n'en avais jamais vu. Ils étaient toute sa vie.

Un frisson remonta le dos de Diana. Elle avait l'impression

qu'elle allait apprendre quelque chose qu'elle ne devrait pas savoir.

— Toute sa vie, répéta-t-elle.

— J'ai découvert qu'il dormait dans l'écurie et j'ai gardé le secret vis-à-vis de mon père pendant plus d'un an, jusqu'à ce qu'il le découvre à son tour, dit Luc avec un sourire triste. Je pensais qu'il serait furieux et renverrait Franco. Au lieu de quoi, il lui a donné une chambre dans notre maison familiale.

Elle ne devrait assurément pas entendre cela. Franco ne lui avait jamais parlé de sa vie en Argentine. À présent, elle savait pourquoi. C'était le genre de détails intimes que seule une amoureuse devrait connaître. Une vraie amoureuse.

Il fallait qu'elle change de sujet. Creuser plus avant serait une intrusion dans la vie privée de Franco. Mais elle était tellement bouleversée par ce qu'elle venait d'apprendre qu'elle était incapable de formuler une phrase cohérente.

Elle avait traité Franco de chien abandonné.

Lui qui avait été un sans-abri.

Oh Seigneur.

— Diana, ça va ? demanda Luc avec circonspection. On dirait que vous avez vu un fantôme.

Non, juste un monstre. Et ce monstre, c'était elle.

— Très bien, merci, fit-elle avant de s'éclaircir la gorge. Et c'est à ce moment-là que Franco a commencé à jouer au polo ? Quand il est venu vivre dans votre famille ?

— Oui et non. Il travaillait toujours comme lad mais, moi, j'avais commencé à jouer. Franco était mon partenaire d'entraînement. Au début, il était juste là pour m'aider à améliorer mon jeu. Ça n'a pas duré.

— Il est si bon que ça, pas vrai ?

Elle se força à sourire, telle une jeune fiancée énamourée.

Que lui arrivait-il ? Elle se comportait exactement comme les couples écœurants qu'elle détestait tant, quand elle travaillait au rayon Sélection Mariage.

Mais elle faisait semblant, n'est-ce pas ?

— C'est le meilleur. Il l'a toujours été. Ses talents transcendent toutes les règles traditionnelles du jeu. Voilà pourquoi mon père l'a pris dans l'équipe. Depuis, on a toujours été coéquipiers.

Luc sourit à Franco qui s'approchait de leur table.

— J'en suis heureuse, dit Diana, bouleversée. Franco mérite un ami tel que vous.

— C'est plus un frère qu'un ami. Je l'ai toujours soutenu. Il est d'une loyauté à toute épreuve.

D'une loyauté à toute épreuve…

Avant que Franco ne franchisse le seuil de Drake Diamonds un mois plus tôt, Diana ne se serait jamais servie de ces mots pour le décrire. Maintenant, c'était moins sûr.

Elle avait vu un côté différent de Franco ces dernières semaines. Tout devenait logique maintenant… Son empressement à adopter un chiot abandonné, son implication dans leur fausse relation. Franco était un homme de parole.

Elle commençait à remettre en question tout ce qu'elle avait cru à son sujet, et ce n'était pas bon. Pas bon du tout. Leur relation entière était bâtie sur le mensonge, et ça arrangeait Diana. Au moins, elle savait où elle en était. Elle fonctionnait mieux quand elle pouvait regarder le monde en noir et blanc. Mais avec Franco, les choses s'étaient brouillées au point d'être d'un gris perturbant.

Elle ne savait plus quoi penser. Pire, elle n'était plus sûre de ses sentiments. Car malgré tout ce qui s'était passé autrefois, et bien qu'il ait trahi sa confiance en annonçant au monde entier qu'ils étaient fiancés, elle ressentait quelque chose pour lui. Et ce quelque chose la terrifiait.

Mais il n'avait à l'évidence aucune considération pour le mariage, sinon il n'aurait pas couché avec Natalie Ellis. Laquelle ne semblait d'ailleurs manifester aucune sorte d'intérêt pour Franco. Tout cela était si étrange…

— Désolé de t'avoir laissée seule aussi longtemps, ma chérie. J'espère que Luc ne t'a pas cassé les pieds.

Franco se pencha et l'embrassa de nouveau sur la joue.

— Non, pas du tout.

Bien au contraire, en réalité.

Elle lui sourit et tenta d'oublier tout ce qu'elle venait d'apprendre. En vain. Impossible de chasser l'image de Franco jeune garçon, dormant sur un lit de paille dans une écurie. Que lui était-il arrivé pour qu'il finisse là ? Où se trouvait sa famille ? Tant de questions sans réponse.

L'air entre eux était lourd de secrets et de mensonges, mais quelque part au fond de Diana, une vérité troublante commençait à éclore.

Elle éprouvait des sentiments pour Franco. Des sentiments authentiques.

— La compétition de tango va débuter, dit-il, lui offrant sa main. Tu danses avec moi ?

Elle considéra sa paume ouverte, et des paroles se mirent à tournoyer dans sa tête.

Acceptes-tu de prendre cet homme pour époux, de l'aimer et le chérir jusqu'à la fin de tes jours ?

Elle divaguait.

Oui, je le veux. Elle posa sa main dans la sienne. Elle ne savait même pas danser le tango mais s'en moquait, à ce stade.

— Oui, s'il te plaît.

La musique commença, et Franco enlaça Diana de son bras droit, plaçant sa main au milieu de son dos. Quand il leva le bras gauche, elle glissa avec douceur sa main dans la sienne.

— Je dois t'avouer que je ne sais pas très bien danser le tango, indiqua-t-elle, rougissante.

— Pas d'inquiétude. Je suis plutôt bon meneur.

— Pourquoi je ne suis pas surprise ? murmura-t-elle.

Il fit un pas en avant, et elle le suivit en parfaite synchronisation.

— Luc vient de me dire des choses adorables sur toi.

Ils atteignirent l'extrémité de la petite piste de danse, et Franco la fit pivoter.

— Il a sans doute abusé du champagne, répliqua-t-il.

Diana fit remonter un de ses talons le long de sa jambe.

— Arrête. Je suis sérieuse. Il t'aime comme un frère.

Il acquiesça. La jambe de Diana était presque arrivée à sa hanche. Il l'attira progressivement plus près.

— Tu as raison. Et je ferais n'importe quoi pour lui.

Il évita délibérément de regarder dans la direction de Natalie Ellis.

Ce n'était ni le lieu ni le moment d'une discussion à cœur ouvert, mais à cause de la manière dont Diana le dévisageait soudain, il lui était impossible de continuer à être désinvolte.

Elle ramena le pied par terre, et ils reprirent leur corps à corps à travers la piste aux accords de l'accordéon.

— J'ignorais que tu dansais aussi bien, Franco. Tu es plein de surprises.

Diana virevoltait entre ses bras.

— C'est une danse argentine.

Il la souleva en l'air, et elle enroula les jambes autour de sa taille, puis les déploya avant d'atterrir sur le sol dans un chuchotis vaporeux. Pour quelqu'un qui prétendait ne pas savoir danser le tango, Diana se défendait bien. Elle avait dû regarder *Danse avec les Stars*.

Ça commençait à ressembler moins à du tango qu'à du sexe dansé. Non qu'il s'en plaigne, d'ailleurs.

— Raconte-moi un peu ta vie en Argentine, murmura-t-elle, tandis que sa main glissait vers sa nuque.

Est-ce que cette érection n'était pas déplacée dans une réception mondaine ? Si. Il était un homme adulte, pas un adolescent en rut…

— En dehors de la danse, tu veux dire ?

— Oui, bien que la danse me rende curieuse aussi.

Il l'attira contre lui, mais garda les yeux rivés dans la direction opposée. La posture typique du tango. Commode également, puisqu'il n'avait jamais parlé de la façon dont il avait grandi. Mais si Diana l'interrogeait, il lui devait un certain niveau de transparence.

— J'ai grandi avec une mère célibataire dans le barrio de la Boca. Je n'ai jamais connu mon père.

— Je vois, murmura-t-elle.

Il lui décocha un coup d'œil en biais, espérant malgré tout ne pas déceler de pitié dans son regard. Que Diana Drake le considère ainsi l'aurait tué. Mais ce n'était pas le cas. Elle semblait plus curieuse qu'autre chose et, pour ça, il lui était reconnaissant.

— Ma mère était tout sauf attentionnée. J'ai fui à l'âge de onze ans. Le père de Luc m'a pris chez lui. La suite, tout le monde la connaît.

Ils avaient de nouveau atteint le bord de la piste, mais au lieu de faire demi-tour, Diana fit glisser son pied le long de son mollet.

— J'aurais voulu savoir tout ça plus tôt.

Il saisit l'arrière de sa cuisse et la plaqua contre lui avant de la relâcher.

— Ça aurait changé quelque chose ?

— Oui. Je n'aurais jamais dit ce que je t'ai balancé tout à l'heure. Je suis désolée, Franco.

Il remonta la courbe gracieuse de sa nuque, puis la renversa profondément en arrière, lui répétant ses propres paroles de la nuit précédente.

— Tu es pardonnée.

— Mesdames et messieurs, les gagnants du concours annuel de tango sont Diana Drake et Franco Andrade !

La salle éclata en applaudissements.

— Je n'y crois pas, s'exclama Diana, alors que Franco la redressait. On a gagné !

Il entrelaça leurs doigts, tandis que Jack Ellis s'approchait d'eux, tenant un trophée en argent étincelant.

— Félicitations, dit-il avec un sourire crispé en la tendant à Franco.

— *Gracias.*

Le fait qu'Ellis soit si manifestement contrarié par sa présence aurait dû l'ennuyer, mais il s'en moquait.

Diana lui parlait de nouveau. Ils n'avaient échangé qu'une poignée de mots depuis l'annonce de leurs fiançailles et, d'une manière ou d'une autre, il était revenu dans ses bonnes grâces. Mieux encore leur relation paraissait sincère.

Il ne devait pas se leurrer, pourtant. Tout cela était temporaire.

— Mademoiselle Drake, c'est un plaisir de faire votre connaissance, déclara Ellis en serrant la main de Diana. Vous serez des nôtres au match de demain ?

— Le match de demain ? demanda-t-elle, aussitôt livide.

Ellis se renfrogna.

— Les Kingsmen jouent demain. Un match amical. Franco vous en a sûrement parlé.

L'irritation envahit Franco. Ellis pouvait s'adresser à lui comme il lui plaisait, mais il n'était pas question que son boss se montre impoli envers Diana.

— Bien sûr que je lui en ai parlé. Malheureusement, Diana est déjà prise.

Elle hocha la tête. Après un silence embarrassé, elle abonda dans son sens.

— Je crains que Franco n'ait raison. J'ai un rendez-vous que je ne peux absolument pas reporter.

— Dommage, lâcha Ellis. Une autre fois, peut-être.

— Peut-être.

Elle sourit, mais Franco percevait la panique dans ses yeux d'améthyste. Elle n'avait aucune intention de le voir à cheval. Ni demain, ni jamais.

Ellis les salua avant de s'éloigner. Le groupe recommença à jouer, et Franco et Diana furent vite entourés par d'autres couples.

— Viens avec moi, chuchota-t-il en l'enlaçant.

— Où ça ? demanda-t-elle, ses yeux lumineux encore assombris par la peur.

Franco aurait donné n'importe quoi pour la débarrasser de sa détresse. Mais ni l'argent ni la réussite ne remplaceraient ce qu'elle avait perdu le jour de sa chute. Jamais de sa vie, il ne s'était senti aussi impuissant. Rien de ce qu'il pourrait faire ne lui ramènerait Diamond vivant.

Mais peut-être pouvait-il aider Diana à se rappeler combien elle savait être courageuse. Si elle le lui permettait.

— Ferme les yeux, murmura Franco.

Son souffle était chaud sur sa nuque, contrastant agréablement avec la fraîcheur nocturne sur son visage.

Sa voix était profonde, insistante. Grave. Malgré son inquiétude, Diana obéit.

Un frisson la traversa. Que faisait-elle ? Elle ne devrait pas se trouver dehors dans le noir, à subir les ordres de cet homme. Et surtout, ça ne devrait pas l'exciter autant.

Ouvre les yeux. Ouvre juste les yeux et pars.

Mais elle savait qu'elle en serait incapable. Il s'était passé quelque chose là-bas, sur la piste de danse. Comme si elle avait vu Franco pour la toute première fois. Elle avait eu un aperçu de son passé et, d'une certaine manière, cela donnait plus de sens à la danse. Pas seulement leur tango… La danse qu'ils avaient entamée trois ans plus tôt lors de leur rencontre.

— Par ici, reprit-il, une main sur ses reins. Garde les yeux fermés.

Il commença à marcher. Lentement. Diana lui emboîta le pas, se laissant guider. Puisqu'elle n'y voyait rien, ses autres sens se mirent en alerte. La suave odeur de la paille et des chevaux lui chatouilla le nez. Le contact léger des doigts de Franco était intime, plus délicieux qu'il n'aurait dû.

Elle s'humecta les lèvres, se remémora le goût de ces doigts dans sa bouche, quand elle les suçait délicatement et qu'il la fixait de ses yeux aussi brillants que des diamants noirs. Elle avait envie de retrouver cette sensation. Elle avait envie de lui, encore.

— Fais attention.

Franco ralentit le pas. Elle entendit une porte coulisser.

— Je peux ouvrir les yeux, maintenant ? souffla-t-elle.

La main de Franco descendit plus bas, près de ses fesses.

— Non, tu n'as pas le droit.

Est-ce que son visage était assez proche pour l'embrasser ? Pour qu'elle puisse lui mordiller les lèvres ?

Diana déglutit. Tout ceci était absurde. La triste réalité de l'enfance de Franco ne devrait rien changer à leur situation. La seule chose qu'ils partageaient, c'était une longue série de mensonges. Cet homme était le même que celui qui avait contacté la presse pour annoncer leurs fiançailles. Le même que celui qui l'avait si froidement rejetée, le matin suivant la perte de sa virginité.

Ils faisaient semblant.

Pourtant, elle n'en avait plus l'impression. Plus maintenant qu'elle avait vu le vrai Franco.

Elle tendit la main vers lui, murmura son nom.

— Chut, fit-il. Laisse-moi faire.

Le cœur battant, elle attendit la suite. Franco posa sa main sur quelque chose de doux. De chaud. De vivant.

Elle se raidit.

— Tout va bien, Diana. Garde les yeux fermés. Je suis là. Je te tiens.

L'autre bras de Franco l'entoura, l'attira contre lui. Debout derrière elle, il recouvrait sa main de la sienne, faisant bouger sa paume en cercles lents sur du velours tiède.

Un cheval. Elle était en train de toucher un cheval. Elle le sut avant d'ouvrir les yeux.

« Je suis là. Je te tiens. »

Est-ce qu'il savait qu'elle ne s'était jamais autant approchée d'un cheval depuis sa chute ? Que c'était la première fois qu'elle en touchait un depuis ce jour funeste ? Était-il possible qu'il le sache ?

Bien sûr que oui. Parce qu'il la comprenait. Il l'avait toujours comprise.

Elle sentit une larme couler sur sa joue, et ferma plus fort les yeux. Si elle les ouvrait maintenant et voyait ses doigts noués à ceux de Franco, caresser le magnifique animal devant eux, elle s'écroulerait. Au sens propre et figuré…

Mais cette fois, Franco serait là pour la rattraper.

Comment cet homme pouvait-il être le même que celui qui avait couché avec Natalie Ellis et provoqué son renvoi ?

Cela ne tenait pas debout. Surtout à présent qu'elle connaissait son passé. Elle comprenait pourquoi il repoussait les gens. Elle comprenait même pourquoi il lui avait dit autant d'horreurs après qu'elle avait couché avec lui, trois ans auparavant. L'intimité — la vraie intimité — ne lui était pas naturelle. C'était impossible, après une enfance pareille.

Si quelqu'un pouvait concevoir ça, c'était bien Diana. Sa propre enfance n'avait-elle pas été marquée par une confusion similaire ? Chacun d'eux avait trouvé une échappatoire à dos de cheval. C'est pourquoi il n'y avait rien de logique dans son licenciement.

Le polo était tout pour Franco. Plus qu'elle ne l'aurait jamais imaginé. Pourquoi risquerait-il de perdre ce qui comptait le plus dans sa vie pour une partie de jambes en l'air insignifiante avec la femme de son patron ?

Cette histoire devait cacher autre chose. Elle aurait aimé qu'il le lui dise, mais elle savait qu'il ne le ferait jamais. Et elle ne le lui reprochait pas particulièrement.

— J'ai menti, Franco, dit-elle, les yeux toujours fermés, incapable de le regarder. Ce n'était pas de la haine.

— Je le sais, Diana.

Il la serra tout contre lui, ses lèvres dans son cou.

— Je ne te déteste pas. Je ne t'ai jamais détesté.

Les larmes coulaient réellement maintenant. Inondaient ses joues, son visage, mais elle s'en moquait. Elle était fatiguée de tous ces mensonges. Tellement fatiguée.

— Ne pleure pas, Wildfire. Je t'en prie, ne pleure pas. Ça me tue de te voir souffrir. Depuis toujours, même autrefois.

Le cœur de Diana tambourinait dans sa poitrine. Il y avait d'autres choses à dire, d'autres mensonges à rectifier. Elle voulait tout mettre au clair. Rétablir la vérité. Elle en avait besoin. Même si elle ne le revoyait plus jamais à partir de la semaine suivante.

Ne le fais pas. Il va partir et il ne reviendra pas.

— Pendant trois ans, je me suis répété que je t'avais choisi parce que je savais que tu me laisserais tomber. C'est faux. Je t'ai choisi parce que je te voulais. Je te voulais à l'époque. Je te voulais l'autre soir. Et je te veux maintenant.

Elle ouvrit enfin les yeux et se retourna pour lui faire face.

Ils étaient dans une écurie. Elle l'avait deviné, et s'était attendue à paniquer à la vue des chevaux dans leurs boxes. Mais non. Elle se sentait bien. En sécurité.

Elle avait redouté de venir ici ce soir et, à présent, elle se rendait compte que ça avait été un cadeau.

— Comment tu as su que c'était ça dont j'avais besoin ? demanda-t-elle.

Il prit son visage entre ses mains, souleva son menton de manière à ce qu'elle le regarde dans les yeux.

— Je le savais parce que, à bien des égards, toi et moi sommes pareils. Je te veux, Diana. J'ai tellement envie de toi.

— Ramène-moi à la maison, Franco.

16

Durant leur trajet de retour à New York, Franco n'osait pas toucher Diana. S'il s'y aventurait, il serait incapable de s'empêcher de lui faire l'amour sur-le-champ, à l'arrière de la limousine, au vu et au su du chauffeur et de tous les autres automobilistes sur l'interminable autoroute entre Bridgehampton et la ville.

C'était bien plus qu'un exercice de retenue. Les plus longues quatre-vingt-dix minutes de son existence.

Ils se tenaient l'un près de l'autre, essayant de ne pas se regarder, de crainte de perdre le contrôle. Un courant électrique crépitait entre eux. S'il avait été visible, l'intérieur luxueux de la voiture aurait brillé avec l'éclat du diamant.

Alors que les lumières étourdissantes de Manhattan apparaissaient, il s'autorisa à poser les yeux sur la gorge élégante de Diana, s'attardant sur le creux adorable entre ses clavicules — l'endroit qu'il avait le plus envie d'embrasser à cet instant, afin de sentir le battement frénétique de son pouls sous ses lèvres. Il avait envie de goûter la passion jouissive qu'elle avait pour la vie. La dévorer.

Diana ressentait pleinement, intensément chacune de ses émotions. C'était une des choses qu'il avait toujours aimée en elle. Être près d'elle ces dernières semaines avait permis à Franco de se rendre compte jusqu'à quel point lui-même fuyait les sentiments. Depuis son arrivée en Amérique, il avait fait de son mieux pour oublier le monde qu'il avait quitté. Ses souvenirs d'Argentine étaient pétris de honte. La honte d'avoir grandi sans père. La honte de la façon dont sa mère l'avait pratiquement abandonné.

Il avait essayé d'échapper à cette honte sur le terrain de polo. Il avait essayé de la noyer dans les femmes et le vin. Mais elle avait toujours été là, frémissant sous la surface, l'empêchant de former la moindre connexion réelle avec quiconque. Parfois, il gardait même Luc à distance.

Luc connaissait les règles. Il savait ne pas évoquer le passé. Il savait ne pas insister. Pourquoi son ami l'avait-il fait ce soir était un mystère que Franco refusait d'examiner de trop près.

Luc pensait que cette fois c'était différent. Il le croyait amoureux.

C'était différent, en effet.

Mais de l'amour ? Franco n'en savait rien. Ni ne voulait le savoir. Car ce que Diana et lui partageaient portait une date d'expiration. Une donnée qu'il connaissait depuis le début, mais que, pour une raison ou une autre, il commençait seulement à intégrer. Or, la date approchait. C'était juste l'affaire de quelques jours. Et maintenant qu'il était redevenu membre des Kingsmen, il partirait aussitôt que leur arrangement prendrait fin.

Il aurait dû être heureux. Fou de joie, même. C'était la raison qui l'avait poussé à s'enferrer avec les Drake. C'était ce qu'il avait voulu.

Mais, tandis que son regard se promenait plus bas et passait sur la pierre bleu nuit qui étincelait sur la peau de porcelaine de Diana, il avait la sensation tétanisante que tout ce qu'il voulait se trouvait juste à côté de lui. À portée de bras.

Au diable l'attente.

Il pressa le bouton qui montait la cloison de séparation entre le chauffeur et l'habitacle, et en moins d'une seconde, franchit le gouffre de banquette en cuir jusqu'à Diana. Elle poussa un petit cri quand sa bouche écrasa la sienne, chaude et vorace. Mais elle glissa les mains sous son smoking et l'attira plus près. Et plus près encore, au point qu'il sentit le battement intense de son cœur contre sa poitrine.

Pas ici. Vas-y doucement.

Mais il n'arrivait pas à arrêter ses mains qui cherchaient la fermeture Éclair de sa robe, la baissaient, et laissaient tomber le corsage, dévoilant la perfection fabuleuse de ses seins. Il les contempla, subjugué, tout en effleurant du pouce un de ses mamelons.

La gemme nichée dans le décolleté de Diana chatoyait, pareille à du feu liquide, du bleu incandescent. Franco avait beau savoir qu'une pierre ne brûle pas, il avait perdu toute capacité à penser rationnellement. Tout ce qu'il savait, c'était que cet instant resterait gravé dans sa mémoire jusqu'à sa mort.

Jamais il n'oublierait la douceur de Diana sous ses mains, la façon dont elle le regardait, tandis que la ville filait devant eux dans un tourbillon flou de lumière argentée. Dans des années, quand ce moment ne serait plus qu'un souvenir lointain dans son esprit, envoûtant, ensorcelant, il se rappellerait ce qu'il avait ressenti à se perdre dans les profondeurs de ce regard violet. Il fermerait les yeux et rêverait d'éclat bleu rayonnant. Seigneur, il ne pourrait sans doute plus jamais contempler un saphir sans avoir une érection.

— Diana, ma chérie, grogna-t-il, avant de prendre un téton dans sa bouche.

Il était conscient d'être trop brutal, de le mordiller, de le sucer trop fort, mais impossible de s'en empêcher. D'autant qu'elle se cambrait vers lui, les mains fourrageant ses cheveux. Sa propre voracité égalait le désir de Diana.

C'était comme tomber dans un miroir.

Comment cela allait-il finir ?

Mal. Indéniablement.

Il ne pouvait concevoir de s'éloigner de Diana Drake. Mais il le ferait, pourtant. Il s'éloignait toujours. De tout le monde.

La voix du chauffeur crépita dans l'Interphone.

— Monsieur Andrade.

Franco l'ignora et abaissa encore la robe de Diana. Il était à présent complètement allongé sur elle, sur toute la longueur de la banquette. Il embrassait sa poitrine, son ventre, descendait plus bas, lorsque la voix du chauffeur résonna de nouveau dans le haut-parleur.

— Monsieur Andrade, il y a des photographes au coin de la rue, juste au pied de l'immeuble.

Diana se figea sous lui.

— C'est bon, chuchota-t-il. Ne t'inquiète pas. Tout ira bien.

Il remit délicatement sa robe en place, se maudissant intérieurement pour son impatience stupide.

Qu'est-ce qu'ils étaient en train de faire ? Ils n'avaient plus l'âge de jouer les ados après un bal de promo, bon sang ! Il était un adulte, dont les choix portaient à conséquence. Et d'une manière ou d'une autre, les conséquences de son engagement auprès de Diana devenaient de plus en plus sérieuses, jour après jour.

Diana se redressa, écarta des cheveux de ses yeux. Le collier de saphir étincelait dans l'obscurité.

À l'autre bout de la banquette, Franco détourna le regard, rajusta son nœud papillon.

— Nous sommes arrivés, annonça le chauffeur.

— Merci, répliqua Franco, scrutant l'extérieur à travers les vitres teintées de la limousine.

La foule de paparazzis rassemblée à l'entrée de l'immeuble était la plus grande qu'il ait jamais vue. La presse devenait incontrôlable. Le mariage serait un cirque insensé.

Non. Il n'y aurait pas de mariage. Ces fiançailles étaient une imposture, malgré le gros caillou au doigt de Diana.

La bague embrouillait Franco. Il avait déjà du mal à se raccrocher à la réalité, et voir ce solitaire sur la main de Diana dès qu'elle la tendait vers lui, le touchait, le caressait, ne faisait qu'ajouter à la confusion.

La portière arrière s'ouvrit, et ils parvinrent à se frayer un passage jusqu'au hall de l'immeuble, au milieu de la lumière aveuglante des flashs. Les photographes leur hurlèrent des questions au sujet du mariage. Aurait-il lieu au Plaza ? Qui dessinait la robe de Diana ?

La pensée qu'il aurait aimé voir Diana en blanc nuptial

traversa soudain l'esprit de Franco. Elle serait sublimement belle en avançant vers l'homme qui l'attendrait devant l'autel d'une église emplie de toute la haute société de Manhattan. Un homme chanceux. Un homme qui ne serait pas lui.

Ils réussirent à atteindre l'appartement de Diana sans le moindre contact physique. Quand se toucher était-il devenu une chose qu'ils faisaient en privé plutôt que pour la galerie ? Et pourquoi cela semblait-il brusquement dangereux, alors que cela aurait toujours dû l'être ?

Diana ouvrit la porte ; ils s'arrêtèrent sur le seuil.

— Je suis désolé de ce qui s'est passé dans la voiture et de l'arrivée de tous ces journalistes, dit Franco en souriant. On l'a échappé belle. C'était…

Il chercha l'adjectif adéquat. *Imprudent. Intense. Fantastique.* Tous collaient.

Les coins des lèvres parfaitement ourlées de Diana se relevèrent en un sourire qui lui, méritait l'adjectif coquin.

— Moi, je n'en suis pas désolée.

Il se fichait de ce qui lui arriverait le mois prochain. La semaine prochaine. Demain.

Avant la fin de cette nuit, il s'enfouirait à nouveau en Diana. Et tant pis pour les conséquences.

Dès que la porte de l'appartement se referma sur eux, Diana se retrouva collée au mur. La bouche de Franco écrasa aussitôt la sienne, l'embrassant avec une telle passion, une telle fougue, que ses lèvres palpitaient presque de douleur.

Une excitation défendue l'envahit. C'était différent de la nuit précédente. Jusqu'ici, ils étaient restés prudents l'un envers l'autre, soucieux de ne pas baisser entièrement la garde. Mais elle savait sans avoir à demander pourquoi que ce soir, il en irait autrement. Ce soir, ils capituleraient, s'abandonneraient.

— Enlève ta robe, ordonna-t-il, faisant un pas en arrière, le regard fixé sur le saphir, attendant qu'elle obéisse.

Elle resta un instant figée, le souffle court, essayant de

donner un sens à ce qui arrivait. Elle ne devrait pas apprécier d'être ainsi commandée, mais c'était pour son plaisir à elle. À lui. À eux deux. Et la chaleur qui se concentrait entre ses cuisses lui disait qu'elle aimait ça, oui.

Elle tenta d'atteindre la fermeture Éclair dans son dos, mais le tremblement de ses mains les rendait inefficaces. Franco se rapprocha, le visage à quelques centimètres du sien. Elle sentit son cou la brûler, ses genoux vaciller, et aurait voulu détourner les yeux, inspirer à fond, calmer son cœur qui battait la chamade. Mais elle ne parvenait pas à détacher son regard du sien.

Il esquissa un sourire. Ses yeux flamboyaient. Il savait pertinemment l'effet qu'il lui faisait. Dans des moments tels que celui-ci, elle lui appartenait. Ils en avaient conscience l'un comme l'autre.

Cela aurait dû l'effrayer. Diana n'avait jamais voulu appartenir à personne, encore moins à lui. Et elle ne lui appartiendrait plus, dès que leur mascarade prendrait fin et que chacun partirait de son côté.

Mais juste pour cette fois, elle voulait que ce soit vrai. Uniquement ce soir.

— Tourne-toi, mon amour.

La voix de Franco était rauque.

Elle obéit, fit face au mur. Avec une délicatesse inouïe, il baissa la fermeture de sa robe. La dentelle rouge glissa sur ses hanches, tomba par terre. Les mains de Franco enveloppèrent ses seins, et ses lèvres tracèrent un chemin affriolant de baisers le long de sa colonne vertébrale.

— *Preciosa*, murmura-t-il contre son dos nu.

Ravissante.

Son souffle sur sa peau était chaud. Ses mains, bientôt, passèrent de ses seins à ses hanches. Là, ses doigts s'immiscèrent sous sa culotte en dentelle pour la faire descendre le long de ses jambes. Alors qu'elle allait se tourner vers lui, il l'en empêcha. Saisissant ses mains, il les plaqua contre le mur.

— Ne bouge pas, Diana, chuchota-t-il. Reste immobile.

C'était une expérience toute nouvelle. Elle n'avait jamais couché avec personne en dehors de Franco mais, là, c'était différent des autres fois. Le frôlement de son smoking sur sa peau exposée la sensibilisait à l'extrême sur le fait qu'elle était nue et lui, totalement habillé. Elle ne le voyait même pas, mais cela exacerbait encore l'explosion de sensations qui traversaient son corps. Elle pouvait seulement fermer les yeux et ressentir.

Il repoussa ses cheveux sur le côté et embrassa son cou, son épaule. Ses mains étaient partout — sur sa taille, ses fesses, son ventre. Elle tenait à peine debout, maintenue par le mur. Ses jambes tremblaient. Le délicat assaut de la bouche de Franco et l'exploration agile de ses mains la chamboulaient tant qu'elle ne se rendit même pas compte qu'il écartait ses cuisses et que ses doigts se glissaient en elle.

— Je pourrais te caresser jusqu'à la fin de mes jours, dit-il.

« Jusqu'à la fin de mes jours. »

Une expression dangereuse, mais ils jouaient là un jeu dangereux. En pratique, ils jouaient au couple. Vivaient comme mari et femme. Et à son plus grand étonnement, Diana ne détestait pas ça. Au contraire, elle aimait beaucoup.

Surtout maintenant, penchée en avant avec les doigts de Franco qui allaient et venaient en elle. Elle gémit. C'était exquis. Trop. Il fallait qu'il arrête. Tout de suite, avant qu'elle ait un orgasme dans cette position éhontée. Mais elle avait perdu le contrôle de son corps. Ses hanches ondulaient au rythme de la main de Franco, et elle s'ouvrait pour lui comme une fleur. Une magnifique orchidée rare. Aussi blanche qu'un diamant.

— Franco. Je t'en supplie.

— Viens. Jouis pour moi. Maintenant.

Des étoiles explosèrent devant ses yeux, retombant comme une poussière de diamants, tandis que son corps exultait. Elle s'effondra entre ses bras, et il la porta dans la chambre tout en lui murmurant des mots apaisants.

Elle n'avait plus aucune force, mais se sentait incroyablement vivante. Elle scintillait comme un rubis étincelant. Une pierre précieuse. Et alors que Franco l'étendait avec précaution sur le lit et plongeait en elle, elle se sentit reine. Adorée comme aucune femme auparavant.

Elle était une reine, et Franco Andrade était son roi.

17

Diana prit place à la table qui leur était réservée, près du milieu de terrain. Artem et Ophelia s'y trouvaient déjà, abrités à l'ombre d'un parapluie bleu Drake. Elle s'efforça de ne pas songer que sa vie ressemblerait à ça, si Franco et elle étaient ensemble.

Réellement ensemble.

Des dimanches au Polo Club, à siroter du champagne avec son frère et sa femme, entourés de l'odeur réconfortante de l'herbe fraîchement tondue et des fleurs de cerisier. Une vraie affaire de famille.

Ce ne serait pas si désagréable…

Sa gorge se noua. C'était carrément plaisant, en fait. Beaucoup trop plaisant pour être réel.

Il aurait été si facile de capituler. Le mois passé avait représenté davantage qu'une activité professionnelle. Cela avait été un mensonge tellement merveilleux qu'elle se demandait parfois si elle n'y croyait pas un peu.

« Je pourrais te caresser jusqu'à la fin de mes jours. »

La phrase s'était gravée sur sa peau, en même temps que la trace des doigts de Franco.

— Le voilà, annonça Ophelia.

Diana se concentra sur le présent. Franco arrivait sur le terrain, chevauchant une magnifique jument baie à la musculature élégante. Sa queue brune était ramassée en une tresse serrée, et l'extrémité de ses jambes enveloppée de bandes rouge vif. Mesures de protection nécessaires pour éviter les blessures durant la partie plutôt qu'ornementation. L'effet n'en était pas moins saisissant. La monture était splendide.

Mais pas aussi splendide que son cavalier.

Diana n'avait jamais vu Franco en tenue de polo complète. En habits d'équitation, oui. Mais pas comme ça…

Il portait un jodhpur d'un blanc immaculé et des bottes couleur cognac qui montaient au-dessus du genou. Les manches de son maillot des Kingsmen moulaient ses biceps, tandis qu'il pratiquait quelques swings avec son maillet. Elle ne pouvait détacher les yeux des muscles de ses avant-bras. Ou de sa manière de se tenir en selle. Plein d'assurance. Dominant. La lueur agressive dans ses yeux était limite arrogante.

Il lui adressa un clin d'œil, et elle se rendit compte qu'il l'avait surprise en train de le regarder. Sans pouvoir s'en empêcher, elle lui fit un petit signe de ses doigts gantés.

Près d'elle, Artem s'éclaircit la gorge.

— Tu es prête pour ça, sœurette ?

Laissant retomber sa main sur ses genoux, elle acquiesça.

— Oui, pas de problème.

Il parlait des chevaux, bien sûr. Pour autant qu'il sache, Diana n'avait pas approché un cheval de si près depuis son accident. Elle envisagea de lui raconter ce que Franco avait fait pour elle, mais ne trouva pas les mots. D'ailleurs, elle n'était pas persuadée qu'il existait des mots pour décrire ce qui s'était passé lorsqu'il avait pris sa main pour la poser sur le dos chaud et doux du hongre.

Mais surtout, elle voulait garder la grâce de ce moment pour elle. Afin d'en préserver le caractère sacré. Quasiment chaque geste que Franco et elle avaient effectué au cours du mois passé avait été étalé dans les journaux. Chaque contact. Chaque baiser. Chaque mensonge. La vérité entre eux se nichait dans les instants tranquilles, ceux que personne d'autre n'avait vus. Et elle voulait les conserver ainsi aussi longtemps que possible.

Car tant que personne ne saurait à quel point Franco comptait en réalité pour elle, elle pourrait prétendre que la fin de leur histoire n'avait aucune importance, le moment venu. Elle pourrait garder la tête haute quand les gros titres des journaux annonceraient que c'était terminé entre elle et lui.

Juste devant elle, les joueurs se regroupaient au centre du terrain. Les deux équipes se faisaient face, attendant le coup d'envoi. Diana se força à regarder, à se concentrer sur le présent plutôt que sur ce qui n'était pas encore arrivé. Mais tandis que la balle blanche lancée par l'arbitre retombait sur le sol, elle eut l'impression que le temps se déplaçait brusquement à une vitesse vertigineuse. Et, avec un grand coup sonore du maillet de Franco, ce fut le cas.

La balle vola à travers le gazon, traînée d'un blanc éclatant sur le vert vif. Comme Franco s'inclinait sur sa selle, son cheval fonça en avant. Le sol vibrait sous les pieds de Diana, alors que les joueurs chargeaient en direction du but.

Franco menait la charge, et quand il frappa la balle avec une telle force qu'elle fendit l'air, le cœur de Diana manqua un battement.

Elle retint son souffle en attendant la décision officielle. Lorsque l'homme derrière le but agita un drapeau pour indiquer que les Kingsmen avaient marqué, elle sauta sur ses pieds et applaudit à tout rompre.

Franco accrocha son regard pendant que son cheval galopait vers l'extrémité opposée du terrain. Il sourit, et la tête lui tourna un peu.

Seigneur, elle se comportait comme une véritable fiancée. Une épouse.

Mais elle était supposée le faire, non ? Elle ne faisait que son boulot.

C'était plus que ça, pourtant. Inutile de se voiler la face. Elle ne faisait pas semblant.

Oh ! non.

Ses jambes devinrent cotonneuses, et elle s'effondra sur sa chaise en bois blanc.

Elle était amoureuse de lui.

— Il est incroyable, pas vrai ?

Ophelia tapait des mains et hurlait le nom de Franco.

— Oui, en effet, répondit Diana, gagnée par la panique.

Comment avait-elle laissé cela se produire ? Recoucher avec Franco — deux fois — avait déjà été complètement stupide. Tomber amoureuse de lui était mille fois pire. D'une imbécillité démesurée. Au-delà de tout.

Les joueurs repassèrent devant eux, bourrasque de sabots galopants et de maillets balancés, et le regard de Diana resta fixé sur Franco. Elle secoua la tête, se força à regarder ailleurs, à se concentrer sur quelque chose de réel. Le seau à champagne en argent sur la table. Le chapeau à plume gaiement piqué sur la tête d'Ophelia. N'importe quoi. Elle compta jusqu'à dix, mais aucun des petits trucs qu'elle avait l'habitude d'utiliser pour cesser de penser à Diamond ne fonctionnait. Impossible de détacher les yeux de Franco.

En un clin d'œil, il marqua trois buts supplémentaires. Ce fut un soulagement quand la trompe retentit, signalant la fin de la première chukka. La pause entre deux périodes ne durait que trois minutes, mais elle avait besoin de ces trois minutes. De chaque seconde de ces trois minutes. Elle avait besoin de rompre avec l'intensité de l'action sur le terrain. Besoin de temps pour rassembler ses esprits. De temps pour se convaincre qu'elle n'était pas amoureuse du joueur au plus gros score du match.

Artem remplit leurs flûtes de champagne.

— Franco assure un maximum, aujourd'hui.

Diana observa ce dernier quitter le terrain au trot de sa jument en direction d'un lad qui l'attendait avec une nouvelle monture et un maillet neuf. D'ici la fin du match, il aurait usé au moins sept chevaux. Un pour chaque chukka.

— Diana ? insista Artem, en lui tendant sa flûte.

— Oui ? répondit-elle d'un air absent.

Franco avait retiré son casque et passait la main dans ses cheveux, un geste qui lui parut incompréhensiblement sensuel. Même à cette distance.

— Tu pourrais décoller les yeux de ton fiancé ne serait-ce qu'une demi-seconde ? reprit Artem, un sourire dans la voix.

Comme elle pouvait s'y attendre, lorsqu'elle se tourna vers lui, il souriait jusqu'aux oreilles. La chaise d'Ophelia était vide. Diana n'avait même pas remarqué son départ.

— Faux fiancé, souligna-t-elle, les joues cramoisies.

Elle but une gorgée de champagne, espérant que son frère détourne son attention d'elle.

— Tu peux arrêter maintenant, répliqua-t-il. Je sais.

— Tu sais quoi ?

Mais elle temporisait. Elle avait compris ce qu'il voulait dire. Il savait.

— Pour Andrade et toi.

Son regard dériva vers Franco qui montait sur son nouveau cheval. Un hongre racé d'un noir de jais. Tout comme Diamond.

Le cœur de Diana se mit à battre la chamade.

— Qui te l'a dit ?

Franco ? Sûrement pas.

Mais qui d'autre aurait été au courant ?

Artem éclata de rire.

— Personne. Tu plaisantes ? C'est inutile. Je ne suis pas aveugle, sœurette. C'est écrit sur ta figure.

Elle secoua la tête.

— Non. On est juste… Je ne suis pas…

Je ne suis pas amoureuse. Je ne peux pas l'être.

— N'essaye même pas de faire semblant, Diana. Je ne mords pas à l'hameçon cette fois. Ça fait combien de temps ?

Elle soupira. Brutalement plus épuisée qu'elle ne l'avait été de toute sa vie. Tant de mensonges. Elle ne pouvait pas en raconter un de plus. Pas à son frère.

— Je ne sais pas quand c'est arrivé au juste.

Peu à peu. Et pourtant d'un coup.

Était-il possible qu'elle l'ait aimé depuis le début, depuis leur première nuit ensemble, quand elle avait vingt-deux ans ?

— C'est affreux, Artem. Qu'est-ce que je vais faire ?

Alors qu'elle enfouissait la tête entre ses mains, Artem se pencha vers elle.

— Il y a pire au monde que tomber amoureuse de ton fiancé, tu sais, lui chuchota-t-il à l'oreille.

Elle le lorgna par-dessous le bord de son chapeau.

— Tu oublies qu'on n'est pas fiancés en vrai. En outre, je suis certaine que tu détestes l'idée que Franco et moi soyons ensemble.

Il fronça les sourcils.

— Quand est-ce que j'ai dit une chose pareille ?

Elle se redressa, le fixa droit dans les yeux.

— Le jour où les Lamberti ont annoncé leur choix pour le diamant. Le matin où les fiançailles ont été publiées dans les journaux. Et d'autres fois au cours du mois passé.

— Manifestement, tu n'écoutais pas, Diana.

— Bien sûr que si. Pas si facile que ça de t'ignorer, mon frère adoré. Crois-moi, j'ai essayé.

Elle lui adressa un sourire tremblant. Elle avait soudain l'impression d'arborer son cœur en bandoulière. Ça la terrifiait au plus haut point.

Le sentiment grisant, étourdissant qui l'envahissait à chaque fois qu'elle regardait Franco était probablement le même que celui ressenti par sa mère quand elle regardait son mari. Et la longue liste de maîtresses de celui-ci devait éprouver la même chose.

Toutes des idiotes.

Artem lui prit la main et la serra.

— Je n'ai jamais dit que je n'aimais pas l'idée que Franco et toi ayez une relation amoureuse authentique.

C'était possible, ça ? Car ce n'était pas le souvenir qu'elle avait de leurs conversations. Cela dit, c'était peut-être elle qui trouvait l'idée épouvantable à ce moment-là, et non Artem.

— Je m'inquiétais de votre relation factice. Elle paraissait déraper, partir en vrille, ce qui n'était pas mon intention quand j'ai commis l'erreur de la suggérer. Mais si elle s'avère réelle…

« Si elle s'avère réelle. »

Telle était la question, n'est-ce pas ?

Elle aurait donné n'importe quoi pour avoir la réponse.

Ophelia regagna la table alors que débutait la chukka suivante. Diana se concentra sur le terrain, où Franco avait fière allure sur son magnifique cheval noir. Quelques secondes après la remise en jeu, il était de nouveau à la tête des autres joueurs, frappant la balle avec son maillet et galopant à toute vitesse vers le but.

Mais alors qu'il atteignait l'extrémité du terrain, un joueur de l'équipe adverse coupa en diagonale entre lui et la balle.

— C'est un déplacement illégal, constata Artem.

Diana entendit Franco hurler dans sa langue natale. « *Aléjate !* Éloigne-toi ! » Mais le joueur fonça, forçant sa monture droit devant le hongre ébène monté par Franco.

Un coup de sifflet retentit, mais Diana l'entendit à peine. Son pouls battait dans ses oreilles, tandis que Franco et son cheval s'égaraient dans la mêlée qui s'ensuivit. Elle bondit afin de mieux voir. Mais la seule chose qu'elle perçut au milieu de l'enchevêtrement de chevaux, joueurs et maillets, ce fut un éclair noir éblouissant.

Exactement comme Diamond.

Sa gorge se serra. Elle peinait à respirer. Ne pouvait parler. Elle attrapa le bras d'Artem. Le gazon émeraude était brusquement trop éclatant. Le ciel, trop bleu. Criard. Pareil à un cauchemar. Et le cheval noir, un affreux présage.

Non. Elle secoua la tête. *Par pitié, non.*

Il y eut un épouvantable bruit sourd, puis tout s'arrêta. Plus aucun bruit. Plus aucun mouvement. Rien.

Juste la vision horrible de Franco allongé face contre terre sur cette pelouse verte aveuglante. Immobile.

Franco entendit son corps se briser en tombant sur le sol. Un son incontestable — craquement assourdissant dont l'écho paraissait résonner à travers le ciel paradisiaque de New York.

Ce son fut suivi d'une douleur brutale dans sa poitrine. Elle se déploya jusqu'au bout palpitant de ses doigts.

Les yeux fermés, il hurla dans l'herbe.

Lève-toi. Ce n'est rien. Il attendait cette chance depuis des mois. Il ne pouvait pas être mis sur la touche pour une blessure. Pas maintenant.

Il remua. À peine quelques millimètres. C'était comme si on lui avait tiré une flèche enflammée dans l'épaule gauche. Au moins, ce n'était pas le bras avec lequel il jouait.

N'empêche que ça faisait un mal de chien. Il prit une grande inspiration, puis roula sur le dos à l'aide de son bras droit. Paupières closes sous la douleur, il marmonna une flopée d'obscénités en espagnol.

— Ne bouge pas, dit quelqu'un.

Pas quelqu'un. Diana.

Il ouvrit les yeux, et elle était là. Agenouillée près de lui dans l'herbe. Le vent souleva son chapeau qui s'envola. Elle ne parut pas s'en apercevoir. Elle se contentait de le fixer, les yeux écarquillés et si belle, avec ses cheveux sombres balayés par la brise.

L'espace d'un instant de béatitude, Franco oublia la douleur. Oublia tout hormis Diana.

Si elle faisait semblant, elle se révélait sacrément convaincante. Quelque chose dans sa poitrine prit son envol, en dépit de la douleur.

— Tu es un ravissement pour les yeux, tu sais ça ?

Il fit la grimace. Parler faisait mal. Respirer faisait mal. Tout faisait mal.

Surtout la façon étrange dont Diana le regardait. Comme si elle avait vu un fantôme.

— Pourquoi essayes-tu de t'asseoir ? Tu ne devrais pas bouger, Franco.

— Et toi, tu ne devrais pas être sur le terrain. Tu risques d'être blessée.

Elle se tenait accroupie dans l'herbe, trop près des sabots des chevaux. Trop pâle. Trop bouleversée.

Elle se rappelle.

Il le voyait dans les profondeurs violettes de ses yeux — l'atroce angoisse du souvenir.

— Moi, je risque d'être blessée ? Regarde-toi, Franco. Tu es blessé.

Elle se tourna vers les autres cavaliers.

— Faites quelque chose. Appelez un médecin. Une ambulance. Vite, je vous en prie.

Luc avait déjà mis pied à terre et se dressait derrière elle, les rênes de son cheval et de celui de Franco à la main. Il passa les montures à un coéquipier, avant de s'agenouiller à côté de Diana.

— Les secours arrivent, Diana. Il va bien, vous voyez ?

Elle battit des cils et parut le regarder sans le voir. Franco aurait aimé savoir ce qui se passait dans sa tête. Quelle partie de cet horrible accident se rappelait-elle ?

Il savait qu'elle avait du mal à accepter ce qui lui était arrivé… Ce qui était arrivé à Diamond. Mais il n'avait jamais soupçonné qu'elle se souvienne de son accident. Elle avait souffert d'une commotion cérébrale ; été inconsciente. Ces souvenirs auraient dû être miséricordieusement perdus…

Pas étonnant qu'il lui ait été si difficile de passer à autre chose.

— Diana, regarde-moi.

Il tendit la main vers elle, et une pointe brûlante de douleur transperça son épaule. Il jura et se servit de son bras droit pour maintenir l'autre contre sa poitrine.

Fracture de la clavicule. Il l'aurait parié.

C'était une blessure sérieuse, mais pas la pire au monde. Avec un peu de chance, il serait de retour sur le terrain dans quatre semaines. Six, maximum.

Mais il s'en moquait pour le moment. Ce qui importait dans l'immédiat, c'était la femme agenouillée près de lui… Ce dont elle se souvenait… La peur dans ses yeux lumineux.

Quel imbécile il avait été.

La liste des erreurs qu'il avait commises était interminable. Il n'aurait pas dû la pousser à surmonter ses peurs. Il n'aurait pas dû monter un cheval noir de jais aujourd'hui. Il n'aurait surtout pas dû insister pour qu'elle assiste au match.

Il aurait voulu remonter le temps et modifier les choses qu'il avait dites, les choses qu'il avait faites. Il aurait donné n'importe quoi pour ça. Il était prêt à ne plus jamais remettre le pied sur un terrain de polo, si cela signifiait qu'il pouvait revenir en arrière.

Si c'était possible — s'il pouvait remonter dans le temps, il irait… courrait… jusqu'au premier instant où il l'avait touchée. Pas la nuit précédente. Ni la semaine précédente.

Trois ans plus tôt.

— Diana. Ça va. Tout va bien.

Mais ses affirmations se perdirent dans le brouhaha à l'arrivée de l'équipe médicale. Il fut entouré de secouristes qui criaient des instructions et découpaient son maillot afin d'avoir accès à ses blessures. Quelqu'un braqua une lampe torche dans ses yeux. Lorsque les taches disparurent de sa vision, il aperçut le personnel officiel qui évacuait chevaux et cavaliers du terrain. Lui donnait de l'espace.

Diana s'était évaporée. Soudain, il y avait du monde partout. Jack Ellis se tenait au-dessus de lui, la mine grave. L'équipe médicale apportait un brancard.

Franco leva les yeux vers Ellis.

— C'est vraiment nécessaire, tout ce bazar ? C'est une clavicule cassée. Ça va aller.

— Espérons-le, répliqua froidement Ellis. On a besoin de toi pour la tournée.

Luc s'éclaircit la gorge. Son regard se riva sur celui de Franco, et ce dernier ressentit…

Rien du tout.

Durant des mois, il n'avait souhaité que ça. Le polo était toute sa vie. Depuis qu'il était parti de chez lui à onze ans, cela avait été son unique raison d'être. Sans le polo, il avait été perdu. L'idée d'en être de nouveau privé, même pour quelques semaines, combinée à l'expression sur le visage d'Ellis, aurait dû l'emplir de panique.

Or, ce n'était pas le cas, même s'il ne se l'expliquait pas.

— Diana, dit-il à l'attention de Luc, ignorant Ellis. Où est-elle ? Où est-elle allée ?

— Elle est avec son frère, répondit Luc, désignant les loges du menton.

— Va la chercher. Amène-la à l'hôpital, s'il te plaît.

Franco grimaça une fois de plus. La douleur empirait.

— Dès que le match sera terminé, je le ferai, promit Luc.

Le match.

Franco l'avait totalement oublié. Il avait chamboulé toute son existence pour revenir dans l'équipe et, en l'espace de quelques secondes, cela n'avait plus d'importance.

Pas si vite. C'est ta vie. Diana est une Drake. Pas toi. Tu te souviens ?

Tout irait bien pour elle.

C'était une championne. Elle avait beaucoup progressé dans la domination de ses peurs, ces dernières semaines. Elle était tout près, si près d'y arriver. Sa chute à lui n'avait rien à voir avec la sienne. Bien sûr qu'elle en avait été secouée, mais quand il la verrait tout à l'heure, elle irait bien.

Il s'accrocha à cette certitude pendant que les secouristes l'attachaient au brancard et le hissaient dans l'ambulance.

Mais l'expression sur le visage de Diana quand elle entra dans sa chambre d'hôpital plusieurs heures après lui fit bien plus mal que son satané bras. La personne debout à son chevet était le fantôme de la femme qu'il avait emmenée au lit, la nuit précédente. Des souvenirs tournoyaient au fond de ses yeux d'améthyste.

Des souvenirs douloureux.

Et une peur absolue.

Franco avait déjà vu ce regard dans les yeux de chevaux traumatisés. Des chevaux qui avaient traversé l'enfer, et tressaillaient au moindre contact, le plus délicat soit-il. Il fallait des années de patience et de manœuvres précautionneuses pour que ces animaux refassent confiance à l'homme. Parfois, cela n'arrivait jamais.

Il remua sur le lit, et la douleur lui vrilla le bras, du poignet à l'épaule. Mais il n'osa pas le montrer.

— Tu es là. Je suis content que tu sois venue.

Elle lui fit un sourire à peine visible.

— Évidemment que je suis venue. Je suis ta fiancée, non ? De quoi ça aurait l'air, si je n'étais pas là ?

Alors ils étaient passés de faire l'amour à uniquement sauvegarder les apparences. De nouveau. Formidable.

Il lui prit la main et s'obligea à parler avec un calme en contraste total avec la panique qui lui comprimait la poitrine.

— Ma chérie. Ce n'est pas si grave que ça en a l'air. Je te le promets.

Elle hocha la tête sans un mot, mais lorsqu'elle retira sa main de la sienne, le geste en disait long. Il était en train de la perdre. Non, ce n'était pas possible. Il ne le permettrait pas. Pas cette fois. Pas pour de bon.

— Diana…

— Je vais bien. Sincèrement.

Encore ce sourire forcé. Il ne la croyait pas une seconde, et n'était pas d'humeur à prétendre le contraire. Ils avaient fait semblant bien trop longtemps.

— Non, tu ne vas pas bien, Diana.

Elle le dévisagea jusqu'à ce que la souffrance dans ses yeux devienne plus forte.

Vas-y, mets-toi en colère. Éprouve quelque chose, mon amour. N'importe quoi.

— Sois honnête avec moi.

Elle secoua la tête.

— On avait un accord, Franco.

— Au diable notre accord, bon sang !

Diana sursauta comme s'il l'avait giflée.

— Notre histoire est bien plus qu'un amour factice, poursuivit-il. Ça va au-delà. On le sait tous les deux.

— Arrête. Arrête, s'il te plaît. Le gala a lieu dans deux jours, et la tournée des Kingsmen démarre au même moment.

— J'ai l'air d'être en condition de jouer au polo, peut-être ? argua-t-il, rejetant les couvertures pour s'asseoir.

Il y avait trop d'enjeux dans cette conversation pour la tenir allongé sur un lit d'hôpital.

— Tu pars en tournée. D'après Luc, Ellis insiste pour que tu les accompagnes. Dès que ta blessure sera guérie, tu remonteras en selle.

Elle regarda furtivement son attelle, l'air affolé.

— Je monterai toujours, dit-il. Ce n'est pas que mon boulot, c'est ma vie.

Levant son bras valide, il posa la main sur sa joue. Comme elle ne reculait pas, il eut un infime sentiment de victoire.

— C'est la tienne aussi, Diana. C'est une des choses qui fait qu'on est si bien ensemble. Tu remonteras à cheval. C'est évident. Quand tu seras prête, et j'ai l'intention d'être là quand ça arrivera.

Elle s'écarta de lui. Fin de la petite victoire. L'espace entre eux ressemblait soudain à un gouffre infranchissable.

— Pars en tournée, Franco. Tu seras de nouveau viré, sinon.

— J'en doute fort, répliqua-t-il en soupirant.

— Si, c'est vrai. Demande à Luc. Apparemment, ton patron tient à garder un œil sur toi. Je suppose qu'il ne veut pas te laisser derrière en compagnie de sa femme, ajouta-t-elle, le regard dur.

Bon sang ! Voilà que ça recommençait.

— Natalie Ellis n'est rien pour moi, Diana. Elle ne l'a jamais été.

— Jolie façon de parler d'une femme avec qui tu as couché. Une femme mariée, je précise.

Franco suivit son regard jusqu'à son annulaire, où la bague Drake Diamonds étincelait sous les néons de l'hôpital. Impuissant, il l'observa qui l'ôtait de son doigt.

Non. Chaque fibre de son corps protestait.

— Qu'est-ce que tu fais ?

— Je romps avec toi, Franco.

Elle ouvrit son sac et laissa tomber la bague dedans. Puis

balaya la chambre des yeux. Comme pour surtout ne pas le regarder, lui.

— Pourquoi enlever la bague ? Ce n'est pas moi qui te l'ai donnée, après tout.

Est-ce qu'elle l'aurait enlevée aussi facilement, si ça avait été la sienne ? Il espérait que non, mais n'en était pas certain.

— Je pense quand même qu'il vaut mieux que je l'enlève. Au cas où la presse, tu sais…

— Tu crois que je me tracasse encore de ce que la presse pense ? Tiens, un gros titre rien que pour toi : je m'en contrefous. Notre accord n'a rien à voir là-dedans. Ni Drake Diamonds ou Natalie Ellis. Et encore moins la presse. Ce qui se passe dans cette pièce ne concerne que toi et moi, Diana. Personne d'autre.

Il était tombé de cheval, chose qui lui était arrivée un nombre incalculable de fois, avec des degrés variés de conséquences. Au cours de sa carrière, il s'était cassé une dizaine d'os et avait survécu à trois commotions cérébrales. Mais jamais une chute n'avait été aussi douloureuse.

— Diana, tu as peur. Mais ça va aller pour moi. Promis. Maintenant, cesse ces sottises. On doit assister à un gala dans deux jours.

— Non. On avait passé un contrat, et il est à présent terminé. On a tous les deux obtenu ce qu'on voulait. Il est temps de tirer un trait.

— Ne fais pas ça, Wildfire.

La voix de Franco se brisa, mais il s'en moquait. La seule chose qui lui importait, c'était de la faire changer d'avis.

Il ne savait pas très bien quand mais, à un moment, il avait arrêté de faire semblant. Il avait des sentiments pour Diana Drake. Des sentiments sur lesquels il n'avait aucune intention de tirer un trait.

— Épouse-moi.

Elle devint livide.

— Tu n'es pas sérieux.

— Si. Carrément.

Il n'avait jamais souhaité ça. Jamais demandé ça. Mais là, oui. Le futur lui semblait brusquement d'une clarté limpide.

Elle aussi le voyait. Il le savait. Elle pouvait fermer les yeux aussi fort qu'elle le voulait, c'était comme ça. Il brillait comme un diamant.

— Je t'épouse sur-le-champ. Il suffit qu'on aille à la chapelle de l'hôpital. Dis oui, c'est tout.

Ils pourraient faire un mariage sophistiqué plus tard. Ou pas. Franco s'en moquait. Il voulait juste passer le reste de sa vie avec elle.

— Accompagne-moi sur la tournée, Diana. Je ne veux pas faire ça sans toi.

— Mais non. Tu es simplement sous le choc de ton accident. Moi aussi. Mais ce n'est pas réel. Nous deux, ce n'est pas réel. Tu le sais aussi bien que moi.

— Tout ce que je sais, c'est que je suis amoureux de toi, Diana.

— C'est ça que tu as dit à Natalie Ellis ? Que tu étais amoureux d'elle également ? Tu as couché avec une femme mariée, Franco. La femme de ton patron. Est-ce que tu crois dans le mariage, seulement ?

Qu'est-ce qu'il était censé répondre à cela ?

Je n'ai jamais couché avec elle.

J'ai menti.

Jamais elle ne le croirait.

— Il n'y a jamais eu personne d'autre que toi, Diana. Uniquement toi.

— Ça ne répond pas à ma question. Je ne peux pas t'épouser, Franco. Tu ne le comprends pas ? Je suis peut-être une Drake, mais je ne suis pas ma mère. Elle est restée auprès de l'homme qu'elle aimait, même s'il couchait avec toutes les femmes qu'il croisait. Ça l'a tuée. Ça me tuerait, moi aussi.

Puis Diana tourna les talons et sortit de la chambre, laissant Franco seul avec l'accablante vérité.

Il ne savait rien.

Rien de rien.

18

Le gala du Diamant au Met était supposé être le moment le plus triomphal de la carrière de Diana en tant que cadre débutante dans la joaillerie, mais elle l'appréhendait de toutes les fibres de son être. Elle aurait dû monter les marches du musée légendaire au bras de Franco. Impossible d'envisager de le faire seule, alors que tous les paparazzis de l'hémisphère nord seraient présents, se demandant ce qui était arrivé à son célèbre fiancé. Elle préférait encore chevaucher nue à travers les rues de Manhattan, façon lady Godiva. Mais elle avait fait une promesse, et entendait l'honorer.

Dieu merci, Artem et Ophelia l'entouraient le long de l'interminable escalier en marbre. Elle ne savait pas ce qu'elle aurait fait sans eux. Artem, un bras glissé sous le sien, la tenait presque debout, tandis que l'assaillaient des milliers de flashs et un feu roulant de questions.

— Diana, où est Franco ?

— Quand a lieu le mariage ?

— Ne nous dites pas qu'il y a de l'eau dans le gaz ?

Elle avait envie de se boucher les oreilles à deux mains. Les cris des photographes la poursuivaient encore quand ils eurent atteint l'entrée du musée.

— Ça va ? demanda Artem, l'air inquiet.

Comme elle aimait son frère ! Cette soirée était largement aussi importante pour lui que pour elle, mais il se préoccupait avant tout de son cœur en miettes.

Elle lui répondit d'un sourire forcé et d'un mensonge.

— Très bien.

— Non, tu ne vas pas bien, chuchota Ophelia. Tu trembles comme une feuille. Artem, rappelle le chauffeur. Diana devrait rentrer chez elle.

Aussi tentant que cela paraisse, elle ne le pouvait pas. Elle était arrivée jusqu'ici. Et était sûrement capable de tenir encore quelques heures. En outre, elle ne pourrait pas se cacher éternellement. Le monde finirait par découvrir sa séparation. Il était temps d'affronter l'orage.

Elle s'étonnait que personne n'ait encore appris la vérité. Deux jours s'étaient écoulés depuis qu'elle avait rompu avec Franco. Manifestement, il n'en avait pas soufflé mot à la presse. Ce qui la troublait plus que jamais.

— Diana, j'aimerais que tu restes… au moins une demi-heure, déclara Artem en consultant sa montre. Ensuite, tu pourras rentrer, d'accord ?

— Artem…, implora Ophelia.

Il lança un regard éloquent à sa femme, un de ces signaux secrets qui servent à communiquer entre époux. Diana ne recevrait jamais ce type de regard. À l'évidence.

— Trente minutes, répéta-t-il. C'est tout ce que je te demande.

— Pas de problème. Je t'ai dit que ça allait.

Pour la millième fois depuis qu'elle était sortie de la chambre d'hôpital de Franco, son pouce toucha l'endroit où se trouvait auparavant la bague de fiançailles.

Un nœud se forma dans sa gorge.

Ça n'allait pas du tout. Elle allait mal depuis la seconde où elle avait vu Franco tomber lors du match de polo.

Elle avait pensé être prête à approcher de nouveau les chevaux, mais non. Elle avait pensé être prête à une vraie relation, une qui mène potentiellement à de vraies fiançailles et un vrai mariage et, là aussi, elle s'était trompée.

Elle ne voulait plus perdre personne. Elle avait perdu sa mère, son père, et Diamond. Ça suffisait comme ça. Elle ne pouvait pas épouser Franco. Ni maintenant, ni jamais. Si elle le faisait et que quelque chose lui arrivait — si elle le perdait, lui aussi — elle ne s'en remettrait pas.

De toute façon, elle ne devrait même pas vouloir l'épouser. Cet homme n'avait pas le moindre respect pour le mariage. Il avait été viré pour avoir couché avec la femme de son patron, ce qui signifiait qu'elle était tombée amoureuse d'un homme de la même espèce que son père.

Ce serait stupide de sa part d'accepter sa proposition.

Même si elle en avait presque envie…

— Excusez-moi, les interrompit une voix familière.

Diana se retourna pour tomber sur la dernière personne qu'elle s'attendait à voir.

— Luc ?

Que diable fabriquait Luc Piero au gala du Diamant du Met ? Franco n'avait même pas informé son meilleur ami que leurs fiançailles étaient rompues ?

— Luc, je suis désolée. Il y a eu un changement de programme. Franco n'est pas avec moi ce soir.

Et ne le sera aucun autre soir à venir.

— Je ne suis pas ici pour Franco, répliqua Luc. Je suis venu vous parler.

— À moi ?

De quoi Luc et elle pouvaient-ils bien avoir à parler ?

— Oui.

Il balaya des yeux le cadre rutilant autour d'eux. Le Met était un lieu impressionnant n'importe quel jour mais, ce soir, particulièrement. De faux diamants ruisselaient de chaque surface. On avait l'impression d'être à l'intérieur d'un lustre.

— Il y a un endroit plus intime où on pourrait discuter ?

Elle ne pouvait pas s'éloigner. Elle avait un rôle à tenir. Elle devait parler aux Lamberti et poser pour des photos. Et la présence de Luc rendait l'absence de Franco encore plus pesante.

Elle secoua la tête mais, en même temps, s'entendit accepter.

— Venez avec moi. Je reviens tout de suite, ajouta-t-elle à

l'attention d'Artem et Ophelia qui avaient assisté à l'échange avec une curiosité flagrante.

Elle guida Luc au-delà de la vitrine spectaculaire dans laquelle le diamant Lamberti, officiellement rebaptisé le diamant Lamberti-Drake, étincelait de mille feux au centre du grand hall. Ses talons hauts résonnaient sur le sol carrelé, tandis qu'ils s'engouffraient sous une des galeries voûtées du musée. Lorsqu'ils atteignirent la salle des antiquités grecques et romaines, elle ralentit le pas.

Ils se trouvaient seuls ici, au milieu de l'élégante immobilité des sculptures. Des dieux et des déesses antiques en marbre les entouraient de tous côtés. Gardiens de secrets.

Diana était fatiguée des secrets. Elle avait passé sa vie entière enlisée dans les secrets. Personne en dehors de la famille ne connaissait les circonstances de la mort de sa mère. Diana n'avait pas eu le droit d'en parler. Tout comme le public ignorait l'identité de la mère biologique d'Artem. Pour le monde extérieur, les Drake étaient parfaits.

Tant d'impostures. Quand est-ce que cela finirait ?

— Alors ? demanda-t-elle. Il lui est arrivé quelque chose ?

Elle se rendait compte seulement maintenant de combien elle avait peur.

Luc n'aurait pas cherché à la contacter si ce qu'il avait à dire n'était pas important. Dès qu'il lui avait réclamé un moment en privé, ses pensées avaient pris une horrible direction. Elle se souvenait de ce qu'elle avait ressenti en trouvant le corps sans vie de sa mère par terre… La panique qui l'avait submergée. Ça avait été le pire instant de son existence. Pire que son accident. Pire que de perdre Diamond. Pire que de voir le corps de Franco s'écrouler.

Chaque choix qu'elle avait fait depuis le décès de sa mère avait été orchestré avec soin, de sorte qu'elle ne puisse plus jamais ressentir ça. Et où cela l'avait-il menée ?

À la solitude totale.

Mais ce n'était pas si grave. Elle était capable de gérer la solitude. Ce qu'elle ne pouvait pas gérer, c'était la façon dont son cœur s'était brisé en deux quand elle avait vu le corps inanimé de Franco sur le gazon.

Elle avait combattu son amour pour lui. Violemment. Mais elle était malgré tout tombée amoureuse.

Luc fronça les sourcils.

— Non, il va bien. Sur le plan physique, j'entends. Mais en réalité, il va très mal. Voilà pourquoi je suis ici.

Le cœur de Diana fit un petit bond.

— Oh.

Il était impossible que Franco l'aime. Pas après la manière dont elle l'avait traité. Il s'était montré franc avec elle. Avec une détermination, une honnêteté incroyables. Et elle avait refusé de faire pareil.

Et elle l'avait même jugé. Encore et encore. Sans arrêt. Elle s'était drapée derrière une autosuffisance bien pensante, moralisatrice, alors qu'au fond tous deux avaient le même but — échapper au passé. Elle avait choisi la solitude, et d'une certaine façon, Franco également. Aucun d'eux n'avait laissé personne s'approcher. Jusqu'au jour où Franco l'avait demandée en mariage.

Il était prêt à laisser le passé derrière lui. Il tirait un trait dessus, et avait offert de le faire main dans la main avec elle. Mais Diana l'avait rejeté.

Elle l'avait jugé pendant des années, et maintenant savait pourquoi. Pas parce que les choses qu'il avait faites étaient impardonnables, mais parce que ça l'arrangeait. Tant qu'elle le croyait aussi méprisable, il ne pouvait pas la blesser.

Mais il ne l'avait pas blessée. Elle s'était blessée elle-même. Elle les avait blessés tous les deux.

— Il est fou amoureux de vous, Diana, dit Luc.

— Je ne pense pas, non.

Elle y avait veillé.

— Vous vous trompez. Je connais Franco depuis toujours et je ne l'ai jamais vu dans cet état auparavant. Vous lui manquez.

La gravité dans son regard la frappa en plein cœur.

— Arrêtez. Je vous en supplie, Luc.

Pourquoi faisait-il cela ? Elle y était presque parvenue. Franco partait avec les Kingsmen dans moins de vingt-quatre heures. Une fois loin, elle n'aurait d'autre choix que d'oublier leur parodie de romance et de tourner la page. Il lui fallait juste tenir bon encore un jour.

Un seul et unique jour déchirant.

— Je suis navrée, Luc. Mais je ne peux pas entendre ça. Pas maintenant.

Elle devait sortir de là. Elle avait cru pouvoir apparaître en jolie robe et sourire aux appareils photo une dernière fois, mais elle en était incapable. Tout ce qu'elle voulait, c'était se mettre au lit avec son chien et un pot de crème glacée.

Elle rassembla la jupe de sa robe de soirée et tenta de passer, mais Luc lui bloqua le passage. Les poings sur les hanches, une expression torturée sur le visage, il murmura :

— Vous allez m'obliger à le dire, pas vrai ?

Diana avait peur de lui demander quoi. Elle était terrifiée. C'était plus qu'elle n'en pouvait supporter. Repousser Franco avait été la chose la plus difficile de sa vie.

Mais comment ignorer la souffrance dans les yeux de Luc ?

— Je ne sais pas de quoi vous parlez, Luc.

— Franco va me tuer. Mais vous méritez la vérité.

La vérité.

Un frisson traversa Diana. Elle éprouvait brusquement le besoin de plaquer les mains sur ses oreilles. Mais elle tournait le dos à la vérité depuis assez longtemps.

Plus de secrets. Plus de mensonges.

— Laquelle ?

Sa voix tremblait. Et lorsque Luc riva sur elle son regard empli de regrets, elle dut se retenir d'éclater en sanglots.

Il baissa les yeux sur le sol, où les ombres de dieux et de déesses dessinaient de longues formes d'un bleu froid.

— Écoutez, j'ignore ce qui s'est passé entre vous deux, mais il y a quelque chose que vous devriez savoir.

Diana acquiesça en silence. Elle était incapable de parler. Incapable même de le regarder. Alors elle se focalisa sur la sculpture derrière lui. Les ailes de Cupidon s'élevaient vers le ciel, tandis qu'il ranimait Psyché d'un baiser.

Une larme coula sur sa joue.

— Dites-moi, chuchota-t-elle, pleinement consciente qu'ensuite il n'y aurait plus de retour en arrière.

Luc plongea ses yeux dans les siens. L'air dans la salle devint immobile. Même les sculptures semblaient retenir leur souffle.

— C'était moi.

Diana se mit à trembler de tout son corps. Elle enroula ses bras autour d'elle pour ne pas s'effondrer.

— Luc, qu'est-ce que vous êtes en train de dire ?

— C'est moi qui aie eu une liaison avec la femme d'Ellis, pas Franco. Je suis désolé.

Il battit des cils, très vite. Ses yeux rougirent, puis se voilèrent de larmes.

— Non, fit Diana en secouant la tête. Non.

Elle voulait qu'il ravale ses paroles. Comme si elle ne les avait jamais entendues.

— Non ! cria-t-elle, et les murs de marbre renvoyèrent l'écho de sa voix.

Luc leva les mains en signe de reddition.

— Ce n'était pas mon idée. Mais celle de Franco. J'ai oublié ma bague de championnat des Kingsmen dans le lit d'Ellis. Il l'a trouvée et a compris qu'elle appartenait à l'un des joueurs. Franco a avoué avant que je puisse l'arrêter.

— Je n'arrive pas à croire ce que j'entends.

Ou plutôt, si. Franco aimait Luc comme son frère. Il voulait le protéger, comme Luc l'avait protégé quand il vivait dans son écurie, puis chez lui.

Elle aurait dû deviner. Dès le début, elle avait soupçonné que le licenciement de Franco cachait autre chose. Ensuite, au Polo Club, Natalie Ellis l'avait regardé sans le voir.

Et Diana avait su : Franco ne l'avait jamais touchée.

Mais elle-même était si prête à croire le pire de lui, qu'elle avait repoussé ses instincts. Qu'avait-elle fait ?

— Jamais il ne se serait attendu à être éliminé de l'équipe.

C'est un joueur trop précieux. Mais Ellis ne supportait plus de le voir. J'ai tenté de dire la vérité. À maintes reprises. Franco le refusait catégoriquement.

Diana avait envie de le frapper. Envie de crier : *Vous auriez dû tenter plus fort.*

Mais elle s'abstint. Elle n'en avait pas le droit. Car au fond d'elle-même elle était aussi coupable que Luc. Coupable d'avoir permis au passé de colorer sa façon de voir l'avenir.

J'aurais dû y croire.

Franco n'était pas son père. L'aimer ne la rendait pas semblable à sa mère. Or, elle l'aimait, en dépit de tous ses efforts pour que ce ne soit pas le cas.

Elle avait passé chaque seconde depuis son accident à essayer de se protéger du chagrin d'une nouvelle perte, et c'était arrivé quand même. Elle était tombée amoureuse de Franco, et l'avait perdu. Parce qu'elle l'avait repoussé.

— Dites-moi que cette confession change tout, Diana.

Les yeux rougis de Luc contenaient une pointe d'espoir.

— J'aimerais le pouvoir.

Son cœur semblait prêt à jaillir de sa poitrine. Elle pressa une main dessus mais en vain. Le remords l'étouffait.

— Il m'a demandé de l'épouser, Luc. Et j'ai refusé.

— Comment ça ? Je croyais que vous étiez déjà fiancés. C'était dans toute la presse.

— Il ne vous a pas dit ? C'était faux. Tout était faux.

Sa voix se brisa, et son cœur se brisa en même temps.

— Il ne m'a rien dit du tout, non. Jamais. Pas un mot.

Le fait que Franco n'ait jamais dit à Luc que leur relation était factice n'était pas anodin. Diana ne savait pas ce que cela signifiait… Mais cela signifiait forcément quelque chose. Il était disposé à tout sacrifier pour Luc, mais avait laissé son meilleur ami croire qu'il était amoureux. Il l'avait laissé penser qu'il allait épouser Diana.

Et cela rendait tout ce qu'ils avaient vécu plus authentique qu'elle-même ne s'était permis de le croire.

C'était réel. Tout avait été réel depuis le début.

Il fallait qu'elle lui parle. Qu'est-ce qu'elle attendait, plantée là, alors qu'il se préparait à partir ?

— Excusez-moi, Luc, mais j'ai une urgence.

Elle pivota sur ses talons et quitta la galerie de sculptures en courant, sa robe d'organza virevoltant autour de ses jambes. Mais alors qu'elle tournait en direction du grand hall elle heurta le torse puissant d'un homme.

Un torse qu'elle connaissait par cœur.

— Franco, tu es là.

Elle recula d'un pas pour le regarder, certaine de rêver.

Non, elle ne rêvait pas. C'était bien lui. Il grimaçait de douleur et pressait son bras en écharpe, dans lequel elle s'était cognée, mais c'était lui. Jamais elle n'avait été aussi heureuse de voir un homme blessé de sa vie.

— Oui, dit-il en souriant.

Si le cœur de Diana n'avait pas déjà été brisé, il aurait éclaté. Elle avait l'impression qu'un siècle s'était écoulé depuis qu'elle avait quitté sa chambre d'hôpital. Un siècle durant lequel elle s'était convaincue qu'elle ne le reverrait jamais. Qu'elle ne pourrait jamais lui exprimer tout ce qu'elle aurait dû dire lorsqu'elle en avait encore l'occasion…

— Franco, il faut que je te dise quelque chose. J'irai avec toi sur la tournée. S'il te plaît, emmène-moi.

Le sourire de Franco s'effaça un peu.

— Diana…

— Je veux juste être avec toi, Franco. Vraiment avec toi. Si tu veux toujours de moi, ajouta-t-elle dans un sanglot.

C'était comme si elle venait de prendre son cœur fracassé et de le lui offrir. Pareille vulnérabilité aurait dû la paniquer. Mais c'était bien plus facile qu'elle ne s'y attendait. Naturel. Juste. La seule chose qui la paniquait, c'était de penser qu'elle avait failli le laisser quitter Manhattan sans lui parler de ses sentiments.

Elle reprit difficilement son souffle et énonça les mots qu'elle avait tenté toute sa vie de ne jamais prononcer.

— Je t'aime. Je t'ai toujours aimé. Emmène-moi avec toi.

Autour d'eux, les participants du gala se mouvaient dans une lumière argentée. L'air étincelait de poussière de diamant. Ils auraient pu se tenir au milieu d'un conte de fées.

Mais tandis que le sourire de Franco disparaissait, Diana plongea tête la première dans un cauchemar.

— C'est trop tard.

Il lui prit les mains, les yeux emplis de regrets qu'elle refusait d'entendre.

Elle avait raté sa chance. Elle aurait dû y croire.

Elle aurait dû dire oui quand elle en avait l'occasion.

— Je comprends, murmura-t-elle.

Elle libéra ses mains et commença à rassembler sa robe dans ses poings fermés, prête à s'enfuir. Comme Cendrillon.

Le bal était terminé. Tout était terminé.

— Tant pis. Ce n'est pas grave. Il faut que j'y aille…

Si, c'était grave. Catastrophique, et c'était sa faute.

— Diana, attends… Je t'en prie.

Elle ne le pouvait pas. Pas maintenant. Pas ici, devant tout New York qui les observait. Ne le comprenait-il pas ?

Elle était tombée amoureuse pendant que le monde entier les observait. Ce devait être une sorte de symétrie poétique que son cœur se brise devant les caméras.

— Je ne peux pas.

C'était trop. Plus qu'elle n'en pouvait supporter. Plus que quiconque ne le pourrait.

Mais alors qu'elle se détournait, Franco lâcha :

— Je quitte l'équipe.

Diana s'arrêta. Elle laissa retomber sa robe, et l'organza aérien flotta sur le sol dans un frou-frou soyeux.

— Quoi ?

— C'est ce que je voulais dire en répondant que c'était trop tard. Tu ne peux pas m'accompagner en tournée parce que je ne pars pas. Tu crois vraiment que je t'aurais laissée ?

Sa bouche esquissa un sourire, et elle crut s'évanouir.

Il n'est pas comme mon père.

Elle l'avait repoussé, rejeté. Et il était toujours là. Il était resté fidèle à Luc, même au prix d'un énorme coût personnel.

Et à présent, il lui restait fidèle, à elle. Loyal d'une manière qu'elle n'aurait jamais crue possible.

— Tu as peur, reprit-il d'une voix délicieusement grave qui vibra à travers elle. Il ne faut pas.

Il s'approcha plus près, posa la main gauche sur sa joue. Il lui avait manqué. Son toucher lui avait manqué. Tellement. Elle aurait pleuré de soulagement au simple contact de sa peau chaude contre la sienne.

— Je n'ai pas peur. Plus maintenant.

Elle chercha des signes de doute dans son regard, mais n'y vit qu'une solide assurance. Ses yeux brillaient, aussi vifs, aussi éclatants que des diamants.

Il laissa retomber sa main, et elle toucha sa propre joue du bout des doigts. Elle avait besoin de sentir la trace des siens sur sa peau. De ses mains sur elle. Ses lèvres. Sa langue.

Partout.

— Wildfire. J'ai quelque chose pour toi.

Franco sortit de la poche de son smoking un minuscule écrin bleu Drake noué d'un ruban en satin blanc. Semblable à ceux qu'elle vendait quelques semaines plus tôt à tous ces couples fleur bleue au rayon Sélection Mariage.

Diana le fixa, tentant de donner du sens à ce qui se passait. Elle avait toujours détesté ces boîtes. Mais pas cette fois.

Cette fois, les larmes qui lui montaient aux yeux étaient des larmes de joie.

— Franco, qu'est-ce que tu fais ?

Comment avait-il eu cet écrin ? Ou ce qu'il contenait ?

Son regard dériva par-dessus l'épaule de Franco, et elle repéra Artem qui les observait de loin, un immense sourire aux lèvres. Alors son frère était dans le coup, lui aussi ? Cela expliquerait à coup sûr d'où venait ce minuscule écrin. Ainsi que son insistance à ce qu'elle reste au début du gala.

Est-ce que ça arrive réellement ?

— Ce que je fais est évident, non ? demanda Franco en

mettant un genou en terre, juste là, au milieu du grand hall du Metropolitan Muséum de New York.

Oui, ça arrivait réellement.

Quelqu'un dans l'assistance lâcha un hoquet stupéfait devant la posture de Franco. Diana entendait des murmures troublés. Évidemment qu'ils étaient tous décontenancés. Franco et elle étaient censés être déjà fiancés.

Eh bien qu'ils s'étonnent, Diana se moquait de ce que le reste du monde disait d'elle. Elle se moquait des titres affichés en une des journaux demain matin. Tout ce qui lui importait, c'était cet homme agenouillé à ses pieds.

— Je me suis rendu compte que je ne t'avais jamais demandé convenablement de devenir ma femme. Pas de la manière dont tu le mérites. Alors je recommence.

Il lui saisit la main et posa délicatement l'écrin dedans.

Elle referma les doigts dessus et leurs regards se nouèrent.

— Je t'aime, Diana Drake. Seul un imbécile tournerait le dos à quelque chose de réel, et je ne veux plus être un imbécile. Alors je te repose la question, et je te la poserai le temps qu'il faudra.

Mais il n'aurait pas à la réitérer, car elle allait dire oui. Elle avait du mal à s'empêcher de hurler sa réponse, oui, oui, oui, avant qu'il ne termine.

— Veux-tu m'épouser, Diana Drake ?

— Je ne demande pas mieux, Franco Andrade.

La foule éclata en vivats et applaudissements, tandis qu'il se relevait et la prenait dans ses bras. Diana entendit à peine les bouchons de champagne sauter et les félicitations des gens autour d'eux. Elle avait juste conscience du bonheur de se sentir à nouveau près de Franco et de la sensation de secret magique que procurait la petite boîte au creux de sa main.

Elle attendit pour l'ouvrir qu'ils soient revenus chez elle. Le temps entre sa demande en mariage et la fin de la fête s'était déroulé dans un scintillement flou. Elle avait besoin de se trouver seule avec lui. D'enlever sa robe sophistiquée et de se donner à lui, corps et âme.

Quand ils eurent quitté le gala et franchi la porte de son appartement, Diana entrelaça ses doigts à ceux de Franco et l'attira à l'intérieur.

— Enfin seuls, dit-il, tandis que les lumières de Manhattan brillaient derrière lui.

— Plus ou moins, répliqua-t-elle en riant.

Car Lulu arrivait droit sur eux depuis la chambre.

Franco souleva le chiot de son bras valide et s'assit sur le canapé. Lulu se blottit sur ses genoux, et il tapota l'espace vide à côté de lui.

— Viens ici. Tu n'as pas une boîte à ouvrir ?

Elle obéit et sortit l'écrin bleu de sa pochette en soie. Elle la tint dans sa paume de main, voulant prolonger cet instant. Voulant accumuler le temps passé en sa compagnie comme un trésor sans prix. Chaque précieuse seconde de ce temps.

— Ouvre-la, Wildfire.

Elle tira sur le ruban de satin qui retomba sur ses cuisses. Lulu s'en empara aussitôt. Le ruban dans la bouche, la petite chienne roula sur le dos entre eux, l'agitant avec ses pattes. Cette vision comique amena une étrange boule dans la gorge de Diana.

Puis elle comprit. Tous trois formaient une famille.

Elle souleva le couvercle du coffret, mais le gros solitaire en taille rose niché sur le coussin de velours ne ressemblait à aucune des bagues exposées en vitrine du rayon Sélection Mariage de Drake Diamonds. La tendance chez les joailliers n'était plus aux diamants en taille rose. Cette bague était différente. Spéciale. Très familière, au point que Diana en eut le souffle coupé.

— C'était celle de ma mère, murmura-t-elle.

Elle ne l'avait pas vue depuis des années. Mais quand elle était petite fille elle l'enfilait parfois et rêvait au jour où elle porterait des diamants étincelants et se rendrait chaque soir à des réceptions huppées, comme ses parents le faisaient.

C'était avant la vogue des tailles en poire. Avant qu'ils

apprennent tous la vérité sur son père et sa famille secrète. À l'époque où être une épouse et une mère semblait merveilleux.

Diana avait oublié quelle impression ça faisait. Et maintenant, avec une clarté déroutante, elle s'en souvenait.

— Comment as-tu eu ce bijou, Franco ?

C'était plus qu'une pierre. C'était de l'espoir, du bonheur, qui brillait de mille feux. Des diamants de feu.

— Je suis allé demander ta main à Artem, et il me l'a donnée. Il a dit que c'était dans la chambre forte de Drake Diamonds depuis des années. En attendant.

Franco glissa la bague sur son doigt. Puis leva sa main à ses lèvres pour l'embrasser.

Le diamant avait attendu tout ce temps-là. Attendu que son cœur brisé cicatrise. Attendu le seul homme qui puisse l'aider à le reconstituer.

Attendu Franco.

Et enfin, l'attente était terminée.

Épilogue

Un reportage exclusif de Page Six.

L'héritière Diana Drake revient aujourd'hui à New York après avoir gagné une médaille d'or en saut d'obstacles aux Jeux olympiques de Tokyo. Cette victoire est un retour incroyable, suite à la chute épouvantable de la cavalière l'an dernier à Bridgehampton, qui s'est terminée par la mort de son cheval adoré, Diamond. La nouvelle monture de Diana Drake — un hanovrien nommé Saphir — est un cadeau de son mari, le très sexy joueur de polo Franco Andrade.

Andrade s'était libéré pour voir sa femme remporter l'or à Tokyo, et leurs effusions amoureuses n'ont échappé à personne dans le public. On ne se lasse pas du couple le plus glamour de Manhattan, et c'est pourquoi Page Six *sera au premier rang ce week-end, lorsque le beau joueur retrouvera le terrain de polo en tant que capitaine de la toute nouvelle équipe, Black Diamond, dont il est copropriétaire avec son ami et partenaire de toujours, Luc Piero.*

Tous les yeux seront certainement tournés vers Diana qui revient aux commandes de l'entreprise familiale Drake Diamond comme co-P-DG. Le bruit court qu'elle a décliné une coupe de champagne à la soirée célébrant sa victoire olympique, et on ne peut s'empêcher de s'interroger…

Pourrait-il y avoir un bébé à l'horizon pour ce couple célèbre ? L'avenir nous le dira.

Retrouvez prochainement,
dans votre collection

SAGAS

DEUX HÉRITIERS POUR UN EMPIRE, de Joss Wood - N°178

Le secret d'une grossesse

Face au regard azur de Jaeger – l'homme qui n'a jamais répondu à ses appels depuis la brûlante nuit d'amour qu'ils ont partagée –, Piper se sent gagnée par la colère. Car, non content de ne pas la reconnaître, le célèbre gemmologue, chez qui elle vient faire expertiser des saphirs familiaux, tente de la séduire. Dans ces conditions, Jaeger mérite-t-il vraiment qu'elle lui révèle la vérité au sujet de Ty, le fils de neuf mois qu'elle tient dans ses bras ?

Surprise à New York

Monter à New York pour faire carrière, c'est le plan de Cady. Et, même si elle doit passer un entretien avec Beck Ballantyne, qu'importe ! Mais, à la seconde où elle se retrouve face à cet homme qu'elle a profondément aimé, elle sent le doute l'envahir. Car c'est bien du désir qui renaît en son cœur, et qu'il faudra combattre, car elle n'oublie pas que Beck l'a abandonnée sans la moindre explication dix ans plus tôt...

VENGEANCE ET SÉDUCTION, de Penny Jordan - N°179

Passion clandestine

Kelly ne supporte pas de voir souffrir Beth, sa meilleure amie. Afin de la venger, elle a résolu de séduire l'homme qui l'a trahie... et de l'abandonner. Mais, alors qu'elle met son plan à exécution, son regard croise soudain celui d'un autre homme, qui fait battre son cœur quand elle s'y attendait le moins...

Fragile innocence

Venger l'honneur d'une amie trahie par un escroc : voici la mission d'Anna. Pour de le démasquer, elle avait investi dans son entreprise, pensant révéler ses pratiques au grand jour. Hélas ! Anna se retrouve accusée de fraude par Ward Hunter, un homme d'affaires déterminé, au caractère et au charisme impressionnants, qu'elle aura bien du mal à convaincre de son innocence...

La femme trahie

Venue commander, auprès des cristalleries de Prague, les objets qui devaient achalander sa boutique, Beth pensaient avoir conclu une affaire. Elle avait dû batailler avec son interprète, Alex, un jeune Anglais d'origine tchèque. Hélas, lorsque sa commande arrive, la jeune femme découvre qu'il s'agit de verroterie. Alex acceptera-t-il de l'aider, malgré le mauvais souvenir qu'il a gardé d'elle ?

Retrouvez prochainement,
dans votre collection

SAGAS

Des retrouvailles passionnées

Dee est sous le choc. Elle vient de croiser Hugo, l'homme qu'elle devait épouser dix ans plus tôt ! Alors qu'elle tentait de soutenir son père, éclaboussé par un scandale financier, Hugo était parti pour l'Afrique. C'était seule que Dee avait dû gérer le suicide de son père, et elle n'avait trouvé que le travail pour remonter la pente. Dix ans se sont écoulés depuis, et pourtant, face à Hugo, Dee sent son cœur s'affoler...

L'HÉRITAGE DES CHATSFIELD 2/2 - N°180

La tentation d'une héritière, de Trish Morey

Le vignoble familial, c'est toute la vie de Holly. Alors, quand Franco Chatsfield lui propose un partenariat, Holly est catégorique : hors de question d'associer son nom à celui de Chatsfield, synonyme de débauche. Et quand le milliardaire lui propose de prendre sa décision après l'avoir vu à l'œuvre dans les vignes, elle accepte, convaincue qu'il échouera. A moins qu'elle se perde en route…

Rivaux et amants, d'Abby Green

Que lui a-t-il pris de passer la nuit avec un inconnu ? Si Orla est venue à Londres, c'est pour négocier la vente de la chaîne d'hôtels familiale au puissant groupe Chatsfield. Hélas ! Orla comprend que cette nuit inoubliable va lui coûter cher. Car l'homme qui se dresse face à elle n'est autre que son troublant amant d'une nuit…

Un si troublant époux, d'Annie West

Quand elle a rencontré Orsino, Poppy a cru vivre un conte de fées… jusqu'à ce qu'elle l'épouse. Distant, absent, Orsino n'a jamais été un véritable mari. Aujourd'hui, elle tient sa chance de reprendre sa liberté. Orsino a accepté de divorcer ! Mais, avant cela, il exige qu'elle passe un mois avec lui. Seule en compagnie cet homme qui semble ne rien avoir perdu du pouvoir qu'il exerce sur son cœur…

Entre amour et soupçon, de Lynn Raye Harris

« Brûlons ensemble, et débarrassons-nous de cette attirance qui nous consume. » Quand ces mots franchissent les lèvres de Christos, Lucilla sent son corps s'embraser. Pourtant, elle devrait être révoltée. Christos est irrésistible, mais c'est l'homme qui a pris sa place à la tête des hôtels Chatsfield. Alors peu importe la violence de son désir, Lucilla mettra tout en œuvre pour le détruire...

Retrouvez prochainement, dans votre collection

SAGAS

LES MARIÉS DE L'ÉTÉ - N°181

Une indomptable fiancée, de Jennifer Hayward

Rocco n'a qu'une idée en tête : honorer la mémoire de son grand-père en reprenant les rênes de la maison de couture familiale. Hélas ! sa réputation de play-boy le dessert. Pour y remédier, il lui faut une fiancée ! Et justement, la ravissante Olivia Fitzgerald, ex-mannequin, est dans le besoin… Sauf que la jeune femme tient à son indépendance ! Une rébellion qui ne fait que décupler son désir dévorant…

Celle qui lui était interdite, de Michelle Smart

Alessandra est… enceinte ? Christian est désemparé. Car Alessandra n'est autre que la petite sœur de son meilleur ami… Christian sait qu'il n'y a qu'une solution : épouser Alessandra. Mais il devra d'abord faire taire la petite voix qui lui susurre que la belle italienne mérite mieux que lui, et la convaincre…

Unis dans la vengeance, de Tara Pammi

En apprenant que son pire ennemi est le petit ami infidèle de Clio, auprès de laquelle il a passé ses années d'université, la rage de Stefan devient incontrôlable. Il pourrait le tuer de ses propres mains ! Dieu merci, Clio propose une solution plus pacifique : faire croire que Stefan et elle se sont fiancés, et humilier le traître. Une idée fabuleuse, même si elle contraint Stefan à côtoyer jour et nuit la seule femme qui lui a jamais résisté…

Le courage d'une séductrice, d'Andie Brock

Une jeune femme à demi nue dans son lit. Pour quelle raison cette inconnue commettrait-elle un acte si effronté ? Mais le cheikh Zayed al-Afzal ne perd pas de temps à se questionner. Il a justement besoin d'une épouse pour asseoir son autorité ! Quant au désir qu'il éprouve pour Nadia, il ne fera que rendre cet arrangement plus alléchant…